HERMES

在古希腊神话中，赫耳墨斯是宙斯和迈亚的儿子，奥林波斯神们的信使，道路与边界之神，睡眠与梦想之神，亡灵的引导者，演说者、商人、小偷、旅者和牧人的保护神……

西方传统 经典与解释 **HERMES**
Classici et Commentarii
莎士比亚绎读
Readings of Shakespeare

刘小枫 甘阳 ◎主编

哲人与王者

——莎士比亚《麦克白》与《李尔王》中的政治哲学

Of Philosophers and Kings

Political Philosophy in Shakespeare's *Macbeth* and *King Lear*

［加］克雷格 Leon Harold Craig ｜ 著

汤梦颖 ｜ 译

华夏出版社

古典教育基金·蒲衣子资助项目

"莎士比亚绎读"出版说明

据译界前辈戈宝权查考，1856年，英籍传教士慕威廉翻译出版《大英国志》(上海墨海书院印行)，国人首次得知西域有个名叫"舌克斯毕"的伊丽莎白皇朝文人——"莎士比亚"这个译名则最早见于梁启超的《饮冰室诗话》。中国甲午战败之后不久，英籍传教士艾约瑟编译的《西学略述》(1896年，上海著易堂书局版)详细介绍了莎士比亚——其时中国已经面临巨大的改制压力。清末新政时期，林纾与魏易合译的莎士比亚故事集《英国诗人吟边燕语》出版(1904，收入"说部丛书"第一集)；革命党人推翻帝制行民主共和之后不久，初版的《辞源》(1915)已列入"莎士比"词条；随后不久，林纾出版了以文言小说体翻译的莎剧四卷(1916)……"五四"新文化运动之后，翻译莎剧成为我国新派文人的最爱，1930年，经胡适之倡议，中华教育文化基金董事会编辑委员会成立了"莎剧全集翻译会"……据统计，自三十年代以来，莎士比亚在汉译西方文学经典中一直位居榜首，有的剧作译本达上百种之多——第二共和前期(1949—1960)出版的莎剧译本已达44种，印数44万余册。

不过，我国学界对莎士比亚的认识基本上还停留在"绝世名优，长于诗词"的层次，距离林纾所谓莎氏"立义遣辞往往托象于神怪"的看法相去并不太远。莎士比亚不仅是最伟大的英语诗人，也是西方思想大传统中伟大的政治哲人之一。在西方文教传统谱系中，不断有学人将莎士比亚与柏拉图并举：莎士比亚戏剧以历史舞台为背景，深涉人世政治问题的底蕴，尤其是王者问题，一再激发后人掂量人性和人世的幽微，为后世探究何谓优良政制、审慎思考政制变革奠定了思想基础——不仅如此，与柏拉图的戏剧作品一样，作为政治哲人的莎士比亚没有学说，他的政治哲学思考无不隐含在笔下的戏剧人物和戏剧谋篇之中。百年来，我们一直在经历前所未有的从帝制到民主共和的政制转变，却鲜有人看到，莎剧为我们提供了一笔巨大的政治哲学财富。晚近三十年，我们的莎剧全译本有了令人欣喜的臻进，但我们对莎剧的政治哲学理解仍然没有起步。

西方学界对莎剧的政治哲学解读很多，绝非无书可译。"莎士比亚绎读"系列或采译西人专著和相关文集，或委托青年才俊编译专题文萃，以期增进汉语学界对莎剧的政治哲学品质的认识。

古典文明研究工作坊
西方经典编译部甲组
2010年6月

献给托宾与杰西卡

目　录

致　谢

　　本书是我近二十年研究和讲授莎士比亚的心得。我对莎剧的理解大多源于研究生的研讨课，与这些学生的友谊是我学术生涯的最大恩赐。因此，我想在此公开表达对他们的谢意：亚当（Judith Adam）、亚历山大（Liz Bacchus née Alexander）、比伊克（Bill Bewick）、科克伦（Kent Cochrane）、柯林斯（Sue Collins）、埃尔雷伊斯（Wasseem ElRayes）、克纳亨（Patrick Kernahan）、道森（Lorna Knott née Dawson）、芒罗（Stuart Munro）、克兰茨（Murray Krantz）、兰格（Steve Lange）、利文斯通（David Livingstone）、马尔科姆森（Patrick Malcolmson）、马丁（David Martin）、米尔斯（Lise Mills）、摩根（Keith Morgan）、莫斯库威克（Laura Morgan née Moskuwich）、马韦斯（Andy Muwais）、格雷科尔（Allison Smith née Greckol）、史密斯（Bryan Smith）、西尔维斯特（Stacy Sylvester）、托马斯（Kevin Thomas）、昂丘伦科（Mark Unchulenko）、维比特斯基（David Verbitsky）、韦斯特加德（Dennis Westergaard）、威廉斯（Rod Williams）及伍德尔（Darcy Wudel）。不过，就该书本身而言，我尤其感谢四个人。达尔豪斯大学的巴克斯特（John Baxter）教授与弗吉尼亚大学的坎托（Paul A. Cantor）教授均细致周到地评论了整部手稿，提出了大量改进意见（有些意见至关重要）。两人慷慨相助，使本书大为改观。我的同事斯塔德（Heidi D. Studer）教授满怀善意，校对了终稿，在编纂索引时鼎力相助。不过，我最想感谢已故的英语系荣休教授德拉蒙德（Christopher Drummond）先生——他是友善的同事、缜密的批评家、宝贵的朋友。我从他身上受益匪浅，现在无比思念。他阅读、评价了每一阶段的文稿并提出异议，唯有终稿例外，因为本书排版时，他猝然离世。现在，我只能希望他不会对定稿大为不满。我也要感谢多伦多大学出版社的编辑团队，他们始终乐于助人、宽宏大量。

最后，我要一如既往，感谢内人朱迪思（Judith）。三十多年里，她一直是优秀忠诚的贤内助。

致读者

以下这部专著在一个方面类似卢梭的《论人类不平等的起源和基础》(*Second Discourse*)：正文附有庞大的尾注，篇幅达正文的一半。这些尾注用途各异（对话学术文献，探究外围问题，补充论据，指明与其他重要作品的联系等）。我认为，它们均以各种方式增强了本书的力度与价值。卢梭曾如是谈及他的尾注："这些尾注有时离题甚远，不适合与正文一同阅读。于是，我把尾注降级，置于论著文末，正文则竭力依循正轨。"我还不至于说，我的尾注"不适合"与所指涉的文本一同阅读，但鉴于其数量繁多（通常还篇幅不小），势必会分散读者对核心论证的注意力，使读者有时难以跟上正文。因此，我恳请读者忽视尾注，至少先置之不理。若认为正文饶有趣味，可查阅尾注，兴许能更添收获。

第一章　作为戏剧诗人的政治哲人：
莎士比亚研究序言

[3] 对于英国文学中一些最著名的戏剧，给这些戏剧的评论作序，还给出阅读建议，会显得多此一举又自以为是。任何人若喜爱对特定剧本冗长又细致的解读，都不可能感到需要此类建议。何况已有不计其数的论文、章节和整本专著致力于提供建议，其中不乏佳作。此外，我更无需使本书读者相信，莎士比亚的文学遗产具有艺术价值或文化意义，因为没有任何作家更受其他同样才华卓著的作家赞美，或更受聪慧的读者喜爱。莎士比亚的作品被译成每一种重要语言，往往译者本身就诗才横溢。于是，莎士比亚早已在法语、西班牙语、意大利语、德语、斯堪的纳维亚语及英语读者中，拥有一群忠诚的崇拜者。如若莎士比亚在俄罗斯流行还不足为证，日本人的热忱则证实了其超凡的跨文化魅力。[1]莎士比亚的超历史魅力同样得到了证明：剧本问世近四百年后，依然频繁上演，超过任何一打剧作家作品上演次数的总和。事实上，世界各个角落，从得克萨斯州到东京，从珀斯到柏林，都建有专门用于演出莎剧的剧院。正如一位颇具鉴赏力的学者所言，"他是惟一仍受欢迎的古典作家"，因此，他"实际上是连接我们与古典及过去的唯一一链环"。[2]

莎士比亚的影响也不限于文学。莎士比亚塑造了整个民族的历史观。他自身对英语的贡献无人可比。他雄踞权威的英语引言集首位，令位居其后的钦定版圣经（the King James Bible）望尘莫及，而位居第三的弥尔顿（John Milton）亦遥遥落后。尽管他只创作了三十多部剧作，这些作品却启迪了逾两百部话剧，[3]数十部芭蕾［4］、序曲、交响诗及组曲。只需说，除极少数无礼人士外，莎士比亚的伟大诗才受所有人公认，至少在母语读者中无可争议。

不过，本书的前提是：莎士比亚是伟大的哲人，不亚于其是伟大的诗人。事实上，莎士比亚作为伟大的诗人，甚至更多得益于其作为思想家的力量，而非其语言表达的天赋，他的持久魅力与影响力反映出他具有伟大智慧——这在今天不似从前广受认同。某种程度上，这种转变的原因，大致同样妨碍了过去所有创作哲学性文学的大师。我首先想到区分"事实——价值"的教条主义信仰，这种信仰渗透于当代关于什么是正确、高贵、善、美及正当的思考。这种难以置信的教条，源于当代科学一种已不为人信服的错误观念，这种教条实际上宣称，对于这些人们关心的重要问题，既没有也不可能有任何真知，这些问题必然包含"价值判断"，无可救药地因人而异。[4]言下之意，任何人只要未能认识并依循这一基本区分（这会囊括史上最杰出的哲人），就势必在理解事物时大错特错，因而几乎不能被认为有智慧。信奉这一信条的信徒自然毫无理由认为，莎士比亚描绘的何为正义、有德、可敬、高贵、可贵、大度或善（相对于什么是错误、邪恶、可耻、卑鄙、卑劣、吝啬或恶），会比无知野人或脱口秀主持人的观点更值得尊敬。

其次，当代各式"主义"用或这或那的理由让我们确信，我们不可能拥有智慧——到此为止——因为不存在可以拥有的客观知识，不只没有关乎"价值"的客观知识，也没有关乎任何事物的客观知识。或者说，至少除了受宠的"主义"提供的知识外，别无客观知识，而每一种主义都宣称，它能合理地证明理性自始至终不过是合理化过程，而"真理是相对的"（相对于某人所处的时间、地点、文化、性别、阶层、范式、语言游戏等任何事物）。虽然此类教条不过是古老的克里特悖论（"克里特人都是说谎者。"克里特人克莱尼亚斯［Kleinias］说）的诸多普遍化形式，但依循某类相对主义已被广泛视作智性成熟的试金石。对此类智性成熟者而言，你只要不认为一切人类"认知"都具有相对性，或现实这一概念本身不过是"社会建构"，你只要认为真理是"绝对的"——更不用提你若还认为自己些许知道这类真理——那你就天真幼稚（委婉言之），可能行事狂热，或沾染了极权主义的野心。很难想象，有任何时代会比我们的时代更彻底地被相对主义冲昏头脑。捍卫相对主义的一个理论刚平息［5］，某个新版本就如凤凰般浴火重生。我们不禁要问：我们历史环境中的什么因素促成了这一状态？为什么相对主义的使徒如此狂热地劝人改宗，仿佛他们知道这是简单的真理？[5]

这些是当代文化景观的特点，这一景观对过去所有思想家抱有同等偏见，使人不再认真对待他们中的任何一员，认为其传达了得之不易的智慧。不过，此外，还有一些特殊的障碍阻止了我们将莎士比亚视作人生事务的可贵老师，这些障碍源自我们自以为了解的莎士比亚的人生。不过，在此，怀疑主义再恰当不过。[6]某些关于莎士比亚是何等人物、做了什么、缘何写作的假设与猜想，已被视作既成事实。任何重要的图书馆势必都拥有一整架又一整架的谈论"莎士比亚的生平"的书籍。然而，事实似乎是，关于这些剧本的作者，我们几乎无法确切知道任何东西。[7]正如奥登（W. H. Auden）所言："莎士比亚处在独一无二的幸运位置，对于一切意图和目的，他都保持匿名。"[8]研究那段英国历史的公认权威，剑桥历史学家特雷弗－罗珀爵士（Sir Hugh R. Trevor-Roper）评论道："文学界的所有不朽天才中，没有任何人的私生活像威廉·莎士比亚般难以捉摸。"

莎士比亚如此这般，让人大为光火，几乎难以置信。毕竟，他生活在英国文艺复兴的光天化日下，有案可查的伊丽莎白女王与詹姆士一世国王治下……自他去世起，尤其是在上世纪，莎士比亚遭受了最大规模的有组织研究，这在任何个人身上都前所未有。成批的学者，全副武装，检查了至少可能提及莎士比亚名字的全部文件。若将这些辛劳的百分之一用于研究一位不显眼的莎士比亚同代人，都足以产生一部卷帙浩繁的传记。但在这番声势浩大的逼供后，这位最伟大的英国人仍近乎是个谜，连身份都令人存疑。

他有生之年，无人宣称认得此人。去世时，没有一个人向他致敬。据记载，他未受教育，没有文人朋友，临终没有任何书籍，不会书写。没错，已发现他的六个签名，每个都拼写相异；但这些签名极为丑陋，以致一些笔相家认为，有人引导着这只手签名。此外，没有发现莎士比亚写下任何一个音节。去世七年后，他的作品被结集出版。这时，一些别的诗人声称认得此人，有人画了一幅肖像。这位技艺拙劣的艺术家画了一张乡村蠢汉的脸，面无表情。[9]

[6] 既然有关莎士比亚生平的标准论述，经由严格的历史考察，最终几乎并不比罗宾汉（Robin Hood）的故事来得可信，那么，对莎士比亚其人持谨慎的不可知论，似乎是唯一的审慎立场。也就是说，人们不可依据对剧本作者的猜想（或剧本的写作环境），擅自解读剧本，除非这些猜想源自剧作本身。在我看来，我们最好同意狄更斯（Dickens）的看法："莎士比亚的一生是个美妙的谜团。"[10]

这点值得强调，因为我们再三发现，广为接受但并无依据的猜想，使学术研究就算还未致命地大打折扣，至少也充满偏见。[11]除却无数次有人把某些剧本细节解读为讨好权贵，这些猜想主要从两个方面败坏了莎士比亚的名声，使人们不再认为莎士比亚是合适的老师，能教导恒久重要的问题。首先，一个趋势是贬低莎士比亚，认为其并非真正知道其写下的大部分内容：皇室、贵族及所有那些当权者的行为与态度；军事与外交策略；主要的宗教与哲学流派；异邦、异族与远古时代；艺术与科学，高深莫测的炼金术、星相学及数字命理学传统。他怎么可能知道这些东西（论辩会如是发展）呢，要知道他祖上只是小资产阶级，他接受的（至多）是外省极有限的教育，后来从事下等职业，自己一心追逐私利。尽管他运用几乎是超自然的诗才说服——事实上是迷惑——观众，他仍只能被视作一位技艺尤为娴熟的模仿者，能模仿笔下任何事物的肤浅外表。因此，他能欺骗那些自身对这些事物的真相一无所知的人，那些不曾质疑其资质的人。但若用恰当的知识标准评估，莎士比亚势必像一位电视编剧，能可信地创造医学从业者的表象，自己则无需真正了解医药。我们都知道，要想通过学习这些电视剧而成为医生，那将愚蠢透顶。这些电视剧也意不在此，它们只是为了提供娱乐，其表面上的医学"现实主义"仅仅意在使剧本可信。因此，我们要相信，莎士比亚势必如出一辙。他用魅力无穷，兴许还略带粗野的语言，讲述了一个激动人心的好故事（这些故事无一例外都取自他人），除此之外，别无任何可信的成就。[12]

第二种解读偏见部分源自第一种偏见，即莎士比亚没有那么认真地对待自己的剧作，（因而）没有倾注高超的文学技艺，使我们也应同等用心地解读剧作。[13]莎士比亚写这些作品的主要目的——如果并非唯一目的——是为了满足一家戏剧公司的需求，他是公司的演员，该公司是当时争抢演出收入的几家公司之一［7］，他得通过兼职创作挣取微薄的外快。[14]既然作者对自己的剧作漫不经心（故事继续讲道），我们就不应推测它们是精心打造的作品。没有人会认为，为了商业目的的仓促完成的作品，正如当今的电视剧本，会没有前后不一、不太可能的事物，令人困惑的缺漏，及明白无误的矛盾——尤其因为现存文本是连续修改的产物，作者从不费心让文本前后一致。因此，解读者基于每个剧本具有完美意义，既无未了结部分，也无次要细节，注定会是一场徒劳，无关紧要。既然有这些现成理由使我们忽视本可视之费解的任一特点，文本谜团就不能被视作可解开的秘密，我们也不会认为据此能更好地理解剧本，或毋宁说据此理解作品以易错之笔所反映的世界。[15]

我们可以提出要多少有多少的理由，来挑战这些寻常的学术假设的合理性。不过，要想富有说服力地驳倒这些假设，唯有解读剧本，用证据证明怀疑论者的宣言并不属实——这些解读通过展现莎剧的智识及戏剧连贯性，使莎士比亚理解力的深度与宽度显而易见。不过，在读者有可能做出此类解读之前，有一些狭义上的文学问题，事关恰当的"莎士比亚阐释学"（Shakespearean hermeneutics）。随着莎剧批评愈发成为专门的学术领域，这种批评也相应地受制于不断变化的学界风潮。莎学专家无疑熟知各式进化思潮，这些思潮相互交织，形成了现在的混乱场面。即便如此，由于我希望本书也能吸引专家外的读者群，我恳请专家容许我简述几点内容。这些涉及一个正在形成的观点，而这一观点如被接受，将显著损害人们欣赏莎士比亚哲学才思的能力。

对琼生（Samuel Johnson）等人而言，以及在些略不同的意义上对浪漫主义者而言，莎士比亚是那位描绘自然的诗人（the poet of Nature），尤其描绘了人类的自然（human nature），但也必然描绘了我们身处其中的整个自然秩序。[16]诚然，莎士比亚不可能堪当此任，除非我们相信莎士比亚些许了解他笔下的事物。因此，解读莎士比亚，必然类似于解读他声称被他忠实再现的世界，就此而言，没有先验的限制或法则，除了那些理性探究本身蕴含的内容。不过，从那包罗万象的视角出发，阐释焦点通常变得更狭隘。[17]自十九世纪末起，主流批评方法认为，分析剧本应主要致力于透彻[8]理解每种性格的构成，尤其是"性格"如何决定主人公的命运。[18]若操作得当，这一批评方法相当广阔，并会聚焦于多数人自然最感兴趣的话题：他们自身和同伴。此外，若认为人类心理具有普遍真理，这些真理几乎见于一切社会环境（因此，任何聪颖睿智、富有洞见、深思熟虑的观察者，无论其自身社会地位如何，都有可能触及这些真理），那就不必反对莎士比亚对这类真理具有某些真知。

不过，"性格分析"刚被视作打开莎士比亚王国的钥匙，就备受挑战，被看作使作品贫瘠的抽象概念。这些抱怨不乏合理的理据，因为仅强调剧作单个要素，易于忽视其他实现整体效果的要素。[19]尤其有各种声音宣称，莎剧中明显的诗学策略被完全忽视了。一些批评家强调，较之将剧作视作人物的现实主义组合体，同等重要——甚或更重要——的是，将剧作视作象征的拼贴画（这些象征下意识地完成大部分工作）。[20]同样，要理解莎剧以何种方式、出于什么原因感人至深，必须更留意其语言鲜明的悦耳特质。各路历史主义者也发表高见，坚称必须将莎士比亚的创作置于他的时代来理解：其时代的戏剧惯例，此前的中世纪道德剧传统；当时观众的社会与知识观念（或者更狭隘地说，莎士比亚据称隶属的社会阶层）；这些剧作可能针对的政治时事，等等。[21]

不过，尤为重要的是，一种新观点坚称，我们现在可能作为文学学习的剧作，原本是用于演出的戏剧，而我们的解读要正当合理，必须始终意识到编剧艺术的要求，即什么能取得戏剧效果。[22]这警告看似合理，却滋生了一些荒唐的限制来规定何种阐释妙语才可以接受。某样事物是戏剧，因此必须能为观众理解，这不意味着它只是戏剧，也不意味着它不能向细心的读者传达一些即便最敏锐、最有心的观众也无法触及的东西。莎士比亚显然熟悉远古的文学，这些文学深远地影响了伊丽莎白时代，[23]因此他必然知道，有可能创作不朽的传世之作——一个人若天赋不浅，就可能写出某样作品，让两千多年后的人阅读它并从中受益，乐此不疲。此外，莎士比亚知道，戏剧可被视作最一流的文学作品[9]，并以此为人所研读。例如，有大量学者认为，莎士比亚深受塞内加（Seneca）的影响。可是，无论是我还是其他任何人都无从知晓，莎士比亚是否观看过塞内加剧作的实际演出。如果莎士比亚确实受其影响，那么更大可能是，他是塞内加剧本的学生。既然莎士比亚可能希望自己的剧作成为受人研读的文学，那么解读这些作品时，若将其中明显的前后矛盾（或其他任何令人困惑的特点）之处置之不顾，仅仅因为断定这些矛盾不可能被现场观众留意，或即便被人留意也不会影响剧本的戏剧效果，那就不可能是充分的解读原则。演出时，观看节奏易于使人忽视某些细节，但细心的读者不会视而不见。他们愿意付出宝贵的时间，比较并思索每句台词、每个行动，而正是这些细节，才可能提供通往剧本深层意义的线索，传达出某些从不打算留给剧场看客的洞见。[24]

我们也不应认为，但凡没有看到剧中人物的所言所行提供直接支撑——大体是直接支撑——就不能对人物性格及其境遇作任何猜想。为这种限制辩护的人，可能基于前文提及的理由（即原则上观众必须能立即并充分理解剧本），但有时也是因为他们拒绝承认剧本可以反映自然现实。毕竟，咬文嚼字的读者或观众或许会问：剧本怎么可能反映现实呢，要知道剧本充斥着满口无韵诗的人物哦。我们被告诫说，要记住人物并非有真实历史的真人，在我们视线之外生活——而且（原则上）获得关于他们的确定知识是可能的。有鉴于此，对"麦克白夫人（Lady Macbeth）有几个孩子"的猜想之所以荒诞不经，正因为答案完全无从确定；这个角色不在文外独立存在（我将论证，这个问题对于将要解读的一个剧本至关重要，但这只是成了一篇重要论文的讽刺性标题，该文认为所有这类问题都离经叛道）。[25]据此观点，剧本必须因其本身即是的深层人为之物而得到承认，我们因剧中的全部行动、观点、联想与象征（还包括剧本的角色）而对剧本作出热烈响应，因为这些要素共同表达了"赋予剧本情感统一性的价值系统"（奈茨《探索》，页19，页52）。莎剧不应被误认为在描写可感现实；莎剧"并未陈述哲学，而是陈述受剧作家控制的情感"。[26]它是"一首戏剧诗，[其]目的是用语词传达丰富且由诗人掌控的经历"。[27]若要接受作者真正想传达的经验，就必须让莎士比亚的语词为那一经验设限，始终警惕别加上任何不属于作者而属于我们自己的东西。

我们可能会赞同这条对策，因为这涉及观看剧本演出的效果［10］。

但只要这些宣言蕴含隐秘的假设，即莎士比亚的"戏剧诗"严格受其戏剧目的限定且必须仅依此目的分析，那就限制了莎士比亚可能的意图，尤其是那些更关乎理性而非情感的意图。事实上，可以推论，这妨碍了读者意识到莎剧具有任何更深的哲学目的。此外，限制思索莎剧时可以合理思考什么（about），会大幅缩减思索莎剧的潜在益处。即便对于戏剧体验，也不可严格信守自己坚持的如下观点：除文本自身直接提供的内容外，不应将任何东西加诸人物。

毫无疑问，诗人激发我们的想象力来填补空白，进而使他的人物和行动"有血有肉"，这种能力一定程度上正是他的天才所在。莎士比亚之所以伟大，要义之一在于，他正是用寥寥数笔（economy）实现了这一目的——区区几次出场、几行台词，就使譬如说麦克白夫人的形象惟妙惟肖，接着我们用想象将其变成具有某种比例吓人的"现实"。反之，若拒绝动用我们的想象力，赋予人物以我们感知领域外的某种存在（对于日常生活中遇到的人，我们常这么做），就会使情节无法连贯。《奥瑟罗》（*Othello*）第四幕以伊阿古（Iago）的问话开场："您愿意这样想吗？"①——奥瑟罗（Othello）回答："这样想，伊阿古？"——我们难道要假设，他们刚从稀薄的空气里成形，上次见到他们时，他们遁入这空气，现在开始用纯粹的抽象概念交谈？显然不是。我们当然应猜想见到他们时，他们正在交谈。我们未能见到交谈开始，但自然会（也应当）依据前后语境推测这场交谈。

每个人某种程度上都这么做——我们必须这么做，否则剧本就几乎沦为胡言乱语——唯一真实的问题是，这多大程度上正当合理？我们杰出的批评家温和地嘲笑那些"思考父亲死时哈姆雷特（Hamlet）身在何处"[28]的人。但这个问题值得思考，能促使我们推敲各种可能，评估每种可能如何与剧本相关——甚至模仿莎士比亚

---

① ［译按］文中所引莎士比亚剧本译文参照朱生豪译本。

具体想象其他情景，从而感受并因此更好地理解戏剧创作。诚然，我们最终可能无法解决问题，无法令自己满意，但对于理解剧本的哲学目的而言，这种不确定无伤大雅。只要能促使好奇的读者仔细推敲某个问题，某个值得认真的人付出时间的问题，即完成了主要的哲学工作。但阐释要点正在于：除非提出了这类问题，并因此关注这些问题，否则就难以细读文本；此外还要留心能回答这些问题的证据，因为证据可能就在那里，却［11］不为人察觉，不引人注目；作者给出这些证据，是为了嘉赏能意识到相关问题的读者，即那些指向剧本更深意义的问题。据我的经验，当我并用演绎与想象，就剧中某个令人困惑的特点偶然发现合理的解释时，重读剧本能印证这番解释，尽管印证常在最想不到的地方。

在结束捍卫更自由的批评方式之时，我想指明一系列问题。许多学者虽赞同我在此反对的批评限制，却几乎无疑会驳回这些问题，但我认为，这些问题对充分解读本书关注的另一部剧本——《李尔王》（*King Lear*）——至关重要。暴风雨中，老国王与他少得可怜的随从——肯特（Kent）和弄人（the Fool），在爱德伽（Edgar）（假扮作可怜的汤姆）占用的洞穴里避雨。这时，佯装疯狂的后者与似乎正要发疯的前者间，开始了一场对话。对于剧本内外的旁观者而言，无论李尔还是爱德伽的台词都意义不明。之后，葛罗斯特（Gloucester）到了，敦促国王去更好的避难所：

> 李尔　让我先跟这位哲人谈谈。天上打雷是什么缘故？
>
> 肯特　陛下，接受他的好意；跟他回去吧。
>
> 李尔　我还要跟这位有学问的忒拜人说一句话。
> 　　　您研究的是哪一门学问？
>
> 爱德伽　抵御恶魔的战略和消灭毒虫的方法。
>
> 李尔　让我私下里问您一句话。
>
> 肯特　大人，请您再催催他吧；

　　　　他的神经有点儿错乱起来了。

　　葛罗斯特　你能怪他吗？……（《李尔王》3.4.151–159）

　　哲人？忒拜人？李尔想问这位"哲人"，这位"有学问的忒拜人"什么？为什么要"私下里"问？之后我将努力说明，必须问这些问题。此外，这些问题也能回答，而所有答案对于更充分地理解剧本至关重要。[29]

　　诚然，从前文看，我对文学的看法显然过时了：这涉及从文学中寻求什么，以及探讨文学的意义何在。因此，我试图写一本过时的书，意在关注一群特殊学者的意见，其中不少属于上一代人，他们尽管解读各异，但都共享一个对莎士比亚的整体立场，较之近年[12]占上风的立场，我认为他们的立场更有益处。[30]要是我的努力能成功，我希望不仅有助于重拾对那批使我受益匪浅的学术研究的兴趣，还能重塑对那种立场的信念。

　　如果阅读纯粹是为了娱乐，批评唯有提升那种乐趣才有意义。而要堪当此任，批评无须涉及文本外的任何内容。但如果期待伟大的文学，作为其真正伟大的应有之义，能通过某种方式，使人更好地理解更大的现实——包括语言的现实及其使用情况的现实，则批判性评价就必然涉及文学意在描绘的世界。也就是说，研究文学不可能是独立自主的事业。任何作家若值得严肃对待，都首先是他写作主题的学生，因而也是其他此类学生的学生，他邀请我们也如此行事。也就是说，他邀请我们离开他的作品，转向世界的相关部分，转向对世界那一部分的其他表述，通过我们所见，确认或否定他对事物的认识。诚然，在实践中，这个沉思性比较的辩证过程可以无限重复，完善对世界及所探讨作品的理解。本质上，这不可避免地是哲学活动。

　　我运用"哲学"一词表明，我对哲学的看法也过时了，或更准确地说，对政治哲学的看法过时。因为只学习现代观念的读者不可能熟悉这些过时的观念，但对于我的论点，即莎士比亚在真正的哲人中身居高位而言，这些观念至关重要。因此，与人方便的做法是，先展开论述两个要点。第一个要点涉及"哲学"一词的基本含义。我赞同原初的观点：哲学是一项活动，一项思考的活动，主要目的——如果并非唯一目的——是理解；或者更好的说法是，哲学是一种生活方式，其间这种活动成为支配性组织原则。也就是说，哲学，或"热爱智慧"，并非一套教义、学说、写作、政策，不是这个哲学过程可能生成的任何具体结果——尽管这是当今该词最常听到的含义，例如"亚里士多德的哲学"，意即所有那些亚里士多德论著呈现的世界观。但这是次要及引申含义。此外，在我看来，所有真正伟大的哲人，无论他们何时写作，都有一个目标——我认为这常是他们的主要目标，即在"哲学"这个词的基本意义上推广哲学。也就是说，他们试图促使或引诱读者——至少只要读者天性合宜——从事这种人类特有的（因此使人之为人的）思考活动，从而直接感受哲学。而最能有效促进哲学活动的是问题，而非答案。

第二个要点涉及限制词"政治"。"政治哲学"的通常理解 [13] 大意是对"政治"（无论那是什么）做"哲学思考"（无论那是什么）。但政治哲学也可以意指——我认为这是一个更宽泛、更深刻的概念——以"政治的"（politic）方式，以审慎或"有礼"（polite）的方式，（对任何东西）做哲学思考，并充分考虑自己的哲学思考可能造成的政治后果，无论涉及自己还是他人。要想立即理解我的观点，不妨想象在当今的伊朗，几乎写任何东西都需无比仔细、小心、谨慎。我们可以在此回想，我们哲学传统中有多少杰作，成书情境也近似当今的伊朗，而非当代那些自由民主体制。事实上，政治哲学的那位创始人被处死，表面上是因为犯了宗教罪行（不信城邦其余人据称所信的神，并败坏青年）。[31] 因此，发表个人思考政治哲学的成果，必须尤加小心——我得补充，我们传统中的主要政治哲人似乎也确乎小心谨慎，我认为莎士比亚也是其中一员。再重复一遍，我称莎士比亚为"政治哲人"，意在表明，他既是政治作家，其主要目标也包括推广哲学活动。[32]

莎士比亚服务于这重目的的手段多种多样。但在莎士比亚激励读者从事哲学思考的每样技巧下，都有一个潜在观念：使我们大梦初醒、生气勃勃的是问题，答案只会使我们死气沉沉、昏昏欲睡，梦游中度过人生。因此，莎士比亚从不公然说教，更不会自以为是。他从不在剧中以自己的名义说话，只在拟定剧名时表露一二。因此，无法援引莎士比亚，无法自以为是地论及莎士比亚——正如无法引用柏拉图。当我们说自己引用莎士比亚时，毫无疑问，我们实际上在引用他笔下的某一人物，而那一人物的观点与作者观点有何关系，这势必需要猜测。可以想见，莎士比亚自己的观点见于他写下的全部内容，其观点就无法毫发无损地简化作任一部分，而是首先见于他选择了写作，其次见于他选择了（主要）创作剧本。其中每部剧作都需做独立解读。由于每部剧作都有始有终，可以猜测，它们意在自成一体，为人理解，无论某部剧本可能为另一部剧本带来何种洞见。充分的解读需连贯地整合每个人物的所有言行（有时甚至还包括没有说的和没有做的），无论那个人物在剧中看似多微不足道。

我对莎剧全集的研究诚然有失均衡，尚欠完整，因而仍在进行。基于我的研究，我想假设，莎士比亚的每部伟大剧作都探讨一个重要问题（或一系列重要问题），而这些剧作使 [14] 我们明白为何这些问题至关重要：每个问题通常包含错综复杂的因素，牵涉各种合乎情理的关切，因而容纳多个看似合理的视角。莎士比亚的戏剧邀请我们——事实上，如果我们希望理解它们，是迫使我们——从不同情境下各式人物的立场看待事物。诚然，这不必然意味着所有视角都同等合理，也不意味着总有调和所有视角的方法，或压根不存在最佳或真实的视角。理想情况下，应试图重建莎士比亚的观点——那个超然而整体的视角，从中生成各人物的片面视角。不过，事实依然是，若不知某个重要问题为何引发争论（因此是问题），或为何至关重要（对人类生活实践或理解人类生活至关重要），就无法充分理解这个问题。剧本可能会提供一些答案，但要想知道这些答案，唯靠读者自觉协同努力，即当他们意识到剧本处理的重要问题后，就已自行开始认真应对这些问题。

此外，我要进一步假设，莎士比亚的戏剧通常呈现一个或更多难题，认识到这些难题会指向剧本的深层问题，而如何解决这些问题是充分理解剧本的关键。应当强调，如此认识谜团通常需要一些思考，因为这些谜团常常并非显而易见，一如《麦克白》（*Macbeth*）中最著名的难题：神秘的第三位刺客（Third Murderer）（我在下一章会进一步探讨这个问题）。有时，剧本直截了当提出难题或秘密，但接着这个难题或秘密就悄无声息，淡入背景之中，例如《威尼斯商人》（*The Merchant of Venice*）开场时，商人安东尼奥（Antonio）正哀叹不已：

> 真的，我不知道我为什么这样闷闷不乐，
> 你们说你们见我这样子，心里觉得厌烦，其实我自己也觉
>   得很厌烦呢；
> 可是我怎样会让忧愁沾上身，
> 这种忧愁究竟是怎么一种东西，它是从什么地方产生的，
> 我却全不知道；
> 忧愁已经使我变成了一个傻子，
> 我简直有点自己不了解自己了。

要解释安东尼奥的忧愁——毕竟，剧名显然由他而得——需要我们在表面底下探索，这会使我们从截然不同的视角审视"基督徒相对于犹太人"的主题。[33] 或者，我们可以思考《一报还一报》（*Measure for Measure*）中那个悄然织入对话却引人入胜的暗示。文

森修公爵（Duke Vincentio）正向托马斯教士（Friar Thomas）解释，为何要让安哲鲁（Angelo）负责清洗腐化的维也纳，而自己虽佯装外出，却要扮作教士，袖手旁观。接着，文森修公爵补充道："我这样的［15］行为还有其他的原因，我可以慢慢告诉你。"（《一报还一报》1.3.48-49）由于我们不知悉他们后来轻松的谈话，我们得独自思考这些其他原因的奥秘。同理，葛罗斯特公爵理查（Richard of Gloucester）图谋篡位时，在独白中暴露自己计划"娶华列克（Warwick）的幼女"，接着神秘地补充说，"倒不是为了什么爱，为的却是另一桩私地里的打算，只有娶到了她才能如愿"（《理查三世》［*Richard III*］1.1.157-159；也可参见1.2.234）。我们从未被告知这个"秘密的"缘由是什么；也就是说，我们得自寻答案（因为我们必须假定，鉴于莎士比亚能随心所欲，让人物说任何台词，理查当着我们的面暗指这个原因，必有用意）。

　　《科利奥兰纳斯》（*Coriolanus*）第四幕第三场中，携带情报的神秘罗马人"尼凯诺"（Nicanor）与伏尔斯人阿德里安（Adrian）"碰巧"邂逅——这是他们剧中唯一一次碰面——我们越思考这次"碰巧"邂逅，就越觉得稀奇（罗马人："先生，我很熟悉您，您也认识我；您的大名我想是阿德里安。"伏尔斯人："正是，先生。不瞒您说，我可忘记您了。"罗马人："我是个罗马人。"）这个"尼凯诺"，这个连派去联络他的人起先都认不出的人，是否说出了真实身份？他要讲的"最古怪的事"又可能是什么（4.3.40-41）？

　　有时，谜团藏于看似无足轻重的细节中，《裘力斯·凯撒》（*Julius Caesar*）即是一例。仅举几个谜团为例：凯撒告诉我们（还有安东尼）自己左耳失聪，这有何深意？里加律斯（Caius Ligarius）没有如约出现在暗杀现场，又有何深意？诡辩学者阿特米多勒斯（Artemidorus）如何能确切知道谁在密谋暗杀凯撒？如何解释勃鲁图斯（Brutus）告诉麦泰勒斯（Metellus），他未听闻鲍西娅（Portia）的音讯（4.3.180-184），尽管我们看见，此前与凯歇斯（Cassius）的私下谈话里，他确有听闻（4.3.146-156）？[34]

　　另一些情形下，最基本的谜团就蕴含于标题本身，例如《暴风雨》（*The Tempest*）。剧本开篇表现了一场巨大的暴风雨，普洛斯彼罗（Prospero）借这场暴风雨使不可能相见的人相见，这是否真能充分解释标题，还是说另有一场"暴风雨"，而我们受邀去发现并理解这场暴风雨？

　　有时，一个谜团看似对主要情节无关紧要，实际上却至关重要：为什么"忠实的威尔士人"（但不仅是他们）——"国王寄托全部信任"的威尔士军队——误以为国王已死，因此作鸟兽散，使理查（Richard）镇压波林勃洛克（Bolingbroke）叛乱的机会灰飞烟灭（《理查二世》[*King Richard II*] 2.4.5-7，2.4.15-17）？另一些时候，谜团位于情节中心，太过明显，无法忽略：为什么面对伊阿古有毒的曲意奉承，奥瑟罗会尤为不堪一击？或另举一例古怪之处，此处同等重要但不那么显眼：对于那条给苔丝狄蒙娜（Desdemona）的臭名昭著的手绢，奥瑟罗宣称了两个不同的来源，这又有何深意（《奥瑟罗》[*Othello*] 3.4.53-54，5.2.217-218）？

　　不应忽视，这项明确情节的卑贱工作（情节终究是剧本的基底，任何充分的分析都必须总是以此为起点，并回到这一终点），即在一个常常令人困惑但更熟悉的表象下（这一表象几乎能令所有人痴迷）看见永恒 [16] 现实，看见究竟发生了什么以及为何发生，这本身是哲学活动，需要我们像理解政治生活及其更广阔的自然环境一样，运用同一套能力，并依据同样的主次顺序运用这些能力。[35] 有鉴于此，我们可以猜测，莎士比亚多次暗示世界不过是舞台，而世人不过是那众多的演员，背后其实存有一条哲学教学法的原则。

　　说起世人，无论莎士比亚还想教给我们什么，他显然是杰出的心理学家，以这个术语的原初字面意义上而言的心理学家：一个能对 psychē [灵魂]，或更确切地说，对 psychai [诸灵魂]，给出 logos

［理性阐释］的人；此外，他还提供素材，借此读者若深思熟虑也能开始成为心理学家。莎士比亚的戏剧描绘了全部类型、意义深远的人性，他们在从古到今的典型政治环境下爱并奋斗，学习并改变，做梦并死亡。与（譬如说）柏拉图对话录相反，在莎士比亚的戏剧中，我们遇见所有类型的人，从高贵罕见之人至最低贱最寻常之人，这使我们得以观察他们交往的各种方式，他们如何看待彼此及周遭世界。尽管"性格分析"遭受大量批评，事实依然是，理解某部剧本根本上取决于"心理分析"每个人物（同样，我在此意指该术语哲学上开放的含义，而非任何现代、半技术的含义）。这进而要求人们去观察、记忆、演绎并评估得自不同来源的各式证据，将其综合成单个"言之有理"的连贯实体。

这不意味着莎士比亚从不表现分裂、困惑或不协调的人物，恰恰相反，他常表现这类人物。毕竟，世上主要是这类人物。但对于人物为何展现或忍受各类内在矛盾、不和谐、犹豫与摇摆，必须正确解读剧本证据，从中寻找答案。正如日常生活中，要想理解一个特定人物，就必须留神他说什么，不仅涉及他怎么描述自己，还包括他怎么描述他人；必须比较他的言辞与行动，比较他的意图与实际后果；还要整合所有这一切与他人对他的评价，他人对待他的态度；又要评价他的抱负、判断、动机、品行、塑造他的环境，他经受的改变。这一切悉数完成后，别忘了还要"阅读自己"，思考自己为何对某个人物有这般感受——喜欢这个人物，厌恶那个人物，崇拜另一个人物，同情第四个人物，以及为何越熟悉、越深刻地理解某个人物后，自己的情感与评价（无一例外地）越是随之改变。

所有这些分析灵魂——认真全面的分析——都可视作［17］原初意义上的哲学思考。因为唯有依据人类全部类型来理解个体，识别我们与他人的相似点，以及我们有别于他人、使我们"个性化"的方面，才能逼近对政治哲学而言最不可或缺的东西：清楚准确地理解人性。人性只能揣摩识得，非视力所及，因为任何时候，我们可能观察的任何个体——无论他们是在莎士比亚的舞台上，还是生活的舞台上——都不会展现人性的整体，也不会仅展现人性。那个可理解的自然现实，我们每个人都参与其中的自然现实，折射于各式可见实例，而我们必须由此出发。

不过，剧本不只是其人类部分，即其人物的总合。如前文所述，情节是基础：唯有认为人物与情节"相配"，才能理解人物。不过，要想充分理解行动，理解统一起整个戏剧的故事，不仅必须分析人物各式关系的结构，还必须分析他们在其间追求各自目标的物质与文化背景。在莎士比亚戏剧中，正如在日常生活中，这更大的结构性背景总是某种自然、技巧、习俗与机遇构成的复合体——理解这个背景，理解其如何与人的言行相关，这重挑战等同于理解任何政治情形的基础：什么因什么产生。这个问题的答案也非永远显而易见，正如未充分思考这些问题的人常这般认为。一些乍看主观任意的习俗（例如各式礼节）或非理性偏见（例如对私生子的偏见）可能深深扎根于政治生活的必要因素，唯有持续思考，才能揭示那些根系。要想理解某个政治情形，或某项特定策略，或某套政治制度，或政治生活整体，必须掌握其内在理据，而这唯有借助思考，打个比方说，在思考中"进入"其间，接着从内部一探究竟。做这番尝试，无论涉及政治现实，还是涉及莎士比亚以无比精妙之笔创作的政治情景，本质上（又是）在从事哲学活动。

因此，阅读莎士比亚的诸多方式涉及原初意义上的哲学思考。但莎士比亚给喜爱政治哲学的人提供了一个特殊优势，即训练审慎判断（prudential judgment）的机会，在此我运用了这个术语的旧式含义——从具体识别整体，将整体运用于具体。因此，鉴于当今大多数人以虚假的方式首次接触哲学，研读莎士比亚的戏剧能部分纠正其中固有的主要倾向。也就是说，哲学从迷惑或"困惑"（著名的柏拉图对话中的aporia［难题］）的具体经历中自然生成。对于任何些略［18］喜爱思考的人而言，面对世界时这种经历司空见惯。在实践意义上，迷惑比好奇更重要，后者是想亲自看见、经历并知晓的简单欲望。要是世界明白易懂，单单好奇不会产生任何试图理解世界的特殊努力。相反，正是因为发现了如此之多"成问题"的东西，才促使人们提出某类问题，思索某类答案，最终使我们的哲学传统与众不同。那么，可以将哲学思考大致设想为缜密、持续，因而系统运用自己的自然能力，来解决自己的迷惑，进而满足自己的好奇心，一次迈进一步，一个问题自然引发另一（通常是更普遍的）问题，只要兴趣不减，便长此以往。

不过，这并非当今通常思索或接触哲学的方式。相反，我们主要将其视作大学课程和课本，它有事先打包好的综述和解释，有权威认定的"经典"，按时间排序，提供问题与方法的标准分类，概述著名学说及标准异议，并且已指明最重要的问题及相关著名回应的其他主要解读，一切都被便捷标记，合理编排。诚然，这种安排有明显的优势，因此逾两千年而不衰。无疑，这会使我们之中天赋不如柏拉图与亚里士多德、笛卡儿或培根、霍布斯、卢梭、尼采等人的人登上问题之梯，且高度与速度都远超过完全自食其力之人，即便与志趣相投的朋友交流亦能助一臂之力。但正因为我们由此被人为弹射至某个思想高度，完全脱离日常生活——因为我们并非自个儿小心翼翼，一步步登梯，充分意识到日常细节与最普遍的问题（我们学会视作哲学问题）间的具体关联——所以我们仿佛必须回头去发现那些关联。

具备这种能力，具备在普遍与具体间"建立关联"的能力，是如前文所述审慎判断的职责，而可能从哲学思考获得的任何智慧，其实际价值无非是审慎判断所能提供的价值。这指向我们隐居式或"温室"式培养哲学的特殊弱点。要想弥补这一问题，也鲜有对策——审慎可学，但严格来说，审慎不可教，因为审慎唯有通过亲身经验才能习得。但聪慧地阅读精品之作，本身可以提供一种经历，类似日常生活中能获得的经历，通过这个过程，[19]可以训练人的观察力、记忆力、辨识力、想象力、分析与综合能力——事实上，这训练的正是理解世界并据此行动所需的一切理性能力。柏拉图的对话尤能堪当此任，因为这些对话总是发生在具体场景中的特定人物之间，而察看这些具体特质如何既反映又思考对话所探讨的普遍问题，对于充分理解这些对话至关重要。不过，在我看来，所有作家中，莎士比亚以最引人入胜的方式联结了普遍与具体，因而最出色地提供了替代经历，读者可以借此训练审慎判断及其他理性官能。

但要理解莎剧更广阔的教育能力，必须分析并区分两类不同的认识方式，虽然实践中两者常互相交融。[36]一种可称作"理智性"（或"概念性""命题性"，抑或"认知性"）认识（"intellectual" knowing），几乎完全限于灵魂的理性部分；也就是说，仅仅涉及推理与记忆，虽然有时还涉及想象。另一种是"经验性"认识（"experiential" knowing），它影响整个灵魂，因而只要我们的激情、欲望与厌恶显现于身体，就通常也影响到身体：有些场景让我们感到"不忍直视"，于是我们确实掉转脑袋，另一些场景则促使我们积极干预。对于某些话题——例如天体力学，或冶金学，或古生物学——理智性认识是唯一的认识方式。有人可能对此类知识热情洋溢，但严格而论，激情不参与这个认识过程。而对于另一些问题，只有后一种认识方式，即"经验性"认识才算得上有所认识。例如，对于各种欢乐与痛苦，欲望与仇恨，热切的渴望与绝望的恐惧——除非真正感受过此类事物，对这些事物及其效果的理解就势必至多流于肤浅，片面抽象，"毫无生气"。就欣赏美妙的音乐而言，一个人若不能从中得到乐趣，就几乎与失聪的人不相上下，因此，那些献身音乐的人也无法真正为人理解。乐盲能听到声响，也许甚至能对声响的和谐做数学分析；他看见他人欣赏音乐的一系列证据；他不怀疑音乐是真实的，也不怀疑音乐对某些人至关重要。但是，其中的"缘由"却始终晦暗不明。同样地，从未热恋过的人也会这样看待爱情，从未悲痛欲绝的人也会这样看待悲伤。哲学亦如是。

对于人类生活的诸多重要问题，真正的理解既涉及理性理解（通常需要仔细宽泛的观察，[20] 还有缜密的分析和合理的综合判断——大量思考），也涉及亲身体验。一些情形下，我们拥有一些甚至不少理性理解，但少有或没有亲身体验。这时，我们就既理解又不理解当下的现象。从没有为失去的爱人悲伤的幸运儿知道，这一定让人心如刀绞——相关证据确凿无误，各种后果同样明白无误，包括疾病、复仇、背信、疯狂、苦涩的愤世嫉俗，或重生的宗教信仰。不过，这种认识仍缺乏理解深度，缺乏唯有真正感受悲伤才能提供的理解深度，于是，它也无法真正理解悲伤产生这些或其他效果的力量。

就此而言，伟大的戏剧艺术能提供替代性经验，进而教育世人。它先让我们熟悉一个人物，对他愈发喜爱，钦佩不已，但接着他猝然离世，我们怅然若失，于是获得对悲伤的不少洞见。同样，一位戏剧天才可能教育我们被自己信任的人抛弃是何等感受，以及受盲目偏见的鄙视、成为极端不义的受害者，或在炽烈的雄心与神圣的职责间痛苦抉择又是何等感受；戏剧天才也能让我们感到自己被证明无辜，或克服重重困难获得胜利，甚至因年轻的爱情而极度狂喜时那份特有的兴高采烈。从这类戏剧体验习得的东西，这种大幅深化并强化一个人已有认识的正式知识，若用寻常的散文表达，势必类似陈词滥调。因其"教诲"而推荐某部文学作品，即会面临这个问题。正如另一位学者所言：

> 常常，当批评家说，可以从某部作品学到什么时，批评家意指的教诲总是太老生常谈，批评家听起来更像疲惫但尽职的博物馆向导，而非惊讶不已，发现新知的人。[37]

不过，我的意思并不是说，莎士比亚的教育效果仅限于这一经验性认识，莎士比亚不过就我们理智已知的东西予以认可，并同时加深、提升它们的意义。我更不是说，莎士比亚不过是赋予"简单的真理一个美妙、美丽的授权仪式"。[38]莎士比亚也通过有效诉诸我们的理性，告知我们可能不知晓的东西，解释我们可能未充分理解的事物，揭示错误的臆断，展示令人不快的真理。有时，教诲直接出自人物之口。冷静思考安哲鲁与爱斯卡勒斯（Escalus）之间，以及安哲鲁与依莎贝拉（Isabella）之间就执行法律的实际情况发生的对抗，尤其是考虑到维也纳的特定情形，我们即能证实，安哲鲁完全正确（《一报还一报》2.1.1–31，2.2.28–41，2.2.71–106）。读者此前可能不假思索地偏向爱斯卡勒斯或依莎贝拉的立场，但现在在 [21] 不得不面对安哲鲁，于是有机会习得政治生活的一些冷酷真理。而莎士比亚让一位严守纪律的伪君子无比尖锐地表述这个真理，这本身就传达了一个教诲。

另一些时候，剧中没有任何人物充分地阐述教诲，但情节展示了教诲——例如，轻信的品性，误置或过多的同情，或不适于手头艰难工作的道德洁癖，都可能带来灾难性后果。在其描写英国历史的十部剧作中，莎士比亚不仅讲了事件和人物、时间和地点，还有方法和原因。这些剧本最便捷地展示了两种认识方式——理智性认识与经验性认识，而且同时传授两者效果最为显著——一个了不起的政治效果是塑造英国人：告诉英国人的心灵他们是谁，据此塑造他们的灵魂。[39]有了莎士比亚魅力四射的亨利五世（Henry V），阿金库尔战役（Agincourt）变得意义深远，任何平实的历史叙述，无论何其详实，都无法取而代之。

下文的研究致力于展示，"哲学地"阅读莎士比亚能收获什么——也就是说，将莎士比亚视作首先自身是哲人的戏剧诗人（因而能清楚理性地理解他所做的一切及原因），他的首要目的包括以读者适宜的程度，在他们中间推广哲学活动。[40]但既然至少还有他的另一打剧本也能堪当此任，这重目的本身就无法解释为何我要在此集中探讨两部剧本。解释《麦克白》与《李尔王》的特殊意义需要耗费更多笔墨，既涉及两部剧本本身，也涉及莎士比亚似乎普遍关心的一个问题。先从后者说起。莎士比亚微妙地——但有一次显而易见、引人注目——关注政治与哲学的关系，以及这重关系的所有内涵（这最终涉及大量内容，事实上是重新审视了几乎所有内容）。更准确地说，我们可以发现，莎士比亚始终着迷于哲人统治者，一位"哲人王"。他的剧本中频繁地出现那一概念各个侧面的各种问题，这至少不同寻常。一些剧本表现哲人统治者明显失败（如《一报还一报》《暴风雨》，或许还有《皆大欢喜》[*As You Like It*]；哈姆雷特这一人物似乎也间接涉及这类缺陷）；与之形成戏剧反差，另一些剧本则展现成功的君王（《亨利五世》[*Henry V*] 是最著名的例子）或其他成就卓著的统治者（尤其是两位凯撒）。诚然，成功君王的反面还有并非败于哲学性错误的统治者（如理查二世 [Richard II]、约翰王 [King John]），而莎士比亚也运用他们的例子，进一步揭示知识与权力的关系。[22]与该主题相关的还有一些剧本，其中，最智力超群的人物、对人性最具洞见的人物，碰巧最十恶不赦（如葛罗斯特公爵理查和伊阿古）——这又是一个柏拉图的论点：最有能力行善的人，必然能犯下最大恶行（比较《王制》[*Republic*] 491e，495b，518e–519b）。要想知道是什么决定了巨大的潜力会转向何方，可以探索相关剧本，以求理解为何这些顶级恶棍会败坏。

　　之所以选择详细阐述这两部剧本，是因为它们以独特的角度阐明了这个最无所不包的问题：政治与哲学的关系——传统上视为政治与哲学间的张力。[41]我论述每部剧本的章节都致力于表明，《麦克白》与《李尔王》都展现古老的哲学问题，这些问题都自然产生于政治问题。[42]也就是说，这些章节表明，致力于充分理解某些实际问题，某些转瞬即逝但反复出现的哲学问题，必然引向某些思考，远远超越这些实际问题产生其中的特定情形——因为实际上顾名思义，显著的政治（political）情况总是"颇为独特"（particular），总是或多或少偏狭、受限，并非永恒，因而永远变动不居。不过，其中生成的一些问题却超越于政治实践流动不居、千变万化的紧急情况，引领我们思索更大、恒定的自然环境，其间开展着一切政治生活，也引领我们思索作为政治生活组成部分的各种自然。《麦克白》不仅表明哲人对政治的理解何其珍贵，还让我们看到，一些最具挑战性的形而上学及宇宙论问题，如何与人的生活直接相关，为什么人们所接受的答案影响他们的所有思考与行动，以及为什么自相矛盾的观点必然见诸非理性的计划与实践。《李尔王》表现了哲学自身从人与自然的对抗中产生；也就是说，《李尔王》展现了一个独特的人，曾君临天下，在整个漫长的成年，他人都俯首听命，这个人最终如何逐渐充分理解了自然，包括理解人类试图在其间适应自然本身的价值与限度。

上述评论足以表明，这两部剧本虽涉及截然不同的君主，彼此却有特殊的关系。事实上，它们共有的语言特色与次要细节也预示此言无误。先说莎士比亚所有令人难忘的独特短语中最引人注目的一句"妖婆，滚你的"，这句短语仅出现在两处：《麦克白》（1.3.6）与《李尔王》（3.4.121）。也唯有在这两个剧本里，有人说自己被"捆在一根（或那根）桩上"（《麦克白》5.7.1；《李尔王》3.7.53）。

每部剧本都呈现了一例堪称（而且已被称作）[23] 莎士比亚戏台上最触目惊心的暴力场景：《麦克白》中麦克德夫（Macduff）的儿子被杀，《李尔王》中葛罗斯特被挖双眼。两部剧本中，自然的极端暴力都对位于这场骇人的人类暴力，每部剧本都描绘了据称前所未有地惨烈的暴风雨（《麦克白》2.3.53-62，2.4.1-9；《李尔王》3.1.8-11，3.2.45-49）。两部剧本都强调睡眠的治愈力量（《麦克白》2.2.35-39，3.4.140；《李尔王》4.4.12-15，4.7.12-16）。每部剧本的剧名人物都称世界不过是舞台，世人不过是傻子（《麦克白》5.5.22-26；《李尔王》4.6.181）。两部剧本都用高度相似的语词，呈现世界末日的毁灭意象：麦克白迫使女巫回答说，"即使大自然所孕育的一切灵奇完全归于毁灭，连毁灭都感到手软"（4.1.58-60）；李尔向降下暴雨的神灵呼吁，"打碎造物的模型，不要让一颗忘恩负义的人类的种子遗留在世上"（3.2.8-9）——莎士比亚全集中，唯有这两处提到"种子"（germaines）（如子房［germens］、幼芽［germs］）。

　　两部剧本中，服装都具有普遍的象征及隐喻意义（参见《麦克白》1.3.108-109，1.3.145-146，1.7.33-36，2.3.124-125，2.3.131，5.2.15-22；《李尔王》2.4.265-268，3.4.99-107，4.7.21-22，4.7.67）。两部剧本的剧名人物都一度疯狂。还有那个奇特的事实，即两部剧本中，发疯的主人公都将一张空凳视作某个不在场的人的位置：麦克白相信，被害的班柯（Banquo）占据了留给他的位子（这使得麦克白夫人责怪："啊，这倒说得不错！这不过是你的恐惧所描绘出来的一幅图画……说到底，你瞧着的不过是一张凳子罢了"；3.4.59-67）；李尔模拟审判忘恩的女儿们时，命令"先控诉她；她是高纳里尔（Goneril）"（这使得弄人回应："对不起，我还以为您是一张折凳哩。"3.6.51）。[43] 两部剧本都显然大量提到各种物种——包括狗——的分类系统（《麦克白》3.1.92-100；《李尔王》3.6.63-71）。除几处特例外，用"乳汁"贬低男性的软弱都仅见于这两部剧本：麦克白夫人感叹，她的丈夫"充满了太多人情的乳臭"（1.5.17）；高纳里尔批评丈夫"牛奶般柔弱"（1.4.340；同时参见4.2.50）。

　　每部剧本的结尾，胜利者都宣誓要与敌友清算：《麦克白》中的马尔康（Malcolm）（5.9.25-35），《李尔王》中的奥本尼（Albany）（5.3.301-303）。两部剧本都严重背离主客关系：麦克白杀死客人（1.7.14-16），康华尔（Cornwall）和里根（Regan）威胁并驱逐他们的主人（3.7.30-41）。两部剧本中，那最基本的哲学问题——"你是什么？"——都聚焦于每部剧本的核心议题：《麦克白》中是对女巫提出这一问题（1.3.47），《李尔王》中则是对多个扮相的爱德伽提出这一问题（5.3.118）。

　　所有这些可能都不过是巧合，因为莎士比亚完成《李尔王》后，紧接着写了《麦克白》（学界的公认看法是：《李尔王》于1605年左右写成，《麦克白》次年内写成）。因此，这些及其他语言与戏剧上的共同特点，可能不过暗示了这两部剧本碰巧［24］创作情形相似。诚然，倘若如此，这些共同特点就不具更深刻的含义。但另一方面，这两部剧本关乎半是传说的不列颠国王，他们分别位于前诺曼时期的两端，而两部剧本之所以相继写成，可能正是因为作者认为两部剧作的主题有更深联系，于是通过戏剧细节的各处相似，例如前文罗列的那些相似，暗示更深的联系。唯有充分分析两部剧本本身，才能断定莎士比亚这方面的意图。

　　因此，接下来的两章分别单独探讨这两部剧本。不过，呈现自己的解读时，我尤其致力于（主要通过注释）暗示莎士比亚与先前哲学传统的联系，尤其是与柏拉图作品的联系。最后一章将简短地探讨其他一些剧本（《奥瑟罗》《冬天的故事》及《一报还一报》），尤其关注直接涉及本书标题的内容。结束时，我将分析《王制》中柏拉图对诗的批判，以及莎士比亚的戏剧艺术如何超越了那种批判中所说的诗。

第二章　活在艰难时世：《麦克白》中的政治与哲学

我所看见的

那踏海踏地的天使

向天举起右手来，

指着那创造天和天上之物，

地和地上之物，

海和海中之物，

直活到永永远远的，

起誓说："不再有时日了。"

——《圣经·新约·启示录》10:5-6①

因为时间横扫它跟前的一切，带来善以及恶，恶以及善。

——马基雅维利，《君主论》②

[25] 乍一看，《麦克白》似乎少有空间做哲学探究，可能除非是研究犯罪心理。这是一部快节奏的动作片，首尾都是战争，核心剧情是残忍的暗杀和其他暴行。换言之，《麦克白》不过是一面织

---

① ［译按］文中所引《启示录》参照1989年版中国基督教协会出版发行的《圣经》。

② ［译按］文中所引马基雅维利《君主论》参照潘汉典译本。

锦，最生动地描绘了残暴且尤为血腥的行动：敌人整个身子被切开
（"从肚脐划到下巴"）；[1] 泥沟里的尸体"头上刻着二十道伤痕"，每
道都是致命伤（他们该是怎样乱劈重击）；夜间一场尤为混乱的谋杀
（"可是谁想得到这老头儿会有这么多血？"）；[26] 脑袋被劈，用
作公共展览。仿佛这些传闻还不足为惧，想来同样可怕的意象还表
明了使用这些意象的人的品性：喂奶的母亲从婴儿"柔软的嫩嘴里"
摘下乳头，把他的脑袋在石头地上砸碎；人们沐浴着他人"恶臭的
伤口"；人的心灵受蜇人的蝎子攻击。一例残忍的暴行，据称连铁石
心肠的幸存者都不愿描述：城堡被突袭，女主人、孩子及仆人都被
屠杀，手段极为残忍，城堡主人只要一听闻就可能猝死。就剧中主
要人物而言，他们无礼粗鄙的生活方式，配有无比原始的心理，以
致他们似乎在奇幻王国而非现实世界中生存。超自然的事件无处不
在，迷信广为盛行，要想进入他们的世界，需要彻底搁置我们对超
自然事物的理性怀疑。由于该剧未加解释便直接呈现魔法现象及想
象中的存在，（这也许会引诱人断言说）剧本只能被视作一个残忍的
童话，且无疑传达了一个寓意，若不然，那么除了提供常从惊险片
里寻求的心理满足外，该剧就几乎再无其他。

　　对于理解该剧的真正特质而言，这重表象再误人子弟不过了。
事实上，《麦克白》可能是莎士比亚在形而上学层面最野心勃勃——
在政治层面最有教益——的戏剧创作。或许毋庸赘言，一部剧本
可以极富哲思而无需有任何剧中人物富于哲思，虽然毫无疑问，剧
作家启发人思考的更自然的方式，是使剧中某个人物对事物的方式
及原因至少略有困惑或略作思考。[2] 事实上，该剧主人公并非如众
多评论家所言，是无知、轻信、迷信的粗汉。[3] 当三女巫（the three
Weyward Sisters）[4] 瞬间消失，一如她们突然现身荒野时，班柯相当
充分地意识到我们易于陷入妄想，于是出声向麦克白发问："我们正
在谈论的这些怪物，果然曾经在这儿出现吗？还是因为我们误食了
令人疯狂的草根，已经丧失了我们的理智？"（1.3.83-85）当麦克白

初次看见那把"空中匕首",却无法理解其正指示他要去的方向时,他立即质问匕首是否真实:"或者你不过是一把想象中的刀子,一个虚妄的意匠?"——因此,是不是某种可以给出自然解释的东西(在此情况下,是"从狂热的脑筋里发出")?此外,麦克白的结论似乎是:"没有这样的事,杀人的恶念使我看见这种异象。"(2.1.36-49)同样,对于盛宴上显然困扰麦克白的各种血腥景象,麦克白夫人向夫君提供了一个完全自然的解释:"这不过是你的恐惧所描绘出来的一幅图画。"(3.4.60)

我关注人物明显以更平常的方式解释某些古怪或超自然事件,并非要在此暗示这些论述充分恰当,或我们必须用自然主义解释来处理一切 [27] 看似奇妙或神奇的事物。重要的是,我们应相信人物具备足够的智力与常识,他们说的任何内容都值得我们自己认真思索,而非嗤之以鼻,不过将其视作人物愚昧无知的诸多证据。此外,如果愿意尝试,我们不难发现,剧中呈现了人类的各种轻信(正如我们自己生活中遇到的情形)——每种情形都可能不止暗示了人物所受教育与文化,还有智力倾向与能力。一个极端是那位老人(the Old Man),他显然相信自己听闻或认为自己看见的一切事物,并习惯赋予任何略显奇异的事件以超验意义。另一个极端或许是洛斯爵士(Thane of Rosse),老人曾与之谈论昨日那"可怕的夜晚"(2.4.1-20)——有理由怀疑,这个洛斯的人生观是一种最严格的实证主义。

麦克白的心灵尤其深度惊人,高度复杂。他远不只是初次听闻时那凶猛、无情、毫无头脑的屠夫(依据刚从战场上归来的流血军官所言,兴许会有人如此推测),或最后一次见到他时那个正受马尔康凝视的首级。夸张但有益的提法是,这首尾之间,麦克白表明自己也恰恰是这个形象的反面:胆战心惊、道德敏感,尤其忧虑满腹、苦思冥想——实际上难以抑制自己苦思冥想。麦克白的受折磨源于无法遵循爱妻的建议,"不要把它放在心上"(2.2.29)。理性无疑认同麦克白夫人的看法："无法挽回的事，只好听其自然；事情干了就算了。"（3.2.11–12）但麦克白的思绪躁动又痴迷，使他远远超越那种听天由命，几乎野兽一般欣然接受（并遗忘），这据称是农夫或野人之永恒存在的特点，而又远不能以真正哲学的方式接受现实。他的心灵在艰难跋涉，一边是巨兽吃草的智力洼地，一边是山羊和圣贤喜爱的孤寂山峰；他拥有诗人的想象力，这既是恩典，又是诅咒。于是，他——远——不只是又一位犯错的野人。

至于麦克白的实际生活，他表现出真心尊敬惯常的教条与习俗，知道它们正是意在约束强烈引诱他的欲望，那些属于人之常情、再平常不过的渴望：贪求财富、荣誉、地位与权力。独自思量时，他承认亲族、臣民与主人的义务并欣然接受。他知道，邓肯（Duncan）执掌"大权"那"温和"又"清白"的方式，会使自己谋杀这位虔诚君主的念头成为一桩"暴行"，卑劣至极，势必广受谴责，令人痛惜。他不像伊阿古或葛罗斯特公爵理查那样贬低此类观点，而是恰恰相反：凭着一丝不苟的自我诚实，远非寻常的自我诚实，他承认自己无法挑战它们的权威，[28] 唯有自己"跃跃欲试的野心"。更引人注目的是，我们可以轻易构建一套充分的理由，证明麦克白有权继承王位：他有王室血统，且是邓肯的表弟（1.4.58）；他是半野蛮国土上最强大的战士（因为"人类法律"显然还未"保障公众福利"）；苏格兰需要强人执政；邓肯忽视了那一需要，为了偏私自己的幼子。麦克白只要有一丁点儿惯于遮蔽真相，就能轻易论证自己应执掌大权。[5] 但与此相反，他的良心一想到此番行动，就痛苦不堪。所有这一切，还有麦克白承认，要是他图谋处置邓肯之后使他自食恶果，那将不过是"公平的正义"（1.7.10–27），这些都证明，他即便未必拥有什么伟大才智，也具备一定程度的自然高贵。

虽然麦克白的大量想法及情感可能平淡无奇，但他依然具有一种"理论"冲动。[6] 而他的表达方式不只充满活力，富于男子气概，还表现出诗人的天赋，他善于用令人难忘的意象思考——事实上，有些时候，意象、明喻与暗喻几乎从一个无疑极为丰富活跃的想象中翻滚而出（例如2.2.35-39，3.1.54-69，4.1.52-60）。[7]他的一些台词表明，他以非凡的执着沉迷于一些最令人困惑、最令人不安的问题与谜团，这些问题与难题自然地产生于人类经验。他的突出特点是，他强烈渴望永恒之物、绝对之物、有意义的事物，且渴望明晰、秩序与可理解性。[8]麦克白期望事物合乎情理，富于意义，行为一致，而若事实并非如此，他不会轻易置之不理。他承认何者应统治他及每个人的灵魂，即便他间接提到这样东西为何常常又未能统治（"我的理智来不及控制我愤激的忠诚"；2.3.108-109）。他和任何人一样充分理解，"模棱两可"的评价如何及为何有时颇为合适（"我从来没有见过这样阴郁而又光明的日子"——这是他的首句台词）。但看似彻底的矛盾，使他焦虑不安（"这种神奇的启示不会是凶兆，可是也不像是吉兆——假如它是凶兆，为什么……? 假如它是吉兆，为什么……"）。

此外，该剧每三四段台词就似乎充斥着致命的反讽，其间莎士比亚给了麦克白几行台词，或许可被视为标志着某类原初的哲学天性——例如他劝告班柯"想一想最近发生的这些事情"（1.3.154）；又如他在给妻子的信中写到，遇见女巫时，他"正在惊奇不止""燃烧着热烈的欲望，想要向她们详细询问"（1.5.3-6）；抑或他那悲伤的评论，"人生已经失去它严肃的意义，一切都不过是儿戏"（2.3.91-92）。就连他的常常冲动并狂喜（莎士比亚只用了八次"狂喜"［rapt］，其中三次与麦克白相关），以及他的看见幻象、听到声音，也可被解释为暗示着某种诗性兼哲学性情。[9]

麦克白给狗和人分类，[29]那恶意的嘲笑背后，表明他不仅观察力及判断力过人，并且更重要的是：他意识到，正是关注更细微、更精确的"区分"，使他居于凡人之上。正如他所注意到的，大多数人通常用笼统的分类来说话进而思考，忽视了细微但重要的区分；但"标明身价的簿记区分了"按照自然分配的那些特殊能力或"天赋",据此建立起事物的自然等级秩序（3.1.91-102）。[10]当他鲁莽杀死已故国王的侍从并试图辩解时,他反问道:"谁能在一霎间同时又聪明,又惊恐,又镇静,又狂暴,又忠诚,又中立呢?"（2.3.106-107）或许可以说,他在不经意间,集中体现了政治哲人的持久困境。最后,我们必须思考,麦克白的僭主倾向是否本身表露出一种本性,而要想满足这种本性——如果能满足的话,只能借助于哲学。[11]

因此,这位勇敢、血腥、好沉思的麦克白,竟冠名莎士比亚最具哲学雄心的剧本,初看无疑颇不相宜,其实并无不妥。这部剧本中,在包罗万象的形而上学问题背景下,基本的政治问题得到解答,从而具体表现了执着追求后者如何必然走向前者。就这个目的而言,时间与地点的原始性本身——无论在政治还是文化层面,邓肯的苏格兰都只是半文明社会——极为好用。剧中的人们倾向于相信无形存在、超凡力量及神奇事件（或者有人偏好说,易于接受迷信的谬见）,这本身就提出了一个有价值的哲学问题,我们现代人因浸淫于科学主义而常常难以理解。或者说,这本身提出了一系列问题,唯有充分解释自然与现实、知识与人类灵魂,才足以回答这些问题。

不妨留意,所谓的超自然现象容易表明日常生活的重要问题（政治哲学的自然焦点）与试图理解周遭整体环境（顶峰是形而上学,或曰"第一哲学"的诸多挑战）的必然要求间存有多层联系。例如,对于人的实际事务而言,鲜有什么比天气更重要。是否正如各色人等所相信的,有精灵使云下雨、向风发令、掀起海洋、遮蔽太阳,一切由它们心意? 如果没有,为什么没有? 如果有,为什么有? 或者是否有任何人或事"能观察时间的种子",预测未来? 或许确有其事,如果一切都已决定、注定、预定与命定的话。或许有迹象,能为任何充分理解事物体系的人所知。毕竟,天文学家理所当然地会准确预测,甚至气象学家也享有一些成功的预测。天体位置影响人类,其程度也至少不亚于天气:我们［30］依据日夜交替的自然节奏安排整个人生（参2.1.49-50,2.4.5-10,3.2.50-53）。

不过,正如后一个问题本身所暗示的,在《麦克白》中,莎士比亚将思考"超自然"——主要表现为预言的力量——置于一个更广阔的形而上学问题之内,这个问题甚至更有效地表明,政治生活的问题如何超越自身,指向第一哲学的问题。而这就是时间问题:时间本身的性质,人类特有的时间意识的意义,生活时伴着对过去的回忆及对未来的好奇的意义——有时满怀希望,有时焦虑不安,但总是知晓自己终有一死,拥有那种对自己终将死亡的抽象预感。经充分思考后可以断定,该剧表现了人类对时间的正常态度以及为何异常矛盾或者说"模棱两可",且必然与命运及自由意志的问题绑在一起。不过,最好自然地处理这些问题,打个比方说,自下而上处理这些问题。那么,让我们从政治故事说起。

马基雅维利访问苏格兰

这是富于挑战性的故事,迫使我们动用一些理性能力——观察、记忆、想象、演绎、分析与综合,理解同样富于挑战的直接经验世界,也正需要这些能力。因为《麦克白》蕴含几个明显的秘密,我们不禁纳闷这些秘密,试图仔细筛查线索,进而寻找答案。诚然,最引人注意的秘密关乎第三位刺客的身份,那位涉嫌伏击班柯及儿子的刺客:其他两位刺客也对他困惑不已,正如我们理应如此(而正如任何优秀的推理小说家,莎士比亚布下了大量误导人的线索)。此外还有那位神秘的信使,就在麦克白的刺客抵达前,他前来警告麦克德夫夫人(Lady Macduff)。这人是谁,麦克德夫夫人不认识他,可他却知道麦克白企图谋杀她及全家。而他为什么不透露身份?同样离奇的是,当麦克德夫在英格兰宫廷恳求流亡的马尔康时,刚抵达宫廷的洛斯,态度就骤然转变:先是口气平静,让焦虑不安的麦克德夫放心,妻儿都平安无事("当我离开他们的时候,他们是很平安的";4.3.179),稍后又告诉他,他们都被"残忍地杀害"了(像邓肯一样"被送向安宁":人生的这场热病后,现在也睡得香甜)。这不过是最明显的谜团,它们向读者发起挑战,让读者成为侦探,于是仔细推敲每行台词,注意言辞或行动最细微的差别,留意每处细节,无论它们看似何其次要——简言之,思考发生的每件事的可能含义,思考一切言辞[31]与行动,一切可能却未发生的言辞与行动。[12]也就是说,为了理解《麦克白》,为了像作者一样理解《麦克白》,必须践行某项活动,这项活动若臻于完美,传统上就称作哲学思考。

以这种方式接近剧本,首先得出的结论是,该剧意在阐明让我们最容易联想到马基雅维利《君主论》的政治教诲。而为了实现这个目的,还有什么比这个故事更合适呢,即主角试图"用自己的双臂与能力"跻身王位,此外似乎还尤其适宜继承王位?任何既熟悉剧本又熟悉马基雅维利教义的人都清楚,两者以相似的方式,探索了人类如何天生痴迷于危险、暴力、罪行与能力(自古以来,这锅女巫大杂烩都被证明是有利可图的叙事)。对于大多数人认为至关重要的事——肯定不是正义或德性,甚至也不是幸福,而是生死问题——两者都表现出相似的"现实主义"。然而,莎士比亚选定的主人公最终未能保住他所攫取的国家,而是为人所取代,且后来者显然远不及主人公有前途、有抱负。难题是理解为什么:什么能真正解释麦克白会失败。认为这是得体的结局,这称不上解释。他除了这个核心问题提出的考验,《麦克白》中所有人物的本性与行动都给出了具体的机会,使我们可以分析那些坚硬无情的政治原则,那些马基雅维利认为在此世决定成败的原则。

于是,可以思考温柔的邓肯的弱点。邓肯并非必然而临巨大危险的新君,而是合法性受到广泛认可的既有君主,因此应能毫不费力地保存自己;[13]仁慈的邓肯,被人爱戴,却不被人畏惧——这对他及整个苏格兰都是不幸;[14]不率领自己的军队,因此完全倚赖带兵遣将的伟大军官;[15] 诚实的邓肯,直到最后都为表象蒙骗,确认考特(Cawdor)背叛后哀叹不已,"世上还没有一种方法,可以从一个人的脸上探察他的居心;他是我曾经绝对信任的一个人"(1.4.11-14),而紧接着,他又似乎绝对信任麦克白;[16] 他虽然承认自己不知判断人的"方法",却依据一个人的一面之词判处考特,这个人他没认出,甚至可能还不认识(注意1.2.46);虔诚的邓肯,公众形象不是"凶猛活跃",而是"阴柔懦弱",饱含欢乐的宽慰,叫喊着迎接拯救王国的得胜主帅(1.4.33-35)——这与麦克德夫形成鲜明对比,后者明确拒绝"让[他的]眼睛里流着妇人之泪"[17](4.3.230);慷慨的邓肯,承认自己无力[32]报答对麦克白的恩情:"一切的报酬都不能抵偿你的伟大功绩。"但紧接着就宣布,要将最大的奖赏即王位赐予儿子马尔康,一位未经世事的少年,此少年对当日的胜利毫无贡献,多亏流血将军这类"善良勇敢"的士兵,才侥幸逃脱被俘(1.4.15-21,1.4.35-39;比较1.2.3-5,5.3.3)。[18] 简言之,"这个邓肯秉性仁慈,处理国政从来没有过失",以致苏格兰内有叛乱,外有强敌。[19]

不过,邓肯也非无善可陈。大多数上级军官显然对他感情深厚,忠心耿耿(比较1.7.16-25),尤其是麦克德夫(2.3.62-72)。虽然很难称得上残酷,我们看到邓肯也不总是心慈手软。他欣然赞许麦克白的血腥战绩("啊,英勇的表弟!尊贵的壮士!");考特掀起第一场叛乱后,邓肯保证,日后再无他例。此外,可以说,后续事件证明他有理由越过麦克白而偏好马尔康。邓肯兴许熟知表弟,因此有理由怀疑,尽管麦克白作为战士出类拔萃,却难以成为节制、审慎与正义的君王。尤为重要的是,邓肯也许略知麦克白的道德弱点。尽管麦克白在战场上坚定果断,道德上却毫不坚定,常在"我不敢"与"我想要"之间摇摆(就像谚语中的某只可怜猫儿)。相反,马尔康被证明是明智之选,他之后的行为与父亲形成鲜明对比,或许因为他吸取了邓肯的教训。

客观而论，邓肯正面临一个棘手的政治难题：确保和平继承。我们如果相信邓肯略知麦克白是主要障碍，就能开始理解他的推断了。麦克白此人对王位野心勃勃，但心性又颇不相宜；作为军事统帅无人能及，因而是价值连城的忠诚下属，但也因此能攫取权力，只要他有意为之。[20] 推延宣布继承人，也许能保证麦克白忠心耿耿，让麦克白盼着自己会是那一选择。但邓肯年事已高（5.1.37），随时可能驾崩，要是尚未任命合法的继任者（最好这位继任者已深入人心），王国会面临内战这一最大祸患。因此，他不能冒险无限拖延。此外，现在似乎恰逢其时：战争刚大获全胜，地方叛乱贵族遭到严酷镇压，一支外国侵略军已被击退，敌方损失惨重（这能在近期打消类似企图），大量荣誉与物质奖励正待分配（1.4.39–42）。

于是，邓肯希望用较少的奖励抚慰麦克白：刚被清除的考特爵士的地位与财富；当众表达王室的感激，热情洋溢，意在 [33] 换得——也确实换得了——麦克白重新当众确认效忠国王（我们应注意，这先于任命马尔康为肯勃兰亲王，即一国储君）；王室访问的荣耀，国王将抵达麦克白在殷佛纳斯（Inverness）的宅邸，这一荣耀预示着二人将有更亲密的私人关系（"让我再叨受你一次盛情的招待"；1.4.43）；最后，还有"厚礼"，包括给麦克白夫人一份昂贵的礼物（2.1.14–15）。借由这些方式，邓肯希望"栽培"麦克白，并许诺会"努力使［他］繁茂"（1.4.28–30）。而有证据表明，邓肯的计划也许本可成功，或至少暂时成功，因为麦克白告诉妻子：

> 我们还是不要进行这一件事情吧：
> 他最近给我极大的尊荣；我也好容易
> 从各种人的嘴里博得了无上的美誉，
> 我的名声现在正在发射最灿烂的光彩，
> 不能这么快就把它丢弃了。（1.7.31–35）

　　但邓肯的算计未能准确预计麦克白夫人。她这类女人不会因小玩意儿和恭维话而善罢甘休。

　　但事实证明，麦克白夫人也非如她自己所以为的那般坚韧——因此，没有坚韧不拔到能应付其施行的计划：策划让麦克白跻身王位。首次见到她时，她确乎令人敬畏，她将自己与丈夫对比，私下里批评丈夫太虔诚、诚实、懦弱、正直——总之"充满了太多人情的乳臭"（这人可是曾一刀将敌人开膛破肚，拿敌人首级做战利品的）。从她那句"你希望伟大，你不是没有野心，可是你却缺少和那种野心相联属的奸恶"（1.5.18-20），可以看到与马基雅维利显然相似的看法，即"一个君主如要保持自己的地位，就必须知道怎样做不良好的事，并且必须知道视情况的需要与否使用或不使用这一手"。[21]麦克白夫人意在成为夫君的老师，她相信通过恰当的辞令，她能灌输给夫君必备的精神，还能驱除任何内疚，这种内疚可能妨碍他"采取最近捷径"（"赶快回来吧"，她祈望着，"让我把我的精神力量倾注在你的耳中；让我用舌尖的勇气，把那阻止你得到那顶王冠的一切障碍驱扫一空吧"；1.5.25-28）。接着，我们得以一览她雄辩的言辞，其间揭示出她施于麦克白的权力性质：不仅要允许或阻止麦克白接触她的女性魅力，还要确认或废除他的男子气概本身[22]（1.7.35-54；比较2.2.63-64，3.4.57-74）。

　　[34]不过，起先她表示要亲手除去邓肯，正是出于这个目的，她已像女巫一般，召唤那些"伴随着杀心的精灵"（尽管她偏爱"阴沉的黑夜"，它能遮蔽一切，"让［她］锐利的刀瞧不见它自己切开的伤口"；1.5.40-52）。于是，她先向麦克白透露计划："您可以把今晚的大事交给我去办"，而他只需始终表现得清白无辜（"只消泰然自若地抬起头……其他一切都包在我身上"；1.5.67-73）。但等她下次提起这同一件"大事"时，这已成了一场共同行动："你和我有什么不能把那毫无防卫的邓肯随意摆布的呢？"（1.7.70-71）。而终于

要执行计划时，她却不知怎的角色缩水，她的作用只是给侍卫下药，布置好他们的刀子——虽然明显仍有机会亲自动手，她却暗自思忖，"倘不是我看他睡着的样子活像我的父亲，我早就自己动手了"（2.2.11–13）。这是个理由，而鉴于她期望成为去女性化的杀手，她显然有心无力，即便有烈酒助兴。或许马基雅维利式的理想远比初看时难以实现。

　　无论如何，自从听闻麦克白鲁莽杀死侍卫，麦克白夫人就开始对事件失去掌控，并最终对自己也失去掌控（无论她彼时晕厥是真有其事，还是一番伪装，用于分散他人的注意力，这都象征性地预示了她的致命弱点）。麦克白越发受自己罪行的内在逻辑牵引，就越少受她控制。她感到自己日益孤立，力量也因此减弱，就抱怨麦克白掩藏了太多秘密，抛弃她鲜活的陪伴，而与"最悲哀的幻想"（3.2.8–12）做伴。随着麦克白的残暴统治持续升级，不再与她商议最重要的事，[23] 她濒临崩溃，意识到启动的一切已全然失控，酿成了她从未料到的后果（"费辅爵士［The Thane of Fife］从前有一个妻子；现在她在哪儿？"）。[24] 总之，麦克白夫人的心路历程与夫君相反。起先她意志坚决，而他则摇摆不定、灵魂分裂。但戏剧进程中，他们调换了状态，而她过晚才发现自己事实上并非犯罪的料。

　　就麦克白自己而言，他提供了一个如何无法坐稳新君宝座的案例。他暗杀邓肯，却未能同时铲除邓肯留下的血脉（尤其是马尔康，这位正式册封的储君）。[25] 也就是说，麦克白未能仔细冷静地推想为了攫取政权他必须做的所有害人之事——不仅要杀死马尔康与道纳本（Donalbain），还几乎必须杀死班柯，也许还有弗里恩斯（Fleance）——并接着立即将坏事做尽，以便"人民少受一些损害，他们的积怨就少些"（而恩惠应该是一点儿一点儿赐予，[35] 以便人民能更好地品尝恩惠的滋味，这道理每位成功的政客都耳熟能详）。[26]此外，麦克白拥有做必要之事的绝佳机会，因为所有人都在他的屋檐下，因此都任他处置，正如他的爱妻所言，"时间地点……都凑巧"（1.7.51-53）。但他受良心困扰（马基雅维利教导，良心是一种危险的愚钝），因而易于想入非非。他意识到，要是干这件事，彻底干这件事，"那么还是快一点干"。然而，这事可能有的规模使他畏缩不前。要是只暗杀邓肯"就可以攫取美满的结果，又可以排除了一切后患；只要这一刀砍下去"——唯——件卑鄙之举——"就可以完成一切，终结一切"（1.7.1-6）就好了。于是，麦克白没有采用"善加使用"的残忍（马基雅维利此言指为了保全自己而立即使用残忍手段，之后则不再采用，而是转向尽可能实现臣民的福祉），而是拖延时间，因而他的行动无意间成了"拙劣使用的残忍"的典范（《君主论》第八章）。他施加的伤害与日俱增，以致臣民日益绝望，恨之入骨——马基雅维利称，这是君主最应避免的事。[27]

质言之，麦克白成了僭主。"僭主"一词直到剧本过三分之二才首次出现（3.6.22），但之后出现频率高于莎士比亚的任何其他剧本。这必然提出一个问题：什么是僭主制的真正本质。"僭主"一词未在《君主论》中出现，引人注目。依据马基雅维利对阿加托克雷（Agathocles）的讨论（这是马基雅维利在探讨"论以邪恶之道获得君权的人们"时的主要例子，这人无疑在绝大多数人眼中都堪称僭主，他情愿"屠杀［他的］市民，出卖［他的］朋友，……缺乏信用，毫无恻隐之心，没有宗教信仰"，"野蛮残忍，毫无人道"，做了"不可胜数的恶劣行为"），这类"僭主制"不一定与政治成功无缘（《君主论》第八章，页35）。那么，为什么麦克白努力稳坐王座，却如此一败涂地？

简短的答案已给出：麦克白一开头就完全错了。但这又提出了进一步的问题：既然麦克白最终证明自己完全能模仿阿加托克雷的各类罪行，为什么他一开头就完全错了呢？对此，答案也已部分给出：他起初缺少道德决心，或者更确切地说，缺少非道德决心。也就是说，他不愿或不能豁出去做成功所需的任何事情。对此，那个最了解他的人表述得一清二楚：

> ——可是我却为你的天性忧虑：
> 它充满了太多人情的乳臭，
> 不敢采取最近的捷径。你希望伟大；
> [36]你不是没有野心，可是你却缺少
> 和那种野心相联属的奸恶；你的欲望很大，
> 但又希望只用正当的手段；一方面不愿玩弄机诈，
> 一方面却又要作非分的攫夺；伟大的爵士，
> 你想要的那东西正在喊，你要到手，"就得这样干！"
> 你也不是不肯这样干，
> 而是怕干。（1.5.16-25）[28]

最终，麦克白"已两足深陷血泊之中……回头的路也同样使人厌倦"（3.4.135-137），他获得了决心，跋涉前行，不计后果。但已为时过晚，业已造成的政治伤害覆水难收。这事关时机。既然一开始未能放下道德顾虑（或其他任何顾虑），就不应做任何努力去篡夺君权。麦克白自己不知这重道理，这指向了他的第二个严重局限。

麦克白似乎尤其做不出明智的实践推理。尽管他沉思默想高深莫测，却鲜有证据表明，他在理论思考与日常事件间建立起了确凿的联系。首先，他显然未曾用应有的深思熟虑对待政治生活，未能意识到马基雅维利洞若观火的道理：一切实践目的中，政治可被视作一个自足的王国，它所呈现的问题令人困惑，一如那些上天提出的问题，政治的运行原则大体既不源于更高的事物，也不可归结为更低的事物。因此，麦克白缺乏审慎的判断。他不具敏锐的洞察力，无法发现具体情境中运作的普遍原则，进而无法自行运用这些原则，他只有用再平庸不过的才能来理性应对具体的实践难题，也就是说，

去透彻思考问题，评估各种解决方案，考察各种可能发生的意外情况，预估其他利益攸关方的反应，谋划每种可能的结局，明晰最后会如何收场。[29]密谋每个行动时，麦克白都将事情搞砸；他显然需要马基雅维利献给洛伦佐（Lorenzo）的东西，即作为政治顾问的他本人（《君主论》"献辞"；比较第二十章、第八十五章）。麦克白唯一的顾问是麦克白夫人，而她并非马基雅维利。

　　只需考察他们密谋的计划，目的是杀死邓肯而自身不受指摘：在邓肯熟睡时下手，给被下药的侍从沾上血迹，这样侍从就难逃其责；此外，在谋杀被发现时，假装悲痛欲绝。要是有人怀疑他们撒谎，就硬着头皮否认（1.7.62–80）。他们从未想过侍从的动机是否可信，或真凶怎么会留在现场，"身上浸润着［37］他们罪恶的颜色，他们的刀上凝结着刺目的血块"（仍省事地躺在枕头上；2.2.47–56，2.3.101–102，2.3.113–114），也未想过把事情彻底干完（马尔康已被册封为肯勃兰亲王，因此是储君，王冠会落到他而非麦克白头上）。[30]麦克白夫人显然技能不足，难以扮演给自己分配的角色，于是她给侍从过量下药，两人醒来时仍目光呆滞。我们可以猜想，他们被下药太显而易见——"他们瞪着眼，神经错乱了"（2.3.102）——以致麦克白佯装怒不可遏，不得不在两人受审前令其毙命。

　　无论如何，他杀死侍从一事不在我们听闻的计划内，而这会令人生疑，麦克德夫即表示怀疑（或许，麦克白夫人晕厥同样形迹可疑；2.3.105，2.3.116）。他们的计划只是碰巧成功，因为马尔康与道纳本适时逃亡，使"罪行的怀疑"落到这二人头上，于是马尔康名誉受损，不得继承王位（2.4.24–27）。再考虑到之后麦克白失算，未能一并铲除班柯和他的儿子弗里恩斯，我们便可开始理解，为何麦克白最后对理性计划心灰意冷，发誓要（可以说）"一丝不苟地意气用事"："从现在起，我要用行动表示我的意志——想到便下手。"（4.1.146–148）

简言之，麦克白离奇地融合了沉思气质与鲁莽行事，这或许可以部分解释，我们为何认为他如此令人着迷，被他的言辞深深吸引，为他的行为震惊不已。由于缺乏审慎的判断，无法衔接内在的沉思生活与外在的行动王国，他的事物框架分崩离析，"两个世界都饱受折磨"。[31]

沿此思路还可以作更多评论，将马基雅维利审慎的分析用于其他人物的行为，并评估实际后果。例如，可以思考班柯，他的情况表明帮助别人强大的人如何自我毁灭，以及被认为略带"王族血统"的任何人为何迟早会令他帮助过的人生疑。[32]而在最终继承王位的马尔康身上，我们发现他展现出"狐狸与狮子"的正确结合，"最知道如何运用狐狸的人命运最佳"（麦克白太依赖狮子；比较1.2.35）。[33]被剥夺王国的合法继承权后，马尔康行事审慎，选择流亡，静待时机，适时归来。[34]与邓肯不同，马尔康没有轻易被表象蒙骗，这见于他精巧地试探麦克德夫（4.3.114-120）。尽管他的军队会被马基雅维利称作"混合军"，但他确乎自己在战场上率兵点将，外国军队亦由自己家族的可靠成员［38］（《君主论》第十三章）率领（5.6.1-6）。他的得胜宣言尤其值得注意："多承各位拥戴，论功行赏，在此一朝。"（5.9.26-28）要注意，他甚至不公开感谢，因此不受惠于任何人（这同样与他父亲得胜后的行为大相径庭；1.4.14-21）。

事实上，我们可以自行习得这类"马基雅维利式的智慧"（及其他更多内容），只需从这番具体描写中提炼出暗含的普遍原则。麦克德夫夫人实则概述了马基雅维利的核心教诲：

> 叫我逃到哪里去呢？
> 我没有做过害人的事。可是我记起来了，
> 我是在这个世上，这世上做了恶事
> 才会被人恭维赞美，做了好事反会

被人当做危险的傻瓜：那么，唉！
我为什么还要用这种婆子气的话替自己辩护，
说是我没有做过害人的事呢？（4.2.72-78）[35]

　　讽刺的是，这位居家母亲比她的战士丈夫更清楚，在这个俗世，丑的行为有时反被称为美，美的行为有时反被称为丑。

　　不过，或许可以提出异议：莎士比亚自己显然不认同马基雅维利的无道德原则，因为《麦克白》是极富道德感的剧本。剧本描绘了背信弃义的暗杀，受害者是"一位最圣明的君主"——据麦克德夫所言（4.3.109），而麦克白似乎对此欣然同意，他担心邓肯"生前的美德，将像天使一样发出喇叭似的清澈声音，向世人昭告我的弒君重罪"（1.7.18-20）——一位圣明仁慈的君主被一对冷血的篡位者所杀，后者唯一的动机是满足私欲，但也在恶的泥潭里越陷越深，生活日益备受折磨，很快就遭到了恶报。善良得胜，罪恶看来得不偿失。剧本提供了一个最抚慰人心的答案，用以回答其探讨的宽泛问题：我们活在怎样的世界？人类生活是否真（恰如快走完绝境时痛苦不堪的麦克白所言）"是一个愚人讲的故事，充满着喧哗和骚动，找不到一点意义"，也就是说，支离破碎，混乱不堪，毫无意义，徒劳一场？"并非如此"，剧本整体会让我们如此相信；只是对某人而言这世界才看似如此，这人自行摧毁了生命意义与可理解性的基石。[36]因此，别如法炮制。小心别奉行无道德的马基雅维利主义，不要除了自己的虚荣再不追求什么更高的东西。归根到底，我认为这种解读正确无误。

　　[39]不过，平心而论，上述"最终分析"必须顾及剧本其他一些人物，他们看似微不足道，却对剧本的深层含义至关重要，他们不容许轻率地无视满足私欲的马基雅维利式手段。我心想的是"高贵的洛斯爵士"（邓肯问"谁来了"时，年轻的马尔康如是介绍；1.2.46），以及更神秘莫测的列诺克斯（Lenox）（他的名字从未被任

何人提起）——唯有这两位人物在全剧始终顺风顺水。这两人的首段台词形成带反讽意味的对比。马尔康介绍完洛斯后，列诺克斯评论道："他的眼睛里露出多么慌张的神色！好像要说些什么意想不到的事情似的。"回想起来，洛斯说的一些话确乎意想不到，或许还包括他说的最初几个词："上帝保佑吾王！"（1.2.47-48）

就情节而言，两人中洛斯更重要。不过，年轻的列诺克斯的角色也不容忽视。例如，那位试图警告麦克德夫夫人的隐名信使，几乎无疑就是列诺克斯或列诺克斯派来的人（鉴于这位"微贱之人"精心掩饰他的身份，此人可能就是列诺克斯本人；4.2.64-72）。我们可以依据以下文本事实做此推断。麦克白听闻麦克德夫逃往英格兰，当下发誓要想到便下手，于是宣布自己的复仇计划，打算突袭麦克德夫的城堡，"把他的妻儿和一切跟他有血缘之亲的不幸人们一齐杀死"（4.1.146-153）。这时，列诺克斯身处阿契隆地坑（the Pit of Acheron）附近。[37] 尽管列诺克斯仍在服侍麦克白，尽职地报告有关麦克德夫行踪的关键讯息，该讯息得自善骑的信使，但他已不再对麦克白忠心耿耿。因为列诺克斯已知晓麦克德夫赶赴英格兰的使命，他是从先前与"另一位勋爵"交谈——显然有阴谋意味——时获知这一讯息的（交谈中，列诺克斯先称麦克白为僭主，接着讽刺麦克白就邓肯与班柯之死的说法；3.6.1-22）。[38] 尽管那场交谈发生时，我们无从确定列诺克斯是不是麦克白的间谍，肩负搜寻这条宝贵信息的任务，但他显然未传达信息，这使我们重读剧本时对他的立场一目了然。此外，在下一场，当若干苏格兰勋爵取道与马尔康及他的英格兰军队会合时，列诺克斯证明自己已暗通马尔康的军队，因为唯有他准确知晓谁陪同入侵军队，谁没有陪同（5.2.8-11）。因此，他也最可能是马尔康获知麦克白军力的情报来源。

不过，列诺克斯的主要意义是，他提供了用以评估洛斯的对照。两人都展现出相似的马基雅维利式的"灵活"，始终站在得胜者——先是邓肯，再是麦克白，而后是马尔康——一方（常在得胜者左右）。但一旦理解他们各自对剧中事件的贡献，[40]对两人的评价无疑会有天壤之别。试图解释为何鄙视洛斯而不鄙视列诺克斯，会使我们有机会学习某样事关人类灵魂本性的重要内容——关于人类灵魂会认为什么自然充满魅力，什么自然令人厌恶——也就是说，如果我们赞同无论洛斯能用他的手段取得多大世俗成功，都不能使他受人钦佩或令人歆羡的话。

揭开洛斯的真相，需要探索剧中盘根错节的细节。可以回到邓肯被刺后那个混乱场面中的线索，因为那个清晨场景中有个古怪的细节看似无足轻重，却正因无足轻重而愈发令人困惑。麦克德夫，无论出于机遇、选择或必然性，未住在城堡，但国王命令他“按时拜访”。麦克德夫由年轻的列诺克斯陪同，应约前来，受到麦克白尤为简慢的欢迎，后者向他指明国王卧室的方向。不久，发现死去的邓肯后，麦克德夫异常激动地归来，招呼等候的麦克白和列诺克斯亲自去瞧那骇人的场景。麦克德夫开始叫醒城堡中的其余人时，麦克白和列诺克斯奔赴邓肯的卧室（2.3.70-73）。但一会儿他们回来时，陪同他们的（依据对开本的舞台指示）是洛斯。我们不禁纳闷，他从何而来？[39]

回顾上一场后，我们必须假设，洛斯是躺在第二间卧室的其中一人，麦克白杀死邓肯后“下楼”时，曾问起妻子这间卧室。我们想起麦克白曾告诉妻子:“一个人在睡梦里大笑，还有一个人喊‘杀人啦！’他们把彼此惊醒了:我站定听他们;可是他们念完祷告，又睡着了。”（2.2.22-25）对此，麦克白夫人提到，只有道纳本睡在第二间卧室，她可能误以为（似乎绝大多数观众与读者也持此看法）麦克白描述的交谈出自国王的侍卫，先前她担心，尽管他们的夜酒里已被下药，但他们也许还会惊醒（2.2.1,2.2.9）。但这种解释无法成立。麦克白已知道他们，知道他们在哪里就寝;他的计划直接囊括他们。此外，依据列诺克斯描述，当邓肯之死案发，侍从被强行叫醒时，他们仍麻醉不醒，眼睛或心灵似乎都无法凝神:“他们惊惶万分。"列诺克斯假定了他们神志不清，因而补充道，"谁也不能把他自己的生命信托给这种家伙"，试图以此解释麦克白为何鲁莽地杀死他们（2.3.102-103）。[40]由此，我们可以认为，洛斯，这位尽职的廷臣，当时与道纳本一同睡在第二间卧室，是这两人夜半惊醒，其交谈及祈祷被麦克白偶然听见。[41]因此，我们无法排除一种可能，即洛斯就邓肯之死知道的东西要超过我们眼见的任何场景中他透露的内容（比较2.2.27）。无论如何，他［41］此时神秘——并悄然——入场，应使我们对他好奇不已，促使我们回顾他在剧中的其他出场。结果不令人失望。

先看洛斯首次向邓肯王汇报时的所谓"意想不到的事情"。虽然洛斯与安格斯（Angus）一同入场，但显然只有洛斯引人注意。这可能是马尔康失察，也有可能是洛斯有意为之，意在凸显自己，让自己成为好消息的主要信使。他也并非只有这一次如是行事。更重要的是，为什么他闪烁其词地提及费辅（麦克德夫的宅邸；2.4.36，4.1.150-151）反败为胜的英雄，仅称其为"战神白龙娜的郎君"？几乎所有人，显然包括邓肯在内，都以为他在说麦克白，但这最终证明绝不可能。若洛斯此处是误认，那是否只是由于他喜爱绚丽但含混的言辞，于是有这般附带的后果？抑或他就这位战士的身份制造混乱，实则别有用心？此外，似乎唯有洛斯相当确定，在开启剧本的叛乱与入侵里，考特扮演何种角色（洛斯称，奸恶的爵士公然与挪威国君史威诺［Sweno］沆瀣一气；1.2.53-54）。这与安格斯形成鲜明对比，后者尽管陪同洛斯离开费辅，而后抵达考特定罪之地，却明确否认知晓考特如何叛国：

> 他究竟有没有
>
> 和挪威人公然联合，或者曾经给叛党［即麦克唐华德
>
> （Macdonwald）］
>
> 秘密的援助，或者同时用这两种手段

来图谋颠覆他的祖国，我还不能确实知道;

可是他的叛国重罪，已经由他亲口供认，并且有了事实的
　　证明，

使他遭到了毁灭的命运。(1.3.111-116)

洛斯怎么知道安格斯不知道的事? 安格斯听闻洛斯对邓肯的陈
述后仍否认知情，这只是更凸显了安格斯否认知情，从而使洛斯知
情显得更离奇。洛斯是否可能身处考特阴谋的边缘，审慎回避了主
动参与，同时静观结局?

邓肯委任洛斯及安克斯"宣布把他［考特］立即处死，他原
来的职位移赠麦克白"，于是洛斯再次负责向这位平步青云之人传
达喜讯。此外，洛斯又在国王的简短消息前附加了一段十二行的美
言，不仅远远逾越邓肯托付的消息，还实际上歪曲了我们眼见的事
实［42］(1.3.89-100)。要注意安格斯在此插话，试图制止洛斯的溢
美之词，认为这不符合他们被委派的角色:

　　　　我们奉王上的命令前来，向你传达他的慰劳诚意;我们的
　　　　使命只是迎接你回去面谒王上，不是来酬答你的功绩。

但洛斯不甘丧失这次授权的全部好处，说道:"为了向你保证他
将会给你更大的尊荣起见，他叫我替你加上考特爵士的称号;祝福
你，最尊贵的爵士! 这一个尊号是属于你的了。"但邓肯并未提过
什么更大的尊荣——仿佛考特的爵位只是作为定金。洛斯那样说有
何用意? 还要注意，麦克白此时仍不知考特并非"一位显赫的绅士"
(1.3.108)——因此，绝不可能是他"浑身披挂"，在战场上迎战考
特，"奋勇交锋，挫煞了他的凶焰"(1.2.55-58)[42]。无论是谁活捉考
特(这与麦克白处置麦克唐华德截然相反，后者被"划破胸膛"，割
下头颅，毫无"投降或丧命"的余地)，都绝不可能不因此而知道考

特的身份。

接着，我们听闻洛斯与一位迷信的老翁交谈，讨论邓肯被刺当晚的可怕天气（2.4.1-10及以下）。对于老翁列举的一系列反常事件，洛斯起初的答话易于接受，尽管他自己的描述似乎夸大其实：平常循规蹈矩的马儿，可能因为一场猛烈到吹倒烟囱的暴风雨（参见2.3.54），变得惊慌失措，这远非"一件非常怪异的事"，而是完全可能发生的。而当老翁提起他听闻的流言，即"据说它们还彼此相食"时，洛斯的回答会让任何人心生疑虑，只要这人不像洛斯的直接对话者那般轻信："是的，我亲眼看见这种事情，简直不敢相信自己的眼睛。"

我们要相信洛斯真看见邓肯的马儿自相残杀？囚禁的动物惊慌失措，剧烈摆动，可能还攻击彼此，这并非毫无可能；马儿打架时会互相撕咬——这是流言之所以可能的基础。但我们该怎样看待洛斯？这位圆滑老练、长于辞令的廷臣（只需思考他这一场的最初两段台词）确乎如老翁般轻信？抑或我们在此见到更多证据表明他擅长见风使舵并乐在其中？[43] 无论如何，麦克德夫到了，打断了两人有趣或费解的交谈。洛斯向兄弟提问——谁被视作谋杀邓肯的凶手，邓肯会在哪里安葬，以及谁继承王位。这些问题表明，尽管众人普遍同意，洛斯却谢绝"到厅堂里商议"，在那里"彻查这一最残酷的血案的真相"（2.3.125-132）。他是否（再次？）使自己身处事件边缘，直至尘埃落定，结局一清二楚？甫一听闻麦克白已赶赴斯贡（Scone）即位，洛斯即宣布自己要［43］紧随其后——这与疑心的麦克德夫形成鲜明对比，后者明确拒绝出席麦克白的加冕礼，而宁愿回到费辅的家中（2.4.35-38）。

剧中更离奇的一段情节是，就在麦克白的暗杀小组抵达前，洛斯拜访了麦克德夫的城堡。从他与麦克德夫夫人的交谈来看，这次拜访没有清晰的目的。麦克德夫正在英格兰请求马尔康，这或许是受班柯敦促。因为麦克白先前的这位共事军官显然对事态发展忧虑不安："你现在已经如愿以偿了，国王、考特、葛莱密斯，一切符合女巫们的预言；你得到这种富贵的手段恐怕不大正当。"（3.1.1–3）毫无疑问，班柯知道，依据麦克白与两位潜在刺客的交谈，可以得出何种推断：麦克白的统治目前愈发贪得无厌[44]（3.1.76–89；比较4.3.57–59）。尽管班柯可能妥协——因为他自己也在女巫的预言之中（因而默许麦克白篡位）——但他并非没有荣誉感与正义感（参见2.1.25–29）。此外，麦克白赞颂他有"高贵的天性"，"深沉的智虑，指导他的勇气在确有把握的时机行动"（3.1.49–53）。因此，班柯可能凭直觉推断麦克白对自己有畏惧和怀疑，于是审慎行动，开始隐藏自己的行迹。正要开始那场致命的骑行时，面对麦克白的问询，他闪烁其词（给人的印象是，他这场骑行不过是"消磨从现在起到晚餐时候为止的这一段时间"）。然而，有充分的证据表明，他心中有明确的目的地，因为他知道，这场骑行大概历时多久，取决于他的马能支撑多久（3.1.24–27）。他会不会要从斯贡骑往费辅，去同麦克德夫交谈？

　　无论如何，班柯的"亲爱的德夫"（2.3.87）未出席麦克白当晚的盛宴（3.4.127–129），而是匆匆奔赴南方——"没有告别"妻子，因此没有告知她自己的使命，或给她任何具体指示让城堡戒严。麦克德夫夫人由此推测，麦克德夫只是自己逃命，让家人"在这个他自己远走高飞的地方"自寻出路（4.2.6–7）。她认为这是"发疯"（马尔康也这么认为，这使他起先怀疑麦克德夫；4.3.25–28）。然而，眼见麦克德夫夫人指责丈夫，洛斯建议她"抑制一下自己"，只需相信丈夫的智慧。接着洛斯准备告辞，补充道："不久我会再到这儿来。最恶劣的事态总有一天告一段落。"（4.2.22–25）不过，当瞅见他"可爱的侄儿"（麦克德夫的幼子）并为孩子祝福时，洛斯神秘莫测地补充说——这是否是他剧中唯一一次真情流露？——"我要是再逗留下去，才真是不懂事的傻子，既会叫人家笑话我不像个男子汉，还要连累您心里难过：我现在立刻告辞了。"于是他立即辞别。

同样，我们不知洛斯为何［44］而来，但我们可以看见他的建议实际上无异于在说：别担心，耐心等待，什么也别做。这与稍后那位隐名的"微贱之人的建议"截然相反："离开此地，赶快带着您的孩子们避一避。"（4.2.67-68）但即便麦克德夫夫人愿意听从，这个警告也为时过晚，因为没过几分钟，麦克白的刺客便抵达城堡，屠杀开始。回想一下，这出现在这一场的末尾，紧接着就是麦克白的誓言："我要去突袭麦克德夫的城堡。"要成功偷袭城堡，要点是准确知晓城堡的防御状态，而还有谁更适合获取情报，胜于这个可信的亲族，这个可以轻易入内、亲自观察的人呢？

可以说，全剧最古怪的特点是，刚抵达英格兰后，洛斯就麦克德夫家人的状况，给出了两段互相矛盾的说法。洛斯描述了苏格兰众生遭难的情形，使人感同身受，或许这使麦克德夫忧虑不安，于是他问道："我的妻子安好吗？"

> 洛斯　呃，她很安好。
> 麦克德夫　我的孩子们呢？
> 洛斯　也很安好。
> 麦克德夫　那暴君还没有毁坏他们的平静吗？
> 洛斯　没有；当我离开他们的时候，他们是很平安的。
> （4.3.176-179）

但片刻之后，麦克德夫未进一步询问，洛斯突然改变立场，开始宣布："可是我所要说的话，是应该把它在荒野里呼喊，不让它钻进人们耳中的。"洛斯的兄弟听了立即忧心忡忡，想知道这不幸的消息与谁有关。洛斯答道："天良未泯的人［！］对于这件事谁都要觉得像自己身受一样伤心，虽然你是最感到切身之痛的一个。"（4.3.193-199）他警告麦克德夫做好准备来聆听他势必感到骇人听闻的事，之后开始讲述：

> 你的城堡受到袭击；你的妻子，孩子，仆人，能找到的所
>   有人，
> 都惨死在野蛮的刀剑之下；要是我把他们的死状告诉你，
> 那会使你痛不欲生，在他们已经成为被杀害了的驯鹿似的
>   尸体上，
> 再加上了你的。（4.3.204-207）

洛斯先口气平静地安慰麦克德夫他的家人平安无事，最后却话锋突转，带来麦克德夫听过的"最惨痛的声音"，这一切该如何解释？是否只是因为洛斯起先缺乏勇气，不敢告诉麦克德夫惨痛的[45]真相，但接着不知怎的心意已决？这是否可信呢，既然他千里迢迢从苏格兰赶来正是为了恳求麦克德夫，且这消息锁在胸中，而他深知必须以某种方式处理这个消息？任何人若带着洛斯的使命，难道不会反复思量这个问题，心中反复演练要说什么以及如何述说吗？那么，不妨假设洛斯也是如此。但如果到头来情况完全出乎意料，比方说，某种进展改变了一切，那该怎么办？那么，且看洛斯自相矛盾的说辞间，究竟发生了什么。

听闻洛斯离开时妻儿还"安好"，麦克德夫焦虑消减，交谈回到苏格兰的整体情况。洛斯讲述了一个谣言，大意是一些人开始积极抵抗麦克白，导致了麦克白的新一轮镇压，现在需要一位伟大的战争将领——即麦克德夫——来激励全方位的叛乱：

> 现在是应该出动全力挽救祖国沦夷的时候了；你们要是在
> 苏格兰出现，可以使男人们个个变成士兵，使女人们愿意从她
> 们的困苦之下争取解放而作战。（4.3.182-188）

此时，马尔康说出他自视抚慰人心的消息：他和麦克德夫都正要回国，但并非单枪匹马；身后会有十万英格兰士兵，由马尔康的

叔叔西华德，基督教国家最优秀、最有经验的将领率领。正是在听闻这一消息后，洛斯不由自主给出了麦克德夫一家命运的第二套说法。这套说法虽在当时不显眼，却不知为何显得详细准确，令人称奇："要是我把他们的死状告诉你"（他怎么知道死状的？）；"你的妻子，孩子，仆人，能找到的所有人"（并非"他们能找到的所有人"——当描述他人行为的后果、事件发生后的见闻或只是道听途说的消息时，这应该才是更自然的方式）。洛斯的表达方式中，是否有共谋的弦外之音，细微地暴露出了参与者的视角？他是否果真"不久"就回到了麦克德夫的宅邸——正好久到能将这重要情报传递给等候的刺客？他是否自己确保了"能找到的所有人"——所有目击者——在他"离开他们"前都永远"安好"？无论如何，他始终知晓麦克德夫家人的命运，却很晚才透露这一消息，其中的情境促使我们思考他如此行动的隐秘动机。不难发现一种可信的解释：他刚得知麦克白已了无希望，而审慎之人正当改变立场。

有鉴于此，可以重估洛斯起初前往英格兰的目的。表面上看，洛斯已反对麦克白，他口若悬河描述苏格兰的灾难，一心要招募麦克德夫，使其率领叛军反对篡位者。但我们先前从马尔康对麦克德夫的小心试探中得知，"魔鬼般的麦克白曾经派了许多说客来"——也就是说，[46]派了一些假装反对麦克白的人来说服马尔康回国——"想要把我诱进他的势力之下，亏我小心翼翼，没有仓促地轻于置信"（4.3.117-120）。[45]或许我们也应渴求这份小心，并进而思考：现在麦克白在阿契隆的地坑，受超自然因素的影响（4.1.71-74），对麦克德夫的自然恐惧已然升级，因此，他是否也在对费辅爵士使用相同的伎俩，为此才雇用了某位完全不使人心疑的人——麦克德夫"最温和的表弟"洛斯（麦克德夫如是称呼；4.3.161）？麦克德夫若相信家人仍平安保有城堡，就会误以为没人特意搜寻自己，祖国的健康仍与他个人息息相关，他能回到一个平安之所。

不过，一个问题仍悬而不决：面对麦克德夫的急切询问，洛斯为何不坚持最初的回答,继续佯装对麦克德夫家人的实际命运一无所知?为何改变站队就必须澄清真相?原因必然是,苏格兰有人知道洛斯知情,且之后极有可能揭露洛斯自始至终都握有真相。同麦克德夫及马尔康回到苏格兰后,那时他还能有什么借口,来解释先前不承认自己知情?要是迟早得坦白,那么越早越好。此外,万一国内知情者在之后的王位战争中幸存,洛斯被揭发的危险就愈发严重。比方说,知情者可能是一位女子。"费辅爵士从前有一个妻子:现在她在哪儿?"麦克白夫人怎么会知道麦克德夫夫人的遭遇?是谁告诉她这条只会折磨她的消息的?相比其他消息,或许正是这条消息最为关键,使得她发疯,这是首要的"根深蒂固的忧虑",麦克白希望能从夫人的记忆中拔除,如此她才可能痊愈(5.3.40-41)。一位武士不会就这类暴行自我吹嘘或"称颂不已"(参见3.2.46),因此,这消息不可能来自麦克白本人。那么,是否可能来自某位圆滑的廷臣,这人暗中不希望麦克白夫人走运,兴许因为麦克白夫人厌恶他,于是对他少有尊敬(比较3.4.51-52,3.4.115-116)?当然,洛斯不可能知道她竟会自寻短见。

现在,若虑及所有这些佐证,谁最可能是神秘的第三位刺客呢?依据这一裁决,那场臭名昭著的宴席上,洛斯对麦克白的回答表明他不仅愈发阿谀逢迎,还兼具——如果没有更胜一筹的话——麦克白自己的阴暗反讽:

> 麦克白 要是班柯在座,那么全国的英俊,
> 真可以说是荟集于一堂了;
> [47]我宁愿因为他的疏怠而嗔怪他,
> 不愿因为他遭到什么意外而为他惋惜!
> 洛斯 陛下,他今天失约不来,
> 是他自己的过失。(3.4.39-43)

　　洛斯的故事或许还有更多内容，但尤为重要的是，应考察故事的结局：那时他率领胜利之师陪同马尔康回到苏格兰，向得胜的新王祝酒。[46]洛斯非但没有被当作"帮助他们杀人行凶的党羽"（5.9.34），还因适时转变效忠对象，与其他支持马尔康的爵士一同跻身伯爵。思考这个结局即可发现，洛斯是莎士比亚评估政治生活中的马基雅维利主义者时至关重要的因素。这些马基雅维利主义者并非都如麦克白夫妇那样恶有恶报，至少在此世未受恶报。有像洛斯一样的人：总是悉心维护合适的公众形象，因而总是貌似充满同情、忠诚、诚实、仁慈，且尤为虔诚（"上帝保佑吾王"；比较2.4.5-6）；[47]精于奉承（参见5.9.5-13），长于让他人掏心掏肺，但从不透露关于自己的任何重要信息；是瞬息万变的局势的精明判官，因此总比别人抢先那么一步[48]——而且他们中的一些人还能成功利用生命的起起落落，至少他们自视成功。莎士比亚显然认为，重要的是他那些更富哲思的读者，那些将真理视作主要关切的人，能面对这令人不悦的事实。但莎士比亚让我们每一个人自行判断，洛斯的生活方式，那缺乏任何人类依恋、除舒适存活外别无成就的生活方式，是否最终比麦克白的生活方式更有意义，或者这是否也是一个愚人讲的故事，找不到一点意义——麦克白因看到这一点而备受困扰，几乎怒不可遏（比较5.5.49-52），但可以想象，洛斯则会欣然接受，耸耸肩，毫不在意。

　　此外，我们必须自行思考，我们何以形成这些评价。人类必须具备何种判断力或辨识力，才能信心满满，将洛斯远置于列诺克斯之下？后者也是"幸存者"，也将浪漫情愫严格从属于实际考虑（注意凯士纳斯［Cathness］提出，要同马尔康一起，"为了拔除祖国的沉疴，让我们流尽最后一滴血"，列诺克斯古怪地答道："或者流血的数量依照需要"，5.2.28-29）。但列诺克斯的马基雅维利式伪装服务于某样东西，不只是为了自身生存及步步高升，而正是这点得到我们首肯：他能赋予他的生存某种超越生存本身的目的。[49]

至于列诺克斯是否也在小西华德之上，则不甚清楚，后者明知在冒险，且最终也未能脱险：他牺牲了自己，为了同一个高贵的目的，即打败并推翻这位僭主。[48]那个问题也许令人困惑，但我们钦佩高贵本身——这鲜明地见于我们不愿看见高贵为人滥用而腐化堕落，也同样见于我们乐见高贵得胜而不忍见高贵遭难——这就我们自己，就我们以人类特有的方式渴望并欣赏生活中某样高于生存的事物，告诉了我们什么道理呢？我们不会认为，莎士比亚的洛斯（这位洛斯几乎完全是莎士比亚的创造，他在赫林歇德的记载中几乎只是个人名）身上可能发生的事情有悲剧色彩。就此而言，莎士比亚自己的立场明确无误。莎士比亚自身的创作努力，最清楚地拒绝了洛斯死气沉沉的生活，无论洛斯可能拥有何种社会地位、何种社会成功。任何人若赞同莎士比亚意在留下传世之作，他都必须看到，莎士比亚如此创作的缘由超越了对个人利益及世俗成功的狭隘算计，这种算计限定了洛斯的道德视阈，虽然未必限定了马基雅维利的道德视阈。

　　然而，若不适当关注宗教问题，无论怎样从佛罗伦萨视角审视《麦克白》中的苏格兰都难以达到整全。显然，这个苏格兰是基督教国家。我们可以认为，麦克德夫几乎是典范，他提及国王时，仿佛国王涂抹了神圣的油膏，谋杀国王不仅是叛国重罪，还"最为亵渎神圣"（2.3.66-67）。之后他称死去的邓肯是"最圣明的国王"，又忆起王后勤于祈祷，"跪着比立着时还多"（4.3.109-110）。麦克白虽在盘算弑君，但他在提及邓肯卓越的基督教德性时，也不带任何明显的轻视，称那些德性"将要像天使一般……向世人昭告我的弑君重罪"，因此"怜悯……将要把这可憎的行为揭露在每一个人的眼中"（1.7.16-24）。基督教典故与套话显然无处不在（"各各他""站在上帝的伟大指导之下""上帝与你同在""我的忘恩之罪""上帝保佑吾王"等），其中一些出自麦克白夫妇之口：麦克白夫人即便在祈求地狱与黑暗的力量时，也提到天堂与神圣之物（1.5.21，1.5.53）；麦克白也提到天堂与地狱（2.1.64，3.1.141），痛苦地讲起自己已将"永

生的灵魂送给了人类的公敌"（3.1.68-69）。麦克白称，谋杀邓肯时，
睡在第二间卧室里的人被惊醒，"念完祷告，又睡着了"，但当他们
喊"上帝保佑我们"时，他自己却补不上"阿门"，尽管那时他感到
"最需要上帝垂恩"（2.2.23-32）。因此，几乎不容置疑，基督教观念
在那时广为认可，受人尊敬。

但同样毫无疑问的是，这种基督教并非始终深入人心，相冲突
的异教视角与之共存，或密不可分。如前文所述，麦克白夫人满怀
热忱，召唤"精灵"，它们伴随着杀［49］心，为自然的恶行效劳
（即并非魔鬼的恶行）。她的夫君在倾听传唤他谋杀邓肯的钟声时，
沉思着夜晚"作法的女巫在向惨白的赫卡忒献祭"（2.1.51-52），并
谈起"振翅而飞的甲虫"是她的使者（3.2.41-42）。压力之下，麦克
白欣然诉诸异教的民间谚语：

> 流血是免不了的，他们说：流血必须引起流血。
> 据说石块曾经自己转动，树木曾经开口说话；
> 鸦鹊的鸣声里曾经泄露过
> 阴谋作乱的人。（3.4.121-125）

确信三女巫果真"具有超越凡俗的知识"后，麦克白也乐意向
她们求助，即便他不得不承认她们的手段是异教骗术（3.4.131）。其
他人物也未表现出纯粹的基督教信仰。[50] 老翁用传统的祝福向洛斯
道别（"上帝祝福您"；2.4.40）；但他将离奇的鸟类行为解释为预示
着"那件既成之事"，这表明他的心灵更偏向前基督教自然观。就
连麦克德夫用的诸多意象，也包含古怪的异教内容（"让一个新女
妖昏眩你们的视觉吧"；2.3.70-71）。不过，更重要的是麦克德夫听
闻麦克白屠杀他全家后的反应，他极其迅速又极其彻底地摈弃了基
督教的宽恕原则及"爱你的敌人"的教诲，倒向马尔康的复仇精神
（4.3.213-215，4.3.230-235；也可以参见5.2.3）。最终，当麦克德夫

在战场上遇见麦克白时，祈求命运已取代了请求上帝。

于是，我们不得不承认，那个中世纪的苏格兰至多是半基督教国家。[51]那么，这是好是坏？显而易见的回答是：这是坏事。这个苏格兰一片荒凉，暴力肆虐，迷信盛行，正是因为它没有彻底基督教化——仅需比较更彻底基督教化的英格兰，那里更优雅得体，还有能行奇迹的国王（忏悔者爱德华［Edward the Confessor］），他神圣的触碰能治愈人们痛心地称作"邪恶"的那种疾病。此外，马尔康在那逗留了一段时间，（想必是）不短的一段时间。据他所言，"除了这种特殊的本领外，他还是一个天生的预言者；福祥环拱着他的王座，表示他具有各种美德"（4.3.141-159）。[52]至于麦克白鄙视英格兰软弱不堪，过于精致，并嘲笑那些"和饕餮的英格兰人一起"（5.3.8）的人，这似乎只证实了英格兰的政体更胜一筹，包括它的宗教基础。这一点［50］也见于麦克白同招来伏击班柯的两位愤怒刺客交流时，对基督教伦理难掩轻视：

> 你们难道有那样的好耐性，
> 能够忍受这样的屈辱吗？
> 他的铁手已经快要把你们压下坟墓里去，
> 使你们的子孙永远做乞丐，
> 难道你们就这样虔敬，
> 还要叫你们替这个好人和他的子孙祈祷吗？（3.1.85-90）

不过，进一步的思考使人怀疑，苏格兰的真正问题是否在于缺乏良好的基督教情感。

也许，最好在更宽泛的层面上提出问题：对于各个人物的宗教信仰（或缺乏宗教信仰）的政治后果，该剧整体暗示了什么？最具启发性的例子或许是麦克德夫。他的虔诚显然真心实意，这是他忠于邓肯，几乎是崇拜邓肯的基础。麦克德夫信任上帝，相信上帝正义仁慈，因此照顾好人、穷人及无辜者——所有那些不伤害别人的人。他的幼子对麦克德夫夫人说的话，可能即是他本人的看法：上帝的恩惠会供养可怜的鸟儿（4.2.32-36），这显然在影射《马太福音》："你们看那天上的飞鸟，也不种，也不收，也不积蓄在仓里，你们的天父尚且养活它。你们不比飞鸟贵重得多吗？"（6：26）不过，麦克德夫（还有我们）很快就了解了真相。起初，麦克德夫惊愕不止，得知自己所有"可爱的鸡雏们和他们的母亲"都被地狱的恶鸟"一下子给攫去了"："难道上天看见这一幕惨剧而不对他们抱同情吗？"他不假思索地责备自己：

> 罪恶深重的麦克德夫！他们都是为了你而死于非命的。我真该死，他们没有一点罪过，只是因为我自己不好，无情的屠戮才会降临到他们的身上。（4.3.216-227）

讽刺的是，麦克德夫说得不错，但并非因着他所想的理由：他说上帝使无辜者受难，为的是借此惩罚喜爱他们的有罪之人——麦克德夫赋予上帝的正义观与第一位女巫的看法并无本质差异，这位女巫自诩要折磨水手丈夫，以报复他的妻子拒绝分享栗子（1.3.4-10）。麦克德夫的真正罪过在于，他天真地相信，上帝会做理性的审慎依靠勇气应做的事。[53] 如前文所述，他的妻子看待"这个世上"（4.2.74-76）的处境要远为现实。麦克德夫本应与妻子商量。[54]

但麦克德夫学会的教训，难道不是在整出剧中显而易见吗？邓肯的言行举止或许堪称基督教温柔的典范，但依据我们[51]看到的一切，温柔的人没有继承土地；强大的人才继承土地。[55]上帝没有保佑国王，也没有保佑其他任何人。马尔康与道纳本自救，是由于明智的审慎推理（2.3.133-144）；弗里恩斯是靠好运才幸存（或许还由于第一位刺客多少手下留情；参见3.3.19）。站在正义一边还不够——但绝非无关紧要，正如最终反抗麦克白不义的叛乱提醒我们的——唯有充分"用勇气武装"正义，正义才能得胜。[56]那位流血的无名军官最先表达了这条基本政治真理，那位军官英勇作战，以免马尔康被俘（1.2.29）。军官着重告诉了邓肯这条真理（"听着，苏格兰国王，听着"），无论邓肯是否留意，反正他的继承人没有错过这话。自从意识到"没有网开一面的希望"而逃离祖国，马尔康就似乎深受旧约"以眼还眼"的启发，远甚于新约的任何教诲。注意他给丧妻的麦克德夫带去的"安慰"："让我们用壮烈的复仇做药饵，治疗这一段惨酷的悲痛。"（4.3.213-215）之后，据称他与麦克德夫"胸头燃起复仇的怒火"（5.2.3）。在他列举的十二种"适宜君王的风度"中（它们几乎在请求我们依据马基雅维利十二种"世人特别是君主受到赞扬或者受到责难的原因"来考察，《君主论》第十五章，页61-62），没有提到虔敬本身（4.3.91-94）。至于他以"上帝"起誓并描述自己的六种德性，其顶点则是他"珍爱忠诚不亚于生命"（4.3.120-130）。

剧中各式宗教（及非宗教）立场引发的问题关乎善与恶，对与错，生与死，自由与命运，它们指向政治之外，要解决这些问题——如果可以解决——唯有全面理解事物的永恒本性，一切人类生活在其间开展的整体背景。莎士比亚，也许在此与马基雅维利不同，似乎就暗示了这条路径。[57]因此，我们必须从对剧本纯粹的政治分析转向形而上学考量。

《麦克白》的形而上学

莎士比亚所有作品中，唯有《麦克白》中出现了"形而上学"（metaphysical）一词。一旦我们开始发现剧中某些更宏大的主题，这个语词仅在此出场就不应视作偶然了，引入该词的语境及直接相关的观念也不应视作偶然。麦克白夫人正自个儿沉思，她刚得知丈夫同那些女巫离奇的见面，（他向她保证）这些女巫"具有超越凡俗的知识"。她希望麦克白速速归来，那样她便能将自己的精神注入麦克白的耳朵，打消阻碍他攫取王冠的内心障碍，这顶王冠的"命运和玄奇的力量"似乎分明已预留给麦克白（1.5.26-30）。她刚表达完希望，[52] 一位仆人即宣布，"我们的爵爷快要来了"——事实上来得如此迅猛，以致带来消息的使者"跑得气都喘不过来"，几乎赶不上麦克白。邓肯带着随从抵达时，作者也让我们注意这位得胜战士回到妻子身边的速度："我们想要追在他前面，趁他没有到家，先替他设筵洗尘：不料他骑马的本领十分了不得，他的一片忠心使他急如星火，帮助他比我们先到了一步。"（1.6.21-24；比较1.7.25）在此，剧本同名人物的行为富于象征意味。因为《麦克白》不仅是最短的莎士比亚悲剧，还通常被认为是节奏最快的莎士比亚悲剧。而速度暗示出时间是关键。

　　剧本再三邀请读者思考自身所处世界的基本特征，包括我们自身参与其间的特点。剧本从头至尾都说到自然：作为整体的自然，物种与个人的自然，自然之物，非自然之物，以及——似乎尤为相称的是——超自然之物（麦克白称女巫的问候是"超自然的启示"，在莎士比亚全集中仅有两次使用该词，这里是一次）。诚然，最有趣的是剧本如何描绘人类自然，这见于各个人物的自然。不过，事实是，若没有理解自然本身，就无法充分理解人类的自然（或多种自然）。毕竟，该术语至少表面含义是区别性语词：自然之物不仅异于超自然之物及非自然之物，还异于人工之物、仅仅习俗之物以及偶然及随机之物。不过，真正开始理解自然前，必须将其视作一个问题——必须意识到直接经验的世界有何问题，有何"奇异"之处（唯有在《暴风雨》中，"奇异"一词的出现频率才高于《麦克白》）。

　　理解世界这个问题有多个方面，而我认为，该剧触及了所有方面。但剧本暗示，终极的形而上学或宇宙问题，关乎我们如何理解事物自然秩序中善与恶的运行机制。尽管《麦克白》似乎主要关注恶，关注"黑暗势力""阴沉的黑夜""黑暗的罪恶使者"，那些"执行自然的肃杀之气的杀人助手",但剧本却表现了善更为基本,除非依照善,就无法理解恶。因此,该剧表明,为何必须将善视作万物的终极渊源——不仅是对与错、美与丑的渊源,还是一切真理与真实、一切知识与可理解性乃至存在本身的渊源。[58]

无疑,这是艰巨的任务。或许很难充分解释,莎士比亚何以完成任务。但我们不难些许表明,形而上学问题在何等程度上弥漫全剧。事实上,这始于剧本默默[53]指涉三个最基本的问题。电闪雷鸣中,"三女巫上"(对开本如是标明):[59]

> 女巫甲　何时姊妹再相逢,
> 　　　　雷电轰轰雨蒙蒙?
> 女巫乙　且等烽烟静四陲,
> 　　　　败军高奏凯歌回。
> 女巫丙　半山夕照尚含辉。
> 女巫甲　何处相逢?
> 女巫乙　在荒原。
> 女巫丙　共同去见麦克白。

何时……何时……何时:时间问题。何处:地点问题。之后是回答一个不言自明的问题:为何,为了什么目的——为了去见麦克白(通常,这只会引发另一个有关"为何"的问题)。时间、地点、目的。但我们要是和麦克白与班柯一样,在某个荒野遇到这些怪诞生物,我们或许还要问第四个形而上学问题。而他们正是问了这个问题。首先是班柯问道:

> 这些是什么人,
> 形容这样枯瘦,服装这样怪诞,
> 不像是地上的居民,

可是却在地上出现？你们是活人吗？你们能不能
回答我们的问题？

接着是麦克白问："你们要是能够讲话，告诉我们你们是什么
人！"（1.3.39-47）。的确，是什么？也就是说，她们是何种存在？
她们有形体吗？不久，她们遁入无形（依照班柯的说法，仿佛"水
上有泡沫，土地也有泡沫"；或是如麦克白所言："消失在空气之中，
好像是有形体的东西，却像呼吸一样融化在风里了"；1.3.79-82）。
她们活着吗？她们有理性吗（"无论人类问什么"，她们如此说道；
或许在解释自己）？但首先，她们是真实的吗？如果不是，为什么？
如果是，怎样真实？两种情况下，我们如何确定？

由此，开场在提醒我们那些基本的本体论范畴，借此我们试图
在混乱流动的直接经验中建立可理解的秩序：时间、地点、目的、
存在。[60]重读剧本后，或许还可以加上原因，因为重新思考剧本时，
我们会寻思，这三位女巫是否实则一切事件的原因。正如麦克白之
后挑战她们的："你们这些神秘的幽冥的夜游的妖婆子！你们在干什
么？"她们的回答正如她们的众多宣言般含混不清［54］："一件没
有名义的行动"（4.1.48-49）。她们首次出场时，我们只收集到一条
实质性信息——正在进行一场战争，但这信息同样模棱两可（"败
军高奏凯歌回"）。而她们的吟唱，结束这简短却意蕴无穷的开场的
咏唱，也如出一辙："美即丑恶丑即美……"——这里首次暗示了剧
中（及人生中）包罗万象的主题——善之于恶。[61]

第二场首次出现了我们确信为人类的存在。这一场又引入了几
个织起剧本的形而上学问题：自然、机运、正义与生命的有限。首
先开口的是国王，想来之所以能认出他是国王，是因为他身上有王
权的习俗标志。他也先提了一个问题。随着"麦克白"的名字兴许
还在毒雾妖云里回响，邓肯问道："那个流血的人是谁？"他的儿子
马尔康意识到，国王问的是帮他冲出敌人重围，"奋勇苦战的好人"，

于是向这位伤者打听"战况"。马尔康指的战争是否就是女巫提及的战争，这并非一目了然；我们很快得知，有不止一场战争。无论如何，勇敢的军官答道:"双方还在胜负未决之中。"胜负未决! 这个语词开头颇为有趣，因为我们的哲学诗人选择让这位人物——这位美德经受住了考验的流血战士，第一个提及自然或机运，且提及两者时都暗含贬斥:他提到"残暴的麦克唐华德"，说"无数奸恶的天性都丛集于他的一身"，接着谈起"命运像娼妓一样，有意向叛徒卖弄风情"(1.2.10-14)。莎士比亚也正是让这位军官口里首次提及正义，更准确地说，是"正义……凭着勇气的威力"(29)。而他说的话几乎没有一句不让我们想起生命的有限。

比起其他问题，或许最能引发形而上学思索的问题，也即表象与真实的关系——尤其是两者间常有的差异——这一在剧中无所不在的问题，主要见于最费解的表现形式:人类。不过，该问题首次出现时，与那三个人性——事实上是她们本身的真实性——存疑的物种有关:那些身形枯瘦、服装怪诞，手指满是皱纹，嘴唇干枯，应当是女人却有胡须的物种，即那些班柯问起的物种——"用真理的名义回答我，你们到底是幻象呢，还是果真像你们所显现的那样生物?"(1.3.52-54)并非遇到女巫才会使人寻思。每位明智之人都会很快发现，事物常非外表之所是。邓肯王认为麦克白在殷佛纳斯的城堡令人愉快，那里周围的和风"轻轻吹拂着我们微妙的感觉"。他的感觉蒙骗了他。班柯证实"空气有一种诱人的香味"，这也不足为信(1.6.1-10)。事实上，几乎依据任何可信的[55]哲学或科学分析，我们对现实的直接感知都差不多从未符合其真正特点。[62]因此，任何人若像麦克白一般，喜好思索周遭世界的运行机制，都会遇上无穷多的难题与秘密。不过，人们有意操纵外表，其手法直臻于技艺——事实上是多种技艺，从化妆、裁剪至修辞与诡辩——加剧了理解一般事物的固有困难。我们用各式"服装"，遮掩"祖露的身体……不免要受凉"(2.3.124-125)。这或是旧衣

（2.4.38），或是新装（1.7.34），或借自他人（1.3.108-109），或是窃取之物（5.2.20-22）。正如我们所知，衣服是否合身（1.3.145-147），是否美观（3.1.106，4.3.23，4.3.33），是否适宜特定时间与地点（1.3.40，2.3.131），取决于各种因素，尤其取决于选择怎样的"裁缝"（1.7.35-36）。但正如麦克白的看门人提醒我们的，并非所有裁缝都能进天堂（2.3.13-15）。

邓肯首先引向这个人类问题，他遗憾地悲叹："世上还没有一种方法，可以从一个人的脸上探察他的居心。"该主题的变奏在全剧反复奏响。麦克白鼓起最大勇气后，说道："去，用最美妙的外表把人们的耳目欺骗；奸诈的心必须罩上虚伪的笑脸。"（1.7.82-83）父亲被杀后，马尔康对道纳本说："假装出一副悲哀的脸，是每一个奸人的拿手好戏。"（2.3.134-135）听闻马尔康自称好色，麦克德夫答道："您可以一方面尽情欢乐，一方面在外表上装出庄重的神色——世人的耳目是很容易遮掩过去的：我们国内尽多自愿献身的女子。"（4.3.70-73）不过，或许应赞扬麦克白，他（正如麦克德夫；4.3.34-37）既不喜好伪装，也无此天赋；正如他的妻子所言，他的脸是本展开的书卷。生为武士，他自然喜爱武士的荣誉准则；因此，他喜爱直接行动与公开战斗，而非阴谋诡计（参见1.7.10-16，5.3.32，5.5.5-7，5.5.51-52，5.8.1-3，5.8.27-34）。他的妻子只得劝告他，"要欺骗世人，必须装出和世人同样的神气"（1.5.61-63）。但显然他因必须如此而局促不安："我们的地位现在还没有巩固，我们虽在阿谀逢迎的人流中浸染周旋，却要保持我们的威严，用我们的外貌遮掩我们的内心，不要给人家窥破。"（3.2.32-35）[63]既然所有这些台词都明确指出我们喜好用伪装掩盖内在真相，那我们就必须尤为警惕剧中各式人物——"好人"及"坏人"——兴许正如此行事。剧中言辞处处表里不一、口是心非，尤其有不少带双重含义、"模棱两可"（equivocal）（莎士比亚几乎仅在《麦克白》中使用"含糊其辞"[equivocate]的各式同源词）。诚然，只是因为这种太过人性的伪装几乎总是单向进行,即只是因为总是恶伪装成善(抑或如马尔康所言,"小人全都貌似忠良"4.3.23),只是因为人们通常竭力装作比实际更好而非更差,[56]因此,马尔康借自黑用骗术试探麦克德夫才如此有效。

的确,所有重要的形而上学问题都是剧本探讨的主题,但其中一个主题尤为突出——这见于剧本首个语词接连出现:"何时。"时间之于《麦克白》的哲学故事,正如僭政之于其政治故事,而该剧的一重阐释挑战即在于理解为何如此。三女巫均与时间相关:第一位与过去相关("祝福你,葛莱密斯爵士",这是麦克白此前继承的头衔),第二位与现在相关("祝福你,考特爵士",这是麦克白刚被授予的头衔),第三位与未来相关("未来的君王"——三个女巫中唯有这个女巫说预言;1.3.48-50;参见1.1.5,1.3.67)。因此,无论如何,三女巫似乎是命运三女神不讨人喜爱的苏格兰版本(赫林歇德在记述中称作"命运的女神"[the goddesses of destinie])。正如众女巫用最寻常的时间问题开启剧本,马尔康结束全剧的台词也频频涉及时间:"论功行赏,在此一朝……从现在起,你们都得到了伯爵的封号……在这去旧布新的时候,我们还有许多事情要做……我们都要按照上帝的旨意,分别先后,逐步处理。"《麦克白》五幕中的每一幕都以明确指出时间开场,其原初二十七场中,足足半数也这般开场。

一旦特别留意这些涉及时间之处,会发现各式时间度量、计数与定位何其丰富,令人惊叹——但其语境下又不引人注目。譬如,老翁与洛斯的交谈以此开始:

> 老翁 我已经活了七十个年头;
> 　　　惊心动魄的日子也经过得不少,
> 　　　稀奇古怪的事情也看到过不少,可是像这样可怕的
> 　　　夜晚,

却还是第一次遇见。

洛斯　啊！好老人家，

你看上去好像恼怒人类的行为，

在向这流血的舞台发出恐吓：照钟点现在应该是白
天了，

可是黑夜的魔手却把那盏在天空中运行的明灯遮蔽
得不露一丝光亮。（2.4.1–7）

还有各种问询钟点的话，例如班柯问儿子："孩子，夜已经过了几更了？"弗里恩斯："月亮已经下去；我还没有听见打钟。"班柯："月亮是在十二点钟下去的。"弗里恩斯："我想不止十二点钟了，父亲。"（2.1.1–3）抑或麦克白问妻子："夜过去了多少了？"麦克白夫人："差不多［57］到了黑夜和白昼的交界，分别不出是昼是夜来。"（3.4.125–126）还有特别描述某一特定时刻的话，例如女巫先向麦克白展示一列班柯生的国王，而后旋即消失，麦克白的反应道："愿这不祥的时辰在日历上永远被人诅咒！"（4.1.133–134）麦克白夫人为丈夫宴席上的古怪举止道歉，称其为"旧病复发……害各位扫兴"（3.4.95–97）。

此外还有些对白指涉时间本身，例如麦克白说，"事情要来尽管来吧，到头来最难堪的日子也会对付得过去的"（1.3.147–148），抑或"时间，你早就料到我狠毒的行为"（4.1.144），抑或"这些神巫称呼我，而且她们还对我作这样的预示"（1.5.8–9）；抑或班柯对这些女巫发起关键的挑战："要是你们能够洞察时间所播的种子，知道哪一颗会长成，哪一颗不会长成，那么请对我说吧。"（1.3.58–59）或许并非偶然，剧中提及一些不寻常的"时钟"："夜枭在啼声，它正在鸣着丧钟，向人们道凄厉的晚安"（2.2.3–4）；蝙蝠的飞行宣布黄昏降临，"振翅而飞的甲虫，用嗡嗡的声音摇响催眠的晚钟"（3.2.40–43）；"报更的豺狼的噪声"（例如，为"形容枯瘦的杀人犯"

报更，2.1.52-54）——这些预示着夜晚与睡眠的自然先兆，补充了自然中宣告黎明与醒觉的更寻常的信使——雄鸡（2.3.24）。

剧中几乎每位人物，都在某个时刻尤为注意行动的"时机"。麦克白暗自思忖着弑君："要是干了以后就完了，那么还是快一点干。"（1.7.1-2）他命令派去暗杀班柯的刺客："最迟在这一小时之内，我就可以告诉你们在什么地方埋伏，等看准机会，再通知你们在什么时间动手；因为这件事情一定要在今晚干好。"（3.1.127-130）麦克德夫一早赶来唤醒国王，解释称："他叫我一早就来叫他；我几乎误了时间。"（2.3.45-46）还有麦克白夫人怂恿犹豫不决的夫君："那时候，无论时间和地点都不曾给你下手的方便，可是你却居然决意要实现你的愿望；现在你有了大好的机会，你又失去勇气了。"（1.7.51-54）而洛斯本人就是掌控时机的大师，能见风使舵改变立场，他见利忘义地劝告麦克德夫："现在是应该出动全力挽救祖国沦夷的时候了。"（4.3.186）马尔康与道纳本甫一听闻父亲被杀，即迅速断定此时不应为自己辩护，而是逃亡保命（2.3.118-121）。麦克德夫称他是"没有足月就从他母亲的腹中剖出来的"（5.8.15-16）。当然，女巫们也不容忽视：

女巫甲　斑猫已经叫过三声。

女巫乙　刺猬已经啼了四次。

女巫丙　怪鸟在鸣啸：时候到了，时候到了。（4.1.1-3）

[58] 像以上这样明确指涉行动时间，增强了我们自身对行动时间本身的敏感性。如前文所述，要解决剧中一些更令人困惑的特点，方法是分析事件的时间顺序。[64]

剧中一些最难忘的时刻与台词亦深深浸淫于时间用语。不妨思考得胜的领主离开战场刚到家时，与夫人那叫人毛骨悚然的交谈：

麦克白夫人

　　伟大的葛莱密斯！尊贵的考特！

　　比这二者更伟大、更尊贵的未来的统治者！

　　你的信使我飞越蒙昧的现在，我已经感觉

　　到未来的搏动了。

麦克白

　　我的最亲爱的亲人，

　　邓肯今晚要到这儿来。

麦克白夫人

　　什么时候回去呢？

麦克白

　　他预备明天回去。

麦克白夫人

　　啊！太阳永远不会见到那样一个明天！［麦克白必须有明
　　　显的反应］

　　您的脸，我的爵爷，正像一本书，人们

　　可以从那上面读到奇怪的事情。您要欺骗世人，

　　必须装出和世人同样的神气；让您的眼睛里、

　　您的手上、您的舌尖，随处流露着欢迎；让人家瞧您像
　　　一朵纯洁的花朵，

　　可是在花瓣底下却有一条毒蛇潜伏。我们必须准备款待

　　这位将要来到的贵宾；您可以把

　　今晚的大事交给我去办；

　　凭此一举，我们今后就可以日日夜夜

　　永远掌握君临万民的无上权威。（1.5.54-70）

　　还有麦克白与班柯间同样充满时间意识的交谈，后者不知自己
正要踏上不归路：

麦克白

　今天下午你要骑马去吗?

班柯

　是的,陛下。

麦克白

　否则我很想请你参加我们今天的会议,

　贡献我们一些良好的意见,

　你的老谋深算,我是一向佩服的;可是我们明天再谈吧。

　你要骑到很远的地方吗?

班柯

　[59]陛下,我想尽量把从现在到晚餐时候为止这一段的
　　时间

　在马上消磨过去;要是我的马不跑得快一些,

　也许要到天黑以后

　一两小时才能回来。

　……

麦克白

　……可是我们明天再谈吧,

　有许多重要的国事要等候

　我们两人共同处理呢。请上马吧;

　等你晚上回来的时候再会。弗里恩斯也跟着你去吗?

班柯

　是,陛下;时间已经不早,我们就要去了。

麦克白

　愿你快马飞驰,

　一路平安。再见。(班柯下)

　大家请便,

　各人去干各人的事,

到晚上七点钟再聚首吧；

为要更能领略到嘉宾满堂的快乐起见，

我在晚餐以前，预备一个人独自静息静息；

愿上帝和你们同在！（3.1.19–44）

这类台词之所以引人注目，不过在于其强化了全剧最鲜明的语言特征，即密集运用以时间测算并定位事物的术语：然后、现在、此后、永远、从不、总是、常常、早上、中午、晚上、每夜、立即、此前、马上、已经、同时、新近的、及时、今后、永远的、暂时的、更早、迟来的、直到、直至、有时、之后、自从、仍然、又、昨天、今天、今晚、明天、过去的、现代的、立刻、早、晚，等等。[65] 有着大批时间标志词与叙词（descriptors）的这个样本——《麦克白》中不少于四百个语词指涉时间——应提醒我们，我们自身的本性如何深深地"涉及时间"，如何本质上"涉及时间"，以及我们如何"无意识地意识到"时间（如果允许我使用一两个逆喻）。如何解释这一点，如何解释我们对时间无处不在的敏感性呢？这似乎是由于——至少部分由于——我们知道自己终有一死，意识到（这种意识总是存在，无论多么微弱）我们虽然现在活着，却很快就会死亡，相比整个宇宙，我们此世的光阴不过转瞬即逝。这番真相见于剧中最著名的台词，如此令人难忘，也即麦克白那虚无主义式反思，即人类的存在朝生暮死，在广袤的时间中显然毫无意义：

［60］麦克白

……那是什么声音？

西登

是妇女们的哭声，陛下。

麦克白

我简直已经忘记了恐惧的滋味。

从前一声晚间的哀叫,

可以把我吓出一身冷汗,听着一段可怕的故事,

我的头发会像有了生命似的竖起来。

现在我已经饱尝无数的恐怖;

我的习惯于杀戮的思想,

再也没有什么悲惨的事情可以使它惊悚了。那哭声是为
　了什么事?

西登

　陛下,王后死了。

麦克白

　她反正要死的,

　迟早总会听到这个消息的一天。

　明天,

　明天,

　再一个明天,

　一天接着一天地蹑步前进,

　直到最后一秒钟的时间;

　我们所有的昨天,不过替傻子们照亮了

　到死亡的土壤中去的路。熄灭了吧,熄灭了吧,短促的
　　烛光!

　人生不过是一个行走的影子,一个

　在舞台上指手画脚的拙劣的伶人,

　登场片刻,就在无声无息中悄然退下;它是一个

　愚人所讲的故事,充满着喧哗和骚动,

　却找不到一点意义。(5.5.7–28)

颇为合适的是,当麦克德夫狡诈地挑衅说,麦克白要是投降,就会"在众人的面前出丑"时(5.8.24),骄傲的麦克白虽然心灰意

冷，但仍选择了用"喧哗和骚动"结束生命。

回想以上论述可以发现，人类面临的所有形而上学问题中，理解时间——更确切地说，理解时间中的人类存在——尤为重要，或尤具挑战性，抑或两者皆然。剧中其他每个重要主题都以某种方式与时间相关。例如，遵从时间之自然节律的睡眠与清醒；日夜的相继；生命自然经济中夜间睡眠的实际必要性（"一切有生之伦，都少不了睡眠的调剂"，3.4.140）；也因此，还有"不要再睡了"，"杀害了睡眠"——意即清白、安全的睡眠，真正编织起忧虑的乱丝，修复身心的睡眠——以及反过来"在每夜使我们惊恐的恶梦的谑弄中睡眠"，生活［61］变作幽暗的地狱，都与时间相关（2.2.34-39，3.2.17-19，5.1.34）。兴许值得注意的是，第一位女巫最先提起"睡眠"，吹嘘自己计划折磨这贱人的水手丈夫，设法确保他八十一周"终朝终夜不得安"（1.3.19-23）。

此外，各式"园艺"影射（同样，这也最先与那命运三女巫一同出现：1.3.58-59；同时参见1.4.28-33，4.3.76-77，4.3.85，4.3.238，5.2.30，5.5.40，5.9.31）也不断提醒我们，一切自然生长及衰退都需要时间。[66]抑或更宽泛地说，存在（Being）只是有形可感地存在于——即自然地显现于——其掌控着生成（Becoming）在时空中永恒流动；而时间自身是永恒的流动的象和"行走的倒影"（依据柏拉图《蒂迈欧》37d-e）。即便常为人注意的"衣着隐喻"[67]，也与时间相连，正如班柯的评论："新的尊荣加在他的身上，就像我们穿上新衣服一样，在没有穿惯以前，总觉得有些不大适合身材。"（1.3.145-147）麦克白向妻子抗议："他最近给我极大的尊荣；我也好容易从各种人的嘴里博得了无上的美誉，我的名声现在正在发射最灿烂的光彩，不能这么快就把它丢弃了。"（1.7.32-35）

不过，剧作的主要焦点在于人的时间意识及由此带来的后果。我们都些许感到，我们的现在是过去的结果，这个相关的过去只有部分为意识察觉，成为记忆。显然，我们出生并成长其间的特定历史形势，由不得我们自己选择，也非我们创造。那么，对于最终成为的自己，我们可以、应该、必须承担多少责任？对于造就我们的过去，我们可以合理地赞扬或批评什么，接受或拒斥什么，试图压制或保留什么？这是些令人烦恼的问题，看法大异其趣。我们心照不宣地认为，过去在身后闭合，无可变更，"干了以后就完了"。于是，我们通常会放眼未来——随着世间拥有的岁月日渐减少，我们可能会愈发愿意思考必死存在之外的存在。[68]只有身处壮年，对任何未来生活都半信半疑，才会像麦克白一样宣称"来生我也就顾不到了"，并情愿以此换得某种了不起的世俗成功（1.7.4-7）。[69]无论如何，未来的前景，正如过去的既成事实，会在不同人身上唤起各式各样的反应，甚至身处不同阶段的同一批人，也会反应相异。为什么会这样，为什么一人自信满满，另一人却焦虑不安？这似乎既反映了某个人的本性、性格与信念，也反映了其环境的客观特点。

那么，我们时间本性的基本维度似乎就是（当然，这显而易见）：如何面对过去；如何面对未来；如何面对死亡。正是这些"立场"或态度的动态综合，渲染并塑造着［62］当下经验这一永恒移动着的点。与人的时间性和解，尤其是与自身在时间中或许可变但无疑有限的存在和解，主要关乎以正确态度对待自身时间范围的各个部分及特点。正确态度的应有之义，隐晦地见于麦克白夫妇的大错特错。这对夫妇一面受过去困扰，一面病态地迷恋某种如彩虹般难以捉摸的未来结局，从而无法享受任何眼下的时刻。[70]为了理解他们的错误，我们应思考每一维度的其他主要可能。剧本暗示了哪些可能？

关于过去，麦克白以极端的方式展现出一定程度上似乎是不少人——如果不是多数人——的特点：他们更容易为自己的错误困扰，而非因自己的成功喜悦（正如马基雅维利所言，人更容易记住怨恨，而非恩惠）。[71]即便美好的回忆，也会带上往事不再的悲伤。记忆或许就像麦克白自己"亲爱的提醒者"所描绘的，是"大脑的狱吏"（1.7.66，3.4.36）。但记忆在多大程度上受制于有意的控制，则难以判断，很可能因人而异。[72]麦克德夫一听闻妻儿的死讯，就为自己挂在脸上的悲伤辩护："我怎么能够把我最珍爱的人置之度外，不去想念他们呢？"（4.3.222-223）麦克白询问照料夫人的苏格兰医生："你的病人今天怎样？"医生答道："回陛下，她并没有什么病，只是因为思虑太过，继续不断的幻想扰乱了她的神经，使她不得安息。"麦克白于是下令：

> 替她医好这一种病。
> 你难道不能诊治那种病态的心理，
> 从记忆中拔去一桩根深蒂固的忧郁，
> 拭掉那写在脑筋上的烦恼，
> 用一种使人忘却一切的甘美药剂，
> 把那堆满在胸间、
> 重压在心头的积毒扫除干净吗？（5.3.37-45）

机智的医生无疑感到麦克白的疑问也适用于他自己，因而答道："那还是要仗病人自己设法的。"啊，但怎么设法？门房（"要记得门房"）罗列"喝酒……最容易引起的"（2.3.25-29）事情时，或许还应加上遗忘。不过，这个司空见惯、"使人忘却一切的甘美药剂"，其效果变化无常，无法选择，只是暂时有效，除非用到让人神经错乱的程度。对于懊悔不已的往昔错误，[63]还有"破灭的"希望，有什么诊治能应对它们引起的慢性精神痛楚呢？——麦克白夫人的痛苦提醒我们，这种痛楚何其强烈，宛若置身地狱最昏暗的浓烟，令人生不如死（5.9.35-37）。剧本仅暗示了另外两套诊治方案。其一是教育灵魂，令其接受一个道理，彻头彻尾接受。无比讽刺的是，这个道理被置于王后自己口中（这番建议适用于人生的方方面面，不仅针对自己的错误）："无法挽回的事，只好听其自然；事情干了就算了。"（3.2.11–12）然而，要执行这条"合理漠视"的策略，前提是灵魂的理性部分得强大无比，而这显然非多数人所及。多数人可能别无其他实际选择，只有第二套诊治方案：忏悔，并指望兴许能借此得到宽恕。

漠视与忏悔在剧中都不甚明显，在最需要其一的主人公身上，更是少有显现。这不同于已定罪的叛徒考特，据马尔康转述，后者

> ……很坦白地公认他的叛逆，
> 请求您宽恕他的罪恶，并且表示
> 深切的悔恨。他的一生行事，
> 从来不曾像他临终的时候那样得体；他抱着
> 视死如归的态度，
> 抛弃了他的最宝贵的生命，
> 就像它是不足介意、不值一钱的东西一样。（1.4.5–11）

（他——或马尔康——听上去完全就是苏格拉底，[73] 虽然我们必须牢记，考特"深切的悔恨"萌发于战败时分。）然而，与考特不同，麦克白只后悔，从不忏悔。麦克白有一次用到了这个词，那时他是在说谎，至少这句话的真实含义并非他希望人们会有的那种理解：麦克白宣称，他杀死了那几个身上涂有鲜血的仆人，"啊！可是我后悔一时卤莽，把他们杀了"（2.3.104–105）。至于忘却曾让他头脑充满蝎子的东西——记住自己的罪行，还有害怕罪有应得，成为自己"血的教导"的受害者——麦克白最终一定程度上成功了，但也因此丧失了人性。终于赶走班柯的鬼魂后（"去，可怕的影子！虚妄的揶揄，去！"；3.4.105–106），麦克白发誓，对于他现在视作只是由内疚引发的幻想，他要无动于衷："我的疑鬼疑神、出乖露丑，都是因为未经磨炼、心怀恐惧的缘故；我们干这事太缺少经验了。"

（3.4.141-143）这般让自己（还有他现在被动但焦虑的妻子）习惯
于——并非习惯于屠杀，因为身为久经沙场的战士，自我们［64］
刚见到他时，麦克白就已习惯于屠杀——暴行后，麦克白终于将他
那人类善意的乳汁变作了胆汁。显然，麦克白夫人则不怎么成功。
犯罪生涯臻于顶点时，麦克白可以沉思，"我简直已经忘记了恐惧的
滋味"（5.5.9）。显然，麦克白夫人则没有忘却。麦克白夫人从未忏
悔（正如她所祈祷的，"悔恨的通路"或许已堵塞；1.5.44），于是她
从未寻求她需要的东西——只有感到能宽恕的人宽恕了自己时才能
获得的自我和解。恰如看见她在"睡梦中走动"的医生所言，"她
需要教士的训诲甚于医生的诊视。上帝，上帝饶恕我们一切世人"
（5.1.71-72）。尽管如此，麦克白夫人梦游时的痛苦及最终死亡显然
表明，她本质上依然是人。相反，麦克白的冷漠与遗忘则使他近乎
野兽而非人类——要想"像人一样忍受"，必须"像人一样感受"
（4.3.220-1）。剧中唯一明确忏悔罪行的人，也正是唯一恳求原谅麦
克白的人，尽管他的恳求显然有违基督教精神：

> 可是，仁慈的上天，
> 求你撤除一切中途的障碍，让我跟
> 这苏格兰的恶魔正面相对，
> 使我的剑能够刺到他的身上；要是我放他逃走了，
> 那么上天饶恕他吧！（4.3.231-235；比较5.7.14-16）

关于未来，剧本证实了日常经验所提示我们的，即决定一个人
当下态度的主要因素是希望与恐惧。剧本显然高度关注恐惧。事实
上，《麦克白》提到"恐惧"（fear）及其同源词（"为人恐惧的""令
人恐惧的""害怕""种种恐惧"）的次数，超过莎士比亚任何其他
剧本。不过，戏剧行动也同样高度关注希望——如果不是更关注希
望的话——尤其是，我们会说，事后所知的错误希望。——"执着

于超越智慧、恩典、恐惧的希望"（3.5.31）。但我们的事后判断则指向其间精准的差异：过去无可更改（因此可以知晓），未来较之则晦暗不明，且大致充斥着善与恶的各种可能，这是希望与恐惧的终极原因。是女巫激起的"成王的希望"，促使麦克白夫妇去付诸行动想要实现其黑暗幽深的欲望。直到生命的最后时刻，麦克白才意识到，他一直在倚赖"欺人的魔鬼"，他们"听起来好像大有希望，结果却完全和我们原来的期望相反"（5.8.19-22）。麦克白本人在看似恭喜班柯时首次提到"希望"："您不希望您的子孙将来做君王吗？方才她们称呼我作考特爵士，不同时也许给你的子孙莫大的尊荣吗？"（1.3.118-120）班柯确有此意（3.1.5-10），[65] 而随着时间的流逝，麦克白愈发为这个未来心烦意乱。

麦克白夫人只有一次提起希望，她责备丈夫："难道你把自己沉浸在里面的那种希望，只是醉后的妄想吗？它现在从一场睡梦中醒来，因为追悔自己的孟浪，而吓得脸色这样苍白吗？"（1.7.35-38）麦克白夫人暗中嘲笑丈夫，其自然的（即清醒的）勇气不足以使他采取行动去追逐他的——也是她的——成王希望，这段嘲笑实现了预期的效果。麦克德夫对马尔康的希望，使后者抵达英国（4.3.24，4.3.114），而马尔康渴望胜利，这将他带回苏格兰（5.4.1-2）。不过，最后是务实的老兵西华德提醒我们，希望并非赌马："口头的推测不过是一些悬空的希望，实际的行动才能够产生决定的结果……"（5.4.19-20）

既然观望未来不过像透视黑镜，那么理性想象之于未来，正如理性回忆之于过去。麦克白的信件使夫人想入非非，以致她"飞越蒙昧的现在，已经感觉到未来的搏动"（1.5.56-58）。麦克白夫人希望远大。同样，麦克白也提到子虚乌有的未来，那只存于想象的未来要比存在的当下更真实，但他有种强烈的预感：

> 这种神奇的启示
> 不会是凶兆，可是也不像是吉兆。

假如它是凶兆，为什么用一开头就应验的预言

保证我未来的成功呢？我现在不是已经做了考特爵士了吗？

假如它是吉兆，为什么那句话

会在我脑中引起可怖的印象，使我毛发悚然，

使我的心全然失去常态，

卜卜地跳个不住呢？想象中的恐怖

远过于实际上的恐怖；

我的思想中不过偶然浮起了杀人的妄念，

就已经使我全身震撼，

心灵在胡思乱想中丧失了作用，

把虚无的幻影认为真实了。（1.3.130-142）

　　这对野心勃勃的夫妇一起展现了人类对未来的所有态度，一个希望实现她眼中的最好之事，另一个害怕他想象的事会糟糕至极。[74]不过，两人都盘算着同一番前景：麦克白要千方百计劫获王冠。

　　正因为我们不知"未来为我们准备了什么"，但又常渴望知道，所以我们自然对预测及预言饶有兴趣——事实上，一些人迫切渴望"洞察时间所播的种子"，想要事先知道"哪一颗会长成，哪一颗不会长成"，以致极易［66］受骗。但看似极不可能的预言倘若立即得到证实，即便怀疑论者也会深受触动。无论如何，可以确定，剧中首次提及"预测"之处也同时首次提及"希望"和"恐惧"，这不只是巧合。三女巫依次向麦克白道"万福"后，是班柯答道："将军，您为什么这样吃惊，好像害怕这种听上去很好的消息似的？"接着，班柯转回女巫，继续说道："你们向我高贵的同伴致敬，并且预言他未来的尊荣和远大的希望，使他仿佛听得出了神；可是你们却没有对我说一句话。"（1.3.51-57）于是，班柯恳请女巫预言一下自己，并得到了女巫致命又含混的回答：

> **女巫甲**　比麦克白低微，可是你的地位在他之上。
>
> **女巫乙**　不像麦克白那样幸运，可是比他更有福。
>
> **女巫丙**　你虽然不是君王，你的子孙将要君临一国……

正是三女巫对这两位军事首领的一系列预言，引发了剧本后续的所有事件。

首先，麦克白夫妇都视作已"许诺"给他们的东西（1.3.120，1.5.13，1.5.16），使他们下定决心谋杀邓肯——我们必须注意，这是麦克白大人听到"未来的君王"后的直接理解：这是建议麦克白要做些事，它们"可怖的印象"使他的心卜卜直跳，毛发倒立。尽管成为考特爵士已应验，神乎其神，"用不着［他］自己费力"，麦克白依然做此念想。直到后来，麦克白才想到，"机运"也可能轻而易举使他成王（1.3.144）。那么，几乎毫无疑问，这并非麦克白首次起了弑君念头。如果说，当麦克白与班柯——并非柔弱的邓肯——从拯救王国的死战归来，在糟糕的天气中艰难跋涉时，麦克白就在思虑弑君了，那也几乎不足为怪。是否正因为如此，女巫的宣言才使麦克白出神，以致班柯注意到两次（1.3.57，1.3.143），是否也正因为如此，麦克白才确信女巫有"超越凡俗的知识"——因为她们看透了自己的心思（比较4.1.74）？表面上看，莎士比亚的麦克白夫妇也许只是重现了人类的堕落事件（The Fall of Man），与传统叙述一致，堕落的主要责任在于引诱者夏娃。但更细致的考察可以发现，作者的观点并不尽然：莎士比亚的亚当绝非清白，其行动绝非仅仅出于受人引诱，此前全无念想。

其次，三女巫的预言也涉及班柯，于是班柯违背信念，帮助麦克白披上了合法外衣，并在攫取王位上获得了初步胜利。因为班柯不仅是知晓预言的那个人，还是谋杀当晚听见麦克白令人生疑地暗指"那件事"的那个人："您听从了我的话，［67］包您有一笔富贵到手"——这段对话被班柯的谨慎之言打断："只要不毁坏我的清白的忠诚，我都愿意接受。"（2.1.20-29）虽然班柯怀疑麦克白涉嫌暗杀邓肯（正如之后承认的），但当他提议"回头再举行一次会议，详细彻查这一件最残酷的血案的真相"时，他显然没有道出这份怀疑。很可能也就是在这次会议上，麦克白被任命为新王（2.4.30-32）。不久，班柯苦恼的独白证实，他消极被动地与谋杀者串通一气：

> 你现在已经如愿以偿了：国王、考特、葛莱密斯，一切
> 符合女巫们的预言；你得到这种富贵的手段
> 恐怕不大正当；可是据说
> 你的王位不能传及子孙，
> 我自己却要成为
> 许多君王的始祖。要是她们的话里也有真理，
> 就像对于你所显示的那样，
> 那么，既然她们所说的话已经在你麦克白身上应验，
> 难道不也会成为对我的启示，
> 使我对未来发生希望吗？（3.1.1-10）

也就是说，班柯认为，有关自己的预言若要实现，取决于有关麦克白的预言能实现——至少，有关麦克白的预言若能实现，就可以证实三女巫的预言能力，但同样可能的是，这是他自己的子孙最终成功的必要步骤（比较3.1.15-18）。

这似乎也正是麦克白的看法——于是，麦克白决意灭绝班柯的世系，杜绝这个可能性，从而试图推翻女巫那一部分的预言。麦克白或许此前毫无留意，但一旦成王，他即在班柯身上看见"高贵的天性中有一种使我生畏的东西"：

> 当那些女巫们最初称我为王的时候，
> 他呵斥她们，

> 叫她们对他说话;她们就像先知似的
> 说他的子孙将相继为王,
> 她们把一顶没有后嗣的王冠戴在我的头上,
> 把一根没有人继承的御仗放在我的手里,
> 然后再从我的手里夺去,
> 我自己的子孙却得不到继承。(3.1.56-63)

麦克白担心,为了实现有关他的预言,班柯会同自己一样,用没有流淌王室血液的手"夺走"王冠和御仗。于是,麦克白决意杀害班柯——这是女巫们最初一系列预言的第三个重要后果。我们不应忽视,麦克白此时的心思悖论重重,甚至自相矛盾。因为莎士比亚意在揭示,人类对预言的所有兴趣都内含悖论,因此人类对未来的惯常态度也内含悖论。因为如果预言可能为真,以至于可以全盘相信任何预言,那么这本身就预设了未来完全是定局,是"命中注定",因此无可更改。但我们对预言有兴趣不仅是出于好奇,而是渴望切实推进对自己的好处,同时规避任何坏事——这自然预设了未来的后果并非无可更改,而是受制于我们的自由行动。[75]

或许有人会抗议说,未来——因而之后发生的所有事情——完全是定局,与我们有意识地采取势必会引向那些命定结果的行动(而我们行动时误以为能自由选择,拥有"自由意志",这些也都不过是事物必然并命定秩序的一部分),并无逻辑悖论。因此,一旦被许诺"成王",麦克白便积极夺取王权,而非被动等待"机运"为他封王,其所作所为没有不合逻辑:可以认为——连麦克白也如此观之——麦克白在扮演他的(命定)角色,以使预言应验,预言的注定实现也促使麦克白"必然"如此行动。啊,那么该如何解释麦克白竭力阻碍有关班柯的预言呢?诚然,可以认为,这两种行为逻辑相同,麦克白"徒劳一场"同样是核心计划(the Master Plan)的一部分,对其最终结果必不可少。就论辩而言,这个观点或许可以成立。但从心理逻辑的角度来看呢？没有一位理性之人的行动动机是"实现未来"本身，无论这个未来是何等模样。

我们或其他生物的本性都非"中立"：我们追求自视对我们有好处的东西，而非那个未来。麦克白或许认为，他谋杀邓肯不过是在扮演自己的角色，实现已透露给他的命运，但麦克白无疑不会这般看待自己谋杀班柯。关键在于，麦克白像大多数人一样，自相矛盾地看待关于未来的预言。那些看起来有利于他的预言，不仅暗示了一种可能，或仅仅让他燃起希望；还赐予人信心及合法感，让人感到"这就是事情应有的模样"。因此，西华德会将驻扎邓西嫩（Dunsinane）的麦克白形容为"自信的暴君"（5.4.8；比较5.3.2-10）。相反，威胁他的预言令他心生恐惧，避之不及——也就是说，并非接受、顺从并绝望。对待预言的这种"双重"或"模糊"态度，反映出麦克白对未来本身立场含混：有时（或在某些 [69] 方面）认为未来命中注定，另一些时候其行动又仿佛表明，人类意愿能破坏并因而影响未来。

事实上，麦克白几度承认上述内容。班柯魂灵出没的宴会结束后，麦克白决定特意寻找三女巫（麦克白初见——看似偶遇——女巫们的第四个关键后果；1.3.154）。麦克白告诉夫人："听她们还有什么话说；因为我现在非得从那妖邪的恶魔口中知道我最悲惨的命运不可。为了我自己的好处，只好把一切置之不顾。"（3.4.133-135）追求自己的好处时，他想知道最坏的情况并设法避免（任何人都会如此行事）。但如果事前可能有此类知识，这就预设了一套命定的世界系统，如运动的行星般无法变更（因而可以被预测）——"一切"无法"置之不顾"。之后在阿契隆的地坑，第一幽灵的警告（"留心麦克德夫"）看似与第二幽灵的劝诫（"你要残忍、勇敢、坚决；你可以把人类的力量付之一笑，因为没有一个妇女所生下的人可以伤害麦克白"）冲突，而麦克白此时的反应流露出其头脑中相当正常、在此意义上也是自然而然的疑虑，即他应当被动还是主动保护自己：

> 那么尽管活下去吧,麦克德夫;我何必惧怕你呢?
> 可是我要使确定的事实加倍确定,
> 从命运手里接受切实的保证。我还是要你死,
> 让我可以斥胆怯的恐惧为虚妄,
> 在雷电怒作的夜里也能安心睡觉。(4.1.82-86)

在第三幽灵进一步让麦克白"放心"("麦克白永远不会被人打败,除非有一天勃南的树林会冲着他向邓西嫩高山移动")后,麦克白坚持让女巫们再告诉他一件事:"班柯的后裔会不会在这一个国土上称王?""给他看"的回答似乎"令他心碎"(4.1.110),而女巫们消失时,麦克白的反应是最具讽刺意味的诅咒:"愿这不祥的时辰在日历上永远被人咒诅!"(4.1.138-139)——因为几乎直至苦涩的最后,麦克白都自信满满,这表明麦克白依然相信他希望能成真的那部分预言,它们似乎保证他能得到庇护,并使他不再恐惧。勃南的树林移向邓西嫩高山时,麦克白显然心头一震("我的决心已经有些动摇,我开始怀疑起那魔鬼所说的似是而非的暧昧的谎言了";5.5.42-44)。不过,直至听闻麦克德夫并非由女人自然所生,而是"没有足月就从他母亲的腹中剖出来",麦克白的"勇气"才终于畏缩。麦克白太晚才意识到,魔鬼玩弄了他的希望与恐惧:"愿这些欺人的魔鬼再也不要被人相信,[70]他们用模棱两可的话愚弄我们,听来好像大有希望,结果却完全和我们原来的期望相反。"(5.8.19-22)

或许有必要更仔细地考察这些问题,因为它们确乎涉及最基本的形而上学问题:"自由意志"——这个概念令人困惑不已,有时我们想断定不可能有此类事物(我们未曾意识到,另一种情形更令人困惑)。不过,必须先考察关于未来是否可被预测,因而关于将来会发生的任何事情,是否确实只有两种明白易懂的看法:严格的"决

定论"（即一切都预先决定、"命定"、"注定"——因此，原则上可以被预测）及认为人类的自由能显著决定实际历史后果（因此，不可能精确预测具体会发生什么以及何时何地发生）。麦克白的言行表明，他倾向于第三种看法，这种看法自然令人心动，它融合了另两种看法，既认为能预知未来，又认为可能干涉从而影响未来。也就是说，麦克白偏好的未来如下：知道不采取有目的的行动将会发生什么，而有这份知识后，可以采取有目的的行动。但进一步考察即可发现，这个观念自然无法成立。要是认为人所选择的行为可以影响实际结果，也就必然承认，事前所有这些后果都无从确定，因此无法预测。因为没有任何可信的理由，能将自由选择的可能性仅限于某人能预知的那些情形！我们作为理性存在，要么有、要么没有这项自由。若有这项自由，就不可能有这类先见之明；若没有这项自由，就不能用其改变预先注定的结果（必须认为，这些结果包括任何我们逐渐知晓的情况，以及这些情形对我们的实际影响）。[76]

每个聪明人都可能想过这个问题：是否真有"自由意志"。[77]这个问题不应与一个本质相关的问题混淆，一个莎士比亚同样请我们透彻思考的问题，即"长远来看"人的选择与努力是否真能起作用，抑或相反，即仍"不改结果"。对于后一个问题，莎士比亚让我们留意，该问题太过含混，无法给出能推进我们理解的答案。我们可以诚实地回答"没有效果"，因为长远来看——区区数小时在舞台上指手划脚后——我们都不在人世。但我们也完全可以回答"有效果"，就是说，人的选择与努力，无论自由或注定，兴许能发挥对人类至关重要的作用，能决定我们何时、何地，以何种方式死亡——是像小西华德一样年纪轻轻、英勇无畏地战死沙场（他"刚刚活到成人的年龄，就用他勇往直前的[71]战斗精神证明了他的勇力，像一个男子汉似的死了"；5.9.6-9）；还是像仁慈的邓肯一样，在一张危险的床上年老体衰、心满意足、被人遗忘（2.1.16-17）；或像麦克白夫人一样，可悲地偿还过去的罪行（"亲手杀害了自己的生命";5.9.36-37);抑或像考特一样,在忏悔中庄严死去("他的一生行事,从来不曾像他临终的时候那样得体";1.4.7-8)。[78]无论如何,自由意志的问题不应与这个更含糊的问题混淆,同时也不应与另一个问题混淆:个人决定及行动如何影响更大规模上的历史结果。[79]小西华德不敌麦克白并不影响最后的战局,麦克德夫获胜大体也无甚影响。一旦麦克白放弃战术,不再让敌人围攻邓细嫩从而陷入自我消耗[80]("我们这座城堡防御得这样坚强,还怕他们围攻吗?让他们到这儿来,等饥饿和瘟疫来把他们收拾去吧";5.5.2-4;比较5.2.12,5.4.8-10),转而大胆迎敌,"挺身出战"(5.5.46),他实际上就寡不敌众,难逃一死。但所有这些都与小西华德是否自由选择与麦克白决一死战毫无关系,也与麦克白是否一开始——假设有开始的话——就注定改变战术毫无关系。[81]

我们在分析自己的决定时常断言"别无选择",意即我们的推理事实上由条件必然性决定:如果我们想要 X(如免于痛苦或死亡,得到拯救,获得教育,变得富有或任何其他情形),那么我们"不得不"做 Y(服从暴君,敬畏上帝,推迟结婚,诈骗父母等)。于是,麦克白向两位潜在的杀手解释,为什么他可以但实际上不能公然地亲手杀害班柯:

> 虽然我可以
> 老实不客气地运用我的权力,把他从我的眼前铲去,
> 而且只要说一声"这是我的意旨"就可以交代过去。可是
> 　我却不能就这么干,
> 因为他有几个朋友同时也是我的朋友,
> 我不能招致他们的反感,即使我亲手把他打倒,
> 也必须假意为他的死亡悲泣;所以
> 我只好借重你们两人的助力,
> 为了许多重要的理由,

　　　　把这件事情遮过一般人的眼睛。(3.1.117-124)

　　即便承认这些 Y 是实现目标的唯一可行手段，也只是让问题回到了确立这些 X 的不管什么东西上。事实上，这东西绝不能算是最严格意义上的必然：[72] 始终如一，普遍通用，不可回避。较之几何的必然，欲望的"必然"或许能更有力地影响大多数人的行为，[82]但前者远为必须。小西华德与麦克白夫人以各自的方式提醒我们，即便对死亡的惧怕，也并非如重力一般，依循什么严格的必然性。但我们自己经历过强烈的激情——愤怒、爱、欲望、厌恶，尤其是恐惧，因此自然会认为这些激情"使得"人们如此行动。

　　麦克德夫交给马尔康"篡贼的万恶的头颅"，宣布现在"时代自由了"(5.9.19-20)，他在此指的是免于暴君治下生活常有的各种恐惧(参见3.6.33-37)——也就是说，并非免于一切可能限制或逼迫行为的力量。即便我们在自以为拥有的选项间自觉权衡并选择，我们事实上也总会承认，各种先行但不能选择的因素，已经或本可能些许影响我们的决定。那么，这些因素能否独自或与我们仍不知晓的因素联合，共同"决定"每种情形下我们会如何决定及实际上如何行事？除了这一合理的怀疑，我们可以注意，我们世界中其余一切事物似乎都能用先行因果关系解释；自由意志这个观念本身似乎包含"没有原因的原因"，这个概念难以厘清，甚至可能无法厘清。整合所有这些思考，我们或许会相信自由选择的心理经验不过是幻觉，于是认为唯独人类被赋予"自由意志"的观点幼稚可笑，不足为信，从而转向支持严格的决定论世界观。

　　但那个看法自身也极度混乱。该看法认为，我做的每件事无论轻重——我花了多少时间思索这个句子，或我被要求在 1 与 729 间选一个数字而我"选"了哪个数字，我决定本书应探讨哪些莎士比亚戏剧，我能多大程度上理解这些剧本——都自宇宙伊始(自宇宙伊始前，如果现在的格局仅代表宇宙的最新洗牌)已先天注定；同样,直至最后一秒钟的时间,每件事的后果也先天注定。原因是,这种观点不应有"漏洞":如果一个非命中注定的后果被视作逻辑荒谬,那么这同样适用于各种事情,无论大小;如果一切都严格地被命中注定,那么一切表面上的例外与反常同样是先行原因的后果,这些原因延伸至开端及开端以前——这种有关一丝不苟的命运的宏大观念不也令人难以置信,恰如自由意志的观念吗?[83] 当然,我们必须反身运用这一观念,考察自己如何思索该观念。于是,我必须将我探讨这个问题,我因研究该剧本而必然要探讨这个问题,视作某样甚至在我及所有 [73] 我认识的亲戚存在之前——事实上,在莎士比亚存在前,或亚当夏娃存在前,或任何人存在前,或生命本身存在前——就已注定要做的事,而且我注定要得出我现在得出的任何结论(如果能得出任何结论的话)——这个结论可能与我明天的结论不同(那时我注定要留意某些我今天注定忽视的东西)……明天……又一个明天,直至听不见我的声音。而我写下(以及你阅读)这句费解的句子也永远命中注定,正如我评论我做这件事、我评论我在评论等等。我们立即感到,仿佛被困于巧妙并置的镜子间,镜子映出一串不断延伸的形象,正像班柯的皇室子孙,直至世界末日。

然而,这个观点的无限自反性(reflexivity)——这显然超出大脑的理解力——绝非对该观点本身的最有力驳斥。一旦接受决定论者的论点,认为人感到拥有自由意志是命中注定的幻觉,闸门便由此开启。因为人无法容忍这番前景的后果:虽然我们思考的任何东西都严格命中注定,但这些东西不必然为真(每每我们对任何事物改变主意,都重新证实了这一点)。因此,作为积极教条的决定论,其自身已自我驳斥,因为这种论点使获得真理毫无可能,无论是关于这个抑或任何其他问题的真理。要是决定论碰巧为真,那我们也就无法知道决定论(或其他任何事物)甚至无法拥有理性理据来怀疑决定论(或其他任何事物),因此,我们也就绝无理由相信决定论,更无理由全然相信决定论是真理。因为假如决定论为真,那么我们每次评估证据，可能做出的每次区分，支持或反对相反论点的每次论证，每次对那些论点的评价，一切所谓推理——事实上，提出不同论点的过程本身，一切概念的实质，意识的每个要素，都必须被视作命中注定的，与我们无法获取的真理无关。于是，真理的概念本身事实上变得毫无意义。接受这个论点，在形而上学层面等同于已"误食了令人疯狂的草根，已经丧失了我们的理智"。我们仍可以（必须？）使用同一些语词——真与假，可能与不可能，理性与现实，客观的，事实的，连贯的，一致的，矛盾的，感知，假设，猜想，知道，推测，想象，证明，驳斥，以及其他成千上万的词——但这些语词不再具有原初、"自然的"意义（这点可以轻易证明，只需自觉比较先前对这些概念的理解，与假设所想一切都非"自由"决定而是严格命中注定后对这些概念的看法）。

因此，并非只有欺人的魔鬼及虚伪狡诈之人"用模棱两可的话愚弄我们"。因为依据这个看法，我们在说每句话时也都是"说话模棱两可的人"——并非一般意义上的语言含混，而是在远为极端的意义上，我们的语词既据称指向"现实"，但又无可救药地远离"现实"，而现实这个概念本身同样"模棱两可"。我们可以［74］（必须？）竭尽所能调查、讨论、争辩、评估、评价，得出我们实际得出的任何结论。但如果我们假定，人并不能真正自由地从这项活动的全部内容中得出想要的任何结论，那么，我们难道不会"必然"以截然不同的眼光看待此类"结论"——因此还有我们自己的——的地位吗？思想由此变得模棱两可，这难道不会破除一切智力与道德自信，因而削弱实践信念与决心——以致我们像麦克白一样，"决心已经有些动摇，我开始怀疑起那魔鬼所说的似是而非的暧昧的谎话了"。要想认识自己的行动，最好不认识自己。

对于任何完全臣服于人性严格决定论的人而言（平心而论，我怀疑是否有人能始终持此立场），不可能存有一般、"自然"意义上的哲学或科学，只有一种伪哲学或伪科学。只有忘记——能忘记——自己注意、分析、下结论或忘记的一切事实上是命中注定的从而与真理无关时,这种伪哲学或伪科学才能被认真对待。因为人一旦记起无法自由追求真理,"从这一刻起,人生 [就] 已经失去它的严肃意义,一切都不过是儿戏"。此外,若臣服于决定论 (当然,这种臣服自身也应被视作命中注定的),则这种伪哲学推理过程就必须视作发生在自己身上,或发生在自己内部,而非自己做出的 (在自然意义上)。

诚然,不知是否有人真能那样生活,生活在"不安的狂喜之中",变得习惯于甚至享受随之而来的智力和精神分裂:得禁受自我理解的剧变,一会儿认为自己在哲学推理,一会儿又认为伪哲学推理正施于自己身上 (或施于自己内部)。也就是说,得禁受格式塔的瞬时切换,从认为自己独立自主到认为自己是机器人,然后再循环往复——"他的癫狂不过是暂时的,一会儿就会好起来";且"选择"时是"有目的地"转换 (用我们自然会陷入的表达方式来说,因为讨论这些问题时几乎难以避免会屡次三番如此表达),但也受制于"自发的"转换——尽管每种情形下这些转换按说事实上都是命中注定的。因此,剩下的是对自己的"双重"视角,一边是自然意识,这是起点,从不会彻底投降;另一边是这个无限令人困惑的非自然观点,认为自己是命中注定的机制,还有命中注定的意识 (这个观点本身令人困惑;还有其他一切从最早的时间起就预先注定的特点)。由此,女巫们谜一般的吟唱——"两倍,两倍,辛劳,麻烦"——有了一层深刻的形而上学意味。可以发现,莎士比亚赋予台词以先前意想不到的模糊特质。

然而,要点不在严格依循决定论会令人心理不适 (委婉言之),而是这个论点若反身运用 [75] 就会自我瓦解。因为一旦接受决定论,就绝无理由相信决定论。诚然,另一种看法也令人困惑即我们某种意义上是"自由"的,尤其能自由思考任何似乎为真的事物 (即便是我们的理性本性"驱使"我们对真理饶有兴趣,这包括承认真理的

概念）。不过，这种看法带来的麻烦与决定论不同。反身运用时，它
不会自我瓦解，而是保持连贯——这点自然最为重要。与我们自然、
直接的经验协调时，它不会像徒劳驾驭与自己极端对立的看法一样，
激起长久的心理不适，带来"心灵的折磨"。此外，这个观点与大量
至关重要的人类关切相容：与分派个人责任相容，这蕴含于道德的寻
常含义，尤其是正义的寻常含义中；与存在真正的高贵与大度相容，
两者理应受人崇敬；或许最重要的是与自尊相容——因为我们可以真
心真意、确实自然而然地尊敬一个自由的理性存在，正如我们无法尊
敬机器人那样（对机器人的态度不会优于其他任何机器）。

　　因此，转向任何一边都令人困惑。[84] 不过，可以说，承认人在
自然的全面约束（生命与健康的物质需要，生命某种程度上可变的
循环，天体与地球运动的不变循环，自然力量的恒久严酷等）下拥
有一定的自由，似乎更贴合我们的心理经验。[85] 毕竟，也正因为如
此，人们相信拥有一些选择及行动的自由，大体能随心所欲地思考，
即便不能畅所欲言（于是，我们拥有麦克白所言"自由的心灵"，有
时可以选择表达一二；1.3.154-156）。[86] 也正因为如此，人依据每种
情形的自由程度来区分各种情形，将一些情形视作相对自由（麦克
白夫人由此嘲笑丈夫，面对她所谓"如此孟浪"的行为，现在看起
来"脸色这样苍白"；1.7.37-38），并视另一些情形为事实上只能采
取一种行为模式的情形（例如马尔康描述麦克白的士兵："他们接受
他的号令，都只是出于被迫，并不是自己情愿"；5.4.13-14）。不过，
莎士比亚帮助我们意识到，从逻辑上而言，是否"相信"自由意志，
并没有实践上的区别。只要始终严格认为一切（预先）注定，理解
与应对世界的问题仍完全相同。问自己"我决定做什么？"（或思
考、感受、想象等任何行为）与"我该做什么？"（无论如何理解这
句话，例如什么是"正确"的行为，或什么是"最好"的行为，或
什么是"对我最好"的行为等），并没有实践上的区别。

　　不过，莎士比亚也促使我们看到，心理逻辑上，两者却有巨大

的实践差异,因为几乎没有人会始终严格依循[76]客观逻辑的严格命令——事实上,绝大多数人几乎不做任何努力来了解这些命令可能是什么。因此,认为自己由先行因素"决定"的人,常常将不正当的优先权赋予直接熟悉的事物:非理性的冲动与感情,或特定的恐惧、欲望、厌恶与憎恶。只要亲自与理性打过交道,他就有充分的理由认为,理性不过是激情的奴隶。于是,他不合理性,将理性上中立的问题"我决定做什么",转变成对理性之治抱有深层偏见的问题"我真正喜欢做什么(由此,既然无论如何我都可能这么做,那为什么还要徒劳地抵制这些最深的冲动,因迁就它们而内心有愧呢,等等)"——这一路推理止于麦克白冲动的原则:

> 从这一刻起,我心里一想到什么,便要立刻把它实行,没有迟疑的余地。

善与恶的自然运作

以下这句话虽然语出赫卡忒这位自封的巫术女主人及一切灾祸的主持者,却可能道出确凿事实:麦克白同多数人一样,其渴望的东西——永无恐惧,对我们这种存在并非好事。赫卡忒和仆从正是将这种渴望发挥到了极致:

> 月亮角上
> 挂着一颗湿淋淋的露珠,
> 我要在它没有堕地以前把它摄取,
> 用魔术提炼以后,
> 就可以凭着它呼灵唤鬼,
> 让种种虚妄的幻影迷乱他的本性;
> 他将要藐视命运,唾斥死生,超越

> 一切的情理，排弃一切的疑惑，执着
> 他的不可能的希望；你们都知道自信
> 是人类最大的仇敌。（3.5.23-33）

　　为什么会这样？我们兴许会问。难道"希望""大家都能安枕而寝的日子已经不远了"（5.4.1-2）——马尔康即将与麦克白最后对决前曾如是希望——不是完全正当合理的吗？难道班柯"深沉的智虑指导他的大勇在确有把握的时机行动"（3.1.52-53）不值得称赞？难道麦克德夫不是自然而然会最担忧家庭的安危，[77] 对这个家庭，"那暴君还没有毁坏他们的平静"（4.3.178）？道纳本要与马尔康分头避难的理由不是显得完全合理吗："我们两人各奔前程，对于彼此都是比较安全的办法"（2.3.136-137）？[87] 安全感，最广义的"安全"，是人类的普遍关切，几乎掌控我们的一切行为。剧中第一次明确说到安全感时就提醒了我们这个事实，彼时，麦克白俗不可耐地向邓肯表示效忠，承认"我们的责任……只是做了我们该做的事情，通过做一切安全之事，来尽我们的敬爱之忧"（1.4.24-27）。在此，我们似乎只是自然的一个部件，而"生存"就是统领其他生物的两条总原则之一。[88]

　　正因为关心生存、关心自身及所有物的安全是这般强大的自然冲动，所以，几乎任何人都欣赏（并嫉妒）直面死亡的勇气——剧本伊始，麦克白就据称拥有这种勇气。只要能在空地遇敌，"挺身出战"，麦克白敢做一切男子汉的行为。但自从麦克白有理由担忧自己因背信弃义杀害老邓肯而提供了血的教导（及合法性），使得他人对自己也可能如法炮制后，他就病态地迷恋起了安全感（"单单做到了这一步［即成王］还不算什么，总要把现状确定巩固起来才好"；3.1.47）。麦克白夫人也如出一辙，我们听见她哀叹：

> 费尽了一切，结果还是一无所得，我们的目的虽然达到，

却一点不感觉满足。要是用毁灭他人的手段,使自己置身在充满着疑虑的欢娱里,那么还不如那被我们所害的人,倒落得无忧无虑。(3.2.4-7)

即便麦克白声称只害怕班柯(3.1.48-55),他也可能在自欺欺人。麦克白暗中提到他和夫人在忧虑中进餐,"每夜"因惊恐的恶梦而颤抖,这令人怀疑麦克白对安全感的关心要更宽泛(3.2.17-19)。不出意外,谋杀班柯没能使麦克白摆脱"胆怯的恐惧",因为现在麦克德夫又成了心头之患(3.4.127-129);得到"留心费辅爵士"的警告后,麦克白立即答道,"你已经一语道破了我的忧虑"(4.1.74)。谁会相信除去麦克德夫后,麦克白就终于能高枕无忧?显然,唯有确保刀枪不入,才能不为安全问题所困扰,而这正是赫卡忒及其助手准备提供的东西。

不过,安全感的好处——首先是不受敌人伤害的身体安全——似乎显而易见,以致我们难以相信安全感本身会是"人类最大的仇敌"。但要想看清安全感的危险,我们只需回想麦克白的情形。麦克白的安全感虚幻无凭,这无关紧要。他的心理状态才是关键:他就像其他所有人一样,其行动基于他相信的某些事。那么,战无不胜的幻象对他产生了何种效果?这确乎使他更"残忍、勇敢、坚决"了。但是否使他变得审慎了呢?或效果是否恰恰相反呢:清除对审慎的一切需要后,这个幻象废除了获取某类知识的主要动机[78]——这类知识与自知无知重合,且包括理性远见(有别于"超自然"预言)在内的审慎品格亦可能基于此而形成?麦克白的其他德性又如何呢?麦克白曾拥有一定程度的正义感及荣誉感(1.7.6-16)。它们现在去哪儿了呢?既不受不曾追寻的人类智慧所限,也不为已拒斥的神圣恩典所束,自然留下来约束他的只有动物性的恐惧。摆脱那动物性的恐惧后,麦克白即能自由地拥有最不切实际的希望,纵容最微不足道的幻想,复仇之心一想到什么即刻实行,无论多有违人道或不合理性。拿走所有恐惧后，再无它物调和他的欲望。但麦克德夫以他简单的智慧相当平实地指出："就人的自然来看，无限制的纵欲是一种'虐政'。"（4.3.66-67）此外，这种虐政的胚芽难道不是长在我们所有人身内，准备突然迸发并"枝繁叶茂"吗，除非受智慧、神恩或恐惧限制？[89]

回想麦克白的沉迷，我们可以发现，麦克白渴望完美且终极的安全感（相对于其短暂的近似物），这不仅实践上毫无可能，并且过分沉迷其中还是病态和有害的。这种沉迷即便没有使人犯罪或做出其他极端行动，也给人的生活蒙上了阴影。此外，莎士比亚的赫卡忒似是而非的宣言使我们自行发现，追寻某种实际安全感的后果（每个人都必然且正当地关心自己是否安全），截然不同于实际获得这种安全感带来的那些后果。为了感到"完全安全"，追求德性——即追求个人善的那些内在就宝贵的特质，例如节制、勇敢、审慎、正义与慷慨——的动机中的功利成分被削弱，与此同时，对邪恶的一道重要的自然约束被松开。[90]

然而，可以说，先前对"赫卡忒的假说"的探讨提出了一个重要问题，这个假说似乎认定，拥有善（having the good）（好东西、好生活）与是善（being good）（即有德性的）即便不完全等同，也密切相关——仿佛某样东西，如"安全感"或获得僭政权力，不能真正有益于人类，除非其效果能使人"善"（这暗示在真实的恶或"恶行"与邪恶间也有类似并同样可疑的关系）。诚然，我们不应让自己受语言蒙骗，轻率地认为我们对"善"这一语词的所有滥用都指向唯一一个共同现实。无论事实真相如何，莎士比亚自己运用"善"，忠实地反映了我们运用该词时令人困惑的多样性，至少表面如此：在莎士比亚的戏剧中，"善"几乎出现了三千次，平均（粗略估计）每三百个词出现一次。诚然，其中大量见于问候、招呼 [79]（"两位早安"[good morrow]，"立刻就去，晚安 [good night]"）

及称谓("我的好[good]陛下""好[good]医生""好[good]父亲""好[good]弗里恩斯"),但不应就此认为它们无足轻重。这些语词是友好交谈中最常用的客套话,这一点必须被视作意义重大,应使我们更留意那些它们可能本应出现却未出现的情形(例如5.5.16;比较5.5.8)。《麦克白》中"善"的前三次出现,很好地代表了这个语词主要的词典义项。马尔康形容使他免于被俘的流血军官是"一个善良(good)奋勇的士兵"(1.2.4)。班柯如是表达对麦克白的好奇:"好(good)将军,您为什么这样吃惊,好像害怕这种听上去很好的消息似的?"(1.3.51-52)想到女巫们"预言式的招呼",麦克白陷入了沉思:"这种神奇的启示不会是凶兆,可是也不像是吉兆(good)。"(1.3.130-131)要断定莎士比亚自己是否认为,依据善的唯一可靠的观念即可理解所有这些及其他对"善"的运用,[91]需全面思考剧本整体如何揭示我们这个世界中善与恶的本性及运作。

然而,鉴于暴力与血腥行动在剧中至关重要,细察之下,这些问题最令人惊异之处在于,莎士比亚重视思想——仿佛思想的力量是理解其他对人重要的全部问题,其他有关人的重要问题的关键,尤其是理解人行善及行恶全部自由的关键。[92]理解思想本身,理解思想的存在模式及对人类灵魂的力量——因此,对人类行为的力量——兴许提出了终极的形而上学挑战。女巫们的第一条古怪宣告一经洛斯与安格斯证实,麦克白就催促班柯:"想一想最近发生的这些事情;等我们把一切仔细考虑过以后,再把各人心里的意思彼此开诚相告吧。"(1.3.154-156)当我们下一次看见两人交谈时,班柯证实"发生的事"确实在他心头:"昨天晚上我梦见那三个女巫;她们对您所讲的话倒有几分应验。"麦克白的回答近乎自相矛盾,完全无法令人信服:"我没有想到她们;可是等我们有了工夫,不妨谈谈那件事,要是您愿意的话。"(2.1.20-24)

诸如此类指涉并规劝思想,提醒思想与言语(包括真话与假话)

的密切关系的句子，在剧中反复出现。麦克白第二次接见（总共必定有三次接见）班柯的潜在刺客时，先问询道：

> 那么好，
> 你们有没有考虑过我的话？你们知道
> 从前都是因为他的缘故，使你们
> [80] 屈身微贱，虽然你们却以为是
> 清白的我？（3.1.74–78；也可以参见3.1.137–138）

当麦克白想质问第一幽灵（"一个戴盔之头"）时，第一位女巫警告说："他知道你的心事；听他说，你不用开口。"（4.1.69–70）苏格兰医生在梦游一场结束时坦言："她扰乱（mated）（即扰乱，使混乱——正如将死［check-mated］）了我的心，迷惑了我的眼睛。我心里所想到的，却不敢把它吐出嘴唇。"（5.1.75–76）宴会上，麦克白夫人试图解释麦克白的古怪行为，她先向宾客保证："他的疯癫不过是暂时的，一会儿（upon a thought）就会好起来。"（3.4.54–55）暗杀邓肯后，麦克白夫人几次三番警告夫君不要有"不合宜的"想法："别发傻（a foolish thought），惨什么"（2.2.21）；"不要把它往深里想"（2.2.29）；"我们干这种事，不能尽往这方面想下去；这样想着是会使我们发疯的"（2.2.32–33）；"唉，我的爵爷，您这样胡思乱想，是会有损您高贵的力量的"（2.2.43–45）；"别这样傻头傻脑地呆想了"（2.2.70–71）。而所有这一切只是换得心神错乱的麦克白说："我仿佛（Methought）听见一个声音喊着：'不要再睡了！'"（2.2.34）；"我不敢回想刚才所干的事，更没有胆量再去看它一眼"（2.2.50–51）；"要想到我所干的事，最好还是忘掉我自己"（2.2.72）。

之后，麦克白夫人抗议麦克白日益孤立："啊，我的主！您为什么一个人孤零零的，让最悲哀的幻想做您的伴侣，把您的思想念念不忘地集中在一个已死者的身上？"（3.2.8–11）听完麦克德夫对

苏格兰灾难的动人描述，多疑的马尔康答道："一提起这个暴君的名字，就使我们切齿腐舌。/曾被认为（thought）是正直的；您对他也有很好的交情"。接着回答麦克德夫愤愤表示"我不是一个奸诈小人"时，马尔康礼貌地提出一种过失可予豁免的情形："麦克白却是的。在尊严的王命之下，忠实仁善的人也许不得不背着天良行事。可是我必须请您原谅；您的忠诚的人格决不会因为我用小人之心去测度它而发生变化。"（4.3.12-21）当然，所有独白都不过是有声的思想，它们不仅提醒我们，我们常用语言思考，还提醒我们，准确且连贯地表达思想的能力能最可靠地检验思想的清晰性与可信性（比较《王制》53le，534b-c）。

不过，剧本指涉视觉（Sight），甚至比大量指涉思想还要引人注目。这或许不足为奇，因为看见与*知道*（knowing）之间有多层关系——逻辑关系、对比关系、心理关系及隐喻关系。想来也正因为如此，作者才强调视觉，尤其强调"自己"看见，强调东西被"展现"，强调真相在字面意义上"被揭露"（被揭开，使人能看见原先遮蔽的事物）——相应地，[81]也正因为如此，作者才强调黑暗会掩盖眼睛本能看见、从而观看者可以知晓的东西。尽管外表会以各种方式误导人，尤其当人牵扯其中时，但知识仍不可避免且不可归约地有赖视觉。当然，对大量不留心的人而言，是看见了就相信。公平地说，他们或许更有理由相信眼睛而非头脑。但相当程度上，我们所有人也都是如此行事。我们最先表现的好奇针对可见事物，对此视觉经验已足够——第二位女巫天真的热忱即如是提醒我们。彼时这位女巫想看看第一位姐姐为何如此幼稚地洋洋自得："瞧我有些什么东西。"［这是舵工的拇指！］"给我看，给我看！"（1.3.26-27）我们必然还会接着相信我们时常——事实上通常——能在脸上些许看见心灵的当下结构；毕竟，佯装某种情感，例如悲哀（参见1.7.79，2.3.134-135，3.6.11），有赖于逼真地表达这种情感（2.3.62-63及以下；4.3.208-210，4.3.220-221，4.3.228-231）。于是，班柯邀请洛斯与安格斯观察麦克白的灵魂状态："瞧，我们的同伴想得多么出神。"班柯准确看出麦克白在出神，虽然没能准确猜测不可见的缘由（班柯以为那是因为新荣誉如此出乎意料地落到了麦克白头上；1.3.143–146）。

至于视觉的不可靠性，以及我们通常应对这种危险的方式，麦克白看见"空中的匕首"的经历颇能说明问题：

> 在我面前摇晃着、它的柄对着我的手的，
> 不是一把刀子吗？来，让我抓住你。
> 我抓不到你，可是仍旧看见你。
> 不祥的幻象，你只是
> 一件可视不可触的东西吗？或者你不过是
> 一把想象中的刀子，从狂热的脑筋里
> 发出来的虚妄的意匠？
> 我仍旧看见你，你的形状正像
> 我现在拔出的这一把刀子一样明显。
>
> 我的眼睛倘不是上了当，受其他知觉的嘲弄，
> 就是兼领了一切感官的机能……（2.1.33–45）

兼领了其余一切感官的机能？这想法引人注意。要是不得不选择，我们会用听觉与嗅觉、味觉与触觉，来仅仅交换视觉吗？要是视觉是除心灵外人通向世界的唯一感官路径，那种生存是何等模样？难以想象（但尝试一番会发人深省）。不过，鉴于我们目前的这般构成，麦克白的"匕首问题"虽然看似 [82] 古怪离奇，事实上却完美地展现了我们如何应对相冲突的感觉带来的难题。面对某样通常能握住的东西的可见形态——"你的形状正像我现在拔出的这一把刀子一样明显"——但却不"可触"，麦克白不出意外地断

定:"没有这样的事;杀人的恶念使我看见这种异象。"也就是说,麦克白就像几乎其他所有人一样,认为感觉信息的一致性表征着信息可靠,而不一致——这并非违背了感觉的物理学,而是违背了理性的根本性统治——则暗示着某个问题需用智力解决(比较《王制》523a–524d)。注意麦克白解决这个问题时优先相信触觉,借此判断何者为"真",这证实了我们通常带有的唯物主义偏见。[93]但一般而言,除非有理由怀疑(正如麦克白怀疑匕首,或女巫突然消失时班柯表露出怀疑;1.3.80–85),否则我们会相信我们及他人的感官所揭示的东西是事实真理。于是,那个"看见他就刑的人"相信考特确实悔过了,而马尔康信以为真也属正当合理(1.4.3–7)。

因此,下面这一点适用于大多数我们亲自听见、看见及触碰的东西(甚至适用于我们信任的其他人讲述直接经验时的不少内容):感觉到即知道。事实上,这是每个人最初的认识范式,且仍是绝大多数人最钟爱的范式。对他们而言,真理只有可见、可听、可触,才能充分理解,令人信服。他们要理解恶,就得是显形的恶(Evil Incarnate)。理解上帝或善(参见4.3.140–159)也不无类似。就此而言,麦克白是典型。

由于自视足够勇敢,"使魔鬼胆裂的东西,我也敢正眼瞧着它",麦克白坚称:"人敢做的事,我都敢"(3.4.58–59,3.4.98;同时参见1.7.46–47,2.2.50–51)。最后一次访问女巫们时,他执意要她们回答问题,女巫们让他选择:"你愿意从我们嘴里听到答复呢,还是愿意让我们的主人们回答你?"麦克白回答:"让我见见他们。"女巫们遵照执行,"鬼王鬼卒火中来,现形作法莫惊猜"(4.1.62–68)。但反讽的是,麦克白着迷于三幽灵的言谈,没认出她们自己确乎"现形作法"的东西:因为戴盔之头正是他自己的头,这个头恰会被他自己曾警告的麦克德夫割下躯干(难怪这个头知道麦克白的心思,立即道破了他的忧虑);那个向他保证没有一个妇人生下的人可以伤害麦克白的流血小儿,自己就非妇人所生,因为这个小儿就是麦克德夫，他从母亲子宫里"未足月剖出"时一定就是这番模样；头戴王冠、手持树枝的小儿当然是聪明的马尔康，他会做成在麦克白看来不可能的事情，即让勃南的森林冲着他，向邓西嫩高山移动。然而，对于所展示给他的东西，麦克白只"看见"了"幸运的预兆！好！"以为那预兆是在向他保证，"我们巍巍高位的麦克白将要尽其天年，[83]在他寿数告终的时候奄然物化"。不过，他的"心还在跳动着想要知道一件事情……班柯的后裔会不会在这一个国土上称王"，尽管受到警告（"不要追问下去了"），麦克白仍坚持不懈。于是女巫们遵照执行，采用了能想到的最可信的方式：

> 女巫甲　出来！
> 女巫乙　出来！
> 女巫丙　出来！
> 众　巫　一见惊心，魂魄无主
> 　　　　如影而来，如影而去。（4.1.107–111）

随后出现"做国王装束者八人"，还有面带微笑的班柯和一面镜子，麦克白打断这个队列，抗议道："你们为什么让我看见这些人？……跳出来吧，我的眼睛！……我不想再看了……他拿着一面镜子，我可以从镜子里面看见许许多多戴王冠的人……可怕的景象！啊，现在我看见这不是虚妄的幻象。"要言之，麦克白自己向我们"展示"出——毕竟，强调展示是为了我们自己而非为了麦克白——较之只能推理而得的事物，人们对"可感知的真理"的正常偏好何其强烈，"可感知的真理"何其更令人信服，也因此，形象何以比三段论更有力量；而一般而言，较之身处纯粹的理性王国，我们具象的灵魂身处知觉世界时是多么"如鱼得水"地，与可见、可听、可触、可闻、可尝的东西打着交道。[94]但与此同时，我们在感觉时通常又是何其有选择性；我们何其轻易地混淆了感觉与知道！

将看见等同于知道是如此自然,以至于我们甚至会说,论据的不可见逻辑"展现出"(showing)(意即"证明")结论。因此,对于似乎变得外在可见的任何真理,我们就更是信心满满。同样,又是那位"善良奋勇的士兵",那位流血的无名军官,最先用了这个语词:"命运也像(show'd)娼妓一样,有意向叛徒卖弄风情,助长他〔麦克唐华德〕的罪恶的气焰。"(1.2.14-15)。考特的爵位稳稳落在麦克白身上后,班柯向麦克白描述女巫们:"她们对您所讲的话倒有(show'd)几分应验。"洛斯问兄弟:"情况现在变得怎么样啦?"麦克德夫干脆地回答:"啊,您没有看见吗?"——这个问答(就像我们会说的那样)完全"合理"(sensible),意思是"能被理解"。同样,听闻洛斯决定出席麦克白在斯贡的即位典礼,麦克德夫临别时答道,"但愿您看见那里的一切都是好好的"——这也并非意指仪式合乎规矩(2.4.21,2.4.37)。当然,所有这些"观察"都非任何严格意义上的感知。它们是心灵在解读感知证据,背景则是解读者对现实的先行理解。因此,这般奇特地多次指涉"看见"与"展现",与"思想"同样奇特的突出地位相一致。两者都让我们注意人类心灵无处不在的重要性。对于一切存在的事物,无论是可感知的事物或可理解的事物,其或好或坏的意义都完全取决于心灵。

然而,这不等于说善与恶就是纯粹主观的。事实上,这大大有违真理。这是要表明,理性灵魂是善与恶运行的媒介——这个看法全然不同,尽管人们常混淆两者。剧本第三场,即麦克白和班柯初遇三女巫的那一场(两人依次引发了对善与恶的首次公然考量),精巧地展现了心灵的这一媒介角色。女巫们对麦克白的部分"预言式称呼"立即被证实后,班柯面露惊讶:"什么!魔鬼居然会说真话吗?"要注意在班柯看来,这些女巫——就这些丑陋的外形,班柯描绘得活灵活现,尖酸刻薄——无疑是恶的媒介。因此班柯怀疑满腹。听完安格斯解释考特的衣服如何变空,班柯提醒兴奋的麦克白:

"可是这种事情很奇怪；魔鬼为了要陷害我们起见，往往故意向我们说真话，在小事情上取得我们的信任，然后在重要的关头我们便会堕下他的圈套。"（1.3.122-126）显然，班柯认为这些"工具"通过影响人的思想来发挥效用。班柯转而进一步质问洛斯和安格斯，让麦克白自个儿沉思。虽然麦克白未表明班柯的警告有何作用，但他以自己的方式证明，推理的心灵同时是好与坏的媒介——麦克白下一段独白中被强调的语词即揭示了这一点：

> **两句话**（truths）已经证实，
>
> 这好比是美妙的开场白，
>
> 接下去就是帝王登场的正戏（act）了……
>
> 这种神奇的**启示**（soliciting）
>
> 不会是凶兆，可是也不像是吉兆。
>
> 假如它是凶兆，为什么用一开头就应验的预言（truth）
>
> 保证我未来的成功呢？我现在不是已经做了考特爵士
> 了吗？
>
> 假如它是吉兆，为什么那句话
>
> 会在我脑中引起（suggestion）可怕的印象（image），使
> （make）我毛发悚然，
>
> 使我的心全然失去常态，
>
> 卜卜地跳个不住呢？**想象中的恐怖**（imaginings） ·
>
> 远过于实际上的恐怖（fear）；
>
> 我的**思想**（thought）中不过偶然浮起了杀人的妄念
> （fantastical），
>
> 就已经使我全身震撼（shakes），
>
> [85] 心灵在胡思乱想（surmise）中丧失了作用（function），
>
> 把虚无的幻影认为真实了。（1.3.128-142）

我们在此处初见麦克白时所留意的东西，在其夫人首次出现时变得更为明显。受夫君的惊人喜讯及邓肯将造访的双重刺激，麦克白夫人明确祈求那些"注视着人类恶念的魔鬼们"，制造一整套惊人的效果：解除她女性的柔弱；"用最凶恶的残忍自顶至踵"灌注她的全身；凝结她的血液；并且，"不要让怜悯钻进我的心头"（1.5.40–46）。

不过，重复一下，认为心灵是善与恶的媒介，迥异于认为心灵本身决定了任何人称作"善"与"恶"的东西——尽管很多人误以为，能证明前者的证据也暗示了后者。他们误将近因当作首因，于是欣然接受哈姆雷特对罗森格兰特（Rosencrantz）的保证："世上的事情本来没有善恶，都是各人的思想把它们分别出来的。"[95]这句准则的鼎鼎大名并非秘密，但对其最宽容的合理评价是，丹麦王子说话或是漫不经心，或是存心欺骗。因为这句话留下了错误的印象，仿佛对于一切评价，思想都属自源——仿佛麦克白祝福客人有"好胃口"及"健康"时，能算作这两者的东西完全取决于个人偏好，不必然涉及生化过程及运行良好的身体的自然构造。抑或仿佛屠杀麦克德夫全家可以是好事而非坏事，只要麦克德夫能视其为好事（因此认为麦克白是应感恩戴德的恩人，而非应仇恨并追捕的恶魔）。仿佛事物本身的自然无法解释为什么麦克德夫"可爱的鸡雏们和他们的母亲"事实上对他"最珍贵"；他只要"想想光明的一面"就会一切安好——不过就连这种谬论都假定了事物与情境中有某些客观的品质，只要注意到它们，就能使这些事物或情境自然地被麦克德夫所欲，从而"照亮"他的未来（也许是少几张吃饭的嘴，少些混乱；更多自己的时间）。抑或仿佛被杀的侍从可能给出的任何回应，都能出色地回答洛斯听闻是侍从杀了邓肯后向麦克德夫的提问："唉！他们干了这件事可以希望得到什么好处呢？"（2.4.22–24）

毋庸置疑，多数人认为某样东西"好"，是基于他们对这样东西有何感觉，基于它能带来身体或灵魂上的愉悦或舒适（或减轻痛苦与不适）——这些现象按其定义是意识或"思想"的体验。这种自然享乐主义［86］蕴含的善的概念极度不充分，但即便如此，它也足以使我们发现极端主观主义论点多么不充分。毕竟，我们通常偏好欢乐而非痛苦，这本身非我们选择；这是我们自然构成的固有之物。同样，一些东西使人愉悦，另一些东西引发痛苦，这既与我们的本性相关，也与事物的本性相关。我们忍受巨大痛苦的能力可能大不相同，这或许部分因为一些人比其他人更能用"精神战胜物质"。但任何人都不会将忍受技艺娴熟的折磨者的妖术视作愉快的时光，而人们对何者是刑讯室、何者是馨香的花园毫无异议，这也绝不能归之于巧合。

显然，若非有思想（或者更准确地说，若非有理性的灵魂；自然的诸多存在中，唯有我们人类会在某种程度上关心或认识善与恶本身，我们因灵魂的理性能力而与众不同），就不会有对善或恶的任何认识。于是，也不会有任何逐善避恶的自觉行动，因为要是相对于我们的本性，事物（无论是物体、行动、信念、人、情境或其他任何东西）没有实际特点真正为好或为坏，心灵就会缺乏区分好坏的基础，无法做出评价——因而无法做无论理性的选择还是非理性的选择。自由意志的问题也就会毫无意义。当我们意识到，人是因为认识到存在这些特点才做出善与恶的判断时，我们仅仅承认了心灵是善与恶在我们生活中运行的媒介或间接原因。但这不等于断言是思想自身确立善与恶，"是思想把它们分别出来的"——仿佛不可能就此犯错，不可能将某样真正的坏事当作好事似的。麦克白屡次三番成了反例。

诚然，心灵的媒介作用既见于我们作为"接受者"（自觉意识到世界对我们的影响）的能力，也见于作为"行动者"的能力：恶念引发恶行，善念引发善行。于是，我们不难发现，自由意志涉及的问题如何聚焦于一个问题，即"我（或我能）在多大程度上掌控我自己的思想？"——以及此外，为什么那一问题尤其令人困惑。因为这里的"我"若非某人有意识的"自我"的全部，又是何物？思考是某件"我"做的事，还是某件发生在"我"身上或"我"体内的事？班柯恳求"慈悲的神明！抑制那些罪恶的思想，不要让它们潜入我的睡梦之中"（2.1.7-9），这是在祈求何物？说"我思故我在"的哲人说对了吗；抑或应是"我意识到某样叫做思考的东西在进行，因此……"（参见尼采《善恶的彼岸》，格言16）"我"是主动的还是被动的，是原因还是结果？回想自己的全部经验后，我们兴许会说："似乎介于两者之间。"

暂且搁下确立"我"究竟是什么，及为何我们[87]都更认同有意识的自我的某一部分而非另一部分这两个问题，[96]事实似乎是，我确乎能些许控制我的思想。当我想忽视某个不经意闯入的想法时，我有时能成功，因为我有时能转移注意力，或能单凭努力想起某样东西，或能让自己喜欢神游的头脑集中注意力，或能"面对现实"而非想入非非等等。但另一方面，我显然不能随心所欲地相信任何东西。构想现实世界时，我不能忽视自己在某种程度上确信为真的东西。理解一例几何证明后，我似乎别无选择，只能相信证明展现出来的不管什么东西；理性自身"决定"我会想什么。这个例子或许集中体现了纯粹理性的力量，在此其他任何意识力量（例如源于激情或欲望的力量）都不能与之抗衡。

然而，也不能忽视或忘记一些非数学的"想法"，正如麦克白夫妇提醒我们的那些：痛苦的回忆、病态的恐惧、鲜活的形象、执迷的欲望、可怕的梦境，……"最悲哀的幻想"。无法挽回的事只好听其自然，这是纯粹的理性判断。但心灵似乎更像精神的大锅，其中理性的各种力量与灵魂的非理性冲动相遇、冲突，一起神秘地被熬炖并搅拌着意识经验。这种"精神化学"虽然常一定程度上受制于有意识的操纵，却极少（如果有的话）完全如此（虽然区别人与人的一个主要方面正在于人的控制力相异，而控制力可能是推理能力兼及意志力的功能）。但如果心灵的准确运行机制注定保持神秘——任何神经生理学，无论能何其准确地匹配意识经验，都丝毫不能揭示心灵与身体间、意识与行动中的物质间的双向交流——那么，我们将永远无法理性地理解人类自由。我们仍需相信任何似乎更忠于经验的东西。

至于故意"选择"变得非理性——无论是何种程度上的非理性——这是个悖论，它精巧地体现于麦克白决定受心灵统治而非受头脑统治。因为此前，麦克白向自己提供了自视能解释冲动行为的理性理由。一连串流产的念头教他认识到，在一个永远变化的世界里，行动时机往往至关重要，人无法迟疑不决，细细考虑目标和方法（更不能做痛苦的灵魂探索）。这也非时间对凡人的无情僭政的唯一面相。[97] 时间不同于空间，人往往可以回到先前的位置（比较《王制》516e），却不能在时间中折返——"事情干了就算了"。因此，对麦克白而言，似乎做了该死，不做也该死：要是行动前停下思索，可能会丧失绝无仅有的机会；而要是仓促行动，可能 [88] 后悔莫及。所有行动之人都有与麦克白同样的困境。麦克白感到左右为难，最后他（像大多数行动之人一样）选择冒后一种风险。听闻麦克德夫已逃之夭夭，麦克白受到刺激，下了定决心：

> 时间，你早就料到我的狠毒的行为，竟抢先了一着；
> 要追赶上那飞速的恶念，
> 就得马上见诸行动；从这一刻起，
> 我心里一想到什么，
> 便要立刻把它实行，没有迟疑的余地。（4.1.144-148）

麦克白发现，自己的惨痛经历证实了马基雅维利公然给潜在君主的教诲：在政治世界中，"迅猛胜于小心谨慎，因为命运之神是一个女子"，喜爱勇敢鲁莽之人（比较《君主论》第二十五章，页101）（参见1.2.14-19）。反讽的是，麦克白得出这个结论时为时已晚，自己的命运已定，再无法挽回。而他烦闷的心灵最先"一想到"的念

头,那个他发誓要执行的念头,看起来无疑展现出了极端的非理性——"理性地"选择让激情统治:

> 我现在
> 就要用行动表示我的意志——想到便下手。
> 我要去突袭麦克德夫的城堡;
> 把费辅攫取下来;把他的妻子儿女
> 和一切跟他有血缘之亲的不幸的人们
> 一齐杀死。我不能像一个傻瓜似的只会空口说大话;
> 我必须趁着我这一个目的还没有冷淡下来以前把这件事干
> 好。(4.1.148-154)

思索过麦克白的例子,我们可能会下定决心,要努力始终让理性来统治心灵的冲动;但我们无法选择只拥有那些理性认可的冲动,从而总能轻而易举地建立理性的统治(比较《王制》558d-559a,571a-d)。思索片刻即可发现,希望自己不发生任何事,除非或直到自己愿意其发生,这是何等自相矛盾,无可救药。

既已意识到没有人的心灵完全自由(指完全受制于自觉控制),我们就能接受一种可能:善的力量不仅在真正为善的事物——这显然不等同于任何确实能带来或据认为能带来快乐的东西——的自然魅力中显现自身,也在行恶能带来的特定"心灵折磨"中显现自身。[89]当我们努力理解那一可能时,必然开始以截然不同的眼光审视善与恶的本性及善恶之间的关系。因为通常看来,这些都是不好的经历,是避之不及的"恶":用餐时惧怕毒药;睡眠受噩梦困扰,每夜颤抖;被想象中的声音嘲笑;感到心灵里仿佛尽是毒蝎;相信那些被自己杀死的人的魂灵在骚扰自己;夜间在大厅徘徊,而自己仍在熟睡,尽管是不安的睡眠;徒劳地想洗净双手和灵魂,世间的生活已变作黑暗的地狱。但若视这些为自己行恶的后果，即能轻易发现，这些恶尽管本身不好，事实上却支撑起人类的善（即德性），因此整体上可以促进公共及私人生活中的善。显然，这些情形下，享有好生活与做好人之间有直接的联系。麦克白夫妇经受的精神惩罚表明，人类灵魂无法享有内心的平和或满足，除非当事人遵循某些自然的或上帝赋予的准则。

不过，我们不必认为这在进一步暗示，莎士比亚试图在此（或就此而言，在其他任何地方）给出一整套目录，罗列这些良好行为准则。莎士比亚只是提供大量引人深思的素材。一些人物提醒我们注意某些准则，而这些准则，不少人在描述漫长又丰富的政治生活体验时都断言它们是上天规定的，或是事物自然秩序的主要内容。这些准则补充并衬托出麦克白夫妇违背的那些准则（这引发了两人之后的痛苦），其中一些麦克白夫妇自己也有提到。麦克白盘算谋杀邓肯时，担心依据"公平的正义"，自己"血的榜样……[可能会]反过来折磨教会别人杀人的人"——麦克白由此承认了一条准则，它也几乎是任何人论证正义的基础：互惠原则（对雌鹅好的对雄鹅也好）。麦克白意识到，国王"到这儿有两重的信任"：对国王的义务一部分源于血缘，另一部分源于邓肯是合法统治者（"按照这两者绝对不能干这样的事"），还有一部分源于自己身为主人的身份（1.7.12-16）。麦克白还承认，得到好处后应感恩戴德（1.7.32；对比1.4.15），他的夫人最先在城堞下迎接邓肯时就曾提及这项义务（1.6.14-20）。

我们无需成为哲人就能理解这些原则的"原因"，能理解遵守这些原则如何能在整体上改善政治生活，而违背这些原则又如何会威胁政治生活本身的可能性。我们也无需成为哲人就能理解为什么"友谊"的概念会引出特定的义务——麦克白最残忍地违背了这些义务；他设计伏击班柯和小弗里恩斯，对两人骤然变心，表面上则无耻地奉承行骗（3.1.20-35，3.1.114-115；比较3.2.30-35）。洛斯与[90]兄弟麦克德夫交谈时提醒我们，我们认为弑亲尤为可耻，不仅有违道德，还"有违自然"（2.4.27-29）。因为我们与野兽不同，不仅知道父母是谁，还能理解感恩父母的各种理由，而且这些理由始终成立，无论我们是否正常地得到了父母的深情厚爱。麦克德夫的妻子抱怨丈夫不顾父亲的自然义务，抛下没人保护的妻儿，"自己远走高飞"，还说，"他不爱我们；他没有天性之情"；但她始终忠于丈夫，而我们很快得知，她深深误解了丈夫（4.2.7-9，4.2.80-81，4.3.176-235）。只有对照所期望于父母、子女、朋友、配偶、统治者、臣民、兄弟等角色的种种恰当行为，我们能才以恰当的惊骇来回应某些言行——不仅针对骇人的暴行、公然的谋杀与背叛，还针对那些看似偶然的细节，它们营造出恶遍布全剧的整体氛围（例如女巫们可怕的大锅中有"娼妇弃儿死道间，断指持来血尚殷"，4.1.30-31）。这些不过暗中指向合宜行为的准则，若违背这些准则，犯规者的灵魂就会受到恰当的惩罚，即便能逃脱他人的审判。正如苏格兰医生回想麦克白夫人梦呓时所说，"反常的行为引起了反常的纷扰"（5.1.68-69）。

　　但显然事情没那么简单。无忧无虑的洛斯对任何此类准则都漫不经心，麦克白自己最终也变得麻木不仁（他已"饱尝无数的恐怖"，杀戮的思想已习惯于悲惨；5.5.13-14），这使得关于自然正义的这种简单看法令人生疑——就算称不上无法成立。无论大体相信这种看法可能多么有益于政治，但该看法是否可能是幻觉呢？所谓效果是否只是养育时的人为灌输，一个人只要理解力足够明晰、头脑足够强健即能——而为了自己的好处，他理应——超越这个看法呢？[98]毕竟，要是这些精神约束及其支撑的准则（总的来说，遵行这些准则似乎更多是为了别人的好处而非自己的好处）都并非基于自然必然性，那么还受制于这类约束只能是一种责任。

　　对这种看法的任何回应，无论支持或反对，似乎都不得不倚赖（即信任）一个人的综合判断能力。用这项能力观察人们选择的各种生活方式后，我们可能得承认，结果部分只是某种"审美"判断，但这并非意在暗示这种判断是非理性的或只是主观偏好——仿佛美与高贵并没有其自然基础，因此欣赏或抨击莎士比亚艺术也就没有其理性基础似的（鉴于对剧本做综合判断，[91]同样需要这般综合考量智力、政治、道德与美学因素）。那么，先将我们的判断力用于手边第一个案例，这个问题简言之就是：我们是否崇拜洛斯，羡慕他人生得意，并且若身处其位也希望成为洛斯？（这是"一揽子交易"；要想有他这类成功——他这类"好生活"，就得成为他那样的人、拥有他那样的灵魂、展现他的看法与品质。）那么麦克白呢？当然，为了使评判与眼下的问题相关，我们必须设想麦克白实现了野心：他战胜了马尔康，能随心所欲享有苏格兰给他的一切，最终寿终正寝，恰如阿加托克雷那样。成为无情但长久的僭主，摈弃寻常或许只是习俗的道德、义务及正派准则，不为玷污这些准则所困扰——这样的麦克白是否由此变得"更是一个男子汉"（正如他的妻子向他保证的），抑或更不是男子汉？想象在这方面成功是否足以让他变得可敬，甚至高贵？他是否仍会像他自己承认的，丧失了"凡是老年人所应该享有的尊荣、敬爱、服从和一大群的朋友"（5.3.20–28）？

无论如何，必须明确：综合判断这两人或其他任何人的生活，不必基于他们如何看待自己——就像邓肯的马儿不必自视为"骏马"，为最"不可多得的良种"，好叫别人也如此评价。显然，就实际所过的生活是否合适，人的主观评价可能就是重要的暗示。要是一个人幸福，认为自己的生活方式充满意义、令人满意，这通常能有力地肯定他的生活方式；而任何头脑正常的人都不会觊觎麦克白夫人的遭遇，因而也都会认为，这是警告我们不得像她一样生活。但这些情感并非全部。我们会认为一些生活尤其值得过，虽然那些生活不特别快乐，正如我们会认为一些生活卑鄙可耻，无论那样生活的人多么心满意足。任何我们可能尊敬的人难道不会更愿做愤愤的苏格拉底，而非满意的猪？

洛斯无疑自视绝顶聪明，而视他人尽是傻瓜，因为他们不能像自己一样恬不知耻地图谋私利。但可以合理地断言,洛斯因此也变得愈发恶劣,因为这使他实际上无可救药。与之类似,我们可以认为,麦克白仍受良心困扰,而且正因为麦克白确实受良心困扰,所以他是更好的人:他身上仍有不少的善。不妨改写后世一位哲人的话(这位哲人自己就是莎士比亚最了不起的崇拜者):"鄙视自己的人,依然能敬重自己是一个会鄙视的人。"(尼采《善恶的彼岸》,格言 78)但要让这些及类似的判断确有价值——也就是说,让人能正当地鄙视或欣赏——必须能发现 [92] 人应当据此生活的一些自然标准,一些涉及人类善或德性的自然标准,这些标准人应努力企及,无论其多么晦暗不明。因此,如果人没能据此生活,无论出于无知或选择如此(包括他们选择视作"必然"的大多数情形),我们可以实事求是地说:较之他们的境况所允许的情形,他们在过更低劣的生活,无论他们是否自知,无论他们的灵魂是否因此焦虑不安。要断言这类发现是否可能——同样,无论"可能"与否——或许意味着最综合的判断,且预设了一种综合的视角,它堪比莎士比亚自己的视角。然而,大多数人心中确有类似"良心"的东西,并拥有正常的人类能力,能感到羞耻和内疚,也能感到骄傲与正义——这些现象都为人性所特有,或许也对人性必不可少——但要是没有任何自然标准使以上情感能合适地为人感知,这些事实将变得极难解释。

关于善与恶本身:要是认为善恶简单对立的寻常观点(该观点暗中认可了摩尼教的二元对立说,即世上运行着独立且大致对等的相反的力量)充其量只是一种肤浅幼稚的看法,那么该如何更准确地理解善与恶? 或许可以先尝试思考恶。毕竟,剧本不也邀请我们做此思考吗? ——因为剧本充斥着各种形式的恶,且事实上呈现了被认为是恶人格化后的种种力量。经此思考很快就能发现,认为恶只是善的对立面,有自然的局限性。恶不可能方方面面都是善的对立面,因为如此恶最终会变成无。因为好东西(以好身体为始)的一个属性是它们存在；因此，一种恶若方方面面都是善的对立面，它会自我毁灭，剩下的只是某种程度上为善的任何东西。换言之，只有无本身才绝对为恶，这暗示存在本身是善（我们似乎一定程度上自然认同这一观点，因为我们通常认为早夭、衰退、无意义的毁灭大体是坏事，而生命、生长、再生及创造力大体是好事）。因此，我们必须承认，一切存在之物——无论对于人的口味，其中不少东西多么令人作呕，女巫们炖煮的各式食材即令人痛苦地记录了这些东西（4.1.4-38）——都在某一方面或某种程度上为善，而只要自然秩序始终存在，善就永远胜利。因此，恶要成为在这个世界运作的一股力量，它就必须存在，因此它就不可能是"纯粹的恶"。那么，该如何理解恶？

莎士比亚的《麦克白》将我们引向一种更连贯因而更明白易懂的看法。可以先考察剧本如何描绘显形的恶。要开启此番考察，一个方便的关口就在班柯的魂灵［93］将麦克白的盛宴变作"惊人的混乱"之后（幽灵首次出现时，几乎就在剧本正中：3.4.36；值得注意的是，我们可能比麦克白先看到幽灵）。这场超自然的混乱后，是剧中可以说最有秩序的一场，其间赫卡忒狠狠训斥了三女巫。赫卡忒的台词不仅形式上遵循严格的韵律，是整齐节奏及整齐韵尾的典范，其"内容"还是一番冗长的演讲兼展示，涉及在恶势力等级制内维持恰当的秩序。事实上，直等到赫卡忒驾到，剧本才清楚地向我们暗示，存在这类等级制，或者说有一贯的理据引领等级制的活动。[99]

此前，麦克白两度提及赫卡忒并将其与巫术相连（2.1.51-52，3.2.41），但我们实际见到的"魔鬼"只有那三个邪恶的女巫，她们之间的问话开启了戏剧。之后的每次出场中，三女巫似乎都大致地位平等，暗示所有魔鬼都"是这般"。但从这一场的最初几个语词起（一句分外焦虑的问话"嗳哟，赫卡忒！您在发怒哩？"，引得对方义愤填膺地说"我不应该［reason］发怒吗……"），我们被迫彻底修正自己的理解,事关冥府的各色官僚之间是何种境况。原来三女巫不直接向撒旦汇报。她们更不是自由职业者的妇女联谊会,反复无常地袭击任何碰巧阻碍其不正当道路的机会目标——至少她们不应如此行事。也许,面对自顾自啃栗子的吃肉贱人,她们确乎有权随心所欲地泄愤。但愤怒的赫卡忒很快澄清,玩弄将来要做国王的强大军官——鉴于这些人为恶或为善都有巨大潜力——远远超出这干瘪三人组的能力范围:

> 我不应该发怒吗,你们这些放肆大胆
> 的丑婆子? 你们怎么敢用
> 哑谜和有关生死的秘密
> 和麦克白打交道;
> 我是你们魔法的总管,
> 一切的灾祸都由我主持支配,
> 你们却不通知我一声,
> 让我也来显一显我们的神通?
> 而且你们所干的事,
> 都只是为了一个刚愎自用、
> 残忍狂暴的人;他像所有的世人一样,
> 只知道自己的利益,一点不是对你们存着什么好意。
>
> (3.5.2–13)

[94]赫卡忒的斥责有几个特点值得强调。首先,这段斥责的基础是理性,即便其形式是工具理性:女巫们在操练一门技艺,赫卡忒是总主管,三女巫只是熟练工人。存在某门技艺(而非技巧),这本身预设了某种可为理性所理解——因此可以学习、可以传授——的原则,从业者借此追求其技艺的特定目标或目的(telos)(对农民而言是五谷丰登;对裁缝而言是合身、耐用或仅仅时髦的衣服;对

医生而言是健康；对厨师而言是可口的食物；对竖琴师而言是美妙的音乐）。此外，没有一门重要的技艺能在一天内彻底掌握，无论一个人何其才华横溢，必备的学习和经验都需要时间。于是，某门技艺的存在本身就暗示了在那些施展技艺之特殊力量的人中有技艺的自然等级，而这又进一步暗示了熟练程度的理性标准，借此标准可以指导、批评并监管他人。因此，称职的熟练工人了解自身的局限，知道什么时候应召唤技艺大师的更高技能。此外，若有尚待完成的杰作能展示技艺的最大神通，这个挑战会恰当地留给最出色的大师。

因此，赫卡忒确乎有理由对下属发怒，这些下属不知其位，而这还暗示了她们不知自己为何被派到那一位置，也不知为何她们的地位低于赫卡忒。或者更笼统地说，这些有些幼稚的干瘪老丑婆事实上不能真正理解究竟为何有组织内的等级。她们只知道有一个等级，这个等级由上级掌控的奖惩（先是表扬和责骂；参见4.1.39）来维系。但她们的无知可以引人深思。任何一群人，即便是一群恶魔，要想成功完成一项集体行动，其成员也必须行动一致，协调各自的行为，不互相妨碍（更不应互相攻击）（比较《王制》351c–d）。这不仅需要合理地描述责任与权威，其中某个施动者被普遍认作终极决策者及总主管（正如赫卡忒自称为下属魔法的总管、一切灾祸的支配者）。这还需要某个共享的［95］正义观念来约束成员对待彼此的行为，这样就可以和平地裁决成员间的冲突，分配组织的好处与责任，持续惩治违法行为。也不是任何观念都能奏效：这个观念必须"合乎情理"，似乎至少得在最低限度上公平正义。女巫们显然害怕赫卡忒不悦，但她们认为赫卡忒会言行一致，因此若立即遵照执行，"现在补赎过失"（3.5.14，3.5.36），就不会再受责备。

然而，要是一群恶魔想做成绝顶坏事，那么成员们还必须——这乍一看似乎自相矛盾——对"共同善"达成共识。女巫们显然有这份共识，因为我们看到赫卡忒由另三位女巫陪同（或许是替班，以防第一个三人小组又搞砸事情？），抵达阿契隆的地坑，来视察

"正午以前，必须完成的大事"。[100]赫卡忒祝贺那些受惩治的恶婆，
她们奉命准备了一大锅古怪的食材："善哉尔曹功不浅，颁赏酬劳
利泽遍"（4.1.39-40）。共同的利益——在此，她们都享有这番扭曲
的满足，这来自成功地诱使强大的麦克白——一个可能地位崇高的
人——进入最终的覆灭，连同可能同他一起覆灭的任何人。成功地
对他人"做坏事"或在他人之间"做坏事"是她们的共同善，也就
是说，是她们获得喜悦、满足和力所能及的"成功"的源头，因此，
是她们的奋斗目标。回想三女巫都何其快乐、满怀期待地盘算第一
个女巫的计划，即折磨那贱人的水手丈夫，而为了那个目标，她们
都多么乐意、多么"善良地"提供资源（1.3.11-14）。自觉受某样完
全不令人满意的东西吸引，这就像圆形的正方形般自相矛盾。我们
该如何理解她们一同追求"共同恶"——意味着对她们而言是坏的，
会给她们带来伤害和不满？有目的的行动，包括有意行恶（无论施
动者是恶魔还是人），只有依照某个善的观念，才能为人理解；无论
其表征可能何其片面、扭曲，恶的观念必然包含真正是善的事物的
某些形式属性。因此，恶隶属于善，不可能与善平起平坐。

　　想象一下，赫卡忒及手下还能怎么施法。假设她们也乐意在自
己之间做坏事，就像她们乐意在凡人中做坏事？这会涉及什么？捣
毁同事的阴谋，结果实际上在造福人类？或者，更"妙"的是，试
图"损坏"甚至毁掉彼此，从而她们一旦成功地达到目的就会铲除
恶？从撒旦的视角来看，显然不会如此。撒旦的助手们可能会给人
类世界带来混乱：事实上，凡人间彻底的混乱和"骚乱"兴许就是
他们奋斗的目标（3.5.29），这是预设霍布斯的自然状态——一场所
有人针对所有人的战争，人人为敌——它比最恶劣的僭政还要恶劣
（霍布斯自己如是认为）。在此，我们可以回想，麦克德夫一发现对
邓肯"最大逆不道的谋杀"，即大喊："混乱已经完成了他的杰作！"
（2.3.65-66）。马尔康对自己的虚假指责也大同小异："嘿，要是我掌
握了大权，我一定要把和谐的甘乳倾入地狱，扰乱世界的和平，破

坏地上的统一。"（4.3.97-100）麦克白发起威胁时，几度使用混乱的意象（例如3.2.16，4.1.52-60）。而麦克白的生命最终［96］沦为毫无意义的混乱，充满了喧哗与骚动，则可以用来证明恶的助手终于完胜麦克白。

在人间——甚至还在野兽间，只要这能影响人类世界（参见2.4.16-18）——制造动乱、混乱及骚乱，显然是这些恶的助手的终极目标。[101]她们不可能依据理性，希望毁灭世界，因为这会铲平她们追求自身的存在目的——即行恶——的唯一场所。她们也不能既喜欢动乱与混乱本身，又不同时削弱自身的有效性，或许直至自己不再存在。即便将恶设想为单一的统一力量而非多元体（虽然莎士比亚为何选择后一设想是个重要问题，仍须得到解决），也依然如此。但无论恶是一还是多，行动时随且"混乱"的恶，都不可能像行动时依据一个有辨识力、连贯、有效，并纯粹依照理性的计划那般卓有成效。毕竟，随意行动很容易使血腥的麦克白或顺从的洛斯早早出局，正如虔诚又温和的邓肯也早早出局一样——对苏格兰而言则收获了善。此外，有一点应当显而易见，即我们在分析时，无论发现一群聪明的施动者有意行恶（这似乎确保了在最大程度上实现恶）会面临何种自然限制，这些限制都必定适用于恶本身。

然而，赫卡忒的责骂指明三女巫犯下了更"严重"的罪行，此罪行甚于违反理性组织的内在原则。她们没能认识到实际事务最基本、最重要的区分："我们"相对于"他们"，"朋友"相对于"敌人"，"圈内人"相对于"圈外人"。她们与麦克白交往时，就好像麦克白确乎是她们中的一员，致力于她们一心想做的事：在凡人间竭力掀起尽可能大的麻烦与恶意。但麦克白并非如此。虽然他"任性地"偏离正义之道，表现得可能充满恶意、怒火冲天，但他依然"只知道自己的利益"，这些利益仍无异于其他人类之子所喜爱的东西：财富与权力这两项毫无疑问，但此外还有他希望老年能有的

"尊荣、敬爱、服从和一大群的朋友"。因此，此处是另一条重要线索，能用来理解人类事务中的恶。恶是本性自私的个体追求他们自以为（他们常判断错误）对自己有利的东西时的必然后果。

　　当然，表面上看，《麦克白》集中表现了我们人类体验的恶，向我们呈现恶如何发生。更准确地说，莎士比亚让我们关注其中唯一与我们实际相关的部分：作为我们思考与行为后果的恶（无论何种程度），尤其当我们的思考与行为涉及彼此时。我们遇到的一些恶并非人为，一旦发生，我们事实上无力避免或无从补救，[97]这包括从大型自然灾难（例如飓风）至个人事故（例如被倒下的烟囱砸中）之间的各种事件。但剧本不关心无情命运的飞来横祸，虽然它们有时让人无法容忍。不过，《麦克白》确乎让我们思考我们身处其间的世界的本性。如前文所述，存在（Being）仅仅作为秩序的诸形式（Forms of Order）"存"于时空，这种形式内在于永恒的生成那自我管理、自我维系、自我更新的动态等级中：具体的事物流动不居，生成又消亡。拥有这个物质世界，就是拥有诸多特殊的"实例"，其中每一例都隶属于某一种类或某类事物（各种各样的"物种"），这些种类又隶属于更宽泛的种类，等等。或许可以想象一个由大量特殊事物组成的世界，但这并非我们身居其间的世界，麦克白区分狗和人的"目录"即如是提醒我们（3.1.91-102）——眼下姑且不提剧中处处可见复杂高深的"鸟类学"。不过，我们的世界还是由一个个分离的"存在物"（beings）组成，一些繁盛自己，以其他存在为代价：吃是好事；挨饿是坏事；被吃更糟；被同类吃（就像据称邓肯的马一样）则是"不自然"——物种不断吃同类代表着自然的一种不可能的安排。

　　因此，与同类争夺生活中有限的"好东西"——从生活本身的必需品开始——就会给世界带来某些"坏事"。一个捕食等级则带来更多坏事。因此，一般而言，我们视作坏事甚至视作恶的绝大多数东西，都是身体独立的存在追求各自善（对于它们自己而言的善）的附带后果，但也是不可避免的后果，其间这些存在彼此争抢、阻碍、剥夺、伤害甚至毁灭彼此。这些存在若不从事各自特定的活动——逃离它们逃离的东西，捕猎它们捕猎的东西，吃它们吃的任何东西，该作战的时候作战，无论以何种方式繁衍生息，总之每项活动都依其本性——就无法作为它们所是的独特存在而存在。因此，脱离诸存在追求的好处，我们就无法理解它们给彼此带来的"坏事"。人类生命与这个充满竞争的宇宙一致，虽然人类生命有一些特点使其本质上与众不同，这是由于人类灵魂有理性能力，我们借此自觉意识到善（就我们所知，这点为人类所特有）。这些能力包括：准确计算的能力，但它不仅用于计算得失；综合判断什么真正为好，什么真正为坏；想象将来可能的后果，既包括好结果，也包括坏结果——这种能力就像计算能力一样，对"远见"不可或缺（比较1.3.137-139，1.5.57-58，1.5.69-70）；同情他人的能力，这种能力使我们能理解他人，乃至他人就等同于我们自己，而每个人最终都受制于关心自己的好处（这也可能与某些其他人的好处紧密相关；比较［98］4.3.216）。

正是依靠这些各式各样的理性能力，我们不用亲身经历，就能理解僭政或某些前政治"自然状态"（或实际上与之等同的超政治情形——内战）的恶，因而明白在秩序井然的政体内，即在依据正义的理性观念安排的政体内，人运用理性能力如何及为何能比在这种政体外过上更好的生活；我们能明白，这是最大化人类善的方式。

由此，我们可以发现，人做"坏事"源于追求他们相信对自己好的东西。无论麦克白受到何种限制，他都足够清楚地明白：他在牺牲他人的好处以成全他眼中自己的好处。起先，这使他大为困扰——他毫无理由攫取仁慈的邓肯的王位，只有自己"跃跃欲试的野心"（1.7.25-27）。之后，篡位的辛劳使他所获甚少，只有长满蝎子的心，他发现眼前毫无希望，只有"心灵把我们折磨得没有一刻平静的安息"。于是，他宣称，他愿意牺牲整个宇宙（包括这个世界和其他任何世界),来摆脱自找的坏事,挽回某些好东西:"可是让一切秩序完全解体,让活人、死人都去受罪吧,为什么我们要在忧虑中进餐,在每夜使我们惊恐的恶梦的谑弄中睡眠呢?"(3.2.16—22;同时参见4.1.50—60)我们世界中的一些坏事——我们最容易将其视作真正的恶——就源于这类"邪恶用心":我们会毫无必要也无正当理由,却自知又自觉地牺牲他人的福祉,甚至牺牲他人的生命,来为自己谋得更多自己眼中生命中的好东西。人与野兽不同,就人而言,追求自己的好处只有与正当的政治生活(政治环境几乎对每个人的个体善都不可或缺)相容才正当合理;而这预设了政体应优先关心共同善——始于维系政体本身,但包括任何有助于政治和谐的东西。[102]

有时,也许是多数时候,那些情愿逾越追逐私利的合理界限的人会受到惩罚,这惩罚若不来自他们自己灵魂的内在运作(正如麦克白夫妇),就会来自他人。然而,洛斯的例子表明,有时他们也未受惩罚。他们的罪行非但没有让他们失去清白睡眠的芳香——让生活失去所有滋味,变成幽暗的地狱,最终走向疯狂或自杀——他们甚至都没有一丝悔意;他们不受良心的攻击,这或许甚至是他们心满意足的另一源泉。于是,由于没有公认的"确凿证据"表明存在万无一失的神意奖惩方案,而一切人为方案显然难免有错[99]("现世[here]的裁判"),恶就永远是人世的一部分。重犯和轻犯之外,总会有某个洛斯获得了自己眼中的成功。不过,无一例外的规则是,一切恶都源于追求善。无论怎么命名他们做的事,他们自己事实上没有这般追求恶,只要能些许理解他们的行为,就必须认为他们在追求自己的善,他们眼中的善。即便看似毫无理由的恶意,想来也带给他们快乐(多数人都将快乐视作善)。[103]也不应仓促地谴责这种幸灾乐祸,认为所有情形下它们都有悖常情、毫无意义,因为这会危及复仇的善。尽管反对"像野兽一样复仇"的格言广为流传,但纯粹的动物不会图谋复仇;复仇是一种独特的人类关切,它预设了人类灵魂具有种种理性能力。毫无疑问,渴望复仇可以是恶的源头,这足够清楚地见丁麦克白仇杀麦克德夫全家。但复仇也可以是带来更多善的力量，正如马尔康尤其是麦克德夫的例子（"他们的胸头燃起复仇的怒火"5.2.3；也可以参见4.3.214）。我们或许希望是另一番景象，但鉴于人性确实如此，若非有复仇精神，若非人类的灵魂想到为恶者会获得"应有的回报"，且必须用看似唯一合适的货币——自食恶果——为罪行"付出代价"，由此才可让灵魂获得特殊的满足，那么，对恶的抗争就会大幅减少，对正义的积极支持也会大幅减少。

此外，人性颇具揭示意义的特征是，多数人希望上述情形普遍存在（诚然，通常也心照不宣地将自己的恶行当作例外）。他们甚至愿意相信，某个超自然、至高无上的力量在实现这个目的，在惩治恶人、保护无辜、奖赏好人。[104]但由于这会使人被动，莎士比亚向我们展示，这是一种"坏"的错误，若虑及其自然后果，或许甚至是一种"恶"的错误（要是某些情形下无知应受谴责的话）。这是因为，事实上，这种心理怂恿邪恶的野心，帮助那些行动更合乎野兽而非合乎人的人——麦克白夫人如是承认，她的话不经意间暗含反讽："那么当初是什么畜生使你把这一种企图告诉我的呢？"（1.7.47-48）。然而，若要生活中的善欣欣向荣，"诚实的人"就必须积极对抗邪恶，他们意识到那些捕食同类的人是"叛徒，都应该绞死"（4.2.45-57）。唯有正义"用勇气武装"，善才会在某人的世界一角得胜。那些认为只需保持自己双手清白的人，把其他任何事情都交给想象中仁慈的上帝，每当本可轻而易举挫败的恶，在他们自己无作为的真空中大行其道，他们便成了某种同谋。

无所不包的空气中的毒雾

［100］意识到这一点后，我们可以重新考察剧中那些显然是超自然的角色，尝试决定如何最恰当地理解她们。可以先考察别人怎么描述她们，她们自己又说了什么。在此，最引人注目的是，她们

始终与空气（air）相连。她们含糊其辞的吟唱结束了开场:"美即丑恶丑即美，翱翔毒雾妖云里。"究竟什么在空中"翱翔"不甚清楚，但想来是女巫们自己。再出场时，她们提到驾驭大风:

> 女巫乙　我助你一阵风。
> 女巫甲　感谢你的神通。
> 女巫丙　我也助你一阵风。
> 女巫甲　刮到西来刮到东。（1.3.11-14）

　　这番武装后，第一位女巫威胁要袭击贱人的水手丈夫（"他的船儿不会翻，暴风雨里受苦难";1.3.24-25）。接着，她们先招呼两位正穿过荒野的军官（虽然她们安排这场自己的聚会只是为了"去见麦克白"），而后突然消失。班柯不禁发问:"水上有泡沫，土地也有泡沫，这些便是大地上的泡沫。她们消失到什么地方去了？"麦克白回答:"消失在空气之中，好像是有形体的东西，却像呼吸一样融化在风里了。"（1.3.79-82）麦克白在信里对妻子说:"当我燃烧着热烈的欲望，想要向她们详细询问的时候，她们已经化为一阵风不见了。"（1.5.3-5）赫卡忒也宣布自己要"乘风而去"，她的小精灵"坐在云雾之中"（3.5.20，3.5.35）。所有这些与空气相关的语词，都使麦克白见到夫人所谓的"空中匕首"——当时，麦克白以为这或许不过是"想象中的刀子"（3.4.61，2.1.38），带上了特殊的色彩。

　　泡沫、呼吸、风——这些"空中的"现象是什么？它们是真实的吗？嗯，我们会说，"是，也不是"——一个恰当的含混回答。诚然，泡沫看得见，但泡沫不"真"是某样东西，也不是某样东西的**缺场**，泡沫是一个空的"形状"或"有形的空虚"，一种失衡，其他某样东西的一种气态搅动（"要扰世人不安稳，正像毒蛊开又滚";4.1.18-19）。泡沫不具实体本身，这使其成为幻觉的天然象征，成为对不切实际的信念与期望的隐喻（要是希望破灭，就说一个人的

"泡沫裂了")。那么呼吸呢？呼吸不过是呼出的空气，在某片寒冷的旷野，呼吸可能暂时可见，随后便融入 [101]"无所不包的空气"的无垠海洋。"呼吸"不指涉某种确切的东西；它间接意味着对寻常之物的特别使用。不过，"它"是说话的媒介，对生命本身至关重要：报告麦克白要回家的信使"跑得气都喘不过来，好容易告诉了我这个消息"（1.5.36-37）。事实上，呼吸是生命的自然征兆，是生命神圣起源的象征（"天上的气息"；1.6.5；比较 4.1.98-100），但也象征虚假、无意义、不起作用的东西：只是一口气（"口头上的恭维和一些违心的假话"；5.3.27-28）。同样，风事实上也并非某样特殊的东西，可以借出或借走，事实上没有某一数量的风，每阵风或许都独具特色（"寒冷的北风"）；有的只是空气，其永不止息的运动，地球上时间的循环和空间的位移（"它们知道所有地方"）。不过，风力大无穷，完全能像列诺克斯说的，吹倒座座烟囱（列诺克斯还提到"空中哀哭的声音"；2.3.54-55）。风是麦克白最后一次招呼女巫时大事夸张的主题：

> 凭着你们的法术，我吩咐你们回答我，
> 不管你们的秘法是从哪里得来的。
> 即使你们放出狂风，让它们
> 向教堂猛击；即使汹涌的波涛
> 会把航海的船只颠覆吞噬；
> 即使谷物的叶片会倒折在田亩上，树木会连根拔起；
> 即使城堡会向它们的守卫者的头上倒下；
> 即使官殿和金字塔都会倾圮；
> 即使大自然所孕育的
> 一切灵奇完全归于毁灭，
> 连"毁灭"都感到手软了，我也要你们
> 回答我的问题。（4.1.50-61）

看到班柯看似无穷无尽的皇子皇孙，麦克白痛苦地呆立着。这时，第一位女巫（或许心怀恶意？）想用她和姐妹们的一曲歌舞，鼓舞麦克白的精神:"我先用魔法使空中奏起乐来，你们就搀成一个圈子团团跳舞。"跳完舞后，她们又消失不见。这时，麦克白说了那句关键的诅咒:"愿她们所驾乘的空气都化为毒雾，愿一切相信她们言语的人都永堕沉沦！"（4.1.127-139）。但我们怀疑麦克白的诅咒已然成真——依据事实，女巫们驾乘的空气确实染上了恶的病菌，而麦克白呼吸的正是这片空气——因此，麦克白确乎"只是病恹恹地健康着"（参见3.1.106）。

[102] 不过，不只有恶精灵在"空中翱翔"。还有好精灵，虽然在苏格兰的这些幽暗日子里好精灵相对缺场，于是更引人注意。即便如此，麦克白本人还是提到了"御气而行的天婴"（1.7.22-23）；列诺克斯也祈祷，"但愿什么神圣的天使飞到英格兰的宫廷里"（3.6.45-46）。但剧中绝大多数在空中飞行的东西并非神秘的超自然存在，而是司空见惯的自然存在:品类极其繁多的鸟，还有古怪的蝙蝠和甲壳虫。事实上，要是汇集《麦克白》中提到的所有鸟，可以拥有一座可观的鸟舍:麻雀、喜鹊、小鸡、鹪鹩、乌鸦、鸢、隼、鹰、秃鹰、渡鸦、秃鼻乌鸦、圣马丁鸟、猫头鹰、猎鹰、红嘴山鸦和鹅。有时，这些鸟用来展示重要的自然原则，例如麦克德夫夫人注意到"鸟类中最微小的鹪鹩也会奋不顾身，和猫头鹰争斗，保护它巢中的众雏"（4.2.9-11）。另一些时候，它们的明显在场可能有某些反讽或象征意义；麦克白的城堡精美地装饰着"巡礼庙宇的圣马丁鸟"的巢居（班柯称:"檐下梁间、墙头屋角，无不是这鸟儿安置吊床和摇篮的地方"；1.6.4-8）。还有一些时候，鸟类见于描述性类比，例如军官以老鹰自然轻视麻雀来类比邓肯的将军们对挪威的新一轮进攻毫不在意（1.2.35）。

然而，在老人看来，明显背离鸟类的自然秩序，预示着可怕的时代即将来临（"有一头雄踞在高岩上的猛鹰，被一只吃田鼠的猫头鹰飞来啄死了"；2.4.12-13）。不祥之鸟尤为突出。麦克白夫人嘶哑的渡鸦呱呱叫着邓肯要进她的堡门来送死（1.5.38-39），她还形容猫头鹰"正鸣着丧钟，向人们道凄厉的晚安"（2.2.3-4）；显然，这就是那只"无名之鸟"，列诺克斯称，邓肯被杀时这鸟"整整地吵了一个漫漫长夜"（2.3.58-59）。我们想起那些吃尸体的鸢（3.4.72）。麦克白提到，一些鸟（喜鹊、红嘴山鸦、秃鼻乌鸦）已被证明是占卜的工具（3.4.123-124）。此外，我们也不应忘记麦克白那句著名的吓人话："天色在朦胧起来，乌鸦都飞回到昏暗的林中；一天的好事开始沉沉睡去，黑夜的罪恶的使者却在准备攫捕他们的猎物。"（3.2.50-53）

不过，《麦克白》的"鸟类学"绝不仅限于这般大量涉及各类鸟，也绝不仅限于在象征、类比和隐喻层面上反复提到鸟。剧中还明显出现大量"与鸟有关"的语言。有时，这见于昵称，例如麦克白称妻子是"最亲爱的小鸡"（3.2.45），麦克德夫把深爱的家人叫做"可爱的鸡雏们和他们的母亲"——那时，麦克德夫刚得知，他们被"地狱里的恶鸟"麦克白"一阵猛扑"，[103] 悉数杀死（4.3.217-219）。但这后一次指涉表明，与鸟有关的语词也具有贬义。麦克白辱骂告诉他英军正逼近的"脸色惨白的潜鸟"："你从哪儿得来这么一副呆鹅的蠢相？"这可怜的少年因此愈发惊慌失措，结结巴巴地说："有一万——"麦克白说："一万只鹅吗，狗才？""一万个兵，陛下。"（5.3.1-13）邓肯迎接得胜的麦克白时，为自己的"忘恩负义"开脱，解释称，"你的功劳太超越寻常了，飞得最快的报酬都追不上你"（1.4.16-18）。列诺克斯提到"纷争和混乱，刚在这不幸的时代孵出"（2.3.57-58）；麦克白提到"那飞速的念头"（4.1.145）。班柯受伏击时奉劝儿子："快逃（Fly），好弗里恩斯，逃，逃，逃！"（3.3.17）麦克白再三怒斥那些"飞走的""虚伪领主"（5.3.1，5.3.7，5.3.49）。

不过，将人类世界与鸟类世界相连的语词，最集中地出现在表现麦克德夫夫人的场次。与洛斯交谈时，麦克德夫夫人反复形容丈夫突然奔赴英格兰是飞走（"他干了什么事，要飞到国外？""他飞走全然是发疯……他自己高飞远走？……因为他飞走是完全不合情理的”）。指责麦克德夫没有为人父母的自然本能时，麦克德夫夫人以“可怜的鹪鹩”保护众雏为例。洛斯走后，我们见她正与早熟的儿子交谈：

> 夫人　小子，你爸爸死了；
>
> 　　　你现在怎么办？你预备怎样过活？
>
> 儿子　像鸟儿一样过活，妈妈。
>
> 夫人　什么！吃些小虫儿、飞虫儿吗？
>
> 儿子　我的意思是说，我得到些什么就吃些什么，正像鸟
>
> 　　　儿一样。
>
> 夫人　可怜的鸟儿！你从来不怕有人张起网耳、布下陷阱，
>
> 　　　捉了你去哩。
>
> 儿子　我为什么要怕这些，妈妈？
>
> 　　　他们是不会算计可怜的小鸟的。（4.2.30–36）

当然，小麦克德夫说得没错——也就是说，只要人是理性的，他说的就没错。最后，听闻无名的“微贱之人”的警告，麦克德夫夫人回答：“叫我飞到哪儿去呢？我没有做过害人的事。可是我记起来了，我是在这个世上。”（4.2.72–73）她忧伤的丈夫哀叹他“可爱的鸡雏们和他们的母亲”时，只是唤起了剧本开头的意象。剧中先是将麦克白比作老鹰，最后是麦克白把命运交由战场裁决：“他们已经缚住我的手脚；我飞不走。”（5.7.1）

最后一处奇特的地方，见于班柯的独白：

> [104] 你现在已经如愿以偿了：国王、考特、葛莱密斯，
>
> 　一切
>
> 符合女巫们的预言；你得到
>
> 这种富贵的手段恐怕不大正当（foully）……（3.1.1–3）

据对开本，此处的拼写是"与鸟有关的"（fowly）[105]——这不同于剧中五次使用"丑恶"（foul）一词，后者在对开本都拼作"foule"（例如女巫们那句"美即是丑恶［foule］丑［foule］即美，翱翔毒雾妖云里"）。

该如何理解这一点？——女巫们只是许多泡沫，许多呼气，乘风御气，像鸟一般；相应地，人类世界也在各个方面类似鸟的王国，其中有几只鹰和许多麻雀、勇敢的小鹪鹩、喋喋不休的喜鹊、淫荡的圣马丁鸟、骄傲的猎鹰、不祥的渡鸦、食腐肉的鸢、有先见之明的猫头鹰、机会主义的秃鹫和蠢笨的鹅。一并看待这些关系是否会暗示出——尽管间接且极为模糊——自然具身存在的领域契合"超自然精灵"的领域？

这番猜疑得到了强化，这见于莎士比亚在麦克白夫妇与女巫们之间建立了直接且明确的亲缘关系。麦克白的首句台词（"我从来没有见过这样阴郁而又光明的日子"），显然在呼应女巫们在开场结束时的那段神秘吟唱。与此同时，麦克白夫人在城堞前迎接邓肯时，则预示了这些恶婆们另一组令人难忘的台词。邓肯亲切地承认，他的到访给麦克白夫人带来"麻烦"；麦克白夫人答道："我们的犬马微劳，样样的都加倍又加倍地做去"（1.6.14-15）——这清楚预示着所有文学作品中很可能是最著名的女巫合唱："加倍加倍地努力干"（4.1.10，4.1.20，4.1.35）。麦克白也与"加倍"和"四倍"的辛劳相关（连班柯也是！）。流血的军官说："他们就像两尊巨炮，满装着双倍火力的炮弹，愈发愈猛，向敌人射击。"（1.2.36-39）麦克白自己提到，邓肯来他家"有着两重的信任"，但接着他给出四条而非两条让他烦心的理由，以"反对［他正在思忖的］那个行动"（1.7.12-20）——这桩行动几乎没有名字，因为他（还有妻子）都不愿说出它的名字（1.5.23，1.5.68，1.7.31，1.7.48，2.1.48，2.1.62，2.2.10，

2.2.32，2.2.50, 2.2.66，2.2.72；比较4.1.49）。在这种精神关联的语境下，我们必须作一种估计：麦克白不知怎么得到了一位神秘莫测、竟无所不知的副官，这人名叫——偏偏就叫——西登（Seyton）。[106]

然而，麦克白夫人与女巫的联系见于另一层面，或许是更具揭露性的层面：性别错乱。班柯评论干瘪的女巫："你们应当是女人，可是你们的胡须却使我不敢相信你们是女人。"（1.3.45-47）麦克白夫人也不［105］完全像女人。可以先看她热切地向"注视着人类恶念的恶魔们"祈祷，希望能解除一切女性灵魂的柔弱——事实上，她希望使她"失去性征"。虽然麦克白夫人不见得真要这些"恶魔"做得如此过火（尤其是因为如此会摧毁她特有的女性力量，她用来操纵丈夫的力量；1.7.38-41），但任何想改变性别的念头，通常都并非表征和谐的内心整全及健康。

我们也不应忽视一种可能，即麦克白夫人恰恰得到了她祈求的东西——从而甚于她真正想要的东西——因为到剧本的中间位置，她对麦克白的影响明显式微，我们发现她正抱怨麦克白总是独处（3.2.8-9）。无论如何，此前麦克白夫人多次断言丈夫不如她铁石心肠，太充满同情："赶快回来吧，让我把我的精神力量倾注在你的耳中"（1.5.25-26）；"意志动摇的人！把刀子给我"（2.2.51-52）；"我的两手也跟你的同样颜色了，可是我的心却羞于像你那样变成惨白"（2.2.63-64）；"什么！你发了疯，把你的男子气都失掉了吗"（3.4.72）；等等。[107]麦克白夫人宣称，她知道爱一个吸奶的孩子是何种感受，但显然她没有一个孩子幸存（4.3.216）。

虽然我们可以怀疑麦克白夫人是否真会把孩子的脑袋砸碎，但她能想出这番可怕的场景，这本身必然让人质问她的女性特质是否健全。她冷酷无情，设计杀害邓肯，显然令麦克白印象深刻，后者恰如其分地强调："愿你所生育的全是男孩子，因为你的无畏的精神，只应该铸造一些刚强的男性。"（1.7.73-75）那时，麦克白显然还希望自己能生养，妻子能生出可以存活的后代。但到了后来，女巫们招呼班柯是"一连串国王的父亲"，麦克白此时的沉思似乎削弱了这番希望："她们把一顶没有后嗣的王冠戴在我的头上，把一根没有人继承的御杖放在我的手里……我自己的子孙却得不到继承。"（3.1.59-63）使这段悲观论调愈发引人注意的是，女巫们话中没有任何语词必然暗示以上任何内容。她们不曾暗示王位会直接传给班柯的子孙——结果也表明王位没有这样传承。即便班柯因为生了一长串国王而"更伟大"，这也不必意味着麦克白会没有子嗣。麦克白因还"没有孩子"，现在"没有子嗣"，"没有人继承"，就预想将来也不会有孩子。[108]

诚然，"生养孩子"与健康地表达性欲紧密相关。无论这可能还蕴含着什么，都需要性关系围绕生育展开，需要保证自然欲望不会为人利用、被人扭曲，从而主要用于实现不可告人的目的——第一位女巫借由折磨那贱人的水手丈夫所暗示的目的（最终目的是要让他性无能，因而不受那贱人待见）与此目的恰恰相反：[109]

> ［106］我要把他吮得像稻草一般的干，
> 不分昼夜他休想能有睡眠
> 挂在他的凸出的眼皮上；
> 他将像是受诅咒的人一样。
> 九九八十一个漫长的星期，
> 他将逐渐地衰弱，瘦削，萎靡……（1.3.18-23）

虽然方式微妙得多，但麦克白夫人也暗示，丈夫要是不在"行动和勇气"上与"欲望"一致，也会活得像受诅咒的人（1.7.40-41）。[110]然而，到目前为止，他们的婚姻关系没有带来任何恒久之物——没有像麦克德夫夫妇一样，拥有"爱情的坚强纽带"（4.3.27）。而我们怀疑，这令他们大为不安。[111]麦克白夫人有否可能在永远不可能满足她的东西上寻求满足？成为自己一手谋划要成为的王后之后，麦克白夫人却哀叹："费尽了一切，结果还是一无所得，我们的目的虽然达到，却一点不感觉满足。"（3.2.4-5）剧中凸显的其他父子关系——邓肯和他的两个儿子、班柯和弗里恩斯、麦克德夫和他的小男孩、老西华德和小西华德，强调了麦克白自己生活中的这一空缺，他被剥夺了孩子（那些"宝贵的骨肉"）带给一个人所有的辛劳、成就及牺牲的自然意义。麦克白确认，他有给自己儿子留下遗产的自然冲动，那时他抱怨自己无法实现这重冲动："我自己的儿子却得不到继承……我玷污了我的心灵，只是为了班柯后裔的好处。"（3.1.63-64）

麦克白杀死了这些儿子中的两个，还图谋其他儿子的性命，我们怀疑，这既是因为他感到这些人带来危险——这危险对他尚不存在的后代要小得多，也是因为单纯的恶意及愤怒（源自嫉妒和憎恨）——这指向病态爱若斯（erōs）的另一症状：将性能量从创造转为毁灭，而这里面涉及把性表达与暴力同化。自然的高等生物中，性与暴力的关联无处不在，其中竞争配偶是物种内部暴力冲突的主要来源（大多限于雄性生物）。但人类（同样尤其是男人）似乎尤其容易混淆这事的手段与目的，其后果是，人类易于出现各式各样的性紊乱，包括前文所述的反常的同化——这种疾病有时甚至能达到瘟疫的规模。流血军官的汇报预示了这种可能，如果尚不能说预示了这种情况存在的话。这位军官提到，"命运也像娼妓一样，有意向叛徒［麦克唐华德］卖弄风情"，接着形容麦克白（"挥舞着他的血腥的宝剑"）是"勇气的爱人"。

洛斯延续了这一关联，他把某个了不起的战士称作"战神白龙娜（Bellona）的郎君"。麦克白迈着"强暴的脚步"，悄声走向邓肯酣睡的床榻，[107]开始谋杀邓肯。这时，他将自己比作一心想强奸鲁克瑞丝（Lucrece）的塔昆（Tarquin）（2.1.54-56）。然而，是麦克白夫人最明确地将性与暴力相连，即她请那些"杀人的助手"占有她："进入我的妇人的胸中，把我的乳水当作胆汁吧"——这究竟在暗示什么？她愿意给恶魔哺乳？渴望与刺客交配？无论她心里究竟在想什么，似乎明白无误的是，她也只是病恹恹地健康着，染上了悬浮在野蛮社会肮脏空气中的一种疾病。

不过，麦克白夫人召唤那些"注视着人类恶（mortal）念的恶魔们"时，措辞有一处精巧的含混。麦克白夫人提到"恶"时，无疑想表达"致命的"，但莎士比亚自己可能在暗示某些更宽泛的东西：我们应认为世人（mortals）的一切思想——因而连同世人自己，只要思想是善与恶的媒介——都由这个或那个精灵侍候，可能有多少精灵，就有多少人。当然，这些精灵（或daimones，在古希腊，即在赫卡忒的出生地，它们可能就叫这个名字）（参《王制》617d-e,620d-e）通常不可见——甚至也不像泡沫或呼气那样，出现一下然后转瞬消失。但它们至少在某种意义上真实。而鉴于我们像麦克白一样偏好"可感知的事实"，因而通过"展现"这些精灵，它们就变得更容易理解、更令人信服。

当然，我们可以用各种方式自由地阐释它们。一个人若相信现实中没有永恒存在，无论是神圣的存在或恶魔般的存在，他尽可以认为《麦克白》中出现的那些精灵用戏剧演绎了个体的"他我"（举例而言），或作为原型的各种引诱，或童年的古老残存或诸如此类事物。然而，它们或许不应仅被视作冲动的表征，这些冲动完全源于特定个体的灵魂；相反，它们似乎更像萌生的希望与恐惧，正悬浮于人类生命的"空气"中，随时准备在意气相投的心灵土壤里扎根。我们必须牢记，麦克白和班柯都——但只有他俩——看见并听见了同样的女巫。可以说，这是因为这两人都暗中涌动着同样一些"黑暗幽深"、难以抑制的欲望，其缘由既涉及邓肯治下苏格兰的国情，也涉及他们自己的本性。[112]

此外，我们也不应忽视，剧本暗示不育与恶相关，反之，多产及创造力则与善相关。与此说法相契合,《麦克白》中处处将自然大体等同于生命。按理似乎应认为死亡也同等自然,但剧中无人持此看法。相反,自然屡屡被用来对比死亡。念及她下过药的酣睡的侍从,麦克白夫人默想:"死亡和自然为他们争吵,不定他们是死是活。"(2.2.7-8)麦克白提到遇害的邓肯:"他的创巨痛深的伤痕张开了裂口,像是一道道毁灭的门户。"(2.3.111-112)第一位刺客[108]向麦克白报告班柯的死讯,提到"他的头上刻着二十道伤痕,最轻的一道也可以致他死命"(3.4.26-27)。这类表达暗示,完全自然的是活着,自然(Nature)只在活物中充分显现,"死去的东西"就那么回事。有鉴于此,生育及生产、哺育及保护新生命是卓越的自然行为,而毫无意义、冷酷无情的谋杀则是极端的非自然行为。莎士比亚同时用韵尾及理性把麦克白与死亡关联起来,[①]这或许最好地说明了他对主人公的最后判词(1.2.66-67, 3.5.4-5)。

剧本给出的证据模式表明,自然内部最基本的分别是睡着与清醒之分。忧心如焚的麦克白担心,他杀死邓肯时,也杀死了睡眠,而睡眠是"大自然的第二道菜肴,生命的盛宴上主要的营养"(2.2.38-39)——"第一道菜肴"显然是清醒。他的妻子把睡眠称作"一切有生之伦的调料",应是意指能激活并保存生命的"佐料"或"盐"(3.4.140)。然而,莎士比亚处理这些问题时,最奇特的一面在于,他屡次三番挑战我们,让我们区分睡眠和死亡。要知道,把死亡比作无尽的睡眠是个古老的观念。例如,在柏拉图的《苏格拉底的申辩》(40d-e)中即能见到。这个观念的回声见于麦克白的评论:"邓肯现在睡在他的坟墓里;经过了一场人生的热病,他现在睡得好好的。"(3.2.22-23)先前,麦克白在杀人后表达悔恨时,影射了睡眠与死亡巨大的实际差异:"那你打门的声音把邓肯惊醒了吧!我希望你能够惊醒他!"(2.2.73)然而,绝大多数时候,剧本逆转

---

① [译注]麦克白(Macbeth)这个名字与死亡(Death)这个单词押尾韵。

了这个类比，把睡眠比作死亡的表象（appearance），正如《睡美人》（*Sleeping Beauty*）这个童话故事那样。麦克白夫人在提出给两个侍从下药时最先用这种方式说话："等他们烂醉如泥、像死猪一样睡去以后，我们不就可以把那毫无防卫的邓肯随意摆布了吗？"（1.7.68-71）[113]发现国王遇害后，麦克德夫大喊：

> 醒来！醒来！
>
> 敲起警钟来。杀了人啦！有人在谋反啦！
>
> 班柯！道纳本！马尔康！醒来！
>
> 不要贪恋温柔的睡眠，那只是死亡的表象，
>
> 瞧一瞧死亡的本身吧！起来，起来，瞧瞧
>
> 世界末日的影子！马尔康！班柯！
>
> 像鬼魂从坟墓里起来一般，
>
> 过来瞧瞧这一幕恐怖的景象吧！把钟敲起来！（2.3.72-79）

麦克白自己把睡眠形容为"日常的死亡"（2.2.37），[109]他评论那黑暗且入睡的半球："现在在半个世界上，一切生命仿佛已经死去，罪恶的梦景扰乱着平和的睡眠。"（2.1.49-51）麦克白夫人劝说迟疑的丈夫时，也将睡眠的表象等同于死亡的表象："睡着的人和死了的人不过和画像一样。"（2.2.52-53）[114]

死亡相对于自然，睡眠相对于清醒，睡眠从表面上看几乎与死亡难以区分，思想是某种"精神"之物。还可以再加上剧本暗示的某些其他关联，例如刚引述的麦克德夫的台词：死亡是"世界末日的影子"（2.3.76-77）；抑或麦克白的评论："一天的好事开始沉沉睡去，黑夜的罪恶的使者却在准备攫捕他们的猎物"（3.2.50-53）——要始终记得，虽然有昼伏夜出的动物，但就依据自然生活的人类而言，睡眠与清醒通常与昼夜协调。一并考察上述这一切，可以发现两组对立的相关事物。一边是恶、死亡、疾病、睡眠和黑夜，另一

边是白日、清醒、健康、生命和善。其中需进一步说明的只有第一组的睡眠。为什么要把睡眠与恶相连，尽管两者全不相干？同样，将睡眠描绘成死亡的象，不是显得太病态吗？毕竟，睡眠似乎确实是伟大自然的第二道菜肴，对于延续生命不可或缺。这似乎暗示，为了澄清上述两组事物之间的关系，需要充分理解自然——在《李尔王》的语境下，这个问题得到了更好的探索。然而，只要回想睡眠自身是一种短暂的死亡——此外，这种状态有时能被麻痹心灵的药酒所"激发"而形成（2.3.27）——我们就能意识到，睡眠并非某样本质上就为善的事物（无论我们体内的动物多么享受睡眠）。要是我们不疲惫，睡眠还有什么好处？它会不会完全在浪费生命？此外，邓肯的命运和麦克白的焦虑令人忧伤地表明，酣睡时人会极度脆弱，因而它令人不安。这种脆弱也不仅源自外"敌"，正如班柯悲伤的祈祷提醒我们的：

> 催人入睡的疲倦，像沉重的铅块一样压在我的身上，
> 可是我却一点也不想睡。慈悲的神明！
> 抑制那些罪恶的思想，
> 不要让它们潜入我的睡梦之中。（2.1.6–9）
> （参《王制》571c-572b；《哈姆雷特》3.1.64-68）

因此，我们几乎不得不断定，需要睡眠本身是一种负担，是必死性内含的某种弱点，是依附于身体的灵魂所内含的弱点：日复一日，[110]身体"抱恙"，必须被"救治"，直到身体在死亡的终场中败北，人的自然不复存在。

剧本暗示，要想变得完全自然，就要活着，而要想完全活着，就要保持清醒，可以说，要睁大眼睛活着。诚然，要看清东西，必须有足够的光线，蜡烛、火把和炉火提供的光亮很难满足需要。没

有什么能与晴日的纯净阳光媲美（参《王制》507d–508d）。但甚至在麦克白夫人赶走太阳前——"啊，太阳永远不会见到那样一个明天"……之后的明天，因而也是任一个明天——苏格兰都少有自然光线。甚至正如这位夫人的祈祷，在阴沉的黑夜投下黑暗的毛毯前，乌云密布的天空和糟糕的天气就使这里昏天暗地。月亮沉下去了；众星听从麦克白黑暗隐秘的欲望，也藏起了火光（1.4.50–51，2.1.2–5）。但值得注意的是，尽管野蛮的苏格兰可能要比英格兰更像幽暗的洞穴，但无论是麦克白还是麦克白夫人，都没有试图利用苏格兰的任何光线，无论是自然光抑或人造光。事实恰恰相反，他们希望苏格兰更黑暗，因而不自觉地希望自己更黑暗。事实上，麦克白选择离开日常生活阴影重重的表层后，只是降到了一个更黑暗的地方：阿契隆的地坑。至于麦克白夫人，她开始害怕自己曾想拥有的黑暗，她用一根可怜的小蜡烛，试图赶走她现在称作地狱的阴暗。显然，无论是麦克白还是麦克白夫人，都不想做通常意义上的"好"人。但此前，并且确乎根本的是，他们也不愿去就"光"。无论他们对自己的世界还有何种疑问，他们都不认为需要了解那至关重要的问题：究竟什么是善。他们相信（正像绝大多数人一样），他们已足够了解什么对他们是好的。于是，他们就这样追求这些好处，酿成了我们见到的后果。由于不知自己完全不了解全部真理及存在的这个终极源头，每个思想、每桩行为都理应在其间判明方位的这个源头，他们确乎重现了人类的堕落（The Fall of Man）。

我已试图展示，莎士比亚的《麦克白》迫使任何想要透彻理解剧本的人——像剧作家自己一般理解剧本的人——竭尽所能，充分思考某些真正永恒的问题，这些问题本身引人入胜，在实践中又至关重要。莎士比亚或许最终提供了一些答案，但只有通过读者的自觉合作，这些答案才得以显现。而读者必须首先意识到这些问题，并明白为什么它们是问题，以及为什么它们值得人付出时间。

莎士比亚以自己的方式，把人们带回政治哲学诞生之初就有的古老观念,[111] 这个观念集中表现在牛虻苏格拉底身上,他是那有翼的精灵,天定要叮咬雅典及后世,让人保持清醒(《申辩》30e)。我们人类和其他具象存在一样,需要睡眠来修复身心。医生说得没错:"这是心理上的一种重大的纷乱,一方面介于睡眠的状态,一方面还能像醒着一般做事!"但由于"慷慨的自然"赐给我们理性,因此,在所有造物中,我们若仅仅"睡眠不安"、梦游着走过人生——更不用说"像死猪一样睡去"——我们将绝无可能实现自己特定的自然。要想完全地活着,我们必须完全清醒,完全自知我们的言行,摆脱黑夜般的白日(2.4.5-10),走进真正的白昼,这个白昼的"太阳"不会被乌烟瘴气遮蔽。鉴于问题唤醒并激活人而答案使人昏睡,莎士比亚小心翼翼,绝不过度说教。但他很少像牛虻那般粗鲁。他更像白马王子,一吻将人唤醒。

第三章 发现自然:《李尔王》中的 政治与哲学

φυσις κρυπτεσϑαι φιλει. 「自然喜爱隐藏」

——赫拉克利特

[112]《李尔王》无疑是被人误读最深的莎剧之一。多数误读始于错判了剧中所描绘的君主。人们通常承认李尔具有(或曾具有)令人钦佩甚至惹人喜爱的品质,但又认为他给人的主要印象是,他是个混合了多重品性的老人:自命不凡、鲁莽轻率、反复无常、翻云覆雨、自我中心、飞扬跋扈、顽固不化、自我放纵、变幻无常、性情暴躁、性烈如火——因而愚蠢透顶,除了与生俱来及后天养成的性格缺陷外,他还像典型的耄耋之人般异想天开、牢骚满腹。这番印象缘于其开场的行为、对开场引发的后果的后续反应,还有他人的评价,而其自我评价尤其进一步强化了这番印象。

既然众口一词,兼有戏剧证据相佐,那如何才能反驳这个观点?更重要的是,为什么要反驳呢?难道李尔不是一怒之下,剥夺了最爱的女儿的继承权,就因为女儿不愿逢迎他的虚荣?分割了统一和平的王国,以致招来内战及外敌入侵?而后以死相逼,驱逐了最忠心耿耿、值得信赖的谏臣,就因为后者直言不讳——并理由充分地——反对其眼中"可怕的鲁莽"及"愚蠢"?另外两个女儿私下评判李尔——虽然两人与这草率的进程利益相关,她们的见解仍吻合任何中立观众的看法——这些评判证实了对李尔最坏的猜想。长女高纳里尔认为，这最新的插曲不过进一步证明，年老的父亲"反复无常"，常判断失准。[113]妹妹里根也附和说，这表明"他年老昏聩"，还补充说"他向来就是这样喜怒无常"。高纳里尔继而附和说，"他年轻的时候性子就很暴躁"，并阴郁地警告，除了"积久成习的劣性"，她们现在还得应对"老年人刚愎自用的怪脾气"（1.1.287–298）。[1]

　　李尔自己最先提起他的年龄。尽管李尔从未承认年老使他刚愎自用或性情暴躁，但他确乎明确暗示，他的自然力量已大幅衰退："我已决定要使我的衰老之身摆脱一切世务的牵萦，把责任交卸给年轻力壮之人，好轻松地爬向死所。"（1.1.37–40）随着麻烦升级，李尔再三提起自己的高龄（例如2.4.188–191，3.2.19–24，3.4.20）。同样，高纳里尔和里根也利用每个机会，强调李尔年老昏聩又鲁莽大意（1.4.323–326，2.4.143–147，2.4.166–167，2.4.194–195，2.4.199）。

　　毋庸置疑，认为这位老王有诸多恶习的陈词滥调有几分真实。李尔的确表现得虚荣自负、缺乏耐心、性情暴躁。如果一个人精力充沛，习惯吹捧和顺从，那么别人对他唯命是从也就不出所料。但这些根深蒂固的缺陷，几乎与他起先的行为扯不上关系。事实上，他原先的行为表明，他是一名理性、负责、精明的政治家。[2]几乎所有人都对李尔有相反的印象，这绝不能归诸巧合。创造这个误人子弟的表象，必然是剧作家某种程度上的有意为之。因此，我不得不修正开场白，改作"《李尔王》无疑是被解读得最肤浅的莎剧之一"。不过，我的第二句话依然成立：流行的解读之所以肤浅，源自彻底错判了剧本同名人物。不过，我们必须承认，剧作家应对流行解读负主要责任，因为是莎士比亚使人们那么易于错判他那最年长、最伟大的君主。他为什么要这样做呢？他为什么如此狡猾，要为这位有哲人潜质的君主披上耄耋之衣，看似老态龙钟？任何恰切的解读，最终都必须面对这个问题。

即兴政治的危险

　　问题始于开场，其间李尔看似考虑欠周、不负责任、自我中心、天真幼稚。他有个令人难以置信的计划：要摆脱王权的牵萦，但不摆脱为王的特权。柯尔律治高度评价该剧，对某些人物也颇具洞见，他认为，可以"除去《李尔王》的开场，全剧毫发无损"，开场 [114] 只是"童话"，是"前置的大楼门廊，而非地基"。³很难有比柯尔律治错得更离谱的了；恰恰相反，要展开一部复杂但完美连贯的悲剧，可能没有任何开场比这个开场更至关重要了。鉴于开场颇为冗长，有不少似乎常被忽视的事件，或许概述一下表面的情节会大有裨益。

　　剧幕开启时，两位贵族正在交谈。从谈话看，他们似乎相当熟悉国王，知晓国王的惯常喜好，但现在似乎困惑不已，不知国王究竟更喜欢哪位贵族，是奥本尼（Albany）还是康华尔（Cornwall）公爵。谈话者之一，葛罗斯特伯爵，带着一位年轻人。伯爵用开玩笑的口吻，介绍这位年轻人是他的私生子爱德蒙（Edmund），并强调他对待这私生子与另一位婚生子一视同仁。他的朋友，肯特（Kent）伯爵，友好地欢迎这场介绍。

　　正当此时，国王驾到，随行的还有：他的两位已婚女儿——高纳里尔与里根，她们的夫婿（此前提及的奥本尼与康华尔），最小的女儿——仍待字闺中的考狄利娅（Cordelia）。国王先令葛罗斯特将法兰西王与勃艮第（Burgundy）公爵护送至这里。我们不久得知，两位是博取考狄利娅芳心的对手。在等待两位时，李尔开始解释这场聚会的"隐秘目的"。李尔用地图解释计划，他决定将统治的烦恼与责任卸给年轻力壮之人，因此，他已将国土三分，现在将作为嫁妆，公开赐给几个女儿。他仍在位时就这样安排，以避免未来的冲突。他还将借助这威严的场合决定考狄利娅的归属。至于哪位女儿（及女婿）得到最大、最富庶的国土，李尔提出，这将赐给最爱他的女儿。此外，这将取决于每位女儿当场能说什么，来说服李尔分配最好的土地。

长女高纳里尔被命令最先发言。高纳里尔宣称，她对父亲的爱无诉诸言语，爱他胜过所有贵重稀罕之物，超过生命，不曾有儿女这样爱过父亲。李尔似乎颇为满意，赐给她和奥本尼一份看起来颇为富饶的国土。李尔接着转向里根，后者自然试图超越姐姐，宣称（实际上）她只爱父亲，她的幸福只源自父亲的爱。同样，李尔显得称心如意，赐给里根及她的子孙"一块从我们这美好的王国中划分出来的三分之一的沃壤"，价值不亚于高纳里尔得到的土地。现在只剩下年幼的考狄利娅，李尔问道："你有些什么话，可以换到一份比你的两个姐姐更富庶的土地？"［115］姐姐们宣布她们的爱时，考狄利娅一直暗自焦虑，因为她不得不将对父亲的爱形诸言语。现在，她答道："父亲，我无话可说。"李尔显然大吃一惊，再三请求考狄利娅修正她的话，以免毁坏自己的命运。这只换得考狄利娅精确地声明：她依义务爱父亲。接着她雄辩地抨击姐姐们的华丽宣言。这番言辞不讨国王喜欢。一旦李尔确信考狄利娅的话发自内心，他就宣布断绝父女关系，剥夺了考狄利娅的继承权。

这促使肯特竭力干预，但李尔最严厉地回绝了肯特，承认他对考狄利娅既大为光火，又失望不已；他最爱考狄利娅，本想退位后与考狄利娅和她的丈夫同住。他鲁莽地召见法兰西王与勃艮第公爵，并让康华尔与奥本尼平分剩下的三分之一国土。他将按月在两个公爵间轮流居住，两位公爵负责供养李尔及一百名骑士。他为自己保留国王的名义及尊号，但将其他一切权力、国库收入与大小事务转交给两位女婿。肯特再度试图干预，并首先提醒李尔，自己素来对其忠心耿耿，但李尔再次警告肯特闭嘴。这一次，肯特拒绝闭嘴，坚称自己的义务是在"有权有位的人向诸媚者低头"，"君王不顾自己的尊严，干下了愚蠢的事情"时直言极谏。肯特的抗议与国王的怒火均不断升级，以致李尔几近要揍肯特。肯特对威胁无动于衷，敦促李尔撤销先前的决定。这番提议在李尔统治期间前所未有，于是李尔勃然大怒，放逐了肯特，后者遵命道别。

这时，葛罗斯特归来，带着法兰西王与勃艮第公爵。李尔先问勃艮第，他至少需要多少嫁妆来维系对考狄利娅的"追求"。勃艮第自然困惑不已，答曰他别无所求，只需依照原先答应的数目。李尔告诉勃艮第，"她的价格已经跌落了"，现在她的嫁妆仅剩国王的憎恨。勃艮第大为讶异，尽可能礼貌地表示，这等嫁奁无法成为现实的选择。李尔以为这是拒绝考狄利娅，于是转向法兰西王，但并非将考狄利娅赐给法兰西王，而是向他解释为何接收考狄利娅不甚合适，并建议他"另觅佳偶"。但法兰西王试图一探究竟，弄清李尔为何对最爱的女儿骤然变心：他难以相信考狄利娅会做出什么"罪大恶极"的事，以致理应遭受这等惩罚。这促使考狄利娅恳请父亲澄清，李尔厌恶她并非出于任何丑恶的污点，而只是因为她不具逢迎之能事，而她很高兴自己没有这番本领。国王不予肯定，但法兰西王显然对考狄利娅的陈词颇为满意。确认［116］勃艮第放弃考狄利娅后，法兰西王将考狄利娅占为己有。李尔允许法兰西王带走考狄利娅，举止显然有失体面，他还再次断绝父女关系，接着与勃艮第并大多数廷臣退场。

于是，考狄利娅与姐姐们告别，她几乎不加掩饰地暗示她不信任姐姐们，因而担心父亲的幸福，因为父亲现在被托付给她们令人怀疑的爱。高纳里尔与里根友好但坚决地表示，考狄利娅不应多管闲事。在法兰西王的请求下，考狄利娅与其一道离场。现在，只剩下高纳里尔与里根来消化刚发生的事：高纳里尔率先批评父亲，怀疑他将成为棘手的负担；里根欣然同意，附和称她们必须进一步商讨，定下一套共同方案，保护新近获得的利益。

依据我们看到的场景，两位长女对李尔的诊断似乎颇有道理。我们可以推测，她们的评论基于观察父亲并与父亲相处的大量经验。李尔的确显得虚荣自负，因而喜好奉承、厌烦批评、专横易怒、行动轻率。事实上，一些批评家认为，李尔的行为更像娇生惯养的儿童，而非明智威严的国君。李尔分割国土，显得极为不负责任。首先，分割国土本身极不可靠。其次，他让实际的分割过程取决于哪位女儿能即兴创作最谄媚的爱之宣言——认为这标识"美德"（1.1.52）——这即便不荒谬可笑，也是极端自私的。即便最无私奉献的朝臣、永远忠心耿耿的肯特，也在此指责李尔"丑恶的鲁莽"，说他向空洞的"谄媚"低头，"愚昧无知"，言行举止近似"疯狂"（1.1.145–150）。如此观之，李尔似乎不大能经受真正高贵的苦难。也许可以认为，李尔更适于闹剧，而非悲剧。若忽略其间不合理的感伤情愫（当然，大多数人不会忽略这种情愫），李尔的故事应隶属于"皇帝的新衣"之流，而非跻身《麦克白》《哈姆雷特》或《裘力斯·凯撒》之列。

不过，那位言谈耿直、勇敢无畏、诚实得近乎无情的肯特，应让我们在评价李尔时有所犹豫。是什么使得肯特认为，他可以并应对国王那样直言不讳？他是不是可能已惯于直言不讳，尽管从前较为彬彬有礼？无论如何，他已莫名相信，或被引导着相信，这是他的"义务"（1.1.146）。但同样显而易见的是，肯特不认为他刚见证的情况是李尔的常态。恰恰相反：他认为这次需要用前所未有的"坦诚"及坚持，作出非同寻常的抗议，他的荣誉使他有义务这般抗议（1.1.148，1.1.164–165）。并非这类行为换得了肯特的无私奉献，以致肯特可信地宣称"尊严的李尔，我一向敬重您像敬重我的君王，爱您像爱我的 [117] 父亲，跟随您像跟随我的主人，在我的祈祷之中，我总把您当作我的伟大恩主"——事实上，肯特发誓，他随时愿意不惜生命代价保障李尔的"安全"（1.1.138–141，1.1.154–156）。肯特随后乔装打扮服侍李尔时依旧直言不讳，并引以为豪，这多次证实了他此处的公开宣言所言不虚。肯特不具考狄利娅嗤之以鼻的"善于逢迎的舌头"（1.1.223）。有肯特这样的人作宠臣，说明国王有何等特点？同样，后续事件表明，葛罗斯特——李尔的另一位爱臣——的忠心也不容小觑（参见3.3.17-19）。葛罗斯特也认为国王这次不同以往："国王昨晚就走了！他的权力全部交出，依靠女儿过活！这些事情都在匆促中决定，不曾经过丝毫的考虑"（1.2.23-26）；"忠心的肯特又被放逐了！他的罪名是正直！怪事，怪事"（1.2.113-114）。事实上，事情如此蹊跷，葛罗斯特只得诉诸反常的天体影响："最近这些日食月食。"（1.2.100-108）

那么，李尔是否真是虚荣自负的老头，喜爱有谄媚之徒环绕，面对批评不仅充耳不闻，还暴躁易怒？想想李尔把谁当作"肆无忌惮的傻瓜"：一位聪明的讽刺家，显然和肯特一样，对国王忠心不二（李尔后来报答了傻瓜的情谊；参见3.2.68-73）。李尔行为的恶果远未开始积累，傻瓜即对李尔无情批评（在我看来，这些批评令人难以忍受），但李尔从未抗议。事实上，李尔唯有一次断然表示要规诫傻瓜。彼时，傻瓜请求："老伯伯，你去请一位先生来，教教你的傻瓜怎样说谎吧：我很想学学说谎。"——对此，李尔答道："要是你说了谎，小子，我就用鞭子抽你。"（1.4.175-177；比较1.4.108）那么，所有人（尤其是姐姐们；1.1.289；比较1.1.212-215）眼中李尔最爱的女儿，那个他原准备与之度过残年的女儿，有什么最显著的特点呢？我们应追问：考狄利娅轻视虚伪及"一双献媚求恩的眼睛"，从何而来？要是李尔的确吻合其在开场给被动观察者留下的印象，像考狄利娅一般品性的人能如此深爱父王吗，正如她的行为显然能证明的那样？从李尔喜爱的同伴（肯特和傻瓜与考狄利娅的特殊关系似乎表明，他们是同一类人；1.1.150-153，1.4.69-72，2.2.161-164，3.1.46-48）来看，李尔绝非喜爱谄媚的傻瓜，而是显然偏好忠诚耿直之士，因深明事理且审慎统治，已多年声名在外。

那么，这回是什么使李尔做出熟悉他的人，包括所有我们最赞赏有加的人眼中的反常行为？李尔是否在改变，作为年老的自然后果——更准确地说，李尔性情变坏了，变得有"怪脾气"，错误百出、冲动易怒、牢骚满腹，大致如长女和次女所言？诚然，她们是充满偏见的评判者,会尽可能[118]抹黑父亲。我们很快得知,她们压根不爱父亲,而是憎恨、鄙视父亲。两人并非李尔所钟爱的孩子,李尔又日理万机,所以她们可能实际上不熟悉李尔,只是大致了解李尔(这在皇子中不罕见)。此外,两人已成婚,不时会远离朝廷,与丈夫同住。但李尔自己常念及自己的年龄,这或许使这两位女儿的分析更可信。同样不容置疑的是,李尔相当清楚他已今非昔比。但要是李尔仍能在八十高龄(4.7.61)单枪匹马杀死一位雇佣兵,而且想必还是赤手空拳(因为李尔没有武装),那他当年又该是何等人物呢?老国王(并非军官)抱着考狄利娅的尸体时,在那一场陪同李尔的军官完全可以不无惊叹地证实这番壮举:"殿下,他真的把他杀死了。"李尔答道:"我不是把他杀死了吗,汉子?从前我一举起我的宝刀,就可以叫他们吓得抱头鼠窜,现在年纪老啦。"(5.3.274-276)

李尔可能已经从其自然伟大的顶点衰退,并且是大幅衰退;他可能自觉已仅剩一寸昔日的荣光。肯特与葛罗斯特等人仍留存的印象("权威"的形象;1.4.27-30),可能基于盛年的李尔——但那该是怎样的盛年:获取并统治整个大不列颠达数十年之久,带来了和平盛世,最强大的邻国也来联姻,还能做出开场证明其能做的事——如果我们能正确地理解开场的话。

要理解李尔想实现的目的,需要一段简短的题外话。如果所有伟大的政治哲人似乎均在一点上同意马基雅维利,那便是:最艰难的政治任务,因此也是需要最高政治才能的政治任务,并非建立稳定正当的政体(尽管这困难重重),而是维系这个政体。换言之,唯有能延续自身的政体——在建立者离世后仍能存续,而非建立者一死即分崩离析——才真正优良,能证明建立者是最杰出的政治家。因此,马基雅维利谈及最有能力的君主时,提到居鲁士(Cyrus)、忒修斯(Theseus)、罗穆卢斯(Romulus)与摩西(Moses)。他们分别是波斯、雅典、罗马及以色列的建国者，而这些都是有恒久影响力的政体或国家（《君主论》第六章，第2-3段）。在《王制》中，柏拉图让苏格拉底将如下这事定为他们"在言辞（logos）中"创立的城邦里统治者的第一要务：培养继任者。苏格拉底提出的解决方案可能颇具喜剧色彩（这是有意为之：要求统治者如配种动物般繁衍哲人王）（比较《王制》412a，459a及以下），但问题真实存在：如何确保政权有序、平稳、可靠地移交给品性堪当大任的继任者。霍布斯也意识到这是君主制的最大难题，[119] 当然历史——不仅是莎士比亚描绘的那段英国历史——证明，霍布斯所言不差（《利维坦》，第十九章，最后六段）。剧幕开启时，李尔正面对这个问题。

剧本反复强调，李尔年事已高，由此带来一个最重要的实际后果：他无法继续搁置这个问题。若悬而不决，这几乎势必会引发他试图规避的"未来的冲突"（事实证明，这种危险太过真实）。尽管相对于这把年纪而言，李尔异常强健（例如，他仍与骑士们打猎；1.3.8）——因此，他自称年老体衰，仿佛就要"爬向死所"，可能是出于修辞的需要——但事实是，每过一天，李尔即有更大可能驾崩。鉴于没有儿子承接政务，只有三个女儿承欢膝下，李尔打算如何确保自己的政治成就不随着自己消亡？李尔的计划是什么？

最先要解决的难题，关乎所谓爱的考验——考验的真实目的是什么，因为其目的显然并非李尔所谎称的用意。剧本最初几个词提醒我们，李尔在掩人耳目（不过只有重读开场，才能理解这些语词的意义）：

> 肯　特
>> 我想王上对于奥本尼公爵，比对于康华尔公爵更有好感。
>
> 葛罗斯特
>> 我们一向都觉得是这样；可是这次划分国土的时候，
>> 却看不出他对这两位公爵有什么偏心；

因为他分配得那么平均，无论他们怎样斤斤较量，
都不能说对方比自己占了便宜。

　　国王的这两位爱臣知晓部分计划，但只是部分计划。他们知道
李尔打算三分国土，还知道哪份国土将归属奥本尼（因而也将顺带
归属高纳里尔），哪份将归属康华尔（与里根），哪份将留给考狄利
娅及最后成为其夫婿的任何人——尽管他们也很有可能，甚至几乎
必然知道这位夫婿是谁。他们略感诧异，奥本尼没有比康华尔得到
更多国土，因为国王似乎一直更喜爱奥本尼（鉴于我们后来看到的
两位公爵迥异的性格，国王也理应更喜爱奥本尼）。不过，国王始终
极尽公平地对待两位公爵：仅凭两人分得的国土，看不出国王偏向
谁。肯特与葛罗斯特的评价，吻合国王分给里根土地时自己的说法：
"这一块从我们这美好的王国忠划分出来的三分之一的沃壤，与高纳
里尔得到的一份同样广大、同样富庶，也同样佳美。"（1.1.79–81）
依据已知的计划（他们也许见过划有分割线的地图），肯特与葛罗斯
特都没有些许不安，交谈轻松地转向一位年轻人，这人将 [120] 引
发另一串密切相连的事件：葛罗斯特的私生子爱德蒙。尤其值得注
意的是，两人毫不担忧国土分裂——即原先计划的国土分裂。他们
为何不担忧呢? 难道不是因为，他们知道这不会带来"分裂"? [4]
　　不过，不只这两人知晓国王的心思，勃艮第公爵也心知肚明。
因此，当被问及娶走考狄利娅至少需要多少嫁妆时，勃艮第惊讶地
答道："陛下，照着您已答应的数目，我就很满足了；想来您也不会
吝惜的。"（1.1.190–194）不久，他又补充道："尊严的李尔，只要
把您原来已经允许过的那一份嫁奁给我，我现在就可以使考狄利娅
成为勃艮第公爵的夫人。"（1.1.240–243）可想而知，李尔与勃艮第
已就联姻的细节达成一致。显然，公爵是李尔的首选，公爵已具体
知晓考狄利娅将分得的国土，并心满意足，正如李尔对勃艮第也颇
为满意。相反，法兰西王起先不知李尔的意图（尽管其无疑足够敏

锐，能从考狄利娅不合作行为留下的混乱场面揣测出部分计划）。当
然，示爱比赛本身的实际操作表明，李尔无意用其来决定国土归属。
李尔没有等三位女儿都发完言以后，才将"最大的恩惠"赐给他声
称已让他信服其为最有爱心的女儿。相反，两位长女各自一发完言，
李尔就赐给她们国土。李尔为什么要这样做呢，为什么不更好地维
持考验的表象，使其成为他宣称的考验呢（这显然最为容易）？这个
难题必须得到解决。

既然重读开场可以澄清，爱的考验绝非李尔所假装的模样，它
究竟有何目的？[5]要想知道爱的考验在李尔计划中的位置，我们必须
做一番猜想，也就是说，应尝试全盘考虑剧作家呈现的政治难题。
李尔统治统一的大不列颠，希望将国家交给继任者。但李尔是怎样
统治的呢？显然，不是单枪匹马，而是借助忠诚下属组成的统治集
团，他们借由个人效忠及裙带关系组成的网络，有效地管理他们的
领地（参见2.1.110-116）。其中最强大的两位下属显然是奥本尼与康
华尔，两人的名字可能暗示各自的封地：前者是苏格兰与北英格兰
的领主，后者是从前名叫威塞克斯（Wessex）（英格兰的西南部，幅
员辽阔，管辖葛罗斯特伯爵的封地；注意2.1.57-59）[6]一地的领主。
无疑，国王安排了两位长女的婚事（正如他打算安排考狄利娅的婚
事），并且实际上毫无疑问，国王选择驸马时，高度重视地缘政治
（正如考狄利娅的情形）。通过这些政治联姻，动乱的北方与遥远的
西南部［121］均能与强大的中部相连，中部是最广阔、最富饶的国
土，是李尔亲自施展威权的地方。

问题是，李尔迟早会离开人世。李尔试图交接的是他自己实际
做出的政治安排。因此，李尔"赐给"奥本尼与康华尔他们已有效
控制的国土，而将中心国土留给考狄利娅与李尔选定的夫婿。李尔
保留国王的名号与特权，而将实际的政务管理交予三位女婿，这样
他就能继续住在国家中央，若有任何需要，他可以在那儿继续审慎
地管理各种国务——尤为重要的是，辅佐考狄利娅的丈夫，使其地

位稳固,成为自己的继任者(1.1.122-123)。事实上,李尔越高寿,这个新政局就越合法。他之所以没有放弃国王的名号,正是因为他能在将来赏赐这个名号(尽管他也许会立下遗嘱,以免自己猝然辞世)。同时,所有女婿都有望被选作继任者,这将促使他们都有最好的表现。

考狄利娅的婚事是整个计划中最后有待拼入的一块拼图。她的两位求婚者,法兰西王与勃艮第公爵,不仅如李尔所言,是"我们小女儿爱情的了不起的竞争者",他们本身就是了不起的竞争者。我们得知,他们"为了求婚而住在我们宫廷里,已经有好多时候了"(1.1.45-46)。令人怀疑的是,并非考狄利娅从中阻挠此事。李尔在评估,不是估量孰优孰劣,而是估量勃艮第是否够格。因为尽管李尔至少得表面上考虑法兰西王(这重表象给勃艮第施加了额外的压力),否则法兰西王会受冒犯,但他几乎无疑毫无胜算,原因很简单:不能指望法兰西王在李尔的计划中演好角色。法兰西王本身已是国王,不会离开法国住到大不列颠中央,成为恭顺的儿子,在固执己见、苛求不断的李尔手下实习(我们必须记住,在他漫长的"爱情逗留"中,法兰西王已有足够的机会评价李尔及与其同住的场景——国王后来吵吵闹闹回到奥本尼与高纳里尔"庄严的御邸"时,我们也得到了一个样本;1.4.8-92)。此外,任何法兰西王统治的英国国土,甚至是法兰西王可能得到的英国全境,都会被视作法兰西的附庸。

我们必须推测,李尔对自己的国家十分了解,知道英国要是由一位不在国内的国王统治,必不能保持统一,长治久安。相反,对一个只是公爵的人而言,有望成为国君极具诱惑,几年俯首称臣不过是小之又小的代价。[7]勃艮第公爵与法兰西王的现有对立会被强化,新得的英国国土会增强勃艮第的力量,因而勃艮第会悉心守护英国的利益。那时,勃艮第公国将成为英国的附庸,必要时提供坚实的大陆基地,用以攻打[122]法兰西。由此,法兰西会更愿意与英国和平共处（这番情形正如亨利二世治下的金雀花王朝，或爱德华三世全盛时期的英国）。只要勃艮第公爵足够理智，能胜任王位，他是唯一人选。显然，李尔已相信，勃艮第确乎足够理性，而我们见到其做出的那一个政治行为——拒绝没有嫁奁的考狄利娅，证明了李尔判断无误。

法兰西王接住仿佛是弹回的考狄利娅，也并非说明他是傻瓜。他想必发现，急剧变化的形势正提供了李尔原计划拒绝给自己的机会。法兰西王已清楚，老国王在寻求联盟暗中对抗法兰西。因此，他不会因李尔即兴劝阻（"至于您，伟大的国王，为了重视你、我的友谊，我断不愿把一个我所憎恶的人匹配给您；所以请您还是另觅佳偶吧"；1.1.207–210）而改变心意。他不顾这番暗中警告，拾起"被抛在一边的"（1.1.252）考狄利娅。于是，法兰西王对李尔伤害愈甚，而他此前质问李尔对考狄利娅的"深恩厚爱"是否真诚，就隐含羞辱。不出意外，两人在"盛怒"中（1.2.23）各自离去。法兰西王意识到，李尔也许已竭尽言语之所能与考狄利娅断绝关系，但这并非不可变更。考狄利娅拥有皇族血脉，是皇室真正自然的女儿，生于合法的婚姻，这是无法改变的自然事实，众所周知。无论李尔让法律规定什么内容，这重身份始终具有某些意义（任何人只要知道英国几乎长达半世纪由一个女人统治，这女人尽管是国王和她母亲的婚生女儿，之后却被宣称为杂种，就能轻易理解这个事实；比较2.4.127–129）。可想而知，高纳里尔后来要设法处死考狄利娅也正是出于这个原因（5.3.251）。

因此，法兰西王握住"机运"向他丢来的东西，一番热烈浪漫——且饱含讽刺？——的华丽词藻（"最美丽的考狄利娅！你因为贫穷，所以是最富有的；你因为被遗弃，所以是最宝贵的"等；1.1.249–260）背后，可能是现实政治的冷酷计算。不出所料，不久，英国国土上就有了一支法兰西军队，据称是为了保护她"年老父亲的权利"，但同样可能是为了宣扬考狄利娅的权利（4.4.28；注意

3.1.27–29）。

但若虑及李尔原计划的语境,即能轻易发现"爱的考验"的实际目的。这是为了让高纳里尔与里根做出尽可能强烈的公众宣言,以示对李尔及其意志忠心耿耿。诚然,在爱的承诺是政治生活例行部分的社会,在各种场合都要表达并恰当给出爱的承诺的社会,这个概念不足为奇。几乎哪里有宫廷,竞争对手间争相表达爱、忠诚与无私奉献即是宫廷生活的共同特点。女儿们宣誓永远效忠,是为了加强并重申忠诚的誓言,这些誓言想来 [123] 已约束了她们的夫婿。这类承诺算不上钢铁之箍,但也并非无足轻重——在封建社会尤为如此,因为在封建社会,违背对上级的诺言,会使下级面对口头承诺时如法炮制,并使自己将来的一切事业失去信用。因此,通常政治尤其是封建政治之所以高度强调"信誉"与"正直",有其实际而功利的缘由。封建政制中,所有那些重要政治人物的行为都受道德准则约束,正如也受法律制约;很大程度上,这种政治生活方式的结构反而非常坚固,堪比众目睽睽下一言九鼎的私人承诺。就此而言,地位至高的国君必须以身作则——因此,肯特坚持让李尔"撤销"他刚刚在这庄严场合(恐怕是李尔漫长且卓越的统治生涯中最重要的场合)当众做出的承诺,李尔勃然大怒:

> 听着,逆贼!
> 你给我按照做臣子的道理,好生听着!
> 你想要煽动我毁弃我的不容更改的誓言,
> 凭着你的不法的跋扈,对我的命令和权力妄加阻挠,
> 这一种目无君上的态度,使我忍无可忍;
> 为了维持王命的尊严,不能不给你应得的处分。
> 我现在宽容你五天的时间……
> ……去!凭着朱庇特发誓,
> 这一个判决是无可改移的。(1.1.165–178)

诚然，这并不意味着誓言、保证、许诺及誓约永远不能违背，但理由必须充分，否则人的信用会令人怀疑。任何人只要不是天生的傻瓜，就知道这些理由可能不过是借口。这意味着，一个人据称的理由会受到与其名望相称的怀疑，而这些理由必须能禁受他人的任何审视，否则人的荣誉——及其未来的有效性——就要遭殃。[8]

了解这一点后，我们即能发现，李尔突然将什么告知不明真相的女儿们。至关重要的是，女儿们不能事先知道李尔将质问的内容，这样她们便不能悉心备下周密因而也是狡猾的回答：那些演讲不只是完美的修辞套话，还运用机巧、模糊的语言，掺杂巧妙掩藏的漏洞及免责条款——这类东西是外交家的拿手好戏。[124]李尔要想确保女儿们事先对他的心思一无所知，就不得将计划的这个特点透露给任何人。[9]于是，女儿们必须即兴发言，不晓得李尔是否真有这番他宣布的意图，即依据这自我中心的德性概念赏赐她们"最大的恩惠"（鉴于长女、次女认为暮年的李尔反复无常，李尔的这个意图也更可信）。

因此，她们仅有的审慎方案是，竭尽全力告诉李尔她们认为李尔想听的话。也就是说，计划实行的前提是两位女儿都确乎渴望得到最广袤、最富饶的土地，而我们必须认可李尔足够了解这两位女儿，知道两人会不出所料。（李尔当然不知她们何其卑鄙，但也不轻信她们的品性；毕竟，他最爱考狄利娅。）即便高纳里尔已发过言并立刻得到了属于她的国土，里根也无从确定这场比赛是否真实；里根可以看见，最好的国土仍未赏赐出去，因此，它仍可能被赐给说出李尔想听的话的女儿。

于是，高纳里尔与里根均扮演了李尔期望的角色。既然两人已当众宣布李尔是她们的全部，如果她们中任何一位对李尔的任何赏赐有些许不满，或抗议李尔做的或想做的其他任何事，这都——至少——会令人难堪。两人天花乱坠的宣言，作为实践中的最低限度，理应能确保她们会履行寻常的孝顺义务，尤其是考虑到李尔希望继续住在政权中心,与他最喜爱、最信任的女儿同住。

但正是在至爱考狄利娅身上,事情出了差错。李尔的计划中,那看似太明白易懂,完全不成问题,于是最不加思量的部分,引发了一场政治危机,其结局使一切转向了新的方向,远非李尔称心如意的方向。重读剧本时,若要挑出李尔犯下的一个关键错误,那就是李尔不曾私下约见考狄利娅,告知她必须扮演的角色。李尔为什么不这样做呢?

首先,这似乎毫无必要。事实上,考狄利娅还不如全然单纯地扮演她的角色,因为她的“角色”就是做她自己。李尔确信,考狄利娅是真正最爱他的人。李尔对她的所有要求,就是她能说真话。还有什么更轻而易举,更令人愉快呢?李尔既不需要也不期望考狄利娅超越姐姐们的夸夸其谈,只希望她能如实表达真情实感,当众宣布她私下里暗示了上千遍的爱。

另一更重要的理由是,“爱的考验”必须保密,尤其必须对高纳里尔与里根保密,如果依李尔计划之所需,这两人要不由自主,言不由衷。最佳情况是无人确切知道竞赛是一场骗局,因为看出是骗局会削弱“骗出来的”任何宣言的道德力量。如果李尔被认为安排竞赛诚意不足,那么他便准许了女儿们以同等态度参与竞赛(这可以用作出尔反尔的口实)。[125]鉴于考狄利娅正直、诚实,对荣誉引以为豪,难道她就不会退避三舍,不愿参与她从头就知道的骗局?如果考狄利娅事先知情,忧虑不安,难道不会在言语或手势上给姐姐们些许暗示,即便是无意之间?

李尔相信,他很了解最爱的女儿。他认为考狄利娅与自己精神上惺惺相惜,而不仅在身体上血脉相连。李尔熟知考狄利娅的诚实与骄傲,事实上,他可能一手栽培了这两种品性。不过,李尔猜测,鉴于考狄利娅聪慧过人,她会将看见的事视作李尔的爱意正在自己眼前展开,因而做出应有的回应。但在这点上,李尔未能充分预料考狄利娅在政治上的稚嫩,也未充分料到要学会“政治地思考”时所自然涉及的困难。

长久以来，李尔"从头到脚都是君王"，其角色的政治要求是第二天性。在公众场合，其行为必须些许不同于私下在密友间的行为，这不会让他感到失调。李尔自动适应环境的任何需要。李尔自身热爱真实、偏好诚实，但这早已能容纳一个事实：履行公众职责需要适量的虚伪与伪装，即便不需要赤裸裸的谎言（比较《王制》382c-d，414bc-d，414b及以下）。愿意将共同善置于个人喜好之上，是李尔政治德性的基本特征。数十年来，李尔不遗余力（如果真有努力）地区分对他的两类尊敬，一类基于其是伟大的国君，另一类基于更私人的原因（对自己的感情，钦佩自己的德性与成就，抑或对得到的恩赐感恩戴德）。质言之，李尔理所当然地对待政治生活的大部分行为。

不过，李尔与考狄利娅的关系基础无疑是在私下建立的，仅关乎私人事务。除非考狄利娅兴趣截然相反——而我们没有这类证据，倒有一些相反的证据——否则，几乎没有理由要教给考狄利娅政治实践中冷酷无情、了无生趣、令人愈发粗糙的必要事物。[10]也许，李尔之所以如此喜爱他们的关系，正是因为他借此得以暂时从枯燥乏味，有时还令人不快的日常管理中脱身，暂居一个更纯洁、更吻合自己天性的王国。考狄利娅显然聪颖过人、善于思考、长于表达，又体贴入微、充满爱意。难怪李尔喜欢与考狄利娅相处，能全天与其相处应是李尔中意的退休方式。

然而，两人的交往限于这更高的层次，考狄利娅目前仅对自己的正直负责，因此，与德性低劣的人相处有时会涉及的真相尚未玷污她纯洁的人生观。考狄利娅当然知道，有这么些人；但无论他们何其下流无耻、自私自利、诡计多端、不守信用、怯懦无能、欺世盗名或背信弃义，她还从未需要承认，这些人使她有理由调整自己的原则，或妥协自己的荣誉感。[126]也就是说，她还从未需要政治地思考——去理解什么是政治所需，为什么应尊重这些政治中不可避免的事物——而后据此行事。

　　既然考狄利娅是位年轻的未婚女性，也许还不过是个小姑娘，她也就鲜有或没有要扮演的政治角色。事实上，这可能是她第一次需要在大庭广众下做件意义深远的事。几乎任何人身处考狄利娅的情形，都会感到害羞——突然冷不防地被要求在社会上最有威望的人面前做一番公众演讲，演讲涉及至关重要的事宜，而且她还要与更年长、更有经验的发言者同台竞技——但养在深闺的年轻女性尤为如此。这正是李尔，早就习惯了公众生活的李尔，显然失察的地方。李尔想当然地以为，轮到考狄利娅发言时，他的用意已一清二楚，一如他脸上双眼间的鼻子；毕竟，只剩最后一块国土，最广袤、最富饶的国土，而这是留给她的国土。李尔不惜些许牺牲比赛的可信度，正是为了在这个时候让考狄利娅了然他的真实意图。考狄利娅只需用足够充实的辞藻表达自己的爱，让李尔能宣布她是"赢家"——只需给李尔一些东西，让他能有理有据地说："就是这个！这就是我一直想听到的话！"考狄利娅的"无话可说"，正是不奏效的话。李尔相信，这对傻瓜也明白无误。事实上，若要一心颠覆李尔的计划，几乎难以找到比那更好的回答。

　　但是，姐姐们说话时考狄利娅的独白表明，考狄利娅全神贯注于自己当下的感受；她没有问自己这里发生了什么，父亲在做什么，以及所有这一切有何意义。她在聆听姐姐们的发言，完全忽视了眼前发生的事。可以想象，姐姐们的阿谀奉承对考狄利娅骄傲而年轻的灵魂造成了怎样的影响：高纳里尔的虚情假意令人作呕，里根的一派胡言更是有过之而无不及。在这场可耻的竞技里，考狄利娅无法胜出，更确切地说，考狄利娅无意竞技。考狄利娅也未曾暗示她十分在意能否得到"最大的恩惠"，但她确乎认真对待爱的宣言。因此，轮到考狄利娅时，她实际上弃权了比赛。

　　不过，我们必须问，考狄利娅为什么不在这个场合更努力地取悦父亲？即便她不知道在李尔看来任何有她那样的智力的人都应明白的事物（因而事实上不能理解她的行为造成的政治灾难），她也几乎不可能不知道国王不满意她的回答。李尔或许起先只当作玩笑话，说"没有只能换到没有"，请她"重新说过"。但这只换得考狄利娅讲出一句套话，它更适合某位［127］逻辑缜密的律师，而非深情的爱人（"我爱您只是按照我的名分，一分不多，一分不少"；1.1.91–92）。[11] 李尔的反应愈发强烈，但只是略有微词："怎么，考狄利娅！把你的话修正修正，否则你要毁坏你自己的命运了。"在这个关键时刻，考狄利娅不可能不知道自己采取的策略是否令人满意；国王几乎在恳求考狄利娅依照他的暗示回答。但考狄利娅非但没有对演说做任何修改，反倒还继续用最简洁、最冷酷的辞藻表达她的爱：

> 父亲，
> 您生下我来，把我教养成人，爱惜我、厚待我；
> 我受到您这样的恩德，只有恪尽我的责任，
> 服从您、爱您、敬重您。（1.1.94–97）

考狄利娅实际上在说："爱您是我的责任，因此我爱您。"可以认为，这样的爱虽聊胜于无，但很难让人完全满意。也正是考狄利娅表达这句宣言的方式，使宣言的其他部分也令人生疑：这般表达敬重父亲不令人信服，可被视作公然的叛逆（正如高纳里尔之后告诉考狄利娅："你自己忤逆不孝，今天空手跟了丈夫去也是活该。"1.1.277–278）。考狄利娅在此言语的质量，应与她在别处的言语相比，例如她感谢肯特拯救了她深爱的父亲（"好肯特啊！我怎么能够报答你这一番苦心好意呢！就是粉身碎骨，也不能抵偿你的大德"；4.7.1–3），又如她控告姐姐们残忍无情（1.1.30–42；同时参见4.4.1–20）。即便在这一场合，考狄利娅生硬套话后的发言也证明，要

是合乎她的目的，她也是能慷慨陈词的，尽管她先前坚称自己恰恰相反（"我只是个笨拙的人，不会把我的心涌上我的嘴里"）：

> 我的姐姐们要是用她们整个的心来爱您，
> 那么她们为什么要嫁人呢？要是我有一天快乐地出嫁了，
> 那接受我的忠诚誓约的丈夫，将要得到我的一半的爱、我
> 　的一半的关心与责任；
> 假如我只爱我的父亲，
> 我一定不会像我姐姐们一样再去嫁人的。（1.1.98–103）

考狄利娅未能迎合国王的计划，向国王表达她自己的爱，这实在糟糕透顶。现在，她还玷污了李尔无比巧妙地从姐姐们口中获取的宣言。仿佛李尔需要考狄利娅告诉他，姐姐们的宣言不真心实意似的！同样，李尔也不愿［128］有人这般唐突无礼，提醒自己不久他将不得不与另一个人分享最爱——对于这桩生活事实，李尔也许半带悔意，而考狄利娅倒"快乐地"心向往之。李尔想必惊讶不已，饱含痛苦，问道："你这些话果然是从心里说出来的吗？……年纪这样小，却这样没有良心吗？"考狄利娅崇高的（几乎可以说是高傲的）回答里，没有半句在安慰父亲、同情父亲："父亲，我年纪虽小，我的心却是忠实的。"

不过，问题是，考狄利娅为何行动如此固执？因为从剧本其他所有证据来看，我们知道考狄利娅深爱父亲。李尔错会了考狄利娅，他以为考狄利娅要比实际更理解自己的行为，因而他在考狄利娅的行为上看到了比其本意更多的恶意——事实上，若说考狄利娅有任何明确的目的，那无非是默默抗议父亲将自己置于尴尬的处境。考狄利娅大体从字面上理解李尔的竞赛，因而她受冒犯，大为光火，于是几乎只是象征性地参与其中。考狄利娅未能意识到，竞赛还事关更大的问题，事实上是君主问题。那么，要解释考狄利娅

的行为，可能只需留意她的骄傲，而正是同一种坚决的骄傲（讽刺地）激怒了李尔，尤其使李尔怒火冲天地训斥："让你的骄傲做你的嫁奁吧！"（1.1.128）之后，考狄利娅恳求指明自己的错误，这番恳求完全洋溢着骄傲，在父亲眼中，这只会使冒犯变本加厉：考狄利娅宁可高风亮节，鄙视奉承与乞求，也不要父亲的"恩泽与欢心"、父亲的"万千宠爱"；考狄利娅"高兴"自己吐不出取悦李尔的言辞（1.1.222–232）。[12]

　　人类的精神——愤怒与义愤的所在，也是其他感情的所在、勇敢与决心的源头——永远对自己的身份分外敏感。人类的精神见于自豪感、荣誉感、尊严感与自尊感，遇到任何可耻之事，人的精神就会受冒犯，痛苦万状，于是被要求做任何自视有辱身份的事时，一个人就会叛逆。因此，高尚的人不肯只是为了满足他人的虚荣而说谎、逢迎，虚情假意。肯特一般的人，在这方面与考狄利娅相近，会自豪自己能"老老实实传一个简单的口信"（1.4.33），他会与奥斯华尔德（Oswald）之流，那些阿谀奉承的侍臣划清界限（"这样一个奸诈的奴才，居然也让他佩起剑来"；2.2.69–70）。不过，一旦看到考狄利娅骄傲的"诚实"给李尔的计划酿成的后果——这个计划不仅事关李尔余生的幸福（李尔愿意放弃这余生的幸福；1.1.124），还关系到更为重要的事宜，即李尔统治的国家的长治久安——我们便容易理解，为什么李尔对考狄利娅大为恼火，因为李尔以为考狄利娅知道自己在做什么。这可能也使李尔对肯特不满，因为肯特当众支持考狄利娅。

　　考狄利娅使国王骑虎难下。如果考狄利娅真爱父亲甚于自己自负的骄傲，[129]她就不会也不可能这样对待父亲。李尔既然已用恰当的仪式，一心要用这特殊的方式分配国土，他就不得不进行到底，否则就会公开羞辱并疏远高纳里尔与里根，更重要的是，羞辱并疏远两人强大的夫婿，他们正在等待嫁奁。这两位女儿遵循游戏规则，尽职地表达了她们需要说的话。现在，她们不能被弃之不顾，不能显得上当受骗,她们及夫婿的好意不能显得受到轻视。此外,难道任何目睹高纳里尔与里根被当众羞辱的人,不会同情这两位女儿,认为两人之后对父亲的任何恶意都合乎情理,因而原谅她们未能尊敬李尔的意志? 由此,原本是最高超的政治谋略,却即将沦为最糟糕的政治混乱——这全是因为考狄利娅一意孤行、事实上愈发顽抗地固执己见,拒绝顺从亲爱的父亲的意愿,尽管她的拒绝顺从显而易见将带来惨淡的政治及个人后果(同样显而易见的是,她欣然合作将带来无尽的好处)。

相比当下的紧要关头,李尔对考狄利娅的要求少之又少,实际上几乎没有要求:只要如实表达她的深爱。李尔相信,考狄利娅真爱自己,她已私下里用各种方式表达了无数遍。或者说,到目前为止,李尔一直如是相信。我们被至爱之人伤害或背叛时,会感到最强烈的义愤,这种愤怒扭曲了李尔的判断力(比较亚里士多德《修辞学》第二卷第二章,15-16[1379b3-8]),现在李尔怀疑,自己是否一直在受人误导、被人欺骗。他将最好的国土留给考狄利娅,这使他对她的爱一目了然。这爱真正得到了回报吗? 考狄利娅拒绝给李尔他指望的东西,给李尔在其君主尊严许可之下向她恳求的东西,这番做法并非爱的行动。这至多只是骄傲、恶毒、自私的自我沉迷。考狄利娅身上是否有李尔从未见过的一面? 她会不会暗藏心机? 也许她不喜欢勃艮第公爵,至少不及喜欢法兰西王,后者能立即使她成为王后,带她逃离烦人老父的体制? 她就是这样决意破坏李尔的计划,不顾以不列颠的共同善为代价吗? 如果这是真相,考狄利娅的确会瞬时成为李尔及其心灵的路人(1.1.114)。

因此,考狄利娅在李尔眼中一落千丈,不仅从最爱的女儿降为最厌恶的女儿,还降为李尔所厌恶的忘恩负义者和伪君子,某个现在被揭穿(李尔误以为的)本性的人,不配得到李尔的任何恩惠。如果考狄利娅试图婚姻自主,那么不给考狄利娅任何嫁奁,使她实际上无人问津,便是李尔合适的报复(参见1.1.201-204)。等到李尔平息了怒火，有时间反思，从而记起其他应考量的情形时，他也许就会意识到考狄利娅的行为是出于彻底的无知，于是会修正对考狄利娅的判断。比起待在高纳里尔与里根手下的光景，[130] 他会将考狄利娅的顽固不化视作"再小不过的过错"，但这错在当时显得如此丑恶，以致"扭曲了我的天性，抽干了我心里的慈爱，把苦味的怨恨灌了进去"（1.4.264-268）。不过，在当时当地，考狄利娅的行为被彻底误解或许情有可原，这叫老国王——这位不习惯判断出错或意志受挫的老国王，变得怒火冲天。因为面对他精心准备的政治剧，考狄利娅做出了惊人的回应，这的确引发了一场危机，迫使他不得不面对四种不尽如人意的选择。

首先，李尔可以将原计划执行到底，但现在这么做的后果将大相径庭，完全不同于对计划的基本根据而言至关重要的那些后果。李尔已宣布，发言最有爱意的女儿将得到最富饶的土地，但他若接下来没有将这块土地赐给明显服从他心愿的女儿，而是给了他自己当众表示他认为回答不够格的女儿——事实上，所有人都能看出，这位女儿回答勉强，行为几乎有失礼节、大逆不道——那就只会使那些被当众视作卒子的人心生敌意。计划的目的是让王国的主要部分和睦相处，但现在若继续照原计划执行，则无疑会南辕北辙。

其次，国王可以做肯特后来恳求他做的事：撤销先前的所有决定，暂缓后续安排，休会而后重新斟酌最佳方案，因为情况突变，出乎意料。我们可以看到，实际面对这一提议时，李尔视之为极端恶劣——不仅因为这史无前例，还因为这样做的理由史无前例：这既有违李尔骄傲的"天性"，也有违他崇高的政治"地位"（1.1.169-170）。君王在有生之年为整个政体设定标准，甚至在百年后仍是继任者的标准。任何妥协其荣誉的做法都会削弱荣誉准则。君王的命令是律法，律法要保持一致，君王的意志必须始终如一（比较《圣经·但以理书》6：8-15）。此外，李尔没有充分的理由在此撤销决定，也就是说，无法在撤销决定的同时不得罪其他当局者，进而使形势雪上加霜。因为没有发生任何事，使李尔能合乎情理地放弃已宣布的意图；李尔也几乎不可能承认真实的原因：事情未按他隐秘的目的发展。反之，如果李尔给不出充分的理由，那么机密已泄，无力回天。接着还有附带的问题：如何应对考狄利娅两位强大的求婚者？能指望他们默默忍受再度延期吗？尤其是勃艮第公爵，是否应告诉他交易取消了呢？

李尔还可以偏离已宣布的意图，不再放弃一切 [131] "行政的大权、国库的收入和大小事务的处理"（1.1.48-49），他可以现在宣布，他已决定将最广袤、最富饶的土地留为己有。不过，这个选择也有明显的反对理由。这也等同于撤销其公开宣布的意愿，因为据李尔宣称，他之所以举行这场隆重的聚会，召集王国的主要权贵，是因为他已再三权衡，因而"决心摆脱一切世务的牵萦，把责任交卸给年轻力壮之人"（1.1.37-39）。与前述第二个选项相同，这也需要可信的理由，否则会损害与国内外势力的关系，而国家的长治久安必然基于这些关系。此外，这只能——被视作——是权宜之计。最终，李尔必须要么诉诸某种新版本的第一种选择（这意味着眼下似乎颇成问题的事：与考狄利娅和解）；而机密泄露后，我们很难看出，李尔如何才能继续执行原计划，而又不使另两位女儿及其丈夫心生怨恨。要么，李尔必须诉诸一种全新的安排，只让仍受宠的两位女儿留在局中。

这是危机中李尔的第四个选项，也是李尔选定的方案，他在危急关头即兴安排了一个替代计划。眼下所有选项中，李尔偶然发现的这个方案不过强在简单易行。这个方案需要在奥本尼与康华尔之间分割剩下的三分之一国土——最广袤、最富饶的国土。由此，本要作为南北公国间缓冲器的宝贵中心，现在成了纷争之地。国王没有划定界线，但即便划定界线，两边的国土也势必常年是兵家必争之地（正如历史上若没有中央强权镇压，英格兰的边界或"边界地带"总是纷争不断）。李尔仅有的防备，是打算按月轮流住在两个公国，仅由一百名武装骑士陪同。他将保留"国王的名义和所有尊号"（李尔以为，之后他还有权将其赐给任何证明最配得上的人），但签字让出"行政的大权、国库的收入和大小事务的处理"，交由女婿们管理，后者将用他们目前大幅增长的财富（1.1.131-137），维系李尔大体是象征性的宫廷。由此，李尔希望，由于他本人轮流居住，只要他还在世，他就能使国家紧密团结。李尔只能希望自己足够长寿，以便建立某种友好的合作关系或其他稳固的关系。鉴于眼下的安排既不拖累也不偏袒任何一位公爵或女儿，李尔推测，自己还能被视作至高的合法权威，因而公爵间若有任何纷争，他能作为中立的仲裁者。正是在这里，李尔未能区分尊敬其权力及尊敬其本身（这两者曾长久地融为一体），最终自己——还有大不列颠——彻底毁灭。[132] 签字放弃"威力、特权和一切君主的尊荣"（1.1.129-131）后，李尔很快就感到其间的差异。鉴于李尔的即兴计划有诸多弊端，不出所料，还不到几周，便有传闻"康华尔与奥本尼公爵间"（2.1.10-11）战争迫在眉睫，只是因为外敌入侵——试图渔翁得利，两位公爵得共同御敌，内战才暂且平息（3.1.18-29，4.2.56，5.1.29-31）。李尔的即兴计划极端不切实际，其精妙的象征见于据称要"证明"这个计划的举动：两位公爵分割了宝冠，那顶原先要留给考狄利娅当选丈夫的宝冠（1.1.137-138，1.4.156-158，1.4.183-184）——仿佛半个宝冠能安稳地落到任何一位的头顶似的。[13]

回看开场不难发现，第二种选择尽管困难重重，却应是最佳选择。也就是说，用来应对李尔眼中糟糕透顶的局面，第二种选择算是差中选优。也许有人会指责李尔未能更好地了解长女和次女的真实本性。可她们是李尔的女儿，李尔自然会喜爱她们，尽可能对她们高度评价。[14] 显然，比起李尔，肯特、考狄利娅与弄人都更怀疑两姐妹（参见1.1.152-153，1.1.183-184，1.1.267-274，1.5.13-19）。但李尔也许从未有类似的机会去观察高纳里尔与里根。这是李尔强大威权（正如任何拥有强大威权的人）固有的局限：确定人们对自己有何真实感受，因为五花八门的动机都会使人们只会佯装爱意、阿谀奉承，基本只告诉李尔他们认为李尔想听的话，只向李尔展示他想看到的东西。正如之后，李尔在自己经历过骇人听闻、脱胎换骨的折磨后，会如是抱怨：

> 她们像狗一样向我献媚。说我在没有出黑须以前，就已经有了白须。我说一声"是"，她们就应一声"是"；我说一声"不"，她们就应一声"不"！……算了，她们不是心口如一的人；她们把我恭维得天花乱坠；全然是个谎，一发起烧来我就没有办法。（4.6.96–105；比较4.1.1–2）

当然，我们不应断定此前李尔从未意识到这个问题。李尔更喜爱肯特之流，还拥有这等职业弄人，这都证明，李尔认识到他需要诚实坦率、直言不讳的建言者及批评者，他们勇敢无畏、公正不阿，告知他需要听的话，无论多么不中听。但李尔知道，基本问题依然存在；李尔若不是已养成习惯，常怀疑大多数人对自己的行为，他就几乎不可能成为审慎的统治者——他的长久统治能证明的审慎统治者。[15]虽然当李尔与久经考验的至交交往时，此类怀疑会深藏不露，但这习惯依然存在，[133]它是李尔面对世界的基本态度。因此，李尔容易骤然变心，对考狄利娅疑窦丛生。

李尔对自己的权力基础及女儿们的真实本性都有几分误解，于是他选择当场即兴发挥，制定了一个新方案，用以取代那个流产的原计划，因为考狄利娅坚决拒绝扮演其分得的角色。[16]剧本的余下部分，勾勒出这番即兴变更计划的政治后果。简言之，葛罗斯特的话"我们最好的日子已经过去；现在只有阴谋、欺诈、叛逆、纷乱，追随在我们身后，把我们赶下坟墓里去"（1.2.109–111），被证明极具先见之明。几乎从任一视角看，政治后果都损失惨重，但这也不意味着没有带来任何好事。

自然的问题

"自然"（Nature）一词在莎士比亚戏剧中常常出现，但在《李尔王》中出现频率最高。剧中，"自然"出现了三十六次，几乎是全剧中出现次数的百分之十。相比之下，《麦克白》中出现了二十次，那部剧中，自然也是重要的主题；《哈姆雷特》中出现了二十七次，仅次于《李尔王》。算上同源词——"多个自然"（natures）、"自然的"（natural）、"不自然的"（unnatural）、"属于自然的"（nature's）、"使不自然的"（disnatur'd）（莎士比亚只有一次这么用）——《李尔王》中逾五十次直接指涉自然（相比《麦克白》的三十一次）。

但除此之外，《李尔王》处处提醒我们自然无比丰富的异质性，剧中处处是"各种自然"无以计数的门类，它们构成了自然的秩序：熊、麻雀、布谷鸟、驴、马、鸢、狼、大老鼠、普通老鼠、鹅、猴子、蚂蚁、鳗鱼、秃鹰、公猪、海豚、猫头鹰、狮子、蠕虫、羊、猫、青蛙、蟾蜍、蝾螈、蝌蚪、夜莺、鲱鱼、老虎、乌鸦、红嘴山鸦、云雀、甲壳虫、鹪鹩、艾鼬、蝴蝶、狐狸、蛇，等等。此外，还有想象或神话中的动物（龙，半人半马的怪物）及各式各样的通用词（动物、野兽、畜生、鸟、鱼、怪物、海怪、害虫），这一切提供了广阔的背景，使读者得以思考自然中能发现的各种异同——方法是努力理解差异和共性，这对于连贯地理解自然至关重要。对于这个目的而言，日常用语中并非所有词汇都是可靠的指引，正如与狗相关的各类词汇即能提醒我们；一些词反映出清晰而完全自然的分类（"母狗"），另一些词则不然（"恶狗""杂种狗"）。此外，各种属类（獒、灰狗、猃狗）使问题更趋复杂。因为这些属类不仅证明一个物种内可以有重要的细分（正如大多数驯养动物还能细分），还表明它们的存在本身是"人为"[134]操纵自然的结果，操纵主体是自然中最成问题的部分——人。诸哲人早就意识到，恰当理解自然本身的最大阻碍是，必须囊括人的自然：既充分理解人与自然其余部分的共通之处，又充分理解什么使人与众不同。[17]

　　剧中几处赋予人以动物特质，这既涉及人的特殊性，又涉及人类与动物王国其他部分的共性。李尔称奥斯华尔德是"杂种狗""婊子养的狗"和"野狗"（1.4.48，1.4.79-80），当面称高纳里尔为"厌恶的鸢"，而后又形容高纳里尔"如狼一般"（1.4.260，1.4.306）。之后，李尔向里根控诉高纳里尔如何对待自己，形容高纳里尔"就像一只秃鹰"，"如蛇一般"（2.4.132，2.4.158）。肯特将奥斯华尔德与卑鄙的狗相连（2.2.20-21，2.2.77），还把他比作大老鼠和笨鹅（2.2.71，2.2.80）。爱德蒙提到人"山羊般的品性"，而他的父亲（错误地）怒斥受怀疑的爱德伽："不孝的、可恶的、畜生般的恶棍！禽兽不如的东西！"（1.2.124-125，1.2.73-74）弄人把某些人称作"驴"（1.5.33），李尔把另一些人称作"镀金的蝴蝶"（5.3.13）。不解反讽的里根称葛罗斯特是"不知感恩的狐狸"，后者反过来谴责高纳里尔"野猪似的尖牙"（3.7.28，3.7.57）。奥本尼形容高纳里尔与里根是"老虎，而非女儿"（4.2.40；也可以参见4.2.63）。失明的葛罗斯特回想自己见到扮作疯丐的爱德伽时评论道："在昨晚的暴风雨里，我也看见这样一个家伙，他使我想起一个人不过等于一条虫。"（4.1.32-33）这同一个可怜的汤姆最集中地罗列了一系列有关畜生的语词，用来形容人类的特质，以回应李尔的疑问"你本来是干什么的"。"……猪一般懒惰，狐狸一般狡诈，狼一般贪狠，狗一般疯狂，狮子一般凶恶"（3.4.91-92）。

　　我们不费什么力即能理解这些动物意象的相关性；而扫一眼上述举例即能提醒我们，多数情况下，这些用法都在贬斥人类。[18]以上种种，或是表达某人的耻辱，或是要利用人被比作禽兽时的正常仇恨，而它们暗中提出了一个问题：究竟是什么（如果有的话）真正并深刻地区分了人与野兽。这类羞耻及愤慨自身是不是线索？但无疑，剧中最富深意的动物意象是李尔对自己迥然不同的描述。在开场，李尔自称暴怒的龙（1.1.121），而在剧末，李尔自视歌唱的笼

中之鸟（5.3.9）。很难想象更惊人的变形。其间一定发生了翻天覆地
之事。

我们不仅喜好将人动物化，还同样自然地喜好将神人格化。要
注意，这两种倾向均表明，我们暗中承认自然秩序。说起神，《李尔
王》隐射神正如隐射自然那样比比皆是。既然剧本的宗教背景是异
教时代，通常的猜想是，［135］剧中有众多更高的超自然力量。仅
"诸神"一词就提及二十七次，还有各处指涉单个神明及"天"，后
者意指"天上神明"。剧中所有人物中，李尔自己最常提及诸神或对
诸神说话；李尔还凭着"太阳神圣的光辉"及"赋予我生命的神明"
起誓，并提到赫卡忒、阿波罗（Apollo）、朱庇特（Jupiter, Jove）和
丘比特（Cupid）。大多数重要人物至少一次提起诸神：康华尔、高
纳里尔、里根（里根"哦，有福的神明"显然只是修辞；2.4.166）
和弄人是例外。剧本指涉诸神及自然的数目大致相等，这可被视作
代表着人类面临的最广阔的宇宙问题：我们身处其间的自然世界，
是否由独立存在的超自然力量统领？一听闻康华尔刚弄瞎葛罗斯特
即受致命伤，奥本尼疑虑顿消："啊，天道究竟还是有的，人世的罪
恶这样快就受到了诛谴！"（4.2.78-80）。但如果诸神果真存在并关
心我们，他们是否明确"支持"我们，而非与我们"对抗"？或者老
葛罗斯特会不会所言无误——他在眼下永恒黑夜的绝望中断言，"天
神掌握着我们的命运，正像顽童捉到飞虫一样，为了戏弄的缘故而
把我们杀害"（4.1.36-37）？或者（作为第三种可能），是否葛罗斯特
的儿子爱德伽的看法才是正理呢："公正的天神使我们的风流罪过成
为惩罚我们的工具"（5.3.169-170）——也就是说，天神这般安排世
界，是为了让恶自我毁灭？换言之，自然是否独立存在的王国，统
治自然的力量或原则是自然固有、完全客观的？

老国王最先提起自然。自然在某种意义上对李尔分配国土的理
据至关重要："你们中间哪一个人最爱我？我要看看谁最有孝心，最

有贤德（nature），我就给她最大的恩惠。"（1.1.50-52）李尔还先于其他任何人，又两度提到自然（1.1.170，1.1.211；也可以参见1.1.218，1.1.234）。然而，直到第二场，自然的主题——自然作为某样特殊事物的概念——才开始凸显。[19]这一场始于葛罗斯特的私生子爱德蒙的独白，或者说紧接着对开本的舞台指示："私生子入场，手持一封信。"[20]

> 私生子
>
> 大自然，你是我的女神；我愿意
> 在你的法律之前俯首听命。为什么我要
> 受世俗的排挤，让
> 世人的歧视剥夺我应享的权利，
> 只因为我比一个哥哥迟生了一年或是十四个月？
> 为什么他们要叫我私生子？为什么我比人家卑贱？
> 我的壮健的体格、我的慷慨的精神、我的端正的容貌，
> [136]哪一点比不上正经女人生下的儿子？为什么他们
>   要给我
> 加上庶出、贱种、私生子的恶名？贱种，贱种；贱种？
> 难道在热烈兴奋的奸情里，得天地精华、父母元气而生
>   下的孩子，
> 倒不及拥着一个毫无欢趣的老婆，
> 在半睡半醒之间制造出来的那一批蠢货？好，
> 合法的爱德伽，我一定要得到你的土地；
> 我们的父亲喜欢他的私生子爱德蒙，
> 正像他喜欢他的合法的嫡子一样。好听的名词，"合法"！
> 好，我的合法的哥哥，要是这封信发挥效力，
> 我的计策能够成功，瞧着吧，庶出的爱德蒙
> 将要把合法的嫡子压在他的下面——那时候我可要扬眉

　　吐气啦。

　　神啊，帮助帮助私生子吧！

　　以爱德蒙的观点为起点——也是大量"合法的爱德伽"无疑会深表同情，因而本身也许就被视作自然的观点——我们可以开始探讨自然之"法"与人类之法的区别，从而开始认识到，并非一切存在之物都同等自然，自然也非世间秩序与规则的唯一源头。[21] 至于究竟什么区分自然与非自然，后者究竟存在于何种或哪些基础，这依然留待澄清。爱德蒙自称是他所理解的自然的信徒，从他后续的言行中，我们得到一些更充分的暗示，能理解他对自然的构想。[22] 尽管人为法通常源于目标明确的考虑，但爱德蒙显然认为，人为法根源上与习俗相等，例如绅士见面要握右手，或见女士进屋必须起身——这些习俗只是特定的并常是古怪的行事方式，它们可有可无，而它们之所以支配人的行为，只是因为人愿意受其制约。可以怀疑，在爱德蒙诬陷爱德伽谋反父亲的伪信中，其归咎于同父异母兄弟的观点，实则反映了他自己的看法："我开始觉得老年人的专制，实在是一种荒谬愚蠢的束缚；他们没有权力压迫我们，是我们自己容忍他们的压迫。"（1.2.47-49）之后，爱德蒙进一步批判习俗上的长子优先权。那时，爱德蒙私下里表示，他有意向康华尔揭发父亲："这是我献功邀赏的好机会，我的父亲将要因此而丧失他所有的一切，也许他的全部家产都要落到我的手里；老的一代没落了，年轻的一代才会兴起。"（3.3.23-25）

　　[137] 在这里的首次独白中，爱德蒙严厉批判另两种"世俗的排挤"，两者都于他尤为不利（如果第二种排挤没有消除第一种排挤的话）。爱德蒙称，两者在自然中都缺乏理性基础——相反，它们事实上违背理性。其一是偏爱长子而非更幼小的兄弟，父亲由此将名号与财产赋予长子（"长子继承制"）。其二是严格区分合法的婚生子（因此被称作"合法的"，源自拉丁语 legitimatus，"被称作合法的"）与非婚生子（因而被称作"私生子"）。这两种特别的习俗都

可以深远地影响个人的命运，或好或坏，尽管最直接受其影响的人与树立这两种习俗各自地位的因素毫无关系。显然，一个人不用对他或她的出生时序负责，正如不用对自己亲生父母的婚姻状态负责。也未有明显的证据表明，相比幼子或私生子，长子或婚生子在身体或灵魂上自然更胜一筹，因而更值得偏爱。这些案例似乎例证，如此之多的法律与习俗有违理性，主观任意。

长子继承制远非普遍的习俗——还有许多其他样式的既成安排，例如有的对所有孩子一视同仁，有的不以年龄而以其他标准偏爱孩子等——这足以使人怀疑，其盛行于某时某地，确乎颇成问题。而至于婚生与私生之分的不良后果给无辜个体的生活带来的全面毁灭，则冒犯理性，几乎背离了对自然正义的任何设想。事实上，这似乎更清楚地例证了理性和physis［自然］这一方，与习惯和nomos［礼法］（借用这有用的希腊语词，意指一切人为规则，例如法律、习俗、惯例、风俗等）一方的对比。然而，人们几乎普遍都在一定程度上承认私生子与婚生子的区分。而且，这种区别本身就带有社会污名。这两种惯常做法虽然在其他重要方面似乎相同，之间的道德差异则需做进一步分析。没有人会用"你这次生子"骂人，而"私生子"则是放之四海而皆准的贬义词，不仅用于暗示人（尤其是男性）恶毒卑鄙的品性，还用以指示其他奸诈或下贱的事物。"私生子"及其同义词"杂种"（whoreson）在剧中反复出现：李尔骂奥斯华尔德是"杂种狗"（1.4.79-80），高纳里尔是"下贱的杂种"（1.4.251），威胁里根要追溯她的私生过程（2.4.126-129；也可参见4.6.114-116）。肯特对奥斯华尔德的一揽子绝妙辱骂，几度提到"杂种"，仿佛"杂种"适于与"杂种老母狗的儿子"作伴（2.2.16，2.2.20-21，2.2.31，2.2.61）。奥本尼逮捕爱德蒙时，［138］特意称后者为"私生的家伙"（5.3.81）；肯特显然不愿对爱德蒙直呼其名，而是称其为"葛罗斯特的私生子"（4.7.89）。

简单说，不乏证据解释，为什么爱德蒙对身为私生子耿耿于怀，却不在意长子继承带来的偏见——而鉴于其耿耿于怀,他一而再,再而三地回到这一主题。[23]或许,爱德蒙为何表现得像"真正的私生子",这并非巨大的谜团。每当听到有人使用这通用的蔑称,无论对象为谁、语境为何,他都会记起自己每天承受的偏见。这一用语无助于激发个人最好的部分;恰恰相反,持久的郁愤只会使他精神粗俗,心肠冷酷,而其中明显的不义会使所有人愤世嫉俗,除非那人有最高尚的品性。人们易于同情爱德蒙势必感到的愤懑之情,这种愤懑不仅针对个人,也针对整套政治与法律秩序,这套秩序所维系的身份对他大为不公。因此,毫不奇怪,较之"嫖客之人"(爱德蒙自己的用语;1.2.124)有违理性、有悖常理的安排,爱德蒙更偏爱自然秩序,他见到自然中没有这类区别。此外,认识到这番歧视对那些人灵魂的实际影响(他们像爱德蒙一样,得遭受这些影响),构成了另一条论据,证明这种区分应被废止。但这也应使人愈发好奇这种区分为何广泛流行,几乎无处不在。婚生与私生的区别,是否只是另一例"世上的糊涂思想",还是另有深意?剧本自身给出了何种洞见?

显然,这一问题早早就已出现。甫一开场,肯特便问葛罗斯特:"大人,这位是令郎吗?"我们只能猜测肯特为何这般猜想,因为肯特还没见过这位年轻人。肯特也许知道葛罗斯特有个儿子,于是想当然地以为,这就是他的儿子。或者,爱德蒙可能明显且"自然地"与父亲相像,正如后代常酷似父亲。无论如何,葛罗斯特答道:

> 他是在我手里长大的,大人;我常常不好意思承认他,
> 可是现在惯了,也就不以为意啦。

肯特
　我不懂您的意思。

葛罗斯特
　伯爵,这个小子的母亲可心里明白,因此,不瞒您说,
　她还没有嫁人就大了肚子生下儿子来。您想这应该不应该?

肯特

　　能够生下这样一个好儿子来，即使一时错误，也是可以
　　原谅的。

[139] 葛罗斯特

　　我还有一个合法的儿子，年纪比他大一岁，然而我还是
　　喜欢他。

　　这畜生虽然不等我的召唤，就自己莽莽撞撞来到这世上，

　　可是他的母亲是个迷人的东西，我们在制造他的时候，

　　曾经有过一场销魂的游戏，这孽种我不能不承认他。

　　爱德蒙，你认识这位贵人吗？

爱德蒙

　　不认识，父亲。

葛罗斯特

　　肯特伯爵；从此以后，你该记着他是我的尊贵的朋友。

爱德蒙

　　大人，我愿意为您效劳。

肯特

　　我一定喜欢你，希望能更熟悉你。

爱德蒙

　　大人，我一定尽力报答您的垂爱。(1.1.7–30)

　　葛罗斯特略显粗俗的戏谑口吻似乎表明，他对这不得不澄清的身份有多不在意（或者说他希望表现得毫不在意）。但听到如此描述自己和母亲，爱德蒙会有何反应？葛罗斯特宣称他已习惯生出私生子的耻辱。但我们猜，这么无动于衷地面对身为私生子的处境可不那么容易（"为什么他们要给我加上庶出、贱种、私生子的恶名？贱种，贱种？"）。这般面对"高贵""尊贵"的肯特，爱德蒙表面上镇定自若、彬彬有礼，但他势必有何感受？柯尔律治的表述颇为到位：[24]

爱德蒙听到父亲用最可耻、最下流的轻浮语调，谈论自己的出生场景——他母亲被自己的情夫说成一个荡妇，而这种囊括了兽性发泄、低级的罪恶欢乐及她的淫荡和娼妓之美的回忆，就是"我不得不承认这孽种"的理由！上面种种情况，加之爱德蒙意识到自己声名狼藉，并痛苦地确信别人对自己的任何尊重都不过出于礼貌，反使人想起礼貌压抑下的相反情绪，这一切成为绵绵不绝流入骄傲伤口的苦汁和胆液——侵入的病毒把并非其自身的毒汁注入骄傲，注入其中的还有嫉妒、仇恨及渴求权力，这种权力的炫目光芒可以隐藏他表面的污点。个人遭受不应得的耻辱的痛楚，因而感到委屈并盲目仇恨机遇和原因，尤其是盲目仇恨哥哥，因为哥哥的无瑕出身和合法地位不断提醒爱德蒙自身卑贱，使他无法把自己的这些污点向众人隐藏，让人忽视或忘却……需要指出的是，这种情况下，[140]当这个次子看到父亲自我开脱，耸耸肩，用介于滑稽与羞耻之间的语调提及自己声名受损、母亲臭名昭著时，那身为私生子的耻辱又该如何更深一层！

然而，除了爱德蒙的感受，开场的对话还另有值得深思的内容。例如，我们应注意，葛罗斯特不仅生养私生子，他还几乎无疑是通奸者。他有一位年纪更大的婚生子，这暗示他生爱德蒙时，已是有妇之夫，因而当他让爱德蒙的母亲受孕时，他甚至都不可能考虑迎娶爱德蒙的母亲。他只能把爱德蒙的母亲当作那么一个美丽玩物，至多是情妇。[25]因此，这让我们想起人类生活特有的更多区分与观念——未婚私通相对于通奸、妻子相对于情妇或姘妇，这些都与其他有生命的物种毫无关系（比较4.6.109-114）。

我们可能也注意到，尽管葛罗斯特宣称，爱德蒙与婚生长子一般珍贵（葛罗斯特带爱德蒙出席这高规格的公众场合，增添了他这话的可信度），他如何供养两个儿子似乎又截然不同。正如国王就要驾到前，葛罗斯特告诉肯特，爱德蒙"已经在国外九年，不久还是要出去的"（1.1.31-32）。这或许对爱德蒙也是新闻，正如对肯特是新闻，而爱德蒙还目睹了老国王如何变幻无常地对待自称最心爱的女儿，这些或许都促使爱德蒙图谋取代爱德伽。[26]无论如何，爱德蒙被送走他乡，另谋出路。或许，这种安排对爱德蒙颇为便利，使他能在新地盘上（或许是军队）追求事业，在那里，他不光彩的血统不再老是令人尴尬。但我们相当怀疑，这至少对他的父亲也颇为方便。葛罗斯特可能已与这个儿子分别九年，又要再度送别，这势必令人怀疑，他宣称爱德蒙同样珍贵的话是否是由衷之言（参见3.4.163-167）。

相比爱德蒙父亲表面的模样，肯特对爱德蒙更亲切体贴些，或至少对爱德蒙的敏感更体察入微。但肯特也隐约表明，他赞同"体面的"观点，他不否认生养爱德蒙包含着一个"错误"。肯特看似慷慨的话"我一定喜欢你，希望能更熟悉你"中，或许能察觉到一个更谨慎小心的回答。之后，爱德蒙令肯特（在伪装中）停止攻击奥斯华尔德，肯特当即火冒三丈，准备迎战爱德蒙（"来，我们试一下吧；来，小哥儿"；2.2.43-44），这番举动表明，那时肯特不看好爱德蒙。或许，几乎一抵达葛罗斯特的住所，肯特就像康华尔和里根一样，听闻了爱德伽所谓的背叛及逃亡（2.1.85-88）。但与康华尔和里根不同，肯特可能怀疑爱德蒙牵涉其中，理由类似爱德蒙自己的表述，不过后者是为了让这些理由 [141] 不足为信（2.1.66-67）。这未必就表明肯特违背理性，歧视私生子；他可能并不认为私生子比普通人更自我中心、精于计算。即便他对爱德蒙的评价确乎抱有对私生子的某些偏见，这或许也完全合理，因为这是基于对私生子通常会有何等下场的广泛甚至是富于同情的观察——考虑到他们通常受到何种对待。

然而，说肯特的偏见可能合乎情理，不等于断言在法律与行为层面上，"制造"私生子的社会政治安排同样合乎情理。那么，为什么"婚生—私生"的区分实际上广泛流行，一如更受人注意的（更常为人分析的）"乱伦禁忌"（动物王国其他物种不会遵循的另一"世人的歧视"）？由于莎士比亚在剧中只安排爱德蒙——这位受害者——探讨这个问题，尤其没有让任何角色明确捍卫流行的偏见，甚至公开支持该偏见正当合理，我们得竭尽所能，自寻答案。

出于比较所需，先探讨支持及反对长子继承制的理由会大有裨益。在此，可以顺便想起李尔及三个女儿，他们可以具体说明长子继承制的利弊。如前文所述，似乎没有理由相信，最年长的孩子（长子或长女）通常在自然品质上胜出，更毋宁说总是胜出。虽然高纳里尔的确具备一些品质，一些人们可能希望继承者能拥有的品质（野心勃勃、精力充沛、情欲旺盛），但鲜有人会认为且李尔更不会认为，三个女儿中，高纳里尔最适合或最应继承。[27] 那么，长子继承制有何好处？最明显的结果是，这能使财产和权力集中在少数人手里。家族若要兴旺发达，长盛不衰，每代人的收益不得散——字面意义的"散"——于几个手足。保持家族地产、权力与威望完好无损，受家族首领掌控，这不仅有助于家族后续发展（因为，至少在一定程度上，既得权力越多，就越能轻易创造并获得拥有更多权力的机会），[28] 那一权力还能保护并扩大一切"相关"个体，一切有权分享家族好处的人的利益，从而为他们的前程添砖加瓦（通过联姻、政治或宗教任命、军事提拔、商业等任何途径）。这进而增强了整个家族联盟。[29]

不过，这番推理本身还不能规定，家族产业的唯一继承人是长子。那么有什么额外的考虑呢？任何家族头领，若一心想延续家族的相对地位，其首要关切是，得能选出一个继承者。头生子能解决这一关切，尽管鉴于政治生活的实际情形，长子会更有利。[30] 由于未来地位一出生即明确，这个候选继承者可以得到特殊的养育，以满足未来责任对他的要求。许多头生子［142］自称，与后面的手足相比，他们接受了更艰难的教育，更早承担了更多期望，他们与父母一起艰苦奋斗并确立了家庭父子相处的模式，这些经历使他们更有能耐。这直接导致最小的孩子，家族的"宝贝"，常被"当作宝贝"(如果这是李尔与考狄利娅关系的一部分,或她的姐姐们这般认为,那我们毫不意外)。同时,让(幸存的)长子作为继承人及未来的一家之主,也契合敬重年高、年高优先的整体原则。尽管长子继承制不适用李尔治下的大不列颠(李尔没有儿子),惯常的优先顺序依然影响进程:似乎只有长女率先发言,才合乎常情。此外,可以说,拥有举国皆知的既定程式来规定从父母手中获取继承权的方式,可以在某些方面改善家族各成员的关系。这一切都是某种客观的宿命,每个人都知道自己的位置及为何身处其位,孩子就不易敌视父母,兄弟姐妹也不必竭力争宠(这在李尔爱的考验中,得到了令人作呕的戏仿),这或许能使兄弟情谊更自由地发展。

但某些因素使人强烈反对长子继承制。首先,一个孩子几乎得到全部,别的孩子几乎一无所有,这显然有违公正。这违背正常的父母之情;有些父母即便偏爱某些孩子,也仍爱所有孩子,因而偏好更公平的遗产分配(李尔就貌似如此)。此外,实际后果是,这使没那么幸运的手足处于从属地位,处于更低的社会地位,无论他们感受如何、能力如何。[31] 但即便某人是讲究实际的政治现实主义者,优先考虑增强与巩固家族权力,于是承认必须只有一个继承者,也仍有明显的问题,即为何要严格坚持必须是头生子。面对一项本身复杂多面的任务,人们或许偏好最有能力的人,而要决定谁可能最有能力,只有等后代成年了才能评价,那时所有可能有资格的人都有公平的机会发展并表现各自的才能。这意味着不应有既定规则决定继承;最好留给现任家长做审慎判断。

既然长子继承制较明显的利弊几乎对等,这并非普世习俗也就不足为奇。因此,其迥异于婚生—私生之别,几乎再不能更说明问题了。因为后一种"习俗"会给政治生活带来什么益处晦暗不明,而几个有力的反对理由倒显而易见[143](莎士比亚确保我们不会视而不见)。然而,遵循婚生—私生之别极为普遍,实际上在不遵循长子继承制的社会中也广为流行。那么,我们得认真地对待爱德蒙仅当作设问的问题："为什么他们要叫我私生子？……为什么要给我们加上庶出的恶名？"要想知道答案，莎士比亚让我们别无选择，只有自己提出并考量各种因素，而他给出了具体的证据语境。

要想开始理解婚生—私生为何广泛流行，也许可以先看看谁受惠于这一区分及随之而来的歧视行为。那么他们是谁呢？显而易见是所有婚生子，受害者则是所有私生子——已出生的和未出生的——但尤其是与某一婚生子有血缘联系的任何私生子（正如爱德伽与爱德蒙）。然而，这类孩子早就是婚生地位的受益者，远早于他们开始索要，毋宁说坚持自己的地位应得到承认——事实上，从存在的头一日起，他们就是受益者，这是这种地位的主要后果，因而似乎是其功用的重要方面。那么，在他们有能力为自己发声前，谁替他们发声呢？同样，答案似乎显而易见：他们合法成婚的母亲。也许有人会说，他们的父亲也是。无疑，这也常是事实，但不如母亲可靠，父母发声的理由也不全然相同。因为男人更可能同时是两类孩子——婚生子及私生子——的父亲，因而常会持有更"宽容"的态度，正如葛罗斯特的态度：他两个孩子都爱，原因很简单，他们都是他的孩子。要是能全权决定，要是爱德蒙不在社会上令他尴尬，他很可能更愿意完全忽视儿子们不同的法律地位。此外，许多男人，包括一些其孩子都是婚生的人，也会同情葛罗斯特，即便不赞同葛罗斯特的偏好。不过，我们怀疑，两个男孩各自的母亲，尤其是爱德伽的母亲，看法会截然不同。

女人，正如其他任何雌性动物，将自己后代的利益置于他人后代的利益之上，因此，母亲偏爱任何能给孩子比较优势的安排。也许，要是女人也能在婚外生育，正如在婚内生育——也就是说，要是她们能在婚外生育而不伤害那些孩子的福祉——那么她们可能也不会那么在意婚生—私生的区分，如果谈不上毫不在意的话。但这正是问题的症结。女人需要并缺乏各种类型的支持，唯有男人大体始终掌管稳定的家庭，她们才能得到这些支持，而就男人而言，他即使不坚持，也会偏好于只支持那些确信是自己的孩子。于是，女人实际上不得不举止规矩，使男人在这方面放心。因此，女人的贞节至关重要，大多数女人自己更是视若珍宝。女人竭力守护性道德，这种性道德的主要目的是抵抗对她们家庭安全的威胁，这些威胁来自随处可见的"放荡女人"、职业妓女，尤其年纪轻轻、无牵无挂的女人。[32]因此，那些爱德蒙讽刺的"正经女人们"——合法结婚、忠诚不贰的妻子，以及一切有意成为这类妻子的女人——都尤为热衷保留"婚生"的概念，将其继续作为神圣婚姻制度的重要组成部分，如果算不上婚姻的核心本质的话。

要理解这一主张更宽泛的意义，只需自问，如果较之任何私生子，婚生子全无特殊地位，婚姻会成为什么；如果婚姻和家庭的概念遭此稀释，政治生活会是何等景观。由此可见，普遍承认婚生—私生的区别，是在保护"正经"女人的孩子们的利益，并通过赋予"正经"女人更高的地位，间接保护这些女人自身；这进而有助于遏制男人抛下合法妻子，投奔怀孕的情妇，甚至将家产与情妇平分的可能想法。[33]事实上，可以认为，保留这一区分是在补偿对女人贞节的更高要求，因为这两套规范的结果间有实际联系。然而，尽管作为已婚母亲的女人看似是这一区分的主要受益者，不过一旦这一区分得到社会承认，作为父亲的男人（尤其是生养女儿的父亲）也会倚靠进而大力支持这一区分。例如，李尔给女儿们安排政治联姻时，理所当然地认为，比起女婿们可能生养的任何私生子，女儿的孩子们将拥有明白无误、不容置疑的优先权。当然，随之而来的偏见远非绝对有效地起作用，但由于私生子与"放荡"女人身上携带的耻辱确有政治后果，这些偏见常能维护稳定家庭的完整统一。

有鉴于此，我们即能轻易理解为什么大多数人，尤其是女人，通常会费尽心机，隐藏任何有损自己名誉、威胁婚姻神圣性及安全感的通奸行为，以及为什么我们都对暗示这类秘密行为的蛛丝马迹格外敏感（正如研读这部剧本能提醒我们的）。高纳里尔很可能是通奸者，甚至在她被富有男子气概的爱德蒙（"都是男人，却有这样的不同"；4.2.26）迷住前，她就与管家奥斯华尔德通奸，或通过奥斯华尔德通奸。对此，妹妹里根的暗示最明白无误。那时，这个奥斯华尔德带着一封给爱德蒙的信，里根怀疑（我们知道，里根判断无误）高纳里尔企图最终让爱德蒙取代奥本尼——而里根则想将爱德蒙［145］占为己有，直接取代去世的亲爱的康华尔。于是，里根试图勾引奥斯华尔德，让自己查看信件（为此，里根的语言模棱两可，恰到好处）：

> 为什么她要写信给爱德蒙呢？难道你不能
> 替她口头传达她的意思吗？看来恐怕
> 有点儿——我也说不出来。让我拆开这封信来，
> 我会十分喜欢你的。
>
> 奥斯华尔德
>
> 夫人，那我可——
>
> 里根
>
> 我知道你家夫人不爱她的丈夫；
> 这一点我是可以确定的：她最近在这儿的时候，
> 常常对高贵的爱德蒙抛掷含情的媚眼。
> 我知道你是她的心腹之人。
>
> 奥斯华尔德
>
> 我，夫人！
>
> 里根
>
> 我的话不是随便说说的，我知道你是她的心腹。(4.5.19–28)

但不只里根知情，肯特也起了疑心，这就是为什么肯特尤其鄙视奥斯华尔德。于是，一在葛罗斯特的官邸遇见奥斯华尔德，肯特的谩骂就来了，什么"一个妨碍好服务的下流胚"，还有"又是奴才，又是叫花子，又是懦夫，又是皮条客"。接着，在回应康华尔的

问话"你为什么气愤?"(即对奥斯华尔德生气)时,肯特说:"都
是这种笑脸的小人,像老鼠一样咬破了神圣的纽带,本来这纽带是
坚不可摧的。"(2.2.70-72)肯特指的神圣纽带若非婚姻纽带,还能
是什么?这个管家为高纳里尔提供特殊服务的传闻,似乎也传到爱
德伽的耳朵里去了。因为一杀死奥斯华尔德,爱德伽即评论道:"我
认识你:你是一个惯会讨主上欢心的奴才;你的女主人无论有什么
万恶的命令,你总是奉命唯谨。"(4.6.249-251)那么爱德蒙呢?里
根公然指责爱德蒙与高纳里尔通奸:

> 好爵爷,
> 我对你的一片好心,你不会不知道的:
> 现在请你告诉我,老老实实地告诉我,
> 你不爱我的姐姐吗?
> **爱德蒙**　我只是按我的名分敬爱她。
> **里根**　可是你从来没有深入我的姐夫的禁地吗?
> **爱德蒙**　这样的思想是有失您自己的体统的。
> **里根**　我怕你们已经打成一片,
> 　　　她心坎儿里只有你一个人哩。(5.1.6-13)

[146]我们是否该设想,里根知道姐姐的习性,正是出于这个
原因,她才这般质问爱德蒙?无论如何,爱德蒙天生的性吸引力显
然盖过世俗以为其出生的卑贱,至少在这两位出生高贵的女士看来。
而毫无疑问,莎士比亚希望我们记住这一点的多层含义。

然而,就婚生—私生的区别本身而言,事实是,承认这一区分
通常对私生子颇为残酷,他们不得不为并非自己的错误备受煎熬。
要是他们(像爱德蒙一样)最终成了"真正的私生子",我们可能得
同意,过错不仅在于他们。[34]不过,既然没有两全之策,还能怎么办

呢？若对婚生与私生不做任何区分，就会消解婚姻及家庭概念（婚姻的自然补充物）的大部分意义。最终导致的实际后果就是，女人与大量父亲生育，男人与大量母亲生育。在这种情况下，男女生育角色的巨大差异就会凸显出来，并将带来毁灭性的后果。因为女人几乎总是仍可确定孩子是不是她的，而男人几乎总是无法确定。结果是，人际关系乱成一团（并且完全不切实际），进而各种责任也乱成一团，不存在任何自然基础让人能在其上建立任何稳定的人类团体，其间人（及人能做的贡献）能彻底融合。也就是说，融合到显然只有"爱自己的孩子"通常才能实现的程度，给孩子提供所需的亲自照料和训练，使其尽可能前程似锦。留下的社会尽是残缺的家庭（大多数家庭只有母亲，以及她们以某种方式保护、供养、控制的幸存下来的孩子），浸没在大致毫无约束（可能还豪取强夺）的一群成年男性之中。[35] 唯有对人性极端乐观——甚至可以说，抱有童话般的理解——才会认为这会构成有益的生存环境。

那么，该怎么办呢？婚生—私生这一带有耻辱印证的区分越被弱化（并且其引发偏见的后果得到改善），能稳定双亲家庭的这一重要的也许还是本质性的社会支持就越被削弱。由于正常的人类"生理"状况（尤其是男性的生理特性，这使男性不易对婚姻忠诚——正如放荡的葛罗斯特提醒我们的——于是就有必要做此区分），这些团体的稳定性本质上在多方面脆弱不堪。此外，对私生子的普遍歧视通常起到主要的威慑作用，使男人和女人不敢生养更多私生子。由于私生子和生养他们的父母 [147] 显然要遭受耻辱与歧视，甚至是公开谴责，婚外生养的诱惑被削减——对女人尤为如此，她们通常承受更大的负担与羞耻（尤其是因为通常除了她们，没有人能确认孩子的父亲）。但不可回避的事实是，从个人正义的角度看，整个安排对碰巧生为私生子的人不公。

于是，莎士比亚借此让我们直面政治生活的一个严酷真相：政治生活，即便在原则上，即便在"理论"上，即在理性言说的全部纯洁性中，都不能完全正义。并不总能如人所愿地均摊那些维系政治生活所需的重负，更不要说依照所获利益做严格分摊了。有时，为了整体的好处，必须牺牲（"牺牲"似乎是恰当的语词）特定个体的福祉，甚至牺牲这些个体本身。这不仅让某些人难以接受，任何心怀公正的人都无法接受。但又必须接受，不仅因为这是置真理于情感之先的代价（当然，只有热爱真理的人才有这种优先考虑——这种人在最好的时代也相对罕见），还因为否认这一点的实际后果将更为糟糕。因为毫无疑问，任何理性之人都更希望只有少数人处于使他们趋于像爱德蒙一般思考的生活境地，而不愿几乎每个人的生存环境都使得他们以爱德蒙的态度对待政治生活。

一旦理解婚生的概念如何是家庭内在原理的基础与核心，因而是更大政治秩序的基础与核心，其间家庭真正是这个秩序的主要原子，我们便无法再用爱德蒙偏好的语词看待"婚生"，只将其视作荒谬习俗的又一"瘟疫"，认为遵循这一概念只是盲从，只是另一种"世人的歧视"，可有可无。仅仅由于实在法已规定这一区分在特定时空的具体应用，一系列规矩、风俗、习惯和偏见又强化了这一具体应用，我们还无法轻易断言这一区分没有内在现实，断言所有这类"习俗"本质上是人为任意的，或与重量和度量单位般那样人为任意的。[36]

至此，可以更好地理解莎士比亚为何迫使我们考察这一区分——思考私生子的问题——其背景是家庭生活更明显的构成因素，与这个王室悲剧相关的构成因素：促成故事变化的那类爱与义务、顺从与尊敬、感恩、憎恶与竞争。[37]与其他这些事务相关的"自然"期望、偏见与习惯做法似乎易于理解，并大多有理可依。但要应对私生的概念——这个概念明显不公，看似多余（事实上，乍一看，私生是荒谬习俗的最佳典范）——远具挑战性；人们同情私生子的困境，因而同情私生子的视角，只是再自然不过。然而，一旦理解这种不利身份的缘由，[148]就能轻易把握联结剧本两段相互交织的情节的深层连贯性，其中主要情节关乎李尔一家，次要情节关乎葛罗斯特一家。莎士比亚小心翼翼选用这一概念——这"好听的名词，'合法'"（所有确定是莎士比亚写的作品中，该词仅出现了八次，其中有五次见于爱德蒙的讥讽）——来传达关于一般社会安排的一个道理：我们不能仅仅因为其背后的理由不显而易见，就仓促断定，某个习俗，尤其是某个历史悠久、广泛传播的习俗荒诞不经。政治生活中，正如在自然中，事物的真正原因常深藏不露，唯有坚持探究、耐心思考，才能揭开真相。

充分思考后，我们开始怀疑，爱德蒙的话，"大自然，你是我的女神，我愿意在你的法律之前俯首听命……"，截然对立起physis［自然］与nomos［习俗］——他希望展现自然之法与人类之法的鲜明对比——这绝非颇有见地，事实上可能相当肤浅。[38]爱德蒙自己也没能始终坚持他宣扬的信念，这或许能透露实情。我们多次看到爱德蒙的背叛证据，先是他宣誓，"合法的爱德伽，我一定要得到你的土地"。因为爱德蒙暗自猜想，要是计划得逞，他因此合法获得的财产"权"就会受他人尊敬，不仅受他自身的力量保护，还受王权庇佑。在最后一场，我们看到爱德蒙不无自豪地影射"骑士的规则"，尽管他谢绝了该规则可以提供的庇护（显然，这个习俗正是高纳里尔口中"决斗的法律"；5.3.144，5.3.151）。爱德蒙有选择性地依循他眼中的自然之法，也同样有选择地依循人类之法，这就使人怀疑是否真可能有人想超越爱德蒙，成为这个自然的更勤勉的信徒。无论如何，如果自然拥有理性秩序，如果有理由解释为何构成自然秩序的万物必然如此（如爱德蒙猜测，这似乎是人能理解自然的前提），那么，自然与"人为"安排就有共通之处，只要人为安排也反映理性必然——例如，要维护稳定的家庭，依据理性不仅需要承认婚生与私生的区别，还需要承认偏好一方、牺牲另一方的实际后果。

不过，这两个领域间，即自然领域与政治领域间，依然有一个主要差异，甚至可以说是巨大差异。自然秩序似乎依循数学物理特有的严格必然性，以致只能以其实际存在的方式存在。然而，即便最理性的政治安排,也至多称其具有"条件必然性"——大意就是,"如果人们要生活在对他们而言最好的政治环境中('最好'的具体含义大体依据对人性的理解),那么,这种政治环境就必须 [149] 如此安排"。也就是说,再多说就无法言之有理了——只要(首先)没有严格的必然性来决定人类本身必须生活在某种政治社会,无论是怎样的政治社会,(其次)也没有任何自然冲动来迫使人关心什么是最好的生活方式。那么,基本问题便是:人是否依据自然就是政治性的?——也就是说,充分的人类生活是否只有在某种政治环境下才可能实现?或者,人类是否有可能以某种别的方式称心如意地生活?例如,直接按照自然之"法"生活,或生活在某种"自然状态",类似其他动物的生存状态——没有扭曲的媒介实行积极的人类管理,没有各种政治生活最终倚靠的共同观念,即那些关于对与错、高贵与卑劣、好与坏的共同观念。

如果后者实际上不可行,那么,动物的"自然"生活与人类的"依习俗安排的"生活间的截然差异就有几分虚幻。制约其他有生物的"严格必然性"其实也不如乍看时那么简单。尽管每种动物确实受到"先行刺激"(一些是外在的,另一些是内在的)的严格控制,但这种动物带有的特定形态(它的物种),连同动物的实际环境状况,实际上为动物确定起了条件必然性,大致意思就是:"如果这个物种的个体要在此时此地尽可能提高其存活及繁衍的概率,那么,最好采纳这种形态,这般行动,等等"(依据现代进化理论,各物种的形态本身——"基因型"——是这种条件必然性决定"最合适"个体的长期的集合性结果)。当然,单个动物不具理性意识和自制能力,无法因此改变自己的体形或行为;但这毫不影响这个动物的茁壮成长取决于条件必然性。那么,同样,如果人"依据自然"是(或现在已成为)政治动物,以致在某种政治社会之外,人无法以自然最合适的方式生活——因此无法充分成为他自身的物种(或已进化成的物种)——那么,这两个王国,即人类王国与动物王国中运作的必然性，就并非如乍看时那般截然不同。不过，这又指向两个王国间真正的差异：人的理性能理解他的自然以及使他的自然繁荣兴旺的条件，从现有或想象中的诸政治选项中选择某一生活方式。[39]

假设人依据自然是政治动物，那么，便无法认为自然事物与政治事物间有天壤之别，更不用说截然对立了。而既然法律与习俗对组织政治生活至关重要（似乎显然如此：要是没有大量门类繁多的共同法则，很难想象政治生活还能运转，这些法则包括了从管理规则的制定，至规定通用的重量与度量单位），那么，法律与习俗中也有一个重要方面是自然的。同样，[150]认为physis［自然］与nomos［礼法］是乍看时那种截然对立的"存在"方式，也不正确。因此，如何断定这些事物，取决于如何回答有关人类自然的根本问题：人是不是"政治性的"？如果人是"政治性的"，这确切意味着什么？包含着什么？但要有效地回应这个问题，需要思考更多因素。

例如，需要极小心地思考家庭，尤其是家庭间与家庭内的各种关系如何编织起政治社会的深层结构。剧本为这类思考提供了丰富的素材，从第一场起，剧本就不只在影射涉及家庭最令人不安的区分，即婚生子与私生子的区分。例如，当李尔称呼"康华尔贤婿，还有同样是我心爱的奥本尼贤婿"时，我们想起了第三类儿子：女婿。李尔只是在一定程度上送走或失去了他"依据自然"的女儿；而作为交换，他得到了"依据法律"的儿子。目前提及的三类儿子中，唯有最后这类儿子是选出来的，或至少是可以选择的，因为潜在的父亲已了解这种儿子成了何等人物、具有何种地位。我们不知给高纳里尔与里根挑选配偶时，李尔还考虑了哪些候选，但我们知道，李尔用了自己的宝贵时间为考狄利娅选择良婿——为自己选择第三位女婿（1.1.44-47）。

在考狄利娅这一方，她间接提醒我们婚姻的进一步结果："我有一天幸福出嫁了，那接受我的忠诚誓约的丈夫，将要得到我的一半的爱、我的一半的关心和责任。"（1.1.99-101）更"幸福"的是，考狄利娅的忠心实际上不会这般"分裂",而是被人分享。因此,这忠心将成为考狄利娅的原生家庭与她和丈夫组建的新家庭间的纽带;这也适用于考狄利娅的丈夫,他们的婚姻将成为一座桥梁,联结他们各自出生的家庭。家庭间的法律所确立的亲属地位意在预示,依据自然他们的血液将不出所料地相互交融。当然,要使这种交融具备应有的政治效果,婚生孩子必须是唯一具有合法地位的孩子。正是由于有血缘关系的个体组成的大量小团体间这类关系错综复杂,更大的社会才得以形成,在这个社会中,其成员拥有共同的主体身份。

以上绝非人们认为政治生活中应承认的全部亲属身份。例如,还有另一类依据法律的儿子,即以某种方式"正式领养"的儿子——正如爱德蒙背叛亲生父亲后,康华尔可能在暗示爱德蒙的那样:"我完全信任你;你在我的恩宠中,将得到一个更慈爱的父亲。"(3.5.23–24)特殊情况下,如缺少合法继承人,这种安排可以[151]使私生后代"合法化"。[40]因此,葛罗斯特听信爱德蒙的谗言,误以为爱德伽要谋害自己性命后,便暗示要就爱德蒙采取这些法律步骤:"我孝顺的自然的孩子,我一定想法子使你能够承继我的土地。"(2.1.82–84)这些还不是一个人能宣称的所有"儿子"(或"女儿")。里根:"什么!我父亲的义子要谋害您的性命吗?就是我父亲替他取名字的,您的爱德伽吗?"(2.1.90–91)这里提醒我们,人不仅可以依据自然或法律或(如通常情况下)依据自然加上法律拥有孩子,还可以依据宗教仪式拥有孩子。此外,还有"灵魂上的孩子",这个孩子尽管不通过血液、法律或宗教仪式与父母相连,而只不过是灵魂上的亲属,但这个孩子真正孝顺"父母",正如自然、合法的孩子应有的情感(就女儿而言,拥有这种情感的典范是考狄利娅,就儿子而言,是爱德伽)。李尔有这类灵魂上的孩子,最明显的是肯特——他抗议道:"尊严的李尔,我一向敬重您像敬重我的君王,爱您像爱我的父亲"(1.1.138–140)——此外还有弄人(李尔更多把他当作孩子而非仆人；参见3.2.68-73）。

然而，我们看到，这份真正的孝心常未在该出现时出现。此外，即便适时出现，也常搀杂着不那么真诚的感情——虽不能说是假的感情。颇具讽刺的是，所有人中，是爱德蒙在背叛父亲的信任时明确指出"儿子对于父亲的关系是多么多种多样、坚不可摧"（2.1.46-47）。与考狄利娅的看法类似，多种多样的关系涉及顺从、爱和尊敬——用以回报父亲的养育、爱和给自己生命本身（1.1.95-97）。只是考狄利娅遗漏了父亲最看重的一点：感恩——这兴许是正义最基本的表现，是一个人为了偿还恩情所能给予的最小回报。一个人可能除此之外完全无以为报，但对于得到的恩惠，每个人都有办法自由地承认并表达感恩。[41]任何人忘恩负义都可能令人恼火，失望不已，然而看到自家孩子忘恩负义，则可能更是让人火冒三丈：

> 忘恩负义，你这铁石心肠的恶魔，
> 丑恶的海怪也比不上忘恩的儿女那样可怕。（1.4.257-259）

毕竟，多数孩子深深受惠于父母，尤其是优秀、善良的父母，李尔认为自己对所有女儿都是这样的父亲（"啊，里根，高纳里尔！你们年老仁慈的父亲一片诚心，把一切都给了你们"，3.4.19-20）。因此，拥有"不知感恩的孩子"，把父母"鞠育的辛劳，换作一声冷笑和一个白眼"的孩子，可能的确比毒蛇的牙齿还要叫为父者痛入骨髓（1.4.284-287）。

[152]或许，像李尔一样忍受这种极端的忘恩负义，的确会掀起"心灵中的暴风雨"，以致一个人几乎失去"一切其他的感觉，只剩下心头的热血在那儿搏动——儿女的忘恩！"（3.4.12-14）。这甚于能想到的几乎任何一种经历，且能凝结人类善意的乳汁，使人全盘怀疑人性本身——这种情感注满李尔，他不顾暴风雨正在施展全部力量，祈求将全人类毁灭殆尽：

你，震撼一切的霹雳啊，

把这生殖繁密的、饱满的地球击平了吧！

打碎造物的模型，

不要让一颗忘恩负义的人类的种子遗留在世上！（3.2.6-9）

不过，我们寻思，父母因儿女忘恩而痛苦不堪（就此而言，或孩子表现的其他任何恶意），是否全是儿女的过错而父母则清白无辜。李尔可能真（正确地）认为自己"是个并没有犯多大的罪，却受了很大冤屈的人"（3.2.59-60），但他是否——是否可以——对两位长女的行为完全免责？面对女儿们残忍无情对待他的铁证，他暗中怀疑自己某种程度上也算咎由自取（"一种病……我不能不承认你是我的"；2.4.220-221），这是否尤其使折磨变本加厉？

有个忘恩的孩子可能的确比毒蛇的牙齿还要叫为父者痛入骨髓，但正如李尔意识到的，一个人必须得是父母，才能真正感受到儿女忘恩的特别痛楚。这种情况下，正如对人类生活至关重要的其他诸多方面，可能没有什么能彻底取代亲身经历，来作为获得真知的基础。[42]因此，李尔诅咒高纳里尔"生下一个忤逆狂悖的孩子，使她终身受苦！"——这个孩子要和之前的很多孩子一样，让母亲曾经年轻的脸上愁云密布，带来的更多是泪水而非欢乐（1.4.280-283）。当然，只有父母真正在意孩子，孩子才能发挥这些或其他教育作用。例如，不难想象，高纳里尔会对母亲经历的那些惯常结果无动于衷。然而，越爱自己的子女，就越容易因儿女的无情蔑视而实实在在地痛苦万状（并怒不可遏）。然而，大多数时候，父母对孩子越好，孩子就越容易视作理所当然，至少在他们为人父母前。理解父母与儿女关系中这种自然不对称的全部实际影响——一种多层的不对称，不仅通常见于关爱与情感，还见于尊敬、权力、审慎、依赖、义务、[153]以及可以想到的其他任何维度——似乎是理解任何政体内政治生活原子结构的关键。

事实上，正如该剧相当有力地提醒我们的，通常认为适合各种生物、社会、法律关系的情感和"主体性"，实际上常常并没有伴随这些关系存在。而且，同样这些情感也不只见于通常与之相连的客观关系。有时，一个关系更远甚至显然毫无关系的人，却被证明是更好的"孩子"（或"父母"），胜过自然和法律上的"孩子"（或"父母"）。李尔的女婿奥本尼，远比李尔生养的女儿——奥本尼的妻子，表现出更多真心实意的孝心，而奥本尼斥责妻子的原因正是她对待父亲的方式卑鄙可耻[43]（4.2.31-45，4.2.94-96；参见5.3.236，5.3.295-299）。李尔的教子爱德伽也不无类似（比较3.6.59-60）。至于肯特，他对李尔忠心耿耿，堪比能想到的最尽职的儿子（参见5.3.218-220）。但这般论述之所以能被理解，正是因为人们预先假定了父母儿女间通常应该有这么一系列的情感与态度——在试图实现这些情感和态度的劝诫与颂词中，这番期望无疑有些理想化了，但若非不少人实际上遵照执行，就不可能维系这番期望。

然而，父母儿女关系的基本不对称，尤其是双方各自理解该关系时的不对称，是冲突与不满的持久来源。所有父母都曾是孩子，因而经历过关系的两面；但孩子只要还未生养自己的孩子，就不曾经历过两面。如前文所述，孩子容易将恩惠视为理所当然。马基雅维利的警告——相比得到的恩惠，大多数人更擅长记住自己的不幸[44]——特别适用于孩子眼中其相对于父母的地位。此外，由于（如霍布斯的教导［《利维坦》第十一章第七段］）绝大多数人都发现受惠于人的感觉令人不快（受惠暗示地位低下，会伤及自尊），所以他们易于贬低恩人的动机。他们宁可认为，所有慷慨、所有利他行为都一定程度上服务于施恩者本人，因此回报的也是施恩者本人。在这方面，爱德蒙的"自然主义"绝妙地为自己服务。与孩子应自然尊敬父母的传统正当观点截然不同（爱德蒙公开表达传统观点，假装据此行动；2.1.43-115），我们发现爱德蒙私下依循动物的自然行为：

> 这是我献功邀赏的好机会，我的父亲将要因此
> 而丧失他所有的一切，也许他的全部家产都要落到我的手里；
> 老的一代没落了，年轻的一代才会兴起。（3.3.23-25）

[154]尽管爱德蒙承认父亲爱他（1.2.17），但事实上，爱德蒙眼中的人类父母之爱，不比野兽父母对后代的野蛮之爱更有意义——我们知道，野兽的后代不报恩，而是（相反）轮到自己做父母时便如法炮制对待自己的后代。大多数物种的幼崽一旦独立，就不再对父母有任何感情：事实上，它们可能成为父母的竞争者，甚至毁灭父母……或与父母交配。

比较人类世界与动物世界（也许我们应姑且说，各种动物世界，因为剧本提到几十种不同物种）至关重要。此外，为了发现我们与其他动物的异同——由此决定哪些现象应归于合理的自然概念——最好的方法莫过于聚焦人类家庭。因为聚焦人类家庭时，我们在关注似乎是最基本的任务、最广泛的事务、所有自然的本质性工作、自然自身的统领性目的：繁衍生息。因此，李尔祈祷着诅咒高纳里尔：

> 听着，自然，听着！亲爱的女神，听着！
> 要是你想使这畜牲生男育女，
> 改变你的意旨吧！
> 取消她的生殖能力！（1.4.273-276）

"自然，改变你的意旨吧！"自然的目的——它的终点、意图、实现、"终极原因"，不过是存在。然而，要完成这一点，只能倚靠几乎是无以计数的物种竭尽全力，一代又一代地繁衍生息。由此，这些具体存在形式下的每一物种都能延续，通过"各尽其职"来维系自然的多样性，包括为自然的各个部分安排秩序，使自然成为统

一的整体。通过关注人类形式的存在如何使自己生生不息——这总是发生在某种家庭类型中，而其中没有一种家庭类型仅仅受动物冲动安排和统领——我们可以开始理解，我们何其特殊，人性何其独特（从而我们能言之凿凿地齐口宣称，其他所有动物本性都与人性截然不同）。

在试图理解为什么人类家庭具有其所有的独特性质时，我们不得不承认，nomoi［礼法］在人类生活中扮演着举足轻重、显然不可简化的角色：在我们可以实际观察的所有人类生活中，各式各样的规则都是重要组成部分。仅就与家庭最直接相关的规则而言，其他物种都不会区分私生与［155］婚生，不会禁止乱伦，不会强调贞操，不会有所谓通奸，不会有继承规则，不会神化出生、死亡与婚姻，也不可能基于秘而不宣的考虑"安排"婚姻（因此安排交配）并期望后代终身敬仰祖先，承认家庭成员血脉相连（不仅涉及同辈，还涉及早已去世的祖先或还未出生的后代，以致"血统"意识可以是人类生活的重要因素），等等——所有这些现象都预设了某类"政治"生活，这类"政治生活"又预设了这些现象。其他动物都不会疏导和安排生物冲动，通过自愿接受的一系列义务、禁令、权利和特权抑制某些冲动而增强另一些冲动。那么，为什么人类要多此一举？鉴于人类可以以数目繁多的方式疏导和安排生物冲动——这同样与动物世界的其他物种迥然不同，其他特定物种的生活方式无论何时何地都大同小异——是否有任何标准，可以来评判各种方式（例如用长子继承制来规定继承权事务）孰优孰劣，孰对孰错？显然，不能向动物世界寻求这类标准（因而也不能向某种只是等同于动物世界的自然寻求标准，正如爱德蒙的所思所想），因为需要评判标准正是人类世界异于动物世界的首要方面。

不过，考问是否存在这类标准，是在最终引向哲学的路上迈出重要的一步——更确切地说，引向政治哲学的路上。因为这暗示一个人的看法有两个相当重要的发展。首先，意识到自己社会的现有习俗、自己被抚养成人的方式可能并非唯一的习俗,因此可能不正确或不是最好的习俗。[45]其次,考问是否存在一些标准来评判安排政治生活的其他方式,就是在暗中假设恰当回答这个问题(无论有无)应合乎理性。因此,提出这个问题本身,即已暗中给予理性某种优先地位。因为只有依据自己的理性思考,才能郑重其事地提出这个问题——才认为提出这个问题有意义。同样,也要依据自己的理性,才能评估任何给出的答案。即便某个肯定回答最终指向神的权威,顺从上帝的意旨肯定也会显得有理可依,如果任何事物能有理可依的话。也就是说,假设可以清楚确定神的意旨——当然,任何人要用自己的理性,用自己灵魂的自然能力判断这些事务——这又引发了更多问题。

不过,若认为可以依据自己的自然理性评判这类问题,容易将人引向圣爱德蒙教派:"大自然,你是我的女神。"但这种"信仰"自身也有一系列问题,因为它假定了[156]有争议或应有争议的内容:合理的自然观念——据此可以清楚理解人类生活与动物生活,包括两者间的关系。再重复一遍,有充分的理由怀疑爱德蒙的观点无效,尽管它诉诸人的常识。追寻完全充分的自然观念几乎等同于哲学,李尔王困难重重的一生即传达了这一洞见。李尔政治行动的灾难性后果,促使他重新思考政治生活跨政治的、宇宙性的背景,与此同时,我们也从人类家庭这更狭隘的政治问题,相当自然地被引向更广阔的哲学问题,其中包括人类家庭的问题。进一步思考后可以清楚看到,有关家庭的政治故事,不过是有关自然的哲学故事中一个尤为有趣、至关重要的部分。因此,在此探讨家庭关系及通常伴随家庭关系的情感时,另两个问题密切相关,其重要性绝不限于家庭,但与家庭尤为相关。这两个问题都表现了那最基本、最无处不在的哲学难题:区分(不过如此的)表象(Appearance)与(确实如此的)真实(Reality)。

第一个问题无需特别强调或长篇赘述，因为日常生活中司空见惯。这个问题涉及人的语言——人宣称的观点、感情与意图——与思想间的不确定关系。我们得解释为何常看到人言行不一（正如我们爱说，行胜于言），一个现成的可能是，这源于我们无法观察的另一种差异，即那个人言辞与真实想法间的差异。因此，诚实价值连城。没有任何办法能直接观察他人灵魂的内在现实，因此诚实是我们倚靠的品质——或德性，因为诚实常被视作德性——用以保证表里如一。当然，困难在于如何评价诚实本身。评判诚实时，必然需要观察到言行一致。此外，通常正是在家庭中（在家中最容易、最常观察到这种一致的程度），还是孩子的我们初次在实践中理解了诚实并形成了对诚实的某种评价。

然而在现实中，诚实不总受人欣赏。这与孩子可能抱有的看法不同，后者已听到那么多人扬言赞美诚实。成年后，我们都从经验得知，人实际上常宁愿别人把自己夸得天花乱坠，甚至完全捏造事实，也不愿听到平实的真相。因此，开场的不少观察者，无论身处剧中或剧外，都认为——我已证明这是错误的观点——[157] 李尔也不爱诚实。但无论李尔的喜好如何，李尔在自然手下的艰难教育，迫使他痛苦地重新评估（如前文所述）在他仍身处政治权力之巅时，他人究竟如何对待自己：

> 她们像狗一样向我献媚。说我在没有出黑须以前，就已经有了白须。我说一声"是"，她们就应一声"是"；我说一声"不"，她们就应一声"不"！这种唯唯诺诺不是充分的信仰。当雨点又淋湿了我，风吹得我牙齿打颤，当雷声不肯听我的话平静下来的时候，我才发现了她们，嗅出了她们。算了，她们不是心口如一的人；她们把我恭维得天花乱坠；全然是个谎，一发起烧来我就没有办法。（4.6.96-105）

实践中，我们所谓的"诚实"也不等于教育孩子的简单概念，即坦诚率真与讲真话。李尔问"你是什么"时，肯特宣称自己是"一个心肠非常正直的汉子"，没有人会简单认为这话是在欺骗，尽管肯特那时改换了自己的音调与外貌，为了继续服侍将自己流放且现在被他自己否认认识的国王（1.4.1–5，1.4.19–27）。即便似乎明显没有做到"宣称会做的"七件事之一，即只有逼不得已才跟人打架，肯特的诚实也没有严重受损。肯特在葛罗斯特的官邸一见到奥斯华尔德时的所作所为，甚至还有听闻他的解释（他气愤的是"像这样一个奴才，不佩戴诚实，倒是居然能佩戴起剑"），势必令人怀疑肯特的那份宣言（2.2.1–44，2.2.67–70）。不过，就肯特的其他宣言（例如"谁要是信任我，我愿意尽忠服侍他；谁要是居心正直，我愿意爱他"；1.4.13–17），类似的，还有他声称会做的事（"会保守秘密……会老老实实传一个简单的口信"；1.4.31–35）而言，可以公正地说，肯特言行一致，因此证明他有一颗诚实的心。

同样，年幼的考狄利娅最终也证明自己对老父既温柔体贴，又忠心耿耿（比较1.1.105–106）。事实上，可以认为，考狄利娅信奉的准则超越了"纯粹的诚实"。因为考狄利娅不仅否认自己完全不具"娓娓动人的口才，不会讲一些违心的言语"，甚至声称要颠倒言与行的惯常顺序："凡是我心里想到的事情，我总不愿在没有把它实行以前就放在嘴里宣扬。"（1.1.223–225）考狄利娅认为姐姐们与自己在这些方面截然相反，于是她将挚爱的父亲的福祉托付给姐姐"已宣誓的心灵"（1.1.267–274）时着实难掩焦虑。当然，事态的后续发展超过考狄利娅最糟糕的预想：这些年长的女儿当众对李尔表达的爱，与她们之后如何对待李尔，[158]其间简直是天壤之别，或者说我们会这么认为。但在这方面，私生子爱德蒙甚至有过之而无不及。为了实现自己的目的，爱德蒙积极导演骗术，利用起"一个轻信的父亲，一个忠厚的哥哥，他自己从不会算计别人，所以也不疑心别人算计他；对付他们这样老实的傻瓜，我的奸计是绰绰有余的！"（1.2.176-179）。

当然，就言行关系而言，李尔本人代表着一种极端特殊的情况——至少当他还肩负王者的所有权力与责任之时。因为，李尔除了自己享有诚实的美誉并据此以身作则外，还牵涉更多内容。如前文所述，身为国君，李尔的言语即是法律——这点李尔相当清楚。凭借自己施展的"王命的尊严"，李尔被迫在知识和决心上都表现得出类拔萃，并且必须促使臣民感到自己几乎有神一般的威严。于是，对李尔而言，"说"等同于"做"（即便有时还不如出尔反尔）。人们从自己的经验得知，通常情况下，言行关系极不可靠。因此，言行总是如一的人尤其令人印象深刻。因此，李尔不允许任何事物"介入［他的］命令与［他的］权力"，以防他太过人性的缺陷和脆弱穿透他精心打造的超人外表（1.1.167-171）。

第二个问题与第一个问题紧密相连，但也与其他主题密切相关。剧中尤其突出两种器官，人自然而然赋予这两种器官重要的心理意义，因而还有象征意义。它们的重要意义无疑源自其更明显的功用意义，但又远不止如此。这两种器官是眼睛与心灵。《李尔王》中，指涉眼睛与心灵均超过五十次。眼睛本身可见，可以轻易代表所有可见之物，尤其是我们自己的可见之物。心灵自身藏于体内，但没有因此完全难以察觉——有时，心灵的律动可触可感，甚至清晰可闻（我们身体或情绪紧张时，心灵的律动尤为清晰）——心灵通常被等同于真情实感，还有一般而言的内心现实，大量日常言语即可证实这一点。莎士比亚在此提及眼睛与心灵时，确乎运用了这些习以为常的隐喻意义。但莎士比亚要它们做的绝不仅限于此，眼睛尤为如此。

先探讨心灵。竟是里根先提起心灵，这是阴郁的反讽。高纳里尔刚对李尔说完爱的宣言，里根就开始宣称——从结果看，里根的话真实无误——"我和姐姐具有相同的品质，您凭着她就可以判断我"。不过，她的真实到此为止。接下来的话巧妙利用了人们通常认为行胜于言这一点，有着双重虚假："在我的真心中，我觉得她说出了我爱您的真实行动。"（1.1.67–70）不过，里根的虚伪措辞提醒我们，隐藏的心灵之所以自身是虚假宣言的主体，[159]恰恰因为我们认为心灵是一切忠诚、正直、诚实、忠贞的象征（如果并非真正来源的话），是灵魂的真实看法及对世界和世上事物真实态度的所在——事实上，是一个人个体本性的基础。因此，《李尔王》中指涉心灵的次数超过其他任何莎剧。葛罗斯特称李尔只是"可怜的年老之心"（3.7.60）。李尔敦促考狄利娅"重新说过"爱的宣言，考狄利娅回应，"我是个笨拙的人，不会把我的心涌上我的嘴里"（1.1.90–91）。[46]考狄利娅口里进出的话，使得李尔惊讶不已，痛苦不堪，问道："你这些话果然是从心里说出来的吗？"得到肯定回答后，李尔宣称考狄利娅是"[他]心灵的路人"（1.1.104，1.1.114）。尽管李尔怒不可遏，警告肯特闭嘴，肯特仍替考狄利娅抗议："你的小女儿并不是最不爱你；有人不会口若悬河，说得天花乱坠，可并不就是心里空空如也。"（1.1.151–153）而由于胸膛是心灵的居所，当考狄利娅将李尔的福祉托付给姐姐们"宣言过的心胸"（1.1.271）时，我们能理解她说的焦虑不安。

开场确立起心灵的重要性，并延续至第二场。面对私生子所称是婚生子执笔的伪信，葛罗斯特说自己痛苦万状，殊不知这话要远为适用他正与之对话的儿子："他能写得出这样一封信吗？他会有这样的心思？"（1.2.53–55）爱德蒙巧舌如簧，谎话连篇，安慰父亲道："笔迹确是他的，父亲；可是我希望这种话不是出于他的真心。"（1.2.65–66）这般关注人类心灵在全剧反复出现；最后一场中，直接指涉心灵不下十次。翻阅整出剧本时，我们得以综观通常赋予心灵的多种意义。没错，要了解某人，就要了解其心灵，正如高纳里尔向半信半疑的奥本尼保证说，她知道李尔的心灵（1.4.329）。剧本在不同的场合下分别将心灵视作爱（1.4.267）、欲望（3.4.85，3.4.110）、勇气（5.3.132）、愤怒（5.3.128）、荣誉感和高贵感（5.3.94，5.3.126）以及党派性（3.7.48）的所在。由于心灵被等同于灵魂的情感基础，可以说，心灵是一个人存在的最最核心，于是，灵魂所受的痛苦折磨被表述成心灵的损害、疾病和痛楚。葛罗斯特向里根描述据称由爱德伽策划的计谋对他有何影响，他说，那时他悲叹不已："啊！夫人，我这颗老心已经碎了，已经碎了！"（2.1.89）。同样，爱德伽看到疯李尔与瞎葛罗斯特交谈，也感到撕心裂肺（4.6.140；也可以参见2.4.283-284，3.4.4，5.3.176，5.3.181，5.3.195，5.3.311）。李尔将疯癫来袭与心中或心底的一股膨胀相连（"啊！我的心！我的怒气直冲的心！把怒气退下去吧！"2.4.118；比较2.4.54-56）。在这场疯癫异常清醒的时刻，李尔问了最相关的问题："那么，叫他们剖开里根的身体来，看看她心里有些什么东西。究竟为了什么自然的原因，她们的心才会变得这样硬？"（3.6.74-76）或许，答案取决于如何理解自然。

[160]现在转向眼睛。[47]首先，剧本提醒我们，我们高度重视视觉——不，是最重视视觉，因此，也高度重视这最神秘的器官，借此我们得以观看、查看、注视、辨认、观察、区分、发现、盯视、斜视等等。[48]因为视觉是概览性感观，同时呈现（可见）事物的具体特征及就近空间关系中的事物。[49]视觉体验的潜在丰富性显而易见，以致我们欣然同意，一幅画传达的信息胜过千言万语。尽管我们心里明白得很，但我们仍屡屡认可"眼见为实"那句老话——仿佛亲眼看见就会提供某种"铁证"。因此，高纳里尔敦促里根接受自己对李尔的评价："你瞧他现在年纪老了，脾气多么变化不定；我们已经屡次注意到他行为的乖僻了……"（1.1.287-288）

不过，我们重视视觉并不仅仅是因为视觉有用。视觉还是各种愉悦的源泉。有种愉悦来自视觉美，例如自然赋予李尔女儿的视觉美（她们用"华丽衣装"人为增强了这种视觉美；2.4.265-268）。还有一种愉悦源只是见到那些我们喜爱的人儿、我们亲爱的朋友和挚爱的家人。事实上，人类生活的这个特征据称普遍存在，以致出现在各种礼貌用语中，例如，李尔按字面意思理解里根的虚伪问候，就引我们看到了这个特征（"我很高兴看见陛下"，里根说，尽管她已竭尽全力对李尔避之不及；2.4.125）。还有见到可笑场景的愉悦，例如见到足枷中的肯特——至少，李尔的弄人觉得乐不可支（国王则全无笑意；2.4.7-12）。其他场景也引发了同样为人类所特有的反应，尤其是怜悯，例如爱德伽目睹疯李尔的装束和举止，即心生怜悯（"啊，伤心的景象！"4.6.85）。考狄利娅的绅士侍从也如出一辙（"最微贱的平民到了这样一个地步，也会叫人看了伤心，何况是一个国王！"4.6.201-202；也可以参见4.7.53-54）。

　　到此为止，我们已很好理解，为什么需要一个强有力的修辞性比较时可能会立即想到视觉，正如高纳里尔不得不说服李尔自己忠心不二时，即如是发言："父亲，我对您的爱，不是言语所能表达的；我爱您胜过自己的眼睛。"（1.1.54-55；高纳里尔这里是全剧首次提及眼睛或视觉）正因为（而非尽管）高纳里尔比大多数人更知道视觉的价值，她才决定"挖掉他的眼睛"（而里根则敦促将其"立即吊死"；3.7.4-5），以惩处葛罗斯特所谓的叛国罪。从某人竭力施加极刑的视角来看，高纳里尔"行事正确"：目睹葛罗斯特被野蛮地弄成瞎子，我们震惊不已，惊恐万状，可能胜过目睹葛罗斯特遇害。奥本尼一听闻这般处置即大惊失色，这代表了所有正当的感受；而在奥本尼看来，始作俑者当即丧命正是天道（4.2.70-81）。奥本尼后来得知，是葛罗斯特的私生子［161］使父亲惨遭暴行，这立即使奥本尼厌恶起这个"杂种"（比较5.3.81，5.3.155）。奥本尼承诺，"葛罗斯特，我永远感激你对王上所表示的好意，一定替你报复你的挖目之仇"（4.2.94-97）。这使我们不再怀疑温柔的奥本尼的品性。里根后知后觉地意识到，驱逐失明的伯爵是大忌，这证实了人类重视视觉，以及人同情可怜场景时会产生何等力量："葛罗斯特挖去了眼睛以后，仍旧放他活命，实在是一个极大的失策；因为他每到一个地方，都会激起众人对我们的反感。"（4.5.9-11）

然而，不只是眼睛的功用使眼睛如此重要，还有眼睛展示的内容。某种意义上，眼睛具有特殊的表达能力，常常或是表达吸引，或是表达反感。自古以来，眼睛并非平白无故被称作"灵魂之窗"。也就是说，眼睛不仅是身体的门户，灵魂借此可以向外观望世界，而且世界还能借助眼睛向内观望灵魂。考狄利娅心怀蔑视，提起那些拥有"献媚求恩的眼睛"（1.1.230）的人。高纳里尔命令仆人对李尔的随从"冷眼相看"（1.3.23）。肯特的"沉重双眼"表明他筋疲力尽（2.2.166-167）。医生从李尔的双眼里看见痛苦（4.4.15）。放弃政治权力后，李尔发现高纳里尔的眼睛"不可一世"（2.4.163），就误以为这表明她与里根有天壤之别："你的温柔天性决不会使你干出冷酷残忍的行为来。她的眼睛里有一股凶光，可是你的眼睛却是温存而和蔼的。"（2.4.169-171）李尔认为高纳里尔眼露凶光，似乎正是由于这个缘故，李尔在疯癫中才如是招呼眼睛处只剩血淋淋伤口的葛罗斯特："哈！白胡子的高纳里尔！"（尽管不出一会儿，李尔认人就迥然不同："我很记得你这双眼睛。你在向我瞟吗？不，盲目的丘比特，随你使出什么手段来，我是再也不会恋爱的。"（4.6.96，4.6.134-136）。[50] 显然，大胆的高纳里尔的眼睛更"诚实"，里根的眼睛则更虚伪，而我们怀疑里根在用双眼勾引奥斯华尔德，尽管她指责高纳里尔也如出一辙地勾引爱德蒙（"她最近在这儿的时候，常常对高贵的爱德蒙抛掷含情的媚眼"；4.5.25-26）。思考眼睛的这些情爱用法——宣示性兴趣，传递性邀请（"暗送秋波"）——可以充分证明，眼睛是表达和交流的重要工具。[51] 而且，我们在远处即能相当准确地判断他人在看什么或看谁，这难道不非同寻常？

但眼睛还在第三个方面对人类具有特殊的重要性：所有动物中，唯有我们用眼睛哭泣。《李尔王》特别强调了流泪这种特殊的人类能力 [162]——无疑，《李尔王》是莎士比亚最撕心裂肺的伟大悲剧（正如《麦克白》最抚慰人心）——这主要见于该剧的同名人物。考狄利娅首先提起哭泣，彼时她与姐姐们告别，"带着泪洗过的眼睛"
（1.1.267）。诚然，家庭成员间挥泪告别并不罕见，尽管可以怀疑此
处是否也是出于这个原因。无论如何，悲伤只是催人泪下的一种原
因。怜悯是另一个原因，正如乔装打扮的爱德伽见到日益癫狂的李
尔时，心生怜悯："我的滚滚热泪忍不住为他流下，怕要给他们瞧破
我的假装了。"（3.6.59-60）诚然，泪水是悲伤的惯常迹象，因此是
意料之中的迹象（比较5.3.256-260）。然而，正如弄人的歌谣提醒我
们的，也有人在欢乐或摆脱压力时哭泣："她们高兴得眼泪盈眶，我
只好唱歌自遣哀愁。"（1.4.171-172）另一些人可能因愤怒和挫败哭
泣，正如李尔同高纳里尔对峙时，泪水势不可挡：

> 生与死！我真惭愧，
> 你有这本事叫我在你面前失去了大丈夫的气概，
> 让我的热泪为了一个下贱的婢子而滚滚流出。
> 愿毒风吹着你，恶雾罩着你！
> 愿一个父亲的诅咒刺透你的五官百窍，
> 留下永远不能平复的疮痍！痴愚的老眼，
> 要是你再为此而流泪，我要把你挖出来，
> 丢在你所流的泪水里，
> 和泥土拌在一起。（1.4.294-302）

　　本着这种精神，李尔希望女儿高纳里尔自己也有一个孩子，让
她"眼泪流下面颊，磨成一道道的沟渠"。李尔自承羞愧不已，这提
醒我们，通常情况下，只有男人才以哭泣为耻，视之为软弱的象征。
那么，对于一直被视作（尤其是李尔自己这般认为）强大君王的人
而言，这种羞耻该何其强烈！当女儿们明确表示要将李尔的地位降
为凄惨的附庸时，李尔再度回到这个主题。他呼吁诸神：

假如是你们鼓动这两个女儿的心，

使她们忤逆父亲，那么请你们不要尽是愚弄我，

叫我默然忍受吧；让我的心里激起刚强的怒火，

别让妇人所恃为武器的泪水

玷污我男子汉的面颊！不，你们这两个不孝的妖妇，

我要向你们两个复仇，

让全世界都——我要这么做，

［163］虽然我现在还不知道怎么做，但它们

将使全世界惊怖。你们以为我将要哭泣；

不，我不愿哭泣：

我虽然有充分的哭泣理由，

可是我宁愿让这颗心碎成万片，

也不愿流下一滴泪来。（2.4.272-284；比较 3.4.16-17）

尽管可以继续咆哮，但李尔没能让这些"铁石心肠"的女儿有丝毫恐惧。李尔的威胁华而不实，他无法将威胁具体化，内部的软弱无力只是使敌人更添轻视，并让我们心生怜悯。

因此，我们得知，人类用哭泣表达纷繁复杂的灵魂状态，从悲伤到喜悦，从怜悯到愤懑的挫败。然而，泪水主要与悲伤和哀愁相关。最动人的哭泣描写证实了这一点，那是关于考狄利娅如何哭泣的，描述者是替肯特捎信给考狄利娅的无名绅士（比较 3.1.19-48）。肯特再次遇到这位绅士时，出于不甚明了的原因，他追问绅士自己的信有否使考狄利娅"表现出任何悲伤"。肯特的好奇是否暗示，即便他久经人世，也不完全信任考狄利娅的品性？绅士证实，"时不时，一颗饱满的泪珠淌下她娇嫩的脸颊"，但她竭力保持尊严，始终是"压制情感的王后"。肯特评论："啊！那么她是受到感动的了。"绅士答道：

她并不痛哭流涕;"忍耐"和"悲哀"互相竞争着

谁能把她表现得更美。您曾经看见过

阳光和雨点同时出现;她的微笑和眼泪

也正是这样,只是更要动人得多;那些荡漾在

她的红润嘴唇上的小小微笑,似乎不知道

她的眼睛里有什么客人;他们从她钻石一样

晶莹的眼球里滚出来,正像一颗颗浑圆的珍珠。简单一句话,

要是所有的悲哀都是这样美,

那么悲哀将要成为最受世人喜爱的珍奇了。(4.3.16-24)[52]

　　即便认为眼泪主要是悲痛的迹象,我们依然好奇,为什么(只有)人类会心有所动,潸然泪下。剧中所有人物中,唯有疯癫的国王——他的古怪言辞正如爱德伽所言,是"疯话和正经话夹杂在一起"(4.6.172-173)——擅自就这个问题发表了一通洞见。李尔选择"错认"失明的葛罗斯特,[164]先认作高纳里尔,再认作丘比特,而后终于对忠心耿耿的臣子说:

要是你愿意为我的命运痛哭,那么把我的眼睛拿了去吧;

我知道你是什么人;你的名字是葛罗斯特;

你必须忍耐;你知道我们来到这世上:第一次嗅到了空气,

就哇呀哇呀地哭起来。让我讲一番道理给你听;你听着。

葛罗斯特

唉!唉!

李尔

当我们生下地来的时候,我们因为来到了

这个全是傻瓜的广大舞台上,所以禁不住放声大哭。

(4.6.174-181)

然而，即便承认这番对人类命运的评价正当合理，它依然对更基本的问题避而不谈，即为什么我们的悲哀、懊悔、失望或挫败要由眼泪显现，且大多数时候身不由己。只要这些情感是不幸或失败或战败的结果——或更宽泛地说，是对面临的挑战示弱的结果，包括自制这一挑战——我们即能理解，为什么男性，据称更强大的性别，不愿被人看见在落泪。

但哭泣对人有什么用呢？显而易见，人喜欢宣泄不快情绪之后的那种慰藉。不过，我们必须询问，为什么那种情绪宣泄要从眼里流淌水珠。李尔将泪水称作"女人的武器"，这也许给出了重要线索：哭泣的场景会作用于他人。眼泪唤起同情，引人怜悯，求取帮助，证实哭泣者的痛苦真实可信。有时，仅同伴表示的同情便足以减轻煎熬的负担（在此，值得回想，哭泣本身也是表达同情的有效方式，对女人尤为如此）。然而，李尔表明，有些场合，人不愿揭示痛苦或无力掩饰痛苦——尤其是他人可能幸灾乐祸或嗤之以鼻之时——因此，会竭力忍住眼泪。事实上，只有相信周围人关心我们的福祉，我们才最能不受拘束地呼唤同情；通常，这首先意味着身处家人之中。

至于为什么我们受哭泣触动，为什么实现这些效果的是眼泪，这可能始终是个谜；也许，在此这也无关紧要。相反，重要的是，人的内心痛苦具有某些可见的迹象，某些他人能回应的可靠信号，而眼泪堪当此任。[53] 但要服务于这个目的，同样重要的是，哭泣通常应被视作不由自主，因而真诚、"诚实"地表达 [165] 痛苦，而不应是受人操纵的工具，以利用他人的好意[54]——尽管李尔所谓"女人的武器"提醒我们，事实是，眼泪有时可以作后一种解释，且有理可依。[55] 不过，总体而言，人类（尤其是女人和孩子）与生俱来有这种获取他人同情（尤其是男人的同情）的现成方式，这似乎能稍微暗示，人"依据自然"应如何生活，也就是说，应生活在这类因果关系能发挥作用的某种社会场景中。[56] 此外，鉴于我们对哭泣的反应有不同等级，存在充满关爱的关系时，我们通常更富同情，这就表明人类不仅是群居动物，换言之，人类还是善于表达的群体，远比任何兽群或鸟群复杂。

眼睛第四个方面的特殊重要性在于，看是理解的自然——可以说，这点最自然——隐喻:用灵魂之眼来看。[57]"看"的这层衍生含义首先见于李尔与肯特的冲突。国王命令肯特:"不要让我看见你!"肯特答道:"瞧明白一些，李尔;还是让我像箭垛上的红心一般永远站在你眼前吧。"(1.1.156-158)此后，正如在日常会话中那样，剧中频频出现这种用法的各式变体(例如1.2.179-180，1.4.69，1.4.344-345)。不过，有两段台词最有效地融合了这两种观看方式，即用身体看与用心灵看。其一是瞎葛罗斯特如何回答忠诚的老佃户。这位老佃户将葛罗斯特领至荒原，但不愿顺从葛罗斯特的心愿将他留在荒原("您眼睛看不见"):

> 我没有路，所以不需要眼睛;
> 当我能够看见的时候，我也会失足颠仆。
> 我们往往因为有所自恃而失之于大意，反不如缺陷
> 却能对我们有益。啊!爱德伽好儿子，
> 你的父亲受人之愚，错恨了你;
> 要是我能在未死以前，摸到你的身体，
> 我就要说，我又有眼睛啦。(4.1.18-24)

其二见于这同一个瞎葛罗斯特与半疯半醒的李尔的对话。李尔命令葛罗斯特:"这是一封挑战书，你拿去读吧，瞧瞧它是怎么写的。"

> 葛罗斯特 即使每一个字都是一个太阳，我也瞧不见。

爱德伽 （旁白）要是人家告诉我这样的事，我一定不会相
　　　　　信；可是这样的事是真的，
　　　　　[166]我的心要碎了。

李尔　读呀。

葛罗斯特　什么！用眼眶子读吗？

李尔　啊哈！你原来是这个意思吗？你的头上也没有眼睛，
　　　你的袋里也没有银钱吗？你的眼眶子真深，
　　　你的钱袋真轻：可是你却看见
　　　这世界的丑恶。

葛罗斯特　我用感觉来看。

李尔　什么！你疯了吗？一个人就是没有眼睛，
　　　也可以看见这世界的丑恶。用你的耳朵瞧着吧……
　　　（4.6.137-149）

　　阅读——其他东西在阅读，不是我们的眼睛在读，而是我们自己借助眼睛在阅读。恢复葛罗斯特的视力，能使他看见字母；但这本身无法使他阅读，除非他已知道如何阅读。试图区分仅仅看见字母——正如葛罗斯特的老佃户，或就此而言，一只狗，一匹马或一只老鼠也能看见字母——与真正读懂那些字母在"说"什么，直接指向人性的本质特性。此外，这种区分暗示，这个"本质"不必然在所有情形下都能充分实现，也不会自动生成（譬如说，像性成熟一样自动生成）。或许也正因为如此，《李尔王》中的信件如此之多，在情节中扮演举足轻重的作用。十多封信在各人物间传递，像无形之线，拴紧剧中通常七零八落的事件，这些事件有时受到同一些信件的关键影响。

　　兴许值得注意的是，剧中出现的第一封信是伪信：爱德蒙以爱德伽的名义和手笔伪造了这封信，并故意引人注目地遮遮掩掩，试图激起父亲的好奇心。[58]接着，是高纳里尔写给里根的信，可能先由管家奥斯华尔德起草（但很可能奥斯华尔德只是抄写），信里也许

在建议里根对待李尔要与她自己保持一致,并告诉里根自己很快将登门拜访(1.3.26-27,1.4.333-338;比较2.4.181-182)。李尔也给里根写了信,由乔装打扮的肯特转交,可能是告诉里根自己对高纳里尔不满,因而打算立即与她和康华尔同住(1.5.1-5)。不过,康华尔夫妇宁愿国王造访时自己"不在家",于是立即出走,并临时访问了葛罗斯特的住处,甚至"在黑暗的夜色中,一路摸索前来"。两位信使——奥斯华尔德与肯特——几乎同时抵达,这后来引发了一场实力悬殊的争吵,最终肯特被扣留。肯特坐在足枷里,乘着月色读起考狄利娅的来信,后者[167]"最为幸运地知道了[他]改头换面的行踪"(2.2.161-164)。我们几乎完全不知信的内容,但这可以解释肯特从何得知有法国间谍,这些间谍有何意图(3.1.22-34)。显然,有人,很可能是肯特本人,先给考狄利娅写了信,因此才有了这封回信。肯特通过暴风雨中遇到的国王侍臣给考狄利娅捎信,告知她国王身处绝境(3.1.19-49,4.3.10及以下)(参见上文注52)。

有人秘密寄信给葛罗斯特,内容比奥本尼与康华尔日益扩大的纷争"还要糟糕"(几乎可以肯定,内容涉及考狄利娅与她的法国军队在多佛登陆;参见3.7.42)。葛罗斯特仅向私生子透露了一点点信的内容——"今天晚上我收到一封信;里面的话说出来是很危险的;我已经把这信锁在壁橱里了"(3.3.9-11)——他的命运即已板上钉钉。爱德蒙立即用这封信向康华尔揭发父亲:"这就是他说起的那封信,它可以证实他私通法国的罪状。"(3.5.9-10)康华尔给奥本尼寄信(或许这封信就是他从葛罗斯特那里没收的信,或是没收的信中包括这封信),显然是为了敦促奥本尼对法国侵略者动兵(3.7.1-3)。康华尔提到,之后还有几封信,"我们两地之间,必须随时用飞骑传报消息"(3.7.11-12)。里根给高纳里尔寄去一封信,借助那位告诉奥本尼康华尔已死、葛罗斯特已失明的信使传递(或许,信使还说了更多内容,因为奥本尼和信使一同退场,对信使说:"过来,朋友:告诉我一些你所知道的其他消息")。

至于里根的信，我们只知道这封信"亟待回复"，高纳里尔暗示她会立即回复，但就我们所知，高纳里尔没有回信（4.2.82及以下）。不过，高纳里尔倒是通过她忠心耿耿、也许还怯懦胆小的奥斯华尔德，给爱德蒙送去一封信，而里根显然对这封信大为好奇："我的姐姐给他的信里有些什么话？"——"为什么她要写信给爱德蒙呢？难道你不能替她口头传达她的意思吗？"（4.5.6，4.5.19-20）里根引诱奥斯华尔德让她"开信"未能得逞，又令其将自己的一封信交给爱德蒙（4.5.29）。这些信乃是垂死的奥斯华尔德恳求置他于死地的人（乔装打扮的爱德伽）交给爱德蒙的（4.6.245-246）。不过，恰恰相反，爱德伽自己读了高纳里尔的信，信中高纳里尔敦促爱德蒙杀死奥本尼，娶自己为妻，爱德伽当即决定把信交给潜在的受害者（4.6.257-275）。爱德伽把决定付诸实施（5.1.40-50），这给爱德蒙和高纳里尔都带来了致命后果（5.3.153-159）。最后，还有爱德蒙令军官带去城堡的便笺，城堡关押了李尔和考狄利娅，在便笺里，爱德蒙下令将两人处死（附带条件是考狄利娅要看上去是自杀；5.3.27-38，5.3.244-254）。

所有这些写信和读信有何深意呢？我们很容易便知，这些各式各样的信发挥了什么作用，或可以发挥什么作用——包括作者本身没有的用意。但是，我们是不是也必须怀疑，莎士比亚在这部剧中大量利用写下的言辞——这部剧主要的存在方式，也是唯一持久的存在方式（正如莎士比亚所有其他作品），正是作为写下的言辞而存在——[168]是否意在让我们留意某些具有特殊重要性的事物，即剧本整体上要传授的事物？至于这些事物是什么，或许李尔自身的教育能给出线索。

成为哲人的国王

恰当了解古典文本的读者或许会发现，《李尔王》描绘了哲学的诞生，因为哲学，"热爱智慧"，事实上源于试图充分理解自然。[59]

除此之外，剧中一个意象也描绘了政治哲学的诞生，这见于一位成为哲人的国王，或者毋宁说，一位被驱逐的国王几乎被迫成为哲人。哲学意识的这个"悲剧性"开端源自不幸的政治经历，[60] 相比阿里斯托芬（Aristophanes）在《云》（*Nephelai*）中"喜剧性"地描绘一位哲人粗俗的政治觉醒，《李尔王》是令人深思的补充。因为在那部古老的喜剧中，我们见到一位"不近人情"、超然物外，因而轻率得可笑的苏格拉底，如何给他自己和他那同样不问政治的同伴带去灾难，因而不得不意识到，轻视自己赖以生存的城邦的本性会有何等后果。[61]可以说，这两部作品均在影射政治哲学的奠基性著作，即《王制》中，柏拉图笔下的苏格拉底提到的两种截然不同的可能："除非哲人成为这些城邦的君主，或今日被称为君主和权贵的人们真诚地、恰当地热爱智慧，除非这两个方面结合到一起，一是统治城邦的权力，一是哲学，而许多气质和性格必然被排除在外，因为它们目前只追随这一或那一方面，那么，这些城邦的祸患就没有终止，人类的祸患，我认为，也同样如此。"（473c-d）[62]在两部剧本中，哲学兴趣与政治关切要联姻的"理由"，都暗藏于描写两者分离的祸患，无论祸患关乎城邦还是人类。

就我们所知的哲学史而言，哲学实际上源于"发现"自然，意思是认识到自然是某样独特的事物：认识到并非一切事物都是自然的，并非一切事物都以同样的方式存在，具有同样的存在方式。[63]因此，自然之物要有别于任何被视为超自然的事物（尤其是神的事物，诸神及所有隶属于诸神的事物），但同样——并且是首先——也要有别于与自然之物并存的事物，即人造事物。就这个世俗世界的事物而言，任何拥有其"自然"的事物，其特性都是独立形成的，与人类发明无关，并在任何地方、任何时候都保持恒定，而人造事物则因时因地改变。不过，只有借助人类制作才存在的事物，[169]包括两种截然不同的类型。如前文所述，首先是习俗事物：规则、标准和准则，其存在是基于一些人默许或公开承认（无论有多求之不得或不情不愿）这些对他们有规范作用。这类习俗包括，至少暂时包括所有的实在法，还有习惯、禁忌、规矩、风俗，以及货币、重量、度量等类似事物——希腊人归于nomos［礼法］这个门类下的所有事物。其次是人工事物：各类艺术和手艺，以及人运用各种technae［技艺］制造的任何事物。

就逻辑和历史而论，"探究哲学"的初次尝试，也就是说，要获得可靠的知识、堪称智慧的知识，必然要致力于发现一个持久、恒定的现实——自然的最终基础——这个现实处在变动不居、矛盾冲突，因而混乱不堪的表象"之下"或"之后"，由感官发现并述诸意见。更确切地说，要尽可能获得关于现实的知识，即人类理性不借助外力就能触及并理解的知识。这类哲学探究的结果可称作"自然哲学"，或"自然的哲学"，更好的称法是"生理学"（主要目的是提供关于"自然"即physis［自然］的"理性言说"，logos［言语］）。这种尝试的代表是所谓前苏格拉底学派的著名哲人——[64]其中每位哲人都以对这个自然现实的独特理解而著称于世——还有阿里斯托芬在《云》里描写的苏格拉底本人。这位"自然哲人"或"生理学家"（physiologist）野心勃勃，于是怀疑人能否通达任何神圣事物——如果不怀疑神圣事物本身的话——并且厌恶短暂、易逝、可变的事物，即一切ephēmera［稍纵即逝的东西］（这似乎会包括一切只源自人类的事物）。举例而言，如果这位自然哲人研究诸天，那是为了理性地理解天体结构及能观察到的永恒运动。然而，政治哲学的诞生需要彻底重估生理学家的本体论三分（即自然对习俗对技艺）。

在李尔王思想变化的几个阶段中，我们看到的正是这个逻辑与历史进程，从非哲人经由自然哲人至政治哲人。[65]这个故事的部分内容，已在分析礼法如何建构环境时涉及。在这个环境中，存在的人类形式完成所有自然之物共有的统领性任务：繁衍生息。尽管人类生活多种多样，人类定期生育总是在某种人类家庭中进行，这些家庭的内在结构与外在关系绝不能仅简化为动物冲动。诚然，要理解家庭，就不能忽视家庭通常涉及的一系列特有的属人情感；正如唯有亲身经历才能教导我们，家庭既关乎"心灵"，又关乎"头脑"。但这些情感受规则与［170］规范之网的影响与指导，因此与之紧密相连，而人顺从这些规则与规范至少表明，人对此心照不宣。道德教育塑造个人的世界观及最好的生活方式，这种道德教育的主要内容是学习规范交往对象的行为准则，这无一例外需要培养足够的自制力，控制自己的动物本性以服从那套行为准则。一般说来，这种教育始于家庭内部，最好的情况下，大致完成于家庭内部。

因此，家庭，而非家庭的组成个体，才是特定政治社会的真正"原子"。因此，理解政治生活必然始于分析自然的人类家庭。[66]如果沿用原子类比，那就必须把分离的个体身体比作比原子更小的粒子，其自身无法自足地存在、充分为人地存在——更毋宁说持久地繁衍生息。[67]在揭示某些构成家庭的nomoi［礼法］有何内在理据时，我们通过质疑自然与习俗本质上、"本体上"相互分离，已做了充分论述。自然与习俗的区别依然有用，事实上必不可少，但这个区别并非像乍看时那样反映了截然不同的事物——也就是说，如果对于人类而言，过充分为人的生活、依据其本性的生活，习俗必不可少的话。若承认以上属实（依据所有证据，我们必须如是承认），那么，自然的合理概念，充分囊括人类自然的概念，同样必须囊括习俗。[68]这些人或那些人的诸多生活特点都出于"只是习俗"，但人类这种创设各种习俗并据此生活的能力本身并非习俗——这是自然的能力。

不过，仍要考察自然与技艺（希腊语中的technē）的区别，后者是另一类仅通过人类活动而存在的事物。自然之物与人工之物的关系是怎样的？莎士比亚邀请我们主要通过葛罗斯特一家的故事来审视nomos［礼法］，于是我们发现，同样行之有效的是，以李尔的故事为背景来考察technē［技艺］（包括从陶器至诗歌的所有东西）：

李尔经历了翻天覆地的变化，起因是他被女儿们驱逐，离开了建造优良且相对舒适的人类居所，不得不孤身一人面对被激怒的自然力量——最终，这场痛苦的冒险既让人变得残忍，又让人更具人性。

自然——首先表现为周遭的天气——占据了戏剧的核心。有时，自然和蔼而平静，令人欢喜；大多数时候，自然足够规矩，无需费力即能限制自然；有时，自然赫然耸立，怒火着实骇人，有力地提醒我们，控制生存环境有其自然限度。面对［171］这些自然暴力的惊人爆发，人能做的唯有寻求庇护，正如"被小熊吸干了乳汁的母熊……狮子和饿狼"（3.1.12-13）。不过，人与动物寻求不同的庇护，这进一步提醒我们，人与兽具有本质差异。

一场异常凶猛的暴风雨，作为刺耳的伴奏，加剧了李尔灵魂中的压力与混乱——起因是李尔不得不面对女儿们及他自己行为的真相——这场暴风雨伴随着第三幕开场。在这狂风暴雨的夜晚，肯特终于找到老国王（据称，老国王"在他渺小的一身内，正在进行一场比暴风雨的冲突更剧烈的斗争"；3.1.10-11），栩栩如生地证实，这场同时袭击身体也袭击心灵的暴风雨凶猛恶毒，前所未有：

> 唉！陛下，你在这儿吗？喜爱黑夜的东西，
> 不会喜爱这样的黑夜；狂怒的天色
> 吓怕了黑暗中的漫游者，
> 使它们躲在洞里不敢出来。自从有生以来，
> 我从没有看见过这样的闪电，听见过这样可怕的雷声，
> 这样惊人的风雨咆哮；人类的本性是禁受不起
> 这样的折磨和恐惧的。（3.2.41-49）

然而，李尔非但没有心生恐惧，躲避风雨，反倒故意把自己暴露在风雨中，敦促风雨的怒火来得更猛烈些。李尔呼唤毁灭，不是

仅仅针对那些对他背信弃义，用愤怒和轻视来报答他的慷慨的人，而是针对全人类及地球本身："把这生殖繁密的、饱满的地球击平了吧！打碎造物的模型，不要让一颗忘恩负义的人类种子遗留在世上！"（3.2.7-9）如果说此前，李尔过高评价了人性，现在，李尔则正走向另一极端，忘却了依然有人爱戴自己，对自己忠心耿耿。

李尔灵魂内的混乱，比袭击他身体的暴风雨更为惨烈，证据是李尔宁愿暴露在后者中，来分散对前者的注意力。肯特将李尔领至一间破屋，能些许提供庇护，而后央求国王："陛下，进去吧：在这样毫无掩庇的黑夜里，像这样的狂风暴雨，谁也受不了的。"但李尔坚持独处：

> 你以为让这样的狂风暴雨
> 侵袭我们的肌肤，是一件了不得的苦事；在你看来是这样的；
> 可是一个人要是身染重病，
> ［172］他就不会感觉到小小的痛楚……
> ……当我们心绪宁静的时候，
> 我们的肉体才是敏感的；我的心灵中的暴风雨
> 已经取去我一切其他的感觉，
> 只剩下心头的热血在那儿搏动——儿女的忘恩！
>
> 这暴风雨不肯让我仔细思想种种事情；
> 那些事情我越想下去，越会增加我的痛苦。
> （3.4.6-14，3.4.24-25）

对于李尔灵魂中最终成为一场革命的东西，李尔经受的狂风暴雨既是伴奏，也是有效的原因。几乎就在剧本正中位置，李尔说了一行台词，无疑是他最具预兆性的台词："我的头脑开始翻转起来了。"（3.2.67）这场翻转完成时，李尔对自然和政治生活的看法已截然不同（比较《王制》515c，518d-519a，521c）。

不过，表面上看，李尔是说，他意识到发生了自己因某种原因尤为害怕的事：疯狂。在人类易遭受的所有不幸与苦难中，他最担心丧失理智。或许，单单这一点最能揭示李尔的特殊本性。而只要我们同情李尔的焦虑，或许单单这一点也最能揭示人性本身。李尔先对弄人表达了这份担忧，彼时，面对高纳里尔的故意羞辱，李尔撇下高纳李尔（和困惑不已的奥本尼），愤然出走，试图搬去与里根同住："啊！不要让我发疯，不要让我发疯，天啊；抑制住我的怒气；我不想发疯！"（1.5.42-43）每每有新的羞辱加诸己身，国王李尔都重提这种特别的担忧。一抵达葛罗斯特的官邸，发现皇家使者身处足枷，李尔立即重提他心里正升起一股威胁："啊！这妈妈病都涌上我的心头来了！歇斯提利亚（Hysterica passio）！快给我平下去吧，你这往上爬的忧伤！"（2.4.54-55）。接着，得知里根和康华尔拒见自己，这种感受再度出现："啊！我的心！我的怒气直冲的心！把怒气退下去吧！"（2.4.118-119）。

不久，高纳里尔来到里根住处，受到里根热烈欢迎，姐妹俩开始一起削减李尔的随从与骄傲，这使得李尔对高纳里尔半是警告、半是恳求："女儿，请你不要使我发疯；我也不愿再来打扰你了，我的孩子；再会吧。我们从此不再相见……"（2.4.216-218）不过，继续往下说时，他的头脑开始摇摆，先是承认"可是你是我的肉、我的血、我的女儿"；下一口气，又谴责高纳里尔"或者还不如说是我身体上的一个疾病，……我腐败的血液里的一个脓肿，一个瘀块，或是一个肿胀的恶瘤"；紧接着又说："可是我不愿责骂你；让羞辱自己降临你的身上吧"（2.4.219-224）。最后，里根表明她对待李尔与高纳里尔对待李尔一样，冷酷、蔑视又心怀仇恨。[173] 于是，李尔许下了一些无力的威胁，宣称要报仇雪恨，坚称尽管他肝肠寸断，但不会落泪。在他舍弃葛罗斯特官邸的舒适和安全时，伴随着一句悲哀的话："啊，傻瓜！我要发疯了"——这时，我们第一次听见了"狂风暴雨"（2.4.284）。

　　此前李尔始终认为，世界，包括人，可以充分理解，因而可以预料，因此他一直感到随心所欲，感到他的能力与力量足以应对任何问题。没错，李尔可能没有意识到，这种"随心所欲"很大程度上是因为人们畏惧他的政治权力，于是唯命是从。无论如何，此前，事物的正确秩序得到遵守，正义仁慈的诸神监管一切。没有任何事物挑战李尔对世道的传统理解，李尔天生的机敏也完全能应对世道。尽管像大多数高贵的武士一样，李尔始终重视真实与诚实，尽管李尔展现出伟大的精神（这见于李尔的怒火气势磅礴，对待随从的善良慷慨），但我们没有任何理由认为李尔比他人更倾向哲学。由于不认为这个俗世令人不解，因而无论是对于俗世的基本统治规则，还是人在其中的位置，李尔从不分外好奇。

　　然而，正因为李尔对世界，包括对人，大体抱有这类理性期望（李尔计划完好无损地交托王国即可证明这一点），即正因为李尔期待一切有意义，期待人的行为符合理性的自我利益，包括传统的正义标准（抑或当人的行为可能不合以上标准时，这能对敏锐的观察者一目了然），所以，当熟知的宇宙全盘颠覆时，李尔尤其容易疯狂。就李尔而言，这带来了痛苦的精神暴风雨，而他身陷其中的自然暴风雨又无限扩大了这场精神暴风雨（因为风雨越肆虐，女儿们驱逐李尔、让李尔承受风雨就越令人发指；比较3.2.21-24）。这番经历使李尔完全"混乱"，以致终于恢复意识时，他已不知身在何处（"我去哪儿了？我在哪里？"4.7.52）。但这也使李尔摆脱了所有关于人和事的那些意见，李尔从未审查过这些意见，却对此深信不疑——鉴于李尔一直这般生活，在自己的经验范围内、身为绝对君主，或许，任何比这逊色的经历都无法实现这种效果。

　　李尔简单明了的理性，见于我们听其表达的一句"哲学"观点（尽管可以想见，李尔没有充分理解其中的深意）。考狄利娅两次回答"无话可说"，令李尔尴尬不已，李尔心神不定、可能半开玩笑地申明:"没有只能换来没有:重新说过。"(1.1.89)李尔的这句宣言是唯一符合自然的人类理性的话:不仅没有不能产生有,而且(作为以上观点的理性补充)[174]有也不能变成没有。[69]随着戏剧进行,莎士比亚数次动用这个主题的变奏。葛罗斯特"碰巧"撞见爱德蒙假装阅读伪信,问道:"你读的是什么信?"爱德蒙明显在撒谎:"没有什么,父亲。"他父亲讥讽道:"没有什么?那么你为什么慌慌张张地把它塞进你的衣袋里去?既然没有什么,何必藏起来?来,给我看;要是那上面没有什么的话,我也可以不用戴眼镜。"(1.2.30-35)爱德伽因同父异母兄弟陷害,逃向漆黑的乡野,决定伪装成可怜的汤姆,一个疯人院的乞丐。爱德伽思忖道:"倒有点东西了:我现在不再是爱德伽了"(2.3.21)——也就是说,爱德伽没有仅仅变作没有,而是变作了另一样东西。每当弄人嘲笑主人考虑不周,竟分割权力时(例如"你把你的聪明从两边削掉了,削得中间不剩一点东西"[1.4.183-184];又如"你还比不上我;我是个傻瓜,你简直不是个东西"[1.4.190-191]),我们就想起李尔致命的话:没有只能换来没有。不过,这方面最有趣的对话涉及肯特,还有国王和弄人。弄人刚对李尔发表了一篇讲话,里面是各种精辟的悖论,肯特呵斥道:"傻瓜,这些话一点意思也没有。"弄人答道:"那么正像拿不到讼费的律师一样;你不给我一点报酬。"转而他质问李尔:"老伯伯,你不能利用没有吗?"李尔回答:"啊,不,孩子;没有只能换来没有。"弄人于是又转向肯特:"请你告诉他,他有那么多的土地,也就成为一堆垃圾了;他不肯相信一个傻瓜嘴里的话。"(1.4.126-132)

略加思考可以发现,要使哲学成为可能,必须满足两个条件。首先,世界必须"有意义"、可理解。这相应地要求世界必须既连贯(万物都以某种方式合为一体,从而构成一个世界,一个宇宙

[uni-verse]①) 又一致。无论人看待及解释世界的方式何其不同,但必须只有一个现实。能轻易解释这一点的是,对于共同居住其中的世界实际如何运行,葛罗斯特和私生子爱德蒙各执己见。葛罗斯特认为,这个世俗世界受制于天体影响,因此他如是解释国王的反常行为,还有婚生子爱德伽据称要谋害自己性命一事:"最近这一些日食月食果然不是好兆;虽然人们凭着天赋的智慧,可以对它们作种种合理的解释[正如"生理学家"],可是接踵而来的天灾人祸,却不能否认是上天对人们所施的惩罚。"(1.2.100-103)李尔似乎也赞同这个观点,至少起初想法雷同,他发誓说,"凭着太阳神圣的光辉,凭着赫卡特与黑夜的神秘,凭着主宰人类生死的星球运行……"(1.1.108-111;比较5.3.16-19)。就连肯特也诉诸这个观点,[175]来解释为何如此不同的女儿出自同一对父母:"那是星辰,天上的星辰主宰着我们的命运。"(4.3.32-33)相反,爱德蒙则对这些说法嗤之以鼻:

> 人们最爱用这一种糊涂思想来欺骗自己,往往当我们因为自己行为不慎而遭遇不幸的时候,我们就会把我们的灾祸归怨于日月星辰;好像我们做恶人也是命中注定,做傻瓜也是出于上天的旨意,做无赖,做盗贼,做叛徒,都是受到天体运行的影响,酗酒,造谣,奸淫,都有一颗什么星在那儿主持操纵;我们无论干什么罪恶的行为,全都是因为有一种超自然的力量在冥冥之中驱策着我们。明明自己跟人家通奸,却把他的好色的天性归咎到一颗星的身上,真是绝妙的推诿!我的父亲跟我的母亲在巨龙星的尾巴底下交媾,我又是在大熊星底下出世;所以我就是个粗暴而好色的家伙。嘿!即使当我的父母苟合成奸的时候,有一颗最贞洁的处女星在天空眨眼睛,我也决不会

---

① [译注] 英文中universe [宇宙] 一词的前缀为uni,意为"单一的"。

换个样子的。（1.2.115-130）

葛罗斯特另一个儿子也表明，他对占星术抱有恰当的怀疑（参见 1.2.135-147）。但无论关于天体与人世的关系孰对孰错，要点在于，此处只有一个现实：其中只有一个观点为真，唯一的真理反映唯一的现实。鉴于葛罗斯特与儿子们的生活紧密交织（正如在所有政治组织中），儿子们的生活若不受制于天体影响，葛罗斯特的生活也绝不可能受其影响。要么所有人都受影响，要么没有人受影响。

此外，这个单一现实的运行准则——即我们眼中的"自然之法"，凭这些"自然之法"，事物只要确实保持不变，就持续存在，从而给出某种身份之基，凭这些自然之法，事物运动又改变、生长又衰退，只要它们保持不变——必须连贯一致。唯有某种不变的终极事物"规定"并"决定"我们千变万化的可见世界里明显的流动，才会有任何永恒的真理可以为人认识，也因此，才会有关于世界的真正知识可以为人获得。要是世界的存在原则瞬息万变，还有什么可能去知道任何东西，去理解任何东西的"原因"与"方式"？要理解可见的变化，唯有依据不变的变化原则。严格而论，混乱不可理解，而依其定义，反复无常也无从解释。理性的可理解性（当然，也只有这唯一一种可理解性）的基本前提是：首先，有可以来自完全没有，或有可以变成完全没有，这必须不可能发生。[176]字面上看，这些概念看似不可思议。相反的假设——有只能来自有，而没有只能"产生"没有——是所有因果分析的前提。其次，X 与非 X 不可能同时为真：逻辑上彼此矛盾的条件不可能同时共存。正是由于我们直觉上接受这条最基本的理性原则，弄人的那首说教打油诗结尾的许诺才有了悖论的趣味："你得到的好处之多，好比双十比二十之多。"（1.4.124-125）

哲学要成为可能——要使哲学自身"有意义"，第二个条件是，人类理性必须能符合试图理解的世界的内在理性。至少，人类心灵必须按同样的基本准则运转;也就是说,要使思考合理、可能真实,思考必须连贯、一致、不相矛盾。诚然,某人思想连贯还不足以保证其思想就吻合事物的连贯性,因此其自身无法保证事物实际上连贯。但其他可能性确乎不可想象,[70]因为人类想象力是理性的一个侧面,呈现于记忆、计算、分析与综合中的同一些原则,决定了人类想象力的清晰连贯。[71]就此而论,除非先假设心灵与现实自然一致,否则就没有理性选择。因此,哲学有赖于信任理性能力,有赖于必须相信理性(比较《王制》509d-511e)。至于更准确、更本质地说出拥有理性本性包含着什么,这个问题复杂难解。不过,我们可以通过展现理性缺失的场景,获得一些对理性的具体理解。当我们遇见某人心智错乱,因而不依从人类理性的惯常原则运转时,最容易意识到我们所共享、所依靠并等闲视之的理性本性。[72]

相应地,剧本表现了几例疯狂情形,每例都值得相互比较,并与正常的人类行为比较。受极端情感掌握时,我们会暂时失去理智,例如李尔对考狄利娅勃然大怒,使得肯特抗议:"李尔发了疯,肯特也只好不顾礼貌了"(1.1.144-145)——也就是说,做某样显然丧失理智、"疯子"冷静后(很可能)自己也会视之为疯狂的事(参见2.2.67,2.2.82,3.4.162-167,5.1.60)。接着,是李尔那肆无忌惮的弄人的职业性疯狂,尽管就弄人这个特例而言,疯狂常掩盖着深刻的清醒。或许,更有用的是在此想起做傻事只是为了博众人一乐的"一流弄人"。还有爱德伽佯作疯狂,伪装成疯人院的可怜汤姆——不过在此,爱德伽的多数胡言乱语(与连贯的话语相比),甚至一些"荒谬愚蠢"的喋喋不休,事实上掩盖着爱德伽[177]艰难获得的智慧。最后,剧本表现了李尔理性能力的彻底混乱,这混乱源自一场情感暴风雨,它比室外的暴风雨更有压力、更令人痛苦,而后者又使前者变本加厉。如前文所述,李尔的身心如此同时遭袭,是李尔最终摆脱那个梦幻世界的途径或代价,他在这个梦幻世界里生活了八十年，而这场解脱最终使他看清了事物。然而，要获得这种清晰的看见，他唯有先彻底脱离对政治生活，对他一直过的政治生活的寻常而普通的理解，他已发现那种生活彻底虚假，与依据自然生活截然对立。[73]

我们可以发现，李尔的哲学进程有几个步骤。方法是留意李尔在面对吞没他的骇人风雨时态度有何改变，这些改变实际上是他在理解自然的自然及人与自然的关系上，观念发生了改变。我们最初见到李尔对敌对的自然发话时，其用词符合他在戏剧前半部分反复提及的自然与诸神概念，主要是宣誓、祈祷与诅咒。例如，李尔对高纳里尔咆哮："可是我不愿责骂你；让羞辱自己降临到你身上吧，我没有呼召它；我不要求天雷把你击死，我也不把你的忤逆向垂察善恶的朱庇特控诉。"（2.4.223–226）也就是说，李尔以为诸神统治世界，而自然的力量（以雷电为代表）是诸神惩治犯错人类的一种工具。李尔首次关于暴风雨的布道就蕴含着如此看法，这段布道的高潮如下：

> 伟大的神灵
> 在我们头顶掀起这场可怕的骚动，
> 让他们现在找到他们的敌人吧。战栗吧，
> 你尚未被人发觉、
> 逍遥法外的罪人：躲起来吧，你杀人的凶手，
> 你用伪誓欺人的骗子，你道貌岸然的
> 逆伦禽兽；魂飞魄散吧，
> 你用正直的外表遮掩
> 杀人阴谋的大奸巨恶！撕下你们包藏祸心的伪装，
> 显露你们罪恶的原形，向
> 这些可怕的天吏哀号乞命吧。我是个
> 并没有犯多大的罪、却受了很大冤屈的人。（3.2.49–60）

由此,李尔宣称,他要用忍耐熬过暴风雨("我要忍受众人所不能忍受的痛苦";3.2.37;比较2.4.269,3.6.57-58),因为暴风雨没有真正针对他。罪人应畏惧暴风雨,但像李尔一样"并没有犯多大的罪却受了很大冤屈的人"则无需畏惧。毫无疑问,李尔全然不知,他希望自己忍耐,其实是在希望自己具备精神的女性德性,那种哲学最需要的德性:[178]忍耐与接受。它是男性精神德性——勇敢、坚毅与不可征服——的重要补充。[74]

然而,随着暴风雨继续猛击李尔,李尔的头脑开始翻转,与此同时,李尔有了新看法:

> 衣不蔽体的不幸的人们,无论你们在什么地方,
> 都得忍受着这样无情的暴风雨的袭击,
> 你们的头上没有片瓦遮身,你们的腹中饥肠雷动,
> 你们的衣服千疮百孔,
> 怎么抵挡得了这样的气候呢?啊!我一向
> 太没有想到这种事情了。安享荣华的人们啊,睁开你们的眼睛来,
> 到外面来体味一下穷人所忍受的苦,
> 分一些你们享用不了的福泽给他们,
> 让上天更加彰显正义吧!(3.4.28-36)

起先(正如我们刚才所见),李尔在道德层面思考暴风雨,认为暴风雨惩治不义之人,而非像他一样的人(尽管是他首当其冲承受暴风雨的袭击)。不过,现在李尔意识到,自然的物质力量无视道德。事实上,和风细雨一视同仁地灌溉正义之人和有罪之人的田野,而这类暴风雨只是最沉重地打向——并非问心有愧的罪人——任何穷困潦倒、不堪一击的人。李尔的弄人敦促李尔寻求庇护时亦如是警告:"这样的夜无论对于聪明人或是傻瓜,都是不发一点慈悲的。"

（3.2.12–13）李尔现在知道，就算这些事件背后有任何神意，那也仍需要人类智力和情感主动介入，去创造更正义的世界。要注意，葛罗斯特的痛苦经历也教给他一个类似的道理。当爱德伽乔装成可怜的汤姆，被招来将失明的父亲领向多佛峭壁时，葛罗斯特不知不觉，向自己的儿子传授了下述内容：

> 来，你这受尽上天凌虐的人，把这钱囊拿去；
> 我的不幸却是你的运气：
> 天道啊，愿你常常如此！
> 让那穷奢极欲、
> 把你的法律当作满足他自己享受的工具、
> 因为*知*觉麻木而沉迷不悟的人，赶快感到你的威力吧；
> 从享用过度的人手里夺下一点来分给穷人，
> 让每一个人都得到他所应得的一份吧。（4.1.63–70）

不过，应当注意，葛罗斯特（与李尔不同）仍相信，神灵直接、有目的地管理此世事务。[179] 葛罗斯特仍受制于传统观念，他继承土地和头衔时也继承了这个传统观念，这决定了爱德伽之后采用何种策略治疗他的绝望。

李尔刚提及衣不蔽体的可怜人们，现在就遇到了其中一个：正是这个乔装打扮的爱德伽（他已扮作"最卑贱穷苦、最为世人所轻视、和禽兽相去无几的家伙"——脸上涂满污泥，腰上只裹着一块毡布，头发是个乱结；2.3.7–11）。李尔的弄人发现爱德伽蜷缩在小屋里，肯特已将老国王领进这个小屋。这个"可怜的汤姆"近乎一丝不挂，其穷困潦倒显而易见，于是李尔试图用自己不正常的依恋来解释爱德伽的穷困："你把你所有的一切都给了你的两个女儿？所以才到今天这地步吗？"（3.4.48–49）可怜的汤姆用一连串看似语无伦次的胡言回应，而此时李尔继续沉浸在自己的世界，只是现在他已姗姗来迟地有点意识到自己过去的错误了:"什么!他的女儿害得他变成这个样子吗?你不能留下一些什么来吗?你一切都给了她们了吗?"肯特试图将国王带回现实("陛下,他没有女儿哩"),但李尔执迷不悟:

> 该死的奸贼!他没有不孝的女儿,
> 怎么会流落到这等不堪的地步?
> 难道风尚便是,被弃的父亲,
> 都这样一点不爱惜他们自己的身体的吗?
> 适当的处罚!谁叫他们的身体产下
> 那些鹈鹕一样的女儿来。(3.4.69–74)

现在,李尔对自然和习俗的看法已然不同。"合宜的"家庭关系并非由自然决定,而只是"风尚";风尚既然是习俗,就会改变。此外,李尔也已经以不同的眼光看待自然之物,他对"自然正义"的看法也同样改变了,变得更类似私生子爱德蒙的看法,后者表述的观点是:我们必须承认,我们自己应对自身行为引起的任何后果负责。尽管这兴许是审慎的人生态度,但这至多半对半错,它明确表达了罪有应得的非政治的观念。因为无论李尔将一切分给两位年长的女儿何其有失审慎,无论我们多想批评李尔自讨苦吃,都绝不能在任何程度上免除女儿们及康华尔的罪责。完全指望他人的正义或许愚不可及,但这无论在哪里都无关于究竟什么是正义。

不过,我们也许注意到另一些东西在此浮现,那就是李尔习惯将人的愚蠢追溯至人的性欲,追溯至我们易受性激情掌控。李尔将女儿们视作那种激情的苦涩果实;[180]不过在此,李尔沉浸于自己的麻烦,又一次观点失衡——观点不充分连贯——他忘记了第三个女儿,她也是那同一种激情的产物。正如考狄利娅的侍臣稍后评论的:"你有一个女儿,她挽救了被那两个女儿所累而遭众人唾骂的自然。"

（4.6.202-204）李尔谴责他眼中文明世界盛行的做作和虚伪，尤其责骂性行为（尤其是女人的虚伪，尽管她们表面上端庄稳重、冷若冰霜、举止得体："瞧那个脸上堆着假笑的妇人……做作得那么端庄贞静，一听见人家谈起调情的话儿就要摇头；其实她自己干起那回事来，比臭猫和骚马还要浪得多哩"；4.6.116-22）。李尔的新自然观认为，自然与人工和习俗的世界截然不同，与这个观念一致，李尔明确否认自己与这一整桩虚伪的事有任何关系；借助这件事，人类的性行为——繁殖人的自然——以有秩序的政治生活的名义被人为掩饰起来并受到规范的约束。他遇到现在失明的老奸夫葛罗斯特，葛罗斯特凭声音认出了疯国王，于是对疯国王说话。李尔回应道：

> 嗯，从头到脚都是君王；
> 我只要一瞪眼睛，我的臣子就要吓得发抖。
> 我赦免那个人的死罪。你犯的是什么案子？
> 奸淫吗？
> 你不用死；为了奸淫而犯死罪！不：
> 小鸟儿都在干那把戏，小小的金苍蝇
> 当着我的面也会公然交合哩。
> 让通奸的人多子多孙吧；因为葛罗斯特的私生儿子，
> 也比我合法的女儿
> 更孝顺他的父亲。淫风越盛越好！
> 我巴不得他们替我多制造几个士兵出来。（4.6.107-117）

不过显然，莎士比亚要我们注意到，李尔论证应让人的性欲像低等动物那样"多子多孙"，乃是基于完全错误的前提，即葛罗斯特的私生子比李尔的婚生女儿更孝顺父亲。

由于繁殖自然（the reproduction of natures）是自然（Nature）的首要任务，因此毫不奇怪，李尔的性欲观变得与爱德蒙类似，后者对人性的尖刻嘲讽中也带有强烈的性欲色彩（"往往当我们因为自己行为不慎而遭逢不幸的时候……酗酒、造谣、奸淫，都有一颗什么星在那儿主持操纵……把他的好色天性归咎到［181］一颗星身上，真是绝妙的推诿……所以我就是个粗暴而好色的家伙"等；1.2.116-128）。不过，有趣的是，葛罗斯特另一个儿子似乎也同样沉迷于性欲（或许，旺盛的性欲在这个家庭涌动）。出于伪装，爱德伽暴露在原始自然之下，和李尔一样被迫重估生活。不过，或许是由于爱德伽的出发点与李尔大相径庭——爱德伽是无所顾忌、漫不经心的少年，理所当然享受着声色犬马的生活——爱德伽的结论也与前任国王迥然不同（透过爱德伽装疯，这点一目了然）。李尔提及"鹈鹕女儿"，爱德伽用性暗示回应，接着恐怕是他的新版教义问答："当心恶魔。孝顺你的爹娘；说过的话不要反悔；不要赌咒；不要奸淫有夫之妇；不要把你的情人打扮得太漂亮。"（3.4.78-80）爱德伽的话显然使李尔已翻转但完全清醒的头脑大为好奇，因为李尔问道："你本来是干什么的呢？"这个问题仿佛使爱德伽暂时跳出疯面具，答道：

　　　　一个心性高傲的仆人；头发卷得曲曲的，帽子上佩着情人的手套，惯会讨妇女的欢心干些不可告人的勾当；开口发誓，闭口赌咒，当着上天的面把它们一个个毁弃；睡梦里都在转奸淫的念头，一醒来便把它实行。我贪酒，我爱赌，我比土耳其人更好色：一颗奸诈的心，一对轻信的耳朵，一双不怕血腥气的手；猪一般懒惰，狐狸一般狡诡，狼一般贪狠，狗一般疯狂，狮子一般凶恶。不要让女人的脚步声和窸窸窣窣的绸衣裳的声音摄去了你的魂魄：不要把你的脚踏进窑子里去，不要把你的手伸进裙子里去，不要把你的笔碰到放债人的账簿上，抵抗恶魔的引诱吧。冷风还是打山楂树里吹过去；［后面看似是胡话］。（3.4.83-97）

爱德伽对自己过去的描述（我们难道不应认为这段话至少有几分真实吗，即便爱德伽夸大了自己的罪行？）实则概述了人类的轻浮和堕落，两者唯有在政治生活中才成为可能。这段描述与李尔眼下看到的东西形成最鲜明的对比。此时，李尔对自然与人的关系的新看法正开始成形，他不禁问道：

> 难道人不过是这样一个东西吗？想一想他吧。你不向蚕身上借一根丝，也不向野兽身上借一张皮，也不向羊身上借一片毛，也不向麝猫身上借一块香料。嘿！我们这三个人［即他，肯特，弄人］都［182］已经失掉了本来的面目；只有你才保全着天赋的原形；人类在草昧的时代，不过是像你这样的一个寒碜的赤裸的两脚动物。脱下来，脱下来，你们这些身外之物！来，松开你的纽扣。（3.4.100–107）[75]

对于李尔不受羁绊的心灵而言，服装代表着——更好的说法是，象征着——人工之物，即自然之物的对立面。由于服装隐藏了我们的真实面目（不过是寒碜的、赤裸的两脚动物），因而创造出迷惑人的外表，服装也象征着人类生活中李尔现在视为虚假的一切事物，一切他（始终偏好真实与诚实）因此避之不及的事物。李尔竭力剥光自己的身外之物，与可怜的汤姆一道，进入他眼中人类的自然状态，成为天赋的原形——不失本来的面目，舍弃技艺创造的一切，而借助技艺，我们为求自身方便挪用了自然的异种部件，于是不再像其他自然存在一样自然地自给自足——幸运的是，弄人打断了李尔的这些举动，宣告人工之物的经典象征大驾光临：火——普罗米修斯（Prometheus）（"事先考虑"）的礼物，他从诸神处偷得。弄人刚提及（恐怕是满怀希望）"旷野里一点小小的火光"，并将其比作"好色老头儿的心"中的小小火光，即宣布："瞧！一团火走来了！"（3.4.109–111）这是忠诚的老奸夫葛罗斯特，借着火把的微弱光束，在黑暗的夜色中穿行。

葛罗斯特直接违抗康华尔，冒着生命危险，为国王准备了一处"有火炉、有食物"的场所，然后前来寻找国王（3.4.150）。然而，尽管葛罗斯特敦促李尔立即去这个秘密避难所，国王却拖延不决，理由无疑看似再古怪、再荒唐不过："让我先跟这位哲人谈谈。"也就是说，李尔现在不仅将近乎赤裸的可怜汤姆（汤姆坦言他被驱逐，吃喝任何他能找到或讨到的东西；3.4.126-132）视为自然之人（Natural Man），他还进一步断定，可怜的汤姆的生活方式表明，他是个哲人。这是出于什么原因呢？是否因为汤姆拒斥人类社会的虚假生活，选择"依据自然"生活，像其他动物一样自给自足，而这意味着汤姆已寻找并发现了自然的真相？因此，李尔问汤姆："天上打雷是什么缘故？"（比较阿里斯托芬《云》374及以下）此前，这对于李尔来说不是问题，李尔依据习俗观点，将雷鸣电闪归功于"垂察善恶的朱庇特"（2.4.225-226，3.2.5-7；比较2.1.44-45）。而现在，显而易见，李尔在寻找一个纯粹"自然的"解释。爱德伽没有机会回答，肯特抢先一步，敦促李尔接受葛罗斯特的提议。但李尔顽固不化："我还要跟这位哲人说一句话。您研究的是哪一门学问？"听闻爱德伽的问答，李尔发出一个神秘的请求："让我私下里问您一句话。"（3.4.157）[76]

李尔想从这位"一丝不挂的"自然之人，这位"哲人"，这位"有学问的忒拜人"身上了解什么呢？[77]什么样的问题才可能需要[183]保密呢？难道不是想问："诸神存在吗？"[78]不过，李尔寻求知识的企图再度被肯特挫败，在肯特看来，这只是愈发证明"他的神经有点错乱起来了"，因此甚至更执意将国王的身体移至葛罗斯特提供的避难所。不过，李尔非但没有舍弃他的哲人，还准备和哲人一起待在空空如也的小屋（"高贵的哲人，请了"），[79]直到可怜的汤姆也获准陪同李尔，李尔才同意走进葛罗斯特满是人工技艺的避难所："来，好雅典人。"（3.4.169-177）

　　李尔急切否认服装及其他一切人工之物的用处，试图仅依据唯一的自然真实生活，在此李尔忽略了爱德伽反复念叨的一句短语的深意——"可怜的汤姆冷着呢"（3.4.57，3.4.81，3.4.144，3.4.170）。更讽刺的是，第一次大段论及服装见于李尔早先对人性的论述，彼时李尔的论调与现在恰恰相反。当时女儿们坚持让李尔削减随从，质疑李尔需要任何骑士：

> 啊！不要跟我说什么需要不需要；最卑贱的乞丐，
> 也有他不值钱的身外之物；
> 人生除了天然的需要以外，要是没有其他的享受，
> 那和畜类的生活有什么分别。你是一位夫人；你
> 穿着这样华丽的衣服，如果你的目的只是为了保持温暖，
> 那就根本不合你的需要，
> 因为这种盛装艳饰并不能使你温暖。（2.4.262-268）

　　李尔此处的言辞有两重反讽：比起之后在不受拘束的癫狂中宣扬的生理学家式的观念，他的前哲学人性观更符合事物真相。人类生活之所以有别于动物生活，一个至关重要的方面恰恰在于，人类生活既非受制于基本的必然，也非受制于严格的功利，而美尤其是自然的人类关切：我们希望衣着"华丽"，也希望衣着"温暖"，事实上，可能还会像李尔的这两个女儿一样，为了前者牺牲后者。不过，李尔表述这个观点时，这不过是一个正确的意见，基于司空见惯、未经充分审视因而也未被充分理解的假设。彼时，比起肯特与葛罗斯特，李尔没有更真切地理解自然，因而也没有更真切地理解习俗、技艺，或习俗与技艺的真正关系。

　　略作思考可以发现，技艺也和习俗一样，是人性的固有之物，是我们理性的体现，而我们的理性能力首先关乎我们的必需品，必需品满足后，［184］则关乎我们的匮乏。诚然，我们自然渴望有衣

服和住所来保护身体，有可靠的食物来源，远离任何威胁，然后渴望能保卫自己，渴望健康无恙，此外，还渴望享受任何让我们愉悦的事物，等等。同样自然的是，我们竭尽自己的自然能力、理性能力及身体能力，发明并完善各项技艺，从而满足这些自然需要和匮乏。[80] 尤其值得注意的是，我们自然地试图人为提升性魅力（不仅借助讨好人的服饰和装饰，还借助态度和举止）——我们同样自然地运用理性，去追求繁衍后代这个至高无上的自然目的，正如孔雀本能地开屏以吸引配偶、震慑对手。由于诸如此类运用自然理性来满足必需和匮乏，而这些必需和匮乏本身是自然之物，或至少是自然生成的（正如渴望奢华）（比较《王制》372c-e），因此，人类生活的直接环境中多数事物是人工之物——事实上，考虑到遵循习俗的习惯性行为，人类本身的不少事物也可视作"人工之物"。但人类从事技艺与技巧的能力（正如理解并遵循习俗的能力）本身并非人工之物：这是自然之物，是我们拥有的理性本性的固有属性。

　　回想起来，可以发现，疯李尔撞见爱德伽给失明的父亲引路时，说的最初几个词反讽地预示了自然、技艺与习俗的真正关系："不，他们不能判我私造货币的罪名；我是国王哩……在那一点上，自然是胜过人工的。"（4.6.83-86）私造货币！用冶金术制造代币，取代恐怕是最习俗性的物品——货币。不过，正如苏格拉底"依据自然"（kata physis［依据自然］,《王制》428e）构建 logos a polis［言辞中的城邦］时所表明的，为了经济交换使用货币是自然形成的，是对政治生活的需要的理性回应（371b）。不过，自古以来，人们也同样认为，制造货币、制定"法定货币"的特"权"，是最高政治权威的本性，（因此）伪造货币——除了"国王"外的任何人制造货币——必然是犯罪。在此意义上，自然——必然包括诸政治必需品，借此人才可以依据理性本性生活——同时"胜过"（above）技艺与习俗，并囊括两者。

　　人类理性的特点在于，要充分挖掘理性的潜能，因而充分实现人的本性，唯有身处政治社会，其间人得以"辩证"地运用理性：首先，这般发明与完善技艺，尽管目的并非为了完善理性能力及理解力，但确乎顺带有这个效果；其次，人们就共同事务彼此商议，包括制定并遵循各类规则和习俗——这些活动再度顺带开发了理性本身；第三，通过参与 [185] 公共事件，从体育运动和竞赛至戏剧表演和宗教仪式的各种事件；第四，通过共同致力于理解事物，且仅仅为了理解事物本身。与所有这些理性运用相关，尤其与后两例相关的是，莎士比亚邀请读者进一步思考读与写的意义，也即法律与宗教教义，历史、戏剧与歌曲，论文与条约，手册与公式，计算与菜谱的影响，这些影响凝固在写作里，任何有读写能力的人都能阅读、聆听并使用。

剧中后续指涉服装之处继续提醒我们，这件最基本的技艺产品具有更广阔的意义，因而技艺本身也有更广阔的意义。这就揭示了我们的理性本性——虽然不是完全理性的——的其他侧面。失明的葛罗斯特请求忠心的老佃户给新向导，"这个赤裸的家伙"，一些像样的衣服："拿一点衣服来替这个赤裸的灵魂遮盖遮盖身体。"（4.1.39，4.1.44）啊，没错，正像麦克白说的，我们赤裸的灵魂，我们赤裸的脆弱，暴露着就会受伤。但赤裸身体不仅涉及身体脆弱易受伤，正如李尔的弄人评论可怜的汤姆时提醒我们的："他还留着一方毡毯，否则我们大家都要不好意思了。"（3.4.65）要注意，是都，不仅是赤裸的人。自然决定我们需要服装，技艺提供服装，但习俗大致决定服装的形式与用途。无论天气如何，我们都会（大致）遮盖最具性征的部位，那些与繁殖相关的部位，这种行为并非与理解人性完全无关。同样，房屋不仅是身体的居所，还是隐私和特权的居所，在家庭的温暖中，灵魂可以些许休息，不再受制于公共规则和政治生活固有的公共审查压力（参见3.3.1-6）。

去多佛的路上，葛罗斯特认为，可怜的汤姆声音变了，比起从前，"不再那样粗鲁、那样疯疯癫癫"。爱德伽反讽地回答："您错啦;除了我的衣服以外,我什么都没有变样。"(4.6.7–10)爱德伽提醒我们,衣服便是他把外表从高贵的爱德伽变作可怜的汤姆的基础(主要通过服装、修饰与装饰)。在此,我们受邀更笼统地思考这些"人工制品"对于社会政治地位扮演什么角色,如何就性别、年龄、权威与生活地位,设置我们对彼此(以及我们自己?)的期望。肯特刚与考狄利娅团聚,汇报了他最近与老李尔的冒险,考狄利娅就希望他"去换一身好一点的衣服吧;您身上的衣服是那一段悲惨的时光中的纪念品,请你脱下来吧"。不过,出于某种神秘的原因,肯特还不想舍弃伪装,于是请求考狄利娅为他的真实身份保密(4.7.6–11)。酣睡的李尔被领到他们面前,考狄利娅问道:"他有没有穿好?"回想李尔在多佛的丘陵间玩闹时(考狄利娅说是"疯狂得像被飓风激动的怒海"),身着真正的野花〔186〕野草(4.4.1–6)。现在,考狄利娅派去照料李尔的侍臣答道:"是,娘娘;我们乘着他熟睡的时候,已经替他把新衣服穿上去了。"(4.7.20–23)

终于苏醒时,李尔已全然不同。在这部剧中,李尔(和我们)首次听见音乐——悦耳的形式巧妙地加诸为了悦耳之目的而由人工产生的声响。[81]睡眠已治愈"他被凌辱的心灵中的重大裂痕"(正如医生先前指出,"休息是滋养疲乏的精神保姆",通过医药这门技艺,医生人为地促使李尔休息;4.4.11–15),李尔先以为自己已死亡,是在阴间苏醒了(4.7.45)。相信自己还没死后,他仍对自己存有疑虑:

> 我怕我的头脑有点不太健全。
> 我想我应该认识您,也该认识这个人;
> 可是我不敢确定;因为我全然不知道
> 这是什么地方,而且凭我所有的能力,
> 我也记不起来什么时候穿上这身衣服。(4.4.63–67)

不过,李尔不再拒绝这些新衣。这表明,李尔已超越前苏格拉底哲人对自然以及对自然与政治生活（包括其所有技艺和习俗）有何关系的理解。"生理学家"的自然观（莎士比亚可能在暗示）是一种理性的疯狂，从对世界的普通理解自然上升至政治哲学理解的过程中，人必将经过这种疯狂。

在李尔"恢复"前，即在他回到对人类事物的人类视角前，李尔就正义与法律表达了一种彻底传统的观点："你没看见那法官怎样痛骂那个卑贱的小偷吗……让他们两人换了位置，谁还认得出哪个是法官，哪个是小偷？你见过农夫的一条狗向一个乞丐乱吠吗？……你还看见那家伙怎样给那条狗赶走吗？从这一件事上面，你就可以看到威权的伟大影子：一条得势的狗。"（4.6.149-157）李尔此处的观点与柏拉图《王制》中忒拉绪马霍斯（Thrasymachus）（以及不计其数的现代人）不无类似：所谓正义不过是倚靠强权的规则，由强者制定，主要服务于他们自己的利益。[82] 显然，李尔已忘记，他自己是关心自然正义和共同善的君王典范，他自己的面孔即彰显自然权威——至少好肯特如是认为。即便受李尔驱逐，肯特依然乐意将李尔称作主人（1.4.27-30）。如何解释肯特这般品性的人的忠心耿耿呢？忒拉绪马霍斯式的正义观，与"生理学家"对政治生活的总体看法一样，流于肤浅。他们自欺欺人，以为自己理解深刻，而实际上，他们对自以为知道的东西一无所知。李尔重拾的自然正义隐含于李尔悲哀地［187］向考狄利娅如是坦白："我知道你不爱我；因为我记得你的两个姐姐都虐待我。你虐待我还有几分理由，她们却没有理由虐待我。"（4.7.3-5）

苏醒并恢复理智后，李尔承认自己"完全无知"。同样地，李尔也不再就自然与政治高谈阔论——恰恰相反，李尔再三承认自己不过是愚蠢的老头（4.7.60，4.7.65，4.7.84）。李尔意识到自己无知，自己的记忆和心智已衰退（4.7.63-67），这并非李尔仅有的"苏格拉底"征兆（比较《申辩》38c，41d；《克力同》53d-e）。李尔还说，"要是你有毒药为我预备着，我愿意喝下去"（4.7.72），他的判断不再受激起的血气,即不再受面对万物不义时那不可遏制的愤怒所扭曲(比较《王制》536b-c;《申辩》35e)。正如医生对考狄利娅说的,"请宽心一点,娘娘;您看他的疯狂已经平静下去了"(4.7.78-79)。甚至从李尔让自己确信他看到的手是自己的手,也能发现在影射苏格拉底("让我试试看,这针刺上去是觉得痛的";4.7.55-56;比较《王制》462c-d,523e)。不过,恐怕最重要的影射在于,李尔和考狄利娅被捕后,李尔无忧无虑地宣称,他对政治"毫无兴趣":

> 来,让我们到监牢里去;
> 我们两人将要像笼中之鸟一般唱歌……
> 祈祷,唱歌,说些古老的故事,嘲笑
> 那班像金翅蝴蝶般的廷臣,听听那些可怜的人们
> 讲些宫廷里的消息;我们也要跟他们在一起谈话,
> 谁失败,谁胜利;谁在朝,谁在野;
> 解释各种事情的奥秘,
> 就像我们是上帝的耳目一样;
> 在囚牢的四壁之内,我们将要冷眼看那些朋比为奸的党徒
> 随着月亮的圆缺而升沉。(5.3.8-19)

以这种"哲学的"态度对待政治生活,像被逗乐的观察家一般笑看苏格拉底所谓"我们的监狱之家"(《王制》517b;也可以参见515a,519d)。这种态度表明,非同寻常的经历——他对此既感受到了,又经过了思考——已将这位雄魂之人(large souled man)引向超然的视角。这个视角超越了悲剧,正如李尔的决心所表明的,尽管经历了一切,但他绝不哭泣(5.3.23-25)。李尔迟迟才获得对人类自然状态的这番认识,而这番认识要求,若想生活时全盘接受这番认识,需要特殊的灵魂力量。要成为完全的心理现实,渴望就必须首先是理性的渴望。美德即知识,但必须是整个灵魂都"知晓"美

德，而不仅是灵魂的理性部分知晓；而用习惯教导灵魂的低劣部分，培养必要的精神力量需要时间，多于李尔所剩无几的时间。恐怕，[188]《李尔王》的真正悲剧在于，李尔过晚走向哲学，晚到已于事无补。不过，令人怀疑的是，美丽年轻的考狄利娅，那么善良、那么诚实的考狄利娅，毫无意义地丧命了，李尔或任何情感丰沛的人能否如此平静地接受命运，而非深受触动、哀号咒骂直至苍穹碎裂。或许，完美的平静是神的特权（比较《王制》603e）。

　　最后，我们可以回到起始的问题：为什么《李尔王》的表面这般让人误解其深层故事。不出意外，答案必须涉及哲学——更准确地说，涉及政治哲学，涉及用"政治的"方式、对政治负责的方式、政治上有效的方式研究哲学。哲学最直接的现象学问题——区分意见与知识（或最终是同样的问题：区分表象与现实），与哲学最基本的本体论问题——区分自然与非自然（等同于充分了解自然本身），二者紧密相关。剧本中自然的主题显而易见，任何认真研读剧本的人都不容错过。前一个问题尽管显现在剧中，却少有人探讨。就剧本整体而言，莎士比亚最有力地展示了表象与现实的问题。[83]对于就这部杰作不计其数近乎肤浅的解读——全都源于完全错判了李尔开场的心理和行为——莎士比亚既不会讶异，也不会惊恐，因为是他费尽心机地诱发了这些解读。正确的解读，莎士比亚式的解读，需要的证据都在那里，完全清晰可见。但就我们带给剧本的各式偏见而言，促成这些偏见的因素同样清晰可见。这些偏见和假设，加之阅读粗心或思考大意，恐怕转而反映了对作为作家或思想家的作者敬意不足。而正如剧本所表明的，莎士比亚对人性的理解深刻广阔，对于这等人物，以上偏见和假设的后果完全可测。

　　不过，就这部剧而言，另一个因素也限制了多数人的解读，除了其他少数几部莎剧，这个因素对该剧作用最为明显：对更高、更抽象的哲学问题，对诸如此类的哲学缺乏兴趣。必须拥有莎士比亚的哲学兴趣,才能认识并欣赏莎士比亚创造力的这个维度,这进而假设,至少得有"一份"莎士比亚的哲学天性。而莎士比亚和任何人一样充分理解,大多数人不具备这一天性。因此,一个关于哲学诞生和塑造哲人的故事并非叫座的素材,唯有珍贵的少数人才会觉得有趣,这些读者乐于通过自己的哲学努力来发现这个故事。因此,身为才华惊人的天才,莎士比亚礼貌地将哲学故事[189]藏于另一个故事之下,这后一个故事的思想、情感与经历,几乎任何人都司空见惯,因而兴趣盎然。莎士比亚的确是全人类的诗人。

成为国王的哲人

《李尔王》是李尔王的故事,正如《哈姆雷特》是丹麦王子的故事。不过,与其他主要莎士比亚悲剧不同,《李尔王》有所谓的次线情节(Secondary Plot)。正如我在前文所示,葛罗斯特一家的故事促使我们重新审视physis[自然]与nomos[礼法]的关系,而这实际上是充分理解自然的哲学探寻中一个基本的组成部分。不过,除此之外,与老国王变成哲人这个故事相辅相成的是,一位年轻的花花公子在成为国王前也经历了相似的转变。李尔将伪装的爱德伽称作"哲人",是一个疯子认出另一个明显的疯子,但这不应使我们无视这个称谓的意义。毕竟,政治哲学的创始人教导我们,哲学本身是一种"神圣的疯狂",言下之意或许是,受哲学影响的宣言可能看似神谕,令人困惑,甚至无法理解(《斐多》244a及以下)。因此,目前更保险的是将这段情节视作我们哲学诗人的一例反讽。[84]于是,爱德伽失却恩宠,再荣登王位,这个轻描淡写的故事,被有意识地作为李尔悲剧的对照。[85]因此,至少应对此略作评论,以为结尾。

爱德伽的教育源于受政治社会驱逐,亲身遭遇了原始自然,这与李尔的教育互为补充。第四幕展现了教育的成果,标志是爱德伽的父亲不无遗憾地评论说:"疯子带着瞎子走路,本来是这时代的一般病态。"（4.1.46）可以说，这句话象征了柏拉图《王制》的核心教诲：大多数人（葛罗斯特是一个合适的代表）对现实视而不见，而最适宜带领这些人的人被视作疯子——事实上，只有这个人才眼光敏锐（比较484c，488a-489c，516e-517a，518a-b）。

回想爱德伽在全剧的行动，不禁对爱德伽扮演的各式角色印象深刻。从之后爱德伽如何回答李尔的问题"你本来是干什么的？"来看（3.4.82），我们在第二场首次遇到的这位年轻人近似无忧无虑、不负责任的浪荡子——花枝招展的"聚会狂"，沉迷美酒、女人和豪赌，生活无疑入不敷出。不过，被迫逃亡时，爱德伽以能想到的最极端的方式改头换面：变作肮脏龌龊、赤身露体、受人歧视、满嘴疯话的乞丐。接着，负责给失明的葛罗斯特领路时，他穿上［190］父亲的老佃户的衣服，成了强壮的农民，操起一口乡村方言。以此为起点，他上升至绅士骑士，全副武装的无名战士，"名字全无"，但"外表英勇，出言吐语表明并不卑微"（5.3.120，5.3.140-142）。击败同父异母兄弟后，爱德伽重新揭晓自己就是葛罗斯特的爱德伽，不久他成了国王，原因是没有其他人实力相当，或更堪当此任（比较《王制》347c-d）。[86]爱德伽扮演一连串角色，其中最重要的意义在于，从如此之多的视角观察（及感受）生活，为爱德伽提供了基础，使他获得整全超然的视角——一个哲学的视角——正如莎士比亚自己的视角。

不过，在剧本伊始，爱德伽表现得有些天真，对生活洋洋自得。尽管爱德伽像聪颖的年轻人一样，取笑并怀疑星相学（据此推测，他可能还怀疑其他盛行的迷信；1.2.135-147），但他背信弃义的同父异母兄弟可以将他和父亲归为"自己从不会算计别人，所以也不疑心别人算计他；对付他们这样老实的傻瓜，我的奸计是绰绰有余的！"（1.2.176-179）爱德伽似乎印证了苏格拉底在《王制》中的解释："正因如此，正直的人年轻时显得纯朴，容易受坏人欺骗，因为他们心中没有任何与那些低劣行径相似的模式。"（409a-b）爱德伽和格劳孔有一些相同的特点，后者是苏格拉底那段对话里最喜爱的同伴，这位兄弟具有天生的哲学能力。[87]这两个年轻人都习惯相对奢华的生活（头发卷曲，奇装异服，上等好酒，游戏人生；3.4.83-89），不难想象，前哲学阶段的爱德伽和格劳孔一样，拒绝后者所说的"猪的城邦"（372d）的生活方式。不过，爱德伽选择伪装贫穷的可怜汤姆时，适应了一种苦行生活，甚至比格劳孔为"美的城邦"（比较415d-417b）的护卫者设想的生活方式还要极端。同时，爱德伽和格劳孔一样，证明自己勇气可嘉，他先是保卫束手无策的父亲，抵御了奥斯华尔德的袭击（4.6.228及以下），后又迎战并击败了自己胆大包天、政治野心膨胀的兄弟（5.3.125及以下；比较368a）。此外，同样重要的是，格劳孔和爱德伽都是充满爱欲的爱人（3.4.79-95；比较474d）。最后，爱德伽在他最没料到的人手下，成了极端不义的受害者，这使爱德伽对正义——柏拉图《王制》的主题——有了一种深刻的理解，而这唯有不幸的经历才能造就。因此，李尔对两位恶女儿的模拟审判具有反讽的真实：李尔命令身披毛毡的可怜汤姆，"你这披着法衣的审判官，请坐"（3.6.36）。[88]

　　一旦爱德伽重新回到养育自己的政治社会——［191］用苏格拉底的话说，回到"洞穴"并重新适应那里的生活方式——他不仅知道"去多佛的路"，[89]还知道如何最有效地与将遇到的各色人等相处，首先是自己濒临绝望的父亲。[90]我们不再听到胡言乱语。正如葛罗斯特所言："我觉得你的声音也变了样啦，你讲的话不像原先那样粗鲁、那样疯疯癫癫啦。"（4.6.7-8）得出自己对这个世界的结论后，面对依旧疯癫的李尔就政治大放厥词，爱德伽能从错误分辨出真理："啊！疯话和正经话夹杂在一起；疯狂中有着理性。"（4.6.172-173）就这样，已经与著名英国国王同名的爱德伽履职上任，[91]不是出于欲望，而是出于责任——"不幸的重担不能不肩负"（5.3.322；比较《王制》520e）。

第四章 "甜蜜的哲学"：莎士比亚表现哲学与政治生活之关系的更多例证

> 荒唐的驴子，你因为没有学问，
> 所以不知道音乐的用处！
> 它不是在一个人读书或是工作疲倦了以后，
> 可以舒散舒散他的精神吗？
> 所以你应当让我先去跟她讲解哲学，
> 等我讲完了，你再奏你的音乐好了。
>
> ——《驯悍记》(*The Taming of the Shrew*)

[192] 近两个世纪前，柯尔律治指出，"我们才华横溢的莎士比亚恐怕"是"人性目前产出的最伟大的天才"。接着，他评论道：

> 没有人会是伟大的诗人，如果不同时是深刻的哲人。因为诗歌是一切人类知识、思想、激情、情感和语言的花朵和馨香。在莎士比亚的诗作中（《维纳斯与阿都尼》[*Venus and Adonis*]和《鲁克丽丝受辱记》[*The Rape of Lucrece*]），创造力和智力相互搏斗，宛若战时的拥抱。两者都力量充沛，似乎要将对方毁灭。最终，在戏剧里，它们达成了和解，双方各把自己的盾牌挡在对方的胸前打斗。或像两股急流，起先在狭窄多石的岸间相遇，都竭力想击退对方，而后不情愿地混合，水声喧哗；

但很快，遇到更宽阔的水道和更平坦的河岸，它们交融、扩大，向前流去，一股水流、一种声响……那么我们该说什么呢？正是这话：莎士比亚绝非纯粹的自然之子；并非天才机器人；并非灵感的被动装置，为精神所有而非拥有精神；他先做耐心的研究，深思熟虑，透彻理解，直至知识信手拈来，直觉与他惯常的情感联姻，终于［193］分娩出那惊人的力量，借此他孑然独立，无人望其项背，无人步其后尘……[1]

如果前面的章节达成了目的，那么它们已再度证实柯尔律治的观点值得信赖。

柯尔律治及更多人的观点暗含于本书的统领性论点：莎士比亚不仅知晓其笔下政治故事引发的更大哲学问题，他还精心打造剧本，以展现那些问题如何源于他的故事，又如何与这些故事相关。因此，莎士比亚剧作的读者，正如柏拉图对话录的读者，体验着哲学"自然地"出现。也就是说，哲学发源于上下求索日常政治生活中蕴含的难题、问题与困惑。这就足以使莎士比亚跻身原初意义上的哲人作家。这些作家的作品是为了——无论是否还有其他目的——诱使具有哲学潜能的读者仅仅为了理解带来的满足而从事使人更具人性的活动，也即思考。这些作品在这方面的成功未必就暗示其作者拥有一套成熟完备的形而上学"教义"，更不用说一套原创教义。作者兴许有这套教义，但与神学或音乐不同，其教义或原创性本身都非哲学的要素。无论莎士比亚的情况如何，我有限的希望是，通过细读两部为人熟知的剧本并给出具有说服力的证据，来证明莎士比亚创作剧本时有自觉的哲学意识，他深刻地探索永恒问题，而这足以指引我们也来一探究竟。

我们视作莎士比亚成熟期的大多数戏剧，都明显在关注从误导性的外表下发现真相。虽然情节最瞩目的焦点要么是无辜的误解，要么是有意操纵表象，但莎士比亚（或笔下的人物）再三提醒我们，这些不过是人类特有的难题，下面掩盖着最基本的形而上学问题：理解引发任何表象（Appears）的现实（Reality）。然而，我确信，除了关注这个普遍存在的挑战，还有其他更具体、更哲学性的问题，促使莎士比亚如是塑造他选择讲述的政治故事——我在分析《麦克白》和《李尔王》时已竭力阐明这个论点。我试图使人更理解莎士比亚艺术的这个维度，在结尾之际，我将简要论述其他一些剧本的某些方面。我相信，这会进一步支撑我的论点，而此前这些方面似乎无人问津。

在此，我在本研究伊始提出的一个论点值得重复：莎士比亚对哲学［194］本身，包括哲学与其碰巧依赖的任何政体间的困难关系，表现出哲人特有的自觉。而鉴于哲学的基本关切与健全政治生活的要求可以说都只有在柏拉图"哲人王"的悖论概念里[2]才能得到满足，找到唯一的解决方案，因此，莎士比亚对这个概念饶有兴趣——或者说，在我看来，莎士比亚兴趣不浅。可以说，莎士比亚从两方面探索这个概念。一些剧本表现出，政治问题之所以产生，或至少之所以恶化，是因为统治者不够深思熟虑，也就是对所处情形缺乏理解，这种理解只能得自持续、彻底、严格并公正的考察，这事实上就是哲学的定义。而另一些剧本表现出，政治问题之所以产生，恰恰是因为统治者或潜在的统治者沉迷哲学。因此，在这最后一章，我选择莎士比亚的某些作品，进一步揭示莎士比亚如何探索哲人涉及政治时的本性，以及哲学与人类生活相关的基本问题。我无意透彻地阐释这些剧本。相反，我选取各部剧本，是为了分别例证莎士比亚哲学活动的一个不同侧面，那个侧面是我论述的基本核心：《奥瑟罗》例示莎士比亚如何借助柏拉图的灵魂学，将形而上学问题置入政治生活语境；《冬天的故事》尤为重要地暗示莎士比亚与柏拉图文学的关系；《一报还一报》揭示哲人王作为一种政治方案面临的核心问题。

《奥瑟罗》的基本问题

莎士比亚让两部剧以威尼斯为背景。在莎士比亚笔下，威尼斯是现代商业共和国的典范：一个宽容、自由、多元并前瞻的政体。其建国设想是，公民可以并会使其他个人偏好和关切从属于近乎普世性的对于获取的热爱。也就是说，财富及其代表的一切可以成为政体的统领性兴趣，由此为基于经济互利的公民和谐与友爱提供基础。这个政体致力于成员的安全与繁荣，政体的基本特点见于它的法律框架：将公平正义与个人自由赋予所有居民，无论肤色、信仰或国籍。[3]正如在《威尼斯商人》中忧伤的商人本身，也即安东尼奥（Antonio）再合适不过地说：

> 公爵不能变更法律的规定，
> 因为威尼斯的繁荣，
> 完全倚赖着各国人民的来往通商，
> 要是剥夺了异邦人应享的权利，
> [195]一定会使人对威尼斯的法治精神
> 发生重大的怀疑。（3.3.26-31）

这个政治构想切实可行，只要人确实能，或在教导下能果断地依据理性考虑管理自己，或者更准确地说，能听命于现世的经济理性（那个现代计量经济学家无比珍爱的"边际效益最大化"），从而不会让"非理性"的偏见和激情阻碍公共政策或扭曲私人关系。

这个政体的基本理据面临两大挑战，来自种族和宗教的挑战，也就是说，来自通常伴随着宗教信念和种族意识的偏见及激情的挑战。没有什么比逾越宗派或宗族界限的婚姻更能猛烈地搅动这些情感了。Erōs［爱欲］绝不会对这些界限毕恭毕敬，但几乎所有政体的绝大多数居民都在相当程度上高度谨守这些界限。因此，两部威尼斯戏剧都表现了这类婚姻，我们于是得以观察这类婚姻的后果。
两例情形下，新娘的父亲都怒不可遏，要断绝父女关系。苔丝狄蒙
娜嫁给威尼斯的"那位摩尔人"，最终要了老勃拉班修的命，还要
了两位当事人的命。《奥瑟罗》是部悲剧——本质上是部"家庭"悲
剧，但其政治背景中唯利是图的心态，几乎无疑应被视作一个因素。[4]
相反，犹太姑娘杰西卡嫁给一个寻觅富婆的基督徒，这场婚姻给她
父亲夏洛克带来了毁灭性的后果，此乃一出显然是喜剧的剧作的关
键——尽管剧本最有趣的特点或许在于，剧本展现了共和国自吹自
擂的法治（Rule of Law）实际上最终如何变成律师之治，这些律师
是技术专家，能娴熟地死抠法律的字眼而罔顾法律的精神。《威尼斯
商人》以看似和平的威尼斯为背景，展现了宗教对立滋生的复仇激
情无比强大，足以压倒对经济利益的任何考量，这甚至发生在一个
因爱财而臭名昭著的人身上（4.1.84-87；比较3.2.271-275）。而在
《奥瑟罗》中，威尼斯正在交战，剧本展现了在意名声的主人公被一
种嫉妒掌控，不顾一切理性考量——不仅仅是毫不在意经济考量。

　　与莎士比亚如何评价该类政体相关的还有：两部剧本各有一个
人物在"幕后"秘密操纵事件，可以说，这个人物造成的结果，与
政体原则本应实现的结果大相径庭。一部剧本中，一位乐善好施的
年轻姑娘，智慧超出其年龄，补救了威尼斯当局的无力，阻止了邪
恶之事。另一部剧本中，一个狡猾恶毒的人破坏了主人公获得私人
幸福的机会，而威尼斯致力于平等和自由，本应保障这个机会的。
两部剧本一同暗示，这类政体尤其容易受人操纵——无论[196]目
的是好是坏——其方式可能完全出乎政体构建者的意料，且势必绝
非政体构建者的本意。此外，两部剧本还表明，聪明的个体有足够
的动机这般操纵，而这本身进一步纠正了对人性过于简化的猜想，
即这类政体作为前提的那些猜想。[5]

　　莎士比亚为何要如此设计，即他为何认为宗教分裂（这集中见
于基督徒与犹太人的世代敌意）是喜剧的合宜题材，而种族偏见是

悲剧的素材，这本身是个阐释难题。就这一问题而言，要注意其中
明显的区别。一个人可以改变或假装改变自己的宗教信仰（正如杰
西卡自愿改变信仰或许发自内心，但无论如何，她是为了爱和自由，
而非出于神学；或像夏洛克一样，并非为了获得"重生"，而是因为
面临危及其生命和生计的强制性威胁），但绝不能改变自己种族的可
见特征，例如自己的一张黑脸（《奥瑟罗》3.3.267，3.3.393-394），
或自己种族特有的"鼻子，耳朵和嘴唇"（4.1.42；注意1.1.66）。

敌友都会径直称"那个摩尔人"（剧中这个称谓出现了逾50
次），并且都信心满满地认为，威尼斯或塞浦路斯的任何人都知道
在说谁，这本身证明，奥瑟罗在白皮肤的民众中具有独特的辨识度。
苔丝狄蒙娜兴许见过"奥瑟罗心中的仪表"（1.3.252），但其他每个
人见到的都是他仪表中的仪表。虽然威尼斯公爵认为自己的将军与
其说"长得黑，远不如说他长得美"（或至少在眼下的军事危急时
刻，他认为这样说更方便；1.3.290；比较4.1.230-232；1.1.45-48），
但他只是申明了受人尊敬的看法——在这种情形下即那个理性的看
法：性格，这灵魂的非物质特性，比身体更重要。但公爵得费力地
表述这句老生常谈，这本身就暗中承认，这句老生常谈并非总是为
人接受、受人践行。无论如何，没有人会忘却奥瑟罗物质表征的可
见形体和肤色，而且奥瑟罗自己最念念不忘。

不过，他身体的细节并非剧中唯一重要的东西。奥瑟罗恳求雇
主准许苔丝狄蒙娜同去塞浦路斯，他可能是真心实意地坚称这"不
是为了满足我自己的欲望……只是不忍使她失望"（1.1.261-265）。
他明白无误以自己宝贵的声名下注，担保自己的理性官能对"插
翅的爱神"（1.1.268-274）的风流解数无动于衷。然而，他之后的
言行却再清楚不过地表明，他敬爱年轻的妻子并非纯粹的灵魂敬爱
灵魂，即人们有时说的"柏拉图之爱"。后来，奥瑟罗直接违背对公
爵和元老们的宣言，私下里承认自己受不住苔丝狄蒙娜的身体魅惑：
"我不想跟她多费唇舌，免得她的肉体和美貌再打动了我的心……"

（4.1.200-202）奥瑟罗迷恋苔丝狄蒙娜的身体，他要这个身体专属于他，以及他尤其对不属实的暗示和怀疑不堪一击，[197] 这些是他悲剧的根源。伊阿古魔鬼般的计谋能得逞，只是因为奥瑟罗对这件事情高度敏感。诚然，伊阿古更了解他的对象，甚过这个人了解自己：“我就要用毒药灌进那摩尔人的耳中，说是她所以要运动凯西奥（Cassio）复职，只是为了恋奸情热的缘故。”（2.3.347-348）伊阿古由此指向剧中无所不包的反讽：尽管奥瑟罗无比依赖他的眼睛，依赖“视觉证据”，但他的耳朵却是入口，通往他栩栩如生的想象力。经由这对耳朵，伊阿古向他灌输了那些“像硫矿一样轰然爆发”（3.3.330-334）的“危险的思想”，那些在性交的身体、“躺在一起”的有毒形象：“睡在一床，睡在她的身上；随您怎么说吧”（4.1.34）——这一切都是为了诱使奥瑟罗漫天想象，想出一番谁也不可能用肉眼看见的景象。

　　与奥瑟罗至死都沉浸其中的对自己的错觉相反，奥瑟罗“容易嫉妒”，几乎到了荒谬的程度。为何如此？这必须被视作情节的核心难题。而他认识到自己是“异”族，几乎无疑与解决这个难题相关（“也许因为我生得黑丑”），虽然这也可能涉及其他身体负担（“也许因为我年纪老了点儿”；3.3.267-270）。无论是什么因素加剧了奥瑟罗的焦虑，他的顾虑的一些萌芽对多数人而言都司空见惯。我们且看伊阿古：他了解男人，知道男人在意女人的身体。于是，他在全剧不断利用这项所有人权益的各种形式。他先伤害勃拉班修的心灵，向他的耳朵灌进独生女的淫秽图像——那是些不可磨灭的言语图像。伊阿古动用“昏了头”的诗人天赋，堪称技艺精湛的构想者：“一头老黑羊在跟您的白母羊交尾哩”；这位羞赧年轻的处女“给一头巴巴里黑马骑了”，“干那件禽兽一样的勾当哩”（1.1.88-117）。类似地，伊阿古操纵了轻信的罗德利哥。他对罗德利哥说的花言巧语，屡屡将性关系归结为身体的吸引与相斥：“当他的肉体使她餍足了以后，她就会觉悟她的选择的错误”（1.3.351-352）；“她的视觉必须得到满足；她能够从魔鬼脸上感到什么佳趣？情欲在一阵兴奋过了以后而渐生厌倦的时候"（2.1.224-225）；"你没有看见她捏他［凯西奥］的手心吗？……这一段意味深长的楔子，就包括无限淫情欲念的交流……主要的好戏就会跟着上场，肉体的结合是必然的结论"（2.1.251-259）。"肉体的结合是必然的结论"——可以想象伊阿古如何心满意足地品味着这句聪明的婉语，这婉语暗示的是他自己要"干那件禽兽一样的勾当"。还有，伊阿古想必乐于玩弄凯西奥像骑士一般，将苔丝狄蒙娜理想化："任是天神见了也要动心的……我可以担保她迷男人的一套功夫可好着呢……她的眼睛多么迷人！简直在向人挑战……不就是爱情的警报吗？"（2.3.16-24）

伊阿古自己承认，他看不起让自己受制于身体欲望的人，那种认为爱只是"意志的默许之下的一阵情欲的冲动"的人。这位闷闷不乐的"古人"，这位扭曲了哲学天性、令人费解的人，[6]似乎欣赏自己的黑色反讽，正如他欣赏自己诚实无欺的虚假名声；从他的几段旁白和独白来看，他自己完全没有任何种族偏见，那些他人身上会有、他可以利用的种族偏见（参见2.1.283-286）[7]——这可怕地预示了另一位哲人称作"权力意志"（Will to Power）的著名概念：

> 美德！废话！我们变成这样那样，全在于我们自己。我们的身体就像一座园圃，我们的意志是这园圃里的园丁；不论我们插荨麻、种莴苣、栽下牛膝草、拔其百里香，或者单独培植一种草木，或者把全园种得万卉纷披，让它荒废不治也好，把它辛勤耕垦也好，那权力都在于我们的意志，我们血肉的邪心就会引导我们到一个荒唐的结局；可是我们有的是理智，可以冲淡我们汹涌的热情，肉体的刺激和奔放的淫欲……（1.3.319-332）[8]

莎士比亚特意让笔下的苔丝狄蒙娜与摩尔人形成鲜明对照，前者似乎对奥瑟罗年老黝黑的身体上的鼻子、耳朵和嘴唇基本毫不在意。她见到的是奥瑟罗心中的仪表吗，或者是否是她心中的仪表？要解释奥瑟罗对苔丝狄蒙娜离奇的吸引力，必须再度考察政治语境。为什么威尼斯需要有一位其自身曾是野蛮人的异族武士服役，来保护商业帝国，以防蛮族入侵？因为威尼斯一心致力于物质繁荣，还有物质繁荣造就的那种优雅、舒适、"世界主义"的生活方式。于是，威尼斯共和国不敬重，因而也不在自己公民身上培养老派、克己的武士德性，那种由罗马共和国的英雄们集中体现的德性。威尼斯以挣钱为荣；英雄是成功的商人们。正如苏格拉底解释荣誉政体（基于热爱军事荣誉的政体）如何堕落成基于财富的寡头政体时指出的，在荣誉政体中的老年人身上，对财富的潜在热爱变得愈发强烈，这些人没有受到充分的教育，不知自己德性的内在善，一旦发现自己不再能争夺战场的荣誉，便转向财富的慰藉：

> "接着，我想，当这人看到那人，并且开始仿效对方，一个接着一个，他们便在社会上造就了一大批像他们这样的人。"
>
> "看来有可能。"
>
> "就这样，"我说，"他们便进一步投身于挣钱的活动，当他们认为这事越有价值，他们就会认为美德越没有价值。难道财富和［199］美德不是如此对立，如同它们各自占据天秤的一端，彼此总是按相反方向沉浮？"
>
> "的确是这样"，他说。
>
> "当财富和富人在城邦中得到普遍尊重，美德和高尚的人就更少得到尊重。"
>
> "显然如此。"
>
> "当然，人们总是反复去做受人尊重的事，忽视不受人尊重的事。"
>
> "是这样。"

> "最终，他们已不再是热爱胜利、热爱荣誉的人，而是变成了热爱挣钱、热爱金钱的人，如今他们羡慕和颂扬富人，并让他执政，对穷人则一点也不尊重。"（《王制》550e-551a）

这里说的简直就是威尼斯。威尼斯将武士德性视作能买卖的商品，而非城中任何追求卓越之人可以培育的东西。相反，至高荣誉和官职给了有钱的市民。在安全的辖区内，体面的威尼斯人只是用法律（以及律师）战斗。他们将对手拖上法庭，寻求法律补救，正如勃拉班修对付奥瑟罗（但古往今来仍有一些社会，女儿被拐走后，这并非寻常的反应）。然而，威尼斯这个有礼而精致的文明能否解释，为什么苔丝狄蒙娜虽然在父亲看来"无比反对婚姻"，却竟然疯狂地爱上奥瑟罗？"［她自己］国里有财有势的俊秀子弟"都对她没有性吸引力。但这里有一个真正的人，一个人中龙凤，事实上一个黝黑的奥瑟罗，此人一生都在冒险，从地中海的一头到另一头[9]——至少如果我们相信奥瑟罗的自述的话，正如苔丝狄蒙娜显然信以为真的那样。

据奥瑟罗描述，苔丝狄蒙娜完全着迷于他的经历："苔丝狄蒙娜对于这种故事，总是出神倾听"；"孜孜不倦地把我所讲的每一个字都听了进去"；"当我讲到我在少年时代所遭逢的不幸的打击的时候，她往往忍不住掉下泪来"；"她希望她没有听到这段故事，可是又希望上天让她成为这样一个男子"（这句话有细微的含混：让她成为［made her］？还是为她造下［made for］？）质言之，苔丝狄蒙娜向奥瑟罗保证："我只要教人怎样讲述我的故事，那人就可以得到她的爱情。"（1.3.145-166）而这毫不意外，正如公爵敏锐地评论的那样："像这样的故事，我想我的女儿听了也会着迷的。"对于一个活泼浪漫的女孩而言，相比嫁给一个有钱的威尼斯商人，以及随之而来的那种隐居、常规而空虚的中产阶级命运，和奥瑟罗一起生活似乎可取得多——完全值得放弃习俗上的体面。于是，苔丝狄蒙娜把灵魂"奉献"给了"他的荣誉［200］和他勇猛的身体"（1.3.249-254）。奥瑟罗至少略知苔丝狄蒙娜的抱负，这见于初次在塞浦路斯团聚时，他如是称呼苔丝狄蒙娜："啊，我的娇美的战士！"（2.1.182；注意3.4.149）

虽然外人可能把二人的结合视作美女与野兽的婚姻，但其有违习俗正表明，对苔丝狄蒙娜而言，奥瑟罗的吸引力何其强大。对奥瑟罗而言，苔丝狄蒙娜似乎亦是理想人选：这位女人真心欣赏他的特殊禀赋和成就，同情他的所有遭遇——"她为了我所经历的种种患难而爱我，我为了她对我所抱的同情而爱她"（1.3.167-168）。然而，或许不止如此。凯西奥的船第一个乘风破浪抵达塞浦路斯，他才刚受到欢迎，蒙太诺（Montano）就问道："可是，副将，你们主帅有没有结过婚？"（2.1.60）蒙太诺为什么这么想呢，莫非他们上次一起服役时，奥瑟罗提到他有意结婚，安定下来（2.1.35-36）？或许，他并非完全不知那种命运，即伊阿古称资本主义共和国"忠心"的仆人所会有的命运——"像一头驴子似的"，等老了派不上用场了，就会被"撵走"（1.1.45-48）。因此，虽然奥瑟罗口口声声否认，但打个比方说，他会不会"在市场上"等待合宜的机会，来把他"无拘无束的自由生活"置入"家室的羁缚"？也就是说，来实现一桩婚姻，确保他在威尼斯社会拥有稳固地位？（因为这就是忠实的伊阿古的看法："不瞒你说，他今天夜里登上了一艘陆地上的大船；要是能够证明那是一件合法的战利品，他可以从此成家立业了"；1.2.50-51）

假设这是奥瑟罗做决定时所考虑的一个因素，那么，奥瑟罗和苔丝狄蒙娜结婚的目的就正好相反：苔丝狄蒙娜想踏上冒险的人生；奥瑟罗想退出冒险的人生。而要是奥维德（Ovid）说得没错——异国情调和受禁之物能增强性吸引力——我们会寻思，要是奥瑟罗不再对苔丝狄蒙娜那么有异国气息，会有何下场？或者伊阿古的预言是否最终会实现，而无需伊阿古从中做任何手脚："当他的肉体使她餍足了以后，她就会觉悟她的选择的错误。她必须换换口味，她非换不可。"（1.3.351-352）[10] 有微妙的暗示表明，即便是苔丝狄蒙娜——似乎是剧中最"精神性"的人物——也无法对身体无动于衷：这包括她倍感失望，奥瑟罗得立即上路，他们的婚姻还未及圆房（"今天晚上，我的夫君？"1.3.278），以及她就那位试图保护她、让她免受奥瑟罗虐待的威尼斯官员，发表的令人钦佩的评论（"这个罗多维科是一个俊美的男子。"爱米利娅："一个很漂亮的人。"苔丝狄蒙娜："他的谈吐很高雅。"4.3.35-37）。

还可以举出更多文本证据，但以上足以提醒我们，身体对《奥瑟罗》这个故事具有重要的心理意义，因而也具有重要的政治意义。借助人各自的表征，借助以可察觉的方式赋予人个性的"物质"之具体特质——形状、颜色和质地——来区分各色人等，在这个剧本中有着特殊的意义（参见2.1.129-142）。那么，对人的身体施加自然及（人们以为）[201]超自然影响的各种物质手段，其意义也同样如此。酒是卡西奥遭殃的物质诱因，他的灵魂反常地极易被身体消化酒精的恶劣后果所影响（2.3.30及以下）："上帝啊！人们居然会把一个仇敌放进自己的嘴里，让它偷去他们的头脑！"（2.3.281-283）毒药是奥瑟罗用来谋杀苔丝狄蒙娜的首选，而后伊阿古说服他，用自己的身子闷死苔丝狄蒙娜的身子（4.1.200-204）。[11]

与情节同等相关的，还有巫术和黑魔法这两样受人怀疑的东西。勃拉班修指控奥瑟罗"用妖法蛊惑"他的女儿，"用邪恶的符咒欺诱她的娇弱的心灵，用药饵丹方迷惑她的知觉"（1.2.63-79），"用江湖骗子的符咒药物"（1.3.60-61）腐化她，"用烈性的药饵或是邪术炼成的毒剂麻醉了她的血液"（1.3.104-105）。而奥瑟罗对苔丝狄蒙娜的魔力的真实性质，完美地见于他那个应景的故事，有关那条臭名昭著的手帕的故事——一条织着草莓的丝绸手帕，他要苔丝狄蒙娜相信，"有神奇的魔力织在里面"。他宣称，这手帕是一个两百岁的神巫织的，一位埃及的读心者送给他的母亲，用来制服父亲的，但只有母亲亲自保管，才有这番功用（3.4.53–74；比较5.2.217–218；2.1.222）。苔丝狄蒙娜似乎毫不怀疑（3.4.98）。[12]与所有这些"物质"相关，不容忽视的是，苔丝狄蒙娜指定装饰床榻的新婚床单，在她死后会用作她的裹尸布（4.2.107；比较2.3.26，4.3.22–24）——这些布料可能会以某种方式，向奥瑟罗提供他需要的一切"视觉证据"。[13]

或许这般高度关注身体及身体之物，解释了为什么"四要素"（the elements）——传统形而上学的四种物质要素，土、气、火和水——在《奥瑟罗》中出奇重要，被视作物质王国最基本的要素。[14]场景从威尼斯切换到塞浦路斯时，这些要素一片混乱，仿佛自然"迷失了本性"。瞭望海面的塞浦路斯人证实，海上掀起了前所未有的风浪，不仅击打地上的岩岸，还正击打空中的火焰。

> **蒙太诺**　你从那海岬望出去，看见海里有什么船只没有？
>
> **军官甲**　一点望不见。波浪很高，在海天之间，我看不见一片船帆。
>
> **蒙太诺**　风在陆地上吹得也很厉害；从来不曾有这么大的暴风摇撼过我们的雉堞。要是它在海上也这么猖狂，哪一艘橡树造成的船身支持得住山一样的巨涛迎头倒下？我们将要从这场风暴中间听到什么消息呢？
>
> **军官乙**　土耳其的舰队一定要被风浪冲散了。你只要站在白沫飞溅的海岸上，[202]就可以看见咆哮的汹涛直冲云霄，被狂风卷起的怒浪奔腾山立，好像要把海水浇向光明的大熊星上，熄灭那照耀北极的永固不移的斗宿一样。我从来没有见过这样可怕的惊涛骇浪。（2.1.1–17）

不久，凯西奥副将带着消息到了，"那勇武的摩尔人"被派来做威尼斯帝国这块危急之地的总督，但他仍在波涛汹涌的海上，身临险境。于是，凯西奥祈祷："但愿上天帮助他战胜风浪"。

（2.1.44-45）

颇为恰切的是，剧中仅四次提及"四要素"。其余三次出自伊阿古之口。奥瑟罗刚宣誓要复仇到底，一如黑海的"寒涛"般坚定不移（奥瑟罗喜欢用涉及水力的语言表达自己［比较1.2.26-28，1.2.59，3.3.460-467，4.2.49-62，5.2.268-269］，这个人会浇灭苔丝狄蒙娜的生命之火，扑灭他无法"再点燃"的光彩）。此时，跪在奥瑟罗身边的伊阿古也祈求天地万物应允他自己的誓言：

> 永古炳耀的日月星辰，
> 环抱宇宙的风云雨雾（elements），
> 请你们为我作证：从现在起，
> 伊阿古愿意尽心竭力，
> 为被欺的奥瑟罗效劳。（3.3.470-474）

伊阿古还曾将蒙太诺和他的同类称作"这座尚武的岛上数一数二的人物（the very elements）"（2.3.53）。在此，伊阿古将"基本成分"的问题移至政治领域。然而，从之后的某些台词来看，当属伊阿古用这个词指涉苔丝狄蒙娜，最意味深长。伊阿古说服凯西奥，利用苔丝狄蒙娜与奥瑟罗斡旋。接着，伊阿古在独白里说：

> 谁说我作事奸恶？
> 我贡献给他的这番意见，
> 不是光明正大、很合理，
> 而且的确是挽回这摩尔人的心意的最好办法吗？
> 只要是正当的请求，
> 苔丝狄蒙娜总是有求必应的，
> 她的为人和四要素（elements）一般慷慨热心。
> （2.3.327-333）

[203] 正是伊阿古用"四要素"指涉苔丝狄蒙娜的灵魂结构，给出了探索这部悲剧深层结构的阿里阿德涅之线。

为此，我们必须从结尾看起，剧本灾难性的最后一场。爱米利娅强行来到奥瑟罗和垂死的苔丝狄蒙娜跟前，后者的临终遗言企图豁免奥瑟罗杀害自己的罪行。然而，奥瑟罗既拒斥苔丝狄蒙娜，也拒斥她最后的爱意之举：

> 她到地狱的火焰里去，
>
> 还不愿说一句真话。杀死她的是我。
>
> 爱米利娅　啊，那么她尤其是一个天使，
>
> 　　　　　你尤其是一个黑心的魔鬼了！
>
> 奥瑟罗　她干了无耻的事，她是个淫妇。
>
> 爱米利娅　你冤枉她，你是个魔鬼。
>
> 奥瑟罗　她像水一样虚假。
>
> 爱米利娅　你说她轻浮，
>
> 　　　　　你自己才像火一样粗暴。啊，她是圣洁而忠
>
> 　　　　　贞的！
>
> （5.2.130-136）

像水一样虚假（想来是指苔丝狄蒙娜女人的眼泪；比较 1.4.240-241），像火一样粗暴（比较 1.1.76）。伊阿古携蒙太诺和葛莱西安诺（Gratiano）上场后，伊阿古引发灾难的真相开始浮出水面。这时，他命令妻子："算了，闭住你的嘴！"但爱米利娅拒绝听命："事情总会暴露的，事情总会暴露的。闭住我的嘴？不，不，我要像空气一样自由地说话。"（5.2.219-221）[15]像水一样虚假，像火一样粗暴，像空气一样自由。那么土呢？哎，剧中四次提到"土"，指的都是地球，而非地球最主要的组成元素。那么，这东西的最常见的同义词呢？这种可能立即得到了证实。奥瑟罗可怜巴巴，想为自己开脱，

爱米利娅置之不顾, 责备道: "啊, 笨伯! 傻瓜! 泥土一样蠢的家伙! "（5.2.164-165）

像水一样虚假, 像火一样粗暴, 像空气一样自由, 像土一样蠢。这些心理对应物难道不是这部悲剧最重要的性格"要素"? 难道不就是它们构成了奥瑟罗的嫉妒? 它们是否还是人类共有的特质, 能最危险地威胁到工具理性, 现代商业共和国的这个根基?

虚假, 相对于忠诚、忠实、真诚、坦诚及表里如一, 在剧中频繁出现, 而最表里不一的那个人物尤其念念不忘: "人们的内心应该跟他们的外表一致, 有的人却不是这样; 要是他们能够脱下了假面, 那就好了! "（3.3.130-131）伊阿古的骗术无比娴熟, 连［204］妻子都不怀疑他并非那个粗鲁、忠实的士兵, 那个他本应是的模样（3.3.3-4, 5.2.170-176; 参见2.3.209-215, 2.3.237-239, 3-3.121-128, 5.1.31-33）。但在最开始, 伊阿古就告诉他那只会走路的钱包, 那个永远轻信的罗德利哥, 他最看不起"老实的奴才", 他欣赏的人只是"表面上尽管装出一副鞠躬如也的样子, 骨子里却是为他们自己打算"。伊阿古宣称, 他自己也是后一类人: "我既不是为了忠心, 也不是为了义务, 只是为了自己的利益。"（1.1.49-60）反讽的是, 在这里他倒是言行一致。伊阿古知道, 那摩尔人"坦白爽直……看见人家在表面上装出一副忠厚诚实的样子, 就以为一定是个好人"。于是, 他接下来"把他像一头驴子一般牵着鼻子跑"（1.3.397-400; 比较1.1.47, 2.1.304）。正如一个人若尤其擅长某事就常有的情况那样, 伊阿古确乎享受导演剧情, 让他的受害者各个毁灭。

但是, 伊阿古并非剧中唯一的欺骗者。所有主要人物都在某一时刻撒过谎。凯西奥对比恩卡（Bianca）绝没有坦白无欺。苔丝狄蒙娜就丢手帕一事向奥瑟罗撒谎（3.4.81）。更重要的是, 伊阿古有句准确的评论, 而奥瑟罗也无异议: "她当初跟您结婚, 曾经骗过她的父亲。"（3.3.210; 比较1.3.293）爱米利娅宽厚地向奥瑟罗撒谎,声称凯西奥和苔丝狄蒙娜从没说过悄悄话，从没私下独处（4.2.1-10；比较2.1.168，3.1.52-6）；爱米利娅还说了致命的谎言，声称不知道手帕的情况，虽然她知道这使女主人痛苦万分（3.4.20）。设想一下，如果爱米利娅在这里老实交代，因而免除苔丝狄蒙娜和凯西奥的罪过，指出伊阿古牵涉其中，那么事态会何等不同。[16]奥瑟罗也说谎。除了他那添枝加叶的过去（仿佛一个"高贵的祖先的后裔"竟然会七岁从军、被人俘获，而后卖身为奴而不是被人赎回似的，更不用提他还说自己曾看见"肩下生头的化外异民"；[17]1.2.21-22，1.3.83，1.3.137-145），他还欺骗苔丝狄蒙娜，就给她的手帕胡诌出一个渊源（参见5.2.215-218），并私下里承认他在就自己的嫉妒撒谎（"啊，装假脸真不容易！"3.4.30）。人物频频提起忠实，这凸显出欺骗遍布全剧。"忠实的"或"忠实"出现了逾五十二次（远远超过莎士比亚其他任何一部剧作），大致是"虚假的"一词的三倍，其中多数与忠贞相关。

鲁莽的反面是耐心，是静候"时机"。该剧常被认为行动迅速，这主要是因为剧中太多人物缺乏耐心。剧本开场的那起私奔，说明奥瑟罗或苔丝狄蒙娜缺乏耐心，或两人都缺乏耐心。奥瑟罗没有向勃拉班修"求爱"，他若花上大把时间，固然结果难定，但绝非毫无希望（奥瑟罗自己也证实，"她的父亲很看重我，常常请我到他家里，[205]每次谈话的时候，总是问起我过去的历史"；1.3.128-129），但他却利用威尼斯军事告急，带着既成事实直面这位老父（参见1.1.147-153，1.2.36-47，1.3.44-49，1.3.221-228）。公爵显然对任何耽搁都颇不耐烦，急着要奥瑟罗去处理共和国的事务（"事情很是紧急，你必须立刻出发"；1.3.276-277），但却建议勃拉班修，"既不能和命运争强斗胜，还是付之一笑，安心耐忍"（1.3.206-207）。奥瑟罗乐意留下新娘，只是请求给她恰当的安置。只有当公爵提议住父亲家时，奥瑟罗才断然拒绝，苔丝狄蒙娜也毫无二致："我也不愿

住在父亲的家里，让他每天都陷入不耐烦的思绪。"（1.3.236-242）
"不耐烦的思绪"——对于后来的灾难，这是恰当的标题。

苔丝狄蒙娜本人亦迫不及待，要去享受她付出巨大牺牲的婚姻，于是请求去陪同丈夫："让我跟他去吧。"（1.3.259）若非苔丝狄蒙娜请求，塞浦路斯岛的悲剧事件将永远不会发生。奥瑟罗很久才同意苔丝狄蒙娜的恳求，但——有趣的是——没有让她跟自己一起走。相反，他让留下的那位官员的船只带上苔丝狄蒙娜（1.3.285）。这个奥赛罗立即陷入疯狂的嫉妒，因为他毫无耐心，从一种鲁莽判断跃至另一种鲁莽判断[18]——他在有关苔丝狄蒙娜的其余每样事上，都确实是"鲁莽而不幸的人"（5.2.284）——但在享受他"交换"的"果实"上，他却出奇地有耐心。当公爵告诉奥瑟罗，"今天晚上你就得动身"时，苔丝狄蒙娜显然倍感失望（"今天晚上，我的夫君？"），但奥瑟罗却答道："很好"——事实上，他给了自己"不过一个小时"来和苔丝狄蒙娜诉说衷情，一边准备仓促动身。他不知要去多久，坚称"我们必须服从环境的支配"（1.3.277-278，1.3.298-300；比较 2.3.9-16，2.3.241-245）。

奥瑟罗一边表现出"耐心"，推迟圆房，一边又仓促鲁莽，陷入吞噬一切的嫉妒，这两者是否有某种联系？一旦伊阿古成功地将邪恶之种播进这块无比肥沃的土壤，他就可以建议他保持耐心，同时又明白这么建议只会适得其反："主帅，我想请您最好把这件事情搁一搁，慢慢再说吧。"（3.3.248-249）奥瑟罗当下就盘算起复仇："啊，血！血！血！"闻此，伊阿古假惺惺地恳求："忍耐点儿吧；也许您的意见会改变过来的。"（3.3.458-459）毫无疑问，伊阿古想要的效果是坚定奥瑟罗的信念，借此促使他立即行动——而结果正是如此。

接着是凯西奥。伊阿古说得不错，至少当酒精点燃凯西奥时，"老兄，他是个性情暴躁、易于发怒的人"（2.1.267；同时参见2.3.287-288）。伊阿古利用凯西奥鲁莽的暴脾气轻而易举地让他丢了

官职；接着，当凯西奥急着要重获奥瑟罗重用时，伊阿古又同样轻
而易举地利用了他的迫不及待。虽然苔丝狄蒙娜宽慰凯西奥，若不
再有政治需要，奥瑟罗不会继续疏远，但凯西奥忧心忡忡：

> ［206］您说得很对，夫人；
> 可是为了这"避嫌"，时间可能就要拖得很长，
> 或是为了一些什么细碎小事，
> 再三考虑之后还是不便叫我回来，
> 结果我失去了在帐下供奔走的机会，日久之后，有人代替
> 　　了我的地位，
> 恐怕主帅就要把我的忠诚和微劳一起忘记了。（3.3.13–18）

　　凯西奥成功地将自己的焦虑传达给苔丝狄蒙娜，后者安慰道：
"我的丈夫将要不得安息，无论睡觉吃饭的时候，我都要在他耳旁
聒噪。"（3.3.22–23）不消说，不出一会儿，苔丝狄蒙娜就开始了那
场有失审慎的行动：对奥瑟罗又是唠叨，又是哄骗，要让凯西奥立
即恢复原职，全然不知自己的干涉颇不恰当，更不知这可能令人生
疑。[19]之后，伊阿古操纵起这三位主要人物，就像玩牵线木偶，劝
说凯西奥再次向苔丝狄蒙娜求情。凯西奥处境不定，恼怒不已，于
是接受伊阿古的建议，向苔丝狄蒙娜承认"我不能这样延宕下去了"
（3.4.111）。苔丝狄蒙娜给不了安慰，因为她发现夫君性情大变，自
己不再受宠："您必须暂时忍耐。"（3.4.126）苔丝狄蒙娜自己就
需要安慰和建议，于是她转向伊阿古，恳求道："好伊阿古啊，我应
当怎样重新取得我的丈夫的欢心呢？"伊阿古建议要忍耐："请您宽
心，这不过是他一时的心绪恶劣，在国家大事方面受了点刺激……
进去，不要哭；一切都会圆满解决的。"（4.2.150–151，4.2.167–173）
至于不幸的罗德利哥，他显然活着就是要做个傻子。伊阿古鼓励他
事情马上就能办成（"早日达到你的愿望"；2.1.272–273），劝告他要
忍耐，压制他那一场场无精打采的叛乱，并向他传授了这条智慧：

> 没有耐性的人是多么可怜！
> 什么伤口不是慢慢地平复起来的？
> 你知道我们干事情全赖计谋，并不是用的巫术；
> 用计谋就必须有赖漫长的时间。（2.3.360-363）

或许确实常常如此。但伊阿古巫术般的才智要伤害奥赛罗不设防的精神，耗费的时间绝不漫长。

慷慨（liberality），相对于——究竟相对于什么呢？因为传统上，慷慨被视作一种德性，但在这篇文本中，慷慨的地位相当模棱两可。我们兴许会认为，"慷慨"指涉本性中值得称颂的坦诚与大方，无私地分享自己的财物、时间、精力及自己本身。但某些情形下（或在某些人看来），慷慨可以意味着"过犹不及"，背离审慎、得体［207］甚至正派。于是，苔丝狄蒙娜调侃伊阿古那有伤风化的玩笑："你怎么说，凯西奥？他不是一个粗俗的、胡说八道（liberal）的家伙吗？"（2.1.163-164）奥瑟罗嫉妒的疑心被激起后，他评论苔丝狄蒙娜的手是湿的，利用了这个词的含混语义："这一只手表明它的主人是胸襟宽大而心肠慷慨的；这么热，这么潮。奉劝夫人努力克制邪心……一只很慷慨的手。"（3.4.32-42）

这段话有几点值得注意。伊阿古也用"胸襟宽大的"（fruitful）形容苔丝狄蒙娜，看似是我们眼中的恭维话（"她的为人和四要素一般慷慨热心［fruitful］"）。此外，奥瑟罗形容苔丝狄蒙娜之手时提到的那些特质，不仅是一些能暗示两种基本要素——火和水——的感觉而已，根据当时的形而上学观念，这两种特质若共同加于基本物质上，还会构成气。[20]因此，苔丝狄蒙娜又热又潮的手是"慷慨的"，就像爱米利娅那句类比中的气（"我要像空气一样自由地［liberal］说话"）。然而，将慷慨赋予空气，空气也带上了慷慨那含混的道德地位："什么都要亲吻的淫荡（liberal）的风"（4.2.80）。

虽然"慷慨"（liberal）（就像"鲁莽"［rash］一样）一词仅出现了四次，有时其同义词"自由"（free）却出现得更多。奥瑟罗影射苔丝狄蒙娜慷慨，同时影射他自己慷慨，宣称他要"对她的心灵慷慨（free）大方"（1.3.265）。伊阿古向凯西奥赞美苔丝狄蒙娜："她的性情是那么慷慨（free）仁慈，那么体贴人心，人家请她出十分力，她要是没有出到十二分，就觉得好像对不起人似的。"（2.3.310-313）私下里，伊阿古承认，奥瑟罗大体相同，也"是一个坦白（free）爽直的人"（1.3.397）。这类性情通常蕴含着信任和善良，以及常天真地对待与自己不同的人。这些正是伊阿古无比巧妙加以利用的东西，尽管他假装提醒奥瑟罗这重危险："我不愿您的慷慨（free）豪迈的天性被人欺罔。"（3.3.203-204）

无知，相对于知识或智慧——尤其是"认识你自己"的智慧，这是理性地追求真正自我利益的首要前提。这类自知十分罕见。早些时候，忠实的伊阿古评论道："我在这世上也经历过四七二十八个年头了，自从我能够辨别利害以来，我从来不曾看见过什么人知道怎样爱惜他自己。"（1.3.311-313）要是信以为真，我们会寻思伊阿古是否果真爱惜他自己。[21]无论如何，很难历数剧中的各类无知，以及它们如何呈现。恐怕其他任何一部剧本都不会像这部剧本一样，其中，观众知晓而人物不知晓的东西会将前者彻底带入戏剧行动，促使前者渴望用某些信息来干预剧情，这些信息可以扭转悲剧，而观众轻而易举即能预见这出悲剧。[22]

而且，还可以补充一点：剧中两位主要受害者竭力使自己知情，却又总是受人误导，认知有误。苔丝狄蒙娜［207］恳求奥瑟罗："唉！我究竟犯了什么连我自己也不知道的罪恶呢？"（4.2.72）当然，没有任何罪过——这不是她摆脱烦恼所需的知识。至少要是奥瑟罗真正从他饱含偏见的调查获得真相的话，苔丝狄蒙娜就没有他眼中的罪过，可奥赛罗误以为自己无疑掌握真相：苔丝狄蒙娜是"最丑恶的淫妇"，"像地狱一样淫邪"（4.2.21，4.2.40），凯西奥肉体上了解她（"现在我明白这件事情全然是真的了"；3.3.451）。正如他确信伊阿古"是个聪明人"，"是一个忠诚正直的人"那样（3.3.122，4.1.74）。

然而，正是就自知这一点，奥瑟罗最应被认为"像土一样蠢"。奥瑟罗自我欺骗，是正义而非复仇心切的嫉妒驱使他杀害苔丝狄蒙娜的（5.2.1-6，5.2.17，5.2.138-140；同时参见4.1.205）。于是，他可以摆出"一个正直的凶手"的姿态，来减轻自己的罪过，"因为我所干的事，都是出于荣誉的观念，不是出于猜嫌的私恨"（5.2.295-296）。他最后的台词表明，对于自己引发的悲剧，他只了解一小部分真相，而连那点真相也偏离事实，因为他无限渴望将自己浪漫化。[23]

> 当你们把这种不幸的事实报告他们的时候，
> 请你们在公文上老老实实照我本来的样子叙述，不要殉情
> 　回护，
> 也不要恶意构陷；你们应当说
> 我是一个在恋爱上不智而过于深情的人；
> 一个不容易发生嫉妒的人，可是一旦被人煽动以后，
> 就会糊涂到极点。（5.2.342-347）

损毁人类灵魂的那一揽子恶劣品质中，嫉妒只是其中一员。不出意外，其他成员——恶意、忌妒、憎恨——也影响着这个故事。例如，勃拉班修警告奥瑟罗时，显然更多受恶意和憎恨驱使，而非慷慨的敬爱（"留心看着她，摩尔人，不要视而不见；她已经愚弄了她的父亲，她也会把你欺骗"；1.3.292-293）。事实上，要解释什么激发了伊阿古的恶毒，可能必须诉诸所有这些愤世嫉俗的激情。但戏剧行动的焦点是嫉妒，而要解释嫉妒为何在奥瑟罗灵魂中出现——可以这么说，其直接原因——我们可以认为，这主要因为苔丝狄蒙娜慷慨、伊阿古虚假，而奥瑟罗自己鲁莽又无知。同样这

些激情也出现在其他人身上，这也是嫉妒出现在奥瑟罗灵魂中的原因，即凯西奥的鲁莽焦躁，爱米利娅的虚假，还有奥瑟罗自己的慷慨，苔丝狄蒙娜自己的虚假及对人性一无所知（参见4.3.60-62）。不过，这些激情一同产生的效果表明，灵魂原本就易于将"像空气一样轻的小事……变成天书一样坚强的确证"，至少当忠贞牵涉其中时。[209]于是，我们被引向嫉妒的深层问题。因为除非理解这种激情的自然基础，否则我们既无法理解奥瑟罗为何尤其容易但又失去理性地心生嫉妒（在后世所有时代，他都成了这种缺陷的代表），也不能理解他为何——但不仅是他（3.4.22-27）——以为自己不易心生嫉妒。反讽的是，线索或许在于，他恰恰在意自己不要变作他后来成为的模样："在这尖酸刻薄的世上，做一个被人戟指笑骂的目标。"（4.2.54-56）他能忍受身体的每一种折磨与匮乏（4.2.49-52；比较5.2.278-281），但想到这般玷污灵魂的核心，他却难以承受。

嫉妒表明人对自己的"可爱性"缺乏自信，也就是说，对自身价值缺乏自信。因为在自信满满的人看来，一个女人不回报他的爱，或不再对他忠实，只损害这个女人的形象，使她因此配不上他的爱。[24]伊阿古警告"绿眼的妖魔"时，奥瑟罗就试图采纳这种立场：

> 你以为我会在嫉妒里销磨我的一生，
> 随着每一次月亮的变化，
> 发生一次新的猜疑吗？不，我有一天感到怀疑，
> 就要把它立刻解决……
>
> 我也绝不因为我自己的缺点
> 而担心她会背叛我；
> 她倘不是独具慧眼，决不会选中我的。不，伊阿古，
> 我在没有亲眼目睹以前，决不妄起猜疑；当我感到怀疑的
> 　时候，我就要把它证实；

> 果然有了确实的证据，我就一了百了，
> 让爱情和嫉妒同时毁灭！（3.3.181-196）

之后的独白中，他仍坚称，要是她是"没有驯服的野鹰"，他会"放她随风远去，追寻她自己的命运"（3.3.264-267）。然而，奥瑟罗无法一边贯彻这句誓言，一边不让它严重损害他对自身价值的脆弱感受。证据是，就在他劝说自己"只好去厌恶她"（3.3.271-272）时，他还念念不忘自己的种族、粗鲁的举止，还有垂垂老矣的年纪。但单是厌恶或鄙视还不能让他满意，因为他活在他人眼中。他的自信致命地取决于他人对他的信心，他的自尊基于他人对他的尊敬，基于他人赋予的荣耀，基于名声。伊阿古了解他的对象，也有条不紊地操纵起这种性情：

> ［210］我的好主帅，无论男人女人，名誉是
> 他们灵魂里面最切身的珍宝。
> 谁偷窃我的钱囊，不过偷窃到一些废物，一些虚无的东西，
> 它只是从我的手里转到他的手里，而它也曾作过千万人的
> 　　奴隶；
> 可是谁偷去了我的名誉，
> 那么他虽然并不因此而富足，
> 我却因为失去它而成为赤贫了。（3.3.159-165）

很快——快得非同寻常——伊阿古就让奥瑟罗哀叹，在他看来，戴绿帽子忍无可忍："我的名誉本来是像狄安娜的容颜一样皎洁的，现在已经染上污垢，像我自己的脸一样黝黑了……我一定不能忍受下去。"（3.3.392-396）他最看重的是他的"名誉"、他的名声、他的荣誉，也即他人展示给他的荣誉，而非荣誉完全向内的含义。[25]他的折磨者利用这个词两层含义的区别，还有外在表象与内在现实难有

一致，评论称"荣誉是一种看不见的品质，那些常常拥有荣誉的人并没有荣誉"（4.1.16–17）。

相反，伊阿古则在任何意义上都是"唯物主义者"。他更爱钱包里的钱，毫不关心非物质的"品质"——例如，荣誉、忠诚、诚实、慷慨和感情。因为在他的世界里，只有这些精神性品质的可见表象才有用处。从我们拥有的所有证据来看，他倚赖的是名声的真相，即他提供给心烦意乱的凯西奥的真相，而非依赖那关于名声的雄辩颂词，即他向乐于接受的奥瑟罗灌输的那套颂词。听闻凯西奥称"我已经失去我的生命中不死的一部分，留下来的也就跟畜生没有分别了！"伊阿古佯装惊讶：

> 我是个老实人，我还以为你受到了什么身体上的伤害，那是比名誉的损失痛苦得多的。名誉是一件无聊骗人的东西；得到它的人未必有什么功德，失去它的人也未必有什么过失。你的名誉仍旧是好端端的，除非你自以为它已经扫地了。（2.3.258–263）

不甚清楚，伊阿古多大程度上认识到，真正驱动他的东西同样是他灵魂中某种非物质"品质"——某种引起恶意的混合物，由妒忌、憎恨、恶意和嫉妒构成，这种混合物将偏好毁灭的倾向赋予他的好奇心和权力意志。[26]

莎士比亚在人类身体的物质元素与人类灵魂的精神元素间，创造出这种复杂的相互作用，血液被当作神秘的媒介，沟通起我们之存在的这两个截然不同的成分——身体和灵魂。我们可以从中得到何种结论？[27]［211］正如剧本有力地提醒我们的，发现并识别物质的各种形式——所有那些构成事物的肉眼可见的材质，如手帕的有光泽的丝绸，西班牙剑的回过火的钢铁，堡垒上粗糙的采石场花岗岩，某座纪念碑的光滑的雪花石膏，武士的橡木肋骨，酿酒的发酵葡萄，装满银币的钱包上的金饰，制成主妇煎锅的黄铜，做粘鸟胶的沥青——迥异于准确判定可变的性格特质与灵魂状态：正直、正义、尊敬、爱、信心、感激、善意、虔诚、爱国以及其他这类特质及其反面。认识前者只需直接观察，受制于"视觉的证据"，发现后者则更多有赖我们易犯错的阐释及判断能力。因此，后者远比前者更容易受制于外部影响，尤其是被正确命名的"暗示的力量"——这种力量是非物质的，正如其采用的手段，即语言的可理解性是非物质的。

传递这种力量的手段（主要）是空气传播的声音，因此至少在这部悲剧中，更重要的身体感官并非视觉（奥瑟罗无比信任的），而是听觉。一个恰切的安排是，伊阿古——一个举世无双的"爱管闲事、鬼讨好的家伙"（4.2.133），此人用的暗讽表明它们远比直接暗示有效——在首句台词里就提及听觉："他妈的！你总不肯听我说下去。"听见可理解的言语，这既是让奥瑟罗散发魅力的基础，也是伊阿古的毒药奏效的基础。剧本微妙地强调，这个基础至关重要：奥瑟罗看见却听不见那些对话，他顺着伊阿古的引导漫天想象（4.1.74-87）。要是他实际听见，因而真正理解凯西奥与伊阿古之间发生的事，或凯西奥与毕西卡之间发生的事（4.1.100-157），结果就会与伊阿古的意图截然相反。

奥瑟罗可以用自己的双眼视察塞浦路斯的防御工事，看见那里的所有东西，几乎当下就理解他看见的事物，并依据自己的军事经验评判（3.2.3-6）。相比他必须去解释的自己的所见，这些事太一目了然了。他看见，凯西奥恳求苔丝狄蒙娜后，尴尬离场，以及苔丝狄蒙娜竭力为凯西奥求情——在伊阿古的有害暗示下，这些评价太容易成为偏见（3.3.35-41，3.3.249-256）。这些被误解的插曲反过来又是被玷污的要素，奥瑟罗受激情扭曲的综合判断力即据此判断副将和妻子的忠实与忠心。奥瑟罗可以感受苔丝狄蒙娜潮湿、温暖的手（3.4.30-39），品尝她的双唇（3.3.347），闻到她馨香的呼吸（5.2.16；比较4.2.69-70），听见她颤抖的声音（4.2.120），看见她白皙的肌肤和迷人的双眼（5.1.35, 5.2.4-5）。但他的灵魂渴望某样事物本性所无法提供的东西：［212］能证明她贞洁的类似"证据"。尽管奥赛罗说的是他需要不贞的证据（3.3.365-366）——这原则上可能实现，虽然实践中可能很难就在他们"躺在一起"时抓个正着——但他实际想要的是，他要百分百确信苔丝狄蒙娜完全属于他，身体和灵魂都属于他，身体贞洁，因为心灵忠实。而严格来说，这不可能实现。因为无论多少次没能证明不贞，都不意味着能证明贞洁。

此外，这类失败本来可能有的含义，还因为想来人会不遗余力，掩饰不忠，而大打折扣："在威尼斯［别处亦然］她们背着丈夫干的风流话剧，是不瞒天地的。"（3.3.206-207）因此，奥瑟罗审问爱米利娅（"那么你没有看见什么吗？"爱米利娅："没有看见，没有听见，也没有疑心到。"），以及爱米利娅强烈拥护苔丝狄蒙娜的品性（"将军，我敢用我的灵魂打赌她是贞洁的……"），只是使奥瑟罗愈发怀疑：

> 她的话说得很动听；可是这种拉惯皮条的人，
> 都是天生的利嘴。这是一个狡猾的淫妇，
> 一肚子千刁万恶，
> 当着人却会跪下来向天祈祷；我看见过她用这一种手段。
> （4.2.20-23）

虽然奥瑟罗竭力想解决的问题对男男女女有特殊的复杂性，但也与很多情形有相同的基本特点。那些情形下，我们有理由怀疑，人们可能不愿或不敢真实表达想法和感受，于是反倒表现得与真实相反。伊阿古假装不愿让奥瑟罗触及他的心灵，为了让人消除戒备，他自称是那肮脏的心灵（3.3.150-152），并假装不愿"用最坏的字眼，说出所想到的最坏的事情"——这其中之所以有黑色反讽，源自任何有能力的成人都至少暗中知晓的几个真相：

> 我的好主帅，请原谅我；
> 凡是我名分上应尽的责任，我当然不敢回避，
> 可是您不能勉强我做那一些奴隶们也没有那种义务的事。
> 吐露我的思想？也许它们是邪恶而卑劣的；
> 哪一座庄严的宫殿里，不会有时被下贱的东西
> 闯入呢？哪一个人的心胸这样纯洁，
> 没有一些污秽的念头
> 和正当的思想
> 分庭抗礼呢？（3.3.137–145）

伊阿古嘲笑奥瑟罗坚持不懈地要打探他的思想（"凭着上天起誓，我一定要知道你的思想"）[213]，这只是确认了人类心灵固有的隐秘性："即使我的心在您的手里，您也不能知道我的思想；当它还在我的保管之下，我更不能让您知道。"（3.3.167–168）这座个人城堡的安全，完全取决于一个人控制其外在言语或举止表达的任何东西——也就是说，取决于奥瑟罗从未培养的一种权力意志，但这正是伊阿古性格的基石。正如伊阿古在剧本开头让迟钝的罗德利哥确信的：

> 上天是我的公证人，我这样对他赔着小心，既不是为了忠
>   心，也不是为了义务，
> 只是为了自己的利益，才装出这一副假脸。
> 要是我表面上的恭而敬之的行为
> 会泄露我内心的活动，
> 那么不久我就要掏出我的心来，
> 让乌鸦们乱啄了。
> 世人所知道的我，并不是实在的我。（1.1.59–65）[28]

　　直到最后，他都奉行这个信条。最终，他的罪行为人所知，当郁郁不乐的奥瑟罗要求凯西奥，"你们问一问那个顶着人头的恶魔，为什么他要这样陷害我的灵魂和肉体"时，伊阿古依然目中无人："什么也不要问我；你们所知道的，你们已经知道了；从这一刻起，我不再说一句话。"（5.2.302-305）"他为什么要这样？"我们也想问。莎士比亚沉默不语，正如他的伊阿古，留待我们自己去解开谜团。

　　要想理解这部剧或其反映的世界，我们必须承认，人类灵魂的内在性——不仅指意识现象，还包括意识之下可能静卧或搅动的任何希望、任何恐惧——至少和灵魂定居其中的身体同样真实、同样是其他事物的诱因。[29] 压倒奥瑟罗的改变，即将真挚的爱变作复仇的愤恨，首先并非奥瑟罗物质构成的改变，并非——打个比方说——因为头上挨了一拳，或他吃了什么食物。这源于奥瑟罗理解力的一种改变，源于他的心灵如何"观看"事物。相反，若假设这个改变不过是机械事件，完全可以用物质和物质运动来解释，那么这就完全是偏见，没有也不可能有任何证据。凯西奥偷偷溜走的可见证据始终如一（3.3.30-33），但我们看到，奥瑟罗解释这个证据时从单纯的好奇转向了深深的怀疑。诚然，伊阿古恶魔般的心理在煽风点火，促成了这番转变。[30] 然而，奥瑟罗由此产生的"主观"心理状态同样是这部悲剧的部分现实，正如被他深深误解的"客观"环境。因为即便有人仍固执己见地相信奥瑟罗的意识仍以某种方式是大脑中物质原因的附带"后果"，这个意识本身也非某样物质，正如 [214] 天然磁石的磁场或行星的引力也非物质（比较 2.3.173，5.2.110-112）。

　　伊阿古称苔丝狄蒙娜是"慷慨的"（fruitfulness），并把这种慷慨比作具有物质属性的"慷慨的要素"。伊阿古在此指涉苔丝狄蒙娜灵魂的构成要素，无论她的心理性情中有何种东西促使她积极回应任何"正当的请求"。说到底，正是基于这些心理要素的非物质属性，伊阿古才运用这个类比，无论伊阿古是否了解自己这些语词的充分含义。有人相信，性情慷慨或忠实，或脾气鲁莽，源自"物质"的特定组态——无论物质是土、气、火、水，还是质子、中子、电子——这种看法只能是唯物主义信条，就此没有丝毫直接证据，无论在莎士比亚的世界或我们自己的世界中都没有。凯西奥和奥瑟罗无比关心"名声"，在商业共和国的"贤能统治"中至关重要的名声（参见1.1.35-37），这种名声的根基在于他人心中的标准、偏好和信仰（包括偏见）。而这些评价是可以改变的，正如罗德利哥眼见奥瑟罗凶暴地对待苔丝狄蒙娜，他对奥瑟罗的看法随之改变（"这就是为我们整个元老院所同声赞叹、称为全才全德的那位英勇的摩尔人吗？这就是那喜怒之情不能把它震撼的高贵的天性吗？"4.1.260-262）。反过来，如果这些心理现象以某种方式在人类大脑中有形可见（我认为确实如此），那么，心灵与物质的关系就不可能是单行道。

充分思索这些现象后——正如《奥瑟罗》提供了大量机会——我们即能理解，为何严格的唯物主义本体论永远不能令人满意，即便排除物质自身及其因果效力引发的诸多混乱。如果莎士比亚的威尼斯剧的教诲合理可靠，那么有关政治实践的任何"唯物主义"理论也只能流于肤浅。[31]我们难道就可以认为，莎士比亚设立物质要素的某些心理关联物——鲁莽与无知，虚假与慷慨，这些都是他的这部悲剧借以展开的关联物——后，不可能，或基本不可能有意让深思熟虑的读者做这样一件事吗：思索这两种截然不同、显然无法化约的存在方式，也即身体与心灵——这两种存在方式的互动令人费解，正如这种互动无法否认——思考两者彼此沟通时提出的形而上学秘密？进而他们是不是就开始理解，在我们可以用心灵思考的所有形而上学问题中，最令人困惑的问题见于一个人的实存本身，即人就是一个被赋予了身体的灵魂？

智慧诗人的真正考验：《冬天的故事》

对于从未接触过《冬天的故事》的观众或读者，剧本给人的第一印象很可能是：剧本前后两个部分语调和情绪截然不同。[215]这进而使人对整部剧本迷惑不解——也就是说，这至少是部尤为古怪的剧本。正如晚近该剧的一位编纂者在回顾完学术批评后指出的："长久以来，人们就注意到，这部剧本……可以分为两个部分，因此常有人说到剧本的'第一部分'和'第二部分'"——事实上，"这部剧本被认为由两部'剧本'组成"。总结完批评史后，这位编纂者断言："过去，批评家几乎一致认为剧本结构笨重，乃拼凑而成，松松散散甚至漫不经心；如今仍有人支持这种看法，虽然截然相反但无疑是正确的立场正占据上风，即该剧是结构精巧的杰作。"[32]不过，批评家得出后一种评价时理由各不相同，可能还无法并存。剧本的捍卫者明显倚靠寓言及象征式解读；一些学者认为，该剧的灵感来自古典或异教资源（例如改编了德墨忒尔[Demeter]与珀尔塞福涅[Persephone]的神话），另一些学者则强调，该剧暗中认同基督教教义。

不难发现，为何各路学者都发现充分的证据，来证明迥然不同的观点。该剧巧妙地融合了完全不同的元素，而剧作家无比精巧地创作故事时也可能有不止一种意图。就此而言，剧作家可能在讲述不止一个故事。戏剧背景显然是异教的——古代最著名的圣地及德尔斐神谕[33]对情节至关重要——多数人物的名字也恰如其分，具有古典渊源。但剧中也大量影射基督教经验：原罪教义（1.2.73-75；同时参见1.2.178），恕罪（3.3.119-120）；提到"教堂墓地"（2.1.30）、迫害异教徒（2.3.114-115）、唱赞美诗的清教徒（4.3.44）、浪荡子（4.3.93-94），还有出售"神圣的"玩意儿（4.4.602-603）；小丑对行骗的奥托里古斯演起"好撒玛利亚人"（4.3.54及以下）；当然，还有赫米温妮的"死亡"和"复活"；以及宝丽娜作为圣保罗，通过她, 悔恨的里昂提斯得以 "重生"。我相信, 一个高度重视细节的基督教寓言提供了剧本的一个结构维度, 不过对此我没有任何高见。[34] 但我确信, 《冬天的故事》背后还有得自柏拉图的灵感——事实上这能够解释剧本独特的双重特点——而我余下的评论将致力于阐释这个论点。不过我需要离题片刻。

关于爱的最著名的哲学文本, 就是柏拉图的《会饮》(*Symposium*)。这部对话的戏剧背景颇为复杂, 对话几经转述, 描绘了一位著名的年轻悲剧作家阿伽通 (Agathon) 举办的一场宴会, 宴会目的是庆祝阿伽通的首部悲剧在雅典的勒那昂节上荣获大奖。[216][35] 雅典一些最著名的居民出席了这次宴会, 其中包括雅典最伟大的喜剧诗人阿里斯托芬以及政治哲学的创始人苏格拉底。其他名人还有修辞和传统故事 (mythoi [神话]) 的鉴赏家斐德若、业余法律社会学家泡赛尼阿斯, 以及医生厄里克希马库斯 (Eryximachus), 这位医生无比迷恋 (医生通常如此) 药物和 "生理" 解释的力量。整个晚上, 气氛轻松愉悦, 机智的玩笑和戏弄接二连三, 滑稽的哄骗和打闹层出不穷; 苏格拉底则尤其要比别处都更彬彬有礼。餐后, 主人和受邀的客人们同意, 不过度饮酒——一些人因为前一天的庆祝仍身体不适——而是用言辞赞美爱神 Erōs [爱若斯], 来愉悦彼此。

不出意外, 接下来的一系列颂词反映了各位创作者的个性、视角和偏好 (比较《法义》(*Laws*) 637d-650b)。例如, 苏格拉底的颂词叙述了一段对话 (或几段对话)。苏格拉底声称, 他和一位原本无人知道的女人, 即 "曼提尼亚女人第俄提玛 (Diotima of Mantineia)", 展开了这场对话, 这位女人告诉他了 erotika [有关爱若斯的知识] (201d)——苏格拉底承认, 自己除了懂情事, 别的都不懂 (177e)。这个活动正要结束时 (所有受邀的庆祝者都轮过一遍后), 雅典最成问题的政客, 因野心勃勃的欲望而臭名昭著但又才华横溢的战士兼煽动者阿尔喀比亚德, 破坏了这次宴会。阿尔喀比亚德自己显然已酩酊大醉, 眼见其他人都格外清醒, 他颇为不满——

毕竟，"会饮"的本意是"一起饮酒"——于是，他立即将自己任命为在场这些人饮酒活动的独裁者，借此推翻了先前提倡节制的民主决议；没有人出声抗议（213e）。受邀赞颂爱若斯时，阿尔喀比亚德断然拒绝，声称他不能赞颂任何人，除了苏格拉底。于是，他转而开始赞颂苏格拉底。不过，他的颂词最终只是原定主题的一个变体，因为颂词聚焦于这位哲人特殊的爱欲天性。

阿尔喀比亚德刚讲完颂词，一些更无法无天的狂欢者不请自来，原本文雅得体的聚会立即变作酒鬼的闹饮。因此，整体来看，这部对话由七篇演讲组成，给出了有关爱欲的七个不同视角，其中阿里斯托芬对"相爱"的喜剧性描绘恰好位于正中（阿里斯托芬本应第三个发言，但一阵看似"意外"的打嗝改变了他的发言顺序）。

老苏格拉底的一位年轻的狂热崇拜者转述了所有这一切——我们偷听到这个对话。这个崇拜者名叫阿波罗多洛斯（意为"阿波罗的礼物"），一些不知名的同伴请他讲述这场宴会。阿波罗多洛斯在回答同伴们之前先告诉他们，自己正好准备充分，因为就在前天，他也对另一位饶有兴趣的恳求者，[217] 一位名叫格劳孔（意为"闪亮的"或"璀璨的"）的人，讲述了这场宴会，那个格劳孔从一个叫弗依尼科斯的人那里听说了这场颂扬爱欲的宴会。但格劳孔不知这场著名的聚会在何时举行，以为就在不久之前。阿波罗多洛斯不得不向格劳孔澄清，聚会发生在多年以前，那时他和格劳孔都还是孩子。[36] 因此，阿波罗多洛斯自己并没有亲历那个遥远的晚上发生的事情。他的叙述也不是直接来自苏格拉底，虽然他说哲人之后确认了一些细节。相反，阿波罗多洛斯叙述的源头也是那个告诉弗依尼科斯的人，一个名叫阿里斯托得莫斯（意为"最好的人"）的矮个子。

当时，这个阿里斯托得莫斯热恋苏格拉底，甚至学苏格拉底光脚走路。一天，穿着异常整洁的苏格拉底在去阿伽通家的路上，碰巧遇见了阿里斯托得莫斯，并主动邀请这位邂逅的小弟子陪他一起赴阿伽通的精英聚会。就这样，阿里斯托得莫斯参加了那次聚会，当晚的一些情况因而得以流传。但只是部分得以流传：阿里斯托得莫斯记不清一些颂词，无法叙述（180c）；还有一些颂词他记不完整，而相应地，阿波罗多洛斯也记不全他听到的所有内容（178a；比较201d）；而且，后来大家开始纵酒后，阿里斯托得莫斯睡着了（223b-c）。或许，叙述的这种不完整性，暗示出erōs［爱若斯］本身的某样重要特质（比较192e-193a）。无论如何，阿里斯托得莫斯终于醒来后，人们或是走了，或是在酣睡，除了阿伽通、阿里斯托芬和苏格拉底。悲剧诗人、喜剧诗人和哲人正共饮一大杯酒，相谈甚欢。阿里斯托得莫斯错过了他们交谈的开头部分，因酣睡和饮酒，他仍有点头晕目眩，因此也没能理解或记住交谈的大部分内容："不过，他说，侃的话头还记得，苏格拉底逼他们两个同意，同一个人可以epistasthai［兼长］喜剧和悲剧，掌握technē［技艺］的悲剧诗人也会是喜剧诗人。"（223d）①

　　这个"话头"格外值得注意，因为它看起来与柏拉图让苏格拉底在《王制》中表达的观点（虽然那里的对话者大相径庭）截然不同，后者认为，"即使两种看来比较相近的模仿形式，同一批人仍无法同时模仿好，例如，当他们创作喜剧和悲剧时"（395a）。不过，值得注意的是，苏格拉底在这两部对话中各自表达的论点，实际上并不矛盾，因为一处是给出规则，另一处则是描述现状。它们令人迷惑的兼容性精巧地表明，这两部对话，《会饮》与《王制》之间，有着格外紧密并互补的联系，从一些戏剧特征即可见一斑。两部对话的开篇都提到其叙述者被人"从远处看见"（kattadōm...porrōthen），两个人都要从某个海岸去市区（阿波罗多洛斯从［218］古老的法勒雍［Phalerum］，苏格拉底从新兴港口佩雷欧斯［Piraeus］）。苏格拉底告诉我们对话发生在"昨天"，阿波罗多

----

①　［译注］文中所引柏拉图的《会饮》依据刘小枫译本。

洛斯说发生在"前天"——这或许暗示了两部对话各自主题的顺序。也就是说，某种程度上，erōs［爱若斯］"先"于正义。两部对话中，叙述者都与一个叫格劳孔的人一同出行。两部对话都叙述了一场通宵聚会，聚会持续到翌日清晨。

但两部对话的对称性差异与其共同点一样，也揭示两者间的关系。在《会饮》的开篇，对话的参与者一致决定，他们的夜晚不能变作一场酗酒，而是要向彼此谈谈爱（176e）；不过，到了后来，这个协定被公然撤销，聚会变成醉酒的暴乱。在《王制》的开篇，人们则决定要吃饭、喝酒，整晚在城里作乐（328a），但这个诉诸言语的协定悄无声息地被一个见诸行动的决定取代了：待在家中，头脑清醒、如饥似渴地讨论首要的问题——正义（比较450a）。我们被告知，阿伽通的会饮快结束时，所有人或是已离开，或是在酣睡，除了苏格拉底。而就我们所知，在后一篇对话中，除了克法洛斯——这人在讨论正式开始前就已离开——聚集在他家里的剩下所有人中，没有一个人离开或入睡（33Id；比较344d）。

不过，最重要的是，即便我们知道这场会饮的每个细节，那篇对话对erōs［爱若斯］的描述也仍极不完整，这正是因为在场所有人都被命令赞美爱。也就是说，不能逾越寻常赞颂的界限，即苏格拉底指出的那些界限：如果只讲真话（苏格拉底抱怨之前发言的人没有只讲真话），则一篇颂词不需要全部的真相——这位哲人暗中如是承认。在苏格拉底看来，一个人会挑出真理最美的部分，把它们组织得天衣无缝（198d）。难怪柏拉图的《会饮》只呈现erōs［爱若斯］光明、迷人、富有创造力、令人陶醉的一面。在《会饮》中学到的东西，必须结合柏拉图在《王制》对erōs［爱若斯］远为清醒的讨论。《王制》倾向于强调erōs［爱若斯］危险并毁灭性的一面，表明它是理性和正义的主要威胁，在城邦中或个人灵魂中莫不如此——这个daimōn［精灵］，Erōs［爱若斯］，是一种僭政的力量，若不加控制，会引发公共生活及个人生活的僭政（571a-580a）。[37]

还有一点值得比较：柏拉图的《王制》，他对正义生活的正义评价，发生在夏天（参见350d）；而他的《会饮》，他对爱的可爱又充满爱意的讲述，发生在冬天——兴许可以说，这是他的"冬天的故事"。[38]

苏格拉底不用费力，即能说服莎士比亚接受他的"话头"：一位真正博学多识、有戏剧天赋的诗人，[219]应能同时创作喜剧和悲剧。莎士比亚自己已多次证明，他不但能胜任这一点，还能胜任更难的事。因此，他很可能会认为，对于一位哲学诗人而言，更好的考验——对于他的独特才能而言，是更大的挑战——是hama［同时］采用这两种模仿形式。也就是说，要尝试创作一部剧本，一半是悲剧、一半是喜剧，但戏剧效果颇佳，且在思想上连贯一致。[39]此外，他有没有可能就是将这两部兴许激发了他的灵感的对话的主题，也就是爱欲与正义作为贯穿全剧的主题？诚然，很难找到比这两个话题更深刻、更普遍的主题，或联系更紧密的主题了。Erōs［爱若斯］表现为各种形式，这种种形式似乎都是理解人性的关键——如果并非理解自然整体的关键的话——因为爱若斯（正如"第俄提玛"教导的）是驱动生命本身的内在力量。而正义的概念则必然带有指挥性质，人类生活据此形成正确的结构和秩序，每样事物各有其位，每个人各得其分。莎士比亚就这样写下《冬天的故事》，前半部分是悲剧，展现erōs［爱若斯］的阴暗面如何歪曲正义，后半部分是喜剧，描绘爱的仁慈和正义如何获胜。

剧本前半部分（第一幕至第三幕）对爱欲的看法，与柏拉图的《王制》一致：爱欲是对正义的持久威胁，无论是在城邦内部还是个人内部。剧本十一次提到正义，十次出现在前半部分——唯一一次提到不义也在前半部分，由此恰当标示了剧本的转折点（3.2.147）；如果再加上"正当的"（justified），那么在剧本开头九行里就有两次暗指正义。剧本引导我们思索，爱的激情形式（erōs［爱若斯］）那么特别又自私，于是自然地占有吸引它的美，可这种激情形式为何及如何不仅有美化爱人的力量，还有丑化爱人的力量呢？还有，它何以压倒并毁灭了爱的那种慷慨无私的形式（philia［友爱］），那种驱动友谊的形式呢？例如依照卡密罗（Camillo）和阿契达摩斯（Archidamus）的证言，他们各自的王子间，自小就有这类友谊（1.1.21-34）。[40]里昂提斯王（King Leontes）的嫉妒一被激起——从那些尊敬并服侍他的人的品质来看，他是位好国王、好丈夫、好父亲和好朋友——他就立即对所有人都心有疑虑、怒气冲冲，包括值得信赖、久在其位的谋士（1.2.235及以下），这些人已开始质疑他的判断或愿望。嫉妒扭曲了他的一切感知和推理，使他想像出种种过错和罪孽，从而将他对妻子及终身挚友的感情，都变作了不共戴天之仇。

这种情感和评价的彻底逆转几乎立即可能发生——整个灵魂的某种"格式塔转换"——而且，看似无伤大雅的言行举止即能引发这种转变。对于爱欲及爱欲与理性和判断的关系，即莎士比亚希望我们理解的内容，这一点势必是基本的要素（后来，里昂提斯的嫉妒迅速平息，一如［220］他的嫉妒曾被迅速点燃，使他又经历了一场心理巨变）。[41]里昂提斯对赫米温妮（Hermione）可能不贞的疑心扎根后，连他对年轻的迈密勒斯（Mamillius）——他唯一的儿子及王位继承人的看法也蒙上了污点（1.2.126及以下，1.2.208-211，1.2.330-331），国家的未来也岌岌可危（1.1.34-40，1.2.335-341，5.1.23-34）。与此同时，随着这份嫉妒愈发欺压里昂提斯的灵魂，里昂提斯精神上愈发孤立，从各种表象来看，他已从正义的国王变作一意孤行的暴君：下令暗杀自己的朋友和客人（1.2.312及以下）；草率地将王后投入监狱，禁止她与他们的儿子见面，宣布任何人只要胆敢为王后辩护，就"犯下了罪行"（2.1.59-60，2.1.103-105）；否认需要任何建议，宣称自己有"特权"，受制于自己"自然善"的强烈冲动（2.1.161-170）；举行一场公开审判，其间明确表示，他希望王后被判有罪，而同时又大胆宣布，"我们这次要尽力避免暴虐，因为我们已经按照法律的程序公开进行"（3.2.4-6）。宝丽娜（Paulina）第一个提起里昂提斯"无道的暴怒"（2.3.28），与里昂提斯对峙：

> 我不愿把你叫做暴君；
> 可是你对于你的王后这种残酷的凌辱，
> 只凭着自己的一点毫无根据的想象
> 就随便加以诬蔑，不能不说有一点
> 暴君的味道；它会叫你丢脸，
> 给全世界所耻笑的。（2.3.115-120）

受审时，赫米温妮也暗示，里昂提斯正像暴君一般行事（3.2.30-32），她在结束辩护时说："假如你根据了无稽的猜测把我定罪，一切证据都可以不问，只凭着你的妒心作主，那么我告诉你这不是法律，这是暴虐。"（3.2.111-114）然而，最后还是德尔斐神谕直截了当地宣布："里昂提斯者，多疑之暴君。"（3.2.133）

质言之，这个名叫嫉妒的爱欲疾病，使里昂提斯的灵魂病入膏肓，他对整个世界的看法都因此而失于偏颇（参见1.2.198-207）。或许，莎士比亚从柏拉图《会饮》中医生厄里克希马库斯对erōs［爱若斯］的论述得到了暗示，从而，在他笔下，爱具有"双重"属性，"爱欲在健康身体上和疾病身体上是两码事"（186b）。无论如何，剧中所有受爱欲影响的人提起爱欲时，都使用了疾病的语言。里昂提斯自己诉苦说他心里有阵颤动，又说"［他的］头脑受了感染"（1.2.110，1.2.145），并哀叹"药是一点没有的"（1.2.200）。他还称赫米温妮也受到了"感染"（1.2.305），而赫米温妮就用这个词形容自己的待遇："像个得了传染病的人。"卡密罗敦促里昂提斯，"陛下，这种病态的思想，您赶快去掉吧"（1.2.296-297），而后警告波力克希尼斯：

> [221] 有一种病
> 使我们中间有些人很不舒服，可是
> 我说不出是什么病；而那种病
> 是从仍然健全着的您的身上传染过去的。（ 1.2.384-387 ）

宝丽娜强行挤到国王跟前，自称是国王的"医生"，坚称她是"一片诚心带来几句忠言给他，它们都是医治他失眠的灵药"（ 2.3.37-39，2.3.54 ）。不幸的是，要治愈里昂提斯，需要比宝丽娜的药（受里昂提斯鄙视的婴儿潘狄塔 [Perdita]）更烈性的药：只有他深爱的儿子、他生命和王位的继承人、获得永生的替代物死去方可。[42]

幸运的是，国王尚可被治愈，他也并不完全是暴君。他愿意听从神谕——即便他声称这只是为了"让那些人无法反对"（ 2.1.189-193 ）——这表明，他依然尊敬某样高于自己意志的事物。他虽然威胁要处罚任何支持王后的人，但他容忍朝上一些大人确实支持王后，还忍受了他们更激烈的批评，至多只是对其看法嗤之以鼻（ 2.1.126-168 ）。宝丽娜控诉里昂提斯处置王后"有一点暴君的味道"，里昂提斯理直气壮地回应："假如我是个暴君，她还活得了吗？她要是真知道我是个暴君，绝不敢这样叫我的。"（ 2.3.121-123 ）里昂提斯并非阿加托克雷，那个古西西里暴君的对手，后者能有效地运用残酷，使马基雅维利推崇备至（《君主论》第八章、第三十五章、第三十七章）。

对于第一部分，最后还要谈几点。剧中提到德尔斐神谕本身，这使人想起苏格拉底，因为德尔斐目前最著名的神谕就是关乎苏格拉底的"智慧"的那一条：没有人比苏格拉底更有智慧。苏格拉底声称，这句话令他无比困惑，于是探究这句话成了他生命的基础，至少依据他具有反讽意味的《申辩》来看就是如此，而《申辩》乃是哲人与城邦之关系的永恒论述（ 21a 及以下 ）。

其次，里昂提斯的西西里的掌门神是阿波罗，由里昂提斯询问阿波罗神谕即可见出（比较2.3.199，3.2.115-118，3.2.146）。可以回想，承蒙阿波罗的赏赐，我们才读到了柏拉图《会饮》中关于爱的论述，因为"阿波罗的礼物"（阿波罗多洛斯）是我们的叙述者。在柏拉图的《王制》中（427b-c），苏格拉底所"创制"（poiēsei）的城邦的掌门神也是阿波罗。

再次（第三点），苏格拉底在引导年轻朋友们创建"logos［言辞］中的城邦"，即创建他们会从中寻找正义本质上是什么的城邦前，用一个意象解释了他的理论基础，这个意象关乎阅读两组内容相同的文字，一组字体较大，另一组字体较小（368d）。有趣的是，宝丽娜也用了相似的意象，来让里昂提斯正确认识到潘狄塔确实是他的婚生女儿："瞧，列位大人，虽然是副缩小的版子，那父亲的全副相貌，都抄了下来了。"（2.3.97-99）［222］这里宣称的相似显然并不属实（潘狄塔后来长得更像她的母亲；比较5.1.226-227，5.2.36-37），但这不影响我们饶有兴趣地看待莎士比亚在此赋予宝丽娜的修辞手法。

最后一点，或许可以说，剧本前半部分证明应注意管控erōs［爱若斯］，这个主题贯穿《王制》全篇，而后半部分表明，家庭共产主义的喜剧性解决方案（《王制》卷五概述了这一方案）为何必然失败。用冷冰冰的数学给出的理性规划治理，无法让erōs［爱若斯］臣服（比较458d，546a-547a）。

剧中化身为人的时间明确将剧本分成两个部分。这个时间宣称，之前描绘的事件与我们将要看到的事件间，有十六年"悠长的岁月"。第二部分就爱与正义的关系显现出截然不同的立场。第二部分弥漫着罗曼司的田园精神，这使人容易想起柏拉图《会饮》中对erōs［爱若斯］的颂词，尤其是阿伽通的颂词。阿伽通强调，爱年轻又美丽，这见于爱显然喜爱年轻而美丽的东西，逃离（！）年老而憔悴的东西（195a-b）；爱本身柔软、温柔又灵活，也寄居在任何类似的东西内部及这些东西之间，例如灵魂以及芬芳绽放的花朵

（195c-196b）；爱不用暴力，每个人心甘心愿听它指挥，因为它是最强烈的欢乐的源泉（196c）；爱是智慧过人的诗人，能在触碰过的所有人身上激起创作诗歌和歌曲的灵感。（196d-e）[43]

一个恰当的安排是，剧本第二部分的核心是总共七场的中间场次。这一场是莎士比亚笔下最冗长的一场，也是表现一场庆祝的盛宴，参与者个个精心打扮。盛宴上歌谣不断，花束和萨图尔之舞迎接着宾客（阿尔喀比亚德将苏格拉底比作叫马尔苏亚的萨图尔，声称这个哲人用言谈使人着迷，正如萨图尔用歌曲使人着迷；《会饮》215b-e）。这一场首次介绍了那对爱人，他们的故事是第二部分的核心内容：弗罗利泽（Florizel）——[44]波希米亚（Bohemia）的王储——爱上了潘狄塔，后者眼下是一位卑微的牧人的女儿。这对人儿或许让人想起苏格拉底本人认为（借助"最有智慧的第俄提玛"的教诲；208c）erōs［爱若斯］源自何处，也就是说，爱是一位富有的父亲（Porus）和一位贫穷的母亲（Penia）所生（203b-c）。[45]

正如常常发生的那样，弗罗利泽和潘狄塔邂逅并相爱。王子带着猎鹰出门打猎，猎鹰把他带到老牧人的居所附近（4.4.14-16）。事实上，整个爱情故事中，莎士比亚大量——如果不是大肆——运用机运——这或许得自柏拉图笔下阿里斯托芬的 erōs［爱若斯］颂词，更准确地说，得自阿里斯托芬将陷入爱河解释为一个人碰巧遇上了自己的"另一半"（比较《会饮》192b-c）。[46]［223］《冬天的故事》最初几个词即提到机运，而潘狄塔的命运几乎从出生起就受制于偶然事件，其中一些极不可能发生。里昂提斯不承认这个婴儿，认为是波力克希尼斯的私生女。于是，他命令安提哥纳斯（Antigonus）把这个婴儿带去"我们国境之外远远的荒野上"，还补充道，"她既然来得突然……你赶快把她送到一块陌生的地方去，悉听命运把她怎样支配"（2.3.175-182）。他不准安提哥纳斯将婴儿放在西西里，但又没有指明目的地，于是安提哥纳斯带着婴儿出海。

在海上，安提哥纳碰巧梦见泪流满面的赫米温妮恳求他，要他把婴儿带去波希米亚的某个偏远地方（3.3.31-32）。安提哥纳斯以为，这证实了波力克希尼斯是孩子的父亲。安提哥纳斯听从赫米温妮的请求，给孩子带上几件珍宝："这些东西，要是你运气好的话，小宝贝，可以供给你安身立命。"（3.3.43-49）他才刚放下这些珍宝，一只熊就追上并吞噬了他，而非那个无助的孩子。而与此同时，岸上等候的船也不幸被"吞没"，这回是汹涌的大海——于是，西西里再无人知晓孩子的境况。然而，一位找羊的牧人立即发现了婴儿，牧人格外仁慈，一见到孩子就大喊"好运气"（3.3.68）。与此同时，他的儿子碰巧既看到了安提哥纳斯的惨死，又看到了那艘船的覆灭。因此，这个儿子知道实情，而这最终对于确立潘狄塔的真实身份至关重要（5.2.62-72）。这个牧人碰巧曾得到预言，"神仙"会让他发财。于是，他以为孩子身边的珍宝是"仙人的金子"，但他必须隐瞒金子的来源，如果他想拥有好运的话（"我们很运气，孩子；倘使要保持这运气，必须严守秘密"；3.3.116-124）。所以，他不得不向潘狄塔隐瞒两人的真实关系，把她当作自己的女儿。

机运仍缠绕并帮助年轻的爱人。潘狄塔担心，弗罗利泽的父亲，也就是国王，会"偶然走过这里"，发现他们的私情（4.4.18-20）。王子向她保证，无论如何，他一直属于她。潘狄塔继而恳求："命运的女神啊，请你慈悲一些！"（4.4.51-52）波力克希尼斯打扮成老人，与卡密罗一同出席盛会。一旦波力克希尼斯愤怒地宣布，他已知道两人的打算，并向所有当事人发出恐怖的威胁，弗罗利泽就决定与爱人一起逃亡。弗罗利泽告诉卡密罗，他决定"自个人儿挣扎我未来的命运"。此外，王子在附近有一艘船，这船"巧得很"（4.4.493-503）。卡密罗询问："您有没有想到一个去处？"弗罗利泽答道：

> 还没有；
> 可是因为这回事情的突如其来，
> 不得不使我们采取莽撞的行动。

[224] 我们只好听从命运的支配，
随着风把我们吹到什么方向。（4.4.538-542）

他们的确是听从机运的支配。因为若非奥托里古斯（Autolycus）拦下要向国王报信的牧人和他的小丑儿子，把这两人带去弗罗利泽的船那里，波力克希尼斯可能就会截下这对爱人，牧人和儿子也就不可能碰巧在西西里，并帮助确立潘狄塔的身份了。因此，虽然弗罗利泽在获救前还在抱怨"命运明明白白是我们的敌人"（5.1.215），事实却恰恰相反。

鉴于《冬天的故事》的情节和对话显然高度倚赖运气，我们很难不由此判断，莎士比亚在借此暗示他对爱欲问题的某个重要看法。事实上，就爱而言，最重要的事是否就是：erōs［爱若斯］的方式之所以无比神秘、不可预测，恰恰因为自它出生起——甚至在出生以前——机运就已扮演着如此关键的角色？[47] 与在战场上一样，一个人确实需要不少运气，才能在情场走运。

剧中人物的名字是又一特征，将剧本与柏拉图对话相连。莎士比亚完全没有采用主要来源作品的名字（格林的《潘朵斯托》），而是选取一些我们必须假设符合其意图的名字。且看第一个说话的人物阿契达摩斯（Archidamus）。这个人开场与卡密罗简短交谈后，就再没有消息，也再没有听到他说话。在这个人给我们重要信息后，我们就可以忘掉他，正如我们会忘记《会饮》中第一个提供信息的人：阿里斯托得莫斯（"最好的人"）。但只有剧本的读者才会注意到这两个名字的相似性，因为阿契达摩斯的名字（"人民的统治者"；damos是阿提卡语词dēmos［人民］的变体）从未被再次提起。想来，阿契达摩斯应是和波力克希尼斯王（这个名字源自Polyxenos，"好客的"；字面意思是"有很多客人或陌生人"）一同回到了波希米亚，但在那里，他的职位似乎——阿契达摩斯暗示，他相当于西西里的卡密罗——由卡密罗填补了（篡夺了？）。这就足以使我们怀疑卡密罗看似聪明绝顶，却并非如此。

伯罗奔战争刚打响时，斯巴达的国王叫阿基达姆斯，而剧中别处还微妙地暗示，我们要将波希米亚视作"斯巴达式的"，把西西里视作"雅典式的"。阿契达摩斯在剧本开场向卡密罗强调，"我们的波希米亚跟你们的西西里有很大的不同"，这见于相比粗野质朴、狗熊遍布的波希米亚，西西里的娱乐"盛大华丽"。而弗罗利泽使用的假名（"道里克尔斯"［Doricles］）的多里安（Dorian）词源一目了然。弗罗利泽与潘狄塔成婚，联结起这两个王国，[225]这或许象征着苏格拉底在《王制》中勾勒的政体里也在尝试的融合，即融合雅典和斯巴达的德性。

接着是里昂提斯，这个国王被激起的血气——愤怒和义愤，骄傲和耻辱，爱和嫉妒的所在——支配了他和其他所有人的理性，（看似）带来了这般悲剧性的后果。在血气的统治下，他渴望复仇（2.3.19，2.3.22），他公然用"怒火"（2.3.138）威胁下属，同时无比真诚地坚称他要的只是正义（2.3.179，2.3.204，3.2.6，3.2.89-90）。里昂提斯完美展现了柏拉图对话的教诲：血气没有被驯服、没有遵从理性时，或理性不具知识因此无法胜任统治血气时，血气会给正义造成威胁。里昂提斯的名字，正如《王制》中列昂提奥斯（Leontius）的名字，两者都源自希腊语（以及拉丁语）表示"狮子"的语词（Lēon；所有格：Leontos，"狮子的"），而狮子是众所周知的"万兽之王"，血气的自然象征。苏格拉底塑造人类灵魂的形象时，也使用了狮子这个象征（588d）。就列昂提奥斯而言，苏格拉底在他的缩略版灵魂学中，基于此人发怒的故事，区分了血气及人类灵魂的其他成分（439e-440a）。[48]

再看奥托里古斯——那个其名字再合适不过的"流氓"（他自己首先这么坚称）："我的父亲把我取名为奥托里古斯；他也像我一样水星照命，也是一个专门注意人家不留心的零碎东西的小偷。"（4.3.24-26）这个名字要追溯到荷马，是奥德修斯外祖父的名字，

"此人的狡狯和咒语超过其他人"（《奥德赛》卷十九，395-396）。①
在后世的记载中（例如奥维德的《变形记》），这个人被认为是神的
后裔，是赫耳墨斯（Hermes）（罗马神话中的墨丘利［Mercury］）
的子孙。苏格拉底在揭露珀勒马科斯的正义定义（这个定义似乎暗
示，正义的护卫者必然也是聪明的窃贼）不充分时，提到这同一个
奥托里古斯以及他的这个血统，补充道："你可能从荷马那里了解到
这事，因为他喜欢奥德修斯的外祖父奥托吕古科斯，说哲人'在偷
窃和发誓方面胜过了所有的人'。"（《王制》334a-b；比较4.4.267-
272，4.4.283-285，4.4.712-713，5.2.154-157）

　　说起宣誓和发誓，这两者在《冬天的故事》中至关重要，令人称
奇。与之相关的还有誓言、许诺、保证守信、合约等。赫米温妮最先
提起这些充满道德意味的语词。里昂提斯请她说服波力克希尼斯多留
数日。赫米温妮向丈夫抱怨，他的做法太"冷淡"，更容易"逼得他
发誓绝不耽搁"。接着，赫米温妮拐弯抹角对波力克希尼斯说，因渴
望见儿子才坚持要离开，那合情合理："他要是这样说，便可以放他
去；他要是这样发誓，就可以不必耽搁。"（1.2.29-36）。剧中并非仅
此一次区分单纯说话与［226］积极发誓（参见3.2.203，5.2.156-163）。
波力克希尼斯模棱两可地回答："不，王嫂。"赫米温妮拒绝他"轻轻
的誓言"，回敬以她自己"真的"誓言，声称"女人嘴里说一句'真
的'，也跟王爷们嘴里说的'真的'一样有力呢"（1.2.45-51）。

　　自此开始，剧本逾六十次出现或提到各种形式的誓言。其中
不少单独出现，还有一些则集中出现，例如涉及卡密罗起誓警告波
力克希尼斯要小心里昂提斯的计谋，以及其背后有何缘由（1.2.414-
446）；赫米温妮与各位大人宣誓她清白无辜（2.1.63，2.1.95，
2.1.130-146）；安提哥纳斯被要求"凭着这柄宝剑"发誓，会去处

_____

① ［译注］文中所引荷马的《奥德赛》依据王焕生译本。

置婴儿潘狄塔（2.3.167-168，2.3.183，3.3.30，3.3.53）；审判一场中，克里奥米尼斯（Cleomenes）和狄温（Dion）这两位从德尔斐回来的使者，被要求"按着这柄公道之剑宣誓"，于是他们照做不误（3.2.124，3.2.130）；宝丽娜（掩人耳目？）坚称赫米温妮已死在宫中："我说她已经死了；我可以发誓；要是我的话和我的誓都不能使你们相信，那么你们自己去看吧。"（3.2.203-204）所有这些都出现在剧本"前半部分"，都主要涉及里昂提斯误以为妻子犯下的不负之罪，以及他对这个罪行的反应。相反，"后半部分"的誓言则主要关乎爱的承诺，一些见于小丑和他那些牧羊女朋友们的歌谣及玩笑（4.4.236-241，4.4.300-309），但绝大多数涉及弗罗利泽对潘狄塔的承诺（4.4.368-391，4.4.418，4.4.461，4.4.478，4.4.487-492，5.1.203）。还有宝丽娜迫使里昂提斯说出的古怪誓言："你愿意发誓说不得到我的许可，决不结婚吗？"（4.4.69-72，4.4.82）

莎士比亚用了如此之多的誓言给这部剧本调味，除了显而易见的解释外，还有别的解释吗？也就是说，这些东西与正义问题及爱的表达都有特殊的关系，但关系颇为不同？我们自然会严肃地对待正义，这表明任何实践中涉及执行正义的人，无论作为原告、被告、法官、证人，甚或仅仅是记录员，都会赋予真实以至高的重要性。因此，通常情况是，法庭上必须宣誓坚持真相，这些誓言要求人们明确并自觉地接受一项特殊的道德义务，不仅"说出"知道的所有真相，还要发誓会说出真相，并且最好是看在某样他们不敢冒犯或凌辱的东西的份上（即便仅仅是自己的荣誉；参见1.2.407，1.2.442，2.1.146，2.2.65；《王制》443a，368b-c）。

相反，对于爱的誓言，我们有截然不同的期望。正如培根评论的，在此夸张是常态而非例外。承诺用情专一和永不变心的誓言辞藻奢华，取代了任何可能更实质性的承诺。《会饮》中，泡赛尼阿斯赞美eros［爱若斯］时，进一步对比了恋爱及其他所有活动中的合宜行为：

[227] 比方说，要是为了想从别人那里搞到钱，或得个官位以及任何诸如此类的势利，就像个有情人追所爱的人那样，百般殷勤、苦苦央求、发各种誓、睡门槛，做些连奴隶都不屑做的添肥事儿，那么，无论朋友还是敌人，都会阻止他……但所有这些事情要换了是有情人来做，人们就会叫好……最绝的是，像人们都说的那样，只有有情人发誓不算数也会得到神们原谅，因为，凡发性事（aphroctision）⁴⁹方面的誓，据说根本就不算什么誓。（183a-b）

俗语"爱情和战争不择手段"更简要地概述了泡赛尼阿斯的论点。至于人们为什么对许下及违背爱情誓言尤为宽容，想来是由于意识到erōs［爱若斯］的某些基本事实。例如，强烈的爱欲是一种"着魔"，就像魔鬼附体，使人们实际上无需对他们的言行负责。有多少流行歌曲在唱"那个名叫爱情的古老黑魔法"？波力克希尼斯劝退潘狄塔时，似乎就持有这番理解："美貌的妖巫……你，妖精"（4.4.423-424，4.4.435）。依据第俄提玛的看法（苏格拉底称，他从这位异邦女人那里获得了有关"情事"［erotica］的一切知识），流行观点有几分真实；第俄提玛指出，erōs［爱若斯］是个"大 daimōn［精灵］"，把诸神的指令传达给人们（202e-203a）。多数人也承认，无论一个人何其真诚，或誓言何其有力、何其高贵，都无法约束心灵：坠入爱河及失去爱情是某件发生的事，而非人的行为。爱是一股神秘的力量，或许超出人的理解和控制——第俄提玛也证实这一点，她警告苏格拉底，他或许无法理解其教诲的终极奥秘（209e 及以下）。

一座雕塑有了生命，这使人联想到传说中的代达罗斯（Daedalus），并间接想到苏格拉底，因为苏格拉底（永远的讽刺家）自称，他拥有这位狡猾的雕塑艺人的血统，这位艺人做的雕塑栩栩如生，都能活动身体，至少看似如此（《阿尔喀比亚德前篇》［Alkibiades Major］

121a；《游叙弗伦》[*Euthyphro*] 11c-e，15b；另参见《美诺》[*Meno*] 97d；《希琵阿斯前篇》[*Greater Hippias*] 281d-282a）。此外，亲爱的亡妻重获生命，或许能使人想起阿尔刻斯提斯（Alcestis）的古老故事，这个故事在斐德若和第俄提玛的讲述中都至关重要（《会饮》179b-c，208d）。尽管这个场景戏剧效果出众，但大量批评家指出，莎士比亚对赫米温妮施加的"戏法"，即让她看似死去，被人安葬，然后幽居十六年，最后却作为一座自己（颇为合适地长了年纪）的雕像出场，为了演一出重返公共生活的好戏——这一切无法令人信服。批评家们的这种反应可以理解。然而，或许未能充分为人留意的是，[228] 增强了剧本的戏剧力量及哲学意义的是，这段情节使人性的一种深远渴望具体可见。一位充满同情的学者再贴切不过地指出：

> 使生命看似石头，石头又暗示生命，其中蕴含着戏谑的现实主义，这种现实主义暗示了雕塑一场的真正作用。所有秘密中最深刻的一个秘密是，思想与事物之间，心灵与物质之间有何区别。我们无需探讨人类学的各种构想，例如泰勒（Tyler）的泛灵论，或哲人的种种猜测……因为意识到思想与事物的区分，渴望给无生命的东西赋予生命，是所有人意识结构的组成部分。希冀联结这两个王国，却又知晓两者截然不同，在那个几乎全宇宙都在受苦的时刻，这两个方面发展到了最急切的程度：那时，一个人，活着的人，站在爱人的雕像边，一具尸体边，感受着生命与无生命间的巨大鸿沟。[50]

最后，《冬天的故事》的一个数字特征也使这个剧本隐微地与柏拉图对话录相关，尤其是与《会饮》相关。莎士比亚全集中，只有这部剧本出现了"二十三"，而且不止一次，出现了两次。[51] 看到自己的儿子迈密勒斯，里昂提斯觉得"好像恢复到了二十三年之前"

的童年[52]（1.2.154-155）。而当他惊讶地听闻询问德尔斐神谕的使者这么快归来时（"他们这一趟走得出乎意外地快"），里昂提斯如是回应，浑然不知自己语词的反讽意味：

> 他们去了
> 二十三天；的确很快；可见得
> 伟大的阿波罗要
> 这事的真相早早明白。（2.3.197-200）

更有趣的是，莎士比亚在此有意改编了来源作品，即格林的《潘朵斯托》。在格林笔下，去德尔斐的旅行用了"不到三周"。二十三这个数字的特殊意义在于，《会饮》中哲人讲述的苏格拉底与第俄提玛的对话里（201d-212a），柏拉图已建立起这个数字与Erōs［爱若斯］的象征性联系，在那里柏拉图多次用二十三指涉爱若斯这个"恶精灵"。[53]《苏格拉底的申辩》间接确认了这种数字联系。那部对话描绘了苏格拉底如何应对使自己受审的死罪："败坏青年，不信城邦信的神，［229］而是信新的精灵之事。"（24b-c）在这场"申辩"里，在哲人对自己及自己生活方式的公开陈述里，苏格拉底解释了是"神"安排他"以爱知为生，省察自己和别人"（28e；同时参见33c）。

苏格拉底总计二十三次提到"神"。虽然在申辩的早些时候，苏格拉底有一次机智地暗示这个"神"是阿波罗（提出他的证人是"德尔斐的神"，这个神的女祭司皮提亚［Pythia］宣称"没有人［比他］更智慧"；20e-21a），但他从未真正说出"阿波罗"——而他之所以受审，就是因为不信城邦所信的神。此外，他随后提到，"出现了一个神性的精灵的声音"，这个声音审查他的所有言行（31c-d；同时参见37e，40c）。先前与原告莫勒图斯（Meletus）辩论时，苏格拉底提醒莫勒图斯及所有人，诗歌传统给出了关于daimōn［精灵］的其他构想（"而我们认为，daimōn［精灵］当然就是神或神的孩子，不是吗？"27d）。因此，根据事实推断——erotika［情事］是苏格拉底唯一精通的事（《会饮》177e；比较《忒阿格斯》[*Theages*] 128b），他听命一个精灵的征兆，Erōs［爱若斯］是个大daimōn［精灵］，daimones［众精灵］是神或是神的儿女（半神）——我们不是得将"神"，苏格拉底提到二十三次的"神"，等同于Erōs［爱若斯］？因此，《申辩》不仅证实了《会饮》中确立的数字象征，还证实这个数字与哲学相关。[54]

莎士比亚似乎意在使《冬天的故事》既成为基督教戏剧，又成为异教戏剧，剧中清晰可辨的基督教影射明显地置于古典背景之中。然而，细致分析文本后可以发现，塑造西方的两种文化传统更精巧复杂地相互交织，一边是雅典传统，另一边是耶路撒冷传统，两个传统分别与历史上最著名的两场审判相关，且都因创始人殉难而带上了不可磨灭的色彩。与这番比较相关的是，耶稣据说哭过，但没有记载表明他笑过，苏格拉底笑过，却从未听说他哭过（比较《斐多》115c）。至于莎士比亚为何选择并置两者，正如他在这个混合的故事里这般聚焦两个王国的后嗣邂逅并成婚——一半悲伤严肃，正适合冬天，另一半是夏天的欢乐喜剧（2.1.25，4.4.80）——我想答案是爱。如果就爱和正义而言，最著名、最有影响力的哲学教诲来自柏拉图，那么，就爱和宽恕而言，最著名、最有影响力的宗教教诲则来自耶稣。或许，我们的哲人诗人看到，创作一个故事尤为合适，这个故事同时吸取这两种教诲的元素，这个故事会给读者带来更多的思考空间。

《一报还一报》中高贵的疏忽

［230］当代，人们常把莎士比亚的某些作品归类为"问题剧"，意思是这些剧本提出的阐释问题非同寻常，而这或许部分由于剧本内部探讨的问题类型，但也可能由于剧本本身某样东西颇成问题。

虽然哪些剧本堪称"问题剧"远未达成共识，但几乎所有承认这种类别的人都认为，《一报还一报》榜上有名。[55]然而，对于这个剧本哪里成问题，却莫衷一是。这个剧本显然是喜剧，因此自然有惹人发笑的时刻，但一些人认为剧本有瑕疵，因为核心故事实在太黑暗、严肃、令人不安，难以做喜剧化处理。[56]这种观点认为，这番尝试就是拙劣的设想。另一些批评者对喜剧的设想纯粹限于形式（任何戏剧只要涉及克服困难，有快乐的结局，从而使观众愉悦），但他们仍认为《一报还一报》有缺陷，因为快乐结局所需的操作太难以置信：这并非能感同身受的人类胜利。[57]还有一些批评家认为，剧本的主要问题在于戏剧结构，认为剧本由几个气氛及语调相异的部分组成，或认为剧本的情节与人物有失协调。[58]因此，这些批评家主张，剧本在思想或诗歌层面都无法令人满意。对剧本的批评也不仅限于此。

然而，剧本情节内部有个问题几乎无人注意，而若处理好这个问题，相当有助于理解这部令人不适的喜剧。这个问题是：为什么维也纳的道德风尚可以如此堕落，以致需要用极端手段来改革风气？注意，只是因为需要这些极端、苛刻的措施，加速情节的行动（克劳狄奥［Claudio］被捕，因为他在字面上违反了禁止通奸的法条）才成为可能。不过，一旦提出这个问题，第二个问题便接踵而至：为什么要现在下令改革，即，是什么使得现在要重新制定严格的法律？要想知道这个故事的深层含义，决定故事发展进程的含义，必须仔细考察剧本的前三场，尤其是第三场。[59]

应为维也纳过去十五年的失职统治承担最终责任的人，说出了剧本的第一个语词。这个语词非同寻常。这是个人名，但不是德语人名，也不是基督教人名，甚至不是圣经中的名字；这是一个希腊名字：爱斯卡勒斯（Escalus）。这个名字虽然与第一位伟大悲剧家的名字写法不同（通常音译为埃斯库罗斯［Aeschylus］），但念起来时这种区别难以察觉，正如麦克白后来出现的那位副官（西登），其名字的另一种拼法也难以察觉。统治者彬彬有礼的助手［231］（对开本的演员列表称作"一位年长的贵族")和著名诗人同名，可以赋予怎样的意义呢？然而，这并非剧本人名唯一古怪的地方。剧本以维也纳为背景，但奇怪的是，剧中竟有大量罗马—意大利人名，尽管至少两个人名有希腊渊源（即安哲鲁［Angelo］，源自 aggelos，意为"使者""信使""使节"；以及路西奥［Lucio］，源自 luke，意为"光"，因此 lux 意为"清楚的"，等等）。此外，对开本演员列表中，有两个人名从未被提起：弗兰西丝卡（Francisca）（"一位女尼"），以及施行统治的公爵的名字——文森修（Vincentio）。因此，只有剧本的读者才会意识到，公爵的名字意思是"征服者"或"胜利者"（victor）。最后一处古怪的地方：直到剧本最后一场，人们——无论是听众还是读者——才得知公爵扮作教士用了什么化名（"洛度维克"［Lodowick］；5.1.128）[60]

剧本最先提起的话题是政治，仍是公爵向"年长的"随从爱斯卡勒斯发话：

> 关于政治方面的种种机宜，
> 我不必多向你絮说，
> 因为我知道你在这方面的经验阅历，
> 胜过我所能给你的
> 任何指示。

公爵立即澄清，他认为爱斯卡勒斯掌握的政治"科学"尤其关乎地方事务：

> 对于地方上人民的习性，
> 以及布政施教的宪章、
> 信赏必罚的律法，你也都
> 了如指掌，比得上任何
> 博学练达之士。

更有趣的是，公爵据称要离开时，竟没有把全部统治权交给爱斯卡勒斯，而是交给另一个年轻得多的下属，一个名叫安哲鲁的大人，而"年高的爱斯卡勒斯虽然先受到我的嘱托，却是你的［安哲鲁的］辅佐"（1.1.18-21，1.1.42-46）。不过，爱斯卡勒斯得到了自己的"诏书"，并且公爵明确警告他，不得"背离"诏书（1.1.13-14）。我们完全不知诏书的内容，而当爱斯卡勒斯告诉安哲鲁，"主上虽然付我以重托，可是我还不曾明白我的权限是怎样"时（1.1.79-80），我们只是愈发疑惑。爱斯卡勒斯似乎还未阅读诏书，但预估会有这番指示。但他的宣告，还有公爵的警告，仍有些稀奇古怪；鉴于公爵认为爱斯卡勒斯很有头脑，或许我们不应从字面上理解爱斯卡勒斯告诉安哲鲁的一切。［232］安哲鲁也得到一纸诏书，内容我们同样不得而知（1.1.47）。不过，我们得以见证公爵的口头指示，可以发现，这些指示相当官方："你的权力就像我自己一样，无论是需要执法从严的，或者不妨衡情宽恕的，都凭着你的判断执行。"（1.1.64-66）想来公爵期望安哲鲁依照现行制度和法律结构统治，但在那些宽泛的限制之内，他可以全权决定。此时，没有迹象表明维也纳有任何地方出了问题，也看不出安哲鲁的使命并非例行公事。

不过，我们或许会纳闷，公爵为何得这般匆忙离开维也纳，而且——更令人称奇的是——无人陪同（1.1.62-64，1.1.67）。显然，流传的官方版本是，公爵要去波兰开展军事外交（1.2.1-5，1.3.14-16）。但不知为什么，这个解释很快就让人生疑。于是，整部剧里，人们始终在推测公爵的真正行踪（3.2.83-90，4.1.60-65）。消息灵通得令人困惑的路西奥向依莎贝拉（Isabella）如是解释：

> 公爵突然离开本地，
> 许多人信以为真，准备痛痛快快地玩一下，
> 我自己也是其中的一个；可是我们从

> 熟悉政界情形的人们那里知道，
>
> 公爵这次的真正目的，
>
> 完全不是他向外边所宣布的那么一回事。（1.4.50-55）

我们知道路西奥说得没错的那些事——以上就是一例（比较 4.3.154-157）——这应使我们怀疑，路西奥的其他话里是否也道出了某些真相。正如他的名字可能暗示的，较之我们通常的理解，路西奥可能更大程度上照亮了剧本的黑暗角落。

剧本第一场与第二场的调子截然不同，几乎是天壤之别。公爵离开两位高官时那冷静、严肃、尽责、得当的礼节之后，紧接着是展示维也纳的市井生活。我们不知公爵去了多久——可能几天，也可能几周——但这段时间足以做些公众演讲，发布公告，采取威胁性的行动（1.2.71-74）。从我们现在遇到的这三个年轻的单身士兵来看（他们被称作"绅士"，其中只有一个人有名字，就是那个无法无天的路西奥），[61] 维也纳道德严重堕落，人们淫荡不堪，到处聚众淫乱，（因此）性病蔓延——或许象征政体本身某些方面病入膏肓，以致难以为继。这一组不神圣的三人组很快有了一个新成员，[233] 一个机构的所有者，在这个机构里，人们可以"购买"这些疾病，这个人就是有个好名字的咬弗动太太（Mistress Overdone）。

这三个人（还有我们）从咬弗动太太那里得知，法律正制裁通奸，而且极为严苛。第一个受新政影响的人是克劳狄奥——路西奥的朋友，他被关进了监狱，三天内就要砍头。路西奥带着那帮时髦的青年男士去调查这个消息，留下这位好太太自己哀叹生意日益冷清。这时，咬弗动太太的兼职酒保和兼职男妓庞贝（Pompey）到了，他说起另一起类似的案子（后来，庞贝自己入狱后，他表示在监狱里颇为自在，因为里面尽是他女主人从前的主顾；4.3.1-20）。庞贝给出了更多证据，证明一场大清洗正在进行：公告里说，维也纳近郊的所有妓院一律拆除。至于那些城里的妓院，它们本来也要拆除的，"幸亏有人说情"（1.2.85–95）。显然，维也纳的犯罪行为不仅限于性关系方面，还牵涉到政治生活的其他维度。无论如何，这惊人的新一波强力执法背后，到底有什么内容呢？我们正是要把这个问题带进剧本至关重要的下一场。

　　第三场完全是一节对话，双方是据称已离开的公爵与一名与怀疑论信徒同名的教士。[①]公爵与这个托马斯教士（Friar Thomas）显然是旧相识，一定程度上互相信任，彼此熟悉，因为公爵至少向托马斯泄露了部分秘密计划，并请他帮助实现这个计划。不过，有趣的是——至少可以这么说——公爵得先向托马斯保证，他想要一个"秘密的藏身处"并非为了一场情欲的冒险。为什么这位熟悉公爵性格的教士（依据公爵自己的证词；1.3.7–10）需要这番保证？或许，这并非公爵第一次秘密退出政治生活？托马斯的猜测与路西奥一致，这令人生疑（3.2.127–132）。不过，公爵在此坚称，他对那些更适合"燃烧着的年轻人"的激情无动于衷，没有哪支"爱情的微弱的箭镞会洞穿［他的］铠胄严密的胸膛"——正如在后来，面对路西奥的指控"他自己也是喜欢逢场作戏的"，伪装成教士的公爵答道："我从来没听过有人指控公爵非常爱玩女人的，他不是那样一个人吧。"（3.2.115–119）若略加思考，会发现这个反驳非常古怪："没听过有人指控公爵非常爱玩女人。"他会不会没意识到有更多人在"指控"他？无论如何，"喜欢玩女人"与对浪漫的迷恋无动于衷之间，不存在矛盾。

　　公爵向教士朋友保证，他是"为了另外更严肃、更成熟（wrinkled）［意为弯曲的，蜿蜒的，盘绕的］的事情"。公爵接着开始讲述：

　　　　神父，你是最知道我的，

　　① ［译注］指13世纪意大利神学家阿奎纳（Thomas Aquinas）。

你知道我多么喜爱恬静隐退的生活,

而不愿把光阴销磨在

少年人奢华靡费、争奇炫饰的所在。

我已经把我的全部权力交给安哲鲁——

他是一个持身严谨、屏绝嗜欲的君子——

叫他代理我治理维也纳。

他以为我是到波兰去了,

因为我向外边透露着这样的消息,

大家也都是这样相信着。神父,

你要知道我为什么要这样做吗?

托马斯

我很愿意知道,殿下。

公爵

我们这儿有的是严峻的法律,

对于放肆不驯的野马,

这是少不了的羁勒,

可是在这十四年来,我们却把它当作具文,

就像一头蛰居山洞、久不觅食的狮子,

它的爪牙全然失去了锋利。溺爱儿女的父亲

倘使把藤鞭束置不用,

仅仅让它作为吓人的东西,

到后来它就会被孩子们所藐视,

不会再对它生畏。我们的法律也是一样,

因为从不施行的缘故,变成了毫无效力的东西,

胆大妄为的人,可以把他恣意玩弄;

正像婴孩殴打他的保姆一样,

法纪完全当然扫地了。(1.3.7–31)

维也纳表面上是君主国，但从这个公爵自己的描述来看，他的政体实际上更接近半无政府主义的民主国家。事实上，这让人想起柏拉图的《王制》中苏格拉底对民主政体的夸张指控："他们的城邦充满了人身自由和言论自由，个人有权在城邦中做他想做的事？"（557b）缺少强制后，权威的自然关系发生逆转，这涉及统治者与被统治者间、主仆间、父母与孩子间的权威（"父母使自己习惯于像孩子，害怕自己的儿子们，儿子却使自己习惯于像父亲，既不知廉耻，也不害怕自己的父母"），以及师生间的权威（"一个教师不仅害怕自己的学生，而且还要吹捧对方"）（562e-563a）。苏格拉底提到，一些人被判死刑却仍活在世上，"好像别人并不介意或并没有看到他们"（558a及以下——正如巴那丁（Barnardine）一般？——4.2.126-135）。"妇女在男人面前，男人在妇女面前，他们之间的平等和自由达到了何种程度，[235] 我们几乎忘了提到这一方面。"（563b）公爵对威尼斯情况的整体评价，与狱中克劳狄奥更具体地回答路西奥问话（"你怎么戴起镣铐来啦？"）时所说的完全一致：

> 因为我从前太自由了，我的路西奥。
> 过度的饱食有伤胃口，
> 毫无节制的放纵，
> 结果会使人失去了自由。（1.2.117-120）

这同样令人想起苏格拉底如何描述民主制，尤其是人们愈发有失节制如何会导致僭政。正如众寡头无度追求财富最终会导致政体灭亡，失去所有财富，同样，民主制中，人们贪恋自由——要知道这并非理性的自我统治，而不过是缺乏政治及法律约束的状态，源于人们相信一切欲望皆平等（560e-561c）——也会导致政体逐步恶化，沦为荒淫的无政府状态，而这迟早会以某种方式产生专制政体，使自由丧失殆尽（562b及以下）。

公爵陈述完问题后，托马斯教士插话，间接提了两个明显的问题："殿下可以随时把这束置不用的法律实施起来，那一定比交给安哲鲁大人执行更能令人慑服。"（1.3.31-34）也就是说：公爵为什么不更早应对这个问题——就这个问题而言，公爵原本为什么要让它发生？而他现在又为什么要把改革的重任交给安哲鲁大人，既然他自己也能有效推行改革？要注意，公爵只回答了后一个问题。

> 我恐怕那样也许会叫人过分畏惧了。
> 因为我对于人民的放纵，原是我自己的过失；
> 罪恶的行为，要是姑息纵容，不加惩罚，
> 那就是无形的默许，既然准许他们这样做了，
> 现在再重新责罚他们，
> 那就是僭政了。所以我才叫
> 安哲鲁代理我的职权，
> 他可以凭借我的名义重整颓风，
> 可是因为我自己不在其位，
> 人民也不致对我怨谤。（1.3.34-43）

不过，这最终只是公爵的一半回答——可以称作 [236] 明显带有政治意味的一半回答。虽然其中有几点值得进一步讨论，但首先应注意到，文森修公爵的计划，再现了马基雅维利《君主论》中恐怕是讲述精明政治最难忘的例子。这涉及切萨雷·博尔贾（Cesare Borgia），也称为瓦伦蒂诺公爵（Duke Valentino），如何平息罗马尼阿（Romagna）的动乱：

> 当公爵占领罗马尼阿的时候，他察觉罗马尼阿过去是在一些羸弱的首领们统治之下，他们与其说是统治他们的属民，倒不如说是掠夺属民，给他们制造种种事端，使他们分崩离析而

不是团结一致，以致地方上充满了盗贼、纷争和各式各样横行霸道的事情。他想使当地恢复安宁并服从王权，认为必需给他们建立一个好的政府，于是他选拔了一个冷酷而机敏的人物雷米罗·德·奥尔科，并授予全权。这个人在短时期内恢复了地方的安宁与统一，因此获得极大的声誉。可是公爵后来因为害怕引起仇恨，认定再没有必要给他这样过分大的权力。于是他在这个地区的中心设立了一个人民法庭，委派了一名最优秀的庭长，在那里每一个城市都设有他们自己的辩护人。因为他知道，过去的严酷已经引起人们对他怀有某些仇恨。为此，他要涤荡人民心中的块垒，把他们全部争取过来。他想要表明：如果过去发生任何残忍的行为，那并不是由他发动的，而是来自他的大臣刻薄的天性。他抓着上述时机，在一个早晨使雷米罗被斫为两段，曝尸在切塞纳的广场上，在他身旁放着一块木头和一把血淋淋的刀子。这种凶残的景象使得人民既感到痛快淋漓，同时又惊讶恐惧。

马基雅维利讲这个故事前断言，这个例子"很值得注意，而且值得他人效法"。[62]

看来，莎士比亚对此欣然同意。文森修公爵的计划及背后的动机，与瓦伦蒂诺公爵的以上行径显然有相似之处。但与之相关的是，我们也应思考两点最重要的差异。首先，文森修（不同于瓦伦蒂诺）自己承认，他应为国家眼下的混乱局面负责。他承认，是他自己没能执行法律，要抑制并指引人们通常会有的倾向，这些法律"少不了"。而这最终使法律"被孩子们所藐视，不会再对它生畏"，正义与恰当的行为标准也因此日渐败坏。文森修明确指出，未能惩治不法行径，不仅应被视作姑息纵容，而且实际上还在怂恿那些本应受法律制裁的行为。

其次，莎士比亚笔下的结局要温和得多。雷米罗（Remirro），这个严格执行博尔贾命令的人，成了政治权宜之计的牺牲品：他被立即处死，成了献给人民的一场好戏，令人既痛快淋漓，又惊讶恐惧（同时——并非微不足道的是——[237] 还除去了一个危险的潜在篡位者）。而安哲鲁虽然严重失职并违背信任，却只是暂时遭受死亡的威胁，其所作所为被公诸于众，颜面扫地，接着被要求娶一个他冷嘲热讽但却狂热地爱恋着他的女人。尤其考虑到切萨雷·博尔贾凶残处置德·奥尔科（de Orco），文森修公爵安排的终场似乎在展示被仁慈稀释后的正义，其意在磨炼人心。也没有迹象表明，公爵曾有意施加更严重的惩罚。事实上，鉴于当安哲鲁的罪行限于性勒索未遂时公爵竭尽全力保全安哲鲁的名声（参见3.1.150-166，4.2.77-83），我们可以发现，路西奥或许说得没错："公爵在这里的时候，对于这种不干不净的事情是不闻不问的，他决不会把它们在光天化日之下揭露出来。"（3.2.170-172）既然如此，文森修势必在最开始就决定私下处置安哲鲁可能犯下的任何罪行。唯有当安哲鲁表现出会犯下杀人罪时，公爵才决定让他公开受辱（同时做好某些预防措施，保证自己平安归来并重掌权力；注意4.5.6-13）。

无论如何，我们可以发现，莎士比亚的"模仿"有两点背离马基雅维利的原文，这两点有某种联系。更具体而言，第一点差异至少部分决定了第二点差异——看似不容置疑的猜测是：莎士比亚希望，人们会明确认为他的公爵比切萨雷·博尔贾正义。

不过，文森修公爵背后的基本理据，本质上仍与瓦伦蒂诺公爵无异：文森修有一些不得不做的讨厌的工作，他希望完成这项工作的同时又不玷污自己的名声（正如马基雅维利教导的，他知道君主的好名声是其权力的重要组成部分）。[63] 与托马斯教士谈话时，文森修公开承认，他希望不会遭受"怨谤"。但他也提到，要避免施行僭政，因为既然已"准许他们这样做了"，那人们实际上是依照他的要求做事，如此，再惩罚他们，就会是"僭政"。当然，把任务交给安哲鲁，公爵就无需为他描述的僭政负责，这一点显然是诡辩，即便考虑到公爵没有给安哲鲁任何具体指令，只是让他"无论是需要执法从严的，或者不妨衡情宽恕的，都凭着你的判断执行"（1.1.65-66）。因为公爵知道，他选定的摄政严守纪律：冷酷、理性、无情、苛刻，"一个持身严谨、屏绝嗜欲的君子"——毫无疑问，正因为如此，公爵才"就"选择安哲鲁来执行任务，而非选择见多识广却宽宏大量的老爱斯卡勒斯（参见2.1.241-253）。在此或许要注意，公爵暗中知道安哲鲁如何对待玛利安娜（Mariana），直到后面才有透露，但这丝毫不影响安哲鲁胜任这份工作——恰恰相反，安哲鲁此番行为蕴含着完全唯利是图的态度，以及对感情无动于衷的工具理性，这进一步证明安哲鲁堪当此任。[238] 公爵希望完成这项工作；又或许，做这件事已成了政治必需。毫无疑问，公爵知道，既然要做这件事，那就最好迅速、彻底地做。如果这是僭政，那也无可避免——就此而言，公爵的一心避免僭政必然可归结为他一心想要避免僭政的恶名。

然而，究竟什么是僭政，似乎是该剧的一个重要话题，即便只是因为众多人物都对此各抒己见。克劳狄奥最先用了这个词。克劳狄奥回想着，一位新近上任的摄政，新近执行起一条实际上已被废弃的法条，下令逮捕了自己。于是，克劳狄奥寻思，"不知道这样的僭政是在他权限之内，还是由于他一旦高升，擅自作为"（1.2.152-153）。也就是说，克劳狄奥立即理直气壮地认为，发生在他身上的事是僭政——一如公爵所料。因为突然开始执行先前废弃的法律，尤其是施加严厉惩罚的法律，没法不显得变化无常、恣意妄为。克劳狄奥和姐姐都纳闷，为什么是他，得最先感受突然这波严刑厉法的强力（2.2.107-108）。而这没有原因，必然如此，只有这个事实：总得有人第一个受罚，而无论是谁，那人都会有同样的感受、做出同样的反应（"为什么是我？"）。因此，在一个堕落的政体里，任何人执行这项任务，重建对法律的敬重，都势必会被认为在施行僭政。克劳狄奥的反应再典型不过。唯一盘旋在他头脑的问题是，这是新长官树立威权的必要之举，还是出于这个人的特殊品性（2.2.146-151）。

　　面对咬弗动太太无可救药的证据，即便是耐心的老爱斯卡勒斯也在默想，对某些人别无他法，只有施行僭政："再三告诫过你，你还是不知道悔改吗？无论怎样慈悲的人，看见像你这种东西，也会变做铁面阎罗的。"（3.2.187-189）依莎贝拉似乎认为，僭政在于运用不相称的权力："唉！有着巨人一样的膂力是一件好事，可是把它像一个巨人一样使用出来，却是残暴的行为。"（2.2.108-110）我们可以想象，霍布斯会回答："不，我亲爱的，利维坦正应如此，正应如是行动，如果要保证我们都渴望的和平、秩序与安全。"安哲鲁也正是从类似的角度，指责依莎贝拉（错误地）将严格执法——也就是说，对人类常有的弱点毫不同情或姑息纵容——本身视为僭政："可是你刚才却把法律视为暴君。"（2.4.114）然而之后，当安哲鲁威胁要处决克劳狄奥，让"他遍尝各种痛苦而死去"来"证明僭政"（2.4.165-168）时——言下之意是，动用折磨及酷刑乃僭政的特点——安哲鲁心中的想法则又截然不同。

　　公爵最后提起僭政，虽然只是略略一提，却最为充分。[239]狱吏怀疑克劳狄奥得不到缓刑（"我们这位摄政是一个忍心的人"）。对此，文森修提出的看法或许合理，尽管他暗示这能证明安哲鲁清白时不无反讽：

> 不，不，他执法的公允，正和
> 他立身的严正一样；
> 他用崇高的克制工夫，
> 屏绝他自己心中的人欲，也运用他的权力，
> 整饬社会的风纪。假如他明于责人，
> 严于责己，那么他所推行的诚然是僭政；
> 可是我们现在却不能不称赞他的正直无私。（4.2.77-83）

虽然我们绝不能以为某个特定人物就是莎士比亚的代言人（莎士比亚塑造了他的所有角色，想必他的智慧见于整体），我们却可以尤其重视公爵的看法，因为莎士比亚将公爵表现为该剧内部的"导演"。此外，有证据使我们怀疑，僭政的问题——透彻地理解什么是僭政、什么不是僭政，与公爵尤为相关。

那么，综合公爵的言行，公爵似乎认为僭政由哪些因素构成呢？僭政不只关乎施加巨大的或压倒性的甚或绝对的权力。毕竟，历史上，父亲和孩子们的关系便一直如此，但施行这种权力可以（当然，是必须）采用君王的风范而非僭政的方式。在某些罕见的情形下，一个人或许还有相当的自然权力，能正义地对整个政体施行极权。[64] 僭政也不在严格或严厉执法，不存怜悯之心：对于这种政体或许还有其他批评，但这种政体本身不是僭政——如果条件允许，这种政体也可以是正义的。甚至连依据自己的喜好立法，将自己的喜欢及厌恶作为"标尺"来衡量其余一切事物，这本身也非僭政：统治者本身若高贵善良，其喜好事实上可以是制定理想法律的合适标准。[65] 相反，依据公爵的说法，僭政源自两样事物，虽然这两样事物可被视作具有同一根源。首先，统治者对属民的要求完全前后矛盾，朝令夕改。这不仅使人的生活无从预测，因而倍感焦虑，还与使守法成为习惯背道而驰。其次，自己不遵守限制他人的规则，也就是说，尽管统治者有权随心所欲制定法律，他自己却随时、任意地背离这些法律。这两种行为或许都 [240] 反映了个人的任性之治；因此，无论还有什么因素牵涉其中，任性的统治本质上就是僭政。[66]

然而，僭政——或至少在统治方式剧变之下受惩处的那些人眼中的僭政——是维也纳面对眼下的混乱局面所需要的事物。公爵自己的政治疏忽，使荒淫无度的风气滋长，这种风气是一种疾病，需要最猛烈的药物。公爵希望维也纳痊愈，但同时自己的名声不得受损。事实上，由于人们在摄政手下会痛苦不堪，等到公爵在公众面前重新掌权时，他几乎毫无疑问会更受喜爱。但正如前文所述，这个政治目的只是公爵将权力交给安哲鲁的一半缘由，并且这本身无需他在维也纳秘密行动。

另一半缘由则有此需要。要想立即描述这个缘由，会略有难度，并且剧本只向我们透露了部分缘由。但我们就此能得出的结论，可以相当程度上回答托马斯教士先前的疑问：公爵为什么最先要酿成这个政治问题？我们已了解到的信息足以否定一种可能：也就是说，因为公爵温和、软弱，充满同情，因此天性过于包容。恰恰相反，公爵形迹可疑且利用安哲鲁，这证明他充分具有马基雅维利式的狡诈品性（以及其暗示的灵魂的足够坚韧；参见3.2.96）。此外，公爵之后的行为表明，要是有好的初衷，他也能残酷不仁（正如他让几个人物遭受心理酷刑，尤其是依莎贝拉），而且他灵活多变，能依变化的形势所需，迅速调整策略。他很有可能还是半头狮子（比较1.3.11，3.2.140-142），但我们可以确信他是半只狐狸，而且（一如马基雅维利的建议）更依赖狐狸的品性，而非狮子的品性。事实上，他的整个计划都基于狐狸最喜爱的诡计：在一个方向留下踪迹，只是为了原路返回。[67]他向托马斯爵士解释这项秘密计划时，我们得知为什么公爵要独自一人离开母邦：为了便于隐名埋姓，再度归来。因为公爵继续说：

> 一方面我要默察他的治绩，
> 预备装扮作一个贵宗的僧侣，
> 在各处巡回察访，不论皇亲国戚或是庶民，我都要一一访问。
> 所以我要请你借给我一套僧服，还要有劳你指教我
> 一个教士所应有的
> 一切行为举止。我这样的行动还有其他的原因，
> 我可以慢慢告诉你，
> 可是其中的一个原因，是因为安哲鲁这人平日拘谨严肃，
> 从不承认他的感情会冲动，

　　　[241] 或是面包的味道胜过石子，

　　　所以我们倒要等着看看，

　　　要是权力能够转移人的本性，

　　　那么世上正人君子的本来面目究竟是怎么样的。(1.3.43–54)

　　所以，无论如何，无论可能还有什么"其他的原因"（比较 5.1.536），公爵至少充满好奇——尤其是对他的摄政安哲鲁充满好奇，想知道在面对施行王权固有的种种诱惑时，安哲鲁会如何表现；但公爵也对人类整体充满好奇。[68]公爵没有暗示他要在什么时候介入；相反，他打扮成外国游客，回到母邦（3.2.211–214），因此是个"不存偏见"的观察者——只是"维也纳的旁观者"（5.1.315），这个地方的异邦人。[69]为了这番调查的目的，公爵选用尤为恰当的伪装：扮作一名教士，利用人们对其乐善好施的信任（2.3.3，3.1.197），并利用这个身份的特权进入人的灵魂深处（参见2.3.19及以下，3.1.150及以下，3.2.224及以下，4.1.53–55，4.1.66–67，4.2.168及以下）。

　　不过，莎士比亚笔下公爵的特征，不仅在于这般宽泛的好奇。要注意，公爵开始向他充满怀疑的教士朋友解释时，先提到（正如教士很清楚这一点）他"多么喜爱恬静隐退的生活"，他认为所有那些唯利是图之人的"聚会"都在虚掷光阴和金钱（"少年人奢华靡费、争奇炫饰的所在"）。他更偏爱独处，或许是与少数精挑细选的朋友一起独处（我们知道，公爵有这么一些朋友，个个拥有著名的古典姓氏；[70]比较4.5.12–13）。就此而言，可以回想公爵先前曾向爱斯卡勒斯和安哲鲁透露，他既厌恶又不信任公开仪式（虽然他承认仪式有政治功用）：

　　　我这回出行不预备给大家知道；我虽然爱我的人民，

　　　可是不愿在他们面前铺张扬厉，

　　　他们热烈的夹道欢呼，

　　　虽然可以表明他们对我的好感，

> 可是我想，喜爱这一套的人
> 是难以称为审慎的。（1.1.67-72）

虽然他扮作教士，但他之后教导克劳狄奥"抱着必死之念"（3.1.5-41），却很难称得上符合基督教教义。尤其值得注意的是，这番教导没有提到死亡不过是通向幸福来生的入口，也全然没有暗示个人的灵魂长生不死。相反，这番教导毫无疑问符合苏格拉底的立场（廊下派的观点由此而来）：死亡不足为惧，而是应被比作睡眠（比较《申辩》40c-e）。[71]事实上，自古以来，哲人们的信条，[242]贺拉斯（Horace）与卢克莱修（Lucretius）等哲学诗人的信条是，"学习哲学就是学习如何去死"。[72]而公爵扮作教士，询问他的老谋士"公爵是个何等之人"时，爱斯卡勒斯答道：

> 他是个重视自省工夫甚于一切纷争扰攘的人。
>
> **公爵**
>
> 他有些什么嗜好？
>
> **爱斯卡勒斯**
>
> 他欢喜看见人家快乐，甚于自己追寻快乐，他是一个淡泊寡欲的君子。（3.2.225-231）

还要注意，公爵声称，他对激情、"浪漫"的爱情[73]（参见3.1.239-243）持有"亚里士多德式的"立场——爱情只适合年轻人——没有哪支"爱情的微弱的箭镞会洞穿［他的］铠胄严密的胸膛"。公爵之后对依莎贝拉有兴趣，这绝不能证明公爵做了虚假陈述。事实上，在这两行相当惊人的求婚之语前（夹在其他几件事务之间；5.1.489-490），公爵没有给出任何迹象，表明他有一丁点儿被这位年轻姑娘迷住。公爵重复求婚时的表述（"亲爱的依莎贝拉，我有一个提议，对于你的幸福大有关系"；5.1.531-532），会让任何女孩无言以对。公爵的行为与安哲鲁迥然不同，后者热恋依莎贝拉，为她神魂颠倒。再考虑到公爵不信任音乐的魅力（4.1.14-15），且较之虚伪更偏爱反讽（参见5.1.10-14），但对于诚实与欺骗则都持有纯粹的功利主义立场（比较《王制》601b，398a-b，399e，382c-d，389b，414b及以下）——他在维也纳的整场伪装即是证明（尤其参见3.1.257-259，3.2.270-275，4.1.73-75）——至此，一个相当清楚的结论浮现出来：无论公爵是如何成为维也纳的统治者的（想来是世袭），他依其本性是哲人（比较《王制》499b-c）。

显然，这正是维也纳变得难以收拾的原因：完全疏于治理，因为统治者沉浸于智识的生活，沉浸于另外的事，这事比构成日常政治生活的大部分内容，即这些小人物的鸡毛蒜皮，本质上远为重要，对个人也远为有趣、远为充实。[74]第二幕伊始那充满喜剧色彩的法庭场景中，莎士比亚生动展现了这种兴趣意味着什么。想来，对于这些虚掷光阴、令大脑麻木的事——虽然必不可少——公爵要比安哲鲁更缺乏耐心（2.1.133及以下）。事实上，安哲鲁身上可能一定程度上也有公爵天性的一个侧面。依据我们最好的"幕后"告密者，那个欢欢喜喜、玩世不恭的路西奥的说法，安哲鲁"只知道用读书克制的工夫锻炼他的德性"（1.4.60-61）。无论安哲鲁究竟如何，公爵更偏爱"恬静隐退的生活"（当然，这可能包括与几个志同道合的朋友交流），认为"社会"和公开仪式中的大部分内容[243]都十足令人厌恶，于是纵容自己疏远了日复一日的实际统治。公共事务被交给软心肠的爱斯卡勒斯之流（参见3.2.185-189），执法被交给爱尔博（Elbow）之辈（而这个"公爵老爷的可怜[poor]差役"确实是一个治理不善[poor]的公爵的差役——而依照路西奥的说法，"安哲鲁大人把地方治得很好……犯罪的都逃不过他"；1.4.91-92），由此，法律与秩序衰败，进而道德堕落，就几乎不足为奇。

那么，莎士比亚在此呈现的政治问题大体如下：被认为对最重要的事物具有必要知识（包括有效政治统治的基本原则）的人，即哲人（比较《王制》485d-e），不会被施行政治权力的固有机会腐化道德的人——主要因为他对多数人认为无比诱人的那类"好东西"无动于衷，最终会证明是疏忽大意的统治者。因为，决定其特质的活动（体现统治他的那种欲望的活动）——能自我辩解的唯一追求，哲学——会令人神魂颠倒，以致人会自然受其吸引。此外，这类追求智慧的活动只需最小程度上依靠政体；只要继续这种活动没有危险，进而开展哲学思考的环境不受威胁，那么无论政治生活有何动静，都不必涉及哲人，这位哲人乐于独处。[75]公爵现在这么着急要改革城邦，可否解释为他政体的存亡危在旦夕？显然，战争的威胁迫在眉睫，而他治下的民众道德沦丧、不受规矩，完全不适合应战（参见1.2.1-5，1.2.75）。

总之，哲人因其智慧及不受腐败影响，会成为理想的统治者，只要他没有全神贯注于其眼中更高的事物，导致对公共事务疏忽大意。[76]但另一方面，一个人若能足够认真地对待政治生活，赋予政治生活以成功治理所需的重要性，也就是说，他对好生活的看法，主要依赖于政体所分配的好东西和坏东西（身份与财富就是特权和奖赏；痛苦和贫困即是惩罚），那么，这个人无论实际事务上多么见多识广，无论其在责任感及严守道德方面多么坚定，他都可能被腐化。这些人（这几乎包括所有人）容易妥协对公共善的义务，或是如安哲鲁的做法，利用自己的地位为自己和朋友谋利；或是可能看似更仁慈，实际上却更危险，也许老爱斯卡勒斯即是一例：天性宽宏大度、充满同情，长久致力于纠正人类弱点的西西弗斯式徒劳，但其追求坚定并公正的意愿只是被磨损殆尽。于是，他因不履行义务而变得松懈，[244]有时过度纵容，几乎对实际事务漠不关心。可以想象，他最典型的动作是遗憾地耸耸肩、摇摇头。

然而，前文可能简化了莎士比亚创作《一报还一报》的意图。因为以上论述假定，文森修公爵在剧本首尾完全一致。但显然并非如此。只需提起最明显的一处不同，他在剧本伊始单身——他没有给出任何暗示要改变这种状态——但到了最后，几乎成了已婚人士。这种个人身份的变化，是否可能象征着某种有更宽泛影响的东西？某种他在人群中逗留后学到的东西？虽然在剧本忙乱的终场里，公爵没有许诺不会再像从前一样疏忽大意，但他确乎留给人一种清晰的印象，即他会更积极地治理这个城邦。但如公爵一般的人，本性自然倾向哲学，他绝不可能放弃哲学。那么，他是否已学会为何及如何必须结合这两者，结合政治责任与热爱知识呢？——他是否了解到，不应止步于做哲人，而是必须成为政治哲人？

倘若如此，我们可以认为，公爵再现了苏格拉底的经历，后者最先了解这种必要性，这种哲学上的必要性，即必须将“哲学从天上带至城邦”（正如西塞罗如是描述苏格拉底）（《图斯库兰论辩集》卷4，10）。戏剧行动的确表明，公爵的情形有些类似苏格拉底。因为公爵走下他的城堡，他的象牙塔，走进城邦的最深处，城邦最黑暗、最阴影密布的地方：它那洞穴一般的监狱，那里的人多数是——真正的——狱卒。正如苏格拉底“回到”城邦的洞穴，不是作为卫士负责治理城邦，而是作为参与其中的观察者，公爵现在也如出一辙，就他的真实身份而言，他的教士伪装赐予他某种“居盖斯”式的隐身术。[77] 周游城邦底层时，公爵自行得出苏格拉底的明确教诲：不受限制的erōs［爱若斯］既是僭政的力量，也是无政府的力量——因而是政体正义的最大威胁，事实上威胁政体的存亡本身——故此，约束性关系的法律至关重要，是真正的基本法。[78]

从公爵的（及我们的）观察可知，大量维也纳人对待自己的性本性时采取了两种不自然的方式之一：或是沉迷于通奸，大体不加选择，或是远离俗世，彻底禁欲。我们只遇到一个人物选择了这两个极端间的合理中道，即合法结婚，而这个人是个蠢材：爱尔博警官。[79] 虽然克劳狄奥和朱丽叶打算合法结婚，但可以说，他们未等发令枪响就起跑了，而维也纳纵容的氛围［245］很可能暗中鼓励他们如此行事。略加思索可以发现，性混乱是政治整体堕落的根源。多数人渴求"过多自由"的背后，是对性解放不负责任、几乎不切实际的幻想。性堕落是最劣等的堕落——因此是堕落本身的合宜典型——因为这自然倒向更低等、最终是兽性的表达方式。比方说，这与伊壁鸠鲁主义不同，后者可以产生更雅致的品位，而性享乐主义自然下行。一旦性兴奋与性满足被普遍视作自身即目的——而非视作一种手段，用来实现繁衍生息的自然目的，这是一项自然"措施"可以想到的唯一源头——人追求新鲜刺激时会降到多低下，几乎就没个底线。人的行为近乎与野兽无异，于是他们恬不知耻地接受这般看待自己。[80]连爱尔博警官都隐约预感到所有这一切最终会有何种后果（3.2.1-4）。爱斯卡勒斯责备庞贝的话有他自己不曾意识到的言外之意："你的裤子倒是又肥又大，够得上称庞贝大王。"（2.1.214-16，2.1.249-53）更严厉的公爵没有止于责备：

> 你肚里吃的，
> 身上穿的，没有一件
> 不是用龌龊的造孽钱换来。你自己想一想，
> 你喝着肮脏，吃着肮脏，
> 穿着肮脏，住着肮脏，
> 你还算是一个人吗？
> ……
> 官差，把他带到监狱里去吧。
> 重刑和教诲必须同时并用，
> 才可以叫这畜生畏法知过。（3.2.20-32）

然而，性行为标准日益下降时，并非所有人都会遵从这些标准。一些人依据周围的性实践判断这些性行为，视之为恬不知耻、只追求身体快乐，本身卑鄙无耻，于是嗤之以鼻。这些人显然大多品性

更好，虽然其人数较少。于是，这些人宁愿尽可能不与生活的性方面发生关系。他们通常不会像依莎贝拉这么极端。在依莎贝拉来看，不正当的性关系是最令人厌恶的恶行（2.2.29），她宁可让她的兄弟死（而且应该如此）二十次，也不愿自己有份于这种事（2.4.178-181），于是她进了一所女修道院，这所修道院甚至禁止修女［246］在无人监督的情况下与男人交谈（依莎贝拉希望还能施加"更严格的戒律"；1.4.4，1.4.10-11）。[81]但正如安哲鲁，对于公然勾引和淫乱举止，这类人更多是断然决绝，而非心向往之（2.2.183-185）。这些人节制、正经、拘谨、严格、偏狭，轻视任何异己，简言之就是我们后来称作"清教徒式的人"，这些人会和浪荡子一样，成为同样严重的政治问题。他们自以为是，面对任何质疑他们人生观的看法——人生要去忍受，而非享受——都无法忍受，反感至极。相反，浪荡子则会庆贺"非理性的禁令"和愚蠢的道德规则不再约束自己，这些东西妨碍他们享受人生的乐趣；但他们甚至都无法骗自己说，他们由此就占据了道德高地。他们像路西奥一样，心知肚明自己为何偏爱"自由自在的蠢货"，知道满足欲望轻而易举，任何人都不成问题，而拒绝欲望则需性格坚毅。

　　同理，清教徒会为自己的禁欲主义自豪（正如安哲鲁私下承认；2.4.9-10），认为这确乎表明他们能自我控制更低劣的欲望，给自己的生活赋予节制的尊严与庄重。安哲鲁之流找不出理由来怀疑自己相比世上路西奥之流的道德优势。想来，公爵正是有鉴于此，才让安哲鲁摄政，以为一类极端将能治愈另一类极端。但公爵或许也知晓清教徒的严格自制，知晓他们对自然极力压抑，实际上脆弱不堪：面对足够强大的诱惑，这种自制不会弯曲，只会折断。那么，公爵是否指望安哲鲁自我妥协，以致迫使他磨平自己的性格，通过经历惯常的人类弱点来获得某些充满同情的理解，进而缓和他强大但近乎呆板的正义感呢（2.1.27-31，2.2.101-105，5.1.365-372）？公爵可能认同玛利安娜从某处听来的话："人家说，最好的好人，都是犯过

错误的过来人；一个人往往因为有一点小小的缺点，将来会变得更好。"（5.1.437–439）

　　文森修公爵让安哲鲁遭受的惩罚，看来远比瓦伦蒂诺公爵让雷米诺受的惩罚来得人道。但安哲鲁被迫得忍受痛苦，而且痛不欲生，他得当众放下他恪守道德的顽固姿态，放下他的"准确"。安哲鲁声称，他的耻辱使他生不如死（5.1.472–475）。然而，这个惩罚正如所有理性惩罚一样，目的是让他成为更好的人——或许并非不重要的是，让他对公爵更有用。如前文所述，文森修准备不辞劳苦，保全安哲鲁的名声。这表明，文森修希望保住——如果可能的话——并提升安哲鲁的政治功用。依莎贝拉也被迫经历了一场痛苦的折磨：她得失去一个兄弟，公开承认通奸，被宣告精神错乱，被送进监狱，最后还得向敌人讨饶。正如安哲鲁可能通过受苦被改造成更有用的政治助手，[247]品格高尚的依莎贝拉也无疑被改造成更合适的潜在妻子（而且公爵绝不用担心她的贞洁！）。这两个比你我都圣洁的人物，被赶下他们为自己创建的神坛，不得不承认自己共同的人性。于是，他们现在能接受一种比严格的禁欲主义更好的道德立场：理性的节制，其间性满足（以及其他欢乐）有一席之地。那个地盘主要在婚姻中，主要为了家庭，其他任何一种安排都无法与健康的政治生活相容。因此，这出令人不适的喜剧以一系列欢闹的婚姻收场，公爵自己带头成婚，不仅下达指令，还以身作则。

　　"下达指令"——对于这些原本截然不同的婚姻，首先值得注意这一点，即这四起婚姻，包括公爵自己的婚姻，都由这位哲人王强制执行——正如苏格拉底向格劳孔确认的，真正正义的统治者会"从他们感到满意的家庭娶亲，并把女儿嫁给他们感到中意的人"（《王制》613d）。在想象的城邦里安排合适的婚姻，是那篇对话卷五中苏格拉底讨论的核心事务（458e及以下），[82]而错误安排婚姻被视作城邦最终败坏的原因（546a–d）。其次还要注意，这些婚姻中，有三起婚姻的合法化过程在事后完成，也就是说，在当事人已圆房后完成（诚然，每起婚姻的道德境况截然不同）。三起婚姻中，唯有一起婚姻里，男人有意视"自然婚姻"为具有永久约束力的婚姻。这表明，必须有法律来规约这些事务。这暗示了第三点：两起婚姻极端"政治化"，发挥了惩戒的作用——当然为了惩戒新郎，但很有可能也在惩戒新娘。最后一点：对于其中一起婚姻，那起最引人注目且自然会引发最多问题的婚姻——安哲鲁被迫迎娶玛利安娜——公爵用精巧的欺骗，使当事人"婚前"圆房，接着借此证明迫使两人成婚是合乎情理的（5.1.417-220；比较《王制》459b-460a）。

就婚姻庆典而言，这起婚姻异乎寻常。我们可以就此得出何种结论呢？四起婚姻中，没有一起是任何人的"理想"婚姻，这本身涉及剧本就这一主题的教诲：人们应当结婚，尽管很少是理想的婚姻。但这些婚姻是恰当的，而只要当事人齐心协力，政治环境充分支持，它们就可以良好运转，可以让人忍受。公爵公开表示，他可以也会决定臣民何时结婚、与谁结婚。但公爵暗中鼓励臣民，在抉择前，先适时自己选好对象，以免被强制成婚，（正如路西奥与安哲鲁）觉得"还不如去死"。正派社会里——这首先意味着［248］性关系正派——似乎无需用这等强力管理erōs［爱若斯］。但在如维也纳般堕落的城邦，要想重建正派，或许只有这等强力才足以奏效。[83]

降到城邦底层后，文森修得以发现，私下有德性不足以使人拥有德性之名：

> 人间的权力尊荣，
> 总是逃不过他人的讥弹；最纯洁的德性，
> 也免不了背后的诽谤。哪一个国王有力量
> 堵塞住谗言的唇舌呢？（3.2.179-182）

虽然公爵承认，要想铲除对他本人的所有轻视实际上毫无可能，

但他已认识到，必须公开运用权力，尽可能制止这些轻视，因为如此行事是为了公众的利益。[84] 即便他认为，路西奥对"那个惯会偷偷摸摸的疯癫公爵"的暗中讽刺毫无事实根据，[85] 他也必须意识到，他在性行为不端无处不在、不受控制之时差不多活在隐居状态，只会使这类流言愈发风生水起，由此使臣民的淫乱行为愈演愈烈。要平息这些流言，最好的办法是通过一场公开的婚姻约束自己的性生活，尤其是娶一位美丽活泼的少女，一位据称对这个问题极其严格的少女。

自己对性行为树立榜样至关重要，这一点并非公爵秘密走访城邦底层学到的全部东西。这份经历也使他意识到，他自己对安哲鲁的告诫有更宽泛的真理：

> 你自己和你所有的一切，
> 倘不拿出来贡献于人世，
> 仅仅一个人独善其身，那实在是一种浪费。
> 上天生下我们，是要把我们当做火炬，
> 不是照亮自己，而是普照世界；因为我们的德性
> 倘不能推及他人，那就等于
> 没有一样。（1.1.9–35）

公爵一直舒适地待在城堡，与世隔离，倚赖下属执政。于是，对于自己疏于执法的后果，公爵只是略有所知，持有全然抽象的观念。面对面接触日常现实，眼见城邦堕落的证据逐渐累积——"世界永远是这样，[249] 向着堕落的路上跑！"（3.2.51, 3.2.216-222）——"腐败沸腾起泡，溢出了炖菜"（5.1.316-317）——是发人深省的发现。公爵无法再一边安详地认为自己正义，一边允许他看见的事继续发生（或反复发生），因为他有能力确保这些事不再发生。与苏格拉底不同，文森修无法正义地为自己索要普通公民的奢

侈享受，即只是随心所欲、或多或少地参与政治活动。命运使他肩负至高的政治责任，他必须行使或辞去责任。于是，他必须尽力而为。而他无法欺骗自己说，辞去责任就是尽力而为，因为他自己能给统治的任务带去诸多品质——如果他认真对待自己那句"我欢喜帮助人家"（3.1.197），事实就越发逼人。因此，他现在必须作为护卫者回到"洞穴"，回到他的城邦，成为他自称的真正军人政治家，而不仅是超然在外的学者，这个他或许更愿意披戴的身份（3.2.142）。[86]他已学到自己必须更积极地统治政体——主要手段是，要去了解并始终了解各位下属，那群不可或缺的中介的性格及作为，通过这些中介，他施展实际统治（比较3.2.5，4.2.84-85，5.1.527-528）——由此，他可以欣喜地知道自己的任务会变得更容易，因为他享有几乎像上帝般无所不知的声誉（5.1.365-368）。

不过，或许更重要的是，文森修公爵得知，更直接地参与政治生活能学到很多东西，尤其能学到有关自己的知识。文森修曾自诩能娴熟判断人的本性（4.2.154），但安哲鲁被证明能犯法杀人，这显然让公爵措手不及。那个不十分高明的"床上把戏"假定——最后证明那只是相当天真地在假定——安哲鲁会信守他不道德的交易。公爵信心满满地以为他知道安哲鲁的为人。因此，公爵显然从未想到安哲鲁同意原谅克劳狄奥后，却下令处决克劳狄奥，而那只是为了确保将来不会有人对他报仇（4.4.26-30）。直到那一刻狱吏宣读安哲鲁的特别令状，打破了所有减刑的希望，公爵都以为安哲鲁会宽大处置（"这是用罪恶换来的赦状，赦罪的人自己也变成了犯罪的人"；4.2.106-107）。由此公爵得知，是他自己需要看看"对于人性的评断有没有错误"（3.1.162-163）——要完成这项任务，只有身处政治生活，将自己暴露于所有生存条件下的全部人性。[87]

公爵或许还认知到，他仍需要学习关于正义的一些知识。而对政治哲学而言，正义是首要问题。[88]但可以说，唯有"在行动中"，才能充分理解正义提出的实际问题，因为只有那时，与正义有关的各种情感才会显现。[89]血气的那些必要但又危险的表达，[250]使人迫切需要正义，这些表达有：愤怒、激愤、甚至是义愤——依莎贝拉就充斥着这些情感，完全失却平衡；但此外还有这样的情感，如同情并怜悯犯错的人，尤其那些真正感到羞耻和悔恨的人。然而，情感的恰当程度，从而还有情感的可信度，取决于引领这些情感的理解力。而少有人能独自获得对正义的正确理解，剧本即要帮助我们理解其中的各种原因。安哲鲁与爱斯卡勒斯的争辩提醒我们，正义有一些实践上的复杂性（2.1.1-31）：实际践行正义时，免不了有失公平（"法律所追究的只是公开的事实"），而那些执行正义的人也免不了不够完美——以上两个因素都不应有损于城邦全力维系正义，因为如此就会使不义大获全胜。安哲鲁向我们指出最重要的实践区别：思想与行动的区别（"受到引诱是一件事，爱斯卡勒斯，堕落又是一件事"）。我们都会受诱惑；这是需要法律的缘由。而全剧提醒我们，实际执行正义时，必然带有一定程度的"相对性"。也就是说，相比在负责、守法的人群中维持秩序，面对道德沦丧、不守规矩的民众时需要更严格的执法、更严厉的惩处，才能灌输或重建秩序。

然而，正是在安哲鲁与依莎贝拉的两次冲突中，提出了一些有关正义的更关键的问题。安哲鲁乐于接受执法会有实践上的种种不完美，而正因为我们对此欣然同意，我们即能轻易理解正义为何不能等同于法治，无论立法者有多明察秋毫。此外，总有"合法的例外"，克劳狄奥即是一例。虽然严格而言违法了，但"他不过好像在睡梦之中犯下了过失"（正如那个闷闷不乐的狱吏所言；2.2.4）。但这意味着，一定有某样更高的东西在法律之上，一种有关正义的理念，人们既据此判断法律的寻常正义，又据此判断例外情况的合法性（比较《王制》331c-d）。因此，即便从"理论"上，正义也不能归约于严格意义上的合法[90]。当然，正义也不能混同于仁慈，后者常被认为能替代严格的正义，或至少能限制严格的正义。然而，如果假设仁慈有时是正义之举——一个人可以因为某种原因配得上仁慈（例如，这个人曾执行过尤其有价值的任务，也许冒了某种风险或自己付出了代价）——那么显然，事情远比"正义对仁慈"的图示复杂。

如果说文森修公爵（或任何读者）相信他已充分理解正义，那么，约束人们性行为时涉及的各种问题则对此提供了完美的检验（比较《王制》444a，449c-d 及以下）。初遇依莎贝拉后，安哲鲁在那段焦虑不安的独白里，给出了一个方便的切入点，指向这一系列问题。安哲鲁问道［251］："什么？这是从哪里说起？是她的错处，还是我的错处？诱惑的人和受诱惑的人，哪一个更有罪？嘿！"（2.2.163-164）这个问题不易回答，至少只要一位不打算诱惑对方，且另一位也不打算屈从诱惑。那么，或许可以说，"都有错"；或者说，"都没错"，进而怪罪于自然。但这种诱惑和被诱惑的自然辩证法在政治生活贯穿始终，无限重复，只是因为意向、含混性及意识的各式程度和排列，就变得愈发复杂。

因此，这种辩证法提出了所有政体都必须应对的一系列问题。这意味着，所有政体都必须应对安哲鲁提出的这个问题。无论特定政体如何回答这个问题，所给出的答案都会深刻地影响该政体内的整个生活秩序。为了试图管理人的性本能，以某些方式引导性本能，从而维持正当的公民秩序，并代代如此，法律是否应主要致力于尽可能减少诱惑，方式是约束并限制诱惑男人的女性？或者责任是否主要落在被引诱者身上，因而需要动用法律、道德和规矩，来使这些人坚定决心，抵制诱惑？

可以说，几乎所有政体都从两头着力，既在一定程度上鼓励女性端庄稳重，又奉劝男性自我约束。在这一系列广阔的可能性中，各个政体的做法天差地别，这既见于它们如何平衡两方面的努力，也见于它们致力于控制这些事务的全面程度。一些政体极度放任自由，正如《一报还一报》伊始的维也纳（更别提所多玛和俄摩拉），另一些政体极度克制，多数政体介于两者之间。我们会想，什么才是最好、最正义的安排？

只需说，这个问题（还有其他大量问题）提出的挑战，配得上一位哲人，文森修公爵也已逐渐意识到这一点。文森修由此发现，开放地面对政治生活有助于他的哲学兴趣。于是，他可以一定程度上——适当地——调和他的政治责任和他更高的挚爱，从而既对城邦正义，又对自己正义。

关于哲人兼诗人莎士比亚最后的话

本书中我对剧本的分析已得出一个明显的结论：莎士比亚勤勉地学习哲学文本和哲学问题，尤其是柏拉图的文本和问题，最重要的是那些涉及哲学与政治权力之关系的内容。莎士比亚对马基雅维利务实、清晰、骗人的权力现实主义的理解，是那份更广阔兴趣的重要组成部分。虽然我很难称得上是认为莎士比亚有深刻哲学理解的第一人，但这种对莎士比亚的看法还是有违当今对于莎士比亚其人、其作品［252］广泛流行的一些假设。因此，我已努力呈现一些相关证据，以求比前人更充分、更彻底地分析这个问题。[91]

然而，我称莎士比亚与柏拉图紧密相关，似乎会遭遇一个强烈的反对意见。这个看法的基础在于，柏拉图有个著名的——或臭名昭著的——论述：他严厉抨击诗歌，在《王制》中指责诗歌不仅道德败坏，还智识肤浅，因此将诗歌逐出了"美的城邦"（kallipolis；527c），至少驱逐了所有更赏心悦目、更有感染力的诗歌。虽然我们可以回答说，这种对柏拉图诗学观的普遍理解无疑相当肤浅，[92]但我们不能只是忽视以此为基础的反对意见。此外，考察柏拉图的批评时，我们一定程度上既能澄清诗歌的本性，又能澄清诗歌与哲学的关系。

任何为诗歌的辩护，要想充分合理，都必须以某种方式应对柏拉图对诗的反讽性攻击。柏拉图将这场攻击赋予他最伟大的戏剧创作——"苏格拉底"，一个虚构人物，据称该虚构忠实于那个历史人物的本性，但又（柏拉图自己承认；《第二封信》314c）借助于艺术，把他变得"英俊而年轻"，或"高贵而新奇"（kalou kai neou）了。虽然柏拉图在《王制》中只是到最后才提及诗与哲学的"古老争论"（607b），但回看对话可以发现，对话始终关注这两个对立权威间的内在张力，这种张力事实上贯穿对话始终，直到一首典型的哲学诗歌，即那个权威性的"厄尔的故事"。既然如此，要想充分解释《王制》有关诗歌的教诲，（至少）需要一整本书。下文不过是这番解释的开始，但我希望，这足以应对眼下有限的目的。[93]

第一次批评诗歌，暗含于苏格拉底第一次提到诗人之时。苏格拉底询问耄耋之年的主人，名叫克法洛斯的武器商人，他那一大笔财富从何而来：是继承的，还是挣得的？听闻老人的回答后（"两者皆有"），哲人解释了为何要问这个问题：克法洛斯不像大多数挣钱的大亨，而像那些认为财富不是自己挣得的人，他似乎不"十分爱"钱。而那些自己挣钱的人则加倍依恋钱，因为钱的用途爱惜钱（就像其他人一样），同时也因为是自己的成就。"就像诗人们爱惜自己的作品，父亲们爱惜自己的孩子，以同样方式，和钱打交道的人也对待钱如同自己的造物［工作，行为；ergon］"（330c）。

也就是说，诸如此类的诗人尤其"喜爱自己的东西"，这是近乎普遍的人性特点。诗人倾向于欣赏自己的诗歌，仅仅因为这是他的诗歌——也就是说，并非因为诗歌的实际特点。诗人不仅是欣赏者，还是"创制者"（这是poiētēs，"诗人"一词的原初及字面含义），事实上是［253］出类拔萃的创制者，可以同时对他创作的诗歌的形式和内容负责——可以说，这是他灵魂的子孙——因此，有人会怀疑，诗人更关心自己的主观感受及对事物的个人视角，而非事实真相。这似乎意味着，诗人（因此还包括我们每个人内心的"诗人的"成分）更重视自己的"创造力"而非知识，他们认为"原创"高于真实，并据此度过一生。

哲人再度评论诗人时，包含对诗人的另一个批评。彼时，苏格拉底正与克法洛斯的儿子珀勒马科斯讨论，后者诉诸诗人西蒙尼德（Simonides）的权威，来支持自己和父亲的正义观。珀勒马科斯引用这位诗人的简短定义：正义就是把欠每人的东西还给每人（331e）。苏格拉底逼这位年轻人进一步解释，这句华而不实、言简意赅的格言究竟意指什么。在哲人温和的激励下，珀勒马科斯解释道：对朋友做好事，对敌人做坏事，这是"合适"之举。这时，苏格拉底评论道，那么显然，西蒙尼德"富有诗意地"（poiētikōs）定义正义时，是在"说谜"，因为他用"欠物"这个表达，却让我们自己去弄明白，这意味着用任何合适或恰当的方式对待他人（332a-c）。言下之意是，诗人看似高明的宣言常常模棱两可，意义不明，深奥费解，"像在说谜"。这些表述可以做各式理解，一个人可以将他眼中任何最高明的意义赋予这些宣言。诗人由此提升了声誉，被各式各样的人膜拜，而这些人无论如何都无法就诗人传达的"智慧"完全达成一致。

可以说，对于诗人的这些最初评论，苏格拉底是顺口说出。然而，对话中，诗歌两度明确成为长篇批评的焦点。第一次批评（从卷二末尾至卷三的中间位置）的视角显然是政治性的；第二次批评是哲学性视角（卷十）。第一次批评起于需要用"音乐"（这里用的是该词的原初含义：缪斯管辖的所有艺术）和"体操运动"（即体育运动）来教育潜在的护卫者和统治者。因此，这涉及评估现行的音乐教育，主要关乎那些伟大的诗人们（尤其是荷马），他们给人们提供关于最重要的事务的基本信仰结构：关于诸神的力量及诸神与凡人世界的关系，因而还涉及世界的本性及人在其间的位置；关于死亡与冥府，因而还涉及人类灵魂的命运；还有英雄，也即人类卓越的典范。苏格拉底责备传统诗人，并非因为他们讲的故事是谎言，而是因为他们说的谎言并非高贵的谎言（377d），也就是说，这些谎言具有恶劣的政治及个人后果。譬如，如果人自小被灌输的观念是连诸神都彼此争斗，毁伤亲生父母，毁灭自己的后代，因为激情不能自制（378b-d，388b-c，390b-c），那么还怎么可能期望公民会彼此和平相处，培养自我节制，［254］或期望年轻人会尊敬长者？

　　若听任诗人随心所欲地讲故事，那么诗人讲述的多数故事都会对政治有害。这首先是因为，他们没有充分意识到自己对所讲的东西所知甚少，对人们相信自己捏造的故事有何后果更是一无所知。相反只要他们用优美的言辞讲述事物，令多数人觉得充满说服力、令人愉悦（397d）——更准确地说，因为令人愉悦而充满说服力（这巧妙地补充了诗人自然喜爱自己的诗歌），诗人就想当然以为自己甚是高明，全然不知追求真正的智慧的道路何其漫长、艰辛，需要穷尽一切努力（494d，535d；比较《申辩》22a-c）。而且，只要一位诗人贪求荣誉（如果可能的话，当然还有财富），他就准备讨好那些赐予他褒奖和赞美的人的品位，而不顾如此行事会助长人心中不应纵容的倾向，或削弱那些最应增强的倾向（395d及以下）。

　　因此，为了培育有德性的全体公民，为了创建并维系大体健康的政治环境，诗人不应随心所欲地创作。相反，所有讲故事的人都必须受统治者监察，这些统治者确实拥有必要的知识，其首要考虑是善——并非自己的善，更不是诗人的善，而是政体整体的善（377b，401b，412d）；他们因此只允许诗人创作于政治有益的作品。此外，诗人要想为人接受，必须摒弃多数人自然最喜爱的调式和技巧：那些唤起并描绘因而认可并鼓励极端激情与行动的调式和技巧（399e及以下）。那么，即便一位了不起的天才诗人，一位拥有"智慧赋予的能力"的诗人，几乎能够模仿任何事物、全部事物的诗人来到城邦，要来展示他自己以及他的诗歌，我们尽管应崇敬他，看作一个"圣洁、神奇、充满魅力的人"，却不应准他进入城邦。只要我们关心政体及民众的健康，我们就必须依据自然，乐于接受"一位比他严肃但不如他那么具有魅力的诗人"（398a）。

　　然而，为这条政策辩护之时，暗中承认了一个令人不安的事实。也就是说，不只无知、说谎、自我吹捧的诗人对政治有害；而是说，诗人之所以会危及政治，正因为他或许知道，因此或许会说出那个真相，那扰乱政治的种种真相，譬如关于人性的丑陋真相，关于人类灵魂深度的真相，或关于多数人前景之限度的真相，而对于依靠特定天赋创作不朽诗篇的人而言，这些真相或许尤为明显。假定如此，可以发现，[255]甚至在伟大诗歌与伟大政治的关系中，也蕴含着一种张力，对应于追求知识（或热爱真理）与发展健全政治（或热爱生活）间的张力，这种张力引发了明确关乎政治的哲学。是否有一种诗歌同等留意得体政治生活的要求——诗人，正如哲人，始终有赖于这种生活——是否有一种能令热爱真理的人尊敬，但也有益于公民的诗歌？

柏拉图的《王制》在尾声回到诗歌主题。在这场不断"开始"（327a，368b及以下，45lb，543c）的对话中——这个对话明确警告"每一项工程［ergon］的最重要的部分是开头［archē］"（377a）——卷十的重新开始引人注目：只有在这里，苏格拉底才完全不是被迫开始（比较327c，357a，449b及以下，544b）。只有这一次，苏格拉底主动延长了当晚漫长的交谈。事实上，讨论似乎至卷九业已完成，正义生活的优越性已然确立，挑战哲人、要求证明这一点的对话者已心满意足。但苏格拉底非但没有好好地独自离开，而是给出他的总结性判断：他们一起"从理论上［logos］创造的"（369c）城邦"完全正确"，尤其是就诗歌而言（595a）。于是，开始了一场对诗歌的哲学性批判，评估诗歌在理性层面是否足以成为人类恰当的教育者——这场批判显然补充了先前政治性或德性的批判，因而从更高的、跨政治的视角确认了先前的批判。

表面上看，这起批判相当简单。诗人，或只要他虽然不只是诗人但仍主要是诗人——是动人言辞的创制者——不理解现实，也即那唯一的形式（eidē；596a，597c），它是形式大量各种例示之本质身份的终极源头（archai；511b）。诗人没有寻找，毋宁说没有发现这些真正神圣的事物。因此，诗人无法直接依据这些事物塑

造自己的作品。相反，诗人的作品只是模仿这些例示的各种表象
（phantasmata）（598a-b）。因此，诗人创制的只是现实的幻影的影子
或倒影，与现实本身隔了三层（597e，599a）。诗人描绘人类的卓越
时，尤为如此（600e）。

此外，诗人作为认知者的可信度取决于各种骗人的装饰（格律、
节奏及和谐），这些在理性层面上与评价何者为真、何者为假毫不相
关，但却"依据自然具有无穷的魅力"。作为一位迷人的欺骗者，诗
人是巫师，因而对那些不知如何检验真知的人而言，诗人显得"精
通一切"（passophos）（598d，602d）。要是剥去他的作品那些人造的
美丽，那些表面的装饰，就会发现他的观点味同嚼蜡，而这是它们
实际的模样（601a-b）——这些观点只是附和寻常的观点［256］和
偏见，而诗人必然赞同这些看法，因为他自己不知还有什么更好的
事物（602b）。在这一方面，诗人与智术师无异（参见493b-d）。

此外，由于诗人的创造物，即他的"诗歌"，不是诉诸理性，而
是诉诸灵魂的非理性成分（603a-b，605a）——诉诸每个人都熟悉
的希望与憎恶，欲望与恐惧，嫉妒、虚荣及仇恨——所以它们实际
上准许人沉溺于种种激情，从而加强了这些激情，而正当的人则会
羞于当众表达这些激情，这一切都全然不顾理性的统治能力（602a，
605b-e）。事实上，对诗歌最大的指控就是，诗歌能残害所有人的灵
魂，只有极少数人能幸免，就是极少数最优秀的人——也就是说，
会残害每个人，只要他既对诗人描述的事物缺乏知识，又不知模仿
如何制造欺骗思想、损害灵魂的效果（605c；比较595b）。

诗歌尤其捕食对一个人人性本身最基本的激情，这种激情对人
性的哲学及政治面向都至关重要，那就是怜悯——通过理性想象力
感受他人所感的能力（于是有"同感"［sym-pathy］、"怜悯"［com-
passion］、"同情"［com-miseration］）。①没有怜悯，一个人既不会理

---

① ［译注］以上单词的前缀都带有"共同""一起"的含义。

解他人，也不会关心他人。没有怜悯的男人或女人是野兽，是异类，只是徒有人形。但怜悯也是尤为危险的激情，这恰恰是因为它看起来那么仁慈、那么正当、那么"充满人性"。因为若是不加控制，怜悯就会因过度宽容而颠覆正义，因鼓励自怜而颠覆自制："因为，当某人在那些人的遭遇中把这一引人怜悯的部分抚养得身强力壮，在他自己的遭遇中，他就不容易克制住它。"（606b）[94]这话主要针对悲剧。但喜剧的情况也类似。喜剧纵容人内心想大笑的倾向，无论理性有否确认某样东西是否真正可笑。于是喜剧过分加强了人内心的某样卑劣倾向，使人行动更似猿猴而非人类（606c；比较452d）。同样地，其他欲望与激情也不无类似。模仿性诗歌助长应被削弱的激情——让灵魂中应被统治的成分，即欢乐与痛苦，成为统治者（606d，607a）。

一言以蔽之，政治哲人对诗人的公然攻击就是：诗人身陷自己的主观性；诗人之所以受欢迎，靠的是语焉不详；诗人实际上不知道自己在说什么；诗人通过强化激情，歪曲了判断力，既破坏道德品质，又破坏理性统治灵魂的能力。

除此之外，苏格拉底在别处还批评了写作技艺的整体缺陷：写作技艺削弱记忆；与即时谈话不同，写作技艺是静止的，因此无法被质疑，读者无法令其澄清或证明观点，它只是屡屡重述相同的内容；写作技艺必然是不审慎的言辞，无法区分何时及对谁说话、何时及在谁面前保持沉默；反过来讲，所有能阅读的人都能触及［257］文本，于是它对所有人说同样的东西，无论这些人年轻或年老，明智或愚蠢，是朋友或敌人（《斐德若》274b-278d）。当然，我们不得不思考一个事实：哲人对写作的批评都见于写作，因此必须将这些批评用于自身。哲人的写作独具特色，它看似在模仿即时对话，且它本身就承认这样一件事：自古以来，智慧的男男女女确实用写作传达他们的部分智慧（235b）。哲人的写作甚至给出明确标准，用以判断精心制作的写下来的言辞，这种写作显现出"语标的（logographic）必然性"：作品的结构必须形如生物，每个部分必不可少，合乎比例，并且与其他每个部分协调一致，各部分加在一起充分足够（264b-c；比较263b，277b-c）。[95]

每位严肃对待莎士比亚戏剧的学生都会证实，正如每位严肃对待柏拉图对话的学生也会证实的那样，莎士比亚戏剧完全符合这些"语标"要求，苏格拉底对写作的整体攻击打不到它们：研读这些戏剧不会削弱人的记忆力，而是会锻炼因而加强记忆力；多次阅读后，这些戏剧也不会始终说同样的内容；也不会对每个人说同样的内容，无论这些人的性格特点、心灵及经历如何（毫无疑问，对一些人，它们仍基本保持沉默）；它们可以被质疑，而且更细致地阅读后，对于一位愿意付出努力像作者一样理解作品的读者，这些戏剧常会自我澄清甚至自我解释。

那么作者的理解力又如何呢？鉴于苏格拉底对诗人的以上攻击，我们能否轻易地捍卫莎士比亚呢？哲人的指控强大有力，并且无疑适用于大多数诗人，大多数说故事的人。或许还有其他因素可以让苏格拉底的批评有所抵消，但谁能真的证明，当今最流行、最时髦，或最成功的"诗人"——我们所有那些创作小说、戏剧及电视电影剧本的人——写的东西明智且蕴含深刻的智慧？或者谁能真的证明，接触这些人的"诗歌"带来的政治及个人影响大体有益，他们的作品能提升并改善文化的整体水平，以及鼓励德性？或者谁能否认，这些"诗人"，还有其他所谓的艺术家，不迷恋自己的主观性，不将自己的产品主要视作"自我表达"的媒介，认为能完全自由地从事此类表达——无论结果如何——是自然权利？抑或谁能否认，在自由的政治环境下，最成功的制作者（也就是说，获得最多名声与财富的人），主要是那些最能投机取巧，迎合人们低下欲望的人，尤其是迎合人们几乎难以满足的、想间接体验情欲和骚乱的欲望？

但对大多数诗人属实的内容，是否必然对所有诗人适用呢，是否对诗歌本身适用呢？如果并非如此，那么是否会有一些诗人，最优异的诗人，甚至可能会赞同哲人批评大量劣等［258］诗人创作的诗歌？不过首先，可以怀疑，苏格拉底表面的批评是否为事情的全貌。苏格拉底自称，这是一场辩护，用来支持他们的决定，即将模仿诗逐出他们在言辞中创建的城邦。这或许暗示这段批评不充分，甚至含有偏见（607b；比较595a）。因为，字面上看，一场辩护就是一段"辩护词"，因此可以理解为是一种修辞，从而在隐含的意义上，可以理解为它并非对问题充分而客观的阐释。此外，几乎紧接着，苏格拉底承认，"从前哲学和诗歌之间发生过某种争论"。苏格拉底引用诗人对哲人的几例批评，证明"这场古老的对抗"。接着，苏格拉底引出一种可能：也许有些论证可以（或言辞；logon）证明，模仿性诗歌和这种诗歌带来的乐趣在秩序良好的城邦有一席之地。他还补充道，要是能把诗歌从流放中召回，他会很高兴，只要有人能合乎理性地说服他，这般召回符合真理（607c）。而且，他早先虽然警告过诗歌危险的魅力（601a），现在却甚至乐意接受格律体的为诗而"辩"，还愿意慈爱地倾听任何"朋友"或"诗歌爱好者"（philopoiētai），如果他们能用散文证明"它不仅甜美，而且对于城邦管理和人民的生活有益"的话（607d）。然而，由于找不到这类辩护，又意识到诗歌自然的爱欲魅力，苏格拉底将继续吟唱反对诗歌的论辩，以反制诗歌的魅力（608a）。

　　若接受哲人缄默的邀请，重新考察他对诗歌的批判，那么或许可以先更仔细地检查他用来证明其观点的各个例证。最主要的例证是荷马，他被形容为悲剧中所有美丽高贵之物的老师及领袖（595b-c，598d），且通常被视作"教育了全希腊的诗人"（606e）。（直到二十世纪初，对于英语使用者，莎士比亚的地位都最接近荷马）。对荷马的影射及指涉——其中绝不是每处都明确表明出处——充斥着整部对话，贯穿始终；苏格拉底与珀勒马科斯对话时提到荷马的名字（334a）——这是对话四十三次提到荷马的第一次，而荷马式特点及荷马笔下的人物在结尾"厄尔的故事"中显而易见。虽然在对话的其他地方，引用荷马是在肯定荷马（甚至诉诸荷马的权威；例如468c–d），但早先在卷二与卷三政治性地批评诗歌时，荷马描写诸神、众英雄及冥府，以及荷马的模仿性技巧则是主要的攻击对象。简单地说，全面考察苏格拉底对荷马的实际态度是否吻合于其哲学性批判诗歌，这项任务事实上与阐释整部对话同等宽泛。然而，我们只需思考哲学批判自身如何指涉荷马，或许就能充分检验或说明苏格拉底的态度。

[259] 令人印象深刻的起点是，苏格拉底承认，自小时候起，他就拥有对荷马的"爱戴（philia）和尊敬（或羞耻；aides）"（595b；参见《申辩》22b）。不过，他仍要说出真相："任何人都不能超越真理地被人尊敬。"苏格拉底已指出，模仿性艺术家，其中画家似乎是典型，与现实及真理隔了三层。这话同样适用于悲剧的创作者（"如果他果真仍不过是个模仿者"；597e）。此后，苏格拉底开始更详尽地考察荷马。因为，有那么一些人认为，荷马"是精通一切的智人"，"精通一切艺术，一切涉及美德和邪恶的人类事务，再加上神的事务"（598d–e）。（这使人想起，莎士比亚的诸多崇拜者称，莎士比亚也有这等才能，包括拥有大量技术知识。）相信这一点的人直接假设，这类知识是创作看似"现实主义的"美丽诗歌的必备条件。但在这一点上他们或许受骗了，事实上，创造出对那些不知什么是真理的人而言仅仅看似真理的东西是容易的。因此，就必须检验："出色的诗人"是否真正知道那些人们认为他们说得如此之好的事物（599a）？要注意，哲人承认，这在实践上有可能，至少对出色的诗人有可能；事实上，知道他描述的事物或许是真正出色的诗人的特点。然而，鉴于我们并不能直接审问、严格拷问诗人，从而决定他能否充分且理性地捍卫自己的看法（比较531e），那么该如

何检验呢？

苏格拉底提出的间接检验有些古怪，因为这基于一些令人怀疑的（至少可以这样说）前提。首先，一个既能从事或制作被模仿的事物，又能从事或制作其模仿物的人，不会真正对后者感兴趣，也不会将后者视作自己的最高成就。因此，其次，任何"真正精通一切他所模仿的东西"的人，会更一心致力于做这类知识使其成为可能的实际行动而非模仿这些行动。因为，再次，高贵的行动相比赞美这些行动更适宜成为自己的纪念碑。还有第四，如果能选择的话，任何人都宁愿被歌颂，而非做歌颂者（格劳孔这般认为，因为"荣誉和利益并非相等"；599b）。Ergo［因此］，任何人若只会模仿行动，自己却没有做过这些行动，必然会被认为缺乏做这些行动的必要知识。至于荷马，连荷马的后代这些专家，那些最先坚称荷马是最伟大的诗人的人，也说不上他们的最爱曾做过他记录的任何伟大功绩：他没有妙手回春，一如他笔下的阿斯克勒庇奥斯（Asclepius），也没有其他任何技术成就；没有率领军队，没有在战场上获得大胜；不是任何城邦的立法者，没有给任何城邦带去优良的治理；没有一项重要的［260］发明或机智的计划归功于他；他也不能自诩有任何杰出的教育成就（他没有建立学校，更别提像毕达哥拉斯一样，创建一种独特的生活方式），因此，我们必须认为，荷马最多只能模仿行动，因为他缺乏足够的知识，无法从事这些行动本身（599c–600e）。

现在，可以举出各种反例，驳斥哲人起诉者的控诉——事实上，的确有各类反例。例如，可以引用"实证证据"驳斥这个看法：有一些真实存在的人，他们对于上述某个或某些前提而言是不存争议的反例。色诺芬，那个柏拉图的同代人，同样是苏格拉底的赞颂者，他在《居鲁士远征记》（*Anabasis of Cyrus*）里的那些事件中扮演过主角，但他显然更看重这本书及他的其他写作，而非他自己或其他大多数人的事迹。类似的说法也适用于修昔底德和他的《伯罗奔半岛战争志》（*History of the Peloponnesian War*）（顺便一提，修昔底德认为，只有荷马对希腊人与特洛伊人之间战争的描述，才真正与他要讲的故事不相上下；而既然色诺芬的《希腊志》[*Hellenika*] 完成并拓展了修昔底德的历史目的，我们必须认为，色诺芬赞同修昔底德对这部作品的重要性的评价）。或许还可以诉诸某些现代小说家的权威，例如梅尔维尔和康拉德，他们拥有海上生活的专业知识，据此写下了拥有永恒价值的著作，而他们无疑将自己的著作视作一生的最高成就（就此而言，相比经历本身，这些著作给他们带来了远为伟大的名声，甚至还有略胜一筹的财富）。那么，这些人虽能从事他们描述的行动——至少只要知识是关键（at least so far as knowledge is the issue）——却也选择书写这些行动，或者说反倒书写这些行动。

"只要知识是关键"。但就行动而言，事实上，做这些行动绝不仅是知识问题。许多其他因素也决定了谁能做什么事。只需提一些更重要的因素：身体素质（盲人诗人不论多么富有学识，都无法率军作战，或与敌人的战士决斗）；灵魂的其他特质（若不能保持清醒，外科知识就无关紧要）；机会（没有战争，就很难证明自己是最伟大的将军）；物质资源（若没有石头、没有人手，知道怎么建教堂有什么用？）；社会地位（来自斯特拉福德的手套商之子怎么可能成为英国国王呢，无论他学识上多么适宜统治？）。甚至连从事教育的高贵行动都不仅涉及了解所教内容，它还需要解释的能力，激发学生积极性的能力，教学的欲望，拥有合适的学生，还有自由。只需说，即便同意那个模棱两可的说法，即做高贵的行动固然优于讲述这些行动——"模仿"这些行动，如果是这么回事——那么，也有不计其数的 [261] 理由使得对这些行动具备深刻知识的人可能不会选择或不能做这些行动。因此，苏格拉底认为荷马或其他任何诗人不具知识，远非证据确凿。

当然，对于提升做出高贵行动的人的荣誉，而非高贵行动的赞颂者的荣誉，其中至少有某样东西有些自相矛盾，因为前者在很大程度上依赖于后者。但除此之外,还有一些重要的、在经验上的反面证据。我们立即可以想到林肯"葛底斯堡演说"中那句反讽的话(虽然想来不是有意反讽):"世人将不大会注意,更不会长久记住我们在这里所说的话,然而,他们将永远不会忘记这些勇士们在这里所做的事"——但最后情况恰恰相反:林肯的话流芳百世,而这场重要战役中消失的人却被人遗忘。就此而言,伯里克勒斯(Pericles)著名的"葬礼演说"加倍富于反讽意味:若非这次演说,其行动被赞颂的死者会完全为人遗忘,而若非修昔底德的艺术模仿保存了这篇演讲,这篇演讲也会被人遗忘(演讲者的名声也会大打折扣)。有多少高贵的希腊人和罗马人之所以为世界所记住,主要是因为莎士比亚喜爱的古典来源,也即普鲁塔克的作品。而直至今日,相比普鲁塔克描写的那些人(只有极少数人物例外),普拉塔克依然更著名!

不过,苏格拉底如何讨论教育者荷马,更具反讽意味。苏格拉底已考察并否认了任何认为荷马做过伟大公共业绩的说法。接着,苏格拉底转向私人领域,询问是否有任何证据表明荷马是教育个人的领袖,那些人珍惜和荷马相处的机会,仿效荷马的生活方式(正如毕达哥拉斯及其他一些著名智术师)。关于荷马的传统说法表明,事实恰恰相反:荷马完全为人所忽视,被迫作为身份卑贱、居无定所的吟诵者谋生。但要是他确实学富五车,不只是模仿者,要是他"真能在美德方面使人们得益",他难道不会拥有一批忠实的伙伴,他们会心怀嫉妒把他留下,或是跟随他,不论他走到哪里?(600a-d)当然,这个说法的最好证据——并非来自前文引述的各位智术师——正是来自在此给出这个说法的人的历史事迹。

然而,一个人可以成为伟大的教育者而无需与学生有直接、个人的接触——有柏拉图对话录(其中保存了这个活生生的人的形象)的历世历代充满感恩的读者为证。也正是在这个意义上,荷马"教育了希腊",正如"荷马的赞颂者"习惯这么说(606e)。这也就是说,荷马的教育直到荷马的英雄故事被另一种英雄故事——柏拉图的苏格拉底所取代为止。[96]对这个政治哲学的创始人，这个殉道后城邦至少颇不情愿［262］认可其存在的人的模仿，永远年轻又美丽，显然充满力量，从而促使我们重新审视"他"关于"模仿究竟是什么东西"的说明（595c及以下）。

最开始，模仿的概念被描述为最最严格意义上的造像：用一面真实的镜子，创造手工艺人制作的万物的形象，还有从地上及在地上自然长出的一切东西，包括人类、大地本身，甚至还有天空的形象。但当苏格拉底补充说"以及那些属于天空或属于地底下哈得斯之处的东西"时，我们显然会提出异议。可以用一面镜子"制造"这类事物现存可见形象的形象（例如雕塑与绘画，又如饰演诸神及冥府中死者的演员），但却不能制造这些事物本身。或者，哲人是否在巧妙地暗示，不存在这类事物，只有在想象中描绘这类事物？无论如何，哲人自己描述"神圣事物"（比较500c-d）——永恒不变的事物，它们真正引起并统治可逝、可见事物那不断变化的王国——时强调，这些事物可为人理解，却无法看见（507b及以下）。没有一面真实的镜子可以展示狗或人抑或德性的形式，更毋宁说展示一切的最终统治者——善的形式了（参见508e-509b）。以镜子给出的模仿概念也不能直接用于荷马，证明其不过是模仿者，与现实隔了三层。即便荷马最详细的"文字图像"（例如对阿基琉斯之盾的著名描写）与某样事物的对应关系，也不等同于镜中映像与被反射之物的关系。

提出模仿可见事物的这个镜象概念之后，苏格拉底引入了画家（596e）。只要画家制作的形象自身可见，可以是他看见的可见事物的准确图像（例如画一张真实的卧榻，这卧榻是卧榻制作者制造的众多卧榻中的一件，这位制作者在"模仿"其眼中"卧榻性"这独一无二的概念；597a），那么乍一看，似乎就有理由将绘制的形象等同于镜子产生的那些形象。但略加思考，这不足为信。因为，画家也可以画他从没见过的东西。也就是说，他可以画仅仅存在于想象中的事物，或许他听见或读过的东西激发或启迪了这些事物。例如，学过荷马后，他可能会"想象"奥德修斯拜访冥府中的阿基琉斯的情景，并用一张图画让他人看见这个情景。这种情况下，他的"模仿"是否与现实隔了三层？这似乎取决于什么堪称相关的"现实"。真实的拜访？荷马的讲述？或画家自己的幻象（这不必基于他人的描述）？无论如何，画家要比用镜子的人更接近荷马做的事。但这个模仿概念依旧无法解释荷马的成就，那些史诗读起来仿佛不过在描述、"模仿"他人的实际行动——苏格拉底在此就声称他是这么处理它们的——但如此简单地描述荷马无法令人信服。

[263] 要想理解在苏格拉底此处哲学批判的中心，其关于荷马诗歌的说法有何不充分之处，一个重要的线索在于，此处的批判与他先前的政治批判完全不相吻合——当然，我们必须认为，苏格拉底自己对此一清二楚。柏拉图暗中挑战读者，将这两重批判相互摩擦，由此得出第三种看法，这种看法能连贯地综合政治考虑与哲学考虑，就诗歌在人类生活中的恰当位置得出合理的评价（比较435a）。可以先注意到，在先前的政治批判中，苏格拉底拒斥了荷马呈现的一些东西，理由是这些东西压根不真实——因此几乎难以成为任何东西的镜像反映（比较379c-d，391d）。但问题的关键是，苏格拉底逐个审查荷马对诸神、冥府尤其是英雄的描写时，又认为这些内容不适宜被人听见、相信，进而不适宜成为他"美的城邦"中——这个城邦的存在方式一如荷马的特洛伊，即存在于言辞之中——护卫者及其他公民的模仿对象。也就是说，荷马的诗歌远非流于表面地记录他人的行动，荷马创作诗歌本身就是一次行动，借此荷马提供了无以计数的模仿的基础。感受到荷马创作的魅力后，现实中的男男女女会试图据据他美丽、超凡的男女英雄的看法和行为，在心灵和性格上塑造自己。

那么，荷马的"模仿行动"与任何画家和雕塑家有何根本不同呢？苏格拉底明确警告，不能相信那种不值一提的"可能性"，即认为诗歌是微不足道的模仿，与绘画无异，而是要直接思考，模仿人类由什么构成，诗歌模仿会诉诸心灵的哪一部分。苏格拉底指出，诗人"模仿或是被迫或是自愿从事各种活动的人们，这些人根据这一活动本身来判断自己干得好还是不好，并且对自己所做的这一切或是感到痛悔或是感到骄傲"。苏格拉底询问，诗歌模仿是否还有更多内涵（603c）。正确的回答是："是的，还有很多。"因为，苏格拉底遗漏了最重要的事：logos［逻各斯］，"理性的言辞"。荷马使用的媒介，以及他模仿的大部分内容都是言辞——这些言辞与苏格拉底的暗示相反（603b），不仅必须被听见（如果写下来的话，必须被看见），还必须被理解。只有用言辞工作的制作者，才可能模仿人从事最具人类特色的事，那些"证明"理性灵魂的事：诅咒与责备，祈祷与恳求，劝告与原谅，命令与屈从，指定与宣布，表扬与指责，道歉与宽恕，但尤为重要的是，交谈、辩论、说服、辩护与解释——能够就在做（或尝试）什么及为什么要做给出洞见的各类"说理"。也就是说，诗人必然首先诉诸人灵魂的理性成分，即理解在描写什么或说什么的成分，而后一个人自己的想象力（本身是一种理性官能；511d-e）可以形成［264］可信的人物，占据这个故事，而人可以在情感上回应这个故事。我们正是主要基于这一切来判断"被模仿的"人物，无论他们是部分真实还是纯然虚构。

诚然，由于这些人物是想象中的"人"，将他们描述成镜像模仿会误导人。没错，为了使人觉得有趣，他们必须可信，而这意味着他们在忠实模仿可能存在的人类生活，其行为正如人们可能有的行为。但在一个重要的意义上，他们也是——或至少可以是——原创的"制造物"，不比卧榻制造者的卧榻离现实更远。这将取决于制作者只是以他真实观察到的人为模型，将其视作最终的现实呢，还是（要不然）他看穿了这些人，直达他们的原型，而后超越这些原型，抵达了每一个人都有分于其中，但每个人又只是其部分例证的永恒人性：对于人的单一形式，有那么多被折射的"形象"或"幻影"。

这将取决于，制作者是认为他所在的历史场所，他所在的"洞穴"的观点——周围对德性与罪恶，对幸福与善，对神圣与亵渎，对事物本性的流行观念——权威可靠呢，还是（要不然）认为它们只是真理侧面瞬息万变的阴影与倒影，缺乏真知的深度与硬度。这将取决于，他是简单地认为，能制作多数同代人认为动听的"模仿物"，就证明他对事物的整体理解十足充分呢，还是（要不然）他已发现整个可见王国问题重重，因而意识到，他若想要他的制造物，他的诗歌，拥有任何永恒的价值，任何真正的价值，就必须先追求知识。

有趣的是，苏格拉底评论道，对于每一件制造的东西，都有三门技艺：使用者的技艺，制造者的技艺及模仿者的技艺（601d）。此外，只要每样东西的"优秀本质、外观美貌和正确比例"都只与使用相关，那么使用者，这个通过经验了解某样东西多大程度上实现了其设计目的的人，就是判断这样东西是否制作优良的终极权威。使用者具备知识，而必然听从使用者建议的制作者拥有正确的观点（而不值一提的模仿者两者皆无）。要记住，诗人很大程度上是"制作者"（poiētēs），他的名字就是"制作者"。可以发现，在哲人的分类里，哲人默默承认，真正的诗人——配得上这个名字的诗人，能真正做出原创性模仿的诗人——要比那些不过模仿事物表象的所谓的诗人，与现实有更紧密的关系。值得一提的是，制作者与使用者间的这种自然关系，完全吻合苏格拉底创造"言辞中的城邦"（401b）时所确立的诗人与统治者的关系。不过，更重要的是，这里暗示，当制作者自己是使用者时，他也是自己的终极权威。

［265］例如，这可能见于一位作者会有意创作一些作品，用来服务于某个教育目的。柏拉图的对话显然就是如此，这些对话是他对哲学讨论的戏剧性模仿，我们必须认为，柏拉图创建的学园里的学生在使用这些对话（这些对话被弟子精心保留，弟子延续了柏拉图创立的生活方式）。但我们也知道，这些对话的公共传播远为广阔，而且我们完全有理由相信，这也是柏拉图的意图之一：不仅要

教育他短暂的一生中那些他能亲自指导的人，还要同样教育后代中那些出于任何原因能理解其对话的人，尤其是那些本身渴望与这些"苏格拉底的模仿物"对话的人。

若将对话对诗歌的批判用于自身，这种批判就是在自我纠正。一旦意识到对话中对诗人的批评不适用于真正有哲思的诗人，更不适用于本身是政治哲人的诗人，即能使诗歌真正教育人类的人，那么，明显反对"柏拉图式莎士比亚"的意见就可能失去效力。但也只是可能失去效力，因为柏拉图承认可能有这样一位诗人——柏拉图自己就证明这种诗人可能存在——当然不意味着莎士比亚就是这等诗人。要证明这一点，力所能及地证明这一点，最终必须诉诸剧本本身，将剧本视作一个个整体，而这些整体应同时体现出"语标必然性"与哲学深度。

那么，可以认为莎士比亚是这等诗人吗？莎士比亚写这些娱乐性极强的剧本，是为了服务于更高的目的，而不只是提供戏剧消遣？是否能恰如其分地称莎士比亚是教育家？即，他不仅是顺带如此或偶然如此（正如任何人都可能如此），而是自觉如此，因他充分意识到他在创作什么，为何创作：他的创作是一种行动的一部分，受制于一种教学目的？[97]然而，首先至关重要的是，莎士比亚是否认同苏格拉底诗歌批评的更深含义：只有当诗人首先是哲人时，他才能创作具有持久价值的诗歌，或拥有通过诗歌教育人类——智力教育及道德教育——的自然权利？当然，没有一位严肃的诗人会认为，诗人是否知道他诉说的东西，这无关紧要。诗人创作的音乐无论何其优美，也不能过度优美，以致有理由完全无视真理，只要这个真理与他的诗歌相关。他用优美的笔触说的东西若为真实，只能使诗歌愈发优美。

因此，能运用诗歌的魅力塑造灵魂的非理性成分，使其与诗歌对灵魂理性成分传授的真理认识协调一致，这似乎可以定义最卓越的诗歌：既感人至深，又富于启发。所涉及的真正［266］问题事关成为有知识的人需要什么。这事是否相对容易，至少对聪明、观察力强、敏感且严肃的人而言还是比较容易的？还是说，情况属于另一极端，即获得对世界的真正理解，或对世界任何重要部分的真正理解，总是困难重重，需要投入巨大或许是全部的时间与能量？就哲人对诗歌的深层批评中凸显出来的这个问题以及另外那个问题，莎士比亚是否赞同柏拉图笔下的苏格拉底？

为了回答这类问题，可以检查被认为出自莎士比亚之手的全部作品，寻找可能以任何方式涉及这些问题的证据。例如，可以先从哈姆雷特对伶人的著名建议开始：他们"不能越过自然的常道"，而要"反映自然，显示善恶的本来面目"（3.2.19-22）。我们可以确信，无论哈姆雷特说这句话时究竟想表达什么，他想表达的都并非苏格拉底开始探究"模仿是什么"时所传达的字面含义。我希望我已证明，柏拉图的苏格拉底充分意识到，荷马的——以及莎士比亚的——模仿与这类物理造像相去万里。但无论如何理解哈姆雷特的建议，哈姆雷特都非莎士比亚。莎士比亚的三十六部剧作中，可能也找不到其他任何人物在谈论这个主题。因此，即便我们想方设法，尽可能全面地搜集文本证据——虽然这无疑富于启发（或许我们认为这实际上已证据确凿）——原则上仍缺乏有关莎士比亚自己的看法的实证知识，我们本质上还得倚赖于我们认为剧本自身所例证的内容。剧本才是要紧的东西。[98]

因此，我自己的观点是，莎士比亚是政治哲人——事实上，是最伟大的政治哲人之一。这个观点有几分可信，取决于我此前的解读有几分说服力，无论还涉及其他什么内容，我的解读意在证明，这些熟悉的剧本具有未被广泛承认的哲学深度，而这首先体现于剧本与柏拉图对话录的明显关系。虽然我相信，这里的阐释性分析已足以证明这个论点，但其他学者探讨其他剧本的著述也有力地支持我的论点，例如那些解读柏拉图的《王制》与《暴风雨》或罗马剧的关系的著作，或是解读柏拉图的《法义》与《仲夏夜之梦》的关系的著作。[99]或许更引人注目的是，有学者认为，莎士比亚的福斯塔夫显然意在使人想起柏拉图的苏格拉底。最近有几位学者认同这个论点，指出这两位人物有一系列相似点。首先是对他们的死亡的描写惊人地相似（例如，都是双脚先变得冰冷、失去知觉，然后这种冷的感觉再一直向上；《斐多》117e-118a；《亨利五世》2.3.20-25）。但其中最重要的是，两人都被指控搞诡辩；福斯塔夫被指控"颠倒[267]是非"（《亨利四世》（下）2.1.108-109），苏格拉底被指控"把弱的说法变强"（《申辩》18b-c，19b-c，23d）。[100]另一位学者也从二人死亡场景的相似性得到提示，更透彻地分析了这个关系，指出莎士比亚在福斯塔夫死前给出诸多暗示，预示了他的目的，其中尤其是福斯塔夫受到的指控（"那邪恶而可憎的诱惑青年的人"；《亨利四世》[上]2.4.446-447）与苏格拉底受到的致命的指控（《申辩》24b）如出一辙。[101]还可以引用更多例子，但我希望，对于柏拉图与莎士比亚这两位伟大的政治哲人之间可能有的特殊关系，以上已足以消除任何留存的疑虑。

正如我在本研究伊始指出的，我们缺乏不存争议的传记知识，这使我们无法确立莎士比亚知道什么、不知道什么，他能做什么、不能做什么，抑或他为什么要做他做的事。就剧本自身给出的证据而言，虽然我相信这些证据足够庞大，几乎能令人信服，但这些都是间接证据，可以做各种解读。正如另一位同时崇拜柏拉图与莎士比亚的人所承认的，"我们无从确定，莎士比亚可能读过多少柏拉图"，因此"不可能……断言柏拉图'影响过'莎士比亚"。但这位学者进而提到"文艺复兴时期对柏拉图的高度推崇"：

> 例如，锡德尼影响深远的《诗辩》中出现了这类褒扬："但现在，我确实负担沉重，柏拉图的大名加诸我，我必须承认，

他是我曾敬仰的所有哲人中最值得尊敬的人，而且我理由充分，因为所有哲人中，他最具诗意。"事实上，崇拜柏拉图，认为柏拉图最遵循诗歌的趣味，这种观点不限于锡德尼一般有教养的贵族。例如，莎士比亚的剧作家同行、诗人兼平民同行查普曼，在他的荷马译本的前言中写道："正如柏拉图可敬并神圣地认为，较之行动的生活，沉思的生活更受他喜爱……较之一切世俗智慧，我也更喜爱神圣的诗歌。"因此，虽然缺少确凿的证据，但不应认为莎士比亚必然对柏拉图一无所知或毫无兴趣。情况似乎更有可能相反……[102]

不过，最后我想强调，正是莎士比亚自己理解重大哲学问题的深度（我相信这在他所有最伟大的剧本中都显而易见），对我们学生寻求自己的理解最为重要。至于莎士比亚加深这些理解是通过一手接触柏拉图的文本，或二手资料，或研究其他文本，或只是通过自己对世界的细心观察、耐心询问及缜密分析，这是次要问题。严格而论，莎士比亚如何获得他的智慧，这是 [268] 传记学问题，因此与哲学无关——除非我们也能仿效一二。如果我们自己对莎士比亚文本细致、耐心、缜密的研究表明，莎士比亚受益于研究前辈，那我们或许希望步其后尘：在这个最重要的方面成为莎士比亚的模仿者。

注　释

第一章

1　［269］据报道，莎士比亚在日本的流行程度甚至超过了贝多芬。黑泽明备受赞誉的《麦克白》电影改编本《蜘蛛巢城》（*Throne of Blood*）及《李尔王》电影改编本《乱》（*Ran*），只是莎士比亚广泛渗透日本文化的代表。同样，俄罗斯最杰出的舞台与电影导演之一高近切夫（Grigori Kozintsev）获得国际声誉，也主要基于其用电影改编《哈姆雷特》和《李尔王》（配乐由肖斯塔科维奇［Shostakovitch］作曲，这位音乐家的话剧《卡特丽娜·伊斯玛洛瓦》［*Katerina Ismailova*］原名为《姆岑斯克县的麦克白夫人》［*Lady Macbeth of Mtsensk*］）。多数莎剧都有电影改编本，且被改编为数种不同语言（《哈姆雷特》被改编了四十余次）。

2　布鲁姆（Allan Bloom）在《爱与友谊》中如是引出他的部分莎学评论（*Love and Friendship*，New York: Simon and Schuster, 1993，270–271）。［译注］文中所引布鲁姆的《莎士比亚笔下的爱与友谊》依据马涛红译本。

3　Gary Schmidgall, *Shakespeare and Opera*, New York: Oxford University Press, 1990.

4　仿佛健康并非如其真实一般乃"客观上"为好，仿佛渴望健康及健康的标准——活在自己能力的巅峰——并非由自然决定。仿佛个人德性（例如节制、勇敢、审慎及慷慨，借助这些德性，人能控制自己的欲望、恐惧及对财产的贪恋）所蕴含的自制并非本质上可欲，无论选择或被指定何种生活方式。仿佛"应当"（被认为本体上与"事实"无关的一种"价值"）并非与"能"（身体上、心理上及政治上可能的事物——全部实际事物）不可分割。关于这一区分无法成立，"诸多价值"这一概念本身没有效用的详尽分析，参见拙著尾注，*The War Lover: A Study of Plato's* Republic，Toronto: University of Toronto Press，1994，326–336。

　　5　时下流行的观点（大致可归入"历史主义"与"后现代"这两个类别）最早见于19世纪晚期［270］，但直至20世纪末才开始主导文学批评。这些观点的拥护者对思想、语言、事物（及它们之间的关系）的表述自相矛盾，以致毫无条理，令人难以相信有谁会认真对待这些观点。不过，有不少人写作时似乎的确会认真对待。由此，对伟大作品的研究也深受其害。这些批评立场所据称的理论基础并非未受挑战，但似乎新观点的大多数使徒对此只是省事地不闻不问。例如，纳托尔（A. D. Nuttall）开始精彩地复兴传统老派、自然主义式、依据常识阅读前现代文学的做法，并对前述理论基础提供了一种更彻底严密的反驳（*A New Mimesis: Shakespeare and the Representation of Reality*，London: Methuen，1983）。关于这些及其他问题，我将详尽引用纳托尔的论述：

　　　　我的异议针对形式主义，也就是说，我反对将内容化为形式，将现实化为虚构，将事实化为惯例……我意识到，某种意义上，我的攻击目标不真实；没有人能真正与本书攻击的这种根本性、认识论的形式主义共同生活。然而，当下的批评话语采纳了某种风格。这种风格承认甚或欢迎形而上学的绝对事物，这些绝对事物本身直接意味着一种完全无效的结论。同时，自古以来赞美作家的方式之一，即称赞他或她忠于生活，已成为费解的禁忌，仿佛如此便一定程度上根本性地误解了文学与世界的性质。此类情形下，公正的方式似乎是，略比这些假设的拥护者更认真地对待这些基本假设。我自己的立场是……可以合理地使用**现实**一词，无须抱歉的停顿，文学可以表现这同一现实……（vii–viii）

［谈及结构主义/后结构主义运动的这些"费解的禁忌"，］经验主义被拒斥，忠于生活及作家对自己作品的自由创作主权也被摈弃。相反，我们有了某些法国人的警句：文学自我书写，人们以为他们自己在阅读的书本在阅读人，思想（而非人）在思考，言语在说话，文字在写作。（6）

告诉你的结构主义人类学家，他的结构主义人类学是主观生成的神话（也就是说，是他文化的主观产物），他或她常会犯下完全可以原谅的抵抗之罪，表现出想宣称客观真理的迹象，那类老派的客观真理，即便不为其他任何事物，也要为了结构主义人类学如是宣称。当下陷阱闭合。或是必须摈弃 verum factum［真理人为］的绝对性，或是必须相信这一断言。

因为如果人类学家不声称客观真理，不自行利用［271］二十世纪的惯常策略，借此专家能豁免于那种奴役其他一切的非认知性决心，我们就会再次面临哲学自我消解的前景。（10–11）

与此同时，基本真理依然存在：主观或意识形态变更的具体表现总是预设了相关的客观指示物。简喜欢柴可夫斯基，吉尔不喜欢柴可夫斯基，这可以表明音乐品味上的主观性。但这预设了在"确凿的现象"的意义上，他们在听同一种音乐。（18）

可以被称作"客观对应物"的事物仍不可避免。如果你想说，一个社会将其文化形式强加于现实，你必须对发现被强加的现实拥有概念……

诚然，培根误以为我们可以不顾我们的观念而留意"事物"本身。"事物"是一个规范性的概念：我们决定什么能被称作事物，抑或我们继承的感知机制为我们决定……

我们加诸世界的种种形状是疑问式的，而非结构式的。我们用人的网捕鱼，因而只能捕到网眼里的东西，但这不意味着我们是捕获物唯一的发明者。我和我种族的历史可能决定了什么能被称作椅子，但要是我在这间房间里"搜罗"椅子，我会发现大量椅子，仅此而已。人类天文学之所以是透视的，是因为其基于某一视角，但这不意味着如此获得的知识不客观。我猜想，一条鲸鱼可能不会注意到我的耳朵，但相反，它可能知道海水特征的渐变，对此我们一无所知，但这不意味着我的耳朵是人类中心说的幻想，或相反，海水的渐变是鲸鱼种族的神话，一个鲸鱼中心说的幻想。（20–21）

确乎奇怪的是，当今这么多人（尤其那些据称以思考为生的人）那么难理解一个基本事实：极端相对主义完全无法摆脱将此理论用于自身的毁灭性后果。仅视其为"假说"不奏效，因为其作为假说（或猜想，抑或怀疑）就像作为肯定断言般缺乏连贯。同样，它作为一种"信仰"（人们到底在信仰什么？相对主义是绝对真理？）也不连贯。后现代主义者有时说话时，就好像由于他们"接受"他们立场中明显的非理性，认为这本身证明了世界荒谬及／或理性虚幻，因此他们就已解除所有批评。不过，他们声称达成观点前，已最严密地论证过语言的性质以及语言与思想及存在的关系——而其每一步骤都意味着矛盾定律基本正确：根据事实本身，自相矛盾的断言为误。

6 ［272］而讽刺的是，正是在此，历史主义者与文化相对论者暴露了他们选择性地相信知识有潜在的客观性，包括那种最成问题的知识——历史知识。因为就历史知识而言，不可能直接观察想要知道的事物。

7 舍恩鲍姆（Samuel Schoenbaum）势必和任何人一样熟知相关的历史证据，他竭尽全力区分了具有一定可靠经验基础的证据与大量后来虚构的添油加醋和颇成问题的猜想。正如他概括道："如果说相关素材不到一页纸，那纯属夸张，但事实是，它们加起来也没有多少，且对传记作者而言它们疑团重重。"（*Shakespeare's Lives*，New York: Oxford University Press，1970，72。）概览了几乎所有值得我们注意的传记后，舍恩鲍姆如是总结：

> 或许，我们不应希冀弥合这令人头晕目眩的鸿沟，一边是主题的庄严，另一边是文献记载的平淡无奇、无足轻重。我们愿意倾其所有，只要能有一份私人信件、一页日记！哈代的文字表达了不少人的心声：
>
> > 聪颖费解的灵魂，最难捉摸的主题，
> > 你，一生平淡无奇，
> > 除了笔下匠心独具的梦幻，
> > 没有留下任何精心设计的
> > 私人话语或个人痕迹，
> > 不过，你仍将留存心间，永远无从翻阅。
>
> 显然，一个人不可能写下某种文学传记，细节翔实（用叶芝的话来说）地描述瞬息的自己。（767–768）

8 *Forewards and Afterwards*, New York: Vintage, 1974, 90.

9 "What's in a Name", *Realities*（Nov. 1962），41。中间几个世纪里，曾被认为是莎士比亚肖像的画作都被证明是临摹（临摹了德罗肖特［Martin Droeshout］用以装饰第一对开本标题页的版画，而这幅版画绝不可能是写真，因为莎士比亚1616年在斯特拉特福德去世时，版画家才15岁），抑或是伪作（例如，画于莎士比亚去世多年以后，或画的压根是他人）。对于年轻的德罗肖特，舍恩鲍姆嘲讽道："我们无从知晓他是如何得到这项任务的——或许，他的酬金就像他的天赋般微不足道"：

> 这幅肖像并非完全没有赞赏者。"它给人多么深刻的印象啊，"罗斯博士（Dr. Rowse）兴奋不已地说，"眼睛那洞悉一切的搜寻目光，好一个额头，好一个大脑！"但版画师没画下［273］大脑，只画下了额头，另一位评论者称之为"可怕的进行期脑水肿"。唉，德罗肖特的不足太过明显。环状领薄板上的巨大脑袋架着一件小得不成比例的无袖上衣。一只眼睛比另一只低而且更大，两边头发没有对齐，光来自多个方向。德罗肖特不可能曾为莎士比亚写生。或许，画作基于一幅别人给他的素描。不过，熟悉莎士比亚的那些对开本的编纂者们并不否认这幅画的相似度，琼生（Johnson）还能敷衍一番，说上几句恭维话，印于相邻的扉页。无疑，唯有过于敏锐的读者才能发现琼生结论中暗含的讽刺——"读者，别看他的画像，看他的书"，但这一建议足够明智。（*William Shakespeare: A Documentary Life*，New York: Oxford University Press，1975，258。）

10 Letter to William Sandys, 13 June 1847, in *Letters of Charles Dickens*, G. Hogarth and M. Dickens, eds. (London: 1893), 173.

11 "诚然，很难——事实上明显不可能——严格区分莎士比亚的写作与他的生平事实，而鲜有人能抵御诱惑，不将莎士比亚作品反映的他的内在生命发展过程视作其思考经验的结果。"西森（C. J. Sisson）如是评论，意在在其名为"莎士比亚"的章节中，讽刺性地引入几个可疑的例子（*Shakespeare: The Writer and His Work*, Bonamy Dobree, ed., London: Longmans，1964，17）。布鲁姆在《莎士比亚笔下的爱与友谊》中探讨《特洛伊罗斯与克瑞西达》（"也许是所有莎剧中最阴郁的一部"）时，提及了这里涉及的主要问题：

> 这部戏的氛围与《安东尼与克莉奥佩特拉》如此不同，以致诠释者们唯有假定这位诗人遭受了爱的失意，才能让他对历史的改写为人所理解。这样的诠释合乎现代读者的口味。现代读者在浪漫主义的持久影响之下，把作者们理解成纪年作家——记录他们自己的历史或情感，以及崇高地再现我们大多数人对待事物的方式。作家应该选择更全面的、不囿于自身的视角，克服自己特殊的经历或情感——这种观念虽然莎士比亚本人也明确阐述过，甚至在这部戏中讨论过，但还是遭到了否定，并被看成反诗歌的。把作者的创作视为自传，这被我们当成了真理，但它不过是个断言，而且还是一个不可靠的断言，所以我们将其当成真理的行为更是对我们自己的评价。（347）

12 无论持此观点的学者们是否知晓，他们在此重申了柏拉图（如此讽刺地）自己的戏剧人物苏格拉底如何贬低戏剧诗人：诗人不过是模仿者，与现实隔了三重（《王制》597e及以下）。例如，哈贝奇（Alfred Harbage）在《莎士比亚的观念》（*Conceptions of Shakespeare*）中［274］（New York: Shacken，1968），批评了声称莎士比亚具有各式专业技能的各路观点，并向我们保证"这些剧本与诗歌除了暗示其作者见多识广——一位一流的观察者，尤其善于观察自然——也暗示其除了知道如何创作戏剧与诗歌外，不具任何专业知识。认为他拥有令人叹为观止的'知识'这一想法，部分源自其魔术师技能"（24；强调为笔者所加）。哈贝奇在 "Shakespeare and the Professions"（in *Shakespeare's Art: Seven Essays*，Milton Crane，ed.，Chicago: University of Chicago Press，1973，11-28）中又推进了这一观点，但多了几分宽厚。

我们可以赞同哈贝奇，认为莎士比亚不可能具备各项专业技能，那些数世纪来各路崇拜者归于其名下的技能，但应当强调的是，政治与哲学不能被视作可与之相比的专长。哲人追求的伟大真理尽管预设了敏锐的观察力，但任何人都唯有通过缜密思考才能触及这些伟大真理。因此，若想分享莎士比亚嵌入剧中的任何智慧，必须愿意并能独自思考结构起这些剧作的各种思想。

13 版本问题上不亚于一位专家的鲍尔斯（Fredson Bowers）向我们保证（*On Editing Shakespeare*，Charlottesville: University of Virginia Press，1966）："事实上，从证据看，莎士比亚很少感到需要担心剧本付梓时的形式。剧本不被视作'文学'；叙事诗是受人尊敬的文学形式，莎士比亚早年创作两首叙事诗时，似乎花了一些心思，确保它们印刷细致。但他没有这样对待剧本，剧本——在当时——绝不可能拥有文学声誉。"（109）

我们要相信上述观点吗，尽管剧本自身——必然自我指涉——的态度是此类文学具有恒久的意义？尽管数年来，特定剧本的授权版及所谓盗版一度热销？（出于何种目的？为了国内剧院？）尽管莎士比亚的名字甚至被用来兜售并非他创作的作品（例如贾加尔德［William Jaggard］1599年出版《热情的朝圣者》［*The Passionate Pilgrim*］时，就用了莎士比亚的名字）？尽管如此观点与第一对开本前言的热烈颂词形成解明对照——该颂词吹嘘唯有该版本提供了莎士比亚的所有真作，并认为作者的名字就足以确保这昂贵的书卷有现成市场（正如十五年前，索普［Thomas Thorpe］出版《莎士比亚的十四行诗》时也如是声张）？为什么有人提议出版第一对开本，强调其版本准确（尽管这似乎不完全属实）呢——如果莎士比亚尚未拥有"文学声誉",也就是说,尚未拥有能创作值得阅读的剧本的"文学声誉"?简言之,鲍尔斯的观点尽管当今广为接受,难道不是难以成立?显然,琼生持有异议,约七年前,他出版了一本自己作品的对开本。至于大量剧本创作[275]当时不受重视,并理应如此,这无关紧要。恰如琼生最先指出的,这完全关乎质量。自古以来,质量上乘的戏剧诗歌就被视作"受人尊敬的文学",因而流芳百世;只需提及埃斯库罗斯、索福克勒斯、欧里庇得斯、阿里斯托芬、塞内加、普劳图斯、泰伦斯——文艺复兴时期的人知道所有这些名字——就足以为证。琼生也并非无缘无故将莎士比亚与"雷鸣的埃斯库罗斯,还有欧里庇得斯、索福克勒斯"并列,认为他是大不列颠堪比"不管是骄希腊还是傲罗马送来的先辈"的剧作家,以此提醒我们:莎士比亚(正如他的远古先辈)将始终"活着,只要[他的]书还在,只要我们会读书,会说出好歹"。因为正如琼生的著名评论所言:"他不属于一个时代,而属于所有的世纪!"

14 伯吉斯(Anthony Burgess)尽可能坦率地表达了这些猜想:"我想,莎士比亚的主要目的是挣钱,而非留给后代不朽的剧作……挣钱能让他成为穿上等外套的绅士。"*Urgent Copy: Literary Studies in Search of Shakespeare the Man*,New York: Norton,1968,159-160。

15 缪尔(Kenneth Muir)的阿登版《麦克白》导言让我们确信(*Macbeth*,London: Routledge,1988,xxv):"莎士比亚所有剧本都有未了结之处,都会指涉某些故意未交待的场景,都让我们对动机及人物形成自相矛盾的印象。"但缪尔让我们视其为优点:"这并非戏剧缺点,而是创造生活幻觉的手段。不应试图改进莎士比亚,将其变作自然主义剧作家。"当今无疑不少人赞同缪尔,因此这一观点值得细思。例如,如果"未交待的场景"不过意味着人物在暗示某些未展示给我们的对话或行动,这不成问题——完全与莎士比亚的"自然主义"特点并行不悖,因为身处自己的世界一隅,我们也看不见、听不见很多事情，而必须依据现有证据自行推测。事实上，我认为，这点以及整合对人物的"矛盾印象"不仅合理，而且对任何充分的解读也都必不可少。缪尔观点的麻烦关乎"未了结之处"，因为这事实上允许阐释者忽视任何不合于他的解释的细节：这些细节也不过是那些未了结的部分，那些缪尔不知为何猜测"遍布莎士比亚剧本"的部分。如何才能区别未了结的部分和（尚）未理解的特点呢，或意义（尚）未察觉的细节呢？但或许，这些特点和细节能为人理解，只要我们坚持尝试，而非将其当作又一例"类似生活"的未了结部分？

16 尽管我不认为琼生始终是最好的莎士比亚解读者，但他有一个总论点很有名，我欣然接受："莎士比亚是自然诗人，超越了所有作家，至少超越了所有现代作家；诗人［276］向读者举起一面忠实反映风俗与生活的镜子。他的人物……是共同人性的真正后裔，世上总有这些人，总能观察到这些人。他笔下人物的言行受那些共同情感与原则的影响，一切心灵都因此狂躁，而整个生命体系因此持续运动。""Preface to Shakespeare", in *A Johnson Reader*, E. L. McAdam, Jr. and George Milne, eds., New York: Pantheon, 1964, 317。

此外，还可以加上柯尔律治（Samuel Coleridge）的证词："莎士比亚的另一优点，任何作家都无法媲美的优点是他的自然语言，这语言如此准确，以致我们能在他写下的一切中看见自己"；还有赫兹里特（William Hazlitt）的评论："莎士比亚心灵的显著特点是它的通用特质，它能与其他一切心灵交流——因此包含整个宇宙的思想与情感，没有特定偏好或排他性优点。他就像任何其他人，不过他像所有其他人。"引自"Lectures on the Characteristics of Shakespear"与"On Shakspeare and Milton", 均节录于 *The Romantics on Shakespeare*, Jonathan Bate, ed., New York: Penguin, 1992, 131, 181。

不过，鉴于我们时代的成见，一些人无疑会出于性别原因反对前面这些作家。就此而言，德·昆西（de Quincey）值得一读。德·昆西区分了莎士比亚与希腊罗马前辈，理由正在于，莎士比亚是首位这样的剧作家：他能表现"具有合宜女性美的女性角色；女人不再不可一世，异乎寻常，令人厌恶，而是'具有女性特质'的女人——属于戏剧世界另一半球的女人；涉及一切女人可爱品质的女人；解放的、高贵的、高尚的女人，处于基督教新道德下的女人；作为男人姐妹与平等伴侣的女人，不再是他的奴隶、他的犯人、偶尔还是他的反叛者"。引自文章 "Shakespeare" in the *Encyclopaedia Britannica*，7th ed.（1842），excerpted in *De Quincey as Critic*，John E. Jordon, ed., London: Routledge and Kegan Paul，1973，232。晚近公认的女性观点支持德·昆西的看法，例如帕克（Clara Claiborne Park）的文章，题为 "As We Like It: How a Girl Can Be Smart and Still Popular"，in *The Woman's Pan: Feminist Criticism of Shakespeare*，C. R. S. Lenz，G. Greene，and C. T. Neely，eds.，Urbana: University of Illinois Press 1983，100-116：

> 莎士比亚喜爱女人，尊敬女人；并非人人都能如此……他不害怕夏娃忙着给世界带来死亡、给我们带来种种悲伤时表现出的那种坚定自信、固执己见；剧本证据表明，他对此显然喜闻乐见。
>
> 自詹森女士（Mrs Jameson）起，批评家无论男女，都赞赏莎士比亚笔下的女人。"鲍西娅（Portia）的尊严，贝特丽丝（Beatrice）的能量，罗莎琳德（Rosalind）光芒四射的高昂情绪，维奥拉（Viola）的甜美"……莎士比亚的女孩和成熟女性被当作人，[277]被区分了个性，为人识别，深受喜爱。莎士比亚尊重女人，这在所有剧本中都显而易见，但要到中期喜剧，才屡屡出现最光彩夺目的形象。（101-102）

吸引莎士比亚想象力的……是位年轻女性……她凭借能量、智慧与争强好胜的品质，成功展现出她有能力掌控周遭世界的局势，包括男人世界的局势。（102）

17　有许多对现代莎士比亚批评的可用综述或部分综述，例如 Sisson，"Shakespeare"；Derek Traversi，*An Approach to Shakespeare*（London: Hollis and Carter，1969），第三版导言；Alfred Harbage，*Shakespeare without Words*（Cambridge: Harvard University Press，1972），同名章节；Kenneth Muir，"The Betrayal of Shakespeare"（in *Shakespeare: Contrasts and Controversies*，Norman: University of Oklahoma Press，1985）。对一种尤为重要的批评方法，即"细读批评家"（包括 F. R. Leavis、G. Wilson Knight、L. C. Knights、Derek Traversi）的批评方法如何兴起的详细记述，参见 S. Viswanathan，*The Shakespeare Play as Poem: a Critical Tradition in Perspective*，Cambridge: Cambridge University Press，1980。

18　尽管"性格批评"的阐释流派常被追溯至柯尔律治的影响（及先前的蒲伯［Pope］、德莱顿［Dryden］和其他批评家），但这一流派当今总让人想起布雷德利（A. C. Bradley）的 *Shakespearean Tragedy*（London，1904），这部专著成了后来反对者最常攻击的目标。

19　此外，有许多异想天开的性格分析不具任何文本支撑，不过是给剧本某些原本难以置信的解读提供了临时的可能。诚然，无效或愚蠢的解读不能废除对某种批评方法的恰当运用，但引用这些解读可能（且已经）修辞上有损对那种方法的敬意。

20　斯珀吉翁（Caroline F. E. Spurgeon）的 *Shakespeare's Imagery and What It Tells Us*（Cambridge: Cambridge University Press，1935）通常被视作开启或至少预示了一批全新的批评，这类批评基于象征与意象的模式。这一范式有两部重要专著与我主要涉及的剧本直接相关：Cleanth Brooks, "The Naked Babe and the Cloak of Manliness", in *The Well Wrought Urn*, New York: Harcourt, Bruce and Company, 1947；以及 Robert B. Heilman, in *This Great Stage: Image and Structure in King Lear*, Baton Rouge: Louisiana State University Press, 1948。

21 诚然，从来不乏著名的声音对抗更简单的历史还原论。奈特在1951年版 *The Imperial Theme*（初版 Oxford University Press, 1931；再版 Methuen: London and New York, 1985）的新增"前言"中诊断了基本问题："让我再次强调，正确做法是根据时代的伟大作品与有［278］远见的天才来解读时代，而非依据时代来解读天才。我们的学术传统做法颠倒了。"(xii)。同样，特拉韦尔西在《论莎士比亚》中尽管赞赏"现代对伊丽莎白时代的思想愈发有兴趣"是建设性贡献，但他接着评论道：

> 若依循这种方法，批评会易于忽视至关重要的断裂，这种断裂将天才与时代的陈词滥调区分开。一位声望如莎士比亚的作家就其使用的想法而言，属于他的时代，若置之不顾，总是有失明智；但他是以自己的方式使用这些想法，这种方式则未必仅属于他的时代。例如，莎士比亚的英国历史剧深受他当时的观念（关于君主制、君主制的起源、君主制的角色、君主制的正当性的观念）影响，但在我看来，若将自《理查二世》至《亨利五世》的一系列编年史仅仅阐释为演练都铎爱国宣言，则严重低估了剧本的原创性。这些剧本真正显露出来的……是一个彻底的、其内涵越来越悲剧性的私人想象，这种想象将人视作政治存在；因此，若正确阅读这些剧本，那么它们也在对我们说话，不亚于曾对十六世纪晚期的人说话。此外，这些剧本对我们说话的方式当时鲜有人能彻底理解——或许马基雅维利例外。类比成熟剧作家莎士比亚和几乎其他任何一位伊丽莎白时代的作家，便会意识到莎

士比亚多大程度上规避了当时伊丽莎白时代的限制。换言之，套用一句批评界的陈词滥调，这类作家既属于他的时代，又超越他的时代。（10–11）

奥恩斯坦（Robert Ornstein）（ "Historical Criticism and the Interpretation of Shakespeare", in *Shakespeare Quarterly* 10 , 1959, 3–9；重印于 *Approaches to Shakespeare*, Norman Rabkin, ed. , New York: McGraw-Hill, 1964, 172–182）合理论述了为什么各路历史研究应严格受制于剧本自身产生的直接经历，他在结尾部分写道：

> 尽管学术研究能使解读莎士比亚更科学，却不能使其成为基于事实信息的科学。学术事实与审美印象间的二元对立最终会误导人，因为品位高雅、受过训练的审美印象必然是解读莎士比亚的最终基石；也就是说，剧本文本外的一切学术证据通过推论与文本相连，这些推论自身必须受审美印象的支撑。历史批评试图（竭尽所能）重新把握莎士比亚自己的美学意图，这是或者说应是所有负责任的批评的目标。但我们必须坚持认为，那一美学意图充分实现于剧本，唯有通过剧本才能把握。（180–181）

就我所知，[279] 历史知识有助于当今我们理解莎士比亚的最好例子是弗赖伊（Roland Mushat Frye）的 *The Renaissance* Hamlet: *Issues and Responses in 1600*（Princeton: Princeton University Press, 1984）。弗赖伊从哈姆雷特给伶人的建议得到暗示，从而解释道：

> 莎士比亚举起一面镜子，反映他最熟知的时代，将自己时代的问题、态度与忧虑转化成某种丰富、新鲜、奇妙的东西，超越任一文化时代。正是这一成功的效果组合使莎士比亚与众

不同……莎士比亚的人物依然说出了我们的忧虑，他们的问题与我们的问题融为一体……

尽管莎士比亚的戏剧有不可思议的普世性质，它们仍源于他自己的时空。这不可能另当别论，因为即便伟大的天才也必须始于观察、思考并转化眼前的事物。哈姆雷特形容伶人为"这一个时代的缩影"即突出了这一点（2.2.512）。莎士比亚知道的那些东西，那些与所有人及每个社会相关的东西，学自他自己所处的时代与地点，他用自己时代的语言对之做了永恒的表述。要想理解他的普遍性，最好的办法莫过于从他的特殊性开始。（4-5）

弗赖伊巧妙阐明了其观点，方式是简短探讨"镜子"对伊丽莎白时代的人意味着什么（他在附录A，281-292做了进一步阐述），因而可能如何理解哈姆雷特"表演的目的"："仿佛是举起一面自然之镜。"弗赖伊首先告诉我们"伊丽莎白时代的镜子作为工艺品是小器具"，接着探寻这对于正确理解哈姆雷特的比喻有何意义（6）。但弗赖伊反对那种认为莎士比亚仅仅反映了他自己的时代与地点的观点：

……莎士比亚写剧本，不是为了建议国王、宫廷、议会或民众，告诉他们该如何应对国家或这或那的问题。如果指望莎士比亚有这种"时效性"，就会忽视他特殊的伟大；如果解读莎士比亚时从未逾越伊丽莎白时代的观点，就会错失他的普遍性。不能也不应将莎士比亚束于伊丽莎白时代的观念枷锁，也不应将他伟大的语词看低成同时代的陈词滥调。在此，平衡与节制对解读剧本的学者的重要性，不亚于对解读剧本的演员的重要性。哈姆雷特对一类解读者的建议也适用于另一类解读者，"你们不能越过自然的常道"。或正如一位著名戏剧史家所言，使用知识与传统时，"必须用上操作锋利工具的全部技巧与谨慎"。

［280］但是，如果要充分欣赏莎士比亚的剧作，不应忽略从生成环境中审视这些剧本的任何实际手段。(7)

　　这一历史主义方法能抵御个体批评家危险的主观主义，及批评学派的狭隘观念……

　　然而，历史主义方法尽管使我们远离那一危险，却也常使我们暴露于另一些危险。学者极易被历史还原主义引入歧途，不亚于被其他任何过于简化的形式引入歧途。研究历史背景时，必须提醒自己，莎士比亚这类伟大创作者使用文化提供的素材，但拒绝被那些素材使用。相反，他超越并转化那些素材。(8)

整本书中，弗莱尤为出色地展现了"伊丽莎白时代的不确定、含混、疑惑与分歧"，也展现了"一致与共识"。渗透伊丽莎白时期全部人口阶层的这一观点上的异质性值得强调，因为莎士比亚的历史主义解读者常置之不顾。正如布拉德肖（Graham Bradshaw）所言（*Misrepresentations: Shakespeare and the Materialists*, Ithaca: Cornell University Press, 1993）："'新'旧历史主义解读的一个问题是，这些批评家乐意非历史性地将原初观众视作某种绝妙的野兽，有多个身体，却只有一个恭顺忠诚的心灵、一个平庸的头脑（34）"。诚然，若多加思考，就会发现，使莎士比亚的观众单一化几乎不能成立，因为剧本本身就呈现了多种多样的人物——从迷信的粗汉到彻底的虚无主义者——表现了五花八门的信仰与观点。

　　22 巴克（Harley Granville-Barker）常被视作这种论调的带头人物，他连续出版数本《莎士比亚作品前言》（*Prefaces to Shakespeare*），1927年至1947年间首印，之后重印（Princeton: Princeton University Press，1974）。

　　23 莎士比亚有多少古典学养一直备受争议。琼生模棱两可的赞颂远未澄清这一点：

> 尽管你不大懂拉丁文，更不通希腊文，
> 我不到别处去找名字来把你推尊：
> 我要唤起雷鸣的埃斯库罗斯，
> 还有欧里庇得斯、索福克勒斯……

如果琼生——相传是一流的古典学者——用他自己作比较标准，那么，即便是能熟练运用拉丁文的人也会显得"不大懂"拉丁文。

大量研究在解读莎士比亚剧作时，致力于评价其接触并熟悉古典文学的程度，其中施塔普费尔（Paul Stapfer）冷静地应对这些问题，他的专著本身类似现代经典，仍值得一读：*Shakespeare and Classical Antiquity*，Emily J. Carey，trans.，首印 1880，重印 Burt Franklin，New York，1970。施塔普费尔总结道："我们无需怀疑，莎士比亚和同时代的任何人一样认识拉丁文；莎士比亚时代［281］受教育的民众比当代受教育的民众更精通拉丁文。"（100）至于希腊文，施塔普费尔持怀疑态度："即便承认莎士比亚在学校里可能学过词尾变化和动词，这些知识也完全不能使他读希腊作家的原文。"（104）据推想，莎士比亚——正如那些喜爱希腊的名人，如歌德和席勒——读的是译本。施塔普费尔认为，"英国人"太关注这个语文学问题了："如果我们选取'学问'更广阔宽泛的含义，而非将问题沦为痛苦又迂腐的争吵，去争辩他懂多少希腊文和拉丁文，那么，世上所有人中，莎士比亚是最有学养的人之一。"（105）

关于莎士比亚时代的文法学校教育，鲍德温（T. W. Baldwin）翔实的研究仍是权威（*William Shakspere's Small Latine & Lesse Greeke*，Urbana: University of Illinois Press，1944）。鲍德温在两卷本巨作的最后一章总结道：

> 似乎有确凿证据表明，莎士比亚具备文法学校据测应传
> 授的知识与技能。不过，没有直接证据表明莎士比亚上过一天

文法学校。罗（Rowe）1709年的论述可能只是推断："他的父亲……没错，让他在一所自由学校呆了一阵子。"但这个推断不可避免，几乎确定无疑。那些最接近其时代的人或是知道或是猜测，莎士比亚上过斯特拉特福德的文法学校。我们能合理地确定，他的确在那里学习过一段时间。内部证据与流传下来的外部证据共同表明，莎士比亚无疑在斯特拉特福德收获了文法学校完整课程的益处……

最重要的是，如果莎士比亚受过这种文法学校教育，那么他就接受了当时社会仅有的正式文学训练。大学教育是职业教育，其中的文学训练只是附带和附属……

如果威廉·莎士比亚受过当时的文法学校教育——或与之相当的教育——他就和同时代任何人一样，受过正规的文学训练。至少，无需用奇迹来解释他取自经典的学识和技巧。斯特拉特福德的文法学校能给予所需的一切。奇迹在别处，此即与天地同寿的天才。（vol. 2, 662-663）

24 基于后续章节将澄清的原因，我认为，莎士比亚（像琼生一样）创作时意在让剧作既被当作文学阅读，又能在戏院上演，这一点是不言而喻的。我很清楚，这种信念有悖于当今或可称作莎士比亚与其戏剧关系的学说（所有权及其他要素［282］——例如，莎士比亚对剧作的命运漠不关心，剧作任何意义上都不"属于"他，等等）。我一定程度上"怀疑"这种标准观点。在我看来，单单不带偏见地阅读赫明（Heminge）与康德尔（Condell）撰写的对开本前言信《致各种各样的读者》，就让人高度怀疑以上标准观点：

我们承认，希望作者本人能生前出版并管理自己的作品值得向往，但既然天意不准，死亡使他丧失了那一权利，我们请求您不要嫉妒他的朋友们，不要嫉妒他们费心费力收集出版这些作品。（先前）各种偷窃所得、私下流传的版本伤害了您们，提供它们的骗子为非作歹，他们的骗局与偷盗使剧本残废畸形。现在我们让这些作品身体痊愈，肢体完好地供给你们阅读；全部剧本都包含其中，无一遗漏……但我们只收集他的作品，交给您们，我们的职责可不是赞美他。读不读他全在你们了。我们希望，您们凭借各不相同的能力，会发现足够吸引你们的内容：因为他的智慧不能再藏之于世，否则会无处寻觅。因此，阅读他，一遍又一遍地读，如果您届时不喜欢他，那么毫无疑问，您显然身陷某种危险，让您无法理解。因此我们把您交给他的其他朋友们，如果需要，他们可以做您的向导；如果不需要他们，您可以带领自己和他人阅读。而我们就是他的此类读者。

可见，他们也许曾合理地期待莎士比亚本人来"阐明"他的全集并"管理"全集的出版事宜，用他认为合适的方式修改妥当（"治愈"）。他有这项权利，但他（英年）去世，因而被剥夺了这项权利。现在，朋友们替他出版这些剧本——他们强调，是每部作品，仿佛最不受待见的作品也弥足珍贵——不叫任何作品遗失，而是让读者通过阅读它们而享受乐趣。没错，是一遍又一遍阅读，唯有伟大的文学作品才有此殊荣（或者说我这么认为）。至于那些无法欣赏这些剧本真正价值的人，这许是因为他们无法理解剧作，因此可以得益于称职的阐释者。

25 这位作者是奈茨（L. C. Knights）。在我看来，过去这一世纪，他写了一些较好的莎士比亚评论。我提到的这篇文章最初在1933年以单行本出版，但之后仅略作改动，收入他的文集 *Explorations*（New York: New York University Press, 1964）。尽管奈茨在后者的前言中对这篇文章做了一些限定，但不影响我在此反对的论点。奈茨的主张有很多人曾表述过，但他的表述最为精彩，具有某种权威地位。奈茨的主要攻击对象是当时主导的"性格分析"学派，他认为这一学派在怂恿漫无边际的想象：

> [283] 这些年来，莎士比亚批评出现了再度转向的迹象……因此，现在正当反思传统方法，思索为什么已有的诸多书籍中鲜有研究将莎士比亚当作诗人。这番探寻需要审查某些批评预设，其中最兴盛的无稽之谈是假设莎士比亚是杰出的"人物创造者"。他对人类心灵的了解如此广博（流行意见如是声称），以至于能将自己投射至千万类男女的心灵，将这些人"活灵活现地"呈现在我们面前。

部分由于我完全赞同这种再度广为认可的"流行意见"，也就是奈茨在此批评的"流行意见"，所以我才反对我眼中这路批评希望实现的实践后果。

26 同上书，20，45。奈特（G. Wilson Knight）也主张，赞美莎士比亚的现实主义是一个根本错误。正如奈特所言（"Tolstoy's Attack on Shakespeare"，收于修订版 *The Wheel of Fire*，London: Methuen，1949）："莎士比亚的世界并不精确反映人类或自然生物的外表。他的世界里，事件常稀奇古怪，几乎不可能发生。谁见过太阳消失？谁的举止曾像李尔王一样……？"（270）就最后一点，现在只需说，奈特之所以认为李尔的行为不切实际，是因为他无法理解背后的真实原因，他已被莎士比亚巧加掩饰的表面原因误导。但奈特认为，整个自然主义/现实主义问题与过分强调"人物刻画"紧密相关："莎士比亚是伟大的诗人。我们已被19世纪浪漫主义批评引入歧途，反将莎士比亚视作伟大的小说家……（正如20世纪一位杰出的小说家所言，D. H. Lawrence，"Why the Novel Matters"，收于 *Phoenix*，New York: Viking，1936，536）我们没能理解莎士比亚。我们的错误是：关注'人物'与逼真的外表，关注并非莎士比亚主要成就的因素；

而相应地，忽视了莎士比亚的诗歌象征，这种忽视十足危险，事实上是毁灭性的"（271-272）。

27 Knights，"How Many Children"（前引书），18。奈茨本人重新探讨了他在《麦克白夫人有几个孩子》中提出的问题，尤其参见"The Question of Character in Shakespeare" in Norman Rabbin, *Approaches to Shakespeare*，New York: McGraw-Hill，1964，47-65。我仍然认为奈茨文中的大部分内容正确合理。但当奈茨要提供一些指导原则来判断性格分析在多大程度上合理时，他坚持认为这"适用于莎士比亚的所有人物"："关于他们，我们只知道剧本需要我们知道的内容……无论我们自己如何定义一位人物及其角色，都存在相关性的严格标准：这个人物属于他的剧本，他的剧本是一种艺术形式，而非一个生活片段。"（58）若仅当作抽象准则看待［284］，这番论述或许可以接受。但实际问题是，为了合理地理解某一剧本，我们需要多大程度上"利用"我们"所知"的东西。显然，奈茨喜欢将某些对人物的推测视作"漫无边际的想象"，而这些推测在我看来既意义重大，又能从文本证据合理推出，例如"'麦克白的婚姻一定大大助长了'他的野心"（51）。

28 Knights，"How Many Children"，17-18。如前文所述，不难发现有不少学者赞同奈茨，认为不应在文本语词外推测。例如，詹金斯（Harold Jenkins）在其编辑的阿登版 *Hamlet*（London: Methuen，1982）注释中，就以这种方式探讨王子对母后说的一句台词"我必须到英国去；您知道吗？"（王后回答："唉！我忘了；这事情已经这样决定了。"3.4.202-203）："对于哈姆雷特从何得知，既然编纂者的注释称文本未有说明，猜想也就不能成立。戏院里，这个'难题'无人注意，而诸如让哈姆雷特搜查波洛涅斯（Polonius）口袋的奇思妙想并不能成立。"（331）我同意这番妙想不妥，但只是因为还有更可信、更简单的猜测：哈姆雷特的话是要告诉我们（而非乔特鲁德［Gertrude］）某件已发生但还未展示给我们的事，就这件事而言，我们可以自由设想，例如哈姆雷特从某人那里得知了国王对他的安排（这人也许是波洛涅斯，罗森格兰兹［Rosencrantz］，吉尔登斯吞［Guildenstern］，或其他任何人，反正不是王后或国王［参4.3.4］——因此得到了风声；这人可能是无意为之，也可能是有意为之）。但起点是哈姆雷特知道这安排，也知道他的"两个同学，对这两个家伙［他］要像对待咬人的毒蛇一样随时提防"，这两个同学要与他作伴，他们（而非他）会带上任务公文，因此他怀疑会有圈套。于是，他想知道母亲对此事知道多少。她会不会是同谋？接着，我们与哈姆雷特一起，得知不知何故乔特鲁德也知晓他的任务。我们也从未见到乔特鲁德是怎么得知的，但詹金斯未提出反对意见。诚然，如果我们假设夫妻们会在台下交谈，那么其他人物也同样如此。

詹金斯在文后一个更长的注释里（其中探讨了有关国王对所谓"捕鼠计"哑剧有/无反应的各种理论），更充分地阐述了他的解读原则："所有这些理论的问题是，它们给文本添油加醋，至少添了文本未给出依据的猜测。它们都将只适用于就真实世界，以及就想象中的事件做理性推论。对于虚构作品，作品没有交代而不知道的事情，不能假设它们存在。"（502）正如我在前文所言，依据字面意思，我们根本无法接受后一个断言，否则剧本会缺乏连贯。此处的真正问题是，莎士比亚认可哪类猜测，而詹金斯未给出证据表明他知道莎士比亚有何看法。

［285］奈茨、詹金斯与拉布金（Rabkin）的观点间有个微妙但重要的区别，后者在 *Shakespeare and the Common Understanding*（New York: Free Press，1967）中评论道："我们无法回答某些问题，比如'乔特鲁德知道几分克劳狄斯（Claudius）的罪行？''丈夫在世时，她与克劳狄斯关系如何？'，因为哈姆雷特自己也无法回答。而我们的疑虑使我们更同情这位主人公，他必须依据不充分的知识行动。"（2-3）虽然我不确定拉布金举例提出的问题能否反驳所有试

图就这些问题给出答案的解释，但他这里的整体论点正当合理。

29 大体上，我必须同意纳托尔在《新模仿》（*A New Mimesis*）中的判断，他针对奈茨《麦克白夫人有几个孩子》一文的论点写道："奇怪的是，如此粗劣的论断竟被视作解构主义理论的大手笔。奈茨奇特的猜测，即人的推测不适用于戏剧，是完全错误的。一个人物坐直打哈欠时，我们便推测他一直在醋睡……我们关于虚构人物的所有推测和猜想都是可能如此，而非实际如此。"（82-83）

纳托尔的理论分析为虚构文学的模仿论式的解读重建了坚实的基础——这种解读方法至少和亚里士多德的《诗学》一样悠久，正如纳托尔提醒我们的："关于模仿的关键且经典的论述［是］亚里士多德的评论，即历史告诉我们'阿尔喀比亚德（Alcibiades）做了什么'，诗歌则告诉我们'可能发生哪类事件'（*Poetics*，1451a）。"然而，正是由于未能理解戏剧诗的这种假设性质，各种现代和后现代解读才大打折扣，包括奈茨至德里达的解构主义解读。"可能性是缺失的因素，而两千多年前的亚里士多德认为，这个因素的重要性显而易见。"（55）

出于分析目的，纳托尔提出，可以去辨识学者的批评立场间存在的一种基本对立。一些学者的批评方法

> 严重割裂了批评家与读者（或观众）。批评家知道魔术师如何变戏法，或戏法如何愚弄观众，而正因为他知情，所以他就无法享受惊叹又鼓掌之人的单纯乐趣。此类批评永远不可能屈从于模仿的魅力，因为如此会丧失对文学手段的批判性理解。
>
> ［相反，使用他所肯定的批评方法的学者］则不那么惧怕屈从，他们感到那种魅力无需淹没批评能力，恰恰相反，若不愿进入作者提供的梦幻，批评家可能会人为地排除大量对正确欣赏至关重要的因素……他们知道奥菲莉娅不是真实的女人，但愿意把她当作可能存在的女人。他们留意到莎士比亚暗中请他

们这么做，但他们不仅留意这个请求，他们也遵从这个请求。
（81）

[286] 显然，任何值得一读的批评家都能且确实都先自然地
感受了作品，而后才做技术分析。但事实是，若不接受一切合理
推断，将人物视作可能存在的人——而非赞同奈茨，认为福斯塔
夫（Falstaff）"不是一个人，而是歌队式的评论"——就无法充分
感受作品。纳托尔的立场无疑更合理："很明显，莎士比亚用虚构手
段，将福斯塔夫呈现为一个人。诸如这般去除这类基本且明显的真
理，是批评的蠢行。"（100）也可参见 J. I. M. Stewart, *Character and
Motive in Shakespeare*, London: Longmans, 1949, 113。

30 我认为已解释清楚为何我要忽略大多数后现代批评，因为此
类批评常公然持有历史主义与意识形态特点，其目的更多在于揭露，
而非去感同身受地理解。我认为，这是对莎士比亚的心灵品质的不
公之举。此类带偏见的解读恰恰使人不再认为作者可能有重要的事
要教导读者，以及作者可能事实上更具哲思。布拉德肖在《误述》
中敏锐地——且常逗人发笑地——审查了一些最重要的后现代莎评：

> 不少唯物主义批评家不理会任何戏剧意图：寻找"想象中
> 的连贯"或"统一"被嘲笑为"人文主义"幻觉，或被视为文
> 化阴谋的一部分，且目的是掩藏文本内意识形态的前后矛盾。
> 然而，一旦略花心思留意他们的解读和语言，就会发现他们都
> 在暗示或假定某种意图——通常是单个意图，常常是个丑陋的
> 意图……（30）

> 如果我们的反应完全取决于带到剧场的"保守"或"激进"
> 的偏见，即那些我们观看戏剧前的偏见，那么，学习文学与戏
> 剧能教给我们什么，就并非显而易见。（31）

那类"批评"不过表明以往作者并没有这些批评家当下认同的正统观念，而那类批评自身很快也会成为他们支持的历史主义的受害者——我们必须料到这一点，不是吗？

31 柏拉图《苏格拉底的申辩》中展现的苏格拉底的辩词，仍是最好的政治哲学启蒙。正如施特劳斯（Leo Strauss）所指出的："《苏格拉底的申辩》是我们走进柏拉图宇宙的入口。"参见"On Plato's *Apology of Socrates* and *Crito*"，in *Essays in Honor of Jacob Klein*，Annapolis: St John's College Press，1976，155。

32 这两个重要特点似乎都不为艾略特（T. S. Eliot）所欣赏，他在奈特《火轮》的"导言"（1930）中，拒绝视莎士比亚为哲人：

> 我一直认为，莎士比亚不是但丁及卢克莱修意义上的哲学诗人；而可能更易受忽视的是［287］，诸如但丁与卢克莱修之类的"哲学诗人"也全然不是真正的哲人。他们是诗人，向我们呈现了情感与感受上的对等物，对应于哲人构建的明确哲学体系——尽管哲人有时可能会随意改动哲学体系。如是这般宣称莎士比亚非哲学诗人，并非惊人之语或重要论断。（xiii）
>
> 我曾断言，但丁基于伟大的生活哲学创作了伟大的诗歌，而莎士比亚则基于低劣混乱的生活哲学创作了同样伟大的诗歌。（xv）

我猜测，鲜有人发表上述观点时能比艾略特更可信、更权威。但我希望能阐明，艾略特大大低估了莎士比亚。不过，问题始于艾略特将"哲学"等同于表述明晰的"抽象体系"，而他是在对比诗人与这类体系构建者。

> 诗人想说的东西甚至未必藏于体系内，这样东西还在语言美之上……［艾略特借用詹姆斯（Henry James）的意象，称其

为"地毯图案"。]这类"图案"中，最精致、最广阔、可能也是最神秘莫测的，就是莎士比亚的剧作。(xiii)

[鉴于]但丁的图案因严肃的哲学更丰富，莎士比亚的图案因更杂乱的哲学更寒碜，我得说，莎士比亚的图案更复杂，他给出的问题比但丁的更有难度……但毫无疑问，我们作为批评家或"阐释者"，首要任务是理解整个设计，阅读人物与情节，借以理解这曲地下或海底的音乐……因为莎士比亚是最罕见的戏剧诗人之一，他笔下每个人物，几乎都既能充分满足现实世界的要求，又能充分满足诗人世界的那些要求。(xix)

我欣然同意艾略特此处的后一个论点，但认为（我会竭力阐明）这类"理解"与"阅读"必然会使人从事哲学活动。然而，艾略特显然怀疑对诗歌的所有"解读"（尽管他承认解读的冲动极为自然），似乎不认为作者的意图可以成为正确解读的标准，因为诗歌有如此之多可能的含义（xvi）：

但我们解读艺术作品的冲动……正如我们用形而上学解释宇宙的冲动般，不可避免，根深蒂固。尽管我们从不满意任何形而上学，但我想，对于那些固执己见地认为宇宙知识不可获得的人，或那些试图向我们证明"宇宙"一词毫无意义的人，对宇宙好奇的人会众口一词［288］地加以拒绝；那些人的建议比最无价值的形而上学建构还要失败。布雷德利的警句"形而上学是为我们本能相信的东西寻找糟糕的理由，但寻找这些理由同样是本能"，也恰适用于诗歌解读。(xvii)

质言之，艾略特将"是哲学的"等同于拥有一套得到充分阐释的形而上学论点，他忽视了哲学在逻辑与心理层面上，首先是有意识地献身于一项活动，献身于缜密持续的思考，在此，意识到问题——而非答案——才至关重要。因此，每当有作者试图就问题的可疑性给出更深刻的理解（无论什么样的其他理解），他就在鼓励他人从事哲学活动，至少如果对方的心性也喜爱哲学的话。但若依据艾略特的看法（这种看法非艾略特所独有），连《苏格拉底的申辩》中的苏格拉底都算不上哲人。

在此，我反倒完全赞同奈茨在《莎士比亚作品中的性格问题》中的论述。奈茨建议"我们认真对待柯尔律治关于莎士比亚是'哲人'的评论；某种意义上，莎士比亚剧本表达的生活想象是哲学想象。但同时，我们应记住……剧本并非抽象观念的戏剧表现，而是借助诗歌的想象建构"（53）。就哲学目的而言，仅需像布拉德肖在《误述》中一样，将每部剧本"视作一个高度组织的有潜在意义的矩阵，而非一个混乱不堪的场所"，因而应当更"关注剧本如何思考或如何使我们思考，而非关注剧本'其实'在思考什么或告诉'我们'该思考什么"（31）。

但就此而论，一个危险是同意韦斯特（Robert H. West）的结论（*Shakespeare and the Outer Mystery*, Lexington: University of Kentucky Press, 1968），他认为，莎士比亚有意让事物保持神秘，因为这就是现实中的情形："他未给《麦克白》中超人的邪恶指定形而上学基础，正如他也未就《奥瑟罗》中的种族通婚阐明一套社会理论，或就《科里奥兰纳斯》（*Coriolanus*）阐明一套阶级斗争理论……莎士比亚让三女巫及与之相关的现象无从确定，从而保留了敬畏与神秘，同时也表达出我们普遍确信有某样东西，我们可能感到它隐隐存在于我们之上，但无论如何也无法知晓这样东西的秩序。"（79）危险在于：倘若认定莎士比亚四处发现宇宙无可救药般神秘（或像韦斯特认为的那般神秘），就不会竭尽全力去发掘就世界可理解的部分哲学诗人可能给出的任何洞见。更审慎的做法是，假设莎士比亚对事物——包括事物的深层联系——看得更深刻，在我们其余人之上。毕竟，这是研究莎士比亚的意义。

我无意于暗示是我第一个提出莎士比亚是政治哲人的。但我相信，本书所提出的论剧有别于［289］我知道的其他研究，并且我远为深入地展示了莎士比亚哲学雄心的广度。尽管如此，我还是希望本书能补充布鲁姆在 *Shakespeare's Politics*（New York: Basic Books, 1964）导言中的论述，也同样能补充怀特（Howard B. White）的论述（*Copp'd Hills toward Heaven: Shakespeare and the Classical Polity*, The Hague: Martinus Nijhoff, 1970）。这些年来，我深深得益于洛温塔尔（David Lowenthal）有关各部剧本的论文（现收于 *Shakespeare and the Good Life,* Lanham, MD: Rowman and Littlefield, 1997），尤其是这些论文探讨的超政治性的哲学问题。也可参见另一些代表性论文，收于 John E. Alvis and Thomas G. West, eds., *Shakespeare as Political Thinker*（Wilmington, DE: ISI Books, 2000），及 Joseph Alulis and Vickie Sullivan, eds., *Shakespeare's Political Pageant*（Lanham, MD: Rowman and Littlefield, 1996）。

33 确实探讨安东尼奥的悲伤的论文，参见 Barbara Tovey, "The Golden Casket: An Interpretation of *The Merchant of Venice*", in *Shakespeare as Political Thinker*, 261–287；以及 Allan Bloom, "On Christian and Jew: The Merchant of Venice", in his *Shakespeare's Politics*, 13–34。

34 一些学者，例如阿登第二版编纂者多施（T. S. Dorsch）（多施告诉我们，他赞同"近来多数编纂者"；106n），认为这处明显的"不一致"太令人费解，以致他们诉诸通用的解释来应对任何不易解释的特征：一个损坏的文本。在此情况下，我们应认为"第一对开本依据的文本包含描述鲍西娅之死的两个版本，其中一个版本是修改版，这两个版本都有印刷错误"。这是典型的"再编纂式解读"，这种策略之所以用得太过频繁，恰恰是因为其合法性已广为认可。此处运用这种策略尤为不妙，因为这会导致忽视莎士比亚给出的最重要的证据，这个证据能揭示布鲁图斯的真实性格及其深层动机。

有一些对该剧非常出色的解读：David Lowenthal：“Julius Caesar”，in *Shakespeare and the Good Life*；Allan Bloom，“The Morality of the Pagan Hero”，in his *Shakespeare's Politics*，13-34；Jan Blits，*The End of the Ancient Republic*，Durham：Carolina Academic Press，1982；Michael Platt，*Rome and Romans According to Shakespeare*，Salzburg：Studies in English Literature，*Institut für Englische Sprache und Literatur*，1976，173-245。

35 就被视作莎士比亚最伟大的剧本而言——尤其是《麦克白》与《李尔王》——在我所阅读过的学术文献及更通俗的解读中，鲜有人真正理解剧中“究竟发生了什么”。而这不应被视作莎士比亚的错误（例如说莎士比亚未能澄清他的意思），恰恰相反：这是莎士比亚的成功，他向绝大多数人掩藏了他更充分的想法，唯有对他喜爱的少数人例外。只有认识到作者的哲学立场，既愿意又能屈尊于莎士比亚，借以学习莎士比亚要教导的内容（这也许包括一些大多数人从来无法接受，或者说从未面向大多数人的真理［290］），才有机会在这更深的层次上与莎士比亚交流。对于其他观众，莎士比亚提供了更适合他们的需要及喜好的教导与娱乐。我赞同特拉韦尔西的论点（*An Approach to Shakespeare*，vol. 2，20）：

> 现实中，莎士比亚最伟大的剧本具有某种神话般的普世魅力，表达了一种普世意识，这种意识深深扎根于大众心理，能为所有社会阶层理解，虽然程度与方式各异。剧本以不同方式，面向不同层次的理解，这些理解因共同参与而互相关联，但不完全等同。这些伟大的剧本中既有写给文盲的内容，也有写给知识分子的内容，这些剧本之所以伟大，部分原因就在于，它们提供给后者的广阔体验依然与构成剧本主要通俗魅力的基本情感紧密相连。

我认为上述观点完全正确，并对理解莎士比亚的政治抱负至关重要：提供一种有差异却又共同的体验，一种团结"所有社会阶层"的体验。不过，在此应当强调，面向"所有阶层"的真正问题发生于知识等级的上端，而非下端。如果莎士比亚要为所有人提供一些东西，他必须证明他与最优秀的人不相上下，并挑战最有智力、最精力充沛的少数人的智力与精神。

36 我认识到这一点得益于纳托尔（Nuttall）更宽泛的讨论（*A New Mimesis*，75-80）。纳托尔指出：

> 艺术家作为艺术家，有时会涉及现实，因此会关心知识。不过，这不意味着优秀的模仿艺术必须呈现全新的知识，应教导我们先前不知的事物。自古以来，对模仿艺术家最常见的赞美是，他真实表达了某个随处可见、为人所知的主题。我们称赞某项学术研究，因为其增加了我们的信息储量，但在模仿传统中，这从不重要……因此，如果某人只是准确陈述了已知真理，我们不会赞美有加。我们把赞美留给那些细小的、极其细致的或出人意外准确的描述，以及能使模仿对象"真实化"或"拥有生命"的力量。因此我们发现有两种使用语词的方式（这两种方式常混为一谈，却并不相同）：我们可以仅用语词总结或指涉某个已知材料，或者我们也可以用语词引出一种对已知材料的想象性意识。（74）

纳托尔正确强调，戏剧诗人为了实现教育效果，不必提供新信息。但我将论述，戏剧诗人也可以提供新信息。

37 ［291］Bradshaw, *Shakespeare's Scepticism* (Ithaca, NY: Cornell University Press, 1987), 230.

38 因此，我认为，哈贝奇在 *As They Liked It*（Philadelphia: University of Pennsylvania Press，1972）中给出的莎士比亚的道德教

导，其下还有更多内容，超过哈贝奇自己的认知。彼时，哈贝奇请我们想象一对父女看完《李尔王》的演出，启程回家：

> 他们知道这出戏在演什么。它描述了一桩可怕的事，或许是所有事情中最可怕的事：父亲与自己的孩子为敌，或孩子与自己的父亲为敌。他们抵达剧院前就知道这个内容，莎士比亚知道他们知道，他让他们牢牢占有一个真理，一个由生活——远比艺术更有力量的老师——教给他们的真理。他给他们平凡的真理一个奇妙而美丽的授权仪式……莎士比亚是戏剧艺术家，而戏剧艺术之于人的道德本性，正如风之于水面。风使水面微微颤抖，激起欢快的小小涟漪或掀起惊涛骇浪，但风不侵扰水面深处。戏剧艺术既不升高也不降低平面，戏剧艺术家的任务是知道他所应对的平面的高度。（56-57）

我很怀疑哈贝奇的基本论点：生活总是"远比艺术有力量的老师"。我反倒怀疑，伟大的戏剧有时能仅仅用一个有力的例子，将大量各不相同、经过稀释的生活经验变得具体，这些经验的含义之前不为人知，因此还未为人"完全领悟"。但我有理由确信，莎士比亚的野心及他对观众的实际效果，都不限于认同道德上的陈词滥调，并且他能更深入地洞悉（并"折磨"）某些灵魂，远超哈贝奇的想象。在此，纳托尔在《新模仿》中的论述又能解释莎士比亚何以实现其野心，从而如何在天性喜爱思考所闻所见所读的读者身上激起并加快他们的哲学活动：

> 此外，如果我们想到经验性知识而非命题性知识，我们就不会因为文学作品——即便那些自称现实主义的文学作品——始终倾向于模糊轮廓、掩藏信息及收起线索而那么不安了。经验性知识自然地涉及情感投入及情感撤回，自然充满活力。它

因困难克服而得到深化加强。因此，相比殷勤展示素材的作品，那些能激发（甚至暂时挫败）理解力的作品能使我们参与得更为充分。(78)

有鉴于此，埃文斯（Bertrand Evans）在 *Shakespeare's Tragic Practice*（Oxford: Clarendon Press，1979）中展示的大多数内容——关于莎士比亚如何创造人物之间及人物与观众之间的知识"空隙"——也可被视作服务于激发 [292] 思考这一哲学目的。但其中涉及的再思考类型（与深度）也具有深远的道德与政治后果，正如纳托尔在《新模仿》中论及《威尼斯商人》时所言：

> 诚然，某些原型在剧中发挥强大作用。但若说剧中只有它们，心灵应止步于他们的宽泛性层次，它们背后再无其他，那就不对了。莎士比亚的做法是捡起一个原型或刻板印象，然后——打个比方说——与它作对，但永远不推翻它。莎士比亚自己使这些伦理对立物的原始清晰变得晦暗不明……(124)

> [但] 莎士比亚甚至在此也不让我们止步。颠覆性的反面论点本身太过容易。现在我们也许开始发现，他恐怕是有史以来最不感情用事的剧作家。我们开始理解，向自然举起镜子意味着什么。(131)

> 莎士比亚——或许在其他任何作家之上——围绕他的人物，创作了一团可供选择的解释，或由各种因素决定的解释。人们开始感到，有两类运用智力的方式：解决问题与发起问题。那些假设智力本质上关乎答案的人发现，被要求解释莎士比亚的智慧，会陷入僵局：莎士比亚没有解决任何问题。(180)

这种"发起问题",使我们看见寻常答案后的有趣问题,阻止我们用简单的因果关系解释人及行为,(我认为)这是剧本哲学教学法的基本内容。

39 首位马尔伯勒公爵丘吉尔一世(first Churchill, John, Lord Marlborough)公开承认,他读过的英国历史只有莎士比亚的剧本。而他最著名的后代温斯顿(Winston)还是个在哈罗公学念书的男孩时,"就能整场引用莎士比亚,要是老师引用错误,他就会毫不犹豫地加以纠正"。A. L. Rowse, *The Churchills: From the Death of Marlborough to the Present*, New York: Harper & Brothers, 1958, 253。

40 拉布金(Rabkin)在《莎士比亚与共识》(*Shakespear and the Common Understanding*)中出色证明了这一点,尽管他的表面说法似乎与之相反。拉布金提出富有说服力的证据,证明莎士比亚剧本的一贯特点是"一种典型的想象方式,一种认为世界问题重重的看法,这些问题虽千差万别,却拥有共同的模式",也就是说,它们允许——如果不是要求——读者就几乎每个重要问题得出截然对立的结论。拉布金指出,莎士比亚在此认为,世界本质上问题重重,面对似乎同样合理但不可兼容的观点,我们得永远在其间选择:

[293]这使狭隘的道德家——某种特定意识形态的宣传者——寻找莎士比亚版的文艺复兴正统思想史的历史学家,无法触及莎士比亚戏剧。事实上,正是那种想象方式使戏剧越过哲学,成为艺术作品。这些戏剧不能简化成散文体意译或主题陈述,因为特定剧本的"陈述"无法得体地诉诸散文体逻辑语言,只会听上去形如悖论。理性头脑传统上就不喜爱悖论这种构想方式,并且理由充分。但一个剧本的"陈述",例如《哈姆雷特》的"陈述",虽然唯有在译成推论性的散文时才充满悖论,但这表现了知识与精神间的张力状态,这种状态构成了艺术。这种感受方式渗入莎士比亚戏剧之类的语词结构,使其本

质上不再是言语，因为这些结构由此超越了逻辑。这使剧本得以创造幻象世界，一如我们周遭的世界，这个幻象世界产生意义的方式总是不易为我们的理性表达所把握，却似乎能比理性表达更好地表现真实。莎士比亚的惯常方式使剧本明确体现我们的认知，即我们生活的世界虽能为直觉意识所理解，却无法简化作理智，虽然明显连贯一致，却总比我们最好的分析和描述更复杂。（12–13）

然而，拉布金主张所有这一切"使戏剧越过了哲学"，则是步入了歧途：这一切只是使戏剧越过了现代衍生意义上的哲学（作为一套教条的哲学），越过了当代哲学贫瘠的理性概念（理性几乎等同于逻辑）。正是那些无穷无尽、引人深思的挑战，那些拉布金言之凿凿地表明剧本给出的挑战，使剧本具备了原初意义上的哲学性质。我不相信莎士比亚认为这些悖论无法解决，但我完全同意，莎士比亚使我们意识到解决这些悖论——如果能解决的话——难上加难。至少，他向我们展示了为什么那些伟大的问题仍是人类普遍面临的问题。而这就足以证明拉布金的观点：忠实描绘"作为人类生活基本条件的不可解决的张力"是莎士比亚艺术的模仿性基石（27）。

41 无限追求知识与健全政治生活的要求之间的潜在冲突——这集中见于柏拉图笔下历史上苏格拉底的生平与死亡——是哲人王政制这个理念意在解决的问题。关于柏拉图最初如何呈现这个问题，更充分的研究参见我的分析（*The War Lover: A Study of Plato's Republic*, ch.7）。对于哲学（包括科学）与政治间——抑或哲学与宗教间，其情况常常相同——紧张关系所蕴含的永恒问题，最有益的探讨见于施特劳斯的论著。尤其参见［294］Strauss, *Persecution and the Art of Writing*（Glencoe: Free Press 1952）的导言与题名文章，"On a Forgotten Kind of Writing", in *What Is Political Philosophy*（Glencoe: Free Press, 1959）；"Exoteric Teaching", in *The Rebirth*

of Classical Political Rationalism，Thomas L. Pangle，ed.（Chicago: University of Chicago Press，1989）。

42 尽管写了大量关于莎士比亚的材料，但鲜有人欣赏到剧本的这个方面。奈茨在《一些莎士比亚戏剧的主题》中的论述是特例之一："事实上，莎士比亚处理政治行动的特点在于，他能清楚看待政治行动，并非从'政治'（这个语词或许就像其他任何语词一样，使我们思维变得简化而歪曲）角度，而是基于政治行动的原因在于人的恐惧与欲望，以及政治行动造成的特定人类后果。他对政治的兴趣不可避免地超越了政治，而使《科利奥兰纳斯》成形的洞见，发展于单一的政治关切之外。"（29）

43 我会在后文探讨四开本与对开本（模拟审判未在对开本出现）间的差异所引发的版本问题。这整场内容见于原版（即四开本），就足够服务于我此处的目的：暗示这两个剧本的特殊关系。我将使用阿登第二版，该版本（与大多数现代版本一致）合并了四开本与对开本。其编纂者缪尔在 The Texts of *King Lear*: An Interim Assessment of the Controversy（in *Shakespeare: Contrasts and Controversies*，Norman: University of Oklahoma Press，1985，51-66）中探讨了晚近批评常将两版本合并这一标准做法。关于修订论者试图推翻合并本，推崇更简短的对开本，其间涉及的更大理论——与政治——问题，坎托在 "On Sitting Down to Read *King Lears* Again: The Textual Deconstruction of Shakespeare"（in *The Flight from Science and Reason*，Paul R. Gross，Norman Levitt，and Martin W. Lewis，eds.，New York: New York Academy of Sciences，1996，445-458）中做了尖锐剖析。顺便提一下，由于坎托认为 "李尔对高纳里尔与里根的模拟审判" 对于 "《李尔王》的整体结构绝对必不可少"，他也倾向于保留 "某种形式的合并版本"（451）。此外，坎托认为，"晚近编纂《李尔王》的趋势象征着当今文学研究的所有误区"：

但我印象更深的是，新式编纂方法契合当今文学研究的整体氛围。正是这一代受解构主义批评理论教育的批评家，选择了解构西方文学的最伟大杰作，这难道奇怪吗？狭义而言，解构主义作为一场文学理论运动，已显现出步入死胡同的征兆。但广义而言，解构主义改变了整个文学研究的景观，且它不但幸免于难，事实上还在［295］新历史主义这类变体中蓬勃发展，后者事实上是一种解构的马克思主义。最重要的是，解构主义成功改变了批评家对待文本的基本态度，从某种渴望向作品学习的尊敬与敬畏，变作难掩的敌意，反映出控制并主导文本的渴望。在新批评的统领下，批评家尊敬并几乎是盲目相信文学文本的完整性，这种完整性常被称作文本的有机统一性……

这一切都在后解构主义时代大为改观，而这紧随无情攻击文学作品的完整性而来，尤其是系统地推翻以往的观念，即作者意识在文本背后支撑文本，而文本由此具备目的性人工制品的完整与连贯。抚育一代批评家的解构主义原则是：总是可以证明，文学作品意指某样作者意图之外的内容，也许是反映他受到的某种无意识压力，或他灵魂中的隐性分裂，或他的主体与/或媒介中的内在矛盾。将作品分裂成多个版本，乃是这个批评流派在编辑领域的恰切对应物。（452-453）

第二章

1　除非另有注明，引文均参照第二系列阿登版《麦克白》，缪尔编纂（原版由 Methuen and Co., London 1951 年印刷，1971 年与 1984 年修订；London and New York: Routledge，1988 年重印）。我偶尔会偏离该文本，选用对开本文本，或自行加以修改，这些改动显而易见。同时，为了增强可读性，我有时会把一小段韵文引作散文。

2　但正如亚当森（Jane Adamson）在其编纂的《特洛伊罗斯与克瑞西达》（Boston: Twayne, 1987）中正确指出的："剧本［《特洛伊罗斯与克瑞西达》］虽然包含数量惊人的抽象语言和极为深奥的分析性论证，但这本身没有使剧本更具'哲学性'，例如比悲剧更具'哲学性'，或更具深度，例如比晚期剧本更具深度……剧本自身的思考内容与风格，也不应与人物常有的哲学思考混淆，后者总是因其私心而有失偏颇，并常不合逻辑。剧本的'思考'方式不同于人物思考、感受、行动及表达自我的方式，这一点显然在莎士比亚所有剧本中都至关重要，虽然在各部剧本中的运作方式不同。"（28）

3　桑德斯（Wilbur Sanders）在一篇关于该剧的更好的论文里（"*Macbeth:* What's Done，Is Done"，in *Shakespeare's Magnanimity*，Sanders and Howard Jacobson，New York: Oxford University Press，1978）描述野蛮的苏格兰时，完善了这个看法：'将'预言他未来的尊荣和远大的希望'解释为'超自然地引诱'犯罪……并不武断。［296］即便有教养的班柯也立即称这些引诱者是'黑暗的工具'，并寻思整桩事是不是魔鬼的某个圈套，留给不设防的人。也就是说，班柯反驳一种迷信时，诉诸另一种迷信。"（62）

4　如何理解莎士比亚给这三个干瘪老太婆取的名字——更确切地说，是几个名字——是颇具争议的问题，这与如何理解三女巫不无关系。前三次出现时，女巫被称作 Weyward（1.3.32，1.5.8，2.1.20）；后三次出现时，被称作 Weyard（3.1.2，3.4.132，4.1.136）。第四次出现时，该词修饰"女人"；其他几例中，该词与"姐妹们"一起出现。由于对开本由两位排字工人排字，有人认为这就可以解释拼写的前后不一。这种看法假定一位排字工人始终误读了原文本。无论如何，在莎士比亚全集中，只有以上几例用这两个词（相反，wayward 则出现了十四次，《麦克白》中出现了一次：赫卡忒称麦克白是 wayward；3.5.11）。

多数编纂者认为，莎士比亚的用法（或这两个用法）是"怪诞"

（weird）一词的另一种早期拼写形式——于是以weird取而代之。这种看法显然是因为荷林歇德（Holinshed）的文本出现了这个词："这些女人或者是怪诞（weird）三姐妹，也就是说（正如你会说的），是命运女神，仙女或精灵。"（阿登版附录A重印了这个文本，171-172）缪尔在阿登版文本中选用了西奥博尔德（Theobald）文本的异文，Wëird。但荷林歇德显然是莎士比亚的主要来源作品，这应使我们有所犹豫。我们难道不应审慎地认为，莎士比亚有理由偏离来源作品，只要任何时候他选择如此？要是他愿意的话，他可以轻易采用荷林歇德的用词（或拼写，如果有人倾向于这么说）。就莎士比亚命名三女巫，威尔斯（Garry Wills）的探讨包含一些有趣的信息，涉及"任性"一词在Wycliffe的圣经译本中的含义：*Witches and Jesuits: Shakespeare's* Macbeth（New York: Oxford University Press，1995）。威尔斯怀疑，莎士比亚创造了一个"外来词"，意在同时唤起"怪诞的"和"任性的"两种含义（161）。对于盛行巫术信仰的"社会现实"的详实描述，以及这种"社会现实"如何拒斥当今流行的大量神话及模式化观念，参见Robin Briggs，*Witches and Neighbors*，New York: Viking，1996。

　　我相信，女巫对莎士比亚的剧本意图至关重要。我牢记罗森堡（Rosenberg）对这三个怪物各种解读的精彩评论（*The Masks of Macbeth*，Newark: University of Delaware Press，1978，1-36，52-57，490-496，501-526）。基于以上两点，我认为最好坚持用Weyward这一写法。这确实很可能是莎士比亚自己创造的一个词，用以结合weird和wayward的联想义。在1623年对开本以前的文本中，没有该词出现的证据。缩略版《牛津英语大辞典》将weyward等同于weyard，两者都是weird的旧式写法（Oxford: Oxford University Press，[297]1971，3731，3746）；但《辞典》引用的唯一例证来自莎士比亚的《麦克白》。

　　Weyward这个名字还有一处奇特的地方。这个名字与对开本中马尔康的叔叔及兄弟的名字 Seyward（而非在多数现代版本以及荷林歇德文本中出现的 Siward）完全押韵！

5 较之莎士比亚倚靠的历史学家，现代的历史学家更能用来为麦克白辩护，不过有一位现代的历史学家坦言，对事件的某一种解释——这些事件"从苏格兰历史抄至英格兰历史，接着被莎士比亚（原文拼作 Shakspere）赋予无穷的力量，以致历史事实在这种解释前畏缩不前，俨然撒谎的罪犯"——使麦克白"被诗人重重打上了篡位者的深深烙印，任何技艺都抹不去这一污名"。参见 Rev. Thomas Thomson, *A History of the Scottish People*, 3 vols., 第一卷, London: Blackie and Sons, 1896, 84。

6 此处使用"理论"一词的原初意义（该词源自希腊语词 theōria，"沉思"）；在此意义上，"理论"知识主要（如果不是完全）用于满足人的求知欲。

7 任何有识之士都不会否认，莎士比亚既有手段也有用意地让某些人物显得比另一些人物更有才智或更深思熟虑。因此，声称麦克白展现了某些半哲学性倾向，原则上不成问题（无论你是否认为有足够的证据证明麦克白有这个特点）。但声称麦克白有类似诗人的灵魂特质，则是另一个问题。有些学者认为，将这个特质赋予某个人物完全不合理，因为无论该人物用的意象何其迷人、台词何其"感人"，诗歌全是莎士比亚写的。因此，严格而论，莎士比亚的所有人物都是"诗人"。缪尔尽管细心限定了自己的看法，但也在阿登版《麦克白》导言中清楚陈述了这一立场："要是更进一步，以为这种诗歌意象就证明麦克白有强大的想象力，麦克白实际上是诗人，我们就面临混淆真实生活与戏剧的危险。诗剧中每位人物都可能用韵文说话，都可能念出诗歌，但这种诗歌本身未必就表明他们具有诗人的性情——诗歌只是媒介。"（I）

由于这个问题对于整体上解读莎士比亚，尤其对于具体探讨这部剧本至关重要，我必须详细探讨。有几种方式可以挑战缪尔的论点，但我认为最重要的是，这种观点实际上否认莎士比亚的艺术能描绘人的诗歌能力（或修辞能力，两者常大同小异），而在我看来，莎士比亚（像我一样）将这种能力视作人与人最重要的一种区别。举例而言，要是浪漫主义观念——坠入爱河可以启迪诗歌——有几分真实，那么莎士比亚无法展示这一观念；至多［298］让某个人物宣称这个观点，尽管方式会"充满诗意"。一个人物坠入爱河前的乏味语言，必须被认为同他在爱的影响下异想天开的语言同等具有诗意。只需对任何几个剧本略作思考，就足以使该看法显得高度可疑。我们可以同意，伊阿古只说了莎士比亚赋予他的台词。但若不能看到，伊阿古的特点是具有杰出的才能，能召唤一个个有毒的意象——这番古怪诗才与他对人性的深刻理解并行不悖——且这种才能构成了他的邪恶天才，那就绝不可能理解莎士比亚可能要传授的东西：伊阿古魔鬼般力量的根基。我们难道不应留意，布鲁图斯与安东尼相继对民众发言时，莎士比亚赋予两者的语言大相径庭，难道不应认为这反映了两人本身的巨大差异？一言以蔽之，我认为缪尔的观点大谬不然，他坚持认为，我们不应将莎士比亚人物口中的诗歌归因于这些人物。

奈茨在 *Some Shakespearean Themes*（London: Chatto and Windus, 1960）中挑出《麦克白》，赞赏其诗歌力量。奈茨认为，《约翰王》（*King John*）是"一部好剧本，里面有一些充满活力的优秀诗歌"，但接着说："较之《约翰王》，《麦克白》的诗词不仅更流畅、更生动并更紧凑，也更充分地激活了读者或观众的心灵，其方式各种各样。简练的语言、高度密集的意象（迅速变化的隐喻完全取代了早期剧本的明喻和冗长修辞）、惊人的并置、被破坏的语法，语意的转换与重叠——所有这一切都需要注意力极度活跃，迫使读者用全部积极想象力加以回应"（18-19）。

我只补充一点：奈茨这番描述的最好例证大多见于莎士比亚赋予麦克白的台词。整部剧中，只有一处台词的诗歌力量能与麦克白六处可被引用的任一台词媲美，那是麦克白夫人说的"报告邓肯走进我这堡门来送死的乌鸦……"（1.5.38-54）。奥登在 *The Dyer's Hand and Other Essays*（New York: Vintage, 1989）中，提出了一个关于麦克白诗歌的有趣观察。奥登对比了这个悲剧人物与福斯塔夫（"这个人物真正的家是音乐的世界"，因此他的台词很容易被改编成歌剧），认为"假如威尔第（Verdi）的《麦克白》不能成功，主要的原因是适合于麦克白的世界是诗，而不是歌；他并不精通音符"（183）。[译注]文中所引奥登的《染匠之手》依据胡桑译本。

罗森堡在 *The Masks of Macbeth*（97-103）中对麦克白的诗歌和哲学特质做了尤为有用的评价。就"作为诗人的麦克白"而言，罗森堡论道：

> 但诗歌是人物塑造的重要组成部分。麦克白令我们敬畏，让我们沉迷，正如科利奥兰纳斯不会让我们有这番感受——或者说这部剧本中，马尔康不会让我们有这番感受——[299]这不仅因为麦克白做了什么，甚至不仅因为他有何感受，还因为他如何描述其行为和感受。这个人拥有诗歌语言的敏感；他用隐喻瞥见自己和世界，这些隐喻使他自己和世界极度真实，清晰可见。麦克白的语言幻象向我们展开他的灵魂，证实他惧怕犯下了谋杀罪，证实了后续那些恐惧对他的影响。诗人麦克白塑造了一个行动者的身份，这个人喜爱语词，抚摸语词，品尝语词的声响，唤起语词麻痹人或激发人的魔力。即便身处极大的压力之下，麦克白台词的音乐性，也一定程度上减轻了他的罪行——这是我们能同情如此可怕之人的主要原因。（98）

埃文斯在 *Shakespeare's Tragic Practice*（Oxford: Clarendon Press, 1979）中更进一步。他以麦克白诗歌的非凡特质为基础，提出了一个针对剧本整体的极端论点：

我们最困难的问题是……《麦克白》为什么如此频繁地被称作关于一个'本质上是好人的人'的悲剧，这个好人的原则让步给压倒一切的野心，而后他经历了道德堕落，同时始终在经历良心的痛苦。事实上，只有本质上是好人的人才可能经历这些痛苦……

有两种解释。第一种涉及莎士比亚让麦克白口里说出的诗歌的特质……麦克白的语言永远想象力丰富，生动至极。台词充斥着每一种修辞、爆发而出的观点还有舞台上的烟火表演，接着又是新一轮爆发——一切急速出现，其效果令眼睛、耳朵和心灵都为之倾倒……他习惯像诗人一样观看、感受、思考和说话——事实上，他不像某个特意创造聪明短语、设计精美比喻的人……他像真正被诗魔附体的人，只要开口就绝不会语出平庸。（218）

台词从他忘乎所以的大脑疯狂涌出，因为这个大脑塞得满满当当。他的想象力不受控制；他是想象力的造物。这个想象力不仅驱使他倾吐大量惊人的意象和绝妙的声响，还迫使他看见幻象，听见人声，构思起离奇而费解的想法……

但无论麦克白的诗歌力量何其魅力四射，都没能愚弄麦克德夫，后者甚至都不像我们一样"知晓"麦克白的秘密；或许这种诗歌力量也本不应蒙骗这部剧本的学生的。但毫无疑问，麦克白迷人的语言能力，很大程度上促使一代代批评家高估了麦克白——确切说来，他们认为麦克白具备道德感和内在善，而实际上，麦克白两者皆无。麦克白完全以自我为中心，只依据对自己的后果来判断过去、现在及将来的一切事物，通过令人头晕目眩的意象，[300]将自己的感情强加给我们，使我们上当受骗……（219）

我将在后文更透彻地指出，埃文斯严重误判了麦克白，这部分因为他诉诸年代误植的（并且完全乌托邦式的）道德概念。此外，他从未考虑到如下可能：麦克白的语词之所以令人着迷，可能是因为他势必对事物有过思考（这些现象闯入意识之时，他孤立地考察令人困惑的现象，尽管不成体系，或许甚至不情不愿），而正是这种着迷和困惑激发了他的诗歌。

在此值得注意，武士社会的典型特点是高度重视美丽而有力的语言，这种社会常常是不朽诗歌的源头：古希腊人的荷马史诗、古挪威人的传奇和游侠骑士的故事。武士社会中，卓越从来不只关乎武艺；建言时能言善辩也同等重要，这展现出心灵的特质。阿基琉斯既学习武艺，又学习谈吐，表现出两者皆通；相反，强大的埃阿斯是个笑柄。通常，人们喜爱简短而精辟、费解且引人注意的语言，这种语言自然引向诗歌。日本的武士传统精巧地展示了这个特点，这种传统充斥着诗人武士的故事，例如特恩布尔（S. R. Turnbull）在 *The Samurai: A Military History*（New York: Macmillan，1977）中讲述的那些故事：

> 源赖政（Yorimasa）虽不是日本历史上第一个自杀者……但他的自杀执行得极具技巧，以至于成了战败武士最高贵的辞世方式的模板。儿子们（他们受了致命伤）为他把住门，这位古稀之年的武士平静地在战扇背后写下告别诗：
>
> 宛若一棵我们不再采花的化石树
> 我的人生是悲哀的，注定长不出果实。
>
> 接着，他把匕首刀尖插进腹部，剖开自己。很快就死了。

（47）

8 正如赫兹列特（Hazlitt）所指出的，"［麦克白的］语言和独白是有关人生的黑暗谜语，难以解决，把他困在这些谜语组成的迷宫。思想上，麦克白散漫而困惑；行动上，骤然而绝望，这一切源于他不相信自己的决心"；重印于 Jonathan Bate，ed.，*The Romantics on Shakespeare*（New York: Penguin，1992，424）。

坎托在 "*Macbeth* and the Gospelling of Scotland"（*Shakespeare as Political Thinker*，John E. Alvis and Thomas G. West，eds.，Wilmington: ISI Books，2000）中认为，麦克白喜爱基督教（这使他一定程度上背离自己），一定程度上是因为他 "要寻求我所说的绝对行为，而他称之为 '［301］完成一切，终结一切'，毕其功于一役，并且永远牢牢掌握他所要的"（329）。［译注］文中所引坎托文字依据李世祥译文《"勇士与恐惧"：〈麦克白〉和苏格兰的福音教化》。

巴伯（C. L. Barber）和惠勒（Richard P. Wheeler）的分析基于更宽泛的理论，涉及莎士比亚悲剧与基督新教的关系（*The Whole Journey: Shakespeare's Power of Development*，Berkeley: University of California，1986）。对于麦克白，他们似乎得出相似的看法（两人都认为，《麦克白》是 "所有悲剧中最激烈的作品"）："麦克白期望，通过加冕，能实现某种绝对、彻底的存在状态，但在此过程中，他失去了男子气概。"（33）

9 在此，可以做相关回想，政治哲学的创始人据说能听到声响（参见柏拉图，《游叙弗伦》3b；《苏格拉底的申辩》31c-d；《忒阿格斯》128d 以下；《斐德若》242c），常满是狂喜，沉浸于自己的思想，甚至夜以继日，神思恍惚（参《会饮》174d-175b，220c-d）。哲学产生于惊奇，这是个古老的观念。正如亚里士多德所教导的："古往今来，人们开始哲理探索都应起于对自然万物的惊异；他们先惊异于种种迷惑的现象，逐渐积累一点一滴的解释，对一些较重大的问题，作出说明"（《形而上学篇》982b12-15）。除非另有注明，柏拉图对话录的译文均为笔者自译。但就《王制》而言，我采纳布鲁姆的译文（*The Republic of Plato*，New York: Basic Books，1968）。［译注］文中所引亚里士多德的《形而上学》依据吴寿彭译本。

10 自古以来，在思想及语言中精准"分割"（diairesis）并"汇总"（分门别类；sunagōgē）这些现象，就一直被视为辩证推理的基础，而这种辩证推理正是真正哲人的独特能力。参见柏拉图《斐德若》266b-c；《王制》531d-532b，534b-c，537b-c。

11 参见 Craig，*The War Lover: A Study of Plato's* Republic，54-5。

12 鉴于班柯的第三位刺客显然是个谜，难以理解的是人何以能像埃文斯一样在《莎士比亚的悲剧阴谋》中宣称，"《麦克白》完全不是'神秘'剧或悬疑剧，因为谁杀邓肯几乎完全不成问题"（189-190）。奈特（*The Wheel of Fire*）则低估了逻辑情节的重要性，看重其他诗歌因素。在此，奈特以相反方式犯了错：

> 剧本的故事及行动本身帮不了什么忙。这部剧本中，想象性关联的逻辑要比情节逻辑更显著、更准确。
>
> 《麦克白》是荒凉黑暗的宇宙，恶将一切笼上迷雾，使一切都迷惑人心，为其所限。或许没有任何一部莎士比亚的剧本提出过如此之多的问题。（141）

奈特正确论述了这些问题，却错误地暗示这些问题无法解答，或者说［302］剧中每个人都像奈特以为的那样，各个迷惑不解（142-143）。尤其值得注意的是，洛斯没有"因麦克德夫逃走而不知所措"；警告麦克德夫夫人的"神秘的信使"也不应始终是个谜。

13 马基雅维利，《君主论》（Machiavelli，*The Prince*，Harvey C. Mansfield，ed. and trans，Chicago: University of Chicago Press，1985）第二章："我认为，在人们已经习惯了在君主后裔统治下生活的世袭国里保持政权，比在新的国家里困难小得多"（6）；第三章：

"但是在新君主国，就出现重重困难"（7）；第十七章："在所有的君主当中，新的君主由于新的国家充满着危险，要避免残酷之名是不可能的"（66）；第二十四章："一个依世袭当君主的人，如果由于不审慎而丧失他的君主国，他就会遭受加倍的羞辱"（96–97；后续的页码标识都依据该版本《君主论》）。

14 参见同上书，第十七章："而且人们冒犯一个自己爱戴的人比冒犯一个自己畏惧的人较少顾忌，因为爱戴是靠恩义这条纽带维系的；然而由于人性是恶劣的，在任何时候，只要对自己有利，人们便会把这条纽带一刀两断了"（66）；"人们爱戴君主，是基于他们自己的意志，而感到畏惧则是基于君主的意志，因此一位明智的君主应当立足自己的意志之上，而不是立足他人的意志之上"（68）。

15 参见同上书，第十四章："弗朗切斯科·斯福尔扎由于讲究军事，于是由平民一跃而为米兰的公爵；而他的孩子们由于躲避军事的困苦，于是由公爵降为平民。因为不整军经武，就使得人们蔑视你，这是君主必须提防的奇耻大辱之一……因为武装起来的人同没有武装起来的人是无法比较的。指望一个已经武装起来的人心甘情愿服从那个没有武装起来的人，或者没有武装的人侧身于已经武装起来的臣仆之中能够安安稳稳，这是不符合情理的。因为一方抱着蔑视的态度，他方抱着猜疑，这两者是不可能好好地相处共事的。所以，一个君主如果不懂军事，除了已经提到的其他不幸之外，他既不能获得自己的士兵的尊敬，而自己也不能够信赖他们。"（58）

在此，应留意荷林歇德提到"麦克唐华德对自己的君主责骂嘲讽，称邓肯是个胆小鬼，更适合在某个修道院统治一些无所事事的修士，而不是骁勇强壮的苏格兰人"。荷林歇德后来自己提到邓肯的执政"软弱而懒散"（引文见于阿登版《麦克白》，页168、173）。缪尔注意到，荷林歇德把邓肯形容为"软弱的统治者"，但他认为，这是莎士比亚十二处偏离来源作品中的一处，"通过让受害者年老又神圣，并忽视其作为统治者的弱点，莎士比亚有意抹黑麦克白的罪恶"

（xxxvii）。缪尔毫无保留地倚赖剧本台词，而没有自己去看剧本展示的东西。布拉德肖在 *Shakespeare's Scepticism*（Ithaca，NY: Cornell University Press，1987）中正确论述了这个问题，认为"莎士比亚保留并发展了——而非删去了——荷林歇德［303］对国王的描述：他宛若圣人，软弱不堪，又必然狡猾奸诈"（246）。

莎士比亚也可能参考了莱斯利（John Leslie）的 *De Origine, Moribus, et Rebus Gestis Scotorum*（1578），后者写道：邓肯"本性全无暴力、仇恨或敌意，即便遭受奇耻大辱，也不会回击"（C. Collard，trans.，节录于阿登版《麦克白》附录C，页187）。

16《君主论》第十八章："人们进行判断时一般依靠眼睛更甚于依靠双手，因为每一个人都能够看到你，但是很少有人能够接触你。"（71）

17《君主论》第十五章，马基雅维利比较了"勇猛强悍"和"软弱怯懦"；及第十九章："君主如果被认为变幻无常、轻率浅薄、软弱怯懦、优柔寡断，就会受到轻视。"（72）

18 在此，我们可以回想，那位机巧而优雅的马基雅维利主义者——培根，如何开始他的散文《论野心》（*The Works of Francis Bacon*，vol. 6，Jame Spedding，Robert Ellis，and Douglas Heath，eds.，London: Longmans，1870）："野心有如胆汁，它是一种令人积极、认真、敏速、好动的体液——假如它不受到阻止的话；但是假如它受到了阻止，不能自由发展的时候，它就要变为焦躁，从而成为恶毒的了。类此，有野心的人，如果他们觉得升迁有路，并且自己常在前进的话，他们与其说是危险，不如说是忙碌的；但是如果他们的欲望受了阻挠，他们就要变为心怀怨愤，看人看事都用一副凶眼。"（465）［译注］文中所引培根随笔依据水天同译本。

19 就此而言，通常沉着稳重的特拉韦尔西一再出错（*An Approach to Shakespeare* vol.2，London: Hollis and Carter，1969），他对剧本的解读再没能弥补这些错误。特拉韦尔西想让我们相信，苏

格兰一直处于"合法君主"治下的和谐状态，直到麦克白谋杀邓
肯才破坏了这种和谐。在特拉韦尔西看来，剧本最初几场"充满
阳光"。而对于开场的战争后麦克白首次遇到邓肯，特拉韦尔西认
为，麦克白说话仍"像一位忠诚的将军"——虽然就在前一场，我
们还看见他盘算着谋杀邓肯！而马尔康一被封为肯勃兰亲王，麦克
白就暗自沉思："这是一块横在我的前途的阶石，我必须跳过这块阶
石，否则就要颠扑在它的上面。"（1.4.42-50）就麦克白以空洞而程
式化的语词宣誓要效忠，特拉弗斯认为："他的诗歌——尽管以难以
捉摸、不甚完美的方式——达到了情感内容上的宽度与完整性，以
致再不能复原"（123，127）。难以理解。奈特在 *The Imperial Theme*
（129）中同样用一个童话王国取代了莎士比亚笔下的王国："最开
始，我们看见在邓肯的仁慈统治下，有勇气、统一和荣誉。"统一？
在《莎士比亚的怀疑论》中，布拉德肖再次远为清楚地洞悉到莎士
比亚实际描绘的政治情形：

> 最先几场中，"无数奸恶的天性"四处可见；但秩序无处寻
> 觅。每一种表面上的安适都"涌出滔天的祸事"。骇人的 [304]
> 残暴行径摧毁了任何稳定、持续的价值观念，而表面上这些
> 价值却似乎被捍卫……如果事实如此，为什么罗斯特（A. P.
> Rossiter）这位如此谨慎细心的批评家会提到"秩序井然的自然
> 已崩溃"，且这是"谋杀邓肯所释放的"东西？……
>
> 奇怪的是，我们确实感到，谋杀邓肯"释放了"某样东
> 西——虽然这个"苏格兰"没有给人留下深刻的印象，让人感
> 到它有"秩序井然的自然"，而要形容起先的混乱，连"动乱"
> 都还太过温和。（222）

20 类似依赖雇佣军的问题，参《君主论》第十二章："雇佣军
的首领们或者是能干的人，或者不是能干的人，二者必居其一。如

果他们是能干的，你可不能信赖他们，因为他们总是渴求自我扩张；因此不是压迫自己的主人——你，就是违反你的意思压迫他人。反之，如果首领是无能的人，他往往使你毁灭。如果有人回答说，不论是否雇佣军，只要手中掌握了武器，都是一样行动的。对此，我回答说，当君主或共和国必须用兵时，君主必须身临前敌，并且亲自挂帅。"（49）

21《君主论》第十五章，61。

22 柏拉图至尼采的哲人都注意到，武士尤其容易被女人的阿谀奉承所制服。参见《王制》420a，548a；亚里士多德《政治学》1269b 24-29；培根在随笔《论恋爱》中写道："我不懂为什么，可是武人最易堕入爱情。我想这也和他们喜欢喝酒一样；因为危险的事业多需要娱乐为报酬也。"（*The Works ...* vol. 6，398）

23 最明显的是，就谋杀班柯一事，麦克白对夫人说："你暂时不必知道，最亲爱的宝贝，等事成以后，你再鼓掌称快吧。"（3.2.45-46）——毕竟，这正是麦克白夫人心目中的男子气概："你要是敢作敢为，那么你就是男子汉；要是你敢做一个比你更伟大的人物，那才更是一个男子汉。"（1.7.49-51）

24 自赫兹列特起，许多批评家认为，麦克白夫人的内心要比剧本展现的形象更强大。柯尔律治更清楚地看透了麦克白夫人（Bate，*The Romantics on Shakespeare*）："麦克白夫人就像莎士比亚笔下的所有人物一样，代表独具特色的一类人：地位高，常独处，给自己灌输野心勃勃的白日梦，误将想象中的勇气当作承担犯罪现实引发的后果的能力。她假装心灵坚忍不拔，然而野心蒙骗了这个心灵；她用想象中超人的肆意羞辱丈夫，自己却无法承担这种肆意，而是陷入悔恨之季，最终自绝于世，痛苦不已。"（418）

25 参见《君主论》第三章［此处在探讨习惯君主统治的君主国］："而且只要灭绝过去统治他们的君主的血统，就能够牢固地保有这些国家了……征服这些地方的人如果想要保有它们，就必须注

意两个方面：一方面就是，要把它们的旧君的血统灭绝；另一方面就是既不要改变它们的法律，也不要改变它们的赋税。"（9）

26［305］《君主论》第八章："由此可见，占领者在夺取一个国家的时候，应该审度自己必须从事的一切损害行为，并且要立即毕其功于一役，使自己以后不需要每时每刻搞下去。这样一来，由于不需要一再从事侵害行为，他就能够重新使人们感到安全，并且通过施恩布惠的方法把他们争取过来；反之，如果一个人由于怯懦或者听从坏的建议不这样做，他的手里就必须时时刻刻拿着钢剑，而且他永远不能够信赖他的老百姓，而由于他的新的继续损害，人民不可能感到安全。因为损害行为应该一下干完，以便人民少受一些损害，他们的积怨就少些；而恩惠应该是一点儿一点儿地赐予，以便人民能够更好地品尝恩惠的滋味。"（38）

27《君主论》第十六章："一个君主头一件事就是，必须提防被人轻视和憎恨"（65）；第十七章："君主使人们畏惧自己的时候，应当这样做：即使自己不能赢得人们的爱戴，也要避免自己为人们所憎恨"（67）。

28 我们无需认为麦克白夫人的评价完全准确，即能发现其间有大量真理。斯图尔特（J. I. M. Stewart）在 *Character and Motive in Shakespeare*（London Longmans，1949）中论及麦克白夫人在此知晓"［麦克白］天性存有些力量，可能妨碍她的计划"时，提出了一个重要的总论点："麦克白夫人没能'客观'评论，而是用激情和嘲讽来添油加醋。我们应对这点一清二楚。因为我们已经知道麦克白有谋杀的念头，还有'黑暗幽深的欲望'；就在几秒钟前，他在台上宣布了这些东西……因此，麦克白夫人批评麦克白有着太多共同人性的温柔而毫无野心所需的无情，这就将她自己表现为惯于作恶的女人，乃至于竟把丈夫的近乎黑色视作了深度不够的灰色！……麦克白夫人的整段独白……都激情四溢。对于激情四溢的语言——尤其是激情四溢的责备，最单纯的观众也不会指望其中只有客观评价。

这种情况下，自然会言过其实或扭曲真相，而莎士比亚依循自然。"（58）

29《君主论》第十四章。学习这种审慎，是马基雅维利推荐的两种"训练"模式背后的原则。虽然马基雅维利似乎说，一种模式训练的是"行动"，但细想之下可以发现，打猎和演习时学会的"地理"课同样也在训练"大脑"，与学习伟大的历史前辈并无二致。

30 但可以替麦克白夫人说句公道话，她可能不知道最后这点，麦克白写给她的信对此只字不提。对于三女巫预言班柯"将要得到的富贵"，麦克白也闭口不谈（1.5.1-14）。

31 富勒（Timothy Fuller）发现，某种类似的事物是"麦克白性格的核心面相……思想与行动间的激烈冲突，或换言之，麦克白必须拒绝思想，以求按照他希望的方式［306］行事。在我看来，剧本的论点并非思想与行为对立，而是对于麦克白之流，它们必然对立"。参见 "The Relation of Thought and Action in *Macbeth*", *Shakespeare's Political Pageant*, Joseph Alulis and Vickie Sullivan, eds., Lanham, MD: Rowman and Littlefield, 1996, 211。

32《君主论》第三章："由此可以得出一条永远没错或者罕有错误的一般规律：谁是促使他人强大的原因，谁就自取灭亡。因为这种强大是由于他用尽心机否则就是使用武力促成的，而那个变成强大的人对于这两者都是猜疑的。"（16）

33《君主论》第十八章。对此，马基雅维利立即补充道："但是君主必须深知怎样掩饰这种兽性，并且必须做一个伟大的伪装者［或伪君子］和假好人。"（70）有鉴于此，审视马尔康如何应对麦克德夫时，或许应略带怀疑。

34《君主论》第二章："但是即使他被夺权了，当篡夺者一旦发生祸患的时候，他就能够光复旧物。"（7）

35 在马基雅维利的教诲里，到处可以得出这个看法。首先是《君主论》最关键的第十五章："可是人们实际上怎样生活同人们应当怎样生活，其距离是如此之大，以至一个人要是为了应该怎样办而把实际上是怎么回事置诸脑后，那么他不但不能保存自己，反而会导致自我毁灭"（61）；"因为如果好好地考虑一下每一件事情，就会察觉某些事情看来好像是好事，可是如果君主照着办就会自取灭亡，而另一些事情看来是恶行，可是如果照办了却会给他带来安全与福祉"（62）。还有第十八章："假如人们全都是善良的话，这条箴言就不合适了。但是因为人们是恶劣的，而且对你并不是守信不渝的，因此你也同样地无需对他们守信"（69）；以及第十九章："在这里必须注意：善行如同恶行一样可以招致憎恨。所以……一位君主为着保存自己的国家往往被迫做不好的事情"（77）。

36 或正如施特劳斯在 *The City and Man*（Chicago: Rand McNally，1964）页59中更小心地指出的："要想知道莎士比亚——有别于他笔下的麦克白——如何思考人生，必须依据剧本整体，考察麦克白的台词。我们可能会因此发现，根据剧本整体，人生并非纯然地毫无意义，而是对于违背生命神圣律条的人而言人生毫无意义；或者说，神圣秩序会自我修复，或者说违反生命律条者会自我毁灭。但既然自我毁灭表现在麦克白身上，即麦克白这特定种类的人身上，我们就必须寻思，剧本这显而易见的教诲是否适用于所有人或所有情形。我们不得不思考，看似是自然法的东西是否真是自然法，要知道，麦克白之所以违反生命律条，至少部分源于超自然存在。"

37 绝大多数编纂者，包括编纂阿登版的缪尔，都沿袭琼生的看法，认为这段台词是"独白"。但这般处理会引发各种棘手的演出问题［307］，而且我们也并没有充分理由擅自作改动，因为麦克白想让心腹听命行动，势必得透露自己的意图，而他显然认为列诺克斯是忠诚的侍从。无论如何，我们必须能以某种方式解释"微贱之人"的警告。

38 许多评论者对这一场小题大做，认为与前后场次有各种各样的矛盾。但这一场其实并没有设置什么真正的困难。我们可以认为，对话就发生在那场宴会后，其间麦克白的古怪行为"扰乱了今天的良会"。各位大人离席，几乎被麦克白夫人赶走（"大家不必推先让后，请立刻就去，晚安！" 3.4.117-119）。这时，列诺克斯和这另一位大人可能同行或同住，开始拐弯抹角地小心交流彼此的担心。这一场的开场方式暗示，是列诺克斯先引起了话头，他显然在影射一些与他之后要说的内容直接相关的事情（"我以前的那些话只是叫你听了觉得对劲，那些话是还可以进一步解释的"）；另一位大人则提到，要"不再畏惧宴会中有沾血的刀剑"等等，这表明他也目睹了谋杀当晚的奇异事件。至于他证实麦克白明确邀请了麦克德夫，可麦克德夫断然拒绝了"邀请"（3.4.39-43），这契合客人离席后麦克白告诉妻子的内容："麦克德夫藐视王命，拒不奉召，你看怎么样？"麦克白夫人仿佛想确认信息，问道："你有没有差人去叫过他？"朗读麦克白此处的回答时，必须带上讽刺及威胁的语调："我偶然听人这么说；可是我要差人去唤他"——也就是说，这次信使不会被回绝（3.4.127-129）。

一旦正确理解了列诺克斯在事件发展中扮演的角色，就可以发现，推断这一场放错位置（例如，缪尔在阿登版《导言》中给出各种理由，说明这一场应在第四幕第一场之后而非之前；xxxiv）毫无根据。

39 这使一些编纂者（包括编纂阿登版的缪尔）困惑不已。于是，他们依照卡佩尔（Capell）的做法，隐去这个细节，由是除去了理解剧本深层故事的一条重要线索，也破坏了剧本本应有的视觉三拼画：麦克白身边是两个年轻的马基雅维利主义者，且两人的道德色彩相反。我分析《麦克白》中的"政治"问题，尤其是洛斯这个角色，很大程度上受益于从洛温塔尔关于《麦克白》的精彩论文中搜集的洞见：*Shakespeare and the Good Life*, Lanham, MD: Rowan and Littlefield, 1997。

40　列诺克斯之后修正了他关于侍卫被杀及侍卫所见所闻的解释，称这些被唤醒的侍卫"酗酒贪睡"（3.6.11–16）。

41　一些评论者认为，麦克白只是"听到了人声"，因为很快麦克白就宣告"我仿佛听见一个声音喊着：'不要再睡了！麦克白已经杀害了睡眠'"，这使他不安地沉思睡眠的意义。[308]但若仔细比较两人对话的两个部分（即2.2.14–33及2.2.34–43），我们不禁感到，第一个部分具体可感（注意麦克白夫人感叹的语气），第二个部分带有罪过引发的疯狂（闻此，麦克白夫人彻底变得迷惑不解）。无论持何种观点，必须考虑到洛斯的神秘在场。

42　麦克白此处的困惑回应了他之前听见女巫们招呼他"考特爵士"时的反应："可是怎么会做起考特爵士来呢？考特爵士现在还活着，他的势力非常煊赫。"（1.3.72–73）至于洛斯原始报告中"被迎战"的"他"，那个被挫折了"凶焰"的"他"，只能理解为指的是考特，因为挪威王显然没有被俘获（他还能自由地赎回战死的将士），他的手臂也不可能被称作"背叛的"。

43　荷林歇德写到，唐沃尔德（Donwald）杀死德夫王（King Duff）后的第二年，出现了各种"奇观"："洛西恩（Louthian）那些最美丽迅捷的马同类相食，绝不愿吃其它肉。"（引自阿登版《麦克白》附录A，166）莎士比亚借用了这个离奇的故事（还有"一只猫头鹰还勒死了一只雀鹰"），但这不表明他认为这个故事真实可信。

44　这与马基雅维利的教诲相反，《君主论》第十七章："因为一个人被人畏惧同时又不为人们所憎恨，这是可以很好地结合起来的。只要他对自己的公民和自己的属民的财产，对他们的妻女不染指，那就办得到了。而当他需要剥夺任何人的生命的时候，他必须有适当的辩解和明显的理由才这样做。但是头一件是，他务必不要碰他人的财产，因为人们忘记父亲之死比忘记遗产的丧失还来得快些。再说，夺取他人财产的口实是永远好找的；一个人一旦开始以掠夺为生，他就常常找到侵占他人财产的口实。"（67），马尔康后来"承认"麦克白"骄奢"（意即淫荡），接着（又假意）指控自己"欲望"更大，事实上永无止境（4.3.57，4.3.60-61）。可以认为，此处在暗示，麦克白没有放过其他男人的女人，正如他没有放过他们的财产。

45 鉴于王储马尔康的这份"小心翼翼"有自我保存的性质，这似乎很接近麦克白眼中班柯的性格。彼时，麦克白在独白中提到班柯"高贵的天性"："在他的无畏的精神上，又加上深沉的智虑，指导他的大勇在确有把握的时机行动。"（3.1.48-53）也就是说，剧中不止一次紧密联系起智慧与王权（同时参见4.3.129-130）。

46 也就是说，依据对开本的场次安排和舞台指示，在最后一场，当他们显然已"代价很小地"获得胜利时，洛斯与马尔康、西华德还有其他不知名字的"爵士"一同入场（多数现代编纂者将对开本的第七场也即最后一场分成三个独立场次，用这一入场标识第五幕第九场开场）。然而，我们两度瞥视马尔康战前的随行人员，都看到洛斯引人注目地缺席了（5.4与5.6）。同样缺席的还有列诺克斯，[309]不过他现身在背叛爵士中，他们正要与马尔康的英国军队会师，这颇能透露信息（5.2.8-11）。列诺克斯是否仍假心假意为麦克白效劳，并向马尔康提供情报，告诉他僭主的势力每况愈下（参5.4.11-14）？缪尔就像不少编纂者一样，将洛斯和列诺克斯加进第五幕第四场有名有姓的在场人物之中。

47 参《君主论》第十八章："注意使那些看见君主和听见君主谈话的人都觉得君主是位非常慈悲为怀、笃守信义、讲究人道、虔诚信神的人。君主显得具有上述最后一种品质，尤其必要。"

48《君主论》第二十五章："如果说一个人能够随着时间和事态的发展而改变自己的性格，那末命运是则决不会改变的。"

49 正是就这两个人物，尤其是就列诺克斯而言，我强烈反对布利茨（Jan H. Blits）就该剧常富于洞见的解读（*The Insufficiency of Virtue:* Macbeth *and the Natural Order*, Lanham, MD: Rowmanand Littlefield, 1996）。布利茨注意到，"在《麦克白》整出剧中，洛斯

的行动与动机大多神秘莫测"（91），他"四周环绕着……秘密和阴谋"（17），行动"常令人困惑"（147）。布利茨注意到洛斯身上不少令人生疑的地方，却——颇为奇怪地——躲开了这一系列证据指向的结论（159）。但我认为，布利茨正是将列诺克斯等同于洛斯（129），才掩盖了对于理解莎士比亚的教诲而言非常重要的一个问题。布利茨的论著的主题及形式（逐幕评论）都与我的论著截然不同，因此两部论著内容上少有重合。我关于《麦克白》的章节将近完成时才注意到布利茨的论著，这主要促使我检查了（最终，这整体上巩固了）自己的阐释。

50 弗赖伊在 *Shakespeare and Christian Doctrine*（Princeton: Princeton University Press，1963）中，依据莎士比亚时代各式基督教权威论述，考察了《麦克白》中的宗教立场和行为。弗赖伊的解释相当有说服力，他指出这些立场和行为都可被纳入当时的基督教世界观（Weltanschauung）（尤其参见140-146，150-152，174-176，237-239，254-259）。但某种程度上，这引发了一个问题，因为在十六世纪晚期，基督教事实上吸收了大量持续存在的原始"民间"及异教元素，致使人们相信，难以单靠严格的圣经权威来称义（各位崭露头角的"宗教改革家"都以不同方式强调了这一点）。而在这部时间与地点更原始的剧本里，莎士比亚的评价及意图也很可能是想展示，这种吸收（或污染）可能以何种方式发生。无论如何，莎士比亚从未将异教的赫卡忒（还有她的下属，那些"黑暗的工具"）直接等同于撒旦，由此让其他解读成为可能。我们可以选择以纯粹的基督教术语看待善恶之争（例如，上帝与撒旦争夺人类灵魂）；或者，我们也可以将十一世纪的苏格兰视作战场，在那里截然不同的神学都想一统天下。弗赖伊总结道：

[310] 基督教式地理解罪孽的模式，显著地促成了麦克白人物塑造的发展过程。意识到我们的代表性神学家例证的这些

模式，能帮助我们更充分地欣赏莎士比亚的戏剧主人公。但我要再次指出，我们不应让注意力脱离舞台上的麦克白，因为那是我们发现麦克白身处的地方。莎士比亚也可以将他置于但丁式或弥尔顿式的地狱，但他没有做此安排，我们也不应如此行事。在麦克白身上，莎士比亚以我们文化中最卓越的一种方式展现了人类灵魂的堕落过程，并且莎士比亚展现这一问题时参考了基督教神学，但他的目的仍是要向自然举起一面镜子，展示现世的人类生活进程。（255；强调由笔者所加）

51 坎托在《〈麦克白〉和苏格兰的福音教化》中，将苏格兰的基督教化过程视作《麦克白》的基本主题（认为该主题暗示了莎士比亚自己的历史观）：剧作描绘了苏格兰基督教化时，发生在一群高贵武士身上的离奇事件。或许还可以补充一点：宗教观念相互冲突的混杂状态进一步例证了邓肯治下苏格兰的普遍混乱。布利茨在《德性的欠缺》中认为，两种德性观念间的冲突，即"男子气概"或"武士德性"相对于"基督教德性"，是构成剧本结构的两个相关主题之一（另一个主题是德性本身与幸福生活间的张力）："那么，第一个张力涉及两种不可调和的德性形式，它们在麦克白的苏格兰为人践行、受人尊崇。最终，这个张力还关乎两种德性背后对人类生活的不同构想。第二个张力虽然不那么明显，却更为深层。这是自然内部的张力，一边是德性或秩序，另一边是生活。第一个张力涉及德性的连贯性，第二个张力关乎自然本身的连贯性。"（4）

52 马尔康说的任何内容都未必表明他自己是基督教信徒（有证据表明，他并非如此）；但他知道，这对麦克德夫会是有效的辞令，因为麦克德夫就在批评马尔康时（4.3.106-111）确认了自己的基督教信仰。

53 马基雅维利在《君主论》最后一章以开玩笑的口气论道："上帝不包办一切，这样就不至于把我们的自由意志和应该属于我们的一部分光荣夺去。"（103）然而，仔细阅读第二十五章可以发现，马基雅维利是怀疑论者，他巧妙地将"命运"等同于"上帝"："我不是不知道，有许多人向来认为，而且现在仍然认为，世界上的事情是由命运和上帝支配的，以至人们运用智虑亦不能加以改变，并且丝毫不能加以补救；因此他们断定在人世世务上辛劳是没有用的，而让事情听从命运的支配［'要是命运将会使我成为君王，那么也许命运会替我加上王冠，用不着我自己费力。'］。有时我考虑这事时在一定程度上倾向于他们的这种意见。但是，［311］不能把我们的自由意志消灭掉，我认为，正确的是：命运是我们半个行动的主宰，但是它留下其余一半或者几乎一半归我们支配。"（98）我们会纳闷：上帝怎么了？

54 布拉德肖在《莎士比亚的怀疑论》中看法相近："麦克德夫那附带但显然互补的悲剧在于，他起初坚决相信自然和超自然的秩序，但他必须为这种信仰付出代价——他不仅要失去'可爱的鸡雏们和他们的母亲'，还要被迫承认，一个合法的君王不适于统治且不适于存活……麦克德夫早先表现出本能且虔诚的爱国主义，剧本探讨了这种情愫的自然及非自然面相。麦克德夫夫人视之为不自然，而相对于红牙血爪的自然，相对于老鹰、鹪鹩、圣马丁鸟、鸢、小鸡及蛋构成的自然世界，这种情愫也不自然。其自然面相在于，它表达了更高的人类追求，以及更高的人类需要，麦克德夫早先对这些需要深信不疑，但麦克白却不会点头称颂。"（242-243）

55 或正如马基雅维利所言，武装的先知攻城略地，不武装的先知惨遭毁灭（《君主论》第六章）。兴许值得注意的是，就在麦克白提及邓肯堪称典范的基督教式温柔，以及暗杀邓肯会引发特殊的怜悯前，他曾担心逃不过"现世的裁判"（1.7.7-25）。也就是说，莎士比亚在麦克白的思绪里，一同隐射了旧约的正义教义（以及其自然地颇吸引人的对等原则：以牙还牙，以眼还眼）和新约有关温柔及同情的教义（还有仁慈、宽恕及爱自己的敌人）。此外，莎士比亚还以他的方式提醒我们两者间真正的实际关系最可能是何种状态：麦克白从不认为，在他谋杀邓肯后，众人的反应会是基督教的宽恕；更可能的情况是，邓肯的基督教德性只会使人愈发敌视"这个可怕行为"的凶手。

56《君主论》第十二章："而一切国家，无论是新的国家、旧的国家或者混合国，其主要的基础乃是良好的法律和良好的军队，因为如果没有良好的军队，那里就不可能有良好的法律，同时如果那里有良好的军队，那里就一定会有良好的法律。现在我不讨论法律问题而只谈军队问题。"（48）马基雅维利谈及"朋友"对抵御外敌的用处时，也表达了相似的看法（第十九章）："依靠坚甲利兵和依靠亲密的盟友就能够防御了。而且，如果他拥有坚甲利兵，他们总会有亲密的盟友。"（72）因此，在马基雅维利看来，好法律、好武器和好朋友，或许还有他人眼中的好运气，相伴而来。

57 一旦意识到，《麦克白》很大程度上阐明了——因此部分认可——马基雅维利《君主论》中的政治科学，就必须［312］质疑克南（Alvin Kernan）对莎士比亚的构想，后者将莎士比亚视作宣传詹姆士王"君权神授"说的御用文人（*Shakespeare, the King's Playwright: Theater in the Stuart Court 1603–1613*, New Haven: Yale University Press，1995）。克南不理解剧本实际展示的东西，而是认为"莎士比亚的剧本描绘了斯图亚特神话的这个关键节点，那时邓肯任命自己的儿子马尔康为继承人，册封为肯勃兰亲王，而马尔康之后创制了伯爵爵位，由此建立起继承及等级制的真正原则，这些原则作为自然法，一直竭力从苏格兰历史的绝望事件中探出身影。将合法性这种意识形态搬上舞台时，莎士比亚大幅整顿了历史。莎士比亚掩盖了麦克白本是邓肯的兄弟，同样'有权'继承王位，而邓肯本是软弱的国王，麦克白则强大有为。班柯是刺杀邓肯的共犯也被忽视。"（78）

58 柏拉图亦让苏格拉底如是证实，《王制》509a–c。

59 这里可能和别处一样，适合留意《麦克白》的一个文体特征：剧本充斥着三个一组的事物。三女巫都三次"祝福"麦克白（1.3.48-50），接着又同样三次"祝福"班柯（由此开启了她们有关班柯的三段式预言；1.3.62-67），而她们的魔法吟唱和咒文也涉及大量的三（"姊三巡，妹三巡，三三九转蛊方成"，1.3.35-36；还有"斑猫已经叫过三声""刺猬叫了三加一回"，4.1.1-2）；此外还有麦克白的三个头衔（葛莱密斯爵士、考特爵士、君王），剧中表现了他的三重罪（谋杀邓肯、伏击班柯、屠杀麦克德夫一家）。门房一场也出现了若干三个一组的事物：门房重复说"敲，敲，敲"（2.3.3，2.3.12-13）；他欢迎三组罪人去地狱（农民、说模棱话的人、英国裁缝）；他提醒我们，喝酒"容易引起""三件事情"（2.3.25-27）。竟有三个人回来了（麦克白、列诺克斯和洛斯；2.3.88），而只剩两个人去察看邓肯被杀现场。有三位刺客袭击班柯和弗里恩斯。麦克白间接提到"占卜术"用的三种鸟类工具（麻雀、红嘴山鸦和秃鼻乌鸦；3.4.124）。还有马尔康那三项子虚乌有的自责（淫欲、贪婪和缺少"君主之德"；4.3.60，4.3.78，4.3.91）。苏格兰医生是在第三晚守夜时才终于看见说着梦话梦游的麦克白夫人（5.1.1-2）。赫卡忒抵达阿契隆的地坑时，由另外三个女巫陪同（4.1.38）。而在地坑，麦克白接连看到三个"幽灵"，后者给出三个预言（前两个开头都是"麦克白！麦克白！麦克白！"；对于第二个预言，麦克白困惑不已，答道："我要是有三只耳朵，我的三只耳朵都会听着你"；4.1.77-78）。麦克白最后一次出场时，唤了三遍西登（5.3.18,5.3.20,5.3.29）。依据对开本，剧本有二十七场，即 3^3。这三个一组的模式进一步证实了我们的猜测：剧本开场势必指涉三场战斗，而非两场战斗，这三场战斗涉及所有杰出的军官（麦克白、班柯和麦克德夫）。

至于可以从这个模式看见何种意义，有几种可能。[313]例如，可以怀疑，这是三位一体基督教的"黑暗"对应物。但这也可能使人想起柏拉图最著名的对话录（例如《苏格拉底的申辩》和《王制》）中显而易见的"三性"（threeness）。而鉴于时间在剧中至关重要（分析剧本时，我将详尽探讨这个问题），大量三个一组在文体上回应了流动不居的过去、现在和未来。麦卡林登（T. McAlindon）在 *Shakespeare's Tragic Cosmos*（Cambridge: Cambridge University Press, 1991）中如是开启对剧本象征维度的出色探讨："这部悲剧最引人注目的一处特征是，剧本在标识那些与分裂及混乱这个悲剧主题相关的核心概念时，数字象征与自然象征一同运作。这很可能是由于，在这部剧本中，正如在《裘力斯·凯撒》中，悲剧家莎士比亚对时间、天体运动及历史兴趣浓厚，超乎寻常。在文学作品中，数字象征传统与时间感紧密相连，因为时间意识、星象学与用数字准确度量的技艺间有自然的关联。"（200）麦卡林登尤其强调，"传统上，数字三与巫术仪式相关"。

60 前三场中每一场都以这些问题中的一个开场："何时""什么""哪里"。第一次明确问"为什么"，是三女巫都向麦克白祝福之后。班柯留意到麦克白的反应，问道："将军，您为什么这样吃惊，好像害怕这种听上去很好的消息似的？"（1.3.51–52）。好问题。

61 奈茨在《一些莎士比亚戏剧的主题》中，也认为女巫的吟唱宣告了剧本的基本主题，但他的解读略有不同："悲剧中没有一部有任何赘笔，但或许《麦克白》给人的印象最言简意赅。戏剧行动直接并迅速抵达高潮，再从高潮出发，直至充分完成情节和主题。较之《李尔王》，这个模式要远为容易把握。开场即给出了价值颠倒这一基本主题，简单又明确——'美即丑恶丑即美'；这预示着冲突、混乱和道德黑暗，麦克白将深陷其中。"（122）

然而，布拉德肖在《莎士比亚的怀疑论》中质疑，这个"基本主题"是否果真那么简单明确："但'美即丑恶'这句台词模棱两可。非但没有间接确认某些抽象概念，反倒可能在声称，较之粗犷的'烽烟'（这个词暗示无道德的混乱，而非不道德的恶）及（以同样模棱两可的方式）'失败又胜利'的战争那可憎又原始的野性，这

些概念不真实。"（223）

62 一个简单的例证是，在物质实在方面，感官证据并不可靠，依据任何可信的论述（从柏拉图或亚里士多德至现代物理学的相关论述），物质实在都与我们对它的感觉迥然不同。现代物理学家们称，这个"太坚实的肉体"不过如此：要是将［314］地球上所有人的身体在"黑洞"引力场内充分压缩，最后形成的"固体"（他们告诉我们）还填不满四十分之一个大汤匙！

63 奈特在《火轮》中认为，这既是麦克白所受折磨的根源，也是他痛苦的根源："当麦克白与自己冲突时，有痛苦、邪恶和恐惧；而在剧本最后，等到他和别人都公然将他等同于邪恶后，他则无所畏惧地面对世界：他看上去也不再邪恶。他所受折磨中最糟糕的要素是保密和虚伪，全剧频频指涉这两个成分……在莎士比亚笔下，黑暗的秘密和夜晚永远是犯罪的标志。但到了最后，麦克白已无需保密。"（156）

64 常有人评论，莎士比亚对时间"耍花招"，对此观众不会留意，但对于深思熟虑的读者，这却令人困惑。这种手法创造出卓越的戏剧效果，这本身就揭露了人类的时间性：人类感受到的时间如何不必对应于"客观的"时间度量；以及，在操纵时间上，理性想象力能允许多大自由。

65 贝里（Francis Berry）留意到剧中一个相关的语法现象（*Essays in Shakespearean Criticism*, J. E. Calderwood and H. E. Toliver, eds., Englewood Cliffs, NJ: Prentice-Hall, 1970, 521–529）："《麦克白》控制整个情节的动词形式尤为引人注目。无疑，这个形式是未来陈述式。但《麦克白》'内'的动词主导形式，那个不仅驱动主线还驱动段落细节的形式，也意义非凡。这个形式是虚拟语态。《麦克白》'的'动词形式和《麦克白》'内'的动词形式互相斗争，从中衍生出这部悲剧。"（521）

贝里进而指出："事实上，整部剧都心系未来，因此是→。《麦克白》与《哈姆雷特》和《奥瑟罗》不同，这部剧里没有时间上的倒叙，没有对祖先的绵长回忆，没有对过去事件的叙述，而是追寻一个未来，纯粹又热切，故而读者和观众从中获得迅速或匆忙的感受。"（522）就麦克白自己而言，他主要存在于"各种可能性的虚拟王国——有着重重希望和恐惧的王国；充斥着'如果'和幻想的王国；由可能是什么及可能不是什么构成的王国；由应当是什么及不应会是什么构成的王国。这个虚拟王国是私人王国。"（523）

66 戴维斯（Michael Davis）指出班柯挑战女巫一事（"要是你们能够洞察时间所播的种子……"）的更广阔的联系及含义（*Shakespeare's Political Pageant*, Joseph Alulis and Vickie Sullivan, eds., Lanham MD: Rowman and Littlefield, 1996）。他写道："女巫必然代表过去、现在和将来，因为将来不独立于过去。时间有自己的种子。现在做的事件，生长在过去的土壤里，在将来必定会生根发芽……弑君之后的整个剧情，主要表现麦克白如何对抗自己早期行动造成的后果。麦克白的战斗与其说是［315］为了一种具体的未来，还不如说是为了对抗过去。只可惜，麦克白越想改变自己的处境，就在过去里陷得越深，直到沦为过去的奴隶。"（231）［译注］文中所引戴维斯的《〈麦克白〉中的勇气与无能》依据赵蓉译文。

67 布鲁克斯（Cleanth Brooks）在一篇极具影响的（也极具争议的）论文中详细探讨了这一问题："The Naked Babe and the Cloak of Manliness", in *The Well Wrought Urn*, New York: Harcourt, Brace and Co., 1947。

68 柏拉图《王制》331d-e 中的老克法洛斯（Kephalos）集中体现了这个状态。

69 怀特在论文中指出（Howard White, "Macbeth and the Tyrannical Man", *Interpretation* 2, Winter 1971, 148）："我认为哈姆雷特的难题与麦克白相似。他们都无从确定自己是否笃信宗教。"麦克白的著名独白（1.7.1-28），揭示出其灵魂内部冲突的各种感情。

然而，奈特在《火轮》中认为，麦克白的困惑要比实际的更混乱："对于麦克白，几乎不能用明确的概念思想术语，来描绘他心灵或灵魂中缠结的动机。《麦克白》剧情的精巧真相在于：该剧描绘了一种深刻、诗意的心理学或形而上学，事关恶的诞生。麦克白自己完全不知所措，不知自己为何要谋杀邓肯。他试图给他的理由安几个名字——譬如'野心'，但这不过是个名字。在此，诗人的心灵在对付精神上的恶——内心瓦解、不协调及恐惧，从中诞生了一个犯罪及毁灭行为。"（121）

对于这段独白中，莎士比亚赋予麦克白的那令人困惑但又异常有效的意象，利维斯似乎更好地把握了本质上发生了什么（F. R. Leavis, *Education and the University*，Cambridge: Cambridge University Press, 1979；originally published，1943）：

> 在这段独白中，莎士比亚的独特天才——既是诗人的天才，同时本质上也是戏剧家的天才——表现得最神乎其神。这段台词属于那个对自己有强烈意识的个体——麦克白，他正处于诗歌发展过程中某个特定且为他强烈意识到的时刻。分析把我们直接引向戏剧核心，引向戏剧核心处具有驱动力的种种兴趣，引向构成戏剧生命的各种原则。整个机体存于局部。掂量自己的犹豫不决时，麦克白告诉自己，这种犹豫的原因不在道德或宗教顾虑，其令人不安的力量源于相信超自然的制裁。他说，他的恐惧仅关乎现世获得持久的实际成功能有多大胜算。他坚称，自己面对谋杀退缩不前，表明自己不过在考虑权宜之计。接着，他详述谋杀邓肯特有的滔天罪行，而他这么做时，他的天性，他对自己的无知，这些基本事实变得一清二楚。他以为，他在解释失策的感觉，在描绘必将影响他人的残暴罪行。但就在他提到好客的神圣性的句子里，已有另一个音符开始占据上风。而到了下一句，台词已在无意间变得自相矛盾……

[316] 这段话中，我们看到一个让良心受折磨的想象，它敏锐地感到超自然的恐怖，坚称"纸包不住火"。这令麦克白毛骨悚然，不仅因为"时间这大海的浅滩上"的各种后果，还因为一种罪恶感——宗教制裁彻底控制住了他。（80-81）

此时，正当回应埃文斯在《莎士比亚的悲剧阴谋》中的极端论点。埃文斯认为，莎士比亚运用强大的诗歌，"哄骗"我们相信这是"关于一个'本质上是好人的人'的悲剧，这个好人的原则让步给了压倒一切的野心，这个人接着经受了道德堕落，同时经历了那些良心的痛苦。事实上，只有一个本质上是好人的人才可能经历这些痛苦。"（218）但埃文斯坚持认为：

> 使他［麦克白］远低于我们的视野层次的，是这样一个事实：谋杀的念头已侵入他的心灵。要注意，女巫们从未提到谋杀，或暗示要做任何坏事……
>
> 麦克白所处的层次不具道德意识，而是表现出道德无知；而他从未从这个层次上升。自始至终，他都不知谋杀是道德错误。（200）
>
> 《麦克白》这部悲剧不关乎一个好人的道德堕落，而是关乎一个从生至死都不知道德意识内涵的人。（208）

至于利维斯极具洞见地分析的那段著名独白（1.7.1-28），埃文斯认为这段独白不过证明麦克白"致命的局限：他不具道德意识"（201）。"麦克白的错误不在于一个有缺陷的道德机制，这个机制让步给他唯我独尊的野心；相反，他的错误在于他完全不具道德机制"（204）。质言之，"麦克白与我们在意识上的关键鸿沟仅在于，我们有道德意识，而麦克白毫无道德意识"（204）；他是"道德残废"（221），是"道德白痴"（222）。埃文斯有关《麦克白》的章节中，大量篇幅都在消除可被认为展现出一定道德关切的文本证据——他诉诸自己的一些模棱两可的"实践"。但此处的真正问题是，对于什么是道德，埃文斯持极端的康德式构想：道德完全与结果无关。因此，每当麦克白表现出关心行为对自己的后果时（例如，他对谋杀邓肯这个念头的反应，200；刺杀邓肯后的厌恶情绪，206；他恳求医生治愈麦克白夫人，212），都不应被认为具有任何真正的道德内容——这就好像对于"为什么要道德"这个问题，一种完全令人可敬的回答并非"不然你要遭受无穷无尽的心理折磨"。

事实上，柏拉图在《王制》中指出，人的行为对自己灵魂的影响，乃是恰当定义我们所谓"道德"的自然场域（443c-e）。但埃文斯似乎未意识到，自己暗含的康德主义用来阐释莎士比亚是年代误植。因此，他显然认为，每个完整的［317］人都具有独特的"道德意识"，这种意识不计后果，判断并决定事物（埃文斯漫不经心地将这种道德意识等同于"良心"；217）——也因此，不具极端缺陷的每个人都"知道"谋杀是错误的（220）。所以，即便只是问"为什么要道德"，就已证明这个提问者有缺陷。埃文斯根本无法认真对待马基雅维利，例如认为马基雅维利可能言之有理。于是，他笔下的章节拥有一种完全在他意料之外的价值，也就是说，这个章节表明了对道德的这种构想实际上多么不切实际，因此不可采纳——事实上是乌托邦式的空想。

70 尼采在一篇处处影射莎士比亚的文章中指出（"On the Uses and Disadvantages of History for Life", *Untimely Meditations*, R. J. Hollingdale, trans., Cambridge: Cambridge University Press, 1983）：

> 但在极小的幸福和在极大的幸福那里，总有一种东西使幸福成为幸福，即能够遗忘，或者说得有学问一些，在存续期间非历史地进行感觉的能力。谁不能通过遗忘一切过去而在瞬间的门槛上安居乐业，谁就不能像一个胜利女神那样头不晕心不

怕地站立在一个点上，他将永远不知道什么是幸福，更为糟糕的是，他将永远不做某件使他人幸福的事情。请你们设想一个极端的例子，一个根本不具备遗忘力量、注定在任何地方都看到一种生成的人，这样一个人不再相信他自己的存在，不再相信自己，看到一切都在运动的点上分流开去，迷失在生成的这种河流中……（62）［译注］文中所引尼采的《不合时宜的沉思》依据李秋零译本。

71《君主论》第十七章："因为关于人类，一般地可以这样说：他们是忘恩负义、容易变心的，是伪装者、冒牌货，是逃避危难，追逐利益的。当你对他们有好处的时候，他们是整个儿属于你的。正如我在前面谈到的，当需要还很遥远的时候，他们表示愿意为你流血，奉献自己的财产、性命和自己的子女，可是到了这种需要即将来临的时候，他们就背弃你了。因此，君主如果完全信赖人们的说话而缺乏其他准备的话，他就要灭亡。因为用金钱而不是依靠伟大与崇高的精神取得的友谊，是买来的，但不是牢靠的。在需要的时刻，它是不能够倚靠的。"（66）相关的还有第七章的论述："如果任何人相信给以新的恩惠就会使一个大人物忘却旧日的损害，他就是欺骗自己。"（33）

72《曼斯菲尔德庄园》（*Mansfield Park*）中，奥斯汀（Jane Austen）也让女主人公就这个问题发表了一段相关评论。其时普莱斯（Fanny Price）正在沉思日常风景这一很低的主题：

> "我每次走进这片灌木林，都会对它的成长和美丽获得新的印象。三年前，这里还是参差不齐的树篱，长在田野较高的一边，谁也不把它当一回事，对它抱什么希望，现在它却变成了一条人行道，很难说它是作为道路还是作为风景更有价值；也许再过三年，我们［318］也就忘记——几乎忘记它以前是什么

样子了。时间的作用和人心的变化多么惊人，多么变幻莫测！"
她随着后面的思路，又立即补充道："如果我们天性中的任何一
种能力，可以说是比其他更惊人的，我想这便是记忆。记忆的力
量和无能，它的不平衡性，似乎比我们智力活动的任何其他方面
更难以理解。它有时这么强有力，这么管用，这么听话；另一些
时候又这么糊涂，这么软弱；还有一些时候却这么不听话，这么
无法控制！确实，从各方面看人都是个奇迹，但是回忆和遗忘的
力量，似乎特别难以找到说明。"（vol. 2，ch. 4）［译注］文中所
引奥斯汀的《曼斯菲尔德庄园》依据项星耀译本。

73 "学习哲学就是学习如何死亡"这个观点据称源自苏格拉底。
参《申辩》29a，40c-41d；《王制》486a，500b-c，604b-c，608c-
d。同时参见蒙田的同名随笔（No. 20 of Book One in *The Complete
Essays of Montaigne*，Donald Frame，ed. and trans.，Stanford: Stanford
University Press，1958）。

74 麦克白不完全欢迎自己无法抑制的野心强加给想象力的"暗
示"，这可以证实克莱恩（R. S. Crane）对该人物的看法（"Monistic
Criticism and the Structure of Shakespearean Drama"，in *Approaches to
Shakespeare*，Norman Rabkin，ed.，New York: McGraw-Hill，1964，
99-120）："《麦克白》的主线关乎一个本性不堕落的人，想象之中
自己更好的状态以不可抗拒之力控制了他，为实现这一状态，他唯
有行动有违惯常的习惯和感情。他达成了这一状态，发现必须继续
如此行事，更糟的是，他得抓紧既得之物。他顽强坚持，在这个过
程中渐渐变得道德冷漠。最终，当曾无比诱人的好处要从他夺走时，
他原有性格的残余已消失殆尽。"（116）

坎托也强调，想象至关重要地决定了麦克白夫妇的行为
（"Shakespeare's *The Tempest:* The Wise Man as Hero"，*Shakespeare
Quarterly*，Spring 1980，64-75）：

　　开场和各幕的戏剧意象，指向《麦克白》中真正的篡位者和《暴风雨》中潜在的篡位者间的共同要素：他们都用剧作家的想象力策划罪行……安东尼奥引诱西巴斯辛的方式，正是女巫和之后麦克白夫人引诱麦克白的方式，安东尼奥让西巴斯辛想象自己已经成王……"强大的想象力"似乎是莎士比亚笔下篡位者的特点：他们可以在心灵中向前跳跃，想象自己已拥有最想得到的东西……

　　篡位者强大的想象力，使其成为潜在的强有力之人。篡位者相信想象力展示的东西是真的。于是，他能带着力量和信念前进，以求实现目标。但要让我们印象深刻，篡位者必须实际行动……仅仅渴望统治—无用处：要出人头地［319］，必须执行自己的欲念，展示这些欲念的力量。依据惯常理解，只有行动而非思想才体现出英雄气概。麦克白夫妇经历了将思想化为行动的英雄测试。虽然他们都屈服于试图实现梦想的压力，且麦克白夫人最终神经崩溃，但他们确有机会建立英雄身份。他们非平庸之辈；他们是雄魂之人，即便仅见于他们追求野心，一心一意、坚定不移。（69）

　　《麦克白》和《暴风雨》考察篡位，揭示出篡位者想象力的局限，篡位者欲望的力量如何对他蒙蔽了现实。他以为他知道罪行会造成什么，但他急不可耐，于是低估了前方障碍，而高估了承受自己的行为后果的能力。（71）

　　75 戴维斯意识到麦克白行动自相矛盾，但他没能触及这种矛盾的根源（"Courage and Impotence"）：

　　表面上看，蔑视命运的人不该与算命人有什么瓜葛。麦克白感受到了这种冲突，因此，他对待女巫的态度始终模棱两可。一方面，麦克白按照女巫的话采取行动，他相信那些话都是真的；另一方面，为了万无一失，麦克白又自主行动……这种态度当然可以理解，依靠偶然性没有用。但这样做显然很可笑。因为了解自己的命运就是要取消偶然。而认为预言需要被确定实则在怀疑预言的预见性……麦克白有些相信女巫说的话，因此他担心班柯谋反；但他又不全信，因而他将极力阻止女巫预言的那个将来。麦克白对女巫关于那个将来的预言之正确性将信将疑。（226）

但这并非问题的根源。一个人可以怀疑预言，于是"给赌注上保险"，而不必陷入矛盾，只要这人前后一致。正如我们将看到的，麦克白真正的混乱是关于时间本身，以及"一段时间后"会发生的所有事情，这使他一边从某些预言获得安全感，一边又试图阻止另一些预言。戴维斯继而提到，在他看来，"麦克白的预言观存在一个更严重的困难。他与能为常人所不能为的超自然存在做交易，这些存在能为常人所不能，但他没有想到，超自然存在既然能够挑战普通的自然规律，那么它们在其他方面也可能这么做"。但事情再一次并非严格如此；如果自然秩序先天注定，那么，原则上无需违背任何自然法即能获得对未来的知识（虽然获得这种知识可能超出普通人的能力范围）。然而，戴维斯指出"预知某事看似保证了勇气，结果却使人不可能认为自己充满勇气"（228），这确实提出了一个重要的论点，因为麦克白的自尊乃是基于他的勇气。

76　因此，就自由意志而言，想象中的（但自然中不可能实现）情形相比其他任何情形，同样令人困惑。因为我们仍会寻思，对于这类预言（例如，"除非……会发生什么"），接受者的反应是否是"自由的"，或由这一预见决定。

77　自古以来，这个问题就引起哲人的兴趣（参见亚里士多德，《尼各马可伦理学》卷三、卷八）。在我们这个学院派哲学的时代，这个问题引发了大量学术文献，正反两方的标准论辩在哲学导论课本占据显要位置。《麦克白》以完全自然的方式提出这个问题，邀请读者为自己重新思考。我自己的评论不过是这番努力的一例，别无他意。

78 正如布鲁图斯在《裘力斯·凯撒》里所说："我们谁都免不了一死；与其在世上偷生苟活，拖延着日子，还不如轰轰烈烈地死去。"（3.1.99–100）

79 这不等于说，不存在融合这两个问题（一个是自由意志问题，另一个是个人行动的历史影响问题）的理论立场。托尔斯泰基于其对拿破仑战争的研究，似乎就得出这样一个理论结论，他对于历史中的大型集体事件持（论点绝非一目了然）一种复杂但严格的历史决定论。他在《战争与和平》第二卷的开篇处（*War and Peace*，Louise and Aylmer Maude，trans.，Norwalk，CT: Easton，1981）详尽探讨了这一问题，结论是：

> 为了解释这些不合理的历史现象（就是说，我们不理解这些现象的合理性），必然得出宿命论。我们越是尽力合理地解释这些历史现象，就越觉得这些现象不合理和不可理解。
>
> 每个人都为自己活着，利用自由来达到他个人的目的，他以全部身心感觉到，他现在可以或者不可以从事某种行动；但是他一旦做出来，那么，这在某一个时刻完成的行动，就成为不可挽回的了，就成为历史的一部分，它在历史中是不自由的，而是早已注定的。
>
> 每个人都有两种生活：一种是个人的私生活，它的兴趣越抽象，就越自由；一种是天然的群体生活，人在其中必须遵守给他预定的各种法则。
>
> 人自觉地为自己活着，但是他不自觉地充当了达到历史的、全人类的各种目的的工具。一桩完成的行动是不可挽回的，而且一个人的行动和千百万别人的行动在同一时间内汇合在一起，

就具有历史的意义了。人在社会阶梯上站得越高，联系的人越多，那么，他对别人就越有支配权，他的每一行动的预先注定和不可避免就越明显。

[321]"王的心在耶和华手中。"

君王是历史的奴隶。

历史，就是人类不自觉的、共同的群体生活，它把君王每时每刻的生活都用来当做达到自己目的的工具。（part 9, ch. 1）[译注]文中所引托尔斯泰的《战争与和平》依据刘辽逸译本，略有改动。

80 在马基雅维利看来，这是合理的战术，只要君主"作好了城防工事"同时"他的人民又不仇恨他"（《君主论》第十章，43）。

81 我熟悉的伟大哲学艺术家中，只有梅尔维尔（Herman Melville）能与莎士比亚媲美，他微妙地探讨了时间、机运、自由意志和决定论这些互相关联的问题。例如，可以考察他在《白鲸》第47章赋予主人公叙述者以实玛利（Ishmael）的一些思考。以实玛利和朋友（野蛮的叉鱼人魁魁格［Queequeg］）正在编织一个利维坦式捕鱼圈子里被称作"剑缠"（捕鲸船上用的一件物品）的东西：

在忙着编缠子的时候，我就是魁魁格的随从和小厮。这时，我不断地把纬线往复地穿织在一长排经纱中，用我的手做梭子，魁魁格则站在一旁，时时用他那沉重的橡木剑在线索间轻轻一勒，懒散地望望海面，又漫不经心而心不在焉地把每根纱线敲拢。我说，这时整个船上、整个海面确是这么奇如梦境；只有间歇的沉闷的击剑声在打破沉默，仿佛这就是时辰的机杼，我自己就是一只梭子，无意识地对着命运之神往返地织下去，织机上的经线是固定不动的，只能单调地、始终不变地往返摆动一下，而每次震动也只能够把交叉穿进来的另一根线收拢起来，跟它自己混在一起。这种经线似乎就是定数，我心里想，我就在这里用我自己的手，投我自己的梭，把我自己的命运织进这些不可更易的绳线里。这时，魁魁格那把冲动而漫不经心的木剑，就随机应变地、或轻或重地、或斜或弯地击着那纬线；于是，由于这种斜曲轻重不同的击拍，结果就在整块织物的最后形式上产生出了相应的差别。我在想，这把最后把经纬线弄成这种式样的野蛮的木剑，这把漫不经心的木剑一定就是机会；是呀，机会、自由意志和定数——一点儿也不矛盾——都交织在一起了。定数的笔直的经线，绝不能越出它根本的常轨——不错，它每回的往复摆动，只能循着常轨走；自由意志却还有在特定的线间投梭的自由；至于机会，虽则它的活动范围局限在那根定数的直线里，而且它打斜的动作受了自由意志的指挥，尽管机会是这样受到这两种东西的指挥，可是，它却能够反过来控制这两种东西，而且，无论如何，最后能够一举而显出特点来。

　　我们正在这样织呀织的时候，一阵那么奇特，[322]曳长，富有音乐狂律和可怕的声音把我吓了一跳，那只自由意志的线团也从我手里掉下来去了。我站起来，仰望着天际，因为当时那声音像是长了翅膀从那上面落了下来。原来高高地站在桅顶横木上的，正是那个发狂的该黑特佬塔斯蒂哥。他的身体急切地向前冲着，一只手像指挥棍似的直伸出来，隔了一会儿，他又蓦地继续高声大叫起来。老实说，这声音在当时也许是从几百个高栖在空中的捕鲸船的瞭望者同时发出来的，整个海洋都听得到；不过，具有像这个印第安人塔斯蒂哥这样宏亮的声音，能够喊出这么令人惊异的顿挫抑扬的调子的老呼号者，实在为数寥寥。

　　当他这样高挂在半空里，翱翔在你头顶，眼色非常狂野而急切地望着前面的时候，你准会当他是个看到了命运之神的先知或者一个预言家，正在用这种狂叫，宣告命运之神降临了。

"它在喷水啦！瞧呀！瞧呀！瞧呀！它在喷水了！它在喷水了！"

（［译注］文中所引梅尔维尔的《白鲸》依据曹庸译本。）

梅尔维尔写作时，心里有莎士比亚和整个哲学传统，这见于大大小小的方方面面。一个不起眼的例子位于他名为"鲸类学"的章节（第三十二章）。这一章给出了一幅培根式自然历史的奇妙漫画，此漫画基于所有已知鲸类，除了那些被剔除的鲸类，因为梅尔维尔认为，它们"不免叫人怀疑这些名称只是徒拥虚名，空具大海兽的派头，却说明不了什么东西"。

顺便提一下，"47"恰是另一本伟大著作的章节总数，那本书讲述了"一个成熟的柏拉图式的利维坦"（正如梅尔维尔所描述的，"这种活生生的鲸，人们只能在海洋的无底的深渊里，才看得到它那气象万千的威仪。等到他那硕大的躯干一泛上来的时候，它已是在望不到的远方，像一种开动的战舰那样地游去了"；第五十五章），此即霍布斯的著作。霍布斯和莎士比亚碰巧因旧约的《约伯书》间接相连，霍布斯借用《约伯书》中的这一名词作为自己伟大著作的书名及其中描绘的公民社会之名（"天下无双，他一切傲物皆可藐视；百兽之骄子奉他为王"；41：33-4，钦定本）。麦克白遇到小西华德（或Seyward，依据对开本的一贯拼写）时，莎士比亚让他说的台词无疑令人想起圣经如何描绘这同样令人畏惧的"利维坦"（"刀剑砍不进，长矛刺不穿，铜兵铁刃，他看来不啻朽木干草。刀剑撼不动，投石变碎秸……标枪嗖嗖，他只是冷笑"；41：26-29）。［译注］文中所引《约伯书》依据冯象译本。

小西华德 你叫什么名字？
麦克白 我的名字说出来会吓坏你。

    小西华德　　即使你给自己取了一个比地狱里的魔鬼更炽热的名字，也吓不倒我。

    麦克白　我就叫麦克白。

    ［323］**小西华德**　魔鬼自己也不能向我的耳中说出一个更可憎恨的名字。

    麦克白　他也不能说出一个更可怕的名字。

    小西华德　胡说，你这可恶的暴君；我要用我的剑证明你是说谎。（二人交战，小西华德被杀。）

    麦克白　你是妇人所生的；我瞧不起一切妇人之子手里的刀剑。（5.7.4–13）

82　正如格劳孔（Glaukon）向苏格拉底保证的；《王制》458d.

83　我清楚，依据量子论的标准解释（"哥本哈根量子论"），某些亚原子事件被认为无从确定。只需说，这类解释引发了宏大的形而上学问题，并宣称了完全无法想象的现象——至少不比自由意志或永恒命运容易想象。该理论的一些重要建构者直率地承认了这些问题。玻尔指出，任何人要是没有为量子力学震惊，就显然没有理解量子力学。而薛定谔形容说，这个理论的断言不像三角形状的圆圈般毫无意义，而是比有翅膀的狮子还要没有意义。

84　加利（Philip Carey）——毛姆《人生的枷锁》（*Of Human Bondage*）中的主人公——试图同时拥有这两种论点。这种立场虽然明显违背逻辑，不少深思熟虑之人却可能会认同：

    但是，菲利普刚才那番语焉不详的议论却把马卡利斯特的注意力转向讨论意志的自由的问题上来了。马卡利斯特凭借其博闻强记的特长，提出了一个又一个论点。他还颇喜欢玩弄雄辩术。他把菲利普逼得自相矛盾起来。他动不动就把菲利普逼入窘境，使得菲利普只能作出不利于自己的让步，以摆脱尴尬的局面。马卡利斯特用缜密的逻辑驳得他体无完肤，又以权威的力量打得他一败涂地。

最后，菲利普终于开口说道：

"嗯，关于别人的事儿，我没什么可说的。我只能说我自己。在我的头脑里，对意志的自由的幻想非常强烈，我怎么也摆脱不了。不过，我还是认为这不过是一种幻想而已。可这种幻想恰恰又是我的行为最强烈的动因之一。在采取行动之前，我总认为我可以自由选择，而我就是在这种思想支配下做事的。但当事情做过以后，我才发现那样做是无法避免的。"

"你从中引出什么结论呢？"梅沃德插进来问。

"嘿，这不明摆着，懊悔是徒劳的。牛奶既倾，哭也无用，因为世间一切力量都一心一意要把牛奶掀翻嘛！"（第六十七章结尾）

（［译注］文中所引毛姆的《人生的枷锁》依据张柏然、张增健、倪俊译本。）

菲利普以他自己的理由，实际上赞同了麦克白夫人［324］对丈夫的建议："无法挽回的事，只好听其自然；事情干了就算了。"无论对人类的自由持何种立场，这依旧是合乎理性的建议。

85　罗森堡在《〈麦克白〉的面具》中，将"自由意志相对于决定论"的问题用于评价《麦克白》。罗森堡的做法既可信，也同时揭示了人性："麦克白越被视作外在力量的受害者，相对无辜，被引诱、被迫使，甚至注定犯错，我们就越同情他，越感同身受。相反，麦克白越是用自己的自由意志选择暴力，拥抱暴力而非抵制暴力，他就越使人疏远。没有一种真正值得尊敬的解读，无论评论性解读或演出性解读，会将麦克白置于自由意志至被迫行事的任意两头。大多数解读大致承认，麦克白动机含混。"（67）诚然，若用于形而上学层面，这种"含混"只会意味着混乱，因为自由意志与宿命论间没有中间地带。要是认为麦克白的行动源自自由选择和被迫行为的混合，就是承认存在自由意志。

奈茨在《一些莎士比亚戏剧的主题》中出色地表述了剧中黑暗、理想和自由间的关系："剧本暗示，听信女巫，就像食用'令人疯狂的草根，已经丧失了我们的理智'……麦克白和妻子都有意蒙蔽自己（'来，阴沉的黑夜'，'来，使人盲目的黑夜'），而鉴于他们放弃智力及道德判断这项人类特有的能力，他们自身成了'黑夜的罪恶的使者'的猎物，那些他们特意唤起的力量的猎物。无意识行为或许最明显地见于麦克白夫人的梦游，还有梦游时无法遏制地重温过去，但麦克白也表现出放弃了他的人类自由及自发行动。"（139）

86 要想充分理解身为自由理性存在的我们自己——因为理性，所以自由——或许永远难以实现。对我们而言，理性与"非理性因素"的互动可能永远神秘，正如心灵与物质间的互动、意识与身体间的互动。但若参考实际经验，我们没有在思想由理性决定时感到"不自由"。恰恰相反：听从理性时，我们感到自己正自由地这么做，即便是在认同某个我们遗憾自己"必须"接受的结论时——因为这种情况下我们遗憾的不是接受某个结论，而是我们感到迫于理性只得接受，我们遗憾事情只得如此（马基雅维利关于人的多数概述都可能符合这一情况）。

接受理性的"命令"时我们感到自由，因为我们意识到，不是每个人都会接受理性的"命令"，我们自己也非总是如此。许多人多次拒斥结论，并非因为他们能指出结论推理中的谬误（他们甚至懒得尝试），而仅仅是因为他们不喜欢眼下的结论；他们有自己偏好的立场，无论真理如何。因此，我们毫无保留地认为，像这般接受理性决定的任何东西，本身就展现了我们的自由意志。理性自身不能使我们听从理性，因为理性能做的一切，只是为听从理性提供理性论据。但要是我们对理性充耳不闻，选择忽视理性，这些论据就毫无作用（这严重限制了非诗人哲人的能力）。

　　自由与理性间的自然关系兴许能解释，一般而言，为什么我们选择变得理性时，会为自己骄傲：那样我们会认为自己表现最佳，在实现自己的真实本性（我们受灵魂驱动，这是我们独一无二的特点，这个灵魂的理性部分依其本性适宜统治），因此在最完全意义上为人。我们选择变得理性，只要我们是理性的。或者更确切地说，我们用意志驱使自己成为理性的，因为只有当我们有充分的"意志力"时，我们才会依循我们理性选择的事物。要是留心自己实际、"自然"的经验，我们会发现，我们通常感受不到自己的意志是自由与否。更确切地说，正如尼采所评论的，"在现实生活中，只有意志坚强和意志薄弱的问题"。（*Beyond Good and Evil*, aph. 21）［译注］文中所引尼采的《善恶的彼岸》依据朱泱译本。

　　87 我无意暗示，我们应全信道纳本的话。兄弟俩可能不信任彼此，两人都无从确定兄弟是否涉嫌谋杀父亲，这或许能更好地解释他们为何"各奔前程"。当然，这仍是出于安全的考虑，但着眼的威胁不止一种。马尔康选择相对文明的英格兰，而道纳本偏好半野蛮的爱尔兰，这兴许暗示两人各自天性的某些东西（2.3.135-136，3.1.29-30）。之后，剧本明确指出，道纳本不会陪同马尔康的胜军回到苏格兰（5.2.7-8）。莎士比亚心里可能想着，"道纳本将来的角色，是刺杀马尔康的儿子"（布拉德肖就如是认为，*Shakespeare's Scepticism*, 229），虽然他没有机会提到这一点。

　　88 至少现代进化理论如是宣称。依据这个理论，特定物种每项持续存在的身体和行为特征，最终都反映了个人生存的要求与繁衍后代的要求间的平衡。

　　89 邓肯以更寻常、有限且明显的方式，也展现出一个人的安全感如何可能危及自己的福祉。相反，他的儿子马尔康养成了一种审慎的怀疑，一种抵御轻信及类似臆断的"小心谨慎"。

　　90 格劳孔版"居盖斯之戒"的寓言及（他声称）这枚戒指的隐

身术会被派上的用场，间接支持了赫卡忒有关安全感的断言。受隐身术的安全保护，任何人只要不是天生的傻瓜，都会夺取他们想要的任何东西，做他们想做的任何事情，随心所欲地杀人或放人，"活像人类中的天神"般共同生活（《王制》359c-360c）。

91 从麦克白写给妻子的信中，或许可以区分出"善"的第四层含义（这个词在此第四次出现）："我想我应该（good）把这样的消息告诉你"（1.5.10-11）——也就是说，"善"的意思是"有用"。区分"工具善"和内在善有一定的实际用处，但这类［326］"工具善"最终势必源于某种内在善，无论这种内在善是对人为善，或是人内部的善（例如头衔和问候中的程式化用法）。

92 诚然，剧本充分强调行为、做、无法挽回已做之事或之后再做未竟之事。布利茨在《德性的欠缺》中指出："很多词在《麦克白》全剧回响，但没有一个词像'完成了'（done）一样，回响得那么频繁，那么引人注目。也没有任何词更模棱两可。某种意义上，麦克白做的事从未完成……但另一层面上，这个事又彻底完成了……他的行为既无法挽回，又尚未完成。"（11; cf. note 10, 205）麦卡林登论及第一位女巫"瞧我的（do），瞧我的（do），瞧我的吧（do）"时，提出了类似看法："［她］许诺要报复'猛虎号'船长，这孤立了剧中的关键词——'做/行为'（do/deed），预示着并用数字强调了一个悲剧模式：麦克白'可怕的行为'使他陷入地狱，里面尽是奔波，令人痛苦，毫无成效，躁动不安又永无休止。"（T. McAlindon, *Shakespeare's Tragic Cosmos,* 207）

93 马基雅维利做以下评论时，修辞上正是用了这种偏见："人们进行判断，一般依靠眼睛更甚于依靠双手，因为每一个人都能够看到你，但是很少人能够接触；每一个人都看到你的外表是怎样的，但很少人摸透你是怎样一个人。"（《君主论》第十八章，71）

94 虽然我认为奈特低估了剧本的思想内涵，但我赞同奈特在《火轮》里坚持的观点："分析不应仅指向故事，而应指向想象特质蔓延全剧的多重对应。《麦克白》的幻象超越逻辑，震撼人心。但阐释任务是要赋予想象事物一定的逻辑连贯性。为了完成这项任务，显然不应止步于提取逻辑顺序的梗概，即戏剧故事……剧本表达幻象时，其对象并非吹毛求疵的智力，而是反应迅速的想象力。"（158）

95 *Hamlet*，2.2.249–250，Arden edition。这段引文出现在对开本，更早的四开本没有这段引文。

96 参《王制》430e–431b。拙作详细分析了这一段及相关段落。Craig，*The War Lover*，ch. 4。

97 奈茨在《一些莎士比亚戏剧的主题》中指出，这个主题几乎贯穿莎士比亚的所有作品，从十四行诗（通常认为是莎士比亚的早期作品）至晚期作品。正如奈茨在"时间的属民"（"Times Subjects"）一章中所写的：

> 伟大的诗歌要求我们愿意面对、经历并思索我们共同命运中一切最令人困扰的事情。不同人会以不同方式，体会人生悲剧事件的意义。莎士比亚的一种体认方式［327］并非不同寻常；他只是更强烈地感受到，时间流逝本身对个人及所有造物有何影响。（45）

> 从十四行诗到《暴风雨》，莎士比亚身为剧作家，其取得的进步不能归结为一串灵魂冒险；就像所有伟大的艺术家一样，这是定向的探索。没错，只有当我们开始看见整个模式，我们才能意识到莎士比亚是何其执着，因为每场新的冒险中都既有自由，也有执着，而没有什么比难以抑制地依附某个观念更不吻合这些剧本。但想象有其责任，而莎士比亚找到了他的想象的责任：在一次高度私人化的经历中，他正视了时间的力量。（51）

98 在此，或许必须比我们偏好的方式更严肃地思考尼采如何看待麦克白及莎士比亚式的"不道德"或反道德，这见于 *Daybreak: Thoughts on the Prejudices of Morality*，R. J. Hollingdale，trans.（Cambridge: Cambridge University Press，1982）格言240：

> 舞台上的道德。——若谁以为莎士比亚戏剧有道德作用，看了《麦克白》就会救人于野心之水火，他就错了；若他还以为莎士比亚本人也是这样想的，他就更错了。真正受强烈野心支配的人会兴高采烈地观看这一肖像，而看到主角毁于自己的激情，不啻给这盆兴高采烈的热汤加上了最刺激的作料。诗人自己就感觉不同吗？从犯下大罪的那一刻起，他的这位野心家主角就在舞台上高视阔步，没有半点卑鄙模样！正是从那时起，他的形象突然明亮起来，散发出"魔力"，吸引心性相似的人去模仿他；他的魔力恰恰在于，违背利益和生命，顺从思想和冲动。你们是否以为，《特里斯坦和伊索尔德》用两位主人公毁于通奸一事提供了一个反对通奸的教训？这可完全颠倒了诗人的用意：诗人，尤其是莎士比亚这样的诗人，珍爱自己的激情，同样也珍爱自己准备赴死的心境——他们的心灵之依附于生命并不比一滴水之依附玻璃杯更执着。他们不把罪恶及其不幸结局放在心上，莎士比亚是这样，《埃阿斯》《菲洛克忒忒斯》《俄狄浦斯》中的索福克勒斯也是这样。在这些剧本中，他们本可容易地把罪恶当作全剧的枢纽，但他们却仔细地避免了。悲剧诗人同样不愿通过描绘生命反对生命！相反，他们喊道："这是刺激中的刺激！这令人兴奋的、变化无常的、充满危险的、阴云密布但也常常阳光普照的人生！生活就是一场冒险——无论你们躲到什么地方，你们都不可能躲开冒险！"——这是一个不安分的旺盛活跃时代的声音，[328]一个因为热情洋溢和精力充沛而忘乎所以的时代的声音——这是一个比我们的时代更

恶的时代的声音，因此，我们发现，我们必须误解一部莎士比亚戏剧，然后才能把它的意图弄得合宜而公正。（140-141）[译注]文中所引尼采的《朝霞》依据田立年译本。

99 再一次，各路评论者因为没能理解剧本的形而上学面相，从而怀疑他人篡改了有关赫卡忒的场次。例如：缪尔的阿登版导言（xxxiii-v）；巴克的《麦克白》前言（见于《莎士比亚作品的更多前言》[*More Prefaces to Shakespeare*]）。巴克开始分析时宣称："可以不假思索地把赫卡忒一笔删去。如果这不是真正的米德尔顿（Middleton）之笔，那么至少是真正的废话连篇，而莎士比亚——虽然他会有疏忽——写《麦克白》时不会废话连篇。"（60）虽然我得小心翼翼地谈论莎士比亚的"疏忽"，但我会毫不迟疑地宣称，这是巴克最胡扯的几处之一。罗森堡（Rosenberg, *The Masks of Macbeth*）回顾了批评家认为"赫卡忒一场"（即3.5）"非莎士比亚之笔"的各式理由，对我们很有帮助，但罗森堡认为，这是莎士比亚的创作——并且，我认为罗森堡分析这一场的戏剧及诗歌特质时展现出非凡的洞见。罗森堡指出："就在麦克白生命中的'另一个女人'开始无法控制他的方向后，赫卡忒出现了；虽然麦克白看似不需要进一步指导，但赫卡忒会把他带向更幽深、更黑暗的保证，甚过先前的麦克白夫人。"（492）罗森堡断言：

> 这一场之所以在那儿，是因为它用惊人的奇观强化了恐怖的气氛。这一场效果卓著……
>
> 莎士比亚的赫卡忒代表一种恶的面相，较之含混的女巫们，赫卡忒的面相更有意为恶，更一心要制造毁灭。她在关键的时候出现，那时麦克白离开妻子，去拜访三姐妹，这三姐妹兴许想帮助麦克白，但可怕的女神的相反命令威胁了这种可能。我们现在比麦克白更清楚前方有何种危险。（496）

我希望我的分析已澄清（我的分析尤其得益于洛温塔尔的《莎士比亚与美好生活》中关于"麦克白"的章节），赫卡忒的角色至关重要。

100 赫卡忒指定她和下属最后与麦克白在阿契隆的地坑见面（3.5.15），这进一步暗示了赫卡忒超越现世的身份。依据远古的传统，冥府的入口位于阿刻戎河（Acheron）的源头，这条河的名字源于意为"疼痛"的词语，尤其是心灵的疼痛或痛楚。

101 对善与恶的这个看法类似卢梭《爱弥儿》中萨瓦牧师（Savoyard Vicar）布道时所传讲的自然神学（*Emile*，Allan Bloom，trans.，New York. Basic Books，[329] 1979）："普遍的灾祸只有在秩序混乱的时候才能发生，我认为万物是有一个毫不紊乱的秩序的。"还有："上帝的善良表现在对秩序的爱，因为他正是通过秩序来维持一切的存在和使每一个部分和整体联在一起的。"（282，285）[译注]文中所引卢梭的《爱弥儿》依据李平沤译本。

奈茨在《一些莎士比亚戏剧的主题》中如是评论麦克白本人："他将意志引向恶，引向某种本性就会带来混乱、否定意义的事物。可靠的自然善（nature goods）——从食物、睡眠到友谊、服务、爱等各种相互关系——见证了恶的核心悖论，即无论恶的力量何其可怕，它都只能走向'无'。"（141）但在此需澄清的是：麦克白自觉追求的"恶"乃是虚假的善，之所以假，部分原因在于它排除了真正的善。

顺便说一句，如果我们将恶理解为混乱，那么就几乎无法推崇邓肯治下的苏格兰（参见本章注19）。

102 鉴于容易混淆这种说法的涵义，有必要再做评论。首先，这并不必然暗示平等主义的安排，历史上，各种政体都证明能与正当的政治生活相容，包括审慎的君主制。相反，令人高度怀疑的是，极端平等主义的安排，其间每个人都平等享有财富、权力和地位，是否能带来长久的政治和谐。其次，问题不在于人实际上做什么，而是他们有充分理由做什么。鉴于每个在政体中生存的人——事实上甚至尤其包括小偷、骗子、敲诈者、乞丐和其他所有依赖他人过活的人——都与维系政体利益攸关（无论是否意识到这一点，是否愿意为此承担任何责任），一个人无法合理地证明，他可以偏袒自己而违背无限维系那一政体这条原则。麦克白提及"公平的正义"（1.7.10）时，正是对此一清二楚：他对自己或其他任何人都给不出可信的理由，证明自己可以对邓肯违背事关主人、亲族和臣民的律条，而不同时使得别人同样对待他也合理正当。

103　即便是自觉的自我毁灭行为，只要我们能任何程度上理解这个行为（也就是说，只要该行为有任何理性成分），该行为也假定这个人认为自己还是死了"更好"。

104　布拉德肖在《莎士比亚的怀疑论》中认为，这是剧中最令人不安的因素的关键：

> 在《麦克白》中，正如在《李尔王》中一样，为人真切感受到的现实，由这些迫切的人类需要和渴望构成的现实，自身未保证存在一个对应的道德和精神秩序；这个现实可能会令人愈发"难以适应"，愈发心生畏惧。《麦克白》令人畏惧，并非因为剧本以某种教条式的怀疑或虚无主义论调否定存在"秩序"，而是因为剧本使其现实如此无从确定，引人担忧。（224）

> ［330］从观念上讲，白昼世界与黑夜世界的对立或自然两半的对立，理应相对清楚，正如善与恶的对立……但似乎更重要的是，应注意到一种差异：这些对立似乎理应概念明晰，而剧本却唤起感受上的不确定性。（225）

> 说麦克白"致命地不了解"自己的本性是一回事，但我们是否也能说……他没能按照世界真实的模样感受这个世界——

他的世界？认为麦克白的行为势必自我毁灭，因为他就是他自己，这是一回事，但是否有人想过，一些确定不可避免的过程会保证，屠杀班柯和麦克德夫全家的人会相应地感到精神上的痛苦？（233—234）

105　莎士比亚仅四次使用这个词，一次在这里，两次分别见于《一报还一报》（2.2.173）和《皆大欢喜》（5.3.154），都拼作fowly，还有一次在《亨利六世》（上），拼作fouly（1.3.154）。《麦克白》中没有出现fowl，但对开本在别处出现了这个词，拼作Fowle（例如《一报还一报》2.2.85，3.1.91）。

106　现代编纂者通常让他在第五幕第五场第七行处，为了回应麦克白的问题，先退场，再进场，但对开本却安排他始终在场，这暗示他无需打听就知道麦克白问题的答案。

107　可以加上富勒的评论（"The Relation of Thought and Action in *Macbeth*"）：

> 麦克白夫人……担心麦克白的本性，因为他充满太多人情的乳臭。简言之，她担心麦克白的女性特质或一般而言的女性特质。也可以说，在她看来，只要麦克白怀着心事，就一事无成——想来人情的乳汁联系起思虑和女性，与武士之王狂暴不堪、不假思索的生活截然对立。她想失去性征，来实现"最凶恶的残忍"……她希望麦克白协调欲望和行动。
>
> 麦克白试图搪塞妻子，扬言"只要是男子汉做的事，我都敢做"。这句台词不出所料地含混不清，因为在这里，男子汉适合做的事和男子汉能做的事之间形成了张力。正是男子汉能成为的模样使麦克白夫人饶有兴趣，而她试图改变男子汉的所是："那么当初是什么畜生使你把这一种企图告诉我的呢？"麦克白夫人认为，当麦克白像头野兽沉浸于最初轻率的热情时，他更

像个男人。当女性消融成为男性，从而一切都成了男性时，人和兽的边界也随之模糊。（214-215）

108　一些学者认为，麦克德夫"他自己没有儿女"（4.3.216）这句台词中的"他"指的是马尔康——认为马尔康敦促麦克德夫复仇是感觉迟钝，[331] 于是麦克德夫置之不理。但这不符合马尔康的反应，不符合麦克德夫几秒钟后立即接受这同一番劝告的事实（4.3.229-235），也不符合麦克白就后代这一点对比自己和班柯地位的那段内容（3.1.59-69）。麦克德夫这般评价洛斯也说不通，因为洛斯（就我们所知）也没有儿女，因此不会比马尔康更有准备，更能充分地同情麦克德夫的不幸。合理得多的推测是，麦克德夫正出声解释，主要是向自己解释麦克白那种若非如此便会显得不可思议的恶行。

109　由此，如果诉诸法律术语，那便是，女巫们会造成"性功能障碍"（ligature）——一种常与巫术相联的罪行。关于这一点及相关问题，参见 Dennis Biggins, "Sexuality, Witchcraft, and Violence in *Macbeth*", *Shakespeare Studies* 8（1975），255-277。

110　布利茨（*The Insufficiency of Virtue*）指出，这句看似偶然的台词具有更深远的意义："女巫们要让水手遭受的命运，相当类似麦克白即将面临的命运。正如女巫们要让这个船长干如稻草，麦克白也会发现，自己的生命已萎缩干枯（"我的生命已经日渐枯萎，像一片凋谢的黄叶"……）。正如女巫们要让水手睡不着觉，麦克白也会听到一个声音在喊：'不要再睡了'……受'每夜使我们惊恐的噩梦'困扰……而两人的不幸都与妻子有关，尤其与妻子说的话有关，这只是使他们的命运愈发相似。"（22）

111　虽然麦克白夫妇的婚姻有此残缺，但施托克霍尔德（Kay Stockholder）将令人困惑的心理分析施于莎士比亚及其人物时，却要让我们将他们视作这位哲人兼诗人心中的模范夫妇："麦克白夫妇亲密无间，这照亮了血腥罪行不断扩大的圆圈。他们最接近莎士比亚笔下成熟、已婚、正值育龄但显然没有儿女的一对人儿。这两人活灵活现。"（*Dream Works: Lovers and Families in Shakespeare's Plays*，Toronto: University of Toronto Press，1987，4）但说到意识形态引发的批评愚钝，几乎莫过于克莱因（Joan Larsen Klein），她认为麦克白夫人恶意的反讽"我们必须准备款待这位将要来到的贵宾［邓肯］"，证明她惯于主持家务！参见"Lady Macbeth:'Infirm of Purpose'"，in *The Woman's Part: Feminist Criticism of Shakespeare*，246。

112 正如韦斯特（Robert H. West）（*Shakespeare and the Outer Mystery*）指出的："历经三百年的讨论，莎士比亚的批评家无法确定——至少不能达成共识——这种恶的性质，甚至即便有女巫和恶魔的象征出现，也无法就其是否是超自然恶达成共识。这种恶是否本质上有别于《李尔王》中的宇宙暴力和无情的暴风雨，或有别于伊阿古致命的狡猾和恶意？……兴许，《麦克白》中有否恶魔施动，［332］得依据三姐妹可能拥有的含义。剧中其他所有恶的现象，也许都该归因于人类的恐惧和激情。但我们难以表明，理解三姐妹最好的方式，不可以是将其视作独立的存在，受既是人格化的又是非人类的恶意驱动。"（70）

113 在此，莎士比亚的灵感显然得益于荷马，他赐予麦克白夫人与喀耳刻（Circe）相近的力量，后者也用饮料把一些人变作猪，把另一些人变作狮子和狼（《奥德赛》卷十，212，233）。

114 《冬天的故事》中，莎士比亚利用赫米温妮（Hermione）的"塑像"，匠心独具地逆转了这"睡眠—死亡"间的相似性。彼时，莎士比亚让宝丽娜（Paulina）献上雕塑，说："它就在这儿；请你们准备着观赏一座逼真的雕像，睡眠之于死也没有这般酷肖。"（5.3.18–20）

第三章

1　引文依据阿登版第二版，缪尔编纂（首版1952年问世，1989年Routledge，London and New York再版）。阿登版第三版为福克斯（R. A. Foakes）编纂（Walton on Thames: Thomas Nelson and Son，1997），在本章内容大致完成后才问世。第三版较第二版略有改进，但当我试图依据第三版更换所有引文时，发现第三版有更多不足（至少就我在此开展的这类分析而言）。对于近年关于两个版本的争议，即关于最佳四开本和第一对开本（下文将简略论及）的争议，福克斯给出了明确的回应，试图"提供一个能传达作品大意的版本，同时使版本间的主要区别清晰可见"（119）。但这常造就一个冗长、笨拙以及/或膨胀的版本，因此，评论家不得不做出编纂决策，而后着重指出他的分歧。

举一个简单的例子。在1.5.43–44，缪尔选用对开本的文本（"啊！不要让我发疯，不要让我发疯，天啊；抑制住我的怒气；不要让我发疯！"），将四开本文本置于脚注。福克斯则合并对开本与四开本，用上标注明单独出现在各版本的内容（"啊不要让我发疯，[F]不要让我发疯[F]，天啊！[Q]不要让我发疯。[Q]抑制住我的怒气，不要让我发疯。"）。因此，引用"文本"时，我认为缪尔的版本更可取（我也更偏好缪尔的拼写与标点，它们更能凸显格律）。由于就大部分文本而言，福克斯的行码相对接近缪尔的行码（偏差很少超过两行），依据后一版本的引文不会给使用前一版本的人造成特别的困扰。

两个版本最重要的不同在于如何给第二幕分场。缪尔依从卡佩尔开始的编辑传统，将四开本与对开本中［332］均自成一场的第二场分作独立的三场（将爱德伽的独白作为单独一场，即2.3.1–21）。福克斯重新将它们合并为单独一个冗长的场次（并给出充分的论证），但为便利起见，将传统上三场版本的行码置于括号内。

那么，由于缪尔的文本与多数现代版本一样（包括福克斯的版本），合并了最佳四开本（即第二四开本，尽管第二四开本与第一四开本均标明1608年出版，版本学家现在仍相信第二四开本是修订本，实际上于1619年付梓）与对开本（对开本删了约300行四开本的文本，加了约100行新内容，还有不计其数的词语变动），所以，《李尔王》的阐释者面临特殊的难题，这些难题在考察（例如）《麦克白》时几乎完全不会存在。

此外，长久以来，合并四开本与对开本是标准做法，但最近其合理性受到了质疑。牛津版《莎士比亚全集》（*Complete Works*）的主编韦尔斯（Stanley Wells）倾向于单独排印四开本与对开本（正如牛津出版社的做法）："较之合并版，拆解这两个版本使剧本更清晰明了，易于阅读与演出。这应有助于欣赏剧本；现在，一些过去困扰读者的结构缺陷可被视作出自莎士比亚的编辑者，而非剧作家本人。"（*Shakespeare: A Life in Drama*，New York: W. W. Norton，1995，264）分开这两个版本能使剧本更清晰明了，对此我不敢苟同。

我认为，对开本删去的台词没有实质上改变故事，其目的仅在于加快表演，而对开本增添的内容是为了增强戏剧力量及/或使剧本更明了。但对开本删去的内容确实提供了一些细节，能使我们对人物的理解更丰富，使剧本的内在逻辑更清晰可辨。缪尔在《〈李尔王〉的文本：对争议的临时评价》（"The Texts of *King Lear*, an Interim Assessment of the Controversy"）中，总结了争论涉及的问题，捍卫了传统做法（我认为缪尔的辩护令人满意）。对于争论实际上关注的问题，更具政治敏锐性的分析参见Paul Cantor，"On Sitting Down to Read *King Lear* Again: The Textual Deconstruction of Shakespeare"，该文已在前文被引用，见第一章注43。

幸运的是，两个版本的差异，大体不影响我认为在充分理解剧本之时所涉及的核心问题。差异确乎重要时，我自然会做出恰当的标注。与分析《麦克白》时一致，我有时将引用的小段诗体排成散文。

2　我对这个观点及剧本其他内容的后续论证，受益于雅法（Harry Jaffa）的分析。"The Limits of Politics: *King Lear,* Act I, scene i" in Allan Bloom, *Shakespeare's Politics*, New York: Basic Books, 1964。

3　*Coleridge's Shakespearean Criticism*, Thomas Middleton Raysor, ed. (Cambridge: Cambridge University Press, 1930), 55; Bate, *The Romantics on Shakespeare*, 389. 同样，认为《李尔王》是"莎士比亚最好的戏剧"的赫兹列特似乎也［334］误读了开场，只看见李尔行为中的非理性因素（*The Romantics on Shakespeare*）："唯有基于李尔这一人物……这个故事才能具备最大的真实与效果。正是李尔鲁莽仓促、冲动易怒，除自己的激情与感情的要求外，对一切视而不见，才使得他遭受所有磨难，使他对磨难愈加忍无可忍，并使我们同情他。考狄利娅在这一场中扮演的角色异常美丽：在考狄利娅吐出的最初几个词里，故事几乎已经讲完。"（394-395）

依我看，上世纪几乎所有最有影响力的莎学学者均误读了李尔，因而未能理解李尔在开场的实际意图。与柯尔律治一样，这些学者仍贡献了宝贵洞见，但他们对剧本的整体解读无不大打折扣。仅举几例最出色的解读：

A. C. Bradley, *Shakespearean Tragedy* (London: Macmillan 1963; orig. pub. 1904)："李尔的意图［是］一个纯粹的形式，一个孩童般的计划，用于满足他对绝对权力的挚爱，他对确保忠心的渴望。"（204）

G. Wilson Knight, *The Wheel of Fire*："剧本从一开始就具有喜剧色彩。已有人指出，李尔，打个比方说，上演了一场自扮主角的插曲，其中李尔将爱的宣言紧握心中，向赞不绝口的合唱放弃了权杖。这幼稚可笑，愚不可及——但独具人性。后果也独具人性。"（161）

Derek Traversi, *An Approach to Shakespeare,* vol. 2："高龄削弱了

［李尔的］自制力，使他一遭人反对就怒火中烧，这种怒火无疑根植于'血液'。"（148）

Harold C. Goddard, *The Meaning of Shakespeare* vol. 2（Chicago: University of Chicago Press, 1951）："剧本开头处，李尔……和葛罗斯特一样……视力完好。但道德层面上，李尔甚至比葛罗斯特还要失明。李尔是他傲慢、愤怒、虚荣及骄傲的牺牲品，以致几近疯狂。性情暴躁、绝对权力及年老体衰，这三者合力造就了现在的李尔。"（147）

Bertrand Evans, *Shakespeare's Tragic Practice*："肯特的愤愤之词……至关重要，肯特描绘了李尔极度自我中心、虚荣自负、顽固不化的特点及维度，李尔因此盲目无知，心灵脱离真实"；"与其说李尔盲目无知，毋宁说其一意孤行，要是需要的话，李尔完全会割掉自己的鼻子来激怒自己的脸庞"（150-151）。

Rend Girard, *A Theater of Envy*（New York: Oxford University Press, 1991）："国王让三位女儿轮流向他示爱；国王非但没有按自己角色的要求，阻止女儿们互相竞争，反倒愚不可及，大肆鼓励竞争：他将自己设定为欲望竞技的对象……将满足自己不可言表的欲望，转化作女儿们的某种义务，他为此组织的仪式必须与退位同时发生。照此行为，李尔成功卸任了父亲与国王。"（181）

罗森堡在 *The Masks of King Lear*（Newark: University of Delaware Press, 1972, 17-18）中与人方便，罗列了表演批评与学术批评中对李尔动机的各式解读：

> ［335］设计李尔的动机与设计任何戏剧一般复杂；若缩减为简化后的"关联词"，这一人物即被野蛮削弱。不过，综合所有主要的批评与表演解读，即能初步匹配这个角色的维度。在此是简化后的主要解读：
>
> 李尔是野蛮人，有着原始、未经驯化的冲动。

李尔老态龙钟。

他年事已高——具有老年的所有弱点，身体及精神的弱点。

他一开始就已疯狂。

他不疯狂——但反复无常：怒不可遏、易于冲动、已被惯坏、一意孤行、违背自然、深藏仇恨、不可一世、顽固不化、残暴专制、无法平息、缺乏想象等。

他是激情（愤怒）的奴隶，尽管正是他的伟大激情表明其灵魂之伟大。

他充满智慧，爱意满满，宽宏大量，是为忘恩负义所激怒的慈父。

他惯于统治，无法适应受他人统治，尤其是受曾受他统治的人统治。

他是典型的国王，经历着不可避免的命运。

他是披着皇袍受困扰的凡人。

他自私自恋——对爱如饥似渴，自己却无法付出爱。

他是受虐狂，伤害自己（甚至有求死之心），顾影自怜。

他对女儿们有受压抑的乱伦情结，尤其是对考狄利娅或高纳里尔。

他有退化倾向，主要是回归子宫——母亲的避难所（这里也有求死的成分）。

他的动机神秘莫测。（有时这等同于：莎士比亚创作失败。）

因此，Alvin Kernan, *Shakespeare, the King's Playwright*（New Haven: Yale University Press, 1995）与众不同，认为李尔是莎士比亚"真正的王者中最威严的形象"，"傲立群臣，性格宏伟，'从头到脚都是君王'，面庞上有不可剥夺的权威，属下'愿意叫您做主人'。

他的意志方方面面都不容违背，威严庄重，无所畏惧，专制独裁"（96–97）。

4 他们对既定的领土划分泰然接受，这几乎不容夸大。只需比较肯特之后的反应，彼时李尔即兴做出完全不同的领土划分："康华尔，奥本尼，你们已经分到我的两个女儿的嫁奁，现在把我第三个女儿那一份也拿去分了吧。"（1.1.126–127）肯特突然暴怒，不愿住口，称李尔"疯狂"，坚持让李尔"保留你的权力"（148）。任何对政治略有了解的人，尤其是任何熟知英国历史的人，都会立即意识到，保持王国统一至关重要。[336] 就剧本自身的历史背景，可以回想苏格兰的詹姆士六世刚登上英格兰王位之时，他由此统一起苏格兰与英格兰——大多数英格兰政客深感欣慰，因为他们熟知苏格兰独立带来的严重问题。

5 爱的考验在情节中所服务的目的，也就是说，它不同于在剧场演出时的目的。那些讲述三女儿（长女邪恶，幺女善良但遭受不公）"爱的考验"等内容的传说与文学作品受大众喜爱，表明这类故事满足了某种心理需求，这可以解释为什么莎士比亚用这个故事来掩盖他在此讲述的更深刻、更具挑战性的故事。

6 正如福克斯在"导言"（95）中所注，贺林歇德——莎士比亚两位公爵头衔的可能出处——明确地说明，"阿尔巴尼亚"（Albania）是大不列颠汉伯（Humber）以北地区（包括苏格兰）。

7 在莎士比亚的时代，英国人显然能接受（尽管十分勉强）外国君主统治，前提是这些外国君主与皇室联姻，成为常驻君主——这在伊丽莎白统治的上半叶是英国人的普遍期望。

8 的确，马基雅维利在《君主论》第十八章（"论君主应当怎样守信"）的开篇处似乎表达了相反的立场："任何人都认为，君主守信，立身行事不使用诡计，而是一本正直，这是多么值得赞美呵！然而我们这个时代的经验表明：那些曾经建立丰功伟绩的君主们却最不重视守信，而是懂得怎样运用诡计，使人们晕头转向，并且终于把一本信义的人们征服了。"不过，马基雅维利在该章结尾处澄清，只有当欺骗不为人知，或至少眼下不为人知时，这条建议才能奏效："一位君主应当十分注意，千万不要从自己的口中溜出一言半语不是洋溢着上述五种美德的话，并且注意使那些看见君主和听到君主谈话的人都觉得君主是位非常慈悲为怀、笃守信义、讲究人道、虔敬信神的人。"（68-70）在这一方面，正如在所有方面，真正成功的"马基雅维利式"君主从不被怀疑是马基雅维利式君主。或许无需补充，鲜有人能做到这一点，因为一着不慎，满盘皆输。

9　更早问世的《雷尔王》（*King Leir*）是莎士比亚这部杰作的重要灵感源泉。那部作品中，国王明确承认，这是一个"突然的策略"，目的隐秘（缪尔在阿登版《李尔王》前言中引到相关段落，页XXV）：

> 我决心已定，现在心意
> 确有一突然的策略，
> 要考验下哪个女儿最爱我：
> 若不知晓，就不得安息。
> 有鉴于此，她们要同台竞技，
> 在爱上互相赶超：
> [337]然后在这有利的条件下，我要叫来科迪莉亚，
> 尽管她确实宣言她最爱我，
> 我要说，那么，女儿，答应我一个请求，
> 像你的姐姐们一样，表明你爱我，
> 接受一个丈夫，我自己会去求婚。

不过，这个雷尔把秘密透露给了参事大臣，其中一位参事大臣（斯卡利格［Skalliger］）将策略透露给戈诺里尔（Gonorill）和拉根（Ragan）。于是，她们有机会做好准备，演练能欺骗父亲的言辞，她

们知道，父亲爱听这些话。

两剧间的差异可以出色地说明，莎士比亚在情节中隐藏了——因此读者需要自己发现——来源作品中显而易见的特点与逻辑。相比贺林歇德笔下的邓肯王，莎士比亚在《麦克白》中刻画邓肯王时，也如出一辙。

10 我未发现有任何迹象表明，考狄利娅接受了能为她实际统治做好准备的政治教育。这是我不赞成洛温塔尔对李尔开场意图的解读的首要理由（*Shakespeare and the Good Life*）。洛温塔尔认为，李尔的"首要目的是将权力的最大份额交给考狄利娅"（77），认为"李尔意在实际分割王国，而非暂时分割或只是表面上分割王国……李尔暗示，某种类似三级议会的安排会给治理大不列颠带来统一"（76）。这种解读会造就一个愚蠢透顶的李尔，使讨论国王安排的肯特与葛罗斯特显得出奇自满（这与肯特在李尔即兴修改原计划后的剧烈反应形成戏剧对比）。就这一点，可以回想潘西（Percy）、摩提默（Mortimer）同葛兰道厄（Glendower）臭名昭著的三分契约，依据这份契约，推翻亨利四世后，英国将被分为三个小国（莎士比亚不留情面地描绘了三位首领如何为分割细节争吵不休，这番场景始于《亨利四世》[上]第三幕）。因此，就如何解读李尔的继承计划，我必须同意雅法在《政治的局限》中的观点。不过，话虽如此，我依然基本同意洛温塔尔关于该剧的出色论文中的其余观点，其整体论述使我受益良多。

11 有些学者，如奥金克洛斯（Louis Auchincloss）在 *Motiveless Malignity*（London: Gollancz, 1970）中认为"考狄利娅对子女之爱的定义准确恰当"（15）。但这里需要的并非"定义"。设想一位妻子恳求丈夫保证："亲爱的，你爱我吗？"——结果她只被告知："我依你所应得的爱你，不多不少。"这无疑是令人难忘的回答，但几乎不可能出于妻子会珍惜的原因。

12 巴克（Harley Granville-Barker, *Prefaces to Shakespeare* vol.

1）对［338］开场中考狄利娅的解读似乎正确无误："将考狄利娅呈现为一位柔弱的圣徒是致命的错误。考狄利娅很有父亲的风范。尽管她甜美动人，年纪轻轻，但她和父亲一样骄傲，一样固执己见。"（303）

13　鉴于李尔要选择某种新安排，且新安排仍要与他宣布的"决心"一致，即将所有实际管理事务交卸给他人，有人可能会纳闷，既然李尔（有理由）偏爱奥本尼，为什么不当时当地，将具有战略意义的"考狄利娅国土"赐给奥本尼。但我们必须牢记，李尔正试图预防"他日的争执"（1.1.43-44）。使奥本尼成为主导势力或许让我们点头称赞，但"火爆的公爵"康华尔会忍气吞声地被降至从属地位吗（要记住李尔费尽心机，公平对待两位公爵，而葛罗斯特提醒李尔："您知道公爵的火性；他决定了怎样就是怎样，再也没有更改的"，2.4.89-91）？康华尔脾气暴躁，野心勃勃，奥本尼又被认为"仁善厚道"。正如高纳里尔早先批评奥本尼的："只有人批评你糊涂，却没有什么人称赞你一声好"（1.4.342-343；也可以参见4.2.1）；之后，高纳里尔又批评："不中用的懦夫！你让人家打肿你的脸，把侮辱加在你的头上"（4.2.50-51）。因此，这套方案不能带来永久的和平。

诚然，后续事件证明，奥本尼要比他人所评价的坚毅（更是远在妻子的评价之上；4.2.12-14），但是，也许确有充分的理由表明，奥本尼还未获得足够的声望，能使胆大之徒心惊。即便奥本尼已表明自己勇气可嘉，也依然有理由怀疑，奥本尼并非李尔理想的继任者。只需想到，剧本结尾处，奥本尼迫不及待想让出自己的"绝对权力"，先是给老李尔，再是给肯特与爱德伽（5.3.297-299，5.3.318-319）。我不至于像阿鲁里斯（Joseph Alulis）一样认为"奥本尼具有美德，但他的美德仅限于忠诚与正派"，in "Wisdom and Fortune: The Education of the Prince in Shakespeare's *King Lear*," *Interpretation* 21 (Spring 1994), 373-389; 376。但阿鲁里斯正确地发现，奥本尼不真正渴望成王，因而无法胜任王位。相反，康华尔是残暴的恶棍。［译注］文中所引阿鲁里斯的《智慧与命运——〈李尔王〉的君主教育》依据马涛红译文。

14 莎士比亚的来源作品《雷尔王》强调李尔爱所有女儿。在早先这部匿名作品中，国王宣布：

> 我的女儿们对我的灵魂有多珍重，
>
> 无人知晓，唯有他，那个知道我心思与秘密行动的人。
>
> 啊，她们几乎不知，我多么重视，
>
> 她们未来的光景：

同样，贺林歇德记录道："据记载，他的妻子只给他生了三个女儿，戈诺里尔、拉根和科迪莉亚，他深爱女儿们，但爱幺女科迪莉亚远在长女、次女之上。"（缪尔版《李尔王》附录引用了这两个来源作品，207，220）

15 ［339］莎士比亚向我们表明，更年轻的亨利五世学会了这一点——至少如是声称——因为启程征服法国的前夜，他的三个至交密谋杀害国王。亨利五世尤其对着密友马沙姆的斯克鲁普勋爵（Lord Scroop of Masham）说：

> 你给融洽无间的"信任"
>
> 带来了多大的猜忌！看，人家不是很忠心？
>
> 嗳，你何尝不就是这样。人家岂非博学又正经？
>
> 嗳，你何尝不就是这样。人家出身高贵？
>
> 嗳，你何尝不是呀。人家岂非很虔诚？
>
> 嗳，你何尝不是呀。人家不贪口腹之欲，
>
> 神情坦然，喜怒不形于色，褪尽了火气，
>
> 从不让一时的血气动摇自己的身心，

> 举止优雅而温文，
>
> 判断人，绝不是光凭眼睛，不用耳朵，
>
> 可还得经过深思熟虑，并不轻信所见所闻？
>
> 你就像是这样一个十全十美的人：
>
> 而你的变节，叫所有才德具备的君子
>
> 蒙上了某种嫌疑的污点。我要为你而流泪啊，
>
> 你这种叛逆的行为，在我看来，就像是
>
> 人类又一次的堕落。（2.2.126–142）

16 在《莎士比亚的怀疑论》中，布拉德肖引入了对该问题尤为有益的探讨，他如是评论："'为什么考狄利娅死了'这个问题对《李尔王》批评至关重要。"（87）。无疑，琼生博士对剧本最后一场的著名不满，表达了成千上万人的心声："莎士比亚使考狄利娅的美德在正义事业中消逝，有悖于自然的正义观点，有悖于读者的希望，但最古怪的是，有悖于史书的记载。"但我认为，那些赞同琼生观点的人未能意识到，就引发整出悲剧而言，考狄利娅并非完全清白。诚然，没有人会（荒谬地）认为考狄利娅只是罪有应得，但对于发生的事，她也难逃其责。就理解莎士比亚设计的悲剧性结尾，这桩挑战变得愈发引人深思——如果未必如琼生所言，变得"更为古怪"的话——因为我们意识到，这个结尾与所有"来源"文本截然不同。

17 John F. Danby, *Shakespeare's Doctrine of Nature: A Study of King Lear* (London: Faberand Faber, 1948)，尽管我认为丹比在一些重要方面论述有误（包括至关重要的开场，以及考狄利娅的骄傲对引发悲剧的作用），但丹比有益地探索了剧本及他正确视作剧本中心主题的内容："可以认为，《李尔王》戏剧性地表现了［340］'自然'这单个词汇的各种含义。若这样看待该剧，立即显而易见的是，《李尔王》是一部关于观念的戏剧——这部观念戏剧并非如道德剧一般，是抽象概念的戏剧；也非如萧伯纳（Bernard Shaw）的戏剧一样，充

斥着风趣的谈话；不过，这仍是一部观念戏剧，是莎士比亚的独创：是伊丽莎白时代的思想的真正《新工具》(*Novum Organum*)。"(15)

　　丹比致力于阐释莎士比亚所有主要剧本中的自然观（除了探讨《李尔王》外，还分析了十多部莎剧，尽管丹比尤其关注《李尔王》），丹比分析的特点在于，他熟知近代政治哲学的主要作品（如胡克、霍布斯、培根、马基雅维利的作品）。丹比认为，剧中主要人物首先代表各种自然观："正是他们的自然观，赐予每位人物在剧中以某种重要性。"(121)不过，我的整体方法与丹比大相径庭，我更关注哲学自身与自然问题的关系。此外，丹比是毫无顾忌的历史主义者，以致拒绝赋予莎士比亚作品真正的哲学地位（例如，作品呈现的观念可能就是正确的）："这普遍的作品'从自然深处生长出来，并通过高贵真诚的灵魂生长出来，这灵魂是自然之声'。我们已试图表明，莎士比亚作品背后的'自然深处'包括莎士比亚出生其间的社会自然与'时代'自然。《李尔王》阐释了某一特定历史时期的人类困境。此外，我们也已试图表明，《李尔王》如何解释了莎士比亚自身的发展。"(196)

　　18　弗雷泽（Russell A. Fraser）在探讨人性中的张力时，充分运用了遍布该剧及其他剧本的动物意象（*Shakespeare' s Poetics in Relationto* King Lear, London: Routledge and Kegan Paul, 1962, 85-102）。泽尔纳（Rolf Soellner）认为（*Timon of Athens: Shakespeare' s Pessimistic Tragedy,* Columbus: Ohio State University Press，1979），《泰门》这部因忘恩主题常被与《李尔王》相连的剧本，比其他任何莎剧更常"将人整体上比作动物"："这个意象强调了人的兽性。"(106)

　　19　在此，我们遇见第二种"自然"观念，与李尔上一场暗指的自然观念截然不同。海尔曼（Robert B. Heilman）在对该剧的著名解读中指出（*This Great Stage: Image and Structure in* King Lear, Baton Rouge: Louisiana State University Press, 1948; reprint, Seattle:

University of Washington Press, 1963）：

> 《李尔王》呈现了双重自然观，或者更准确地说，表现了人拥有两种相反的自然观。剧中人物频频提及自然；但人物德性相异，其差异延伸至他们的自然哲学……对于剧中大多数人物，自然是秩序的基本原则；自然是 lex naturalis［自然之法］，神意规定的宇宙体系；自然意味着善恶有别，［341］意味着永恒正义在运行。另一方面，自然也仅被理解为生气勃勃的力量、身体欲望及个人冲动，不受约束、未经批判的渴求的总和。两重含义相互竞争，因而构成一种特殊张力，而这种张力限定了整体的戏剧表达。（115）

丹比（*Shakespeare's Doctrine of Nature*）在论及李尔试图"解剖里根"，看看"究竟为了什么自然的原因，她们的心才变得这样硬"时，也做了类似评论："'自然'在此被推过一道重要门槛。科学的物质自然（培根在《新工具》里主要探讨的自然）开始蚕食道德败坏的领域。依据严格的正统观念，用来解释李尔这一问题的本应是人类的堕落，而非解剖术。"（49）但无论是海尔曼还是丹比，似乎都未能发现"自然"这个复杂问题与政治哲学的联系，我认为——也正试图表明——这一联系是该剧的深层故事。

20　现代编者几近通行的惯例是，在所有舞台提示及台词归属上，用"爱德蒙"取代"私生子"。由于剧中"婚生—私生"的问题举足轻重，这个惯例极成问题。这里只需指出，与只读过现代版本的读者相比，对开本读者对爱德蒙受损的社会地位印象更深刻，最好的四开本（第二四开本）的读者得到的此种印象则愈发深刻。爱德蒙的出现共有十场。依据对开本的舞台指示，其中有五场中（四开本中有七场）爱德蒙的入场用"私生子"标示，其他五场的入场用"爱德蒙"标示。然而，除了爱德蒙在第一幕第一场的三次简短台词（共计十三个单词）及在第二场中最后三段台词，所有台词归属都标为"私生子"。

21 "自然之法"这一表达本身反映了人格化的自然观念——还有"糟糕的语文学",这是糊涂地将physis[自然]与nomos[礼法]并置——尼采在《善恶的彼岸》格言22中对此给出了风趣的展示。

22 莎士比亚给爱德蒙取的名字本身即暗示爱德蒙的"世俗"(mundane)态度。尽管这是一个受人尊敬的古英语姓名(意思类似"快乐的保护"),一些杰出的撒克逊国王也叫爱德蒙,但这个名字暗示了拉丁词mundus[俗世]。

23 在这点及其他许多重要问题上,都很难比卡维尔(Stanley Cavell)错得更离谱(*Disowning Knowledge in Six Plays of Shakespeare*, Cambridge: Cambridge University Press, 1987):"爱德蒙在独白中,以同等力度抱怨他作为私生子及幼子的遭遇——仿佛在问,为什么要像对待私生子一样对待幼子。在他看来,这两种社会制度都主观任意,违背自然。而剧中也没有任何内容表明,爱德蒙所言有误。"(49)同等?爱德蒙仅稍事提及他比同父异母的兄弟年幼——鉴于爱德蒙的[342]另一个负担,这点没有实际意义——之后紧接着连续十六行都在质疑私生子卑鄙可耻,还有"那个好听的名词,'合法'"带来的道德优势。

24 参见贝特(Jonathan Bate)的引用,*The Romantics on Shakespeare*, 386–387。

25 这是假定爱德蒙的母亲怀上爱德蒙时,爱德伽的母亲仍在世。葛罗斯特和爱德蒙谈论爱德蒙出生的语调及态度都无疑暗示,爱德伽的母亲当时确实在世。

26 与一些现代版本(包括阿登第二版)的舞台提示相反,对开本或四开本没有指明,爱德蒙并非整个第一场都在场。福克斯编辑阿登第三版时,退而选用对开本的单个"退场",这是显著的进步,他在注解中探讨了爱德蒙在场的可能意义,这些讨论也深得要领。

27 梅尔维尔(Melville)将"高纳里尔"纳入《骗子》(*The

Confidence-Man）第十二章，妙趣横生地解读了这个人物：

> 这个不幸的人从前的妻子似乎异常恶毒，几乎会促使我们人类种族的某个形而上学意义上的爱者怀疑，人类是否在所有情况下都是人性的确凿证明……
>
> 高纳里尔年纪轻轻，轻盈挺拔，事实上，对一位女性而言，她过于挺拔，肤色是自然的玫瑰色，这种肤色本该魅力四射，要不是因为某种冷硬与干硬，恰似石头器皿的彩色釉料。她的头发是浓艳的深栗色，但她身披短发，脑袋周围尽是浓密的卷发。她的印度身材并非没有削弱胸部，而她的嘴巴要不是因为那一撮胡须，本该相当动人。总的来说，人们可能会认为，借助于厕所用品，她的外表从远处看，要说有什么特点的话，那就是相当漂亮，尽管这种漂亮独具一格，宛若仙人掌。

在我看来，所有这些都表明，梅尔维尔对莎士比亚的高纳里尔极具洞察力，尤其是他赋予他自己的高纳里尔"硕大的金属般的眼睛，敌人形容说它们像乌贼眼睛一样冰冷，她自己则认为状若瞪羚；因为高纳里尔并非不虚荣自负"。梅尔维尔还使我们确信，"高纳里尔受不了生儿育女"，可能因为她喜爱"不经意间，触碰年轻美男子的胳膊或手"。

28　正如霍布斯在《利维坦》第十章第二段所言："在这方面，权势的性质就像名誉一样，愈发展愈大；也像重物体的运动，愈走得远愈快。"［译注］文中所引霍布斯的《利维坦》依据黎思复、黎廷弼译本。

29　吉鲁阿尔（Mark Girouard）在 *Life in the English Country House*（New Haven: Yale University Press, 1978）的"权力之家"（"The Power Houses"）一章中，概述了这种惯例背后的基本原理：

权力基于土地所有权。但土地对乡村房舍的所有者不重要，
［343］因为这些所有者是农民……土地的意义在于随之而来的
佃户与租金。在早些时候，地主可以要求乡村房舍的佃户为他
作战，晚些时候，可以要求佃户投票支持自己——或他的候选
人。地主可以使用佃户交纳的租金，甚至说服更多人来为他作
战或投票，他或是通过雇佣佃户，或是通过维持一座漂亮显赫
的宅邸，叫人们感到站在他这边对自己有利。任何人只要拥有
足够的资源与随从，并足够引人注目地显摆一番，都可能被中
央政府赋予一官半职及种种好处，以换取他的支持。融入政府
能带来金钱，金钱又能转化成更多的土地、更大的权势、更多
的支持者。地主越飞黄腾达，其他地主就越是迫不及待要与他
联系。通过优质人脉及迎娶女继承人，地主或后代收获了影响
力，这能带来更多职位及特权。无论如何，这是通向权势的理
想路径；尽管路上陷阱重重，这条路径仍常常通向广阔的地产、
贵族头衔及王朝的建立。(2)

休斯（Robert Hughes）在 "epic of Australia's founding"（*The
Fatal Shore*, New York: Alfred A. Knopf, 1987）中讨论被驱逐者的爱
尔兰渊源时，概述了爱尔兰天主教徒遭受的歧视性刑法，其中包括：
"他们受财产法侵害，财产法被重新制定，用以分裂天主教徒的地产
而巩固新教徒的地产。新教徒的地产可以完好无损，留给长子，但
天主教徒的地产必须在后代间分割。因此，一两代人间，天主教地
主家庭就已沦为佃农。"（182）

30 支配英国的长子继承制自诺曼时期至 1926 年被废除，一直
都适用于儿子；如果继承人只有女儿，地产会在女儿间平分。因此，
李尔与葛罗斯特的地产分配有所不同。

31 可以思考培根在随笔 "Of Parents and Children"（*The Works of
Francis Bacon* vol. 6, James Spedding, Robert Ellis, and Douglas Heath,

eds., London: Longmans, 1870）中的论点：

> 父母对几个子嗣的慈爱往往是不均等的，而且有时是不合理的……常见在一子嗣满堂的家中，有一两个最长的子嗣受到尊重，还有最幼的子嗣受到过度的纵容；但是居中的几个则仿佛被人忘却，而他们却往往成为最好的子嗣。父母在应给孩子的零钱上吝啬，是一种有害的错误；这使得孩子们卑贱；使他们学会取巧；使他们与下流人为伍；使他们到了富饶的时候容易贪欲无度。因此为父母者若对子嗣们在管理上严密，而在钱包上宽松，则其结果是最好的。人们（父母，师傅，[344]仆役皆然）有一种不智的习惯，就是当兄弟们在童年的时候，在他们之间养成一种竞争。这往往导致成年后兄弟不和，并且扰乱家庭。（390）

32　关于这一点，可以参见卢梭在 *Discourse on the Origin and Foundations of Inequality among Men*（见 *The Discourses and Other Early Political Writings*, Victor Gourevitch, ed. and trans., Cambridge: Cambridge University Press, 1997）的致辞"献给日内瓦共和国"的末尾如是劝勉共和国的妇女：

> 我又怎能忘记在共和国里占人口半数的可贵的妇女们呢？是她们给男人以幸福，是她们的温柔和智慧保持着共和国的安宁和善良风俗。可爱而有德性的女同胞们，你们女性的命运将永远支配着我们男性的命运。当你们只是为了国家的光荣和公共幸福才运用你们在家庭中所特有的纯洁威权时，我们是多么幸运啊！在斯巴达，妇女曾占优越地位；同样，你们也有资格在日内瓦占优越地位。
>
> 什么样粗野男子能够抵抗从一位温柔妻子口中发出的充满了美德和理智的声音呢？看见了你们那简单而朴素的装饰，这

种由于从你们本身的风采而获得了光辉的、似乎是最有利于美
的装饰，有谁不鄙视无聊的奢华呢？你们的责任是：要用你们
那和蔼可亲的、纯洁的威力和善于诱导的聪明，来保持人们对
国家法律的热爱以及同胞之间的和睦；要用幸福的婚姻使那些
不和的家庭重归于好；特别是要用你们易于使人听从的和蔼教
导和你们那种谦逊优雅的谈吐，来改正我们的青年们可能在别
国沾染的恶习……在道德堕落的女人丛中……

　　因此，希望你们永远像现在一样，做一个善良风俗的坚贞
守卫者，人类和平的良好纽带；为了国民的职责和道德，继续
行使你们那些基于良知和自然的权利吧。（121-122）

　　［译注］文中所引卢梭的《论人类不平等的起源和基础》依
据李常山译本。

33 尽管妻子不总能防范丈夫寻花问柳，但妻子可以将丈夫的情
妇逐出正派女人之列，使这些女人不受人尊敬。相应地，这通常会
显著影响男人的行为。葛罗斯特看似对自己的奸情满不在乎，但要
注意他确乎提到爱德蒙的母亲是娼妓，而他不可能期望妻子与任何
这类女人作伴。

34 诚然，他们的身份也不能使其免责。不少人都得应对同一种
偏见，或其他同样难以承受的偏见，但与此同时并没有变得残忍凶
狠。有些私生子的才能使他们声名显赫，如征服者威廉（William the
Conqueror）、伊拉斯谟（Erasmus）和劳伦斯（T. E. Lawrence）。

35 爱德蒙具体例证了无牵无绊、因而自我中心的人中那些更优
秀、更强大的人会如何思考，进而如何对待生活。这套［345］剧情
可能听上去要比人们以为的更熟悉，因为北美有些地区已近似这种
"无政府母系氏族"的堕落状态。我猜测在那些地区，可以发现当
地人，尤其是受困扰的妇女及所有老人，由衷欣赏霍布斯对政治生
活的教诲：任何能有效实施法律与秩序的政制都优于这种"自然状

态"。正如卢梭在上段引文中暗示的（注32），妇女对法治尤为看重。如果我们"后现代人"能毫不费力设想某种景象的话，那就是一夫一妻制婚姻崩溃后，会带来噩梦般的政治与个人后果，导致稳定家庭生活退化，而这种稳定家庭生活对孩子健康成人，尤其是男孩健康成人至关重要。

36 就这一点，康拉德（Joseph Conrad）笔锋一转，让"The Informer"（*The Works of Joseph Conrad,* vol. 9, London: Heinemann, 1921）的叙述者评论道："我想，无政府主义者没有家庭——无论如何，没有我们理解的那种社会关系。组建家庭可能回应了某种人性需求，但最终建立于法律之上，因此对无政府主义者而言，家庭必然是某种令人作呕、无法办到的东西。"（93）

37 这是一起家庭悲剧，不仅李尔，还有他的整个家庭都毁灭殆尽：他的"模型"破碎不堪，他的"种子"四处泼洒，再无踪影（比较3.2.8）。

38 坎托在"Nature and Convention in *King Lear*"（*Poets, Princes, and Private Citizens,* Joseph M. Knippenberg and Peter A. Lawler, eds., Lanham, MD: Rowman and Littlefield 1996, 213–233）中评论说，"事实上，自然与习俗的问题是《李尔王》的核心"（218）："永远不能低估试图区分自然与习俗的爆炸性潜能。正如李尔的政制所示，任何社会秩序都某种程度上基于自然与习俗的融合。一个共同体要顺利运转，成员必须适应共同体借以运行的习俗。因此，以自然的名义拒斥习俗即便不至于颠覆共同体，也总会给共同体造成相当令人不安的影响。"（223）

39 对于这个问题的重要性，阿尔维斯（John E. Alvis）在文集《作为政治思想家的莎士比亚》（*Shakespear as Potitical Thinker*）的导言文章《莎士比亚的诗歌与政治》中，可能给出了最好的论述：

每位莎剧人物都置身一个政制之中，这个政制受法律支配，由独特的制度构建。人物如何行动，如何看待自己的行为，都受到他参与城市或国家的共同生活的影响，有时这种影响至关重要。我们可以依据莎士比亚的政治关切推断，莎士比亚认为政治语境是展示并进而理解人性的必要条件。莎士比亚表现了使男性走向女性的性欲本能，表现了交流情感的需要使男女聚合且延伸至亲属之间，或许还表现了使人以任何方式聚合的固有社会性。而除此之外，[346]莎士比亚还表现了人类如何在组织内寻求完满，这些组织兼用情感与强迫维系着共同体。莎士比亚促使严肃的读者思考，何种意义上，这种在政治共同体中生活的倾向对人类是自然的。所谓自然的，是否不过意味着这是本能、习惯或倾向，还是说，它意味着对于实现人的本质自然恰当？可以说，剧本无处不在的政治关联都引向政治哲学的这个首要问题。

要想令人满意地探求这个问题，必须考虑与看似构成诗歌基础的人性观相关的其他问题。政治并非莎士比亚的全部主题。我们看到在政治生活发生的场域里还开展着其他活动，最主要的活动有性爱、友谊、敬神、亲属交往、个人争斗，极罕见的情况下，还有追求私人沉思。通过估量政治与剧作家分配给人物的其他话题相比在所有话题中的权重，可以发现莎士比亚题材中政治主题的地位。这番估量取决于评估莎士比亚认为什么构成了人类生活。莎士比亚的剧作与诗歌是否暗示了本质上定义人类的观念？

对莎士比亚而言，囊括全部主题且看似为人所特有的主题，是选择。他的人物选择时深思熟虑，执行决定，选择一种可能并放弃另一种可能后，对选择的后果思前想后。每部剧作都先走向继而又远离一个重要选择，这个选择作为支点，将发展的势头转向结局的势头……似乎对莎士比亚而言，人特有的存在方式——尽管未必就是人最高的存在方式——在选择行为中彰

显自身。人就是他们选择去做的事。（4-5）

40 都铎家族理据不足地索求英国王位，其间这类事后合法化的举措至关重要。都铎（Henry Tudor）经由博福特（Beaufort）血统，将家系追溯至兰卡斯特（Lancaster）家族，这源自冈特（John of Gaunt）与桑福德（Catherine Swynford）的奸情（后来他们此前的配偶分别去世后，凯瑟琳成为约翰的第三任妻子）。冈特向外甥理查二世（Richard II）求情，后者通过1397年的议会法案，赐给两人的私生子合法地位。然而，在亨利四世（Henry IV）（冈特与第一任妻子生的一个合法孩子）的煽动下，王室法令之后修改了这个合法化法案，为了专门剥夺博福特家族的继承权——从结果来看，这未获成功。

41 参《王制》338b。这也许不总是能确保某人的恩人"不会有合理的理由，后悔自己的善意"（正如霍布斯设立要求感恩的"第四条自然法"时这般命令，*Leviathan*, ch. 15, par. 16），但某些情况下，可能只能合理地要求这一点。

42 不过，伟大的艺术或许能提供"亲身经历"的替代品，基于这些替代品，我们能获得些许［347］理解。正如施韦恩（Mark Schwehn）所言："最好的诗歌不仅教导并触动我们；它还通过触动我们，来教导我们。"见"'King Lear Beyond Reason': Love and Justice in the Family," *First Things* (36) (October 1993), 25。

43 至少，这清楚地见于四开本。对开本删去了奥本尼与高纳里尔的不少相关对抗，首先是奥本尼最中肯的——事实上是最重要的——评论：

> 我替你这种脾气担心：
> 一个人要是看轻了自己的根本，
> 难免做出一些越限逾分的事来；
> 枝叶脱离了树干，跟着也要萎谢，

到后来只好让人当作枯柴而付之一炬。(4.2.31-36)

44《君主论》第十七章，3-4。或许还可以加上马基雅维利出了名的愤世的解释，该解释旨在劝告君主不要剥夺自己的市民和臣民的财产："因为人们忘记自己父亲的死亡，比忘记自己世袭财产的遗失还要迅速。"(67)

45 显然，相比前现代社会、传统社会和大致封闭的社会里长大的人，我们现代人拥有这种意识要远为容易，前者几乎不知还有别的选择。相反，当代文化的博物馆心态和当代教育的百科全书式精神（尼采在《史学对生活的利与弊》里做了精彩绝伦的分析）大体致力于培养这类意识——这不是说大多数人真在质疑他们自己时空的基本意见，但他们显然既有机会也受到鼓励这样去做。

46 福克斯在阿登第三版中指出，考狄利娅名字的前半部分暗指"心灵"（正如"热诚的"[cordial]，"诚实"[heartiness]；比较法语coeur[心]，源自希腊语Kēr或经由拉丁语cor转写的Kardia），后半部分是"理想"（ideal）一词的变位词（31，96）。

47 不过，一开始，我们可能会注意到，莎士比亚处理眼睛和视觉时的方式错综复杂，令人称奇。这种处理与鼻子和味觉有关，也与剧中（正如生活中）将两者用作隐喻有关。还没提视觉前，我们就先遇到这类用法。葛罗斯特在结束有关生育爱德蒙的双关语时，询问肯特："你嗅出一个错误了吗？"(1.1.14-15)而虚伪，尤其是奉承中的虚伪，也有气味，国王的弄人似乎就在暗示这种气味："真实是一条贱狗，它只好躲在狗洞里；当猎狗太太站在火边撒尿的时候，它必须一顿鞭子被人赶出去。"(1.4.109-111)李尔声称"嗅出了"奉承者，他们告诉他自己即是一切(4.6.103)。失明的葛罗斯特乞求亲吻李尔的手时，李尔回应道："让我先把它揩干净；它上面有一股人气"(4.6.132)。不过，指涉鼻子及嗅觉大多紧挨着指涉眼睛和视觉，直接促使我们思考这两种截然不同的[348]感官，以及它们各自为获得世界的真相提供了何种感知途径。弄人问主人"为什么一个人的鼻子生在脸中间"，接着自己给出了一个不完全愚蠢的答案："因为中间放了鼻子，两旁就可以安放眼睛；鼻子嗅不出来的，眼睛可以看个仔细。"（1.5.19-23）后来，上脚镣的肯特询问弄人，为什么国王"只有这么这几个人"，弄人给了一个更现实主义的回答："谁都长着眼睛，除非瞎子，每个人都看得清自己该朝哪一边走；就算眼睛瞎了，二十个鼻子里也没有一个鼻子嗅不出来他身上发霉的味道。"（2.4.61-69）里根敦促丈夫挖掉葛罗斯特的另一只眼睛后，笑话葛罗斯特一路用鼻子嗅到多佛去（3.7.91-92）——这巧妙证实了里根天性恶毒，因为再难更尖酸地突出这两种感官的差异了。

我们该如何理解如此并置视觉与嗅觉，并置可见之物与不可见的气味，以及它们对于揭示事物真相各自扮演的角色呢？至少，这提醒我们，尽管视觉是最有用的感觉，但我们若没有大量学习，就不能知道我们见到的是什么；而嗅觉似乎是最"本能"的感觉，至少从远处辨识物体的三种感觉中，嗅觉最"本能"——学习或经历任何东西前，我们先发现某些东西的气味诱惑人心（例如，有营养的东西、花朵，譬如李尔用来装扮自己的花朵；4.4.2-5），另一些东西的气味则令人厌恶（有害的东西，如有毒物质、身体废物和腐烂物）。诚然，这些本能感觉是我们将嗅觉语言用作隐喻的基础。正是出于这些考虑，我们才能理解心灰意冷的李尔的"布道"辞："我们来到这世上，第一次嗅到了空气，就哇呀哇呀地哭起来"；理解他何以哀叹"我们来到了这个全是些傻瓜的广大舞台"（4.6.177-181）。或许，可以由此思索"香水"更广泛的意义——政治意义和哲学意义（比较3.4.103）。

48　海尔曼（*This Great Stage*）用一整章，探讨了"视觉模式"如何与他在剧中发现的其他主题的处理模式一致，海尔曼全面搜集文本证据，令人钦佩。在此基础上，海尔曼认为，"莎士比亚通过充分多样地运用人眼的所有功能，以丰富、多价值的象征，表现了人的道德天性"（62）。我完全同意这一判断，因为我发现相比海尔曼发现的意义，仍有更多维度值得探索。海尔曼主要致力于区分视觉与洞见，在这点上，他建立了一些重要关联（例如，"以考狄利娅为代表的人能看见，因为她能感受……她同情他人，哭泣不止；眼泪从眼睛夺眶而出；感受与看见相等"，61）。但海尔曼评判开场李尔的心态与性情时，认为年长的女儿们"把事情看得一清二楚"，在这点上，海尔曼与她们犯下了同样的错误，因而使他的整体解读大打折扣（58）。

49 也就是说，只要光线充足；比较《王制》507c–508e。

50 我认为，卡维尔在这点上又彻底误解了剧本，[349] 他将李尔的话视作"开场的退位行为外莎士比亚赐给李尔的唯一一次主动的残忍。但在这里，这种残忍似乎是无缘无故、没来由的，特意针对葛罗斯特的双眼"（*Disowning Knowledge*, 50–51）。远非如此，见到破相的葛罗斯特后，李尔看似支离破碎的评论表明了这位老国王对性及其后果念念不忘，这一点在整场（4.6）反复出现。

51 施里夫（James Shreeve）在 *The Neandertal Enigma*（New York: William Morrow, 1995）中报道：

> 人类配偶识别系统具有压倒性的视觉特质。济慈写道："爱由眼入……"，而两足直立的姿势提供大量供眼睛欣赏的性爱信号……不过，人类身体中最夺人眼球的部位是脸部。最近一项调查中，美国女性被问及她们最先注视男性身体的哪个部位，77% 的女性回答是脸部或眼睛……
>
> 人脸是精巧的表达工具。我们的面部皮肤下，肌肉组织构成了一张复杂的网络，尤其集中在眼睛与嘴巴周围，其进化目的纯粹是为了社交——表达兴趣、恐惧、怀疑、欢乐、满意、疑虑、惊奇等不计其数的其他情感。上扬眉毛或轻移脸颊肌，还能进一步修饰每种情感，例如表达节制的惊奇、狂热的惊奇、失望的惊奇、虚假的惊奇等等。据估计，面部每侧二十二块表

情肌可以用来表达一万种不同的面部活动或表情。

　　这门社会信号的纹章学，包含着对潜在配偶发出正式邀请的固定信号。我们称作调情的求偶表现在新几内亚部落女人脸上，与在巴黎咖啡馆的女同性恋者脸上如出一辙：羞涩地低垂双眼，瞥向一边再落下，接着偷瞟对方的脸颊，而后腼腆地收回目光。（203-204）

52　整个这一场都没有在对开本出现。至少就阅读而言，这段描述及呼应的场次（3.1）——四开本中，两者提供了大量重要细节，涉及更广阔的政治语境——充分（在我看来）捍卫了合并两版的悠久惯例。

53　如前文所述，眼睛以各种方式传情达意，因此我们尤其注意彼此的双眼。此外，我们已知道产生眼泪的“机制”，这是由于眼睛为了正常运转，需要定期润滑。或许除此之外，“为什么流泪”再无秘密。但是产生眼泪的途径不能解释哭泣，许多动物都有泪管。

54　眼泪能达到这个目的，正是因为大多数人不能随意哭泣，与此相反，任何人几乎只要稍作练习，就能模仿悲伤和痛苦的声响——叹气、呻吟还有“嚎叫”——和手势。这话也适用于多数热烈的［350］情感：愤怒、喜悦、恐惧、激动。恐怕另一种最难成功模仿的灵魂的表情是欢笑：看到荒谬之物时身体自然地晃动，做出灵魂主导的反应，且（古怪的是）这也能以眼泪告终，尽管是截然不同的眼泪。泪水与欢笑，正如悲剧与喜剧，似乎是人类回应世界的两个极端方式。《李尔王》中鲜有笑料，连官方弄人也是“苦傻子”（1.4.132-148），这似乎表明，《李尔王》对人类生活的观照不整全。

55　该剧的学生常将奥本尼干脆的回应“不要撕（tearing），太太”（5.3.156）解释成‘不要撕’他刚才让爱德蒙正视的信件（“且慢，骑士。你这比一切恶名更恶的恶人，读读你自己的罪恶：不要撕，太太；我看你也认识这一封信的"）。这可以成立，但鉴于 tear 有双重含义，另一种可能是，奥本尼在阻止高纳里尔愤世嫉俗，想博取同情。［译注］英文 tear 一词的双重含义分别是"撕扯"与"眼泪、流泪"。

56 诚然，卢梭《论人类不平等的起源及基础》一个最奇特的特点是，卢梭似乎认为人类天生富有同情（事实上，怜悯或同情是人类 psychē［精神］最主要的两部马达，仅次于自尊），但同时又认为，人类天性孤独，只拥有他们所需的各种激情。这处"悖论"或许能提醒读者，那本书绝非表面的含义。与此相关的还有卢梭在《爱弥儿》中关于婴儿眼泪的意义的讨论（New York: Basic Books, 1979, 65-69；也可以参见布鲁姆的导言，10-11）。

57 这个概念至少自柏拉图的《王制》起就常在哲学文献中出现；比较《王制》518b-519b，533c。

58 在此，正如阅读莎士比亚时有发生的，我们想起培根的《论说文集》，他在《论狡猾》中提到以下这个例子："有些人想对某人施行某种计谋，他们就在这人会出来的时候，故意装出惊惶，好像那人是不意而来的样子。并且故意手里拿一封信或者做某种他们不常做的事，为的是那人好问他们，然后他们就可以把自己心里想说的话说出来了。"（*The Works... vol.* 6, 430）

回想葛罗斯特向爱德蒙问起信："这封信是什么时候到你手里的？谁把它送给你的？"爱德蒙回答："它不是什么人送给我的，父亲；这正是他狡猾的地方，我看见它塞在我房间的窗扉里。"（1.2.57-59）我们可以看到，这的确是"狡猾的地方"，因为这个谎言不可能被揭穿，无论目的是否达成。不过，这是最为不可能的——因此难以置信的——阴谋。这对爱德伽有什么好处？要是爱德伽想除掉父亲，为什么要将好处与私生兄弟分享？不过，自老葛罗斯特本人起，似乎没有任何人发现这一点。

59 相比其他任何莎剧，《李尔王》最常提起"智慧"（十次）；

［351］《麦克白》仅次于《李尔王》，八次提及智慧；《哈姆雷特》提
到七次（如果算上1.2.15的"各种智慧"的话，共计八次）。尽管该
词出现在各式各样的语境，这不禁使人思考，智慧究竟是什么，但
居各种可能之首的含义必然见于葛罗斯特天真的台词"最近这一些
日食月食果然不是好兆：虽然人们凭借自然的智慧，可以对它们作
种种合理的解释，可是接踵而来的天灾人祸，却不能否认是上天对
人们所施的惩罚"（1.2.100–103）。啊，没错——"自然的智慧"是
推理的基础。

60 李尔艰难一课的影子，似乎能些许见于色诺芬（Xenophon）
与修昔底德（Thucydides）的政治经历，两人的人生同样最终转向了
哲学——在比李尔小得多的年纪，这对他们和我们都是幸事。柏拉
图的《王制》中，政治生活的诱惑被视作主要的威胁，使极少数最
适宜哲学的天性远离哲学（490e–495b）。不过，苏格拉底结束分析
时提到四五种方法，能使极少数哲学的候选者仍愿意"以某种有价
值的方式与哲学结交"——第一种是被迫政治流放（496a–c）。

61 尽管苏格拉底既没有提起阿里斯托芬的提醒，也没有提及
任何其他出乎意料的个人经历，但他在《斐多》（*Phaedo*）中解释
了他为什么最终认为《云》中描绘的这类哲学活动不令人满意，因
而为什么他将注意力重新转向政治生活，以寻求对人类有用的智慧。
苏格拉底由此（如西塞罗所言）"使哲学从天上落下，在城邦中扎
根"（*Tusculan Disputations* V.4.10）。依据鲍德温 *William Shakspere's
Small Latine & Lesse Greeke* vol. 2（Urbana: University of Illinois Press,
1944），剧本中（尤其是《哈姆雷特》）有充分证据表明，"莎士比
亚以有学养的文法学者应有的方式，学习了西塞罗的《图斯库勒论
辩》（*Tusculan Disputations*）"；此外，莎士比亚阅读的是拉丁文原版
（607–608, 610；参601–610）。

62 比较《王制》474b–c，487e，498e，501e，499b–c，502a，
503b，540d，543a，592a–b。

63 就我所知，对这个问题最好的探讨见于Leo Strauss, *Natural Right and History*（Chicago: University of Chicago Press, 1953）, ch. 3。

64 至少，莎士比亚熟知一些著名前苏格拉底哲人与后苏格拉底哲人的代表性学说。施塔普费尔（Paul Stapfer）在 *Shakespeare and Classical Antiquity,* Emily J. Carey, trans.（1880; reprint, New York: Burt Franklin, 1970, ch. 4）中敏锐地评价了"莎士比亚的古典知识"，便捷地总结了一些相关的戏剧证据（93-94）：

> 莎士比亚数次提起毕达哥拉斯，每每都暗讽他的灵魂转世学说。《威尼斯商人》（*Merchant of Venice*）中，活泼的葛莱西安诺（Gratiano）告诉夏洛克（Shylock），他前世一定是一匹狼（第四幕第一场）；《皆大欢喜》（*As You Like It*）中的罗瑟琳（Rosalind）恍惚忆起，自己从前是只爱尔兰老鼠（第三幕第二场）；《第十二夜》（*Twelfth Night*）中的弄人嘲笑马伏里奥（Malvolio），建议他别杀［352］鸟鹬，以防驱逐他祖母的灵魂（第四幕第二场）。这三段话中每一段都直呼其名地援引毕达哥拉斯的权威。
>
> 莎士比亚间接提到过赫拉克利特，尽管没有提及他的姓名。在《威尼斯商人》第一幕第二场，鲍西娅（Portia）谈起郁郁寡欢的巴拉廷伯爵（County Palatine），称他到老来会像那位痛哭流涕的哲人。
>
> 伊壁鸠鲁只被表现为共同传统中热衷感官享受的唯物主义者，出现于《安东尼与克莉奥佩特拉》（*Antony and Cleopatra*）（第二幕第一场）、《李尔王》（第一幕第四场）、《麦克白》（第五幕第三场）及《温莎的风流娘儿们》（*Merry Wives of Windsor*）（第二幕第二场）。

莎士比亚从何或如何了解这些及其他古老思想家的，是通过自己据传懂得的"少量拉丁及更少的希腊语",还是仅仅道听途说,或是通过读他人的描述,只有上帝才知道答案。朗(Herbert S. Long)在现代洛布版第欧根尼(Diogenes Laertius)的《名哲言行录》(*Lives and Opinions of Eminent Philosophers*)的导言中写道:"第欧根尼一书最先付梓的部分是亚里士多德与奥弗拉斯托斯(Theophrastus)的生平,收于1497年出版的阿尔定版《亚里士多德》(*Aldine Aristotle*)。首版《言行录》希腊文全本于1533年由巴塞尔的弗罗本(Froben)出版……"(1925年首版;后重印,Cambridge: Harvard University Press, 1980, xxiv)。亚里士多德在各部专著中探讨前人的观点,其文字当时既有拉丁译文,也有希腊文原版,这是莎士比亚了解古代思想家的另一种可能(在莎士比亚的时代,《尼各马可伦理学》是唯一有英译文的亚里士多德文本;莎士比亚在《特洛伊罗斯与克瑞西达》[2.2.166–168]中影射《尼各马可伦理学》,成了该剧一个常被提起的"年代错误")。

依据莎士比亚同时代人的著作,我们可以明确得知,在莎士比亚的时代,实际上可能以某种方式广泛涉猎古典哲人的著作。例如,培根熟知赫拉克利特、德谟克利特、留基伯(Leucippus)、阿那克萨戈拉(Anaxagoras)、帕默尼德(Parmenides)、恩培多克勒、毕达哥拉斯、芝诺(Zeno)、伊壁鸠鲁、色诺芬和菲洛劳斯(Philolaus)的学说,还有柏拉图与亚里士多德的著作。证据是培根在《新工具》中引用了这些思想家;例如参见格言44,51,57,63,65,67,71。

65 正是就故事的这一维度,我发现自己相当认同洛温塔尔在《莎士比亚与美好生活》中的分析。我早已忘记自己的分析中有哪些细节受益于洛温塔尔的洞见,但我确信为数不少。在此同样有用的是坎托的论文《〈李尔王〉中的自然与习俗》。

66 亚里士多德《政治学》上卷详细阐释了这一点。

67 也就是说,与某些对政治社会的阐释,例如霍布斯与洛克的阐释恰恰相反,这些阐释基于构想"原子式的个体"。不过,值得注意的是，在《第二政府论》（*Second Treatise of Government*）中，洛克（正如亚里士多德）就在"政治与公民社会"一章（第七章）前探讨了家庭关系。

68 ［353］仅需注意，几乎所有语词的含义都"依习俗"存在。因此，如果同意人类自然会使用语言，正是无数次运用理性语言才使我们本质上有别于不具语言能力的野蛮人，那么充分的自然概念必须囊括习俗。

69 可以发现，这在暗中挑战天主教对《创世记》中世界起源的解释，即上帝不仅给混沌的要素赋予秩序，还无中生有（creatio ex nihilo）地创造万物，这反映了上帝无所不能。对于人类心智而言，这个观点依据理性不可思议，只能当作信条去相信（并意识到人类心智无力处理终极问题），这指向宗教与哲学的本质区别，两者在整个历史中相互竞争，要成为人类思想的权威（参 1.1.220-222）。

70 也就是说，很大程度上。因为任何想象世界（或"现实"）的尝试都暗中承认世界具有"统一性"，这暗示了世界具有某种最小程度的连贯性——以某种方式"前后一致"。而试图想象世界实际上以另一种方式形成整体，不同于对世界的连贯解释，这至多只会产生另一种（即替代的）对世界的连贯解释，这种解释与第一种解释一样，由相同的理性途径产生，因而也假设——而非证明——人类理性与世界一致。

71 值得指出的是，评价莎士比亚以其想象力创作的这个作品，即他的《李尔王》，根本上取决于发现剧本的理性连贯，这不仅指逻辑连贯。而这种理性连贯涉及欣赏剧本的心理——逻辑连贯与"音乐"连贯：人物身上激情与理性的相互作用，诗学和象征要素与情节和谐一致。诚然，类似的考虑因素也适用于评判任何解读是否充分合理。解读多么使人信服，主要关乎其连贯性。

72 神经错乱或"疯狂"与"智力迟钝"不同，后者意指未充分发展，因此像孩子一样，而非不理性——尽管智力迟钝与不够成熟也能揭示人类理性的本性。

73 就这点而言值得注意的是，苏格拉底讲述"洞喻"时再三提到，人摆脱洞穴生活的舒适镣铐后，会发现这种自由何其痛苦（《王制》515c–516a）。

74 比较《王制》503c–d；培根《新工具》，格言 XLVIII, XLIX, LIII, LV。

75 李尔此处的结论——人不过是"一个寒碜的赤裸的两脚动物"，无疑使人想起柏拉图的《政治家》（*Politikos*）中，爱利亚异邦人（the Eleatic Stranger）通过几近机械的"辩证分析"得出的结论：人本质上是"没有羽毛的两足动物"（266e）。爱利亚学派被认为 [354] 源自前苏格拉底哲人爱利亚的帕默尼德（Parmenides of Elea），但也被认为与帕默尼德的学生芝诺紧密相关，后者因他的悖论闻名于世。

76 对于这个耐人寻味的时刻，坎托评论道（"Nature and Convention in *King Lear*", 215）："于是剧台准备好了，要上演很可能是莎士比亚所有戏剧中最深刻的对话，一位国王与一位哲人在探寻支配自然的原则，探寻那些原则如何能治愈人类的不幸。但是，莎士比亚挑逗人心，不让我们看见他最伟大的剧作里中央场次中那最深刻的对话。李尔与他的哲人渐渐离开剧台中央，他们交流的任何语词都淹没于暴风雨的噪音，还有葛罗斯特向乔装打扮的肯特发表的寻常见解。不过，国王与哲人相会指向全剧提出的一个更大问题：智慧与政治权力是何种关系？或许，《李尔王》全剧给出了第三幕第四场看似拒绝给我们的东西：一场关于哲学与王权的对话。"

77 事实上，没有任何真正著名的前苏格拉底或后苏格拉底哲人与忒拜相关（尽管有位不太重要的哲人叫克拉泰斯［Krates］，他生于忒拜，但后来来到雅典，在第欧根尼门下接受了犬儒哲学）。但莎士比亚的李尔王会不会想起了俄狄浦斯王呢？这人不仅解出斯芬克斯（Sphinx）之谜——要记住：答案是"人"——而且依据爱德

蒙的自然观（现在是李尔的自然观，即便只是暂时如此），这人涉及
父母的伤风败俗的行为将完全受许可，尽管这些行为使伊俄卡斯忒
（Jocasta）自缢，而他本人则刺瞎了自己的双眼？

78 事实上，哲学自源头起就与无神论相关。苏格拉底为自己辩
护，否认尤其针对他的有害传言时——他思考天上之物，探索地下
之物——明确将这些流言与无神论相连：因为人们听闻这些探索者
后，会认为他们"并不信神"（《苏格拉底的申辩》18b-c；也可以参
见26c）。

79 可能会在此想起阿里斯托芬《云》中的洞穴——所谓的思想
所（phrontistērion），里面住着衣冠不整、不穿鞋履、"极度不乐"的
苏格拉底，一位老人也在恳求这位苏格拉底，以期获得某种智慧。

80 莎士比亚让李尔提及"我们必需之物的技艺"（3.2.70），借
此暗示我们自然需求与技艺形成间的基本关系。柏拉图的苏格拉底
认为，人类需要的多样性与满足这些需要的各项技能间的关系，是
政治组织的实际基础，其结果是公民与匠人相互依存，这反映了人
类的政治本性（《王制》369b-370c）。

81 或者说在四开本中。对开本删去了这个具有重要象征意义的
细节，同时删去了医生这个角色（医生的台词给了无名侍臣）。音乐
之于灵魂，正如衣服之于身体，精妙地阐明了［355］技艺、自然与
习俗紧密相连。音乐由人工合成，但声音的和谐是自然之物（事实
上可以做数学分析）；而习俗通常决定何种音乐恰当得体（试比较婚
礼与葬礼，圣诞节与奥林匹克运动会）。

82《王制》338c-e。忒拉绪马霍斯的看法预示了一些著名的现
代观点，尤其是马克思主义及法律实证主义。

83 这个问题的方方面面（尤其是人有意操纵外表）几乎显眼地
出现在绝大多数莎剧中——如果没有出现在所有莎剧的话——这证
明莎士比亚自己认为这个问题至关重要、无处不在且无法回避。

84 在此值得重温坎托具有预见性的评论（前揭，本章注76）。

海尔曼在《这个伟大的剧台》中也提到"哲学性的爱德伽"（44）。相反，福克斯在阿登第三版《李尔王》中贬低了爱德伽以及他在剧中的意义，大体认为爱德伽的"说教"流于肤浅，不合时宜（例见49, 364）。不过，不甚清楚的是，福克斯及他支撑自己论点的原始资料是否真正理解了爱德伽的台词，更不用说是否真正理解了爱德伽为何这般说话。丹比在《莎士比亚的自然论》中给出了更有洞见的评价（189-191）。

85　正是考虑到爱德伽的故事，两个版本间的差异才略显重要，尤其是剧本最后一段台词的归属。我希望我能清楚证明，对开本将最后一段台词给爱德伽，要明显优于四开本给奥本尼。我不认为这表明莎士比亚对全剧的构思有变化，毋宁说，这表明莎士比亚的构思更清楚明了。

86　丹比在《莎士比亚的自然论》中认为爱德伽具有"表里不一的德性"，这同样是马基雅维利式德性，但要比那两位姐姐们"打褶的狡猾"魔高一丈：

> 因此，爱德伽从一个角色滑向另一个角色。可怜的汤姆之后是农民，农民之后是绅士，绅士之后是光芒四射的战士，直到最后爱德伽又成了自己，与肯特一起，成为英格兰的君主。这一连串角色暗示了两点；首先，在每一层面与每一社会功能上，人的本质天性独一无二；其次，"天生诚实"的种子能使乞丐加快行动，将乞丐变作国王。剧末的爱德伽是福康勃立琪（Falconbridge）传统的国家战士；王者的本性在于勇敢的人性，而非任何世袭的王位头衔。（190-191）

很好的观点，但仍需改进。诚然，我们知道肯特谢绝分享王权，并几乎当场辞世。而且，丹比在这个序列中遗漏了富有的花花公子这个"角色"，这是（据爱德伽的自述，3.4.83-96）剧本伊始爱德伽的身份。

87 阿德曼托斯（Adeimantos），苏格拉底的另一位主要对话者，是格劳孔的亲兄弟，他［356］与爱德伽的同父异母兄弟爱德蒙相反，本身是优秀的年轻人。但阿德曼托斯不可避免与政治生活联姻，有鉴于此，他至多只是同情哲学的友人，乐于接受哲人建议的贤人。关于格劳孔与阿德曼托斯本性的细致比较，参见 Craig, *The War Lover: A Study of Plato' s Republic*（Toronto: University of Toronto Press, 1994），ch. 5。

88 对开本删去了对审判的这段拙劣模仿，这被认为是对开本最不被接受的删改之一。

89 "多佛"这个地名在莎士比亚全集中仅出现了12次，其中10次出现在《李尔王》。显然，"多佛"在这部剧中具有象征意义，莎士比亚挑战读者来确定这个象征意义。"多佛"具有特殊意义的标志是这个问了三遍的问题："为什么去多佛？"（3.7.51–54）。

90 爱德伽始终不愿向父亲揭露身份，即便已治愈父亲的绝望（爱德伽利用这位老人的信仰，以便向他传授一个真相："你的生命是个奇迹"，4.6.55），这一直是学术难题。我猜想，解释暗含于爱德伽——正要去和爱德蒙决一死战，"虽说希望天从人愿，却不知道此行究竟结果如何"——终于揭露身份时葛罗斯特遭遇了什么：他当即死亡（5.3.192–198；比较4.1.23）。

91 依据 *The History Today: Companion to British History* (London: Collins and Brown, 1995)，爱德伽于959至975年间统治英格兰，他也不得不先从兄弟手中夺取权力，但他的统治"显然大体是和平盛世"（267）。

第四章

1 James Engell and W. Jackson Bate, eds., *Biographia Literaria*

vol. 2（Princeton: Princeton University Press, 1983），19, 25-27.

　　2　这是对这条准则常见的概述，最先见于《王制》473c-d：
"除非哲人成为这些城邦的君主，或今日被称为君主和权贵的人们真
诚地、恰当地热爱智慧，除非这两个方面结合到一起，一是统治城
邦的权力，一是哲学——而许多气质和性格必然被排除在外，因为
它们目前只追随这一或那一方面——那么，我的格劳孔，这些城邦
的祸患就没有终止。人类的祸患，我认为，也同样如此。"

　　对于哲学与政治的张力，最好的论述仍出于由柏拉图讲述的
苏格拉底生平及苏格拉底的命运。柏拉图在《苏格拉底的申辩》中
呈现了这个问题的基本要素，在《王制》中做了全面论述，对于后
者，布鲁姆恰如其分地称作"苏格拉底的真正《申辩》"。在《论柏
拉图的（王制）》中（*The Republic of Plato*，New York: Basic Books,
1968），布鲁姆在伴随其翻译的"阐释随笔"的开头写道："只有在
《王制》中，苏格拉底才充分探讨了雅典人强行指控他的主题。这
个主题是［357］哲人与政治共同体的关系。"（307）对于哲人王
的概念如何调和哲学与政治呈现给彼此的各式问题，以及这个概念
为何仍充满悖论，我在研究《王制》的拙作《战争爱人》（*The War
Lover*）中有详细论述。

　　3　John Russell Brown 主编的阿登版（我大致采用这个版本）在
注释 commodity 一词时，给了以下信息："克拉伦登引用了 Thomas,
History of Italy (1549), Zl：'所有人，尤其是异邦人，都在那儿拥有
大量自由，虽然威尼斯人对他们说尽坏话。威尼斯人从不采取任何
实际行动限制他们的产业，没有人会因此管束他们……要是你是犹
太人、土耳其人或相信魔鬼（只要你不公开散布信仰），你不会受到
任何控制。'"（93）

　　4　事实上，莎士比亚剧名人物的痛苦台词，是否概述了莎士
比亚本人的反讽判断呢："那么我真是多多冒昧了；我还以为你就是
那个嫁给奥瑟罗的威尼斯的狡猾娼妇哩"（4.2.90-92）？而这是否又

与他先前的自言自语相关呢："这是一个狡猾的淫妇，一肚子千刀万恶，当着人却会跪下来向天祈祷；我看见过她这一种手段"（4.2.21-23）？尽管如此，我们很难不怀疑，奥瑟罗在威尼斯不稳固的地位，影响了他的大量言行及感受，首先是他形迹可疑地与威尼斯最显赫的一个家族联姻，半夜截走一位元老的女儿。虽然认为奥瑟罗不过是另一个"下贱的谁都可以雇用的人"（比较1.1.125）会大大低估奥瑟罗的地位，但奥瑟罗无疑清楚，威尼斯若是太平盛世，他便无甚用处——因此无关紧要。奥瑟罗的处境，使人想起霍布斯在《利维坦》里的讨论，即一个人的价值如何与环境相关，这至少见于霍布斯概述的并由威尼斯例示的这类"资本主义"政体："人的价值或身价正像所有其他东西的价值一样就是他的价格，也就是使用他的力量时，将付与他多少。因之，身价便不是绝对的，而要取决于旁人的需要与评价。善于带兵的人在战时或战争危机紧迫时价格极高，但在平时则不然。学识渊博、廉洁奉公的法官在平时身价极高，在战时就未免逊色。对人来说，也和对其他事物一样，决定行市价格的不是卖者而是买家。即使让一个人（像许多人所做的那样）尽量把自己的身价抬高，他们真正的价值仍不能超过旁人的估价。"

因此，奥瑟罗虽然过去九个月都闲着（1.3.84），却一直没有选择与苔丝狄蒙娜私奔，直到政治事件再度使他的才能不可或缺（1.1.147-153；比较1.3.44-46）。自始至终，奥瑟罗都仿佛在说，他相信自己过去的操劳使威尼斯道德上有愧于自己："我对贵族们所立的功劳，就可以驳倒他的控诉。"（1.2.18-19；比较5.2.340）但他的行动暗示，他对处境有更现实的理解。不过，伊阿古嘲笑忠心耿耿的效劳时，心里很可能想着奥瑟罗：

> ［358］你可以看到，
>
> 有一辈天生的奴才，他们卑躬屈节，
>
> 拼命讨主人的好，甘心受主人的鞭策，

像一头驴子似的，

为了一些粮草而出卖他们的一生，等到年纪老了，主人就
把他们撵走；

这种老实的奴才是应该抽一顿鞭子的……

（1.1.44-49；同时参见1.3.400；2.1.304）

两部威尼斯戏剧的语言都显现出鲜明的重商主义思维——如果说还够不上唯利是图的思维的话。《威尼斯商人》中，巴萨尼奥（Bassanio）和罗兰佐（Lorenzo）选择结婚对象时，金钱都是主要考虑因素，而葛莱西安诺称，婚姻本身是隆重庆祝"讲信用的交易"（3.2.193）。连鲍西娅与巴萨尼奥交谈时都使用了这类语言："你既然是用这么大的代价买来的，我一定格外爱你。"（3.2.312）奥瑟罗带走苔丝狄蒙娜时，说："来，我的爱人，交易已经完成了，愿今后有结果，你我会享有收益。"（2.3.8-10）奥登在《染匠之手》（*The Dyer's Hand*）中指出，既然"爱与理解会生出更多的爱与更深的理解……面对商业经济的兴起，金钱生出金钱，于是，把爱情这种人类最高贵的情感比作高利贷这种不光彩的行为，对诗人来说会是搞笑的悖论。"（页230）

金森（Pamela Jensen）给出了一个格外有用的分析，涉及现代威尼斯共和国如何使公民权威始终压制军事权威，并对比了古罗马共和国的制度安排，见"'This is Venice': Politics in Shakespeare's *Othello*"; in *Shakespeare's Political Pageant,* Joseph Alulis and Vickie Sullivan, eds., Lanham, MD: Rowman and Littlefield, 1996, 155-187。

我引用《奥瑟罗》都依据阿登版，M.R. Ridley, ed.（London: Methuen, 1958）。

5　并非不重要的是，《威尼斯商人》可被视作说明哲学与政治之恰当关系的寓言，这必然也牵涉到思考哲学与宗教的关系。鲍西娅住在一个更高、更美丽的地方（贝尔蒙特［Belmont］），并且

剧本直接将她与其古老的同名者相连（哲人加图［Cato］的女儿；1.1.165-166），因此，鲍西娅代表古典哲学。下到政体的洞穴（威尼斯）来纠正错误时，她隐名埋姓，形貌和举止都扮作男人的模样，使自己能在政治的男性王国为人接受。在这个王国里，强权与理性两相竞争。鲍西娅自己不受法律统治，但她运用法律——必要的话歪用法律——来实现更平等的结果，给城邦带去某种类似公民和谐的事物，重申甚至加强了官定宗教。但这付出的代价，或许对一种相冲突的宗教而言并不全然正义。夏洛克被迫改信基督教，这象征性地指向智慧认为对政治最有益的事物：将一种单一宗教作为一个统一政体的基础（比较《王制》427b-c）。鲍西娅在威尼斯的干预模式，弥补了其在贝尔蒙特的统治方式：间接统治。虽然表面上遵循"规则"，但鲍西娅巧妙地操纵事物，于是事情有了应有的结果（也就是说，她希望有的结果）。莎士比亚在此描绘了［359］他眼中柏拉图《王制》的深层教诲：哲人的王政至多只是一种遥远的可能，哲学能"统治"的更实际方式是间接统治，并非以哲学自己的名义与身份统治，而是通过各种中间人（化名为巴尔萨扎［Balthazar］的鲍西娅的官方头衔只是公爵的"技术顾问"）。在此意义上，哲学的实际统治方式具有"女性"特质。

但鲍西娅/哲学下到城邦，还有一重目的：要从洞穴释放并领出一位合适的年轻人（巴萨尼奥既被描述为一位热衷学问的人，又被描述为一位战士——"文武双全"；1.2.109。罕见地结合这两种特质，对一个真正适合哲学的人必不可少；比较《王制》503b-d），这样他就也能从贝尔蒙特的高地享受沉思天上事物的乐趣，同时无愧于心。正因为《威尼斯商人》展现智慧的这种女性统治，这是一出喜剧。而《奥瑟罗》正因为缺乏类似的统治，被一种歪曲的形式取而代之（参加下一条注释），因此这部威尼斯戏剧是悲剧。对于《威尼斯商人》作为联系哲学与政治的寓言，类似且更充分的分析参见 Barbara Tovey, "The Golden Casket: An Interpretation of *The Merchant of Venice,"* in *Shakespeare as Political Thinker,* 2nd ed., John E. Alvis and Thomas G. West eds.(Wilmington, DE: ISI Books, 2000), 261–287。

6　柯尔律治拒斥伊阿古自述的心理动机的说法很有名（"对于一种无动机的恶意的动机的追寻"），而赫兹列特提出如下相反看法时无疑正是想到了柯尔律治的这一论断（参见Jonathan Bate, *The Romantics on Shakespeare* ）：

伊阿古这个人物是莎士比亚天才的又一次展现。有些好心但不太聪明的人认为这个角色是不自然的，因为他的作恶多端是"没有充分理由的"。莎士比亚不这么认为，伊阿古既是很好的诗人，也是很好的哲人。他知道人类天性中有一种对权力的欲望，换个说法，就是对恶作剧的欲望。他知道这种欲望不只是体现在小孩子在泥水中戏耍或杀死苍蝇以取乐。伊阿古在莎士比亚塑造的一系列人物中，既常见，又特别。伊阿古头脑敏锐、活跃，但心灵冷酷、麻木，是一类恶人的代表。这类人具有一种病态的智力，对于道德的善恶完全无所谓，或者完全放弃善而倾向于恶，因为恶更对他们的胃口，给予他们更活跃的思维和更大的活动空间……我们的伊阿古是哲人……他阴谋陷害朋友只是为了操练自己的聪明才智，他背后杀人只是为了消除自己对生活的厌倦。（491–492）（［译注］文中所引赫兹列特的论述依据顾钧译本。）

威尔斯在*Shakespeare: A Life in Drama*（New York: W. W. Norton, 1995）中，做了类似的评论："反讽是一种智力特质，而《奥瑟罗》是一出［360］智力剧，因为伊阿古设计毁灭奥瑟罗时，其心灵与直觉都在加班加点地工作；伊阿古始终用理性的力量压制激情或直觉，这着实是他邪恶的表征。"（246）我自然认为，赫兹列特称伊阿古为哲人言过其实，而威尔斯的看法也有失公允，他认为在莎士比亚笔下，一个角色若偏爱理性甚于激情，这就是邪恶的必然征兆。但我们可以同意，伊阿古聪明过人，充满活力，是敏锐的观察者，不受情感蒙蔽，对人性（尤其是人类的弱点）有深刻的洞见，"对于人情世故是再熟悉不过的了"（3.3.263-264）——更知道如何利用这些人情世故。他笑看自己能操纵他人并创造出心理效果。他无疑痴迷于自己表象（"正直的，正直的伊阿古"）与真实（"世人所知道的我，并不是实在的我"）间的差距。事实上，他显然是剧中最有智力、实际上最博学的人物——他"干事情全赖计谋，并不是用的魔法"——还有相当的勇气。所有这一切都使他令人费解。对于这个问题，或许最后可以问："他为什么不是哲人？他缺了什么？"

记住伊阿古后，我们可以想起苏格拉底曾解释，哲学天性遭到扭曲或腐化的情形为何常有发生，而非例外："有关任何种子，或任何生物，不管是植物还是动物……我们知道它长劲越大，就会缺乏越多适合它生长的东西；低劣的东西更和优秀的东西对立，甚于和不优秀的东西对立……灵魂又怎么不是这样……如果那些本性优秀的灵魂从小受了低劣东西的影响，它们就会变得特别糟糕？或你认为，那些严重的非正义之事和那种纯粹的低劣产生于平庸的本性而不是产生于那种生机旺盛、在培育中被腐蚀了的本性，难道软弱的本性能够成就大事，不管是优是劣？"（《王制》491d-e）

我认为奥登所言无误："任何对《奥赛罗》的思考必定首先会被他的反面角色而不是表面上的主角所占据。"（*The Dyer's Hand,* 246）奥登自己的分析促使他提出了无疑是最引人注目的解读之一："伊阿古难道不正是一个寓言式的人物，象征着通过实验毫无束缚地追求科学知识？而且我们无论是不是科学工作者，不都认为这是天经地义、无比正确的吗？"（270）鉴于伊阿古只是充满好奇地希望发现他能制造何种效果（因此发挥他的权力意志），上述形象与伊阿古相合。但由于伊阿古的兴趣完全是毁灭性的，所以又不能仅仅认为他在中立、"客观"地追求一切知识；表面上看，现代科学大体仍遵循培根的准则：解救人类的境况。伊阿古为了行恶而喜爱获取知识，这依然需要给出解释。

7　似乎这部剧的多数现代批评者，实际上所有后现代批评者，都认为伊阿古是头号的种族主义者，并认为这至少部分能解释伊阿古何以仇恨奥瑟罗。但批评者通常引用的证据，出自伊阿古对其他人物说的台词，这些台词在种族主义这一方面，与其他方面一样，都如量身打造般直击这些人的痛处。

［361］伊阿古私下里称奥瑟罗为"那个摩尔人"，这不能说明任何问题，因为剧中每个人都这么称呼奥瑟罗，包括苔丝狄蒙娜——事实上，苔丝狄蒙娜当面叫了奥瑟罗两次"那个摩尔人"后，才用本名称呼（1.3.189，1.3.248，1.3.252）。公爵第一个对奥瑟罗直呼其名（"英勇的奥瑟罗"；1.3.48），也只有公爵始终直呼其名。十三世纪中国的蒙古统治者可能与臣民一般，充满种族偏见，但我们若要得出以上结论，除了马可·波罗常被称作"那个威尼斯人"之外，还需要更多证据。我相信，莎士比亚无疑充分预见到，人们会普遍认为伊阿古也有种族偏见，那种他在别人身上巧妙唤起并加以利用的种族偏见。但会不会，伊阿古实际没有人类这种特定的愚蠢之见，因而进一步表明他的智力高人一等？

既然种族问题及认识该问题必然伴随的各式偏见与这部剧本如此相关（正如反犹主义与《威尼斯商人》的关系），就需做一些慎重的评论——尤其是晚近大量作者选择评论该剧，主要是将其当作一个媒介，揭露（伴有恰当的屈尊及义愤）在莎士比亚身上，以及/或在他为之写作的文化中，以及/或在他表现的文化中，以及/或在他试图合理化的文化中"盛行的种族主义"（自然还有"性别歧视"）。这些批评家中，有一些人简单地将所有白种男性人物视作种族主义者，另一些人则认为，这个修饰语只适用于其中一部分人，包括老勃拉班修、伊阿古和罗多维科，还有其他各种人。但勃拉班修强烈反对女儿嫁给奥赛罗，一想到这事就觉得可耻，这是否必然证明他是种族主义者呢？

　　毫无疑问，勃拉班修对奥瑟罗怒不可遏，对他说了一些相当刺耳的话，包括暗中贬损他的种族。但发现自己的殷勤好客被如此滥用，谁不会怒火中烧？发现有人半夜拐走自己的女儿，而其借口不过是预料到女儿的父亲会拒绝这桩婚事，谁又不会痛骂拐卖者呢？勃拉班修认为，这起婚姻不自然（1.3.62），不仅因为种族不同，还因为苔丝狄蒙娜先前不想结婚（"多少我们国里有财有势的俊秀子弟她都看不上眼"；1.2.67-68），两人性情、文化及社会地位不同，且年龄悬殊：

> 一个素来胆小的女孩子，
>
> 她的生性是那么幽娴贞静，甚至于心里略为动了一点感情，
>
> 就会满脸羞愧；像她这样的性质，
>
> 像她这样的年龄，竟会不顾国家的畛域，把名誉和一切作
> 　为牺牲，
>
> 去跟一个她瞧着都感到害怕的人发生恋爱！
>
> 假如有人说，
>
> 这样完美的人儿会做下这样不近情理的事，
>
> 那这个人的判断可太荒唐了……（1.3.94-101）

　　对此，奥瑟罗不能也没有辩驳半句；之后，奥瑟罗明确承认[362]此言不虚（"可是一个人往往容易迷失本性——"），这促使伊阿古重申勃拉班修的论点：

> 当初多少跟她同国族、
>
> 同肤色、同阶级的人向她求婚，
>
> 照我们看来，要是成功了，那真是天作之合，可是她都置
> 　之不理，这明明是违反常情的举动；

嘿！从这儿就可以看到一个荒唐的意志、

乖僻的习性和不近人情的思想。（3.3.231-237；比较
3.3.267-270）

对于什么是自然的择偶，这三个截然不同的人显然所见略同：
一切物种皆与同类配对。有数百种麻雀基因上能杂交，但它们几乎
从不杂交。同样，有几十种鸭子，但野鸭与野鸭交配，而非与帆背
潜鸭交配。认识这些自然事实，不意味着认为某类鸭子或麻雀高于
另一同类——这不过是一切物种的"自然规律"。那么同样，认为
何为自然之事的这种看法适用于人类，也未必就在暗示任何关于种
族优越或劣等的信念（毕竟，这似乎不可能适用于奥瑟罗，无论我
们如何怀疑勃拉班修或伊阿古）。诚然，大多数动物识别"自己的同
类"时，可见的"外表"及声音和气味发挥着至关重要的作用。或
许无须说，对人类而言，身体的可感特质未必如此重要（这不等于
坚称它们无足轻重）。

再重复一遍，勃拉班修自己也没有将"自然合适性"的问题归
约为奥瑟罗（或其他任何人）身体的肤色和外形。但出于各式理由，
勃拉班修认为奥瑟罗与他女儿的婚姻不自然，"令人恐怖"（用剧中
最常出现的词来说），以至于他宁愿苔丝狄蒙娜嫁给罗德利哥，那个
他鄙视并禁止女儿接触的人（1.1.95-98，1.1.176），而非奥瑟罗（他
相当喜爱奥瑟罗，"常常邀请"；1.3.128）。毫无疑问，勃拉班修对自
然的构想，以及其中蕴含的对正确性标准的设想并不充分。但这不
会使他成为种族主义者，正如《威尼斯商人》中智慧的鲍西娅也非
种族主义者（比较1.2.121-125；2.1.13-22；2.7.78-79），而这位鲍西
娅与苔丝狄蒙娜的态度迥然不同。

沃恩（Virginia Mason Vaughan）与人方便地梳理了晚近的相
关批评，这些批评涉及《奥瑟罗》内部或剧本中存有的种族主义，
Othello: A Contextual History（Cambridge: Cambridge University Press,

1994），尤其是第三章（"Racial discourse: black and white"）。沃恩评论道："要注意，这些不同背景、不同观点的批评家异口同声地在这一点上达成了一致：有一些成见，深深植入莎士比亚的文本。他们的分歧在于对莎士比亚的文本如何利用那一成见的分析。"（65）沃恩自己的看法模仿了奥瑟罗就苔丝狄蒙娜是否"贞洁"的那句模棱两可的评价——"我认为这部剧本是种族主义的，而我认为这并非种族主义的"："《奥瑟罗》令人惊异的地方在于，莎士比亚能利用（钦蒂奥［Cinthio］）话语的全部复杂性，［363］通过对比一个白人恶棍与一个具有英雄气度的黑人，展现人的预期被彻底颠覆。虽然白人胜过黑人的主导性类型学只在剧中被短暂地颠覆，时断时续，但颠覆本身是惊人的艺术胜利。"（70）

8　无论出于何种理由，伊阿古的"权力意志"（如上文所述）都仅仅致力于道德毁灭：摧毁他人的幸福，尽可能煽动仇恨和不满，只要他力所能及。伊阿古有放火狂一般的灵魂，他点火只是为了看着火燃烧（注意1.1.75-77）。与尼采不同，伊阿古从未用言辞或行动暗示，他以创造的名义施行毁灭，或以他人为手段，是要实现某个更高的目的。

9　就这一点及由此引发的更多论点，我受到坎托的启发，"The Erring Barbarian among the Supersubtle Venetians", in *Southwest Review*（Summer 1990），296-319。坎托认为，奥瑟罗是"莎士比亚笔下最荷马式的人物，狂热地执着于军事探险的事业，因此与普通的日常生活相隔最远。结果是，莎士比亚所有悲剧英雄中，奥瑟罗与其活动的世界最不相容"（298）。

10　对开本更直截了当，在这里引用的台词前加上了"她必须得换个年轻人"。

11　埃利奥特（Martin Elliot）在 *Shakespeare's Invention of Othello*（New York: St Martin's Press, 1988）中指出，莎士比亚描述苔丝狄蒙娜如何遇害时"完全偏离钦蒂奥的记述"。在钦蒂奥笔下，

苔丝狄蒙娜被棍子打死，而莎士比亚让奥瑟罗说的是，"可是我不愿溅她的血，也不愿毁伤她那比白雪更皎洁、比石膏腻滑的肌肤"（5.2.3–5）。

> 奥瑟罗在此之所以不愿毁伤她——相比只是不愿让她流血，奥瑟罗表述的语言要远为复杂——与奥瑟罗先前的决心完全无关，也即苔丝狄蒙娜应被绞死。相反，这是由于厌恶损坏、玷污某个身体，可以认为，这个身体用惯常的新柏拉图主义方式，表达出一种与之相随的精神纯洁。奥瑟罗的台词"愿你到死都是这样；我要杀死你，然后再爱你"指的是处死了妻子，他就会把鬼赶走了。他会在赶走她的灵魂时，一并赶走恶魔；那样，她身体的纯洁，在她 post mortem［死后］，就会真正反映天堂中她灵魂的（新式）纯洁。这个身体会是一位天堂居民的人间代表——地位大致与奥瑟罗相等。因此，肌肤纯洁的白色必须不被玷污。（190）

12　苔丝狄蒙娜的名字，是莎士比亚从那个被他改造得面目全非的故事中保留的唯一一个名字。钦蒂奥的原版故事中，这个名字是狄丝狄蒙娜（Disdemona），这显然出自希腊文的 $\delta\upsilon\sigma\delta\alpha\iota\mu\omega\nu$，意为"遭厄运的"（勃拉班修称苔丝狄蒙娜"啊，不幸的孩子"；1.1.163；奥瑟罗自己称呼［364］苔丝狄蒙娜"啊，薄命的女郎"；5.2.273）——字面意思是，"坏／恶／冷酷的魔鬼（daimon）陪伴的人"（$\delta\upsilon\sigma$ 这个前缀通常转写为 dys，是 dys 以及 dis 这两个前缀的词源；其反义词是 $\epsilon\upsilon$，eu，意思是"好的""干得好""幸福的"。因此，我们通常把这个希腊词翻译为"幸福"，即 eudaimonia）。但莎士比亚些略改动名字，开启了另一种可能：deisidaimon，"迷信的"。沙夫茨伯里（Shaftesbury）更倾向于这一词源解释，而布鲁姆也欣然同意，并在一篇重要文章的注释44中详细探讨了这一问题，"Cosmopolitan Manand the Political Community", in *Shakespeare's Politics*（New York: Basic Books, 1964,72-73）。苔丝狄蒙娜在此轻信奥瑟罗有关手帕的故事，正如相信奥瑟罗对其生平的夸夸其谈（比较1.3.134-165；2.1.222），无疑证实了该名字的这另一种或这一附加的词源解释。

13 他们的婚姻是否曾在身体层面圆房——或是否可以在这一层面圆房——是深刻影响剧本解读的问题。就该问题及与之相关的其他阐释问题（例如，戏剧性地在时间问题上大作文章），布拉德肖给出了合理的分析，*Misrepresentations: Shakespeare and the Materialists*（Ithaca: Cornell University Press, 1993），151-168。

14 虽然亚里士多德在《形而上学》（948a7-11）中认为恩培多克勒最先提出四元素同等重要，但亚里士多德自己的科学著作中的相关论述更著名，见于他的多部著作。例如，《物理学》中（192b9-11）："凡存在的事物有的是由于自然而存在，有的则是由于别的原因而存在。'由于自然'而存在的有动物及其各部分、植物，还有简单的物体（土、火、气、水），因为这些事物以及诸如此类的事物，我们说它们的存在是由于自然的。"以及《天象论》中：

> 我们前曾论定，在［上穹］圆轨道上运行的自然物体（诸天体）是由一个［超四］元素形成的，由四本性（四性能）演化而成的四元素［四物质］则是［地层诸物体］所有运动之本原，它们的运动具有两向，或向心，或离心。四物质就是火，气，水，土（地）：火常上冲向天，土常下沉至于地底；另两物质则气近乎火，水近乎土，其动态之于火于天，亦各相似。于是，宇宙间的天地就由这四物组合起来，如上上节所述，我们这个研究就讨论这些物质在各种遭遇中，所发生的演变。（339a11-20）
>
> 由兹，我们应须把火，土，与各种元素作为月层天以下一

切事情的物因；［我们称一切事物的被动而为变化者，为由于物因。］……（28-30）

我们主张火，气，水与土是可互变的；各能相互一个潜存于另一个，这（四元素）和其它万物一样，凡具有同一底层者，都可互变而最后乃揭橥于那一共通的底极。（339a37 - b 2 ）

亚里士多德在《呼吸》中指出："有些生物，有如草木这类植物，是由较多的土元素构成的，而另些，有如水居动物是由［365］水元素为之构成，但具翅（翼）动物与有足（陆居）动物们，则有些由气元素，有些由火元素为之构成。各种类的构造就各有与其相适应的各别的元素（物质）成分。"（477a27-30）除非另有注明，亚里士多德论著的引文摘自 The Complete Works of Aristotle: The Revised Oxford Translation, Jonathan Barnes, ed.（Princeton: Princeton University Press,1984 ）。［译注］文中所引亚里士多德的《物理学》依据张竹明译本，《天象论》及《呼吸》依据吴寿彭译本。

15 就这一例，我们必须同意里德利（Ridley）的看法，即第一四开本的文本明显优于对开本，后者实际上无法理解（"如北方一般自由"）。这段文本在眼下分析中的位置应使人不再怀疑何者是正确解读。

伯杰（Thomas L. Berger）在 "The Second Quarto of Othello"，（ Othello: New Perspectives, Virginia Vaughan and Kent Cartwright, eds., Rutherford, NJ: Fairleigh Dickinson University Press, 1991 ），26-47 中，提供了一个有趣的综述，涉及问世晚得令人称奇的第一四开本（1622）与对开本（1623）间的大量文本差异给编纂者带来哪些文本难题。伯杰认为，通常被忽视的第二四开本（1630）是有用的源头，能用于制作其他两个版本的最佳合并本（伯杰正确评论道："我们必须合并文本"；30）。

16 尼利（Carol Thomas Neely）正是时候地忽视了这一点，她要我们相信爱米利娅"戏剧性地、象征性地成了剧本的支点"——
参见尼利的论文"Women and Men in *Othello*",修改后收录于*The
Woman's Part: Feminist Criticism of Shakespeare,* C. R. S. Lenz, G.
Greene, C.T. Neely, eds(Urbana: University of Illinois Press, 1983),
211-239。尼利明确采用这个人物的视角,以便"用某样类似爱米利
娅之和善的客观性那样的东西,来理解[这部剧本]"(213)。而我
径直认为,尼利自己"和善的客观性"与爱米利娅相当(爱米利娅
对男人饱含偏见——这毫不奇怪——是伊阿古对女人愤世嫉俗的自
然补充)。苔丝狄蒙娜向凯西奥发誓,要一直纠缠奥瑟罗,直到他容
许凯西奥的请求。在此,尼利没有发现任何难点,只是"表明她意
识到自己的坚持不懈是有力量的"(227)。至于奥瑟罗对手帕的渊源
信口雌黄,他认为奥赛罗讲的故事,"以及其在情节中的角色,揭示
出这块手帕象征着女性教化力量"(228)。

总结剧中男男女女时,尼利给出了如下这份加以巧妙平衡的和
善的客观性:"女人虽然充满情感,通明事理,活力四射,却没能改
造男人或与男人和解。这首先是因为,剧中截然不同的两性深深误
解彼此。男人……一再误解女人;女人致命地高估男人……男人将
女人视作娼妓,接着拒绝容忍对他们自己的投射。女人认识到男人
的幻想十足愚蠢,却对此过分宽容"(228)。尼利充满偏见的评价不
乏真理,但为了道德上赋予女性魔力并贬低男性,她坚决忽视棘手
的证据,这导致对剧本的理解严重歪曲。

[366]要记住,爱米利娅申明女人的欲望与男人相同(在她看
来,这表明女性有权和男人一样从事性行为;4.3.86-103),与夏洛
克更著名的宣言,即犹太人有权与基督徒行为一致(因此可以寻求
报复:《威尼斯商人》3.1.52-66),其间有明显的对应关系。而我们
完全可以认为,《奥瑟罗》除了探讨种族差异,也涉及两性差异。事
实上,莎士比亚请我们注意到,在跨种族婚姻及种族通婚这个敏感
问题上,以上两组问题相互交织,极具煽动力量。对于这两种区

分，即性别区分与种族区分，其直接感受基础都是身体。值得注意的是，这同时是爱米利娅及夏洛克的主要论证根基：身体需要、欲望、力量及弱点，人和人都相同——这正是忽视了基督徒与犹太人的区别即不同宗教教育及信念造就的灵魂姿态。把握这一点后，我们可以询问，这部剧本就男女的灵魂差异揭示了何种内容。我认为，这里有一点尤为突出：男人更关注女人的身体（但可以参见4.3.35–39；1.3.390–396）。布拉德肖在《误述》（*Misrepresentations*）中论述无误：

> 聚集这些人物是为了探索对性、对另一性及婚姻的代表性态度，而如果我们回应这三对伴侣间的各式对比，我们更可能将爱米利娅仇恨男人理解为其丈夫厌女癖的对应物。就此而言，爱米利娅对待"情感"和"欲望"的态度，似乎和丈夫的态度一样有限，以至于几对伴侣间的对比可能使我们愈发同情奥瑟罗和苔丝狄蒙娜，因这后一对伴侣试图建立更持久且彼此相爱的关系，这番尝试受人孤立，不堪一击。然而，在莎士比亚的对比关系中，这三对伴侣也被表现为两对男女三人组。于是，苔丝狄蒙娜、爱米利娅与毕西卡构成一组女人，她们都备受煎熬，为自己的男人，为令人不安的一系列典型男人态度。就此而言，我们会更喜爱爱米利娅的说法，并认为这段话富于洞见，以秘密女性主义的方式谴责了一套双重标准。（172）

17　确实，一些早期探险家带回了这类不可思议的故事，但没人相信它们，也理应如此。而莎士比亚绝不可能相信真有人脑袋长在"肩下"，违背任何一种已知脊椎动物的身体结构，无论是哺乳动物、鸟、爬行动物还是鱼！只需说，这种现象会使种族区别显得微不足道。

18　在钦狄奥的故事中，无论是"那个摩尔人"还是他的官员，都没有用各自的名字指代。因此，这部剧使用的名字都是莎士比亚的选择或发明。"奥瑟罗"被赋予西班牙语发音（"Oh-THEH-yoh"）——这并不非常离奇：要知道摩尔人与西班牙有历史渊源；奥瑟罗有一把西班牙剑；他的朋友伊阿古的名字（或赖默称的"杰戈"[Jago]）是[367]"杰克"（Jack）的西班牙语形式。还有，奥瑟罗是基督徒（参见 Barbara Everett, "Spanish Othello: The Making of Shakespeare's Moor", *Shakespeare Survey* 35, 1982, 101–112）——这或许因为莎士比亚受到希腊文 ωϑεω（ōtheō）的启发：字面意思是"我强迫""猛推""推""推撞""奋力向前"；常用语义是"我仓促行事""我匆忙做事"。这当然符合这个人物，这人正是鲁莽判断、仓促行动的典范。

19 蒙太诺目睹凯西奥"弱点"后的反应（2.3.121–134），以及奥瑟罗对这个"弱点"引发"这场粗暴的争吵"的反应——"什么！一个新遭战乱的城市……在全岛治安所系的所在！岂有此理"（2.3.204–207），还有凯西奥自称是"不审慎的举止"（2.3.269–273），都在强调凯西奥的罪过严重违反军纪——我们必须认为，对于这等事宜，深居简出的苔丝狄蒙娜完全无从判明。

20 这四种可见元素由施加到同一种基本物质（因此，这是元素能互相转化的真正"基础"）上各种特质的不同配对构成；因此，土冷而干，水冷而湿，火热而干，气热而湿。参亚里士多德，《论天》："我们看到，火是以两种方式被消灭的：当被扑灭时，被对立面消灭；当燃尽时，被自身消灭……所以，物质的元素必然有消灭和生成。"（305a9–13）"既然元素不能由非物体生成，也不能由不是元素的其他物体生成，那么，剩下的唯一可能就是：它们是彼此生成的。"（31–33）当然，这是炼金术的基本前提，这门神秘的物质科学或许有其心理对应物。正如金森（Jensen）所言（"This Is Venice"）："伊阿古自诩是完美的魔术师，能随心所欲地把一切（包括他自己）变成各自的对立面……既然他自身'最黑暗的罪恶'能够藏匿于'神圣的表象'之下，苔丝狄蒙娜洁白的美德就能变成'漆黑'。"（167）［译注］文中所引亚里士多德的《论天》依据苗力田译本，所引金森《"这就是威尼斯"：〈奥瑟罗〉的政治性》依据赵蓉译文。

21　依据柏拉图的苏格拉底，真正的自爱是灵魂拥有正义秩序的结果："但其实质，当时它大致是这么一种东西，如我们所见，正义并非关系到某人献身于自己的外界事业，而是关系他的内心事业，正如真正地关系到他本人、关系到他自己的一切事务，既不会让自身的每一个部分干任何不属于它干的工作，也不会让灵魂中的三个阶层到处插手、相互干扰，相反，他会处理好本质上真是他自己的事务，会自己统治自己，会把一切安排得整齐得当，会成为自己的好友。"（《王制》443c）

22　关于这一点，可以参考观众当真干预演出，大声警告台上演员的轶事。一次，福利斯特（Edmund Forrest）饰演的伊阿古在对基恩（Edmund Kean）饰演的奥瑟罗说话时，观众中有人说："你这该死的骗子，演完后，我要捉住你，拧断你可恶的脖子。"我最喜欢的一则轶事可能是编造的，但我希望不是。说的是一家剧团在老西部巡演，一场演出上，观众中有一人掏出手枪，击毙了［368］饰演伊阿古的演员。这位演员被埋在一块墓碑下，墓志铭是"此处躺着最伟大的演员"。这两段轶事的各个版本被收录在Norrie Epstein, *The Friendly Shakespeare*（New York: Penguin, 1993, 379–380）。

正如埃文斯在《莎士比亚的悲剧阴谋》中评论的："《奥瑟罗》是关于无知的悲剧……参与者始终……不知伊阿古恶毒的本性与意图，而伊阿古利用他们的无知，使其陷入罗网，毁灭殆尽。"于是，埃文斯认为，在这部剧中，"无知不只是有用的戏剧条件，若对其加以利用便可产生各式惊人但次要的效果……；无知还是通往毁灭的大道。"（115）

23　在此，我基本同意艾略特对奥瑟罗的性格备受争议的著名评价。在艾略特之前，赖默（Thomas Rymer）亦有相近的论述。利维斯、海尔曼、亚当森及其他一些评论者，也在不同程度上同意艾略特的看法。艾略特在"Shakespeare and the Stoicism of Seneca"（1927），*Selected Essays*（New York: Harcourt Brace, 1950）中写道：

> 我始终感到，从未读过任何文字，能比奥瑟罗最后一段伟大台词，更可怕地揭示人类弱点——普遍的人类弱点——……在我看来，奥瑟罗说这段台词，似乎是要让自己高兴起来。他在竭力逃避现实，他已不再想苔丝狄蒙娜，他正在想他自己。所有美德中，谦逊最难获得；没有什么比渴望欣赏自己之心更难泯灭。奥瑟罗成功地将自己变作了一个可悲的人物，方式是采用美学的态度，而非道德的态度，在其环境下将自己戏剧化。他骗过了观众，但人的动机主要是骗过他自己。（110-111）

我唯一的保留意见——谦逊是否果真是一种德性（参亚里士多德，《尼各马可伦理学》，1123b2-30）——（至多）只是略微触及奥瑟罗的性格问题。海尔曼在 *Magic in the Web*（Lexington, KY: University of Kentucky Press, 1956）中写道："我们可以看到，奥瑟罗这般轻而易举受人欺骗，这般轻而易举受表象、冒牌医生和诚信博弈之类的说辞欺骗，因为他在自我欺骗方面才华横溢，甚至有这份需要。"（155）而后，海尔曼将奥瑟罗称作"关于自己的浪漫派历史学家"，认为他是"莎士比亚悲剧英雄中最不具英雄品性的角色。奥瑟罗需要被人认可，需要始终以为人接受的方式重塑自己，这够不上高度完美的自我，后者能目中无人陷入伟大的错误，又心怀谦卑面对既成之事。"（166）利维斯在 *The Common Pursuit*（London: Chatto and Windus, 1952）中，对奥瑟罗"魔鬼啊，鞭逐我吧"的大话做了这番离奇的评论："他发现自己的错误时，反应是人们常说的'我真是恨死自己了'的升级版，令人难以忍受……但他仍是同一个奥瑟罗；他已发现自己的错误，但没有悲剧性的自我发现。"（150）海尔曼的评论在内容和语调上都与利维斯如出一辙："他以某种方式传达出［369］一种印象，即他的关键错误并非谋杀和复仇，而是失去苔丝狄蒙娜；他斥责这份暴力，而非谴责除去一位好姑娘的愚蠢错误。"（165）亚当森在 *Othello as Tragedy: Some Problems of Judgment and Feeling*（Cambridge: Cambridge University Press, 1980）中准确地认识到，这部戏剧是悲剧，而非传奇剧："一旦我们注意到奥瑟罗的自我戏剧化何其显而易见，我们也就意识到这些自我戏剧化的行为对奥瑟罗何其重要：没有这些，奥瑟罗就无法生存……这份'多愁善感'是奥瑟罗自己的，而非莎士比亚的。而莎士比亚在想象中把握到、用戏剧来表现并让我们回应的是：这个人显然在竭力回避，不想看到自己这种不断寻找借口的自我形象何其理想化、何其多愁善感——事实上，何其错误——这背后有哪些重要的理由，以及它是如何重大的现实。"（288-289）

对于奥瑟罗自称"一位正直的刺客"，亚当森认为，"这番虚张声势和自我辩白荒谬可笑"（292）。埃利奥特在《莎士比亚发明奥瑟罗》中，显然希望将自己的观点与以上观点拉开距离，于是做出以下区分："我的术语'自我宣传'不同于'自我戏剧化'和'舞台艺术'——'舞台艺术'是另一个常用来形容奥瑟罗台词的表述——我的术语避开了任何不真诚及虚假的意涵；强调奥瑟罗希望自己令听众印象深刻的超常需要。"（108）但埃利奥特仍然同意，奥瑟罗声称自己拥有"不具嫉妒的天性"是"自欺欺人"（229）。

24 就剧本语境中发展而形成的嫉妒，对其内在"理据"更充分的分析，参见 Allan Bloom, "Cosmopolitan Man and the Political Community", in *Shakespeare's Politics,* 51-54。

25 以柏拉图的灵魂学为背景，可以轻易理解奥瑟罗的本性。柏拉图在自己的戏剧创作——他的《王制》中，探讨并展现了这种的灵魂学。卷四给出了基本论据，证明人的灵魂有三部分（理性、血气［thumos］与欲望）（435c-441c），接着，对话的余下部分又强化并提炼了这一论述。依据这个基本论述，可以根据一个人身上灵魂的哪个部分最强大并因而占统治地位，来区分出几类灵魂原型（或"本性"）。苏格拉底将其中一类原型称作"热爱荣誉的人"（名称源自希腊语意指荣誉的语词，timē），指的是一类人尤其富有男子气概，热爱荣誉，这类人受灵魂的血气部分统治，这个部分喜爱荣誉和光荣。热爱荣誉的人更多是行动之人，而非沉思之人，更关注实践事务，而非理论事务，不怎么在意言辞或举止优美（比较1.3.88-90，3.3.268-269）。在卷八，苏格拉底明确探讨了热爱荣誉之人的本性，以及受这类人统治的政体的特点（还有其他更低劣的城邦与灵魂类型）（547a-550b）。在对话中，[370]阿德曼托斯代表最好的这类人，尽管更原始的代表是忒拉叙马霍斯（拙作《战争爱人》[The War Lover]的主要目的即是解释柏拉图的灵魂学，以及灵魂的血气部分对哲学及政治的重要作用；尤其参见第四章与第五章）。

　　奥瑟罗也是真正的"热爱荣誉之人"：对他而言，荣誉、地位、尊敬及名声，比政治生活提供的其他任何东西都要重要。传统上，男人作为男人能得到的至高荣誉，是战场上斩获的荣誉。因此，奥瑟罗喜爱自己的沙场生活，并引以为傲：

> 各位尊严的元老们，习惯的暴力
> 已经使我把冷酷无情的战场
> 当作我的温软的眠床，对于艰难困苦，
> 我总是挺身而赴。
> 我愿意接受你们的命令，
> 去和土耳其人作战。
> （1.3.229-234；比较1.3.81-87，1.3.129-139）

　　因此，奥瑟罗还沮丧不已，害怕失去所有他为之生存的东西

（"永别了，威武的大军、激发壮志的战争……永别了！奥瑟罗的事业已经完了！"3.3.353-363）因此，他一旦相信了凯西奥和苔丝狄蒙娜背叛自己，就怒火冲天——并且一点即燃——准备用武力执行意志（比较 2.3.195-200），且鲁莽仓促，感到义愤填膺、切望复仇。还有，直至痛苦的最后关头，他都坚持自己要被视作"一位正直的刺客"（"因为我所干的事，都是出于荣誉的观念，不是出于猜嫌的私恨"，5.2.295-296）。凯西奥是个较次要版的热爱荣誉之人（"名誉，名誉，名誉！啊，我的名誉已经一败涂地了！我已经失去我的生命中不死的一部分，留下来的也就跟畜生没有分别了。"2.3.254-256），而伊阿古多年在这些人中间服务，尤其是为奥瑟罗服务（1.7.27-30），因此对这两人了如指掌。

苏格拉底警告说，尽管热爱荣誉之人年轻时鄙视金钱（对聚敛钱财更是嗤之以鼻），但当他老了，再不能斩获战场荣誉时，他就开始更关心舒适和财富，关心更稳固的地位，于是就会堕落成爱财之人（549a-b；比较548a-b）。这或许能解释，奥瑟罗为何直到这时候才有兴趣缔结婚事，可以带来经济与社会安全感的婚事（"不瞒你说，他今天夜里登上了一艘陆地上的大船；要是能够证明那是一件合法的战利品，他可以从此成家立业了"，1.2.50-51）？

26 比伊阿古优秀的人同样未能发现，自己的唯物主义论调无法用于自身。亚里士多德在《形而上学》中提到唯物主义前辈，评论道："即便在杂说繁兴的时代，人们就已觉得这些思想还未足阐明万物的创生，为了真理还得再探索我们上述的其次一项原因。事物在方生存之际，或达其善，或成其美，总不能迳指如火如土以及其他类此之元素为使那些事物成其善美之原因，宇宙也不曾照这些思想家的想法而演化；[371]若说或善或美，并无所因，而只是些自发与偶然景象，这也不似真理。于是有人起来说，这由于'理性'——在动物中是这样，在全宇宙也一样。万物的秩序与安排皆出于这个原因，这么，他比他前人的虚谈确乎较为明朗。"（984b8-

18）［译注］文中所引亚里士多德的《形而上学》依据吴寿彭译本。

27　剧中逾二十次指涉鲜血，其中整整一半将这种身体液体与心理现象相连，且这种液体通常被视作物质影响意识的媒介，或相反。例如：勃拉班修认为，苔丝狄蒙娜愿意半夜逃跑，是"血液的叛逆"（1.1.169），怀疑奥瑟罗用"毒剂麻醉了她的血液"（1.3.104），征服了女儿自然的端庄及喜好；伊阿古将"情欲"与"血肉的邪心"相连，认为有意志的爱不过是"血液之情欲的一阵冲动"（1.1.328-335；同时参见5.1.36）；伊阿古向罗德利哥保证，一旦"血液在一阵兴奋过了以后而渐生厌倦的时候"，就需要漂亮的容貌来"刺激"血液（2.1.225-229）；私下里，伊阿古幸灾乐祸地思忖，自己有毒的暗示是"危险的思想……虽然在开始的时候尝不到什么苦涩的味道，可是渐渐地在血液里活动起来，就会像硫矿一样轰然爆发"（3.3.330-334）；眼见奥瑟罗蛮不讲理地处置妻子，罗德维科寻思，自己从威尼斯带来的信件是否使奥瑟罗神经错乱，"信上的话激怒了他的血液……？"（4.2.271）；当凯西奥与蒙太诺间的争吵无法立即得到解释时，奥瑟罗警告说，"我的血气蒙蔽了清明的理性，叫我只知道凭着冲动的感情行事"（2.3.196-198）；奥瑟罗后来提到自己"流血的思想"（3.3.464），而苔丝狄蒙娜担心，"一种饮血的欲念震撼您的全身"（5.2.44）。

28　伊阿古对罗德利哥坦诚相见，这表明伊阿古始终想着，最后要甩掉这个可怜的傻瓜——也就是说，等他已夺走这傻瓜钱包里的所有钱财之后。

29　显然，我们无法证明身体比意识"更真实"，因为这个说法的所有证据与论断都预设了有意识的接受与评价，因而意识本身事先存在。甚至都不能做这番假说，因为同样的推理也完全适用于这个假说，正如适用于任何推理。人们赋予意识经验本体性地位，这也必须拓展至任何可能事先触及意识或影响意识的事物，例如记忆和被压抑的焦虑。

30 甚至可以认为，伊阿古开创了当今盛行于某个文学研究流派的悖论，类似尼采反讽的表述："没有事实，只有阐释。"要想理解这句话用于自身时的不一贯性，只需提问："请告诉我，是关于什么的阐释？"或者，可以简单地反驳："哦，真的吗？这是事实吗？"

31 因此，一个微妙的反讽是，文化物质主义者最喜爱对《奥瑟罗》[372]作还原论分析，并愉快地无视一种可能，即剧本本身就意在表明，用纯粹的唯物主义术语来解释世界的任何尝试都不充分。诚然，实践上，文化物质主义者与其兄弟新历史主义者使用"唯物主义"时，想表达的含义与物质本身无甚关联，（因此）也与物质如何能成为决定其他事物的原因无甚关联；他们的"物质因素"始终指的是成形的物质，其所有特质都基于形式，而非物质。他们使用这个术语时，"唯物主义"是用来暗示关于此世什么真正重要的一种务实的"现实主义"，由此赋予他们最喜爱的还原论理论——这种理论从未被充分表述或证明，但就其根源而言具有政治经济学性质——一种修辞优势，可碾压他们宣称要揭露的（据称是伪善的）"理想主义"与"人文主义"。布拉德肖（Bradshaw）在《误述》（*Misrepresentations*）中，可信地驳倒了这种路径的各位代表，证明他们对这部剧本的解读愚笨不堪，起码跟我眼中伊阿古说的任何话有一比。

32 帕福德（J. H. P. Pafford）写于该剧的阿登版导言，鄙作即使用这个版本（London: Methuen, 1963），liv.《冬天的故事》常被视作"浪漫的悲喜剧"，这进一步证明其令人困惑。帕福德倾向于认为剧本由三个部分构成（帕福德区分了第五幕回到里昂提斯王宫时的欢乐特质与波希米亚部分的欢乐特质），但坚持认为："但《冬天的故事》并非戏剧珍品，由各个独立部分构成；《冬天的故事》是一个整体，这种整体性具有一部伟大艺术作品所有的节奏与活力。虽然剧本横跨广阔的地域，贯穿不少年岁，其情节却一目了然。诚然，在王宫的第一阶段几乎完全是不幸的时光，那里疯狂的嫉妒预示彻底的灾难；第二阶段，发生在十六年后的另一国度、另一环境，大体涉及不同的人，这个阶段的前半部分极端欢乐；最后一个阶段，再回到王宫，主要是温和的幸福与和解。但所有这些部分都属于彼此，完成彼此。"（liv-lv）

然而，帕福德几乎只关注演出时的剧本，而不理会一切令人困惑的特征，只将其视作"观众无法注意到的东西……因此欣赏剧本时不会出现"（li）。无论能否如此不加区分地谈及莎士比亚的"观众"，以上做法都无法充分确立剧本的思想连贯性——能经受理性审视的完整性。我这里的简短分析意在实现这个目的。

33 在莎士比亚的时代，人们显然混淆了得洛斯岛（Delos）（当时也被称作德尔福斯［Delphos］）和阿波罗在德尔斐（Delphi）的神庙，后者俯瞰科林斯湾，被视作全希腊地位最高的神庙。

34 我遇到的所有"基督教化"解读中——这类解读数量众多，这证明剧本有明显的基督教母题——最引人入胜的（在我看来也是最有说服力的）解读，当属奥雷尔（John Orrell）在一篇论文中扼要提出的看法，［373］"The Measure of *The Winter's Tale*"。但这篇论文不幸尚未发表。奥雷尔基于对诗行所做的数字分析，认为剧本拥有一个准确的算术设计，既涉及礼拜仪式，又具有音乐性。这点绝非毫无可能，不少当代读者起先也会这般认为，因为晚近的学术研究已确证，在文艺复兴及伊丽莎白时代的诗歌中，数字、几何及历法结构司空见惯（例如参见 Alastair Fowler, *Triumphal Forms: Structural Patterns in Elizabethan Poetry,* Cambridge: Cambridge University Press, 1970; Christopher Butler, *Number Symbolism,* London: Routledge & Kegan Paul, 1970; Maren-Sofie Rostvig, "Structureas Prophecy: The Influence of Biblical Exegesis upon Theories of Literary Structure", in *Silent Poetry: Essays in Numerological Analysis,* Alastair Fowler, ed., London: Routledge& Kegan Paul, 1970）。这部剧本大量提到数字（逾九十次），这本身诱使我们做数字推测，否则一些异常详细的台词就

将毫无意义，例如安提哥纳斯如是捍卫赫米温妮的贞洁：

> 我有三个女孩子，
> 大的十一岁，
> 第二个九岁，小的才四五岁；
> 要是王后果然靠不住，这种事果然是真的话，我愿意叫她
> 　们受过。
> 我一定要在她们未满十四岁之前叫她们全变成石女，
> 免得产下淫邪的后代来……（2.1.143-148）

这些孩子的母亲有大量戏份，却再无这三个女儿的消息。而牧羊人的沉思又该如何解释呢？

> 我希望十六岁和二十三岁之间并没有别的年龄，否则这整段时间里就让青春在睡梦中度了过去吧；因为在这中间所发生的事，不过是叫姑娘们养起孩子来，对长辈任意侮辱，偷东西，打架。你听！除了十六岁和二十三岁之间的那种火辣辣的年轻人，谁还会在这种天气出来打猎？（3.3.59-65）

还有那"三个人一组的四班牧人"，其中每个人都至少能跳"十二呎半"（4.4.336-339；参《王制》337b）。

简单来说，有理由怀疑莎士比亚在使用数字命理学的原则，这些原则可以追溯至柏拉图，尤其是他的《蒂迈欧》（Timaeus），以及更早的毕达哥拉斯（巴特勒［Butler］在《数字象征》第一章中，简便地总结了基本原理）。显然，若不熟悉各个数字的象征含义（例如3与时间及男女结合相关；4与空间、诸元素及正义相关；7与上帝、［374］自然、魔法、完成及灵魂和肉体的结合相关），或不知道只有质数是真实的——没有因子，自身独特——不知道质数的顺序，或

不知道数字本身惊人的特质能定义数字的特殊类别的特质——"三角形数""平方数""完美数"（数字的因子之和等于数字本身，例如6和28）"亏数""过剩数"及"环数"等——就无法理解莎士比亚使用数字时可能有的含义。

35 我们知道时间是公元前416年。悲剧竞赛是名叫Dionysia ta epi Lēnaiō［榨葡萄酒的狄奥尼索斯节］的一部分，在伽米里昂月的第12天举行（1月下旬至2月上旬）。阿伽通是阿提卡悲剧"三巨人"（埃斯库罗斯、索福克勒斯及欧里庇得斯）之后最著名的继任者。阿伽通没有一部剧作流传于世，但亚里士多德提过他，认为他有某些技巧上的创新（《诗学》1456a；比较1451b，1454b）。阿伽通生于公元前约445年，公元前407年从雅典来到马其顿僭主阿基劳斯（Archelaus）的王宫，公元前约401年死于马其顿。

36 依据阿伽通获胜与苏格拉底死亡的日期（公元前399年），宴席本身与这次讲述宴席间，最长可能相隔了十七年。也可能不到十七年，但不会差太远，因为阿波罗多洛斯强调，宴席远早于他约三年前开始跟随苏格拉底之时，且阿伽通已离开"好多年了"（172b-c），而格劳孔也承认那是"很早前的事了"（173a）。可以合理推测，其间的"鸿沟"有十五或十六年。

37 erōs［爱若斯］危险又凌人的本性，像猩红色的线，几乎贯穿《王制》。erōs［爱若斯］先表现为男人对女人身体的性欲。克法洛斯宣称，老年使他幸运地挣脱了"发疯般的主人"（328c-d）。最后一次讨论erōs［爱若斯］，形式是激情洋溢但不自然地表达对诗的爱欲（607e-608b；比较619b-c）。对护卫者的音乐教育尤其致力于改善他们面对性乐趣时的脆弱状态（至少在格劳孔看来，所有乐趣中，这种乐趣不仅最大最强烈，而且最是疯狂；402d-403c）。在对话的正中位置，苏格拉底宣称，对大多数人而言，"情欲中的必然性"远比逻辑上的必然性更有力量（458d）。爱欲还屡屡与醉酒、疯狂、生病及非理性相连（例如395e, 396d, 439d, 573b-c, 578a, 586c）。

38 如前文所述，阿伽通得胜的悲剧竞赛是一个冬日节日的一部分。阿里斯托得莫斯解释他为何睡得这么晚时提到，那时长夜漫漫（223c）。《王制》发生在首次将色雷斯女神本荻丝崇拜引进雅典的那一天（327a, 354a）；本荻丝礼拜日是萨尔格里昂月的第十九天（5月下旬至6月上旬）。

39 因此，当代不少学者认为，该剧同《辛伯林》（*Cymbeline*）、《泰尔王子派瑞可》（*Pericles*）及《亨利八世》（*Henry VIII*）——这些都被视作莎士比亚的晚期剧本——都是"实验性"[375]戏剧，原因正是该剧不能确切归入既定的戏剧形式。帕福德在《冬天的故事》的导言中，便捷地综述了这种观点的一些重要论述（xxxix-xliv）。

麦克法兰（McFarland˙）分析该剧时（*Shakespeare's Pastoral Comedy*, Chapel Hill: University of North Carolina Press, 1972），将其与《泰尔王子派瑞可》及《李尔王》相连，认为这几部剧中都有父女分离再重聚的母题："但《李尔王》忠于死亡的悲剧事实，尽管其语言给出天上重聚的可能，而两部喜剧则都退回至题材特有的人为性质，以及面对死亡的现实特有的不情不愿。因此，在莎士比亚的艺术中，这些戏剧有特殊的地位，因为它们融合了悲剧的强度与喜剧的幸福。为了取得这重效果，各剧都付出了一定的代价，即可能性的代价，但这换来了喜剧对人为事物的特殊描述。"（141）

40 波力克希尼斯（Polixenes）回忆，他们拥有一段田园般的"天真"时光（"我们不懂得作恶事，也不曾梦想到世间会有恶人"），这一切因为性成熟而结束。"激烈的情欲"出现后，他们受"诱惑"，结果纷纷娶妻。闻此，赫米温妮回应道：

> 哎呦！
> 您别说下去了，也许您要说
> 您的娘娘跟我都是魔鬼哩。可是您说下去也不妨；

> 我们可以担承陷害你们的罪名，
> 只要你们跟我们犯罪是第一次，
> 只要你们继续跟我们犯罪，
> 而不去跟别人犯罪。（1.2.80-86）

赫米温妮用了现在时（"是魔鬼"），这表明波力克希尼斯的王后当时仍健在。这引发了一个问题：王后为何没有陪同丈夫做这场无比漫长的访问。无论波力克希尼斯可能给出何种解释，事实是，他自愿如此之久离开王后（九个月！）——并非国事访问，而只是愉快的旅行——这很难证明他深深依恋妻子。就此而言，我们变得愈发好奇，因为赫米温妮早先提到波力克希尼斯坚持离开（1.2.34-36），如果是急着见儿子，那也合乎情理。波力克希尼斯后来宣称，他极度喜爱"年轻的王子"（"在家里，王兄，他是我唯一的消遣，唯一的安慰，唯一的关心"；1.2.165-166），这只是愈发凸显出他只字不提妻子。还有那不幸的事实：赫米温妮提到"罪名"及"犯罪"时，用了复数。这可以解释为（即便在潜意识中）"表示皇室自称的我们"。这一切无论有多清白无辜，却使里昂提斯的怀疑变得可信。

41　莎士比亚在此明显偏离了来源作品（格林［Robert Greene］的《潘朵斯托》［Pandosto］）——里昂提斯仓促陷入满是嫉妒的怀疑——这必须被认为对于阐释该剧意义重大。[376] 莎士比亚当然可以创作展现嫉妒逐步发展的戏剧，《奥瑟罗》即是一例（在《奥瑟罗》中，主人公的转变自然足够迅速，这个转变的起因及加速都要归功于一位受信任的下属的巧妙计谋）。不少批评家认为，里昂提斯突发的嫉妒不够合理，因此在心理层面难以置信，于是视之为剧本的严重缺陷。另一些批评家试图捍卫剧本，于是巧加掩饰，认为这个问题在表演时无关紧要。布鲁姆在《莎士比亚笔下的爱与友谊》的第十一章罕见地认为这是重要的阐释问题，并给出了一个可信的解释。在布鲁姆看来，莎士比亚借此指向一种令人忧虑不安的可能：

愤怒的妒忌突然爆发，这暴露出一个已婚女人与一个男人之间无可指摘的友谊所面临的问题。激起的猜疑使他们不可能拥有男女共处而不涉暧昧所要求的那种自信。而且，这两个朋友新近结成的婚姻也对已婚男人之间友谊的可能性提出了质疑。（376）（［译注］文中所引布鲁姆的《莎士比亚笔下的爱与友谊》依据马涛红译本，略有改动。）

依据麦克法兰（McFarland）在《莎士比亚的田园喜剧》（*Shakespeare's Pastoral Comedy*）中的判断，考察里昂提斯突发的嫉妒也颇有益处："事实上，莎士比亚所有作品中，最恒久的主题是人的背信弃义"（127）；"里昂提斯神秘的愤怒再度表达了这个恒久的看法，即人类的关系可能卑鄙不堪。在文艺复兴时期，与莎士比亚的哲学观念相近的前辈常坚称，人有两重性，或是像动物，或是像天使……里昂提斯的愤怒如此紧挨喜剧所常有的美好场景，这反映出文艺复兴时期强调人的多重可能。此外，必须加上更悲观的思想，即从奥古斯丁至加尔文，一些人认为人本性已败坏。所有这些思想都为经验所证实：这些经验或是来自莎士比亚的生活，对此我们只能做一番推测；或是来自我们自己的生活，对此我们可以确定无疑。"（129）

弗罗利泽正如里昂提斯，清楚地展现了erōs［爱若斯］与理性间的这种张力。年轻的王子坚称："即使我有超人的力量和知识，我也不愿重视它们，假如我得不到她的爱情。"（4.4.375-377）之后，受卡密罗敦促，弗罗利泽答道："我听从着我的爱情的劝告呢。要是我的理性能服从指挥，那么我是有理性的；否则我的感觉就会看中疯闹，向它表示欢迎。"（4.4.483-486）

培根在第十篇随笔《论恋爱》的开头写道："舞台较人生受惠于恋爱者为多。因为在舞台上，'恋爱'长期可以供给喜剧的材料，有时亦可供给悲剧的材料；但在人生中，'恋爱'只是招致祸患；它有时如一位惑人的魔女，有时似一位复仇的女神。你可以见到，在一切伟大的人物中（无论是古人今人，只要是其盛名仍在人记忆中者）没有一个是在恋爱中被诱到热狂程度者：可见伟大的人与重大的事真能排除这种柔弱之情也……可异者，[377]这种情欲的过度，以及它如何欺凌事物的本性及价值之处，是由此可见的，就是，长期的夸张的言辞唯有在关于恋爱的言语中是合适的，在其他的事情中总是不宜。"（比较《会饮》183b）

培根进而指出，"因为从无一个骄傲的人重视自己之甚有如一个情人之重视其所爱也。所以昔人说得很好，'要恋爱而又要明哲是不可能的'"（比较《特洛伊罗斯与克瑞西达》3.2.154–155）。柏拉图的《王制》详尽、广阔并深刻地探讨了erōs［爱若斯］与理性判断间的张力问题，这个问题对正义与哲学而言都令人困惑。但如前文所述，《王制》中的叙述必须结合《会饮》。《会饮》强调erōs［爱若斯］多产、有创造性并具提升性的潜能——（据柏拉图笔下苏格拉底的第俄提玛所言）对于一些强大的灵魂，对美的爱欲向往最终引向哲学（210d ff）。

42 正如第俄提玛教导的，"受孕生育可是件神圣的事情，是会死的生命中不死的［方面］"（《会饮》206c），以及，"会死的自然总想尽可能让自己永远活着不死。［会死的自然］要是不死，唯有靠传宗接代，不断有年轻的接替老的"（207c–d）。

43 莎士比亚剧本中，有大量细节可以被认为与柏拉图在《会饮》中的表述相关。例如，老牧人说，"你看见人死，我却看见刚生下来的东西"（3.3.112–113），这与第俄提玛描述erōs［爱若斯］的说法一致："他［的天性］既非不死的那类，也不是会死的那类；有时，同一天他一会儿活得新新鲜鲜、朝气蓬勃——要是所求的得逞的话，一会儿又要不死不活的样子，不过很快又回转过来，这都是由于他父亲的天性。"（203e）而弗罗利泽向潘狄塔求爱时高贵的忍耐（4.4.146-153；5.1.202-208），似乎证实了泡塞尼阿斯区分出来的更高、"属天"的erōs［爱若斯］形式，其间爱"做得美做得当"，不同于更低、更卑鄙的"属民的爱若斯"（181a）。同样，乔装打扮的波力克希尼斯对乔装打扮的儿子说，"你的心里充满了些什么东西，连宴会也忘记了？"（4.4.347-348）。这证实了第俄提玛的提醒：爱人在他所爱的人面前，"不惜废寝忘食"，就只想望着他，同他待在一起（211d-e）。而厄里克希马库斯医生将夏天与冬天的不同特质（冷相对于热，干相对于湿）归因于erōs［爱若斯］两种形式的互动（188a）。

44 弗洛利泽的名字本身暗示花朵（弗洛拉［Flora］是罗马的花神和春天之神［参见4.4.2］；floridus的意思是"用花装饰的"），这使他的国王父亲与潘狄塔讨论艺术及自然对培育花朵的作用（4.4.80-108）的那一段变得尤为引人入胜。更尖锐的是潘狄塔拒绝（及波力克希尼斯肯定）"有人称为自然界的私生儿的斑石竹"时的反讽，因为里昂提斯起先坚称，潘狄塔是波力克希尼斯的私生女（2.3.160）。

45 ［378］这两个名字的词根进一步加强了这种可能性："潘狄塔"源自perdo（"可怜的""痛苦的""被抛弃的"）以及Penia（πενια，"贫穷的""贫困的"）。

46 但悲剧家如何讲述erōs［爱若斯］也颇为相关，因为阿伽通对比了爱若斯与必然性的方式（195c）。我们也不应忽视，这整个充满爱欲的夜晚得以记录下来，据称得自偶然：阿里斯托得莫斯邂逅苏格拉底。

47 苏格拉底解释他和同伴们建立的"言辞中的城邦"的最终衰败时，或许就暗含这个总结。苏格拉底提出要模仿缪斯，以"悲剧的形式"说话，但这只是开玩笑（也就是说，以喜剧的形式；《王制》545e）。于是，他表述了一切哲学文献中最著名（或最臭名昭著）的数字命理学难题：

尽管他们聪明，尽管你们把他们培养成了城邦的领袖，他们仍不能依靠理性和感觉能力为自己制定繁荣和枯竭的周期，相反，他们会错过这样的周期，在不应该生孩子的时刻生了孩子。神灵的出生具有一定的周期，一个完美的数字控制着前后过程，然而，凡人的数字则不同，在开始阶段，它成倍成方地增长，此后，这些增长成分又经历三维和四级的变化，一些相同，一些不同，一些继续增长，一些开始衰退，最终，一切显得通情达理，彼此协调；当基数三、四和五结合，其积再自我相乘三次，这就产生了两种和谐，其一是正方形，同数自乘，以百倍计，其二是矩形，只是对边相等，一边的长度为对角线有理数五乘一百，各自减一，或对角线无理数五减二，另一边的长度为三的立方乘一百。这整个几何数字主宰着这样的领域，决定着人们的出生好坏，当你们的城邦卫士不了解这样的出生，不合时机地让新娘和新郎结合在一起，他们生下的孩子既不会有美好的本质，也不会有美好的命运。（546a–d）

此处所谓的婚姻数字晦涩难懂已是众所周知，少有人会贸然给出解释。但似乎能可靠地推论，这里以某种方式涉及毕达哥拉斯3:4:5的完美三角形，这个形状是几何及和谐的基础。

48　参见Craig, *The War Lover*, 96–111。

49　希腊语中，这个词的意思碰巧是"最聪明的"，这给泡赛尼阿斯的说法带上了反讽意味。

50　McFarland, *Shakespeare's Pastoral Comedy*, 142.

51　但"二十三"这个表达出现了三次：一次在《哈姆雷特》（5.1.167），一次在《特洛伊罗斯与克瑞西达》（1.2.238），一次在这里（3.3.59–60）。

52　他的"恢复"难道不是出奇准确吗——不是更随意的"恢复到二十年前"（这或许能解释时间的准确性与［379］卡密罗粗略估

计间的差异，4.2.4），而是精确的二十三？正如里昂提斯对着他的孩子默想，这（依据第俄提玛的看法）本身是里昂提斯自己欲求"永生，被人记住，及永世的福气"（《会饮》208e）的结果。

53 至少就我所知，是柏拉图建立起这一关联，虽然这或许早已是——比方说——毕达哥拉斯炼金术学说的一部分。至于柏拉图（或任何其他人）为何选用二十三代表erōs［爱若斯］，我没有值得分享的见解。但显然，后世一些哲人沿用了这一关联（例如培根、笛卡尔、卢梭和尼采），以及哲学是至高的erōs［爱若斯］这一表述（《会饮》204b，210d-212a；《王制》403a，499b-c）。

由于这个数字涉及情事，在那部充满象征的牧歌罗曼司里，在那部"高度关注梦和月光"、关注爱与魔法的剧作中，"指涉月亮在《仲夏夜之梦》出现了二十三次，超过莎士比亚其他任何剧作"（此处依据怀特的统计，*Copp'd Hills toward Heaven*, 51），就不只是巧合。

54 参笛卡尔《谈谈方法》第二部分最后一段，该处涉及笛卡尔讲述的自己生平的"寓言"；以及卢梭《论人类不平等的起源和基础》第一部分第二十三段。尼采《善恶的彼岸》的第一部分标题为"哲人的偏见"，其中有二十三句箴言；第二十三条中，尼采引入了他的心理学中等同于或替代爱若斯的东西，即"权力意志"。一旦考虑到这本书不规则的标号，即能发现全书共有299条箴言（23乘以23）。尼采相当古怪的"自传"《瞧！这个人》的第二十三节，完全关乎爱与性；该节中间位置是以下这个挑衅的问题及答案："人们听过我关于爱的定义吗？这是唯一值得哲人所下的定义。爱的定义都是交战；爱的基础（Grunde）是两性间不共戴天的仇恨。"同时参见《敌基督者》第23条箴言。尼采是精通古典语文学的奇才，（他写下的几乎每一本书都证明）他对他眼中的柏拉图的理解，无论过去还是后世都鲜有人能企及。［译注］文中所引尼采的《瞧！这个人》依据刘崎译本。

55 依据尤尔（Peter Ure）"The Problem Plays"（in *Shakespeare: The Writer and His Work,* Bonamy Dobree, ed., London: Longmans, 1964），"博厄斯（F. S. Boas）最先在1896年用'问题剧'一词描述《皆大欢喜》《一报还一报》和《特洛伊罗斯与克瑞西达》（博厄斯还将《哈姆雷特》与这些剧本相连）"（239）。蒂利亚德（E. M. W. Tillyard）在出版的演讲集 *Shakespeare's Problem Plays*（London: Chatto and Windus, 1950）的导言中，承认他对该术语颇为不满，并警告道，他是"模糊含混地用这个词；为了方便省事"。蒂利亚德进一步指出：

> 要想实现这个词必然存在的灵活性和包容性，可以思考同类词"问题儿童"的含义。
>
> 至少有两类问题儿童：一类是真正反常的儿童，任何努力都无法让孩子恢复正常；另一类［381］是有趣、复杂的儿童，而非反常的儿童，他们确实容易成为家长和老师的问题，但注定会在更广阔的成人生涯小有成就。《皆大欢喜》和《一报还一报》正如第一类问题儿童：两部剧本有某种极端精神分裂的东西。《哈姆雷特》和《特洛伊罗斯与克瑞西达》类似第二类问题儿童，十足有趣、高度复杂，只是在那些错判它们的人看来才显得内在分裂。换言之，《哈姆雷特》和《特洛伊罗斯与克瑞西达》是问题剧，因为它们处理并展现有趣的问题；《皆大欢喜》和《一报还一报》是问题剧，因为它们就是问题。（9-10）

托马斯（Vivian Thomas）在 *The Moral Universe of Shakespeare's Problem Plays*（London and New York: Routledge, 1991）的导言中，综述了（这个综述颇有帮助）各路批评家的尝试，他试图解释剧本某些方面何以成"问题"。

不足为奇的是，善良的鲍德勒博士（Dr. Bowdler）认为《一报还一报》成问题的方面，当今批评家几乎不会认真对待，即该剧——独一无二地——"删改不得"；也就是说，无法改动这个剧本，使其（正如他的《家庭莎士比亚》所宣扬的）"适于在家庭中朗读"。因此，鲍德勒博士感到，他必须写一篇特别的编辑导言，警告该剧的种种危险——以上得自贝特的描述，*The Genius of Shakespeare*（London: Picador, 1997），294-298。弗莱在 *Shakespeare and Christian Doctrine*（Princeton: Princeton University, 1984）中指出，所谓的巴利亚多利德对开本（Valladolid Folio）暗示了早先天主教如何看待这部剧本（这是1632年第二对开本的一个普通抄本，但"一位英国的耶稣会会士仰仗宗教裁判所的权威，审查了"这个版本，使其能用作"西班牙巴利亚多利德英国学院内的阅读材料"）："审查时，通常用钢笔和墨水涂黑某些特定的语词、短语和诗行。这种删改的唯一例外是，这个对开本完全除去了《一报还一报》，一个锋利的工具工整地裁去了相关书页"（275-277）。

56 特拉韦尔西（Derek Travers, *An Approach to Shakespeare*, 3rd ed., London: Hollis and Canter, 1969, 65）指出："多数困难最终来自一种差异，人们通常感到一边是剧本形式上的假设，另一边是遍布全剧的精神，这种精神在其发展的大多数时候，都明显有违剧本的假设。从形式上看，《一报还一报》是部喜剧……另一方面，剧中最独具一格的情节明显不具喜剧色彩，没有致力于和解，而是致力于探索无法解决的冲突和阴郁的道德现实。"

57 拉布金（Norman Rabkin, *Shakespeare and the Common Understanding*, New York: Free Press, 1967）即认为，剧本"快乐的结局……不够有说服力"（104）。拉布金还指出："对于现代观众，似乎最成问题的是，该如何应对依莎贝拉的要求，她要弟弟克劳狄奥献出生命，而不愿安哲鲁亵渎她的贞洁。"（101）拉布金继而提到（这个说法在我看来不足为信，但符合［381］其就莎士比亚世界观的整体论点）："无法回答依莎贝拉：她是对的。但同样无法回答克

劳狄奥，从他的角度也是对的。"（104）

58 巴克（Granville-Barker, *More Prefaces to Shakespeare*, Princeton: Princeton University Press, 1974）指出："虽然剧本无比优美，蕴含残忍的智慧，[莎士比亚]的创作却不愉快。借助情节执行使命时，最终忠于人物不得不遭受暴力。"（151）利维斯（F. R. Leavis）在《共同的追求》（*The Common Pursuit*）中抵制这种流行意见，毫无保留地捍卫了《一报还一报》，反对那些认为剧本不具戏剧完整性的评论者（例如奈茨）："我自己的看法恰恰相反：我认为，《一报还一报》的情节解决完全正确，令人满意地实现了基本设计；这个解决异常灵巧，这种灵巧表达得自诗人可靠的人类洞察力、其灵敏的道德与诗歌感受力。"（169）只需说，对剧本的大多数观众或读者而言，惊异地感到"令人满意地实现"并非"共同"的体验。

59 依据大多数现代版本，也就是说，依据此处使用的阿登版《一报还一报》（*Measure For Measure*, J. W. Lever, ed., London: Methuen, 1965）。剧本唯一的原始文本，即对开本，在107行将现代版本的第二场拆成两场。这一定程度上影响到解读。对开本的切分更清楚地暗示，庞贝那句"那边有人给抓了去坐牢了"（1.2.79），没有指克劳狄奥——因此，咬弗动太太的回答并非文本异常（利弗[J. W. Lever]在他的《导言》中，轻率地认为是文本异常，xix-xx）——相反，我们要认识到，安哲鲁的法网捕捉了多个、或许是大量类似的案例（参见4.3.1-20）。

60 "洛度维克"可能是罗多维科偏"德语化"的写法；参见《奥瑟罗》及马基雅维利的《论李维罗马史》III, 11。这个名字很晚才介绍给读者或观众，令人困惑不已，一如在《李尔王》的最后，伪装的肯特也有了个名字（"卡厄斯"，5.3.282）。但或许值得注意的是，"洛度维克"和"文森修"一样，指涉胜利。

61 我们之后从弗洛斯大人的审问得知，"绅士"这个头衔在维也纳价值几分（2.1.144-208）。

62　这个故事位于《君主论》第七章七个段落的正中段落（曼斯菲尔德［Mansfield］的译本，29-30）。布鲁姆在《爱与友谊》中关于这个剧本的论文，以及雅法在 "Chastity as a Political Principle: An Interpretation of Shakespeare's *Measure for Measure*"（in *Shakespeare as Political Thinker*, 203-240）中，都注意到此处与这段臭名昭著的"马基雅维利式"情节的相似性。这处相似性少有人注意，更鲜有人讨论。他们的分析之所以不寻常，还在于他们注意到，维也纳的性混乱有更广阔的政治意义。虽然我在一些关键的地方不赞同两位作者（正如他们彼此也意见不同），但我受惠于他们的大量洞见，我也试图在自己的阐释中吸收并进一步发展这些洞见。

63　［382］解释过为什么君主不能总是实践"那些被认为是好人应做的所有事情"后，马基雅维利继而评论说：

> 因此，一位君主必须有一种精神准备，随时顺应命运的风向和事物的变幻情况而转变……如果可能的话，他还是不要背离善良之道，但是如果必需的话，他就要懂得怎样走上为非作恶之途。
>
> 因此，一位君主应当十分注意，千万不要从自己的口中溜出一言半语不是洋溢着上述五种美德的说话，并且注意使那些看见君主和听到君主谈话的人都觉得君主是位非常慈悲为怀、笃守信义、讲究人道、虔敬信神的人。君主显得具有上述最后一种品质，尤其必要。（《君主论》第十八章，par. 5-6, 70）

64　正如亚里士多德的论述，《政治学》1259b10-18，1287b37以下。

65　这似乎是柏拉图《王制》中教育护卫者的目标：通过恰当地结合音乐与体育，护卫者的灵魂被恰当地调过音，内心变得和谐。于是，他们自然知道什么是高雅及和谐，也就最敏锐地知道什么并非艺术或自然造就的优美之物，而"因为他自然地厌恶这些，他会赞扬优秀的事物"（401d-402a）。

66 正如马基雅维利教导的，无论是对于人遵从君主时的安全感，抑或君主施展力量，一致性都必不可少："君主如果被人认为变幻无常、轻率浅薄、软弱怯懦、优柔寡断，就会受到轻视。因此，他必须像提防暗礁一样提防这一切。"正是在这个语境下，马基雅维利提出，统治者"关于臣民的私事问题，他所作的决断应该是不可更改的"（《君主论》第十九章，par. 1; 72）——安哲鲁显然认同这条准则。但我们不禁好奇，公爵没能执行性行为法律，是否因为他以另一种方式关心一致性，也就是说，他不愿将自己没有遵守的事强加给他人。显然，公爵屡屡回到这个主题（3.2.249-251, 3.2.258-263; 4.2.77-83; 5.1.111-115, 5.1.402-414）。

67《君主论》第十八章，par. 3, 69-70. 在此可以回想，马基雅维利最著名的喜剧《曼陀罗》（*Mandragola*）中也有一个"床上把戏"，不过马基雅维利替换的是其中的男性，而非女性。

68 在此，任何熟悉《君主论》的人，都很容易想起马基雅维利的"致辞"，他在其中写道："深深地认识人民的性质的人应该是君主，而深深地认识君主的性质的人应属于人民。"不过，马基雅维利的专著表明，成功的君主实际上应同时具备这两类知识。

69 也就是说，公爵扮作了希腊人所谓的xenos［外国人，异邦人，客人］。苏格拉底在《申辩》中即用这个词自称，用以描述自己与说话对象雅典人的关系（17d）。四部不由苏格拉底引导的柏拉图对话中，这个称谓也用来称呼两位引领对话的苏格拉底式哲人，即《智术师》与《政治家》中来自爱利亚的xenos（所谓的爱利亚异邦人），［383］《法义》与《厄庇诺米斯》中的雅典异邦人。此外，若考虑到苏格拉底意义含混的著名暗示——在这位哲人看来，人生本身是场疾病（《斐多》118a; 59b）——对于洛度维克教士为何没能参加公爵回国的庆典，彼得修士那措辞古怪的解释（"他现在害着一种奇怪的毛病"；5.1.153-154）即获得了特殊的相关性。

70　这些人大多拥有古罗马名人或罗马gens［氏族］的名字（克拉苏［Crassus］、弗来维厄斯［Flavius］、伐伦提纳斯［Valencius］、凡里厄斯［Varrius］）；"罗兰特"（Rowland）是莎士比亚就罗兰骑士（Childe Roland）的写法，他是传说中亚瑟王的儿子（也可以参见《李尔王》，3.4.179）。

71　奈特在著名论文 "*Measure for Measure and the Gospels*"（收于 *The Wheel of Fire*）中，将剧本视作彻头彻尾的基督教戏剧："因此，剧中弥漫着正统及道德批评的氛围，中央是主人公即维也纳公爵神秘的神圣性、深邃的死亡哲学、开明的人类洞见及基督教伦理。"（76）虽然奈特举出了剧本文本与福音书之间大量有趣的相似点，但他不得不诉诸误读来表达自己的论点。例如，奈特告诉我们："相当严厉但不乏仁慈地斥责庞贝这个妓院老板后，他［公爵］最后说：'快去好好地改过自新吧。'公爵的态度正如耶稣对那个通奸被捉的女人说的话：'我也不定你的罪，去吧！从此不要再犯罪了。'"但并非如此，因为奈特轻易忽视了庞贝的回答，也忽视了实际上公爵对庞贝的最终恩赐："官差，把他带到监狱里去吧。重刑和教诲必须同时并用，才可以叫这畜生畏法知过。"（3.2.30-32）

但更笼统地说，一个再典型不过的错误使奈特的整个分析大打折扣：他误以为莎士比亚的公爵统治着基督教城邦，因此会使用基督教的辞藻、赞同基督教道德，因为证据显然表明公爵本人是基督徒。当然，类似的说法也适用于莎士比亚。

72　哲学这层实用的定义给公爵的建议"抱着必死之念"赋予了一层完全不同的含义。其要旨精巧地见于公爵"安慰"依莎贝拉的话："不用忧生怕死，比活着心怀恐惧快乐得多了。"（5.1.395-396）。莎士比亚钟爱的蒙田在关注这个主题的随笔中详细记述了这个观点的著名源流。事实上，蒙田的讨论或许就公爵给克劳狄奥建议时试图实现什么给出了最清晰的洞见。

　　弯曲的身躯难以承受重力，心灵也如此。应让心灵挺直腰杆，顶住死的压力。因为心里越怕，就越无宁日。若能坦然对待死亡，我们就可以夸口说，忧虑、痛苦、恐惧这些不是最小的烦恼，都不能占据我们的心灵，我们就会超越生存的状况……

　　既然死不可避免，早死晚死有什么关系？有人对［384］苏格拉底说："三十僭主判你死了。"苏格拉底回答："上天会惩罚他们。"

　　73　比较《前分析篇》68b4-7；《尼各马可伦理学》1116a10-15；1156a31-b6；《政治学》1252a24-30；1334b29-1335a35；1335b38-1336a2。

　　74　比较，同上书346e。布鲁姆和雅法都意识到（参见上文注释62），从莎士比亚提供的证据模式来看，他的公爵是哲人，这是公爵早年疏于统治的原因。托维（Barbara Tovey）也持此看法，"Wisdom and the Law: Thoughts on the Political Philosophy *of Measure for Measure*", in *Shakespeare's Political Pageant*, 61-75。但托维认为（63），"这种气质［哲学气质］至少在两个不同的方面阻碍了一个人成为统治者"。不只公爵的哲学活动使其疏于统治，公爵还可能无法勃然大怒，因此不具备执法必需的严酷，因为获得自知时，公爵必然会认识到自己的错误和弱点。托维的看法十足吸引人，自然值得考虑，但我不认为这能解释（显然其试图解释）公爵早年为何行姑息纵容之举，因为这使得公爵突然决意镇压种种不法之事更令人不解。无论如何，以上三位作者都没有真正解释，公爵为何改变或如何改变了对政治责任的态度，于是，他们在各自分析的中央留下了类似悖论的表述：维也纳的政治乱作一团，因为其统治者是哲人；维也纳得到了救助，因为其统治者是哲人。［译注］文中所引托维的

《智慧与法律:〈一报还一报〉中的政治哲学》依据赵蓉译文。

75 哲人卢梭在《论人类不平等的起源及基础》中无比诚实地承认:"产生自尊心的是理性,而加强自尊心的则是思考。理性使人敛翼自保,远离一切对他有妨碍和使他痛苦的东西。哲学使人与世隔绝,正是由于哲学,人才会在一个受难者的面前暗暗地说:'你要死就死吧,反正我很安全'。只有整个社会的危险,才能搅扰哲人的清梦,把他从床上拖起。"参见 *The Discourses and Other Early Political Writings*, 153。参《王制》596a-597e。

76 我认为莎士比亚在此揭露了柏拉图在《王制》中提出的看法的核心问题:哲人王的问题——柏拉图自己并非不知道这个问题,他细致地阐述那些最相关的段落的涵义即表明他知道(尤其是519b-521b,但同时参见540a-b, 592a-b)。

77 当然,我在此指的是所有哲学文献中内涵最丰富、最著名的意象:[385]柏拉图所谓的洞喻(《王制》514a-521c; 同时参见529a-d)。此外还有那部对话中另一个著名的故事:格劳孔版居盖斯(Gyges)的传说(359d 以下)。

78 柏拉图的整部《王制》都涉及这一点,但尤其要注意402e-403a, 458d, 571b-576c。其中卷五本身是一出喜剧,强调了erōs[爱若斯]提出的问题中最严重的层面(参见布鲁姆的译本附带的"阐释随笔",379-397;同时参见Craig, *The War Lover*, ch. 6)。

79 我想严格而论,必须将咬弗动太太加入已婚一组,但毫无疑问,有过九任(到目前为止)丈夫的妓院鸨母自成一类——不代表合乎情理的另一选项。

80 克劳狄奥自责时的用语表露了一丝这层含义:"正像饥不择食的饿鼠吞咽毒饵一样,人为了满足他的天性中的欲念,也会饮鸩止渴,送了自己的性命。"(1.2.120-122)特拉韦尔西(Traversi, *An Approach to Shakespeare*, vol. 2)对这段台词如何创造出诗意的分析尤为有用。(66)

81 西弗（Wylie Sypher）的人物评述虽则有趣，却过于极端，他对依莎贝拉置之不理，视作"那个歇斯底里的处女"，"Shakespeare as Casuist: *Measure for Measure*", in *Essays in Shakespearean Criticism,* J. E. Calderwood and H. E. Toliver, eds.（Englewood Cliffs, NJ: Prentice Hall, 1970），324。但毫无疑问，依莎贝拉对这个问题展现出不止一丝狂热，而我们必须寻思这背后有何种原因。最可能是她自身强大的却受压制的性欲。正如评论家多次指出的（至少自燕卜荪［William Empson］公开指明这一点以来），莎士比亚赋予依莎贝拉的语言模棱两可，让人想起性欲的各种可能。贝特在《莎士比亚的天才》中，简要重述了莎士比亚对于燕卜荪赏析及分析诗歌的新方法的一般而言的重要性，尤其是这部剧本的重要性（Jonathan Bate, *The Genius of Shakespeare*, 302–311）。

82 正如苏格拉底公然指出的，"我们会让统治者们去决定婚姻的数目，让他们尽可能地保持一定的男性人数，考虑到战争、疾病以及其他诸如此类的事情"（460a）。若在咬弗动太太的如下抱怨中看到这句教诲的影子，是否完全是异想天开呢："打仗的打仗去了，病死的病死了，上绞刑架的上绞刑架去了，本来有钱的穷下来了，我现在弄得没有主顾上门啦？"（1.2.75–77）

83 我能认识到公爵唆使的这场娶亲狂欢何其怪异，主要源于有机会阅读克雷格（Tobin L. Craig）一篇至今还未发表的论文，标题为"Measured Marriages"。

84 这一点至关重要，霍布斯使其成为利维坦的所有臣民都要学会的十条政治戒律中的第三律："还应当教导他们，使之认识到主权代表者不论是一个人还是一个会议，如果加以非议、议论或抗拒其权力，或是以任何不尊敬的方式称其名，使之在臣民中遭到轻视，［386］因而使臣民松懈国家安危所系的服从关系，那将是怎样大的一种过错。"（*Leviathan* ch. 30, par. 9）

85 至少有一点值得注意：在对开本的人物表中，路西奥本人被称作"一个古怪的人"。就路西奥而言，我认为他遭受批评家过多的辱骂并非其所应得。对这个我认为与福斯塔夫一般迷人的人物，托维（"Wisdom and the Law"）尤为严厉："路西奥才是最危险的人，智力高超，但毫无道德意识；把他当作伊阿古的喜剧对应者，太合适不过。《奥瑟罗》是悲剧，因为支配它的是邪恶的才智；《一报还一报》是喜剧，因为支配它的是仁慈的才智。路西奥对公爵和整座城市的威胁甚于剧中任何角色，这就是他遭到最严厉的惩罚的原因。"（65）

　　要想同意这个看法，必须忽视几点：(a)克劳狄奥视其为"好朋友"（1.2.182）；(b)路西奥被证明是个好朋友，真心为克劳狄奥的困境痛苦（1.2.64-65）；(c)他不仅依照请求，立即向依莎贝拉告知兄弟的危险，还战胜依莎贝拉的不愿意，使其乐意相助（1.4.68-84）；(d)他陪同依莎贝拉执行她仁慈的任务，但若非他持续敦促、积极指导，只需最潦草的努力，依莎贝拉就会临阵逃脱（2.2.43-47, 2.2.70, 2.2.90, 2.2.111, 2.2.125, 2.2.130, 2.2.133）；(e)而且他试图保护依莎贝拉免受在他看来公爵即将发作的盛怒，方法是将依莎贝拉的罪过转嫁给"爱管闲事的教士"洛度维克，作证称他看见那个教士在收买依莎贝拉（"一个放肆的教士，一个下流不堪的家伙"；5.1.130-139）。至于莎士比亚借助公爵让路西奥受"处置"，我同意被迫同生下自己孩子的娼妓结婚并非恩赐（至少对孩子父亲而言），但不认为这比安哲鲁遭受的处置更严厉（比较5.1.516-518）。

　　86 在此，可以比较柏拉图在《王制》中，让苏格拉底告诉阿德曼托斯：

　　　　"当一个哲人和神圣的秩序交往，他也就会按人的最大能力变得有秩序、变得神圣，尽管他的周围到处充满了诽谤。"
　　　　"的确完全是这样"，他说。
　　　　"如果他心中产生某种冲动，"我说，"设法把他在那里所看到的东西引入人类的生活习惯，把它们介绍给私人和公众，而不只限于塑造自己，那么，你是不是认为，在克制精神、正义以及民众的各种美德方面，他是个没有水平的手工艺者？"（500c-d）

苏格拉底此前暗示，"如果他生活在一个合适的体制中，他会进一步成熟并且会拯救人们的共同事业以及他们的个人事业"（497a）。

87 正如尼采在《善恶的彼岸》箴言26中提到的：

[387] 每一个出类拔萃的人都出于本能地寻求避难所和隐居处，在那里他可以摆脱人群，摆脱群众，摆脱多数人——在那里他可以忘却"作为规则的人们"，而成为例外；只是不包括这样的情况，即一种更加强烈的本能把他直接推向人群，以伟大而杰出的明辨是非者的面貌，出现在人们面前。无论是谁，在与人们交往时，若不偶尔由于恶心、厌烦、同情、沮丧和休戚相关而痛苦得脸色一会儿发青、一会儿发白，那他肯定一个趣味高尚的人。不过，如果他并不主动挑起这个重担，并不对自己反感，假如他执意避免出现这种情况，执意像我说的那样，静静地、高傲地待在避难所中，那么有一件事便是确定无疑的：他天生不是，也注定不是有学识的料。他这样的人有一天会不得不对自己说："魔鬼剥夺了我的高尚情趣！但是'规则'要比例外——比我自己，比我这个例外，更令人感兴趣！"于是他会感到垂头丧气，特别是会进入"内心世界"。长期而认真地研究普通人——因而尽量伪装自己，进行自我克制，表现出亲热的样子，作不自在的交往（除了与同等的人交往外，所有交往都是不自在的交往），构成了每一位哲人个人经历中不可缺少的组成部分——也许是最令人不快的、最令人作呕的、最令人扫兴的一部分。

88 因此，柏拉图的致力于刨根问底探究正义问题的对话，即他的《王制》，也是最充分阐释政治哲学的对话。关于正义与哲学间特殊关系的详细分析，参见Craig, *The War Lover*多处。

89 但正如莎士比亚的戏剧充分证明的，精心创作的艺术品可以提供替代性经验，只要我们对待描绘的内容一如对待"现实生活"。

90 虽然《威尼斯商人》着重探讨正义与仁慈的关系（剧中有意对比了旧约与新约"世界观"的核心内容），但事实上在《一报还一报》中，这两个词出现频率更高："正义"出现了二十六次（这是全集出现次数的七分之一；《威尼斯商人》出现了十五次）；"仁慈"十七次（《威尼斯商人》中有十三次）。

91 在正文的诸多注释中，自导言的注35起，我引用了一些晚近试图恢复莎士比亚作为政治哲人的地位的研究。我可以在此补充，这些分析来自受过大量政治哲学训练的学者——尽管也许并非主攻政治哲学——因此他们更能认识到莎士比亚戏剧的这一维度。

92 必须补充指出，这是肤浅的看法，在多数柏拉图的［388］捍卫者及支持者中都司空见惯。捍卫者的典型看法参见Rene Girard, *A Theater of Envy,* 64。格鲁贝（G. M. A. Grube）*Plato' s Thought*（Indianapolis: Hackett, 1980）中的"Art"一章，是极具代表性的标准看法，径直对柏拉图笔下的苏格拉底信以为真，从未试图理解柏拉图使用对话体时（本身是戏剧性模仿），可能如何通过提出主导对话的问题，来限定甚至部分批判他的苏格拉底所说的内容——更精确地说（这位永远的反讽家），是似乎在说的内容。默多克（Iris Murdoch）处理这个问题虽然更全面，但同样未能真正看穿苏格拉底批评的表面，*The Fire and the Sun*（Oxford: Oxford University Press, 1977）。类似地，伽达默尔（Hans-George Gadamer）的阐述虽然在哲学层面更有趣，但仍受限于"非对话式"理解苏格拉底的各式批评，"Plato and the Poets", *Dialogue and Dialectic: Eight Hermeneutical*

Studies in Plato, P. Christopher Smith, ed. and trans. (New Haven: Yale University Press, 1980)。近乎充分的阐释见于 Julius A. Elias, *Plato's Defence of Poetry* (Albany: State University of New York Press, 1984)。

93 对于这一主题，有相当更具野心的探讨，不过（正如我在前文指出的）鲜有作者能充分理解柏拉图对话的戏剧性及微妙的反身性——这些对话的反讽何其广泛——因此也鲜有人能理解对话向阐释提出的特殊挑战。多数学者（我想是绝大多数）一听闻把握柏拉图（或莎士比亚）的观点并非如他们以为般直截了当，都反感不已。例如古尔德（Thomas Gould）在 *The Ancient Quarrel between Poetry and Philosophy* (Princeton: Princeton University Press, 1990) 中，给出了相当具体宽泛的阐述，其前提是某些对话人物（主要是苏格拉底）实际上是柏拉图直接坦诚的代言人。古尔德显然因有人看法不同而倍感烦恼，于是用一个章节的一部分（"柏拉图在说真话吗"）驳斥了柏拉图对话的那些学生，后者从对话中看出柏拉图并未全盘否定诗歌："不少［研究］提出各种方式，要宣告柏拉图并无（真正）反对（整个）诗歌传统之罪。其间最好的论述基于考察柏拉图自己的戏剧艺术性，他如何运用意义隽永、形象生动的神话，如何将美提升为更高知识的对象，如何思考享乐，如何理解爱及其他受爱激发的能量。最惹人生气的论述声称，在柏拉图的批评中发现了玩笑与反讽。"（219）

古尔德等学者视之惹人生气的东西，真正更具哲学天性的读者——也就是说，与柏拉图更相似的读者——则会视之为令人愉悦：这是阐释文本的挑战，这个过程跟阐释世界的挑战一样，其间几乎没有任何内容如乍看时那般直截了当。正如我在导言中强调的，是问题、谜团及困惑（无论得自研习文本，抑或直接观察日常生活），最有效地激发哲学活动，邀请读者兼观察者给出自己连贯的解释，来理解起先看似困惑又矛盾的内容。

94 ［389］细读卢梭《论人类不平等的起源和基础》（就怜悯对

人类生活的重要性而言，这是最有说服力的一段论述），可证实卢梭
也认为怜悯既依靠理性，又恰当地受制于理性："曼德维尔已经感觉
到，如果自然不曾赋予人们以怜悯心作为理性的支柱，则人们尽管
具有一切的道德，也不过是一些怪物而已；但曼德维尔没有看到，
人们所能具有而为他所否认的一切社会美德正是从怜悯心这种性质
中产生出来的。"（pt 1, par. 37，强调为笔者所加；*The Discourses
and Other Early Political Writings* 153）。

95 苏格拉底如何批评写作，是我研究柏拉图《王制》的导言
"论阅读柏拉图对话"的统领性主题，Craig, *The War Lover*。更详尽
的分析参见 Ronna Burger, *Plato's* Phaedrus: *A Defense of a Philosophic
Art of Writing*（*University:* University of Alabama Press, 1980）。

96 比较 Nietzsche, *The Birth of Tragedy,* sects. 13–15 in Walter
Kaufmann, ed. and trans. *Basic Writings of Nietzsche*（New York: Modern
Library, 1968）。

> 苏格拉底从容赴死，有如他在会饮时的泰然心情——根据
> 柏拉图的描写，苏格拉底总是作为最后一个豪饮者，在黎明时
> 分泰然自若地离开酒宴，去开始新的一天；而那时候，留在他
> 身后的是那些沉睡在板凳和地面上的酒友，正在温柔梦乡中，
> 梦见苏格拉底这个真正的好色之徒呢。**赴死的苏格拉底成了高
> 贵的希腊青年人前所未有的全新理想；尤其是柏拉图这个典型
> 的希腊青年，以其狂热心灵的全部炽热献身精神，拜倒在这个
> 偶像面前。**（89）

> 柏拉图的对话可以说是一条小船，拯救了遇难的古代诗歌
> 及其所有的子孙们：现在，它们挤在一个狭小的船舱里，惊恐
> 地服从苏格拉底这个舵手的指挥，驶入一个全新的世界里，沿
> 途的奇妙风光令这个世界百看不厌。柏拉图确实留给后世一种

新艺术形式的样板，即小说的样板；小说堪称无限提高了的伊索寓言，在其中诗歌与辩证哲学处于一种类似的秩序中，类似于后来多个世纪里这种辩证哲学与神学的关系，即作为 ancilla［奴婢］。此即诗歌的新地位，是柏拉图在魔鬼般的苏格拉底的压力下把诗歌逐入这个新地位中的。（90–91）

谁若亲自经验过一种苏格拉底式认识的快乐，体察到这种快乐如何以越来越扩大的范围，力图囊括整个现象世界，那么，从此以后，他能感受到的能够促使他此在的最强烈刺激，莫过于这样一种欲望，即要完成那种占领并且把不可穿透的知识指望牢牢地编织起来的欲望。对于有此种心情的人来说，柏拉图和苏格拉底就表现为一种全新的"希腊的明朗"和此在福乐形式的导师，这种全新的形式力求在行动中迸发出来，并且多半是为了最终产生天才、在对贵族子弟的助产式教育影响当中获得这样一种迸发。（97）（［译注］文中所引尼采的《悲剧的诞生》依据孙周兴译本。）

97［390］阿尔维斯（John E. Allis）对此确定无疑（"Introductory: Shakespearean Poetry and Politics"，收于 *Shakespeare as Political Thinker*）："剧本邀请（剧场或书房中的）观众延续戏剧行动，方法是将虚构中确立的道德原则用于自身存在。只要这些原则涉及政治，莎士比亚的戏剧就执行着一种政治功能。剧作家有几分类似普洛斯彼罗、文森修与忒修斯，他安排的场景或许有益于公共生活。然而，虽然这种艺术在内容和效果上涉及政治，其中蕴含的智慧却可能暗示出一种超脱于政治的生活。"（23）

98 或正如阿尔维斯所评论的（同上书）："莎士比亚赋予优秀人物某种智力卓越，其中融合了理论原则及应对具体事物的本能机智。剧本确乎让我们意识到，思考的诗人可能更纯粹地陷于沉思，但剧

本传达这一点，是通过提醒我们，剧作家是在监视他的创造物，而非在任何一个戏剧人物中现身。"（14）

99 怀特断然指出（我认为正确无误）（*Copp' d Hills Toward Heaven*）："《暴风雨》关乎一位哲人王。"（113）同时参见 Paul A. Cantor, "Prospero's Republic: The Politics of Shakespeare's *The Tempest*"（in *Shakespeare as Political Thinker,* 239–255）；Diana Akers Rhoads, *Shakespeare's Defense of Poetry*（Lanham, MD: University Press of America, 1985），以及更晚近的 David Lowenthal，*Shakespeare and the Good Life,* 21–70。

分析罗马剧时，普拉特和坎托都大量倚赖柏拉图在《王制》里勾画的灵魂学。普拉特谈及科利奥兰纳斯时指出（Michael Plart, *Rome and Romans According to Shakespeare*, Salzburg: Institute For English Language and Literature, 1973）："他的性格源自灵魂中单个成分排他并独特的发展，即 ϑυμοσ［血气］。在他身上，莎士比亚提取了 thymetic［血气］之人或充满精神的人。Thymos［血气］——我们从《王制》借用了这个词……"（128）坎托在 *Shakespeare's Rome: Republic and Empire*（Ithaca: Cornell University Press, 1976）中提出："阅读柏拉图在《王制》中如何讨论 erōs［爱若斯］与 thymos［血气］这两个灵魂中的非理性成分，对于理解《安东尼与克莉奥佩特拉》与《科利奥兰纳斯》的关系大有裨益。"（213）

怀特详细记述了柏拉图的《法义》与《仲夏夜之梦》间的诸多关联，*Copp'd Hills towards Heaven* (43–64)。

100 譬如参见 Thomas McFarland, *Shakespeare's Pastoral Comedy,* 179–184。

101 Michael Platt, "Falstaff in the Valley of the Shadow of Death"，刊于 *Interpretation* vol 8, no. 1 (January 1979), 12–13。普拉特还注意到，两位人物服役时都是步兵而非骑兵（这与他们著名的伙伴——哈尔和阿尔喀比亚德——截然不同）。两人都因酒量极大而臭名昭

著。此外，"福斯塔夫也提苏格拉底式的问题，'什么是什么'（What is a thing?）。他的问题就是'什么是荣誉？'。福斯塔夫质疑绅士的生活方式……福斯塔夫说自己风趣，还连带着叫别人也风趣起来（《亨利四世》下篇，1.2.6）；苏格拉底的朋友们［391］认为他有智慧，也使他们有智慧。福斯塔夫善饮，苏格拉底也一样（《会饮》220a）。福斯塔夫和苏格拉底都其貌不扬，却又深深地吸引他人（《会饮》215b及以下）。"此外，普拉特认为，从桂嫂对福斯塔夫之死的含混描述中，我们可以发现，福斯塔夫试图背诵第二十三首赞美诗（8ff），这指向两人之死的主要差异："福斯塔夫的恐惧与苏格拉底的镇静"（14）。［译注］文中所引普拉特的《死荫幽谷中的福斯塔夫》依据马涛红译文。

布鲁姆在《爱与友谊》中，也探讨了福斯塔夫与苏格拉底的对应关系：

> 对于哈尔和福斯塔夫来说，没有什么是神圣的，至少言辞上如此。他们互相辱骂，全然不顾宫廷特有的繁文缛节。他们的相互辱骂是此世的礼节，比贵族们使用的礼节更来得真诚……这些自由精神首先要攻击的靶子就是法律和宗教……
>
> 哈尔对福斯塔夫的不孝，以及哈尔对其父的孝顺，很大程度上代表了苏格拉底生命中的一种核心张力，即哲学与对祖先的顺从之间的张力。实际上，福斯塔夫是亨利四世的对手。哈尔知道这一点，尽管亨利四世不知道……［扮演国王时］真正的儿子通过猛烈抨击福斯塔夫，演出了父亲的缩影，他称福斯塔夫为"败坏青年人的大恶棍"……这是父亲们对苏格拉底的抱怨。这一控诉——败坏青年人——正是扳倒苏格拉底的东西。苏格拉底是父亲们在教育孩子时的对手，在任何传统社会秩序当中，教育的任务都属于父亲们，但是这样的社会秩序被苏格拉底的胜利改变了。

苏格拉底对儿子们的质问不可避免地导致儿子们反过来质问父亲们。哈尔与福斯塔夫的关系并不全然不同于苏格拉底与阿尔喀比亚德之间的关系。(406-407)

102　Thomas McFarland, *Shakespeare's Pastoral Comedy,* 181. 麦克法兰同时指出："在此背景下，福斯塔夫与苏格拉底的相似性，与一种广泛存在的相似性相关，即牧歌结构与柏拉图主义结构间的相似性。事实上，晚近一位评论者详尽地证明：'柏拉图主义'是'牧歌文学背后的哲学，自牧歌文学的希腊源头，直至文艺复兴及后世。'"麦克法兰在此指涉的是 Richard Cody, *The Landscape of the Mind: Pastoralism and Platonic Theory in Tasso's* Aminta *and Shakespeare's Early Comedies*(Oxford: ClarendonPress, 1969), 18。

特林皮（Wesley Trimpi）对锡德尼诗学著作的分析表明，这部著作尤其受到柏拉图哲学的影响（"Sir Philip Sidney's *An Apology for Poetry*", *The Cambridge History of Literary Criticism,* vol. 3, *The Renaissance,* Glyn P. Norton, ed., Cambridge: Cambridge University Press, 1999, ch. 18）。我们很容易相信，对于特林皮概述的锡德尼的看法，莎士比亚会欣然赞同：[392]"首先，对锡德尼而言，典型的意象通过使'灵魂的视觉'（107.16）看见意象中的真理，具有攻破[说教]哲学限度的力量，而较之抽象概念，这种可触知性在影响情感时具有远为强大、远为直接的效果……诗歌意象，或虚构叙事中并置多个意象，还可以通过诗人在其'有益的发明'中的"想象性地基图"里选择典型人物，进而由果追因地揭示'普遍事物'，从而克服历史中的道德限制。也就是说，通过诗歌意象，哲学变得不再费解，历史变得可以理解。"（197）

参考文献

　　此处列出笔者在书中所引文献，但所引的经典文学和哲学作品不包括在内，如柏拉图对话、霍布斯文、莎士比亚剧作及诗歌、梅尔维尔和奥斯丁的小说等，均不列入，除非为了强调某个特定版本。

Adamson, Jane. *Othello as Tragedy: Some Problems of Judgment and Feeling.* Cambridge: Cambridge University Press, 1980.

–. *Troilus and Cressida.* Boston: Twayne, 1987.

Alulis, Joseph. 'Wisdom and Fortune: The Education of the Prince in Shakespeare's *King Lear*,' *Interpretation* 21/3 (Spring 1994).

Alulis, Joseph, and Vickie Sullivan, eds. *Shakespeare's Political Pageant.* Lanham, MD: Rowman and Littlefield, 1996.

Alvis, John E. 'Introductory: Shakespearean Poetry and Politics.' In *Shakespeare as Political Thinker.* 2nd ed. Edited by John E. Alvis and Thomas G. West. Wilmington, DE: ISI Books, 2000.

Alvis, John E., and Thomas G. West, eds. *Shakespeare as Political Thinker.* 2nd ed. Wilmington, DE: ISI Books, 2000.

Aristotle. *The Complete Works of Aristotle: The Revised Oxford Translation.* Edited by Jonathan Barnes. Princeton: Princeton University Press, 1984.

Auchincloss, Louis. *Motiveless Malignity.* London: Gollancz, 1970.

Auden, W.H. *Forewards and Afterwards.* New York: Vintage, 1974.

–. *The Dyer's Hand and Other Essays.* New York: Vintage, 1989.

Baldwin, T.W. *William Shakspere's Small Latine & Lesse Greeke.* Urbana: University of Illinois Press, 1944.

Barber, C.L., and Richard P. Wheeler. *The Whole Journey: Shakespeare's Power of Development.* Berkeley: University of California Press, 1986.

Bate, Jonathan, ed. *The Romantics on Shakespeare*. New York: Penguin, 1992.

–. *The Genius of Shakespeare*. London: Picador, 1997.

Berger, Thomas L. 'The Second Quarto of *Othello*.' In *Othello: New Perspectives*. Edited by Virginia Vaughan and Kent Cartwright. Rutherford, NJ: Fairleigh Dickinson University Press, 1991.

Berry, Francis. '*Macbeth*: Tense and Mood.' In *Essays in Shakespearean Criticism*. Edited by J.E. Calderwood and H.E. Toliver. Englewood Cliffs, NJ: Prentice-Hall, 1970.

Biggins, Dennis. 'Sexuality, Witchcraft, and Violence in *Macbeth*.' *Shakespeare Studies* 8 (1975).

Blits, Jan H. *The End of the Ancient Republic*. Durham: Carolina Academic Press, 1982.

–. *The Insufficiency of Virtue:* Macbeth *and the Natural Order*. Lanham, MD: Rowman and Littlefield, 1996.

Bloom, Allan. *Shakespeare's Politics*. New York: Basic Books, 1964.

–. *The Republic of Plato*. New York: Basic Books, 1968.

–. *Love and Friendship*. New York: Simon and Schuster, 1993.

Bowers, Fredson. *On Editing Shakespeare*. Charlottesville: University of Virginia Press, 1966.

Bradley, A.C. *Shakespearean Tragedy*. London: Macmillan, 1904.

Bradshaw, Graham. *Shakespeare's Scepticism*. Ithaca, NY: Cornell University Press, 1987.

–. *Misrepresentations: Shakespeare and the Materialists*. Ithaca, NY: Cornell University Press, 1993.

Briggs, Robin. *Witches and Neighbors*. New York: Viking, 1996.

Brooks, Cleanth. 'The Naked Babe and the Cloak of Manliness.' In *The Well Wrought Urn*. New York: Harcourt, Brace and World, 1947.

Brown, John Russell, ed. *Merchant of Venice*. 2nd Arden Shakespeare ed. London: Methuen, 1959.

Burger, Ronna. *Plato's* Phaedrus: *A Defense of a Philosophic Art of Writing*. University, AB: University of Alabama Press, 1980.

Burgess, Anthony. *Urgent Copy: Literary Studies in Search of Shakespeare the Man*. New York: Norton, 1968.

Butler, Christopher. *Number Symbolism*. London: Routledge and Kegan Paul, 1970.

Cantor, Paul A. *Shakespeare's Rome: Republic and Empire*. Ithaca: Cornell University Press, 1976.

–. 'Shakespeare's *The Tempest*: The Wise Man as Hero.' *Shakespeare Quarterly* (Spring 1980).

–. 'The Erring Barbarian among the Supersubtle Venetians.' *Southwest Review* (Summer 1990).

–. 'Nature and Convention in *King Lear*.' In *Poets, Princes, and Private Citizens*. Edited by Joseph M. Knippenberg and Peter A. Lawler. Lanham, MD: Rowman and Littlefield, 1996.

–. 'On Sitting Down to Read *King Lears* Again: The textual Deconstruction of Shakespeare.' In *The Flight from Science and Reason*. Edited by Paul R. Gross, Norman Levitt, and Martin W. Lewis. New York: New York Academy of Sciences, 1996.

–. '*Macbeth* and the Gospelling of Scotland.' In *Shakespeare as Political Thinker*. 2nd ed. Edited by John E. Alvis and Thomas G. West. Wilmington, DE: ISI Books, 2000.

Cavell, Stanley. *Disowning Knowledge in Six Plays of Shakespeare*. Cambridge: Cambridge: University Press, 1987.

Coleridge, Samuel Taylor. *Biographia Literaria*. Edited by James Engell and W. Jackson Bate. Princeton: Princeton University Press, 1983.

Conrad, Joseph. *The Works of Joseph Conrad*. London: Heinemann, 1921.

Craig, Leon Harold. *The War Lover: A Study of Plato's Republic*. Toronto: University of Toronto Press, 1994.

Crane, Milton, ed. *Shakespeare's Art: Seven Essays*. Chicago: University of Chicago Press, 1973.

Crane, R.S. 'Monistic Criticism and the Structure of Shakespearean Drama.' In *Approaches to Shakespeare*. Edited by Norman Rabkin. New York: McGraw-Hill, 1964.

Danby, John F. *Shakespeare's Doctrine of Nature: A Study of* King Lear. London: Faber and Faber, 1948.

Davis, Michael. 'Courage and Impotence in Shakespeare's *Macbeth*.' In *Shakespeare's Political Pageant*. Edited by Joseph Alulis and Vickie Sullivan. Lanham, MD: Rowman and Littlefield, 1996.

Diogenes Laertius. *Lives and Opinions of Eminent Philosophers*. Translated by R.D. Hicks. Cambridge, MA: Harvard University Press, 1925.

Dobrée, Bonamy, ed. *Shakespeare: The Writer and His Work*. London: Longmans, 1964.

Elias, Julius A. *Plato's Defence of Poetry*. Albany: State University of New York Press, 1984.

Eliot, T.S. *Selected Essays*. New York: Harcourt Brace, 1950.

Elliot, Martin. *Shakespeare's Invention of Othello*. New York: St Martin's Press, 1988.

Epstein, Norrie. *The Friendly Shakespeare*. New York: Penguin, 1993.

Evans, Bertrand. *Shakespeare's Tragic Practice*. Oxford: Clarendon Press, 1979.

Everett, Barbara. 'Spanish *Othello*: The Making of Shakespeare's Moor.' *Shakespeare Survey* 35 (1982).

Foakes, R.A., ed. *King Lear* 3rd Arden Shakespeare ed. Walton-on-Thames: Thomas Nelson and Son, 1997.

Fowler, Alastair. *Triumphal Forms: Structural Patterns in Elizabethan Poetry*. Cambridge: Cambridge University Press, 1970.

Frame, Donald, ed. and trans. *The Complete Essays of Montaigne*. Stanford: Stanford University Press, 1958.

Fraser, Russell A. *Shakespeare's Poetics in Relation to King Lear*. London: Routledge and Kegan Paul, 1962.

Frye, Roland Mushat. *Shakespeare and Christian Doctrine*. Princeton: Princeton University Press, 1963.

–. *The Renaissance* Hamlet: *Issues and Responses in 1600*. Princeton: Princeton University Press, 1984.

Fuller, Timothy. 'The Relation of Thought and Action in *Macbeth*.' In *Shakespeare's Political Pageant*. edited by Joseph Alulis and Vickie Sullivan. Lanham, MD: Rowman and Littlefield, 1996.

Gadamer, Hans-George. *Dialogue and Dialectic: Eight Hermeneutical Studies in Plato*. Edited and translated by P. Christopher Smith. New Haven: Yale University Press, 1980.

Gardiner, Juliet, and Neil Wenborn, eds. *The* History Today *Companion to British History*. London: Collins and Brown, 1995.

Girard, René. *A Theater of Envy*. New York: Oxford University Press, 1991.

Girouard, Mark. *Life in the English Country House*. New Haven: Yale University Press, 1978.

Goddard, Harold C. *The Meaning of Shakespeare*. Vol 2. Chicago: University of Chicago Press, 1951.

Gould, Thomas. *The Ancient Quarrel between Poetry and Philosophy*. Princeton: Princeton University Press, 1990.

Granville-Barker, Harley. *Prefaces to Shakespeare*. 2 vols. Princeton: Princeton University Press, 1974.

–. *More Prefaces to Shakespeare*. Princeton: Princeton University Press, 1974.

Grube, G.M.A. *Plato's Thought*. Indianapolis: Hackett, 1980.

Harbage, Alfred. *Conceptions of Shakespeare*. New York: Schocken, 1968.

–. *As They Liked It*. Philadelphia: University of Pennsylvania Press, 1972.

–. *Shakespeare without Words*. Cambridge: Harvard University Press, 1972.

–. 'Shakespeare and the Professions.' In *Shakespeare's Art: Seven Essays*. Edited by Milton Crane. Chicago: University of Chicago Press, 1973.

Heilman, Robert B. *This Great Stage: Image and Structure in King Lear*. Baton Rouge: Louisiana State University Press, 1948.

–. *Magic in the Web*. Lexington, KY: University of Kentucky Press, 1956.

Hogarth, G., and M. Dickens, eds. *Letters of Charles Dickens*. London: 1893.

Hughes, Robert. *The Fatal Shore*. New York: Alfred A. Knopf, 1987.

Jaffa, Harry. 'The Limits of Politics: *King Lear*, Act I, scene i.' In *Shakespeare's Politics*. With Allan Bloom. New York: Basic Books, 1964.

Jenkins, Harold, ed. *Hamlet*. 2nd Arden Shakespeare ed. London: Methuen, 1982.

Jensen, Pamela. '"This is Venice": Politics in Shakespeare's *Othello*.' In *Shakespeare's Political Pageant*. Edited by Joseph Alulis and Vickie Sullivan. Lanham, MD: Rowman and Littlefield, 1996.

Jordon, John E., ed. *De Quincey as Critic*. London: Routledge and Kegan Paul, 1973.

Kernan, Alvin. *Shakespeare, the King's Playwright: Theater in the Stuart Court 1603–1613*. New Haven: Yale University Press, 1995.

Klein, Joan Larsen. 'Lady Macbeth: "Infirm of Purpose."' In *The Woman's Part: Feminist Criticism of Shakespeare*. Edited by C.R.S. Lenz, G. Greene, C.T. Neely. Urbana: University of Illinois Press, 1983.

Knight, G. Wilson. *The Wheel of Fire*. London: Methuen, 1949.

–. *The Imperial Theme*. London: Methuen, 1965.

Knights, L.C. *Some Shakespearean Themes*. London: Chatto and Windus, 1960.

–. *Explorations*. New York: New York University Press, 1964.

–. 'The Question of Character in Shakespeare.' In *Approaches to Shakespeare*. Edited by Norman Rabkin. New York: McGraw-Hill, 1964.

Knippenberg, Joseph M., and Peter A. Lawler, eds. *Poets, Princes, and Private Citizens*. Lanham, MD: Rowman and Littlefield, 1996.

Lawrence, D.H. *Phoenix*. New York: Viking, 1936.

Leavis, F.R. *The Common Pursuit*. London: Chatto and Windus, 1952.

–. *Education and the University*. Cambridge: Cambridge University Press, 1979.

Lever, J.W., ed. *Measure for Measure* 2nd Arden Shakespeare ed. London: Methuen, 1965.

Lowenthal, David. *Shakespeare and the Good Life*. Lanham, MD: Rowman and Littlefield, 1997.

Machiavelli, N. *The Prince*. Edited and translated by Harvey Mansfield. Chicago: University of Chicago Press, 1985.

McAdam, E.L., Jr, and George Milne, eds. *A Johnson Reader*. New York: Pantheon, 1964.

McAlindon, T. *Shakespeare's Tragic Cosmos*. Cambridge: Cambridge University Press, 1991.

McFarland, Thomas. *Shakespeare's Pastoral Comedy*. Chapel Hill: University of North Carolina Press, 1972.

Muir, Kenneth. *Shakespeare: Contrasts and Controversies*. Norman: University of Oklahoma Press, 1985.

–, ed. *Macbeth*. 2nd Arden Shakespeare ed. London and New York: Routledge, 1988.

–, ed. *King Lear*. 2nd Arden Shakespeare ed. London and New York: Routledge, 1989.

Murdoch, Iris. *The Fire and the Sun*. Oxford: Oxford University Press, 1977.

Neely, Carol Thomas. 'Women and Men in *Othello*.' In *The Woman's Part: Feminist Criticism of Shakespeare*. Edited by C.R.S. Lenz, G. Greene, C.T. Neely. Urbana: University of Illinois Press, 1983.

Nietzsche, Friedrich. 'The Birth of Tragedy.' In *Basic Writings of Nietzsche*. Edited and translated by Walter Kaufmann. New York: Modern Library, 1968.

–. *Daybreak: Thoughts on the Prejudices of Morality*. Translated by R.J. Hollingdale. Cambridge: Cambridge University Press, 1982.

–. *Untimely Meditations*. Translated by R.J. Hollingdale. Cambridge: Cambridge University Press, 1983.

Nuttall, A.D. *A New Mimesis: Shakespeare and the Representation of Reality*. London: Methuen, 1983.

Ornstein, Robert. 'Historical Criticism and the Interpretation of Shakespeare.' *Shakespeare Quarterly* 10 (1959).

Pafford, J.H.P., ed. *The Winter's Tale*. 2nd Arden Shakespeare ed. London: Methuen, 1963.

Park, Clara Claiborne. 'As We Like It: How a Girl Can Be Smart and Still Popular.' In *The Woman's Part: Feminist Criticism of Shakespeare*. Edited by C.R.S. Lenz, G. Greene, C.T. Neely. Urbana: University of Illinois Press, 1983.

Platt, Michael. *Rome and Romans According to Shakespeare*. Salsburg: Institute für Englische Sprache und Literatur, 1973.

–. 'Falstaff in the Valley of the Shadow of Death.' *Interpretation* 21/1 (January, 1979).

Rabkin, Norman. *Shakespeare and the Common Understanding*. New York: Free Press, 1967.

–. ed. *Approaches to Shakespeare*. New York: McGraw-Hill, 1964.

Raysor, Thomas Middleton, ed. *Coleridge's Shakespearean Criticism*. Cambridge: Cambridge University Press, 1930.

Rhoads, Diana Akers. *Shakespeare's Defense of Poetry*. Lanham, MD: University Press of America, 1985.

Ridley, M.R., ed. *Othello*. 2nd Arden Shakespeare ed. London: Methuen, 1958.

Rosenberg, Marvin. *The Masks of King Lear*. Newark: University of Delaware Press, 1972.

–. *The Masks of Macbeth*. Newark: University of Delaware Press, 1978.

Røstvig, Maren-Sofie. 'Structure as Prophecy: The Influence of Biblical Exegesis upon Theories of Literary Structure.' In *Silent Poetry: Essays in Numerological Analysis*. Edited by Alastair Fowler. London: Routledge and Kegan Paul, 1970.

Rousseau, J.J. *Emile*. Translated by Allan Bloom. New York: Basic Books, 1979.

–. *The Discourses and Other Early Political Writings*. Edited and translated by Victor Gourevitch. Cambridge: Cambridge University Press, 1997.

Rowse, A.L. *The Churchills: From the Death of Marlborough to the Present*. New York: Harper and Brothers, 1958.

Sanders, Wilbur, and Howard Jacobson. *Shakespeare's Magnanimity*. New York: Oxford University Press, 1978.

Schmidgall, Gary. *Shakespeare and Opera*. New York: Oxford University Press, 1990.

Schoenbaum, Samuel. *Shakespeare's Lives*. New York: Oxford University Press, 1970.

–. *William Shakespeare: A Documentary Life*. New York: Oxford University Press, 1975

Schwehn, Mark. '*King Lear* beyond Reason: Love and Justice in the Family.' *First Things*, no. 36 (October, 1993).

Shreeve, James. *The Neandertal Enigma*. New York: William Morrow, 1995.

Sisson, C.J. 'Shakespeare.' In *Shakespeare: The Writer and His Work*. Edited by Bonamy Dobrée. London: Longmans, 1964.

Soellner, Rolf. *Timon of Athens: Shakespeare's Pessimistic Tragedy.* Columbis, OH: Ohio State University Press, 1979.

Spedding, James, Robert Ellis, and Douglas Heath, eds. *The Works of Francis Bacon.* London: Longmans, 1870.

Spurgeon, Caroline F.E. *Shakespeare's Imagery and What It Tells Us.* Cambridge: Cambridge University Press, 1935.

Stapfer, Paul. *Shakespeare and Classical Antiquity.* Translated by Emily J. Carey. New York: Burt Franklin, 1970.

Stewart, J.I.M. *Character and Motive in Shakespeare.* London: Longmans, 1949.

Stockholder, Kay. *Dream Works: Lovers and Families in Shakespeare's Plays.* Toronto: University of Toronto Press, 1987.

Strauss, Leo. *Persecution and the Art of Writing.* Glencoe: Free Press, 1952.

–. *Natural Right and History.* Chicago: University of Chicago Press, 1953.

–. *What Is Political Philosophy?* Glencoe: Free Press, 1959.

–. *The City and Man.* Chicago: Rand McNally, 1964.

–. *The Rebirth of Classical Political Rationalism.* Edited by Thomas L. Pangle. Chicago: University of Chicago Press, 1989.

Sypher, Wylie. 'Shakespeare as Casuist: *Measure for Measure.*' In *Essays in Shakespearean Criticism.* Edited by J.E. Calderwood and H.E. Toliver. Englewood Cliffs, NJ: Prentice-Hall, 1970.

Thomas, Vivian. *The Moral Universe of Shakespeare's Problem Plays.* London and New York: Routledge, 1991.

Thomson, Rev. Thomas. *A History of the Scottish People.* 3 vols. London: Blackie and Sons, 1896.

Tillyard, E.M.W. *Shakespeare's Problem Plays.* London: Chatto and Windus, 1950.

Tolstoy, Leo. *War and Peace.* Translated by Louise and Aylmer Maude. Norwalk, CT: Easton, 1981.

Tovey, Barbara. 'The Golden Casket: An Interpretation of *The Merchant of Venice.*' In *Shakespeare as Political Thinker.* 2nd ed. Edited by John E. Alvis and Thomas G. West. Wilmington, DE: ISI Books, 2000.

–. 'Wisdom and the Law: Thoughts on the Political Philosophy of *Measure for Measure.*' In *Shakespeare's Political Pageant.* Edited by Joseph Alulis and Vickie Sullivan. Lanham, MD: Rowman and Littlefield, 1996.

Traversi, Derek. *An Approach to Shakespeare.* 2 vols. 3rd ed. London: Hollis and Carter, 1969.

Trevor-Roper, Sir Hugh. 'What's in a Name?' *Réalités* (November, 1962).

Trimpi, Wesley. 'Sir Philip Sidney's An Apology for Poetry.' In *The Cambridge History of Literary Criticism,* vol. 3, *The Renaissance.* Edited by Glyn P. Norton. Cambridge: Cambridge University Press, 1999.

Turnbull, S.R. *The Samurai: A Military History.* New York: Macmillan, 1977.

Ure, Peter. 'The Problem Plays.' In *Shakespeare: The Writer and His Work*. Edited by Bonamy Dobrée. London: Longmans, 1964.

Vaughan, Viginia Mason. Othello: *A Contextual History*. Cambridge: Cambridge University Press, 1994.

Viswanathan, S. *The Shakespeare Play as Poem: A Critical Tradition in Perspective*. Cambridge: Cambridge University Press, 1980.

Wells, Stanley. *Shakespeare: A Life in Drama*. New York: W.W. Norton, 1995.

West, Robert H. *Shakespeare and the Outer Mystery*. Lexington: University of Kentucky Press, 1968.

White, Howard B. *Copp'd Hills toward Heaven: Shakespeare and the Classical Polity*. The Hague: Martinius Nijhoff, 1970.

—. 'Macbeth and the Tyrannical Man.' *Interpretation* 2/1 (Winter 1971).

Wills, Garry. *Witches and Jesuits: Shakespeare's* Macbeth. New York: Oxford University Press, 1995.

人名索引

除"苏格拉底"这个名字外，柏拉图对话或莎士比亚剧作中的人物不列入此索引，除非文本中曾作为历史人物提到他们。

图书在版编目（CIP）数据

哲人与王者：莎士比亚《麦克白》与《李尔王》中的政治哲学 /（加）克雷格（Leon Harold Craig）著；汤梦颖译. -- 北京：华夏出版社有限公司，2023.11

（西方传统：经典与解释）

书名原文：Of Philosophers and Kings：Political Philosophy in Shakespeare's Macbeth and King Lear

ISBN 978 - 7 - 5222 - 0522 - 9

Ⅰ.①哲… Ⅱ.①克… ②汤… Ⅲ.①莎士比亚（Shakespeare，William 1564 - 1616） - 戏剧文学 - 文学研究 Ⅳ.①I561. 073

中国国家版本馆 CIP 数据核字（2023）第 106703 号

© University of Toronto Press 2003.
Original edition published by University of Toronto Press，Toronto，Canada.

哲人与王者——莎士比亚《麦克白》与《李尔王》中的政治哲学

作 者	［加］克雷格
译 者	汤梦颖
责任编辑	李安琴
责任印制	刘 洋
出版发行	华夏出版社有限公司
经 销	新华书店
印 装	北京汇林印务有限公司
版 次	2023 年 11 月北京第 1 版 2023 年 11 月北京第 1 次印刷
开 本	880 ×1230 1/32
印 张	16.75
字 数	430 千字
定 价	118.00 元

华夏出版社有限公司 地址：北京市东直门外香河园北里 4 号 邮编：100028
网址：www. hxph. com. cn 电话：(010) 64663331（转）
若发现本版图书有印装质量问题，请与我社营销中心联系调换。